江南 / 著

【修订版】龙族 I
DRAGON RAJA
火之晨曦

人民文学出版社

图书在版编目(CIP)数据

龙族.1,火之晨曦／江南著.—修订本.—北京：人民文学出版社，2020
（2025.7重印）

ISBN 978-7-02-016184-3

Ⅰ.①龙… Ⅱ.①江… Ⅲ.①幻想小说—中国—当代 Ⅳ.①I247.5

中国版本图书馆CIP数据核字(2020)第059717号

责任编辑	徐子茼　秦雪莹
装帧设计	李思安
责任校对	杨益民
责任印制	张　娜

出版发行	人民文学出版社
社　　址	北京市朝内大街166号
邮政编码	100705

印　　刷	三河市宏盛印务有限公司
经　　销	全国新华书店等

字　　数	460千字
开　　本	710毫米×1000毫米　1/16
印　　张	23.75　插页1
印　　数	800001—830000
版　　次	2020年10月北京第1版
印　　次	2025年7月第34次印刷

书　　号	978-7-02-016184-3
定　　价	43.00元

如有印装质量问题，请与本社图书销售中心调换。电话：010-59905336

谨以此书，献给所有有梦想的衰小孩。

江南

序　幕	白帝城 White Emperor City	1
第一幕	卡塞尔之门 The Gate To Cassell	5
第二幕	黄金瞳 Golden Eyes	55
第三幕	恺撒 The Dictator	91
第四幕	青铜城 The Bronze City	115
第五幕	龙影 Dragon Shadow	155
第六幕	星与花 Star & Flower	179
第七幕	弟弟 The Little Brother	225
第八幕	哥哥 The Big Brother	251
第九幕	龙墓 Dragon Tomb	295
第十幕	七宗罪 Seven Deadly Sins	333
尾　声	Afterward	363

序幕 白帝城
White Emperor City

"哥哥。"黑暗中，有人轻声呼唤。

真烦！这是谁家的小孩跑丢了么？跑来打搅我午睡。

"哥哥……醒来啦。"那孩子又喊。

真烦真烦！这里没有你哥哥！走丢了找警察啦！

"哥哥……那我走啦。"孩子的声音渐渐低落。

那声音里透着一点点孤单，像是被人遗弃的小猎狗。他忽然有点不忍，翻身坐起："好啦好啦好啦！你家住哪街哪号哪门？你哥哥叫什么名字？我送你回家！"

　　世界的孩子，你是多么孤单；
　　荒原上独自的跋涉，还有多远呢？

不知何方传来空灵的咏叹，怎么？他还有会唱歌剧的邻居么？不过能唱如此美妙高音的，想来都是腰围一米的大妈吧？

暖软的阳光中，他席地而坐，白衣皎洁，粗瓷瓶中，一朵白色的茶花悠然盛放。

孩子并没有走，隔着那枝花，孩子伏在案上，身穿小小的白衣，手持刻刀雕刻着什么。

这环境看起来很陌生，他从未来过，但他很自然地做了一件事，桌上有盘青翠欲滴的葡萄，他从里面摘下一小串，隔桌递给那个孩子。

孩子抬起头来，眼睛里闪动着惊慌："哥哥，外面有很多人。"

外面其实很安静，静得好像连蝉都睡着了，只有那个练歌剧的女人还时隐时现地唱着。

可他握住孩子的手，说了莫名其妙的话："也许会死吧？但是我和你在一起，所以不要害怕。"

"不害怕。可为什么不吃掉我呢？吃掉我，就再也没人能挡住哥哥。"

"你是很好的食物，可那样就太孤单了，这么多年了，只有你和我在一起。"

"真正的死是怎样的呢？会不会觉得自己被封在一个黑盒子里，漆黑的，一点光都没有，永远永远，无论怎么伸手，都触不到东西……"

"我们永远不会真正死去，只是长眠。在我能够吞噬世界之前，与其孤独跋涉，不如安然沉睡。我们还会醒来。所谓弃族的命运，就是要穿越荒原，竖起战旗，再次返回故乡。"真不敢相信，这诗歌般的语言，居然会出于他的嘴里。

他和孩子就像排练过无数次的演员在对台词，熟极而流。

"竖起战旗的那一天，哥哥会吃掉我么？"孩子看着他，清澈的眼睛里闪动着期待。

见鬼！这幕剧的名字莫非是《我们是相亲相爱的食人族一家》？这剧本可真是奇怪。

"会的，那样你就将和我一起，君临世界！"他微微点头，骄傲威严。

"时间到了，我该走了。哥哥，下次醒来再见。"孩子站了起来。

"再见，自己小心，人类，是不能相信的。"他说。

又是一句古怪的台词，前后不搭，没头没脑，但他很自然地就说了出来。

孩子走了，在背后带上了门。他听着脚步声越来越远，最后完全消失。

他端坐在阳光里，默默地喝着水。孩子走前给他倒的水，双手捧过头顶敬呈给他。

他忽然害怕起来。自己真是昏头了，那么小的一个孩子，放他自己去街上走，给人拐跑了怎么办？不知道他能不能找到他的哥哥，这一路上要走多久。

他坐立不安，终于忍不住起身往门口跑去。他推开了门，炽烈的光照在他的白衣上，不是阳光，而是火光。

燎天的烈焰中，城市在哭号，焦黑的人形在火中奔跑，成千上万的箭从天空里坠落，巨大的牌匾燃烧着、翻转着坠落，上面写着古老的文字。他竟然能认出来，那是"白帝"的意思。

广场的正中央，立着金属的棱柱，孩子被挂在最高处，整个城市的火焰都在灼烧他，就像一场盛大的献祭。

心里忽然痛了起来，像是有把刀在割。孩子闭着眼睛神态安详，火光甚至给那张苍白的小脸抹上了红晕，可每一分灼烧的痛苦他都能感觉到。

"康斯……坦丁。"他忽然喊出那孩子的名字。

他想起来了，他就是那孩子的哥哥。他弄丢了自己的弟弟，再一次。

他猛地坐起，大口地喘息，浑身冷汗，窗外是轻轨列车经过的噪音。

他所在的，只是普普通通的人世，被焚烧的古城和那个孩子，只是梦罢了。也许是因为夏日午后的阳光太炽烈，灼伤了他的皮肤，所以他梦到了火。

他爬起来倒了一大杯水，急急忙忙地灌下去，干得要开裂的喉咙里好像还有梦里带出来的灼烧气息。

练歌剧的女人仍在引吭高歌，压过了轻轨的噪音和蝉鸣，震得窗户都微微颤抖。

这一次他听到了完整的歌词：

> 世界的孩子，你是多么孤单；
> 荒原上独自的跋涉，还有多远呢？
> 然则神的吻印在你的额头，钢铁的圆规已画定你的旅途，
> 无法抵达之地终将无法抵达，所到之处必然光辉四射。

第一幕 卡塞尔之门
The Gate To Cassell

路明非打出"GG"①，切出了游戏。

屏幕上的最后一幕，是十二艘人类巡洋舰用大和炮齐射，把他的母巢化作一摊血水。

他输掉了今天的第六局，零胜六负。最后一局他坚持了22分23秒，可最终还是被逼入绝境，对方的战术老辣，微操也好，人类兵种又稳克他的虫族。

聊天群里，对手正侃侃而谈："刚才那盘我一辆坦克没出，人类打虫族未必要出坦克，高手都不出坦克，开始就爆兵，海量的机枪混着护士冲过去，连消带打……"

路明非能想象那家伙眉飞色舞的样子。

没有什么人认真听讲，群里吵架的吵架，撩妹的撩妹，还有某个干微商的姐姐云游而过，发了自己跟新买的法拉利合影的照片。闲极无聊的大哥们忽略了闪闪发光的法拉利，扑上去大赞美女好瘦好仙、腿好细好长等等等等，但微商姐姐并未回复，估计已经云游到其他群去发照片了。

据说很多年前这是个特别专业的《星际争霸》聊天群，还有韩国的职业玩家来讲过交流课，但如今玩这款游戏的人少了，聊天群也就变成了菜市场。

路明非就混在这种菜市场一样的群里，看一群不知所谓的人叽叽喳喳，热衷于打一款老掉牙的游戏。

路明非切出聊天群，调出QQ界面，那个戴棒球帽的女孩头像还是灰色的，几小时前留的言也没有回复。

对方没有上线，他又白等了。

他正失望呢，另一个头像倒是闪动起来，是个满脸贱样的熊猫。那人的ID是"老唐"，就是刚才赢了他的家伙。

---

① "GG"，指"Good Game"，在竞技类游戏中称赞对方玩得好，也是认负的意思。

"兄弟讲真的你实力还是挺强，我赢你赢得不容易！"老唐安慰他，"你是差在微操上，战术意识很好的。明天要是上线接着来。"

"行嘞。"路明非说。

老唐下线了，屏幕的反光里，路明非笑笑。

如果老唐亲眼看见路明非的操作，应该就得意不起来了，只会怒骂一句"变态"，从此再不跟他对局。

路明非的笔记本是一台老旧的IBM，他没接鼠标，用的是那个极其难用的红点控制，接鼠标的话，老唐大概活不到第八分钟。

但那样就没法消磨时间了，下次老唐不陪他打了怎么办？群里还在认真打《星际争霸》的人不多了，老唐算是一个。

偏偏路明非有好多时间要消磨，可消磨了那么多时间，她也不上线。

何必呢？有时候他也跟自己说。像个傻子似的等啊等，等上三四个小时，说两三句话，好像是蛮不值的。

可人生里是不是每件事都要算清楚，只做那些值得的事？

"一箱打折的袋装奶，半斤广东香肠，还有鸣泽要的新一期《萌芽》，买完了赶快回来，把桌子上的芹菜给我择了！还有去物业看看有没有美国来的信！还玩游戏？自己的事情一点不上心，要没人录取你，你考得上一本么？在你身上花了那么多钱，有什么用？"婶婶的声音在隔壁炸雷般响起。

路明非只觉得脑袋被震得嗡嗡响，赶紧一迭声地答应，一溜小跑出门。

走廊里安安静静，下午的阳光从楼道尽头的窗户里照进来，暖洋洋地洒在他身上，楼道里晾晒着象牙白的床单，窗外风吹着油绿的树叶，哗哗地响。

他靠在门上，听见婶婶还在叨叨他，可是被门隔着，像是另外一个世界的事儿。

又是一个春天，路明非将满十八岁，高中三年级。

他父母双全，却寄住在叔叔婶婶家里，家中还有一个名叫路鸣泽的堂弟。

堂兄弟俩都就读于当地最有名的私立高中，"仕兰中学"，学费高昂，师尊强力，学生们非富即贵。

在外说仕兰中学四字，小混混们都格外礼遇，原本只是打你一顿的事儿，如今打完还得跟你加微信，方便你转账。

还有三个月零四天路明非就得参加高考，最近这段时间每个人见了他都谆谆教诲，告诉他末日将至，要么燃烧斗魂逆天改命，要么江湖再见从此当个路人。

可压力越大，路明非越懒，除了打打《星际争霸》，就是躺在床上望着屋顶发呆。作为一个没什么存在感的人，他的懒惰其实不难理解。

他有六年多没见过爹妈了，好消息是他们都还活着，每半年还会写封信给他；

坏消息是每次来信，妈妈都遗憾地告诉他回国探望他的计划又要推迟，因为"事情又有了新的进展"。

爹妈都是考古专家，说是在忙一个大项目，结果一旦公布就会像斯文·赫定发现楼兰古城那样震惊世界。

上初中时，路明非很为爸妈自豪，经常跟同学们吹嘘，但他很快就发现应该自豪的是那些爹妈会开车来接你放学的兄弟。放学之后，仕兰中学的停车场上车满为患，人家爹妈或者爹妈派来的司机远远地就鸣笛打招呼，同学们如同流进石缝里的水银那样进入停车场，钻进自家的车。最后只剩下路明非昂首阔步横穿整个停车场，去学校后门的网吧玩。

同学们隔着车窗玻璃，羡慕地看着路明非潇洒的背影，他们坐在真皮座椅上吹着凉风，心里向往这衰仔野马般的生活。

只有路明非知道这野马般的生活多无聊，在网吧里坐到发腻之后，他就回家，进了楼却不进屋，而是上到天台，坐在嗡嗡响的空调机边，眺望这个城市，直到太阳西下。

路明非觉得自家爹妈是男女超人，他们心里有太多太多的大事，顾不上他路明非，也许只有某一天路明非坐的飞机失事了，他们才会从天而降，托着飞机平安落地。可路明非长这么大，还没有坐过飞机。更没有暑假归来同学们都会炫耀的那种跟爸妈一起坐着头等舱去海边的旅行。

路明非都快记不得爹妈的长相了，只有偶尔看当年的全家福，才能勉强回忆起那一男一女，还有那栋外面爬满爬山虎的老楼。那是他原本的家。

叔叔婶婶愿意收养路明非，多半还是为了爹妈定期从国外寄回来的钱。

有了那笔钱，路明非和路鸣泽才能读私立中学，叔叔能开上宝马车，婶婶能参加小区里的贵妇麻将局，路鸣泽才能被一群小兄弟叫"泽少"。

婶婶是要面子的人，知道以他们家的家底上仕兰中学纯属高攀，怕人家欺负路鸣泽，偷着给路鸣泽塞零花钱，让他跟同学在一起的时候多买单。路鸣泽成绩也好，老师喜欢，尤其作文经常被当作范文朗诵。叔叔婶婶还会穿得特别体面参加路鸣泽的家长会，一家三口有爱得让人感动。

要不是路鸣泽身高一百六十厘米，体重一百六十斤，应该也能在学校里混上个女朋友。

至于路明非，他既没有额外的零花钱，也没有出面撑腰的爹妈，连穿衣都比路鸣泽低了不止两个档次，所以在多数人眼里是也只是"泽少家亲戚"。

路明非对此倒也淡然，连爸妈都不管他，对叔叔婶婶还能有多高的要求？

路明非两手抄在裤兜里，耷拉脑袋看着地面，一路下楼，在便利店里买了婶婶要的东西，又溜达到书摊上，买了一本新出的《萌芽》。

婶婶觉得路鸣泽聪明，好读书，求上进，还特热爱文学，所以老给他买文学杂志看。路鸣泽作文确实写得不错，但跟文学杂志相比，他肯定是更热爱文学少女一些。所以那些杂志倒是路明非读得多。

楼下报刊亭的大爷很喜欢路明非，觉得如今孩子们个个都沉迷于玩手机，难得这么一个神情忧郁的孩子总来买文学杂志，将来必成大器。

路明非也很想沉迷手机，无奈他没有手机。

路明非看着人畜无害，其实蔫儿坏。路鸣泽在他面前趾高气扬，他当作没看见，路鸣泽支使他干这个干那个，路明非也都照做，没啥怨言。

背过身去，路明非就很小人地访问路鸣泽从不告诉别人的那个QQ空间。

在那个秘密的QQ空间里，路鸣泽给自己起名叫"寂寞的贪吃蛇"，抄了很多哀伤的句子，配上他自己用手机拍的大头照，美颜滤镜用得挺狠，偶尔发点心情文字，大概是说这缺爱的世界仿佛荒漠，我只身流浪寻找甘泉。路明非闻弦歌而知雅意，堂弟应该是春心思动，想在网上遭遇点天雷地火。

大家是兄弟，能帮还是要帮。路明非申请了一个新QQ号，起名"夕阳的刻痕"，挂上一张短发娇俏萝莉的照片，把年龄填成十六岁，个性签名写成"让你的微笑和悲伤成为我这一生的刻痕"。

趁着路鸣泽在家上网，他就溜去网吧和"寂寞的贪吃蛇"搭讪。三来两去，路鸣泽这条贪吃蛇觉得自己找到了可口的食物，非常愿意让自己的微笑和悲伤成为女生这一生的刻痕，人显而易见地精神起来，最近特别注意收拾自己，还偷偷买了发胶，经常哼着一些深沉的情歌。

QQ上他一再地跟"夕阳的刻痕"约见面约看电影，每次路明非答应得斩钉截铁，可总约在婶婶拎路鸣泽去学钢琴的时候，于是路鸣泽总是和美少女失之交臂。

这是路明非这些日子来唯一的开心事。

路明非就这么一人，没有多好，也没做坏事的本事，活到十八岁，还不知道自己的未来在哪里。

"明非啊，都说你要去留学？"报摊大爷有一搭没一搭地跟他聊天。

"哪有，申请而已，谁要我啊？"路明非叼着一袋酸奶，蹲在马路牙子上翻杂志。

"出国留学好啊，留学回来就是海龟，赚钱多。"

"我不想赚钱多，我要是考不上大学，就帮大爷你看摊儿，你给我点儿钱，够我上网吧就行。"

"没出息，看报摊赚不到钱，我是年纪大了。"

路明非翻着眼睛，仰望头顶绿荫里投下的阳光："挺好的，可以晒太阳，没人来的时候就发呆，还有过路的美女看。"

Chapter 1
The Gate To Cassell

他确实申请了美国的大学，但这并非因为他的成绩优异。

对于他的成绩，人人都有不同的评价方式。班主任说，路明非，你是属秤砣的么？你知不知道你一个人把我们班的平均分拉低了多少？婶婶对叔叔说，实践证明，我们家基因就是比你们老路家的好，鸣泽学习好都是遗传的我！

只有路鸣泽对他很体贴，鼓励他说："夕阳！成绩不好怕什么？我行我路，这才是我们年轻人该做的！反正你在我眼里是个好女孩！"

申请留学这件事是婶婶力主的，不仅押着路明非把申请表给填了，还慷慨地付了每所学校几十美元的申请费。

婶婶有自己的小算盘，路明非的各科成绩中，唯有英语还不错，高二的时候居然拿到了不错的托福成绩——仕兰中学这种精英中学都流行考托福。凭着那份托福成绩单，能有一间四五流的美国大学录取路明非也说不准，如此一来就可以稳稳地送走这尊神了，免得路明非考个本地的大学，还要每个周末回家看看。至于路明非爸妈每月寄来的钱，那是不能断的，还要让他们把学费也一起打过来，而且一定得是美元。

再说了，一年之后路鸣泽也会面临选择，是参加高考还是申请出国，仕兰中学排名靠前的学生心里向往的都是常春藤之类的国际名校，清华北大都排在后面。

但弃考出国毕竟是冒险的事，婶婶思前想后，大概是想起了什么名人名言说"凡艰难的路，当由勇敢者以坚硬的脚底踏开"，觉得路明非很是勇敢，应该让他试试用坚硬的脚底给路鸣泽踩出一条路来。

失败了就算了，大不了路明非延迟一年毕业，明年和路鸣泽一起高考。

可艰难的路显然不是光靠勇气就能踏开的，路上满是崴脚的石头。从上个月开始，路明非连着收了十几封复信，开篇大同小异，都是：

亲爱的申请者：
　　感谢你对本学院的兴趣，但是很遗憾地……

婶婶花了好几百美金的申请费，换来的只是美国人一而再再而三的感谢，善人当得很心痛。

倒是路明非不焦不躁，心态如老僧入定，止水无波，只是为了配合婶婶的沮丧，才在收到拒信时挤出点忧伤的表情来。

如今只剩一所大学没给他复信了，芝加哥大学，在他申请的诸多大学中是排名最靠前的名校。

"有我的信么？"路明非在物业窗口探头探脑，转着英文发音，"Mingfei Lu。"

叔叔婶婶家住在一个老小区，以前是市政府的家属院，管理挺严格，快递不能随便出入，都是物业代收。

"有，美国寄来的。"门卫丢了一封信出来。

路明非一摸，信封里只有薄薄的一张纸，拒信无疑。

凡是录取信，会夹很多的表格和介绍材料，厚厚的一摞。而感谢你的申请并且遗憾你未被录取，只要一张打印纸就好了。

路明非撕开信封，来信居然是用中文写就的：

亲爱的路明非先生：

　　感谢您对芝加哥大学的兴趣，但是很遗憾的，您未能达到芝加哥大学的录取标准。

　　但我们常说，上帝对你关闭一扇门的时候，总会悄悄地对你打开另一扇。

　　首先自我介绍，卡塞尔学院是一所位于美国伊利诺伊州芝加哥远郊的私立大学，和芝加哥大学是多年的联谊学校，两校之间有着频繁的学术交流和学生联谊活动。

　　我们非常荣幸地从芝加哥大学那里得到了您的申请资料，经过对您的简历和成绩单的细致评估，我们认为您达到了卡塞尔学院的入学标准，在此向您发出邀请。

　　此外，您出色的综合素质吸引了我校古德里安教授的注意，想要担任您的直系导师，并从他名下的研究经费中对你提供一份奖学金。

　　他计划前往中国进行一次学术访问，将经过您所在的城市，希望和您有一场简单的面试。

　　如果您决定接受这份邀请，请通过电话联系古德里安教授，会有专人替您安排面试。我是卡塞尔学院的学院秘书诺玛·劳恩斯，非常荣幸为您服务。

　　　　　　　　　　　　　　　　　　　　　　　您诚挚的，诺玛

路明非读完了信，挠挠额角，有点发蒙。

这封信的开头很对，一封标准的拒信，非常符合路明非的期待。可接下来话锋陡然一转，语气虽然官方，但那股上赶着的劲儿一眼就能看出来：我们看好你……我们要录取你……我们跟芝加哥大学平辈论交……我们还准备给你奖学金……就是一场小面试不会占用你很多时间的……愿意来打个电话就行我们等着为您服务呢！

每年都有几个仕兰中学的毕业生去美国读书，但搞得那么隆重，美国教授千里迢迢上门面试的，路明非还是头一份儿。

路明非真不知道自己何德何能，他甚至没给这个卡塞尔学院贡献过申请费。

莫非是什么人在玩他？可信封上确实是美国伊利诺伊州的邮戳。

他倒了倒信封，除了那张考究的打印纸，里面再没有别的东西了。

Chapter 1
The Gate To Cassell

他坚定了自己的想法，肯定是有人玩他，美国大学怎么会用中文复信呢？ 还说第一时间让他联系那个什么古德里安教授，可连个电话号码都没给他。

"签收。"门卫又扔过来一张单子。

"信还要签收？"路明非不解。

"随着信来的还有一个包裹，贵重物品，要你签收。"

路明非糊里糊涂签了字，拿到一只联邦快递的大信封，里面有个什么硬邦邦的东西。他撕开信封，倒出了一台崭新的iPhone，黑色外壳如镜面般闪亮。

路明非忽然觉得自己得冷静一下了，如果真是有人要玩他，那这把玩得有点大。

他打开手机，通讯录里存着唯一的联系人，"Prof．Guderian"，古德里安教授。

"一定是骗子搞的！ 而且是小区里的熟人！ 熟人才知道我们家情况！"婶婶一掌拍在信上，语气不容置疑。

"可哪个骗子会花那么大本钱？ 新手机欸！ 港版都卖小一万！"叔叔在那台黑钻般闪亮的手机上不断地印着自己的指纹，像是中年妇人抚摩祖传的翡翠镯子。

叔叔是个爱面子的人。路明非曾有幸和叔叔一起出去赴饭局，只见叔叔稳稳落座，左手手机右手打火机，不轻不重地拍在桌上，又在聊天中不经意地撸起袖子，露出那块广州买的高仿万宝龙表，赢得大家对他品位的一致称赞。最近叔叔不止一次在饭桌上说起，说自己的手机旧得不像样了，新出的iPhone非常好，尤其电池容量大大提升，非常适合他这种业务繁忙的成功人士。

可是婶婶掌握着家里的财政大权，婶婶说买什么iPhone？ 现在大家都讲要支持国货，我看红米就很好。

"肯定是骗人的！ 去年我们学校的神人楚子航出国，去的就是芝加哥大学的一个联谊学院，那种名校的联谊学院都跟常春藤差不多的，美国人都很难进去！"路鸣泽难得如此关心哥哥的未来。

"那个楚子航不是也去了么？ 那就说明这种联谊学院是招外国学生的。"叔叔说。

"楚子航那多厉害！ 我哥怎么跟楚子航比？"路鸣泽说，"我们校长讲了，楚子航那种学生，他一辈子能教一个就是幸运！"

路明非也知道楚子航，还知道楚子航是路鸣泽的偶像，这个名字在仕兰中学内部甚至有点神话的感觉。

那是个没有温度的男孩，成绩优异，打篮球，耍剑道，对谁都保持着恰到好处的礼貌，但他的礼貌也是没有温度的。

他的家境无疑极好，同学们甚至不记得来接过他的豪车有多少款，而他那位娇艳如女明星的母亲也永远是家长们热议的话题，男家长们热议她的美貌，女家长们热议她参加家长会时背的限量款爱马仕鳄鱼皮包。

他稳重老成得根本不像个高中生，同学们还在比拼阿迪达斯的限量款球鞋时，楚子航用的已经是"Barbour"和"Loewe"这类品牌。那年秋天他穿了一件Barbour的风衣，提着他的刀袋来上学，全校女生连着两个月都在讲楚子航的英伦风。第二年秋天不知多少人学着楚子航去买风衣，可楚子航又不穿风衣了，他改穿没有品牌的马丁靴和帆布工装，女生们的话题就变成了楚子航穿马丁靴好帅好帅，腿好长好长。

曾有两个女生被学校处罚，她们为了争"楚子航是谁的"而撕破了对方的脸，可楚子航甚至还没有和她们说过一句话。

路鸣泽把这位学长的事迹讲给"夕阳的刻痕"听，非常励志地说，总有一天他会向仕兰中学的每个人证明，他一点儿不比楚子航差！

路明非觉得路鸣泽的重点在于如何赢得全校女生的小心心，而非做得像楚子航一样棒。

路明非一点也不羡慕楚子航，他觉得每个人光鲜的表面后面都有不为人知的一面，楚子航那么优秀的人一定很累才对，也许他累得不行的时候也会想跟路明非一样，过混吃等死的舒服日子。

那个笑话不是说么，富翁看着渔夫在沙滩上晒太阳，说你要努力打鱼才能赚钱啊，渔夫说赚了钱又如何？富翁说赚了钱你就能跟我一样，去海边度假，舒舒服服躺在沙滩上晒太阳，渔夫说可我已经在晒太阳了啊。

路明非颇有那位渔夫的犬儒气息，或者说他未必很儒，但狗是肯定很狗。

但要说他毫无追求，也不尽然。

路明非的语文老师拿着他的作文，作为反面例子在课上大加挞伐，说他的作文毫无精气神，跟他的人一样，没有进取心。

路明非当时有点想站起来，说自己也是有理想的！

他的理想是从一部叫《黑客帝国》的电影来的，在那部电影里，男主角天赋异禀，生来就是救世主，但浑浑噩噩地过了很多年，直到某一天一个神秘的人找上门来，跟他说你要不要跟我一起去拯救世界？非你不可，你是命中注定的救世主。路明非看的时候觉得超跩超燃啊！那还犹豫什么啊？快拿我的西装和枪来，告诉我说那个要毁灭世界的王八蛋在哪里！有没有那种能飙得飞快的高级跑车和直升机，都给我装备上！让全世界看看我的轰轰烈烈！

可他什么也没说，默默地接受了老师给他的定义。理想这种事，路明非懒得跟别人讨论，没有人会关心废柴的理想。

没有人能一起聊理想，路明非只能自己不断地脑补，最后这个理想已经被场景化了。

那个伟大的转折点将会发生在学校的春节联欢晚会上，仕兰中学的钢琴之花，名叫柳森森的小美女正在舞台上弹琴，同班男生清一色的黑礼服，围着钢琴翩翩起舞，唯有他路明非沉毅地坐在某个角落里，被人遗忘。就在这时，一架黑色的直升机带着呼啸的狂风从天而降，一群黑衣墨镜男奔下飞机，冲进会场四面布防，为首的家伙来到路明非面前，沉着嗓子说，路明非，没时间看晚会了，组织需要你！ 路明非站起身来，遗憾地说，我只是想过普通人的生活，怎么就那么难呢？ 在众目睽睽之下，墨镜男们给路明非套上黑色的军服和长风衣，簇拥着他在同学们的目光中离开，直升机巨大的旋翼卷着狂风，风中他的衣摆猎猎飞舞。

这个理想的重点不在于他将怎么拯救世界，而在于其他人望向他背影的目光。

一定要跩，一定要有风衣，一定要有猎猎的风拉起他的衣角！

路明非其实也明白，这个所谓的理想不过是白日梦，但他实在没有什么东西可以自豪，不做白日梦又能怎样？

对他而言，未来应该就是上一所不出名的大学，在大学里谈个恋爱，出来找份工作租个房子，也许爹妈偶尔想起他的时候会催催他结婚，然后某一天他就结婚了，生个孩子，天天上班。

他不会很优秀，也不会很潦倒，就是普普通通。

可随着这封来自美国的信，他一潭死水般的生活看起来竟然要有点改变了。

家庭会议还在热烈地进行中，叔叔婶婶路鸣泽，一家三口各执一词，争论这封面试通知书的真伪。倒是路明非自己更像是个局外人，坐在角落里，听着大家为他的将来操心。

他起身走出客厅，甚至没有人注意到他这个主角的离开。

婶婶有点受打击，如果这封信是真的，就是天大的狗屎运落在路明非身上了。婶婶大概是不习惯这个蔫巴孩子忽然抖擞了起来，这样的话路鸣泽将来怎么胜得过？

路鸣泽更受打击，心情大约是贾宝玉听说自家小厮茗烟高中了状元。

路明非回到自己房间，连上QQ，盯着戴棒球帽的女孩头像看，头像还是灰的，离线或者隐身，反正没有留言。

他是十八个小时以前给陈雯雯留的言，问她明天晚上要不要参加文学社的活动。

陈雯雯其实并不戴棒球帽，她有一头细软笔直的长发，很漂亮，用不着拿棒球帽遮掩。

路明非认识陈雯雯是在进校的那一天，陈雯雯低调地走进教室，白棉布裙子、白色球鞋、一双蕾丝花边的白短袜，长发上别着素色的蝴蝶发卡。相比被称作"小天女"的苏晓嫱，她素淡得就像一朵不知名的白花。

苏晓嫱被叫"小天女"绝对实至名归，首先她长得漂亮，而且漂亮得很大气，其次她成绩很好，文理皆优，最后她有个开矿的老爹，挖稀土卖给美国人和欧洲人。

小天女那天一身名牌，被加长的奔驰车送来，眼角眉梢都跳荡着骄傲，挥别了开矿老爹之后进班报到，以审视的目光打量班里的男生们，也期盼他们以惊慕的眼光回看。

可男生们看似各做各的事，目光却都斜眼看着窗边的角落，陈雯雯就坐在那个角落里，捧着杜拉斯的《情人》，阳光照在她的棉布裙子和肌肤上，整个人仿佛都是透明的。

小天女骄傲了十五年，进高中的第一天就被某个文艺少女打败，满腔不忿。偏偏一个没眼色的男生来到她身边，指指陈雯雯，以那种"跟兄弟聊美女"的语气跟小天女说："那个估计就是我们班的班花了！"

小天女何曾受过这等欺辱？在男生脚面上狠踩一脚，掉头就走。

那个男生就是路明非。

路明非一句话说错，跟小天女结了整整三年冤家，其实当时心里这么想的，足有七八个男生，可其他人都懂得"默默欣赏"的道理，唯独他恨不得昭告天下。

后来这些人组了文学社，文学社的核心就是陈雯雯，每周活动，读一些又冷又悲伤的欧美文学作品，还写读后感交给语文老师批改。

路明非叔叔问他们为何总是聚在一起读一些"中产阶级女白人"读的书，路明非跟叔叔说你不懂，那是文学。

对路明非来说，陈雯雯是他生命中的第一个女性偶像，明晰如玉，宜室宜家，陈雯雯说的每句话他都想记住，陈雯雯的每个特点他都喜欢。

路明非对陈雯雯的态度堪称敬重，觉得世上最大的幸福，莫过于娶了陈雯雯，有个够住的小房子，有张能两个人吃饭的餐桌……常跟他对局的那个兄弟老唐经常教育他说这种想法要不得，这种想法叫作"老婆孩子热炕头"，你年纪轻轻有这种想法，以后还有什么成就？你应该像我一样有美国梦！知道美国梦么？

老唐住在纽约的布鲁克林区，没有固定职业，帮人打打零工。物以类聚人以群分，路明非也认识不了住在上东区的有钱人。

对老唐那种人来说，当然必须有美国梦，不做梦日子就过得很没意思，但对于路明非来说，有陈雯雯就挺有意思。

追女神当然是一将功成万骨枯的事，但路明非觉得自己还有点点希望，因为他是陈雯雯邀请加入文学社的，陈雯雯身为社长，统共只邀请过两名社员，一是路明非，还有一个就是小天女志在必得的赵孟华。

赵孟华很容易概括，他是仕兰中学最可能成为"楚子航第二"的家伙。

赵孟华也在申请留学，也还没拿到任何录取，居然是路明非捷足先登。

Chapter 1
The Gate To Cassell

"切一盘?"《星际争霸》的群里,一个大脸猫的头像跳闪起来,名字是"诺诺"。
路明非不记得在群里见过这个人,不过这个群已经变成菜市场了,各种人乱飞。
"好啊。"路明非回复。
有人找他打游戏他从来都是来者不拒的,除非陈雯雯正跟他说话。
路明非还是用红点操作,他心里有事,随手打出常规开局。
《星际争霸》已经是个古董游戏了,群里真正打得好的都是些大叔级人物,"诺诺"这个ID听起来是个女孩,通常都是小萌新。
但是开局不久,路明非就觉察了这个对手的凶狠狡猾。几秒钟没看屏幕,他派出去探路的工蜂就被对方用两条小狗埋伏了。损失一只工蜂不算什么,但那个精巧的小圈套让路明非警觉起来。他在家中加固了防御,同时出了六条狗在周围巡逻。这救了他一命,对方的一队小狗刚刚接近基地就暴露了,失去了偷袭机会的狗队只能立刻回撤。
路明非不敢疏忽,立刻接上鼠标。
鏖战这才正式开始,双方的主力兵种从小狗升级到刺蛇,又不约而同地在刺蛇进攻的同时派出飞龙空袭,打双线进攻。
皇后出场时,激战已经白热化了,双方各有四个基地,混合兵种在中央的空地上展开了激烈的拉锯战,成片的血浆泼洒在战场上。
路明非额头出汗,手指在键盘上弹钢琴那样跳动,对方想必也不轻松,双方这么拼微操,快比得上职业选手了。
路明非第一次遭遇这么强的对手,起了好胜心,决定冒险把主基地升到三级,出动吞噬者、守护者和猛犸这"三套车"。
这个操作很冒险,升级的过程中他内防空虚,但如果对方稍有犹豫,没有趁机进攻,就再也挡不住路明非了。
升级的进度条在缓缓推进,路明非心跳加速手心冒汗。他虚张声势,在外面补了一队刺蛇和三只潜伏者,想让对方误以为他在屯聚重兵。
快了,快了,再有不到一分钟升级就要完成,"三套车"一旦出场,空地并进,就能一个接一个稳当当地吃掉敌人的基地。路明非看到了胜利的曙光。
"你在升三级基地。"屏幕下方跳出了一行字。
路明非愣住。
"你退吧,我这里有四队刺蛇四队狗,全部升到二级攻防。"诺诺接着发来信息。
进度条快到头了,但路明非只能打出"GG"。诺诺在打字的同时跟他共享了视野,路明非正在升级的三级基地外,诺诺的大兵压境,刺蛇如潮小狗如云,一旦进攻,

15

必定摧枯拉朽。

路明非退出游戏，回到聊天小窗，对诺诺说："佩服！"

诺诺没有回答，留了一个龇着满嘴大牙狂笑的表情，直接下线。

路明非的一生里，第一次觉得自己被什么人看透了，像是最亲密的朋友，分别了很多年，重新回来找他。

他坐在那里发了一会儿呆，点击查看诺诺的资料，却是一片空白。他搜寻自己的记忆，确信自己从不认识这么一个打《星际争霸》的好手，还是个女孩。

陈雯雯的头像在列表中跳动，却是灰色的，这说明陈雯雯上过线，但已经离开了。

"去啊，后天见。"陈雯雯的留言。

他等了差不多十九个小时，看到的只有这五个字。但低沉的情绪忽然间像是被蒸发掉了，他吹着口哨蹦上床，扭动腰肢，满脸春光灿烂，完全忘记了输给诺诺的那一局。

路鸣泽走进他和路明非共同的卧室时，鄙夷地看了一眼扭动中的表哥，不耐烦地说："爸给那个古德里安教授打电话了，说后天去丽晶酒店面试，让你好好准备一下。"

"老唐，你知道美国大学面试都会问些什么问题么？"路明非在QQ上召唤老唐。

"怎么着？你要去面试了？可以啊！"老唐的熊猫头像一个劲儿地跳。

路明非小小的朋友圈里——如果他能说有朋友圈这玩意儿的话——老唐是唯一能帮上忙的人。

此人虽说在美国也是个混混，但好歹是听英语说英语长大的，少林寺里扫地的都能练成绝世武功，老唐耳濡目染美国文化那么多年，总能提点他一些。

"明天早晨面试，可我上网搜了半天，心里还是没底。"

"这还真有点难度，不同学校有不同的风格，耶鲁大学跟哈佛大学的面试官能问一样的问题么？"

"那你熟哈佛的还是熟耶鲁的？"

"我高中毕业之后就进入社会工作，鬼才知道大学面试都会问什么问题！"老唐贴了一张沮丧的熊猫脸。

"好一个'进入社会'，老唐你中文长进明显啊！"

老唐自称是个美国生美国长的华裔，英语比中文还利索，但主要是跟社区里的拉丁裔和黑人大哥玩，可事到临头路明非也没有挑选余地。

"得了得了，我们还是视频吧，我给你辅导辅导发音，英语讲得溜成功率肯定高。"老唐说。

路明非看了一眼旁边床上睡着的路鸣泽，犹豫了一下："那我接上麦克风。"

视频语音嘟嘟响了两声后接通了，窗口里一个耷拉着眉毛、很喜相的家伙冲路明非挥手，声音大得像是打雷："嘿！ 兄弟！"还夹杂着轰隆隆的火车声。

路明非知道自己的耳机漏音严重，赶紧冲老唐摆手："小声！ 小声！"

"我租的这房子靠近轻轨线，噪音比较大，我不大声自己都听不见，"老唐说，"你那么小心翼翼的干什么。"

"我住叔叔婶婶家，跟我表弟住一间。"路明非小声说。

"哦哦！ 了解！"老唐立刻压低了声音，"那兄弟你申请成功了就能自己出去住了？ 早说啊！ 这事儿我不帮忙谁帮忙？"

"老唐你真够意思。"路明非竖起大拇指。

"这话说的，我赢了你就是你大哥，"老唐说，"哈哈！"

路明非有点感动，忽然对面试多了几分信心。

他白天晃悠了一整天，下午照旧在楼顶上看落日，根本抓不着头绪。没人能告诉他美国大学的面试是怎样的，要是其他人拿到面试机会，多半正在家教或者爹妈的指导下一字一句地纠正发音，可路明非找不到任何人来帮他。他就是《星际争霸》里一条无关紧要的小狗，价格便宜量又足那种，随便造随便丢出去，死了就死了。

今夜他在网上晃了很久，到处搜索面试心得，碰巧看到老唐在线，就抱着试试看的心理去敲他。

他和老唐也说不上熟，只是打游戏的朋友，老唐好面子，要是赢了就得意洋洋，输了还会跟他说几句狠话，表示不服。

可就是这么一个八竿子打不着的家伙，带着莫名其妙的大哥心态要来照顾他这个小兄弟，对路明非这种存在感稀薄的人来说，就够感动的了。

"说起来我也是父母双亡的人啊，"老唐颇为唏嘘，"自己租房子住，也算寄人篱下，老得看房东眼色……"

"呸呸呸！ 谁父母双亡？ 我老爹老娘只是出门不在家！"路明非啐他。

"哦哦，Sorry, Sorry, 会错情表错意了。"老唐在窗口里连连拱手。

"得了得了大哥，聊什么人生啊！ 我们快点开始辅导吧，我这里深更半夜呢。"

"对对！ 辅导完了我还得去打几盘呢！ 快快！ 现在开始！"老唐清清嗓子，"面试官十有八九得问你这句，注意哥的发音，Why did you apply for our college?"

"可我没申请他们学校……"

"别废话！ 练起来！ 兄弟你的人生我来负责！ The great faculty is the key reason, and your college have very good research atmosphere!"

"The great faculty is the key reason, and your college have very good research atmosphere!"路明非一个音节一个音节地跟着老唐念。

"Why should we give you the offer?"

"My fluency in English will help me quickly integrate into the American learning environment. And my Chinese background will bring new cultural elements to your school."

"If we give you the offer, how long will you stay in the United States?"

"Until I gained enough knowledge to find the ideal position in China. Of course I also look forward to developing in the United States or other countries."

夜越来越深了，南方小城万籁俱寂，路灯照亮空旷的街道，楼宇的灯光渐次熄灭，只剩下三三两两未眠人的窗口还亮着。

其中一个窗户里，少年用不甚标准的发音一再地重复着某些问答，远隔几万里的家伙则吸着酸奶，对他每一个错误的发音喊No！No！No！

路鸣泽翻了个身，瞥了一眼路明非，不耐烦地哼了一声，在耳朵里塞上两团棉花，又翻了回去。

第三天的早晨，丽晶酒店。

这是CBD区最好的酒店，本地的豪华标杆。路明非都听过这间酒店，因为叔叔很喜欢在这里的大堂喝着茶跟朋友们聊天，花点茶钱，俨然也是世界级的商务人士。

路明非坐在等候室里，瞪着那双熬夜发红的眼睛，左看右看。

卡塞尔学院果然是个有钱的学院，面试官入住五星级酒店不说，还包下行政层最大的会议室作为面试场地。

等候室里放着十七把椅子，十七个面试人每人一把椅子，不多不少。没有人要求他们出示身份证件，路明非刚踏进这间酒店，就有服务员微笑着迎了上来，问是来参加卡塞尔学院面试的同学么？请跟我上行政楼层。然后他就被带到了这间屋子里，看见了他的熟人们。

陈雯雯、苏晓嬅、赵孟华、柳淼淼，都在。还有些是在学校里见过但叫不出名字来的，也有几张完全陌生的面孔。

"路明非？"认识他的人都发出这样惊讶的声音，似乎他出现在这个场合是件极其不合理的事。

路明非只好挥挥手里的信，咧嘴笑笑，"我也是来……"他咽了一下口水，"面试的。"

他灰溜溜地坐在最后一把椅子上，椅子上放着一张表格和一支铅笔，上面是些名字年龄之类的东西需要填写。路明非一面填写，一面目光四处飞。

局面有点出乎他的预料，那封邀请信写得那么情真意切，好像对他爱不释手似的，可看起来卡塞尔学院是发出了十七封类似的邀请信，得到邀请的多数都是仕兰中学的毕业生。

气氛颇为凝重，面试者都是这届毕业生里的厉害人物，而且都是有备而来。大家想必也没有料到对方会出现在这里，彼此带着点小警惕。

赵孟华的口语超一流，他的家教是个美国人，联合国的同声翻译，苏晓嬿也能说一口流利的美式英语，她初中时在美国住过一年。

陈雯雯细心地搭配了衣服，水蓝色的裙子、白色丝巾、带蕾丝花边的白袜子和平底黑皮鞋，头上珍珠母贝的发卡闪闪发光，又乖又好看。

路明非眼前一亮，趁着陈雯雯身边的那个男孩去洗手间，一屁股坐到了陈雯雯身边。

"这里有人的！"陈雯雯在他耳边小声说。

"让他坐我那里去。"路明非说，"又不是我们学校的。"

服务员送上了茶点，夹芝士的牛角面包和一杯热奶。路明非吃着面包喝着热奶，边解决温饱问题边看陈雯雯，陈雯雯也有一搭没一搭地跟他小声说话。

路明非很喜欢这样跟陈雯雯说小话，这样显得他们很亲近，无话不可说，虽然往往说的都是些废话。

他心里有点小激动，没准今天他走了狗屎运通过了面试，陈雯雯也通过了，岂不就能和陈雯雯一起出国读书？

他心里如意算盘打得开心，声音不由地越来越高。

"路明非，小声点，考官随时会出来。"陈雯雯用胳膊肘捅捅他，指指里间的会议室。

"嗯嗯，你准备得怎么样？"路明非赶紧收声。

"没什么把握啦，"陈雯雯瞥了一眼苏晓嬿和赵孟华，垂下眼帘，"我口语没他们两个好。"

"肯定没问题的！你口语那么正……"路明非说。

"柳森森到了么？"会议室的门被推开了，瘦瘦高高的男孩走了出来，操着流利的中文，剑眉清秀，一张典型的中国脸。

他穿着墨绿色的西装，领口绲着银色细边，胸口处有用银线刺绣的徽章，看起来像是校服，可路明非从没有见过那么精致的校服。

钢琴小美女噌地起身，声音微微有些颤抖："到！"

"我是考官叶胜，请跟我来。"男孩微笑着露出雪白的牙齿。

看他年纪也就比路明非他们大了三四岁，居然是主持面试的考官，那位德国姓氏的古德里安教授却还没出现。

柳漱淼跟着叶胜进入会议室，门随即关上，剩下的十六个人相互对眼神，谁都没法掩饰紧张的神情。

"喂，你们上网搜了这个卡塞尔学院的网站么？"赵孟华看了看苏晓嫱和陈雯雯，压低声音，"据说是个名校，好多哈佛的教授转去那里教书！"

"嗯！"陈雯雯点头，"可我都没有申请他们学校就接到面试通知书了。"

"名校不在乎申请费，只看素质的吧？"赵孟华说。

"路明非这样的也算有素质？"苏晓嫱斜眼打量路明非。她怼路明非素来都是直怼，也不怕路明非听到。

路明非翻着白眼望天，扭动肩膀，一脸死猪不怕开水烫的架势，苏晓嫱对上这样的死猪也是没辙。

"不知道会录取几个。"陈雯雯说。

"选上一两个就不错了！"苏晓嫱说，"没听说么？哈佛每年只从中国招几个本科生。"

路明非心里咯噔一下，好不容易攒下的信心瞬间去了八成。

"我也就是来试试，没抱什么希望。"陈雯雯细声细气地说。

"大家都没抱什么希望了。"赵孟华安慰她。

"我不在乎，不录取我也没什么大不了的，"苏晓嫱一如既往地趾高气扬，"我就去上斯坦福，我爸爸有朋友在斯坦福当教授！"

门开了，叶胜礼貌地比了一个手势。柳漱淼走了出来，回头跟叶胜说了声谢谢，看得出她在强撑着笑，失望已经老老实实地写在脸上了。

钢琴小美女居然没撑过十分钟就败下阵来！

柳漱淼眼眶有点红，回自己座位上拿了书包，扭头就往外走。

"苏晓嫱。"叶胜接着点名。

小天女也是噌地站了起来，漂亮的眼睛瞪得老大，牙齿咯咯作响。

看着苏晓嫱步伐僵硬地跟着叶胜进去了，路明非"哈"地笑出声来，想来斯坦福之类的话也只是小天女说给自己打气的。

"别笑人家，你不怕啊？"陈雯雯以指封唇，叫他别太大声。

"我不怕，我怕什么啊？我就是来打酱油的嘛。"路明非双手枕在脑后，四仰八叉地躺在椅子上。

小天女出来时，走路姿势比进去时还僵硬，脸上与其说是沮丧，不如说是愤怒。叶胜说声谢谢你同学，苏晓嫱扭头狠狠地剜了他一眼。叶胜笑笑，又叫了赵孟华进去。

"什么狗屁学院！就知道耍人！"苏晓嫱抛下这句话，扭头就走。

路明非和陈雯雯对视一眼：不明所以，小天女还不如柳淼淼，只撑了五分钟。

那位年轻英俊的面试官不像是面试，倒像是练刀，斩人越来越快，号称仕兰中学高三口语第一人的赵孟华连三分钟都没撑到，被送出来的时候目光茫然。

"陈雯雯。"叶胜说。

"好运啊！"路明非举起双拳给陈雯雯打气。

陈雯雯扭头看了他一眼，点了点头。

时间一分一秒地过去，外面的人都保持着安静，路明非只听见自己的心扑通扑通地跳。他有点害怕门一开，看到陈雯雯失望的脸。但陈雯雯居然撑得比前面三个人都久，路明非开始转忧为喜，面试进行得越久就越乐观，这是昨晚老唐跟他讲的。

十五分钟后，陈雯雯出来了，脸上没有什么表情，一路低头看着自己的脚尖。

"怎么样怎么样？"路明非赶紧凑上去。

陈雯雯犹豫了一下，悄悄对他招手："他们会问……"

路明非满心欢喜，刚要把耳朵凑过去，就听见叶胜点了他的名字："路明非……原来你就是路明非。"

路明非一愣，扭头看叶胜对他招手，叶胜打量他的眼神颇为认真，这在前面几位面试者身上是没有的。叶胜的脸上甚至有些敌意，可他高高在上的面试官，对路明非这种待宰猪羊为什么要有敌意？

那句话的感觉有点像紫禁城的房顶上叶孤城见到了西门吹雪，横剑说："西门吹雪……原来你就是西门吹雪！"

路明非来不及听陈雯雯跟他透题，跟着叶胜进了会议室。偌大的会议室却空荡荡的，长桌边坐着笑容甜美的女孩。她穿着和叶胜类似的校服，只不过是套裙，领口系着玫瑰红的领巾。

那位神秘的古德里安教授果然没来，感觉更像是老家伙随便派了两个学生过来应付事儿。不过女孩很好看，路明非眼睛一亮。

"我叫酒德亚纪，也是这次的考官。"女孩站起身来，向路明非躬腰行礼。典型的日式礼节，这是个日本女孩。

"我哈腰。"路明非完全不必过大脑，也一躬腰回礼。

宅了那么多年，玩了无数日式 RPG，看过无数日漫，路明非也会几句日语口白。

"おはよう。"酒德亚纪纠正路明非的三脚猫日语，笑容里有种姐姐般的亲切。

看起来给考官的第一印象不错，路明非心里一喜。

叶胜在酒德亚纪身旁坐下，打开笔记本，看向路明非："那我们开始了，亚纪会问问题，我负责记录。"

路明非深吸一口气，气沉丹田！他修炼了一晚上，这就要见真章了！

"你相信外星人么？"酒德亚纪轻轻柔柔地问。

路明非愣了一瞬，随后感到……一颗核弹在脑袋里爆炸了……漫天蘑菇云，其他的什么也没有。

怎么回事？第一个问题分明应该是"请介绍一下自己"或者"你为什么要申请我们学校"啊！

前者的答案是，"My name is Mingfei Lu, a Chinese high school student, I like online computer game and panda!"

后者的答案是，"The great faculty is the key reason, and your college have very good research atmosphere!"

这些答案经过老唐热心地润色，路明非来来回回背了七八十遍，才算大功告成。

可这……外星人是怎么回事？面试要严肃啊大家！别不按牌理出牌啊各位！你们是科幻爱好者协会的面试么？信不信我这就给你们背诵《三体》的第一段！

可这样的事真不是第一次发生在路明非身上了，他就是这么衰，运气永远渣到爆。考前在课桌上拿铅笔写满了公式，结果老师忽然要全体交换座位；好不容易偷看到邻桌的答题卡，结果发现人家是A卷自己是B卷……作为一个衰人，他应该相信自己的命运，不必做无谓的抗争。

"Sure! I believe there must be aliens!"路明非牙一咬心一横，本地英语硬刚。

"说中文就可以。"叶胜提示。

路明非一时间蒙了，这才意识到刚才亚纪提问是用的中文。你一间美国大学，你让我用英语聊聊外星人我还能算你考我口语，中文回答这鬼问题有何意义啊！

酒德亚纪神色淡淡，接着发问："为什么相信呢？"

见鬼，还问为什么？这相信就是相信，不信就是不信。就好比你问我说，为什么喜欢隔壁桌那个穿白棉布裙子的女生，虽然我也能说出成千上万的理由，但是真实原因无非是我看见她心里老是跳，特别在意她说的话，记着所有跟她相关的事情，所以我以为我是喜欢她的。

为什么喜欢？没理由的。路明非想。

可这是面试，考官问了问题，总不能吐槽，还是得回答，路明非耷拉着眉毛："我经常晚上在楼顶上瞎晃，没事就看星星。"

"很好，没事的时候会看星星。"叶胜非常认真地记录。

路明非完全不理解他那份认真劲儿，就好像路明非是中国外长，刚刚说出什么掷地有声的话，会改变人类命运似的。

"你要是也看星星，你就会想，宇宙那么大，直径几百亿光年，一束光从宇宙这头跑几百亿年，才能跑到那头。中间它要经过很多很多的星系，可只有在地球的时候才能遇到人。光经过地球连一秒钟都不要，几百亿年里只有一秒钟会遇到人，很奇怪，对不对？"路明非说。

"很孤独？你刚才是暗指光的孤独？"叶胜插了进来，"生活里也经常感到孤独么？"

路明非挠挠额角，他其实并没有什么暗指，他的本意是说几百亿分之一的概率，偏偏在地球上有智慧生物，这事儿太不可思议了。

但叶胜把他的答案引申得稍微深刻了一点，好像还蛮有格调的。于是路明非点点头，默许叶胜把自己看作一个孤独的死小孩。

"第二个问题，你相信超能力么？"酒德亚纪又问。

"相信！"路明非说，"必须相信！"

"为什么相信？"酒德亚纪带着鼓励的笑容。

又问为什么，哪有那么多为什么。姐姐你上的是名校长得又好看，世界上有没有超能力对你都一样，可对我们这种只能做白日梦的家伙，超能力还是要有的。

要是没有超能力，空条承太郎的"白金之星"就没有了，路飞的"橡皮果实"也没有了，宇智波鼬的"万花筒写轮眼"也是漫画家编出来骗大家的。结果世界上主要的存在就成了叔叔永远念叨的万宝龙表和婶婶日益抱怨的房价飞涨，他路明非的未来就是每天早晨起床赶公交上班、每月月底拿工资付房贷、周末小心地去丈母娘家伺候……如果有女孩愿意嫁给他的话。

"就是相信咯，就像相信有外星人一样。"路明非懒得编理由。

"彪悍的人生果然不需要解释。"叶胜插嘴。

路明非不明白男考官为什么忽然说出这种过气的网络切口来，大概是嘲笑吧？

"第三个问题，你觉得人类生存的基础是唯心的、精神和灵魂的，还是唯物的、物质和肉体的？"酒德亚纪缓缓地发问，问这个问题的时候，她显而易见地认真起来。

路明非彻底蒙了，这间学院的面试官是脑子烧坏了么？第一题很科幻，第二题很奇幻，第三题忽然是道政治题，这是高中政治课的哪一节来着？唯物主义和唯心主义那一节？

难怪赵孟华那种人都没撑住，也难怪苏晓嬗说这些面试官就是要你，也许这根本就是个社会学实验什么的，也许这个世界上根本不存在什么卡塞尔学院！

他翻翻白眼，吐了吐舌头。

"这表情是什么意思？"叶胜无法记录，居然拿起摄像头给路明非拍了张照。

"我放弃，我错了，我不该来的。谢谢你们请我来，谢谢你们请我吃早餐。"

叶胜和酒德亚纪沉默了片刻："好吧，感谢你对卡塞尔学院的兴趣。"

一分三十秒，路明非创下了最快被斩的纪录。

陈雯雯拎着包在外面等他，看他满脸无所谓地出来，小跑了几步凑过来："怎么那么快就出来了？"

"挂在那道政治题上了。"路明非叹气，"你答了几道题？"

"我也是在政治题上吃亏了，答得乱七八糟，他们说我没有过。"陈雯雯低头。

转瞬之间，路明非心里涌起欢喜，伸手在陈雯雯头上拍了拍，装作这只是同学间的安慰："没事没事！疯子出的题，谁能过谁也是疯子！"

路明非陪着陈雯雯步行去坐公交车，陈雯雯老爸出差，妈妈不会开车，只能坐公交来。

一路上路明非给陈雯雯讲各种笑话，讲美国的不好，讲没准楚子航正在美国勤工俭学洗盘子。

陈雯雯开始沮丧，后来被路明非的乐观情绪感染，不由得也笑了起来。路明非心花怒放，觉得这是自己这一天获得的最大的奖励。

至于他自己，他无所谓，出不了国算什么？反正陈雯雯也不出国。

陈雯雯边走边跟别人发着信息，路明非看不到。

"你挂的那道政治题是什么？"

"他们让我用英语回答怎么看中国国际关系大变局和未来世界的多极化，这么复杂的题目我用英语怎么回答嘛。"陈雯雯回复的时候微微嘟着嘴。

深夜，叶胜和酒德亚纪坐在相对的沙发上，翻阅着面试者的简历，窗外是流光溢彩的CBD区。

卡塞尔学院的面试官们并不只是入住五星级酒店，而是包下了总统套房，包含三个卧室和一个巨大的会客厅。

"上面最看好的家伙表现得可真是差劲呢。"叶胜微微皱眉。两位面试官翻的居然是同一个人的简历，其他人的已经被丢进了碎纸机。

"往好里说是天马行空，往坏里说他似乎并不太看得上我们，没想要努力通过。"

"小丫头呢？一整天没见她，面试也不来，她也算面试官呢。"叶胜忽然想起了某个人。

"野去了吧？她根本就是来玩的。"酒德亚纪耸耸肩，"没办法，还是小女孩啊。"

"面试结果怎样？"门忽然被推开，拎着手提箱的人疾步进来，风尘仆仆，"只能买到红眼航班的票，我一个小时前刚刚降落，从机场直接过来了。"

那是个骨架宽大的老人，鼻梁上架着深度眼镜，花白的头发蓬蓬松松，看起来很久没梳理过，加上那身邋遢的西装和肥裤子，根本不像是能进总统套房的人。

可叶胜和亚纪同时起身。"古德里安教授，"叶胜点头致意，"今天我们一共面试了十七位学生……"

"别浪费时间！我只是来问路明非！我只关心路明非！"古德里安满脸紧张，好像他是学生家长，"告诉我，路明非，他答得怎么样？"这德国姓氏的老家伙居然能讲流利的中文。

叶胜和酒德亚纪对视一眼，叶胜翻出路明非的面试记录，把笔记本递到古德里安面前："一分半钟就离开了。"

"最强的人交卷永远是最快的！"古德里安根本没耐心看记录，兴奋地搓着手，"答得怎么样？"

"第一题，他相信有外星人，因为觉得如果没有外星人，在宇宙里人类会很孤单。"叶胜苦笑。

"完美的答案！令人感动！"古德里安赞叹，"不愧是路明非！"

"第二题，他也相信超能力，但是讲不出理由。"

"天才！"古德里安竖起大拇指。

叶胜和酒德亚纪对视一眼："面试题就够离谱的了，难道标准答案也那么离谱？"

"让我给你们解释！"古德里安神情凝重，"这些题目看起来离谱，但都是精心设计的，目的是洞察面试者的内心。第一题，他说他相信外星人，还提出很关键的'孤独感'，正是亘古的孤独感凝聚着我们的族群！一语中的啊！对于普通人来说，我们岂不正孤独得就像漂泊在宇宙中的外星人么？第二题，真正的信仰是不需要理由的，那是从内心生出的、天然的执着，如果他编造理由，反而会减分。第三题他怎么回答的？"

酒德亚纪翻了翻白眼，吐了吐舌头："他是这么回答我的！"

古德里安长叹："太优秀的年轻人！如果我不是提前知道了他的血统优势，我会以为他偷看了标准答案！"

"这也行？"叶胜目瞪口呆。

"他这是在告诉你，不可说。这样深刻的问题，人类至今都没能找到真正的答案。无论他给出什么答案，都是草率的和片面的，我们的路明非觉察这道题中的精义，不说话，而是用表情回答了你。这往小里说是一种巧妙的回答，往大里说是一种禅机，这让我想到日本僧人千利修将花瓣洒在水上做出的插花，又像是六祖慧能和神秀的论辩！玄而又玄，众妙之门啊！"

"教授，想包庇的话可以更直接一点，反正最终是您决定录取谁。"酒德亚纪说，"他就像是太子，我们来是陪太子读书。"

古德里安摊了摊手："好吧，你们说得也对，无论他回答什么，都会被录取。"

"我理解学院会给予血统优势的学生很多方便，不过这样包庇……是不是太明目张胆了？"叶胜摇头，"要是这样，我们还面试什么？您直接把录取通知书寄给他就好了，再说愿意负担他的全部学费和食宿，那是个要求不高的家伙，他一定会接受的。"

"形式上总要走一走的，可别打草惊蛇，吓到他就不好了。几十年过去了，我们终于又等到了S级的候选者，一定要温柔对他！对！温柔地骗他来上学！"

叶胜和酒德亚纪对视了一眼："真的是S级？你们确定？"

"没错，校长亲自跟我确认。这场面试，是为他一个人准备的！"古德里安压低了声音，"S级是绝不会错的，如果我们认为S级不合格，那错的只能是我们！"

满场肃然。

"啊！"亚纪忽然出声。

"忽然鬼叫什么？"古德里安说，"难道你们当场羞辱了我们的S级？你要对他温柔一点，不要吓唬他啊！"

"比那更糟糕，教授您心爱的S级候选者应该是觉得自己毫无希望，他表示放弃，然后直接退出了考场。"亚纪说，"这就是他只用了一分半钟的原因。"

"答得那么好，为什么要弃权？"古德里安双眼瞪得铜铃般大，"你们怎么不阻止他？"

"那种情况下怎么阻止呢？难道跪下抱着他的大腿求他不要走么？"叶胜捂脸。

"要挽回！必须挽回！我给学生家长打电话！我跪下去求他！"古德里安摸索全身找手机。

叶胜叹了口气："我来打吧……您这样会吓到学生家长的。"

深夜三点，万籁俱寂，电话铃声横穿路明非家的走道。

婶婶从睡梦中惊坐起，扭头看见床头柜上的电话响得无比欢快，几乎是在蹦蹦跳跳。

"你家死人啦？半夜三更打电话！"婶婶抓起电话，怒气冲冲地喊。

很快，她的怒容消退了，一句话都说不出来，叔叔也从被窝里坐起来，看见老婆头发散乱，目光呆滞，像是被雷劈了。

路鸣泽也被隔壁的电话铃声吵醒了，扭头看旁边的床上，堂兄在梦里舔了舔嘴唇，发出猪一样快乐的哼哼。

次日上午，丽晶酒店顶层的餐厅。

老路家全家倾巢出动，围坐在风景最好的那张靠窗长桌边。

叔叔西装笔挺，微微腆着肚子，低声教育路明非和路鸣泽来这种高级场所一定要懂规矩，婶婶则四下顾盼，啧啧赞叹高级酒店就是高级。

"路明非先生？绿茶还是黑茶？"侍者走到桌边，直接对着被叔叔婶婶夹在中间的路明非发问。

"都什么价位啊？"叔叔展现出经常出入高级场所的派头。

"对总统套房的客人全部免费，古德里安教授订的是总统套房。"

Chapter 1
The Gate To Cassell

"美国学校真有钱啊！"婶婶嘟哝。

叮的一声，电梯开门，花白头发的魁梧老人向着他们的桌子大步走来，左牵黄右擎苍。左边是叶胜，右边是酒德亚纪，俊男美女，威风凛凛，衬得这邋遢老头也威风起来。

古德里安二话不说，一把握住路明非的手："你好！你好！你好路明非！"有种粉丝见到偶像的热切。

"你好……古德里安……教授？"路明非不知所措，"您中文说得真好。"

古德里安眼睛一亮，高兴地抓头："有这么好？我跟着中央电视台新闻联播学的，我们学院全面普及中文，谁都知道中国将成为世界上最繁荣的地方嘛！"

"贵校都说中文？"叔叔有点不信。

古德里安根本懒得搭理，他眼里只有路明非："加入我们，不需要英语的，全校学生都说中文！"

路明非也挺蒙的，想到酒德亚纪一个日本姑娘也是一口流利的中文，莫非这间学院是专门研究中国文化的？而他就英文成绩还好，这点优点人家都不在乎，到底看上他什么了？

"你好！古教授，我是路明非的叔叔！Welcome to China！"叔叔不甘寂寞地插入古德里安教授和路明非之间。

古德里安这个德国姓氏对叔叔来说颇为拗口，他巧妙地简化为"古教授"，但洋文还是要转两句的，显出老路家的底蕴不俗。

"贤叔侄长得可真不像。"古德里安敷衍地跟叔叔握手。

叔叔皱皱眉，这古教授虽然财大气粗住总统套房，可说话有点脱线，难道不该称赞一下老路家一家都是人中龙凤么？

叶胜扯了扯古德里安的袖子，三个人坐在桌子对面。

"用早餐吧。"古德里安左手叉右手刀，目光一直落在路明非身上。

路明非觉得他看自己的眼神好比饕餮客看一只烤鸡，充满期待。

早餐就包含了珍贵的鲟鱼子酱和香槟酒，全套的纯银餐具出自法国顶级的银器品牌 Christofle，如此奢华，显然是酒店为总统套房的客人刻意安排的。

这一切立刻打消了叔叔的不快，反正路明非长得不像他也不是什么丢脸的事，他自觉比路明非老爹路麟城帅得那不是一星半点。

香槟迅速拉近了宾主之间的关系，古德里安盛赞路明非在面试中表现出色，叔叔也乐得称赞卡塞尔学院不愧是贵族学校，单看这面试的排场就能叫中国大学惭愧得无地自容。

叶胜早有准备，把美国教育部注册颁发的大学执照副本拿出来供婶婶观赏，婶婶根本来不及质疑卡塞尔学院是《围城》中的克莱登大学那类野鸡大学。

叶胜又打开自己的手机相册，一一介绍说这是卡塞尔学院的图书馆，这是卡塞尔学院的运动馆，这是卡塞尔学院的音乐厅。

照片中的学院用暗红色的花岗岩建造，依山靠湖，风格古雅，像是一座全面翻新的古堡，青春靓丽的学生们穿行在精美的哥特式门廊下。

照片里还有一张是叶胜自己乘着帆板，背后千帆竞逐。叶胜说那是学院每年固定的帆板赛，卡塞尔学院已经连续三年压过了芝加哥大学。

在如此强大的攻势下，婶婶也被折服，啧啧赞叹说我们家明非能上你们学校真是前世修来的福气！古德里安谦虚说哪里哪里，有路明非这样的俊才加入卡塞尔学院，是我们的无上荣光才对！

路明非夹在中间，有种奇怪的感觉。这好像是嫁女，他是个留在家里原本应该赔钱嫁出去，反而赚回来聘礼的女儿，男方很急切，女方家里也乐得顺水推舟。

他鼓了鼓勇气："古德里安教授，请问卡塞尔学院到底看中我什么？"

桌上的气氛忽然间就冷了，婶婶恨不得抽他，心说你这不开眼的死孩子，敢情人家看得起你你倒还有意见了？

"潜力！你的潜力连你自己都不知道！"古德里安严肃地回答，完全不像是开玩笑，"唯有在卡塞尔学院，你的潜力才能被激发出来，才能成为……"他顿了顿，"我准备从我的名下拨出每年三万六千美金的奖学金，足够你念完四年大学。尽情地开启你的天才之路，其他的交给我们！"

叔叔婶婶同时倒抽一口冷气。

"古教授……这……可别是有什么附加条件啊？什么事后得还钱之类的……我们可要先说清楚。"叔叔觉得不对。

"不需要！绝不需要！奖学金，就是奖励你的侄儿，因为他很优秀！"古德里安义正词严。

"这话听起来假。"叔叔摇头。

桌上的气氛更冷了。叶胜有点紧张，古德里安教授还是操之过急了，昨晚他还说要温柔地对路明非，可今天这跪舔的姿势略有点猛，反而适得其反。

"当然，除掉明非本身的优秀潜力，还有一个很重要的附加原因。"古德里安缓缓地说，"原本不想讲出这一点，明非你的父母，是我校的荣誉校友。"

路明非忽然抬起头来，心里像是有只小兔子一蹦一蹦。

他很久没有收到父母的消息了，偶尔母亲写信来不过是千篇一律地叫他保重身体好好学习。路明非有时觉得那些信都是敷衍他的，其实父母根本不关心他了。

但在他人生选择的重要关头，爹妈竟然以这种方式出场了，而且有着如此这般的能量。

"他们很关心你，为你的事特意写信给校长。"古德里安教授说，"所谓荣誉校友，是对学院有着突出贡献的校友，他们的子女，我们总是优先录取的。"

"你弟弟是美国毕业的？"婶婶疑惑地问叔叔，"他不就是一个小研究所的研究员么？乔薇尼也不像是留过洋的啊！"

"他不经常全世界跑开他们的学术会议么？去那里进修过也是有的。"叔叔回答得很含混，显然也是对弟弟不太关心。

古德里安摸出一张照片，推到路明非面前。

那是一个夏季的花园，夕阳西下，远处依稀是卡塞尔学院的剪影，近处则是深绿色的蔓墙，一男一女携手在蔓墙里散步，男人穿着宽松的白衬衣，女人穿着象牙白的棉裙。

神仙眷侣四个字在现代社会说起来有点刻意，但照片上的两个人看着真就是神仙眷侣。

路明非伸出手指，轻轻地触摸画面上两个人的脸。那就是他的父母，可是离他真远啊，远在他永远都去不了的世界角落。

他鼻子有点发酸，照片上男女相互凝视，笑意里满是深情……喂喂，你们的二人世界真的很好，在那个世界里，你们是不是忘了自己还有伙生过一个孩子？

婶婶发表了精要的评论："都上岁数的人了，还挺会搞浪漫！"

古德里安又递来一封信，信很简短，应该是电子邮件打印出来：

亲爱的昂热校长：

很久没有联系，希望您的身体和以前一样好。

我们应该还有很长时间不会见面，最近的研究很紧张，我们没法离开，所以请一定留住您的红茶，等我们回去品尝。

我的孩子路明非已经年满十八岁，他是个聪明的孩子，也许成绩不那么好，但是我们都相信他会在学术上有所作为，所以如果可能，请卡塞尔学院在接收他入学的事情上提供帮助。

不能亲口对他说，只好请您代我转达，说爸爸和妈妈爱他。

您诚挚的，乔薇尼

路明非反复地读着那封信，久久没有说话。

古德里安凝视着路明非的眼睛，清了清嗓子，无比深情地用新闻联播般的语气说："明非，爸爸妈妈爱你！"

路明非瞪着眼睛，彻底蒙掉，叔叔和婶婶也蒙了，不知道教授阁下这是演的哪一出，他甚至努力地模仿了女人的腔调。

"校长要求我务必把你父母的问候带到，"古德里安用回自己的声音，"我带到了。"

路鸣泽一个没忍住笑出声来，叔叔和婶婶也跟着绷不住了。这位古教授也真是个实心眼的人，校长叫他转达问候，他就模仿乔薇尼说话，要是乔薇尼在信里说明非妈妈吻你，古教授难道要当场亲吻路明非不成？

古德里安根本没有明白这阵笑声中有多少善意多少恶意，跟着哈哈大笑，还拍打路明非的肩膀，意思大概是小伙子开心吧？你爸爸妈妈对你这么好！

餐桌的气氛再度融洽起来。叔叔估计是想这么萌的一个老头儿应该不是骗子，放下了戒备心，主动跟古德里安碰杯，婶婶陡然间也亲切了很多，话里透出自己也是学院家属的意思。

"我去一下洗手间。"路明非站了起来。

路明非靠在洗手间的门上，眼泪无声地流了下来。

那些人都笑，就他觉得都没什么可笑的，他很想哭。

他活到十八岁，没有任何值得骄傲的事，没有存在感，爱做白日梦，没人在乎他想什么，也没人在乎他做什么。

他特别会装傻、装面瘫、装无所谓，装鸵鸟把头埋进沙里去。

同学们一个个被家中的车接走时，他故意扭动肩膀装得很洒脱，那些车都开走之后他才回望停车场上卷起的尘土，心想这个世界上大概是没什么人爱自己的。

爱这个词对中国人来说是个大词，等闲说不得，爱国爱校爱社会主义是没问题的，却很少会跟孩子说。但人家的父母虽然不说，做却还是照做，爱起孩子来比热爱祖国显然是使劲儿多了，嘴里说着我家那个臭小子死丫头，可孩子在学校被人欺负了真能上门去跟对方家长玩命。

爱对路明非来说是个奢侈品，比他不曾拥有过的限量款阿迪达斯鞋子更奢侈。他甚至已经接受了自己是不可能有一双正版阿迪达斯球鞋的事实，何况是更奢侈的东西呢？

但乔薇尼一语惊人："明非，爸爸妈妈爱你。"

其实在纸上看到的时候他没什么感觉，可从古德里安教授嘴里说出来，他忽然就相信了。

那一刻，那张照片上长发如云的中年妇女仿佛端坐在他面前，凝视着他的双眼，一字一顿地说："爸爸妈妈爱你！"

有些话是一定要亲口说出来的，说出来和写在纸上不一样。亲口说出来的爱像是一个凶狠的誓言，长矛一样刺穿了路明非装出来的厚脸皮。

路明非也觉得自己挺傻的，可想哭也没办法，只好躲到洗手间里来。他靠门蹲着，眼泪哗哗，在瓷砖上画圈儿，准备哭一会儿再出去，就说是解了大便。

这时一双白色的高帮帆布鞋出现在他面前。

路明非惊讶地抬头，面前站着一个高挑明媚的女孩儿，白色的高帮帆布鞋，水洗蓝的修身牛仔裤，白色的小背心外面罩了件蓝色竖条纹的短衬衣，头顶扣着一顶棒球帽。

路明非觉得有什么不对，但又想不明白，眨巴着眼睛。

女孩斜眼看着路明非，耳垂上的银色的四叶草坠子摇摇晃晃，光芒刺眼。

"这是女厕。"女孩冷冷地向路明非揭示出问题所在。

路明非耷拉着脑袋回到餐桌边，高挑明媚的女孩冷着脸跟在后面，像是押解犯人。

"诺诺？你回来了？"古德里安起身招呼女孩，"介绍一下，这是我校二年级学生陈墨瞳，这次算是我们的随员。诺诺，这是你的新同学路明非。"

"诺诺？"路明非听这名字耳熟，但想不起来。

"昨晚吃了大排档，肚子不太舒服，刚才一直在洗手间里。"陈墨瞳在酒德亚纪旁边坐下。

"为什么没有叫我一起？我也听说过大排档，"古德里安遗憾地说，"听说是中国的特色美食。"

"教授你记错了，真正的特色美食是火锅，够爽够辣，包你满意。"陈墨瞳拿起刀叉，从酒德亚纪的盘子里叉走了一个金枪鱼卷。

酒德亚纪笑着看她，有种姐姐溺爱妹妹的表情。

"我还有一个，也给你吧。"叶胜把自己的金枪鱼卷也叉给陈墨瞳。

"你们这么默契，真像夫妻，你们为什么还不结婚？"陈墨瞳嘴里塞着食物，含糊不清地说。

叶胜和酒德亚纪对视了一眼，气氛有点尴尬。

路明非很感激这女孩没有说出他的窘事，可是自从她出现在餐桌上，其乐融融的气氛就消散了。

她委实不是一个懂礼貌的人，坐在靠窗的位置上，谁也不看，自顾自在面包上抹着黄油。阳光里她的长发透着极深的红色，像是葡萄酒。

她根本懒得参与他们的对话，在她眼里路明非应该还没有那个抹满黄油的面包来得重要。

叔叔偷眼瞥着陈墨瞳，路明非知道他在看什么，婶婶坐在旁边，叔叔不至于有胆子偷看漂亮女孩。

叔叔在意的是陈墨瞳手腕上那只银光闪闪的腕表，造型方正的一块男表，戴在

31

她纤细的手腕上却很合适，有股子英气。

路明非不知道那块表的牌子，但从叔叔的表情来看价格不菲。这女孩年纪轻轻戴得起那么贵的手表，想必家境富裕，是那种娇生惯养的小公主，也就解释了她为何目中无人。

"你介不介意我也吃掉你那份？"陈墨瞳忽然盯着路明非看。

路明非只能点头，多不容易，公主殿下凝视他的眼睛跟他说话，就为了一只金枪鱼卷。

"诺诺！注意礼貌！这是新同学！"古德里安提醒。

"反正他也没有胃口，"陈墨瞳叉走了金枪鱼卷，"你们看他神不守舍的，我猜他现在去上洗手间，会走进女厕所都难说。"

路明非心里咯噔一下，陈墨瞳狡黠地笑笑，把路明非的早餐盘整个端了过去。

"明非你难道还有什么不放心的地方？"古德里安赶紧追问，"卡塞尔学院的入学机会非常难得！你可千万要珍惜啊！"

"我……我还得想想。"路明非的声音低得像蚊子哼哼。

叔叔婶婶和路鸣泽都傻了，之前这一家三口还都有点妒忌路明非的狗屎运，眼下则是恨铁不成钢。

天上掉馅饼的好事还需要想？人家求都求不来，要做的就是立刻跪下，然后张大嘴……错了错了，他应该一把拉住路鸣泽跟教授说，我弟弟也是仕兰中学的优等生，他比我还棒！

古德里安紧张起来："有什么条件我们能满足的？你都可以提啊！"

作为面试主考官，这句话问得简直丧权辱国，倒像是慈禧太后的那句名言，"量中华之物力，结与国之欢心。"

"没有没有，"路明非更紧张，"我我……"

"是因为女朋友吧？"陈墨瞳闭目思索，叉子在纤细的手指间翻转，"让我猜猜……"

她忽然睁开眼睛："同班同学！温柔！贤淑！安静！爱看书的文艺女孩！"语速快得就像竹筒倒豆子。

在她睁眼的那一刻，某种神秘的气氛嘭地炸开，那双略显诡异的深红色的瞳孔如巫婆手中的水晶球那样的深邃，路明非一个失神，只觉得要被吸进去。

诺诺自己就是那个通幽的小巫婆，她干脆利落地勾勒出了陈雯雯的模样，一个字都没浪费。

路明非吓得汗毛竖起，连路鸣泽都有点被吓到。他是知道陈雯雯的，诺诺那句话出口，路鸣泽只觉得那个穿白棉布裙子的女孩好像就坐在面前的阳光里看书。

叔叔婶婶立刻投来了狐疑的目光，桌上忽然间寂静无声，只有陈墨瞳咀嚼的声音分外清晰。

"诺诺,别开玩笑。"酒德亚纪说,"你们才刚认识。"

"看你们紧张的! 我就瞎猜,"陈墨瞳狡黠地一笑,露出闪亮的牙齿,"不,猜都不用猜,他这种死宅能认识什么女孩? 肯定是同学咯! 看他那副模样,我要说他的女朋友是那种特别酷特别御姐的那种,你也不会信对不对? 肯定是温柔似水的小女生啦。"

酒德亚纪居然真的思考了片刻,点了点头,似乎是认可了陈墨瞳的猜想。

"明非! 可别因为树木而放弃森林啊!"古德里安语重心长地说,"谁都知道大学才是恋爱的天堂,中学时代的爱情不过是一场预演。"

路明非心说喂喂喂! 这位老师你的节操在哪里? 你的意思是进了我们卡塞尔学院有的是你可泡的女生么?

想到这里他不由地瞥了一眼陈墨瞳和酒德亚纪,以这两位师姐加旁边那位师兄来看,这间学院的颜值确实能打。

"没有的事,谁看得上我啊!"路明非赶紧抓起一根芦笋塞进嘴里,掩饰自己的尴尬。

"我哥怎么会有女朋友? 我哥那么爱学习的人,作业就是我哥的女朋友!"难得少有,路鸣泽也站出来给路明非撑腰,虽说语气里透着点嘲讽。

路鸣泽不愿说破这件事,首先是陈雯雯只是路明非的暗恋对象,其次他反复跟婶婶渲染仕兰高中是个学习压力多大的地方,没什么人有时间谈恋爱,如果婶婶知道路明非都暗恋某人,那恐怕盯路鸣泽会越发地紧。在这件事上,堂兄弟是一根绳上的两只蚂蚱。

所有人都不约而同地呼出一口气来,尤其是古德里安,尽管路明非有没有女朋友这事按理说跟他一毛钱关系都没有。

"没有就好,你要是早恋我怎么给你妈交代?"婶婶也松了一口气,"学生就该以学习为重。"

首先她很信自家儿子的话,其次她也觉得不该有人那么瞎眼,能上仕兰中学的女孩都是大家闺秀,哪里轮得到路明非?

一场小小的危机终于解除了,路明非如释重负。而这场危机的始作俑者陈墨瞳一脸的事不关己,喝着橙汁眺望窗外。

路明非心有余悸地瞥了她两眼,真的只是瞎猜?

"你在升三级基地。"陈墨瞳吐出吸管。

谁都听不懂她在说什么,唯有路明非心里一寒,嘴里的芦笋掉到了盘子里。

夜深人静,路明非坐在笔记本前,同时挂着两样东西,QQ 和《星际争霸》。

他被叔叔婶婶埋怨一天了，说他纯属不知好歹。任凭古德里安好说歹说，路明非都说要想想。

"有什么可想的？你还想去哈佛啊你？过了这村就没这店了！你这就是烂泥扶不上墙！"婶婶最后恶狠狠地下了定论。

路明非真要拒了卡塞尔学院，路鸣泽怎么办？婶婶后来越聊越上心，应该是想着路明非去美国读了大学，也能帮路鸣泽找找机会。

诺诺真的猜出了路明非的心事，他就是因为陈雯雯。

因为打星际的缘故，路明非也读各种星际小说。有篇很古早的星际小说，叫《血染的图腾》，说在外星作战的巨型机械人偷用军用网络，和地球上的小女孩聊QQ的故事。

那个名叫"哥斯拉"的巨型机械人在铅灰色的云下，一边枪林弹雨打虫族，一边和小女孩谈天说地。可小女孩不知道，小女孩以为那是个爱开玩笑的大哥哥。

有一天哥斯拉跟小女孩说我要死啦，我的电池液都流光了，我快没电了。

小女孩说你不想说了就不说了呗，我们明天见。

哥斯拉说跟你聊天的感觉真好。

然后它被迫断线了。在遥远的行星上，一只暴躁的小狗跳上巨型机械人的残骸，用利爪撕裂了它的电路。

路明非觉得自己就是那个巨型机械人，陈雯雯就是那个小女孩。陈雯雯会把心里很秘密的事情跟路明非说，路明非很高兴，回复各种可爱的表情，表示他在认真听。可陈雯雯永远不明白路明非为什么这么做，也不知道路明非一个小时一个小时地挂在QQ上等她。有一天路明非这个巨型机械人的电路断掉了，陈雯雯不知道会不会悲伤。

路明非想着想着就很难过，有种胸口里流淌着电池液、周身电路劈里啪啦作响的悲剧感。

文学社的群里安安静静的，陈雯雯不在，就不会有人讨论文学。大家讨论文学的美，主要还是因为缪斯的美，缪斯穿着白棉布的裙子坐在阳光里，长发披散，那才是文学的美。

《星际争霸》的群里，老唐正在跟一群小兄弟传授战术，自从他战胜路明非，就在群里以第一高手自居了。

大脸猫头像跳闪，"诺诺"上线。

路明非犹豫了一下："是你？"

"是我，"诺诺的回答显得懒洋洋的，"没事干就来打两盘。"

"你怎么知道我的ID？"

"网络无所不能。嘿！你居然用'明明'这种ID，像女孩似的，还有'夕阳的刻

Chapter 1
The Gate To Cassell

痕'……你装妹子啊？"

"这都能给你搜到？千万保密千万保密！那是我逗我弟玩的。"

"逗你玩的，我搜不到，诺玛搜索到的，这种事对诺玛来说小菜一碟。你星际真是打得不错。"

"行了，都输给你了。"

"输的是我，那盘是诺玛和我一起打的，我们两个控制一家。最后我知道你在升三级基地，也是诺玛偷偷开了地图，看见了。"

"作弊死全家！"路明非随手打出这句话。

真的只是随手，这种话玩家之间随便说，没谁会真的往心里去。

"我家只有我一个人。"诺诺回答。

路明非愣了一下："对不起。"

"这有什么对不起的？"诺诺倒是无所谓，"玩一盘？"

"没心情。"

"失恋了？"

路明非打个寒战，诺诺像是个小巫婆似的，看穿了他的一切，叫他无处容身。

"我没有女朋友，怎么失恋，姐姐你想怎样？"他负隅顽抗。

"姐姐叫得还蛮甜的，"诺诺扔出一个龇牙咧嘴的笑脸，"来吧，说说到底怎么回事，我也许能帮上忙。"

"你帮什么忙？你又不认识她。"

"我是不认识陈雯雯，可她是女孩我也是女孩。"

"你到底知道多少？"路明非越发惊恐。

"太多了。"

"你们……到底是谁？"

"很可疑对吧？你父母六年没回家，忽然推荐你上一个美国学院，你成绩一般……不，是差劲得很，学院却授予你高额奖学金，你在面试时分明胡说八道了一通，可面试官说你答得太好了。跟这些比起来，我知道你暗恋谁，实在不算什么。"

"是啊，只有叔叔婶婶不怀疑，他们觉得我爸妈什么都能做到，一路上都在问我要怎么把我弟也办出去。"

"求我啊！求我我就告诉你，比如……陈雯雯在想什么。"小巫婆的邪恶本质又在蠢蠢欲动。

"你知道？"

"女性的直觉告诉我……"

"什么？"

"她不喜欢你。"

35

"滚蛋！"

路明非不信。

他记得那个安静的下午，教室里只有陈雯雯和他两个人，他在擦黑板，陈雯雯穿着白棉布裙子、白球鞋、白短袜，坐在讲台上低声地哼着歌。窗外的爬墙虎垂下来，斜光穿帘，照在新换的课桌上。

陈雯雯忽然扭头问路明非，你加入不加入我们文学社？

路明非觉得自己瞬间石化，只剩一颗心突突地跳着。窗外的花草疯长，夕阳正下坠，蝉鸣声加速了一百倍。时间从指间溜走，光阴变化，而他和陈雯雯的凝视像是永恒。

"别嘴硬！来，跟我说说情况，你给人家送过花没有？"诺诺问。

"穷！没钱买花！"

"请过看电影么？"

"学校搞革命影片教育展播的时候，《闪闪的红星》那场，我坐在她旁边。"

"她生日是几月几号？"

"10月10号。"

"送过生日礼物没有？"

"她拿我的笔给送她贺卡的男生写回信，后来没把笔还给我，第二天说那就算礼物了……"

"敢情你喜欢一个姑娘那么久，没送过花没请过看电影没送过生日礼物，你能更没出息一点么？"

"我也觉得不能了！"

"真丢我们卡塞尔学院的脸！"诺诺看起来是怒了，"来，师姐教育你一下！这么普通的妞儿你都追不上，你要是真来了我们学院怎么混？"

"已经坐好！认真听讲！"

"首先，所有女孩都是要追的！你不主动，还惦记着人家主动跟你表白呐？有些话，是一定要说的！"

路明非心里一动，好像这话还真有点道理。诺诺那种漂亮姑娘，应该是懂得些门道的。

"其次，对于女孩而言，最重要的无非是幸福感，你试过给陈雯雯幸福感么？"

"幸福感？"路明非一愣。

"比如说，假设，只是假设哈。我们反过来假设，是陈雯雯很喜欢你，你对她没什么感觉。可要是有一天你考试考砸了，无比沮丧，忽然看见陈雯雯开着一辆法拉利来接你，在大庭广众之下摸着你的头发说，乖，别担心，下次会考好的。你是不是觉得幸福得要爆了？就算你对她没感觉，是不是也立刻从了？"

"立刻！绝不犹豫！给自己套上一根狗绳儿，就汪汪地跟她跑了！"路明非答得斩钉截铁。

"没出息！这样就显得太贱格了，怎么也得小小地扭动一下，欲迎还拒嘛！哈哈！"

"师姐在上，那我该怎么办？"路明非很有拜师的诚意。

"破釜沉舟！对所有人说你喜欢她，大声地说，把男人的尊严和未来都赌上去。就算她不接受，也会记得你。"

"她不接受怎么办？"

"带着你美好的失恋记忆飞往美国。"

"听起来好惨。"

"爱一个人不容易的，得在万军丛中杀出一条血路！最后一条狗，穿越无数龙骑的炮火，在剩下最后一滴血的时候，挥出改变战局的一爪！"

"这是要在路上捐躯的节奏。"

"要是死在半路上了，也别后悔，总之，不冲向炮火的狗不是好狗！"

路明非一愣，觉得诺诺这话有杀气，顺着那股子杀气就联想到诺诺那张漂亮冷漠的脸。

那是个钢刀一般亮钢刀一般快的女孩，现在她挥刀了，一刀正中路明非的心头，血花四溅！

诺诺把他点燃了。那个瞬间，路明非做了人生十八年来最大胆的决定，要做那只冲向炮火的小狗！

在毕业前的最后三个月里，跟陈雯雯当同学的最后时间里，他要跟陈雯雯亲口说他喜欢她三年了。无论这一爪能否攻破女孩的防线，但他决心要做一条好狗。

"明白！"他说。

"带束玫瑰花去！要有感人的背景音乐！要看着她的眼睛说！最重要的就是要当着所有人说出来，这是你的觉悟！好运！小弟！"

"得令！"路明非想象是一位威风凛凛的女将在对他这个马前卒下令。

"不过，在你成功的时候，卡塞尔学院这条路，对你也就永远封闭！"

说完这句，诺诺直接下线了，没给路明非回答的机会。

路明非仰起头来，长长地出了一口气。他跃跃欲试，觉得这次大胆的表白会成功，为此不去美国读书算不了什么。

只是从此再也见不到诺诺了吧？小有点遗憾，那个原本有可能成为他师姐的女孩可真是仗义。

他看着屏幕上那个灰色的、再也不跳动的大脸猫头像，忽然觉得这是个魔法，在他成功表白的一刻，卡塞尔学院、古德里安教授和诺诺都会像泡沫一样从这个世界上消失。

丽晶酒店行政层的套间里，诺诺悠哉游哉地喝着咖啡。

苹果笔记本的屏幕上，QQ并没有关闭，只是开启了隐身，路明非最后一条留言过来了，是简单的"谢谢"两个字。

另一个对话窗口，名叫"索尼克"的人发来新的信息："玩笑开大了吧？如果唯一的S级候选者为爱情放弃卡塞尔之门，校长会疯的。"

"逗他玩而已。"诺诺冷笑，"那种表白怎么可能成功？陈雯雯是很固执的女孩，她喜欢的，才会接受，不喜欢的，给得再多她也不会理。"

"你能更没有道德一点么？"

"不能了，"诺诺耸耸肩，"我得承认这是我做过的最没道德的事。"

"欺负新生那么好玩么？"

"他可是S级，你我也只是A级，现在不欺负他，进了学院就不好欺负了。"

"希望别出意外，如果陈雯雯和路明非一样闷骚，喜欢路明非三年了但是不愿意跟他说，只差一个表白。你就把所有的事情都搞砸了。"

诺诺吐吐舌头："不会那么衰吧？"

"学生会需要这样的人，唯一的S级，绝对不能落入狮心会的手里！"

"诺诺，"叶胜推门进来，"古德里安教授叫你。"

"哦！"诺诺穿上棉拖鞋，捧着咖啡杯一溜小跑往外。

客厅里，古德里安、叶胜和酒德亚纪围着茶几而坐，神色凝重，茶几上放着一份刚刚打印好的文件。

"诺诺，路明非只能交给你了，"古德里安敲敲那份文件，"学院刚传过来一份履历，有个血统非常过硬的俄罗斯候选人，我必须立刻去俄罗斯面试。"

"我？"诺诺一愣，"怎么不交给叶胜和亚纪？"

"'夔门计划'的时间提前，校长今晚落地中国，曼斯教授通知我们立刻赶往四川报到。"叶胜说，"我和亚纪还需要一点时间做配合性训练。"

"说走就走，三峡水库里的东西真有那么危险？"

"等到你将来出任务的时候你就会明白，危机就像滚雪球，行动一旦开始，一小时一分钟都没法等，"叶胜神色凝重，拍了拍诺诺的肩膀，"有些时间点错过一次，就好比错过一生。"

"这话你应该拍着亚纪的肩膀说，然后说所以我跟你求婚。"诺诺白了他一眼。

叶胜尴尬得手足无措，酒德亚纪则红了脸。

"好吧，有什么需要吩咐的？"诺诺转向古德里安，"如果那小子真不开眼，非拒绝我们的邀请，要我把他绑架到美国去么？"

古德里安神色凝重地点点头："必要的时候，我授权你动用武力！"

"如果陈雯雯敢答应，就警告她，让她懂事。"叶胜补充，此刻这个阳光青年邪魅得就像黑山老妖。

路明非觉得诺诺是个天使，会带来好运。

诺诺下线后没几分钟，陈雯雯忽然在群里说话了，那些隐身的家伙也都纷纷跳了出来，围着缪斯搭茬儿，个个文采飞扬，全不像正在高考噩梦里煎熬的样子。

"毕业前文学社搞一次聚会吧？"陈雯雯提议。

一群人欢呼雀跃，路明非也夹在其中。陈雯雯的提议基本不会有人反对，赵孟华开玩笑说，陈雯雯就像文学社的刘备，因为对男人有绝对的吸引力。

"聚餐？没意思，最近我减肥。"苏晓嫱冷冷地说。

苏晓嫱愿意屈尊降贵加入文学社，谁都没有料到。

网球社和台球社的社长都是苏晓嫱的仰慕者，巴巴地邀请，可苏晓嫱连正眼都没给一个，却加入了死对头负责的文学社，看起来不像是来入伙的，倒像是来砸场的。

苏晓嫱的目标并非是陈雯雯，而是赵孟华，对此"小天女"毫不隐讳而且大张旗鼓。她请女生们吃必胜客，吃到一半忽然站起来，举着一杯啤酒说，我请大家吃饭，就是跟大家说我就是喜欢赵孟华，跟我抢的就来，人再多我都不怕！

路明非挺喜欢苏晓嫱这个臭脾气，但苏晓嫱有本钱说这话，他没有本钱，只能每天上线等陈雯雯。

"不聚餐，我们包个电影院的小厅看电影吧。"陈雯雯说。

路明非心里一动，诺诺的话忽然浮现在耳边。电影院小厅？老天爷太给面子了吧？这听起来就是为他的告白准备了一个会场！

"看什么？"有人问。

"《机器人总动员》怎么样？"陈雯雯说，"看完电影去玩桌游喝东西。"

"《WALL-E》？老电影了，不看新片么？"赵孟华说，他这种英语狂人从不看中文版电影，说起大片也只说英文名。

"那天看到一篇写得很好的影评，就想再看一遍。"

"我包所有小吃和饮料，其他我不管！"小天女豪气干云。

"那我们两个绝配啊！我帮你吃小吃喝饮料。"路明非的贱话脱口而出。

"不要脸！谁跟你绝配？"小天女十二分的鄙夷。

大家七嘴八舌地提建议，毕业前社团包场看一部有爱的动画片，听起来是个很有纪念意义的事。

有爱的动画片！关键是有爱！路明非的心里像是要开出花来。

仿佛冥冥中的暗示，陈雯雯选择了《WALL-E》。

那部电影的主角是个灰头土脸的小机器人WALL-E，是个收垃圾的小家伙，爱上小公主一样雪白的机器人女孩EVE。

当年路明非翻来覆去地看，看到某一幕的时候居然感动得流下泪来。那一幕是WALL-E被邪恶的船长压成了一堆废铁，EVE赶着去寻找零件救它，抱着WALL-E飞行，嗖地突破了音障。

那就是爱情吧？捡垃圾的小机器人都有春天呐！路明非觉得超感人。

"路明非跟我一起去买票，大家把钱都给路明非。"陈雯雯说。

群里一片附和，路明非这个文学社理事的主要任务就是挨家挨户地收钱和跑腿，这个活儿交给他也是惯例。

但是，这一次陈雯雯说她要一起去。

同一条路，和某些人一起走，就长得离谱，和另外一些人走，就短得让人舍不得迈步子。

路明非和陈雯雯并肩走在那条鹅卵石铺的沿河路上，一步三晃，磨磨唧唧。

这条路路明非每天放学都走，偏偏今天觉得它真是短得可恶，市政府怎么就不多花点钱，把它修到五十公里长呢？

"路明非你想报哪个学校？"陈雯雯问。

他们刚去电影院包了厅，路明非又陪陈雯雯去买了一纸袋风铃草。路明非偷偷看了玫瑰的价格，不逢年过节的，似乎也不算贵，九十九朵的钱他还凑得出来。

陈雯雯抱着一纸袋风铃草和他漫步着回家，路明非第一次知道陈雯雯的家其实距他家不远。陈雯雯穿着入学时那身白棉布裙子，裙子上有好闻的味道。

"随便，只要我能考上。"路明非说。他不好意思说自己通过了卡塞尔学院的面试。

"你会报本地么？"

路明非心里一动，心想陈雯雯是在悄悄地问他会考去哪里啊。有门儿！

"随便哪里！同学多的学校最好了！"

陈雯雯无声地笑笑，低低地"嗯"了一声。

两人低着头默默地走，路明非数着步子，心里开心，觉得自己和陈雯雯之间有着微妙的默契。

"喂！你怎么看起来满脸骚包的样子？"对面有人阴恻恻地问。

路明非惊得抬头，迎面走来的女孩差点撞到他鼻子上。女孩拉下巨大的墨镜，冲他翻了翻白眼儿，一把捏住他的鼻子："厉害了啊！见到我不理不睬的！"

路明非知道诺诺那份故人相逢的熟悉感是怎么来的，那纯粹是做给陈雯雯看的。这女孩的作风他领教过，耍人那是一把好手。

"你朋友？"陈雯雯有点警觉，她被诺诺身上的某种气焰压迫到了。

诺诺和陈雯雯都漂亮，但诺诺的漂亮又凶又霸道，好比一把快刀。陈雯雯宜室宜家，诺诺你要是惹错了，兜头一刀血花四溅。

这把快刀对陈雯雯也一样好使，陈雯雯撞上诺诺，就像小镇里的女孩子撞见骑着马的女游侠，马屁股上还挂着雪亮的宝剑。

"嗯嗯。"路明非支支吾吾。

"嗨嗨！那么巧啊？"诺诺走到陈雯雯面前，"这是陈雯雯吧？"

"你怎么知道我名字？"陈雯雯吃了一惊。

"听他说的，他说……"诺诺忽然刹住，转向路明非，"说起来你还欠我冰淇淋的，对吧？"

讹诈！这是赤裸裸的讹诈！不过只要诺诺不胡说八道，让路明非做什么都行。

路明非赶快掏钱："什么味道的？"

"香草淋草莓酱的。"诺诺摘下棒球帽，用手梳理着那头暗红色的长发。

三个人吃着冰淇淋，漫步在沿河路上，槐花落在陈雯雯的白裙子和诺诺的棒球帽上，诺诺蹦蹦跳跳，脚下安了弹簧似的，陈雯雯细声细气地和她说话。

路明非闷头跟在两个女孩背后，诺诺抢了他说话的机会，如今完全没他什么事儿了。

"路明非是不是说我很多坏话？"陈雯雯问。

"没有，他说他很喜欢文学，所以加入文学社。"

"哦，你们是初中同学么？"

"小学同学，我后来一直在美国读书，最近才回来。"诺诺转向路明非，"你记得教我们数学的赵胖子么？我那天看到，都秃顶了！"

路明非使劲点头，想这个冰淇淋是值得的，诺诺是个有信用的生意人，说得活灵活现。

"你是家里移民么？"陈雯雯问。

"不是，我拿中国护照，我就是去上学，今年大二。"

"你跳级了么？路明非才高三。"

"我们不同班，我是他师姐。"诺诺圆谎很快，绝对是个撒谎不眨眼的主儿，"路明非是不是啊？"

"是！师姐！"路明非神情严肃。

诺诺笑得跟开花似的。

最后他们在岔路口分别，路明非和陈雯雯继续往前走，诺诺去向另一边。

路明非走出几步，回望诺诺那蹦跳着离去的背影，觉得那女孩有点不真实，给人一种随时会消失的感觉。

这些天路鸣泽过得很不开心，因为"夕阳的刻痕"总不在线，他抓心挠肝似的着急，所以越发霸占着笔记本，不让路明非有片刻的机会。

路明非知道弟弟对于自己的狗屎运有些耿耿于怀，想找人倾诉而不得，他虽然很愿意倾听，可实在没空溜去网吧。

婶婶一边念叨着路鸣泽不能老上网，该多学习才能有出息，一面照旧支使路明非去买明天的早餐奶。路明非前脚出门，屋里路鸣泽不知怎么地忽然着急起来，和婶婶大吵。

路明非没有下楼，而是沿着楼梯一路往上。楼顶上是个天台，堆着呜呜作响的空调机组，通往天台的楼梯越走越吓人，两边都是住户丢弃的旧家具，落满灰尘，间隙小得落不下脚。

路明非踩着旧家具熟练地跳跃，就像一只轻盈的袋鼠，尽头是物业设的一道铁门，铁门外咫尺阴影，万里星光。

路明非从铁门空隙里钻了出去，站在满天星光中，深呼吸，眺望夜空下的城市。

这是他的秘密领地，他在这里是自由的，随便享受风、天光和春去秋来。每个季节这城市都有不同的气味，有时候是槐花，有时候是春茶，有时候是街上卖菠萝的甜香。

他坐在天台边缘，仿佛临着峭壁，觉得自己又危险又轻盈，像是一只靠着风飞到很高处的鸟儿。

城市灯火通明，坚硬的天际线隐没在灯光里，CBD的高楼远看去像是一个个用光编制出来的方形笼子。

高架路上车流涌动，车灯汇成一条光流，路明非觉得这条光流中的每一点光都是一只活的萤火虫，它们被这条弧形的、细长的高架路束缚在其中，只能使劲地向前奔，寻找出口。

他想着自己的出口在哪儿，想着陈雯雯。

下午跟诺诺分开之后，陈雯雯忽然说要去河边看看。河边青草地上蒲公英盛开，毛茸茸的小球一个又一个。陈雯雯摘了很多，和风铃草一起放在纸袋里。两个人坐在河边说话，脱了鞋把脚泡在清澈的水里。陈雯雯说上了大学大家就会分开了，可能只有暑假才能见面，可能很久都不能见面，很多好朋友就是这样慢慢地把彼此都忘记的。

这么说的时候陈雯雯眼中写满了难过，比她入学时读那本《情人》时更甚。

路明非坐在她身边，看着风吹着她怀里的蒲公英零落，洒在水面上，像是一场小雪。

心里隐隐地有只小鸟雀在跳跃。

这时他的手机振动起来。

"路明非。"电话竟然是诺诺打来的。

"怎么是你？"路明非压低声音。

"跟你说个事儿，古德里安教授明天就要离开，要不要入学，你最好今晚做决定。我们招生名额不多，晚了也许就没机会了。"

路明非急了起来："能不能等明天啊？ 明天……"

明天他要做一件惊天动地的大事，成败一线间。陈雯雯接受他的表白，他就留在中国，反之，他就灰溜溜地去美国留学，因为这里已经没什么可留恋的了。

"不能。"诺诺的语气冷淡。

路明非沉默了很久，抓了抓脑袋："那我知道了。"

"什么叫作你知道了？"

"就是说那……那就算了呗。"路明非说。

"这就拒了我们啊？ 你够狠！陈雯雯长得也就那样嘛。你想清楚，我们卡塞尔学院的门，对每个人最多只开一次。"

"你长得比陈雯雯好看，也不代表我会喜欢你嘛……"路明非蔫蔫地说。

"行！ 你厉害！"诺诺似乎怒了，"再见！"

电话挂断了，路明非看着渐渐熄灭的屏幕，觉得自己这一把赌得真大。

此刻他眺望着夜幕下的城市，想着明天的聚会上，陈雯雯让他致辞，面对文学社的几十个人，他要做那件最胆大妄为的事。

"只要我绝对没有后路可退，自由去追没有谁能拒绝……"他哼歌壮胆。

这家伙在他后来堪称传奇的人生里一直是这样的，平时蔫得就像一根干黄瓜，可一旦决定了要做什么，就会如一株泡了水的西芹那样精神无比。

"我是一个偶尔会发疯的人呐。"这是李嘉图·M.路后来的口头禅。

影城的洗手间里，路明非对着镜子往自己脸上泼水，听着自己怦怦的心跳，一遍又一遍地回想，是不是每个细节都提前想到了。

电影快要开始了，决战就要开打。

花、音乐、大声的表白，诺诺说的三大法宝。

花没问题，他下午去河边采了很多蒲公英，扎好裹在一个纸袋里，他最后没选玫瑰，因为陈雯雯更喜欢蒲公英。

音乐也搞定了，路明非从叔叔抽屉里摸了一盒真的中华烟，去楼下烟酒店大爷那里换了两包假的，然后把一包假的放了回去，另外一包假的孝敬给放映员大叔了。

这一直是路明非的生财之道。

放映员大叔拍胸脯答应说开场前先放一段剪切的镜头，就是EVE带着WALL-E突破音障那段，配乐十二分的感人。

表白的话他在网上搜了搜，集合最感人的语句，打好了腹稿：

"三年了，我们文学社的同学大概是要分开了，也许分开了就很少再能相聚，以后每个春夏秋冬花开花谢雪落雪化的时候，都不是我们这群人在一起了，想起来会有些难过……我作为文学社的理事，很高兴能站在这里做最后的致辞，本来这些致辞该是给所有同学的，但是我只想跟一个人说……"

这时候最没耐心的苏晓嫱想必会跳出来大声说："路明非你叽叽歪歪什么呐？"

她要是这么问，路明非就用最凶悍的语气说："闭嘴！我不是要跟你说！我只是要跟陈雯雯说！我喜欢她三年了！别是三年三年又三年！我可不想当一辈子好人！"

这句改自《无间道》的台词让他觉得自己悍然是个男人。硬派风格好，免得说得又辛酸又委婉，最后陈雯雯还当场派发好人卡，这就丢人了。小白兔一样的男人要不得，混到顶不过是个妇女之友！

路明非对着镜中的自己用力点头，神色狰狞，目光锐利，意思是"明非你太棒了！"

"路明非你在干什么？"赵孟华走进洗手间。

"不知怎么的，脸上忽然抽筋儿，所以我活动活动脸上肌肉。"路明非很有急智，"怎么了？"

赵孟华把手里的提袋给他："衣服，一会儿致辞的时候换上，陈雯雯说致辞的时候正式一点。"

提袋里是一套韩版的黑西装和一件白衬衫，一条黑色暗纹的细领带，号码正合他的身材。

路明非曾经很想要这么一套衣服，觉得自己穿起来会特别精神，不过婶婶没答应。

陈雯雯怎么会知道他想要这么套衣服？莫非她暗暗地关注着自己？巨大的幸福感仿佛铁锤一样砸在他头顶，让他差点晕过去。

他急忙去摸手机，想跟诺诺打个电话，说还没到刺刀见红他已经奏响凯歌了。

"对不起，您呼叫的用户已停机，请稍后再拨……"

路明非慢慢地合上手机。他想诺诺大概也走了，就此消失，永远不见，仿佛烟花和泡沫。

事到如今已经无路可退，表白！而且一定得成功！

路明非刚走进放映厅，苏晓嬬的笑声就像针一样扎着他的耳朵："哈哈哈哈哈哈！你们看猴子穿西装！"

正喝着可乐吃着爆米花的文学社成员们都哄笑起来，路明非的脸涨成了茄子色。

"笑什么笑什么？还有小猪穿西装嘞！"有人为他解围。

文学社最胖的一对孪生兄弟，徐岩岩和徐淼淼，这俩也是一身黑西装走了进来。兄弟两个一般的圆胖，站在那里像是并排的两只黑色篮球。

"你们俩也致辞？"路明非有点没明白，他们俩穿得一模一样。

"不致辞，我们就是当陪衬的。"徐岩岩说，"群众演员嘛，有工资拿，不干白不干。"

路明非茫然地往陈雯雯那边看了一眼，陈雯雯冲他微微点头，眼睛明亮清澈。

"一会儿你站在那个位置致辞。"赵孟华指着放在银幕前的一张复印纸说，"就踩在那里，别挡到屏幕，一会儿大屏幕上放大家的合影。"

"大家的合影？"路明非没料到这一出。那他准备的电影片段咋办？

放映员大叔那山一般的身影仿佛浮现在他的面前。

他递上那包烟的时候，大叔以睥睨群雄的眼神打了个响指："放映厅就是咱的地儿啊！别担心！没跑儿！怎么也给你切进去。"

路明非决定相信大叔。

灯光暗了下去，只剩下舞台上那页白色的复印纸闪着微弱的荧光。

好了！那就是他的舞台了！一生一战，拿下这个妹子，后半生的幸福就有了！一切准备就绪，蒲公英、WALL-E、告白词！此刻他西装革履，气吞万里！

路明非大步跳上舞台，站在那张复印纸上，深吸一口气，就要对全世界高呼陈雯雯我喜欢你！

诺诺说要把男人的一切都赌上，路明非觉得自己有这觉悟。

强光忽然照花了他的眼睛，放映机开启，全场发出了"嘘"的声音，路明非抬起手臂遮脸，心说："该死！"

他还没说话呢，怎么就进入下一个桥段了？放映员大叔搞错了时间？他的眼睛刚刚适应了强光，就看见徐岩岩和徐淼淼像是两只保龄球瓶那样站在了他的左手边。

"你们上来干什么？"路明非压低了声音喊。

"群众演员。"徐岩岩露出无辜的表情。

路明非扭头四顾，忽然发觉自己的左手边有个巨大的英文字母"L"，放映机投在银幕上的居然是些字符。

台下还是一片嘘声，路明非忍不住了，跑开一段距离回看银幕。

一行字，"陈雯雯，Lve，Yu！"

他不理解那两个古怪的单词，但是预感到有什么不对。

"站回来！站回来！"徐岩岩喊他，"缺你这个i就不成句了。"

"i？"路明非再去看那行字，忽然看到赵孟华捧着满怀深红色的玫瑰花，在几个好兄弟的簇拥下跳上舞台来。

这一次，路明非看懂了。

身体从指尖一寸一寸地凉下来，凉到心里，凉到头盖骨深处，凉到那些因为采蒲公英跑了太多路还在酸痛的关节里。

徐岩岩和徐淼淼是两个"o"，他是那个小写的"i"，合起来就是完美的，"陈雯雯，i Love You！"

他是那个i，少他不成句，还是最风骚的小写。

以路明非的脑袋瓜子，想破了也想不出这样浪漫的手法，但是有人的脑袋瓜子比路明非好用，英语更比路明非强，从小就有英语家教嘛。

路明非看着陈雯雯，陈雯雯在看赵孟华，眼睛里仿佛蕴着夏夜的露水，就要流淌下来。她和路明非坐在河边的时候那么忧郁和沉默，这时候却不了，路明非看得出她眼里的快乐。

路明非觉得自己石化了，就要一点点碎掉了。他忽然想到自己包里的那束蒲公英，一路上跑过来，是不是零落得只剩下光秃秃的杆儿了？

"回去！回去！没你不成句子了！"台下有人大喊。

路明非慢慢地走回银幕前，站在那页复印纸上，低下头去不看任何人，于是那个小写的"i"格外蔫巴。

"今天本该是我们文学社聚会，不过我就是要借这个机会，"赵孟华大声说，"我们马上要分开了，我不想后悔，我想跟陈雯雯说……屏幕上都有了……我怎么也要赌一把啊！要不将来分开了，天南海北见不着面儿，我喜欢一个人三年，谁也不知道，那不衰到家了么？"

"好！好！好！老大好样儿的！"徐岩岩和徐淼淼鼓掌，赵孟华的好兄弟们也都鼓掌。

"女主角！上台！女主角！上台！"赵孟华显然做好了万全的准备，台下叫好的人都有。

一束灯光打在陈雯雯身上，衣服白得像是透明一般的陈雯雯站了起来，像是个天使。

她磨蹭着走上舞台，脸红得可以榨出西红柿酱来，赵孟华的好兄弟们围着她，用典型青春片男配角的语气问："答应不答应？答应不答应？"

路明非看着陈雯雯，看着她的嘴唇。其他的声音他都听不见，对他而言这一刻世界寂静得如同湮灭，只有一个人的声音可以打破这寂静。

"我也喜欢……你。"陈雯雯凝视着赵孟华，细声细气地说。

Chapter 1
The Gate To Cassell

寂静碎掉了，像是雷霆贯穿长空，电光直射天心，雨沙沙地落下。

喧闹声中，哇的一声哭，路明非抬头，看见小天女捂着脸跑出去了。

他和小天女结仇三年，此刻忽然觉得彼此也是蛮投缘的，有点想追上去拍拍她的肩膀安慰她一下，可他是那个不能移动的"i"。

所有人都跑上台来，围着陈雯雯和赵孟华，仿佛婚礼嘉宾似的。路明非想他们每个人都知道，只有他和苏晓嬅被蒙在鼓里。想必他喜欢陈雯雯的事早都被看出来了，所以谁都不告诉他。

"嘿，真傻！"路明非对自己说，一股远比芥末更猛的辛酸冲到鼻孔里，哭倒是能忍，就是想流鼻涕。

音乐声大作，他点名的剪辑片段终于开始播放了，EVE带着WALL-E突破音障越过天空。那是一个小姑娘要用她一切的能力去救她心爱的那个小衰仔，最后他们在老式爱情片的音乐声里相依相偎。真是感人，太衬现在的情景了，赵孟华搭着陈雯雯的肩膀，陈雯雯低头靠在他肩上。

放映员大叔从侧门进来，叼着路明非送给他的假中华，以睥睨群雄的眼神打了个响指，对路明非竖起大拇指，似乎是说："怎么样？兄弟我搞定了吧？"

"大叔你脑子秀逗啦？"路明非心里苦得流水，却还是对他露出一个有点惨的笑容。

他没力气了，于是贴着屏幕慢慢地蹲下去。现在没人再关注那句"i Love You"了，他变成了一个小写的"e"，也没人多看一眼。

"是不是很意外啊？嫂子。"赵孟华的兄弟开心地问。

"才不意外！我都猜到你们在搞这个了，就是不说你们，你们都皮厚。"陈雯雯幸福而娇羞地说，拉着赵孟华的手摇晃。

原来所有人都知道，包括陈雯雯自己。

路明非耷拉着脑袋，悄没声儿地向着放映厅大门走去。他背后的屏幕上，EVE贴着WALL-E的脸，音乐温馨甜美，陈雯雯还是EVE，可他不是WALL-E，他什么都不是。

"字母别跑字母别跑，群众演员都有红包啊！"赵孟华的兄弟喊他，"大家都有功啊。"

路明非回过头，赵孟华眯起一只眼睛对他比了个鬼脸。

路明非知道那是什么意思，他觉得自己应该回去跟赵孟华殴打一下，不过他体育成绩也远不如赵孟华，何况人家还有一票兄弟。

他衰了太多年，已经习惯了，于是"哦"了一声，转头继续往舞台上走去，去当他的"i"。

这时候，光从他背后照来，仿佛闪电突破乌云，放映厅的门开了。

也许每个人的人生里都有隐藏的门，只不过太多的人从那扇门前路过却茫然不知，因此错过。

路明非的十八岁，在他最衰的那一刻，那扇门轰然洞开，却不是被他自己推开，而是有人为他推开的。光明如瀑布，站在那道门里的人像是浑身闪着火焰的天使。

进来的天使四下扫视，目光如刀，踩着黑色的高跟鞋缓缓地走下一级级台阶，台阶如琴键，她踩出来的每个音节都惊心动魄。

所有人都沉默了，这个忽然闯入的外人，她的光芒压倒在场的所有人。耀眼，实在太耀眼了，耀眼得让路明非以为她根本就是来出风头的。

"李嘉图，还在这里浪费时间么？还有更重要的事情等着我们。"诺诺走到路明非面前，凝视他的眼睛。

她的声音很冷很脆，不高，却恰好能让每个人都能听清她的话。

她像是完全变了一个人，黑色纱裙，黑色高跟鞋，连耳朵上的坠饰都换成了黑色的金属羽毛，衬得她肤色更白，泛着玉石的冷光，长发梳成利落的马尾，精致的小脸显然是做过些修饰，眼眸中像是带着电光，但没有人会否认那双眼睛真是漂亮。

"我我我……"路明非结结巴巴的。

从未有过这种感觉，他成了万众目光的焦点。像是架在太阳灶上的热水壶，他要被那些人的注视灼伤了。

他经常都幻想这件事，把它当作消遣时间的一个白日梦，可今晚这个白日梦变成了现实，由一个他根本没有期待过的人。

"你不是走了么？"他的声音颤抖。

他不明白诺诺为什么忽然又回来了，但他能感觉到诺诺这么做的善意。如果不是她，路明非的腰现在就是弯着的，也许一辈子都会弯着腰当一个小写的"e"。

可她回来了，威风凛凛艳光如刀，从她进门的那一刻起，她就在每个人心上砍了一刀，然后强势地把路明非扶了起来。

可她根本没必要这么做，她既是女游侠又是公主，她谁都不必在乎。

"我怎么会走呢？李嘉图你不答应跟我走，我是不能走的。有人在等你，我们都在等你！"诺诺击掌，"给他换衣服，你们有五分钟时间。"

几名身着店员制服的女孩冲了进来，手中拎着大大小小的纸袋，个个如狼似虎，上来就脱路明非的外套。

她们大概是某间男装店的店员，看起来是价格不菲的品牌，店员们都说得上明艳动人，她们熟练地在路明非身上试着各种搭配，从外套到皮鞋，顷刻间路明非变了七八种造型。

诺诺拿出一把梳子，为路明非整理头发，要命的温柔介乎老娘和姐姐之间。

Chapter 1
The Gate To Cassell

她背对着路明非的同学们,挡住了多数人的视线,只有店员们知道她在做什么,她正满脸冷笑,猛捏路明非的脸。

"哎哟哟别哭丧着脸嘛,第一次失恋啊? 不失恋的人生是不完整的哦! 笑一笑笑一笑! 你这脸糗得跟缺了牙的兔子似的。"她的低语只有路明非能听清。

路明非站着不动,他很懂这小巫婆的喜悦。她是来救你的没错,可她还是会忍不住砢碜你,你傻了吧你笨了吧? 你喜欢的姐不喜欢你哦,而你居然要为了她放弃王国。

"赵孟华存心整你欸,师弟。"诺诺又说,"要不要我帮你揍他一顿?"

"你怎么知道的?"

"你同学里某个小胖子说的,你师姐长得那么好看,问谁点事情还不容易?"诺诺满脸的奸诈凶狠,"他若是不招,我就揍到他招。"

店员女孩们终于选定了路明非该穿的衣服,最后把一页叠好的方巾插在他胸前的口袋里,以目光征询诺诺的意见。

诺诺点点头表示满意:"成衣店的品质能做到这样也还可以了,就这样吧。"

诺诺转过身,对路明非的同学们微微欠身,露出无可挑剔却冷淡的笑容,像是深宅大院里的管家:"各位同学,有很重要的事,我不得不把李嘉图带走了。大家慢慢玩,开心一点。"

"李嘉图? 他不叫李嘉图。"赵孟华说。

"在不同的地方,他有不同的名字,"诺诺还是微笑,"李嘉图这个名字,你们听过就可以忘掉。"

"走啦走啦! 别傻愣着了!"诺诺一把挽住路明非的胳膊,"留下来过年啊?"

没走几步她又暗暗地捅捅路明非的后腰:"挺起来! 我这是押解犯人吗?"

他们走在影院铺了红色地毯的走廊里,诺诺挽着他的胳膊,一路洒下淡淡的香水味,不知道多少路人扭过头来看他们的背影。

遗憾的是蹬上高跟鞋的诺诺看起来比路明非还高了那么一点点,更像是姐姐接弟弟放学。

路明非并不觉得荣光,他照诺诺说的挺直了腰板,可走得像是行尸走肉。他想此刻陈雯雯正看着他们的背影,偎依在赵孟华身边。他压了赵孟华的风头,可什么都没得到。

三年的时间,自以为生命的意义,都如浮光般散去了。

影院门口停着一辆红得像是火焰的跑车,车头上是跃马的标志。那是一辆崭新的法拉利,闪闪发光的速度机器,权贵和公子们最喜欢的玩具。它停在这里,连这间普普通通的影院都熠熠生辉起来,不时有路人停下拍照。

"上车,自然一点,他们还在后面看着你呢。拿出'法拉利算什么,不就是一辆

49

车么，我家里除了布加迪威龙就是迈巴赫'的表情！"诺诺翕动着嘴唇，给他拉开车门。

路明非坐进副驾驶座，沉默地目视前方。引擎的咆哮声中，法拉利化作赤色的流光，汇入茫茫的车流。

路明非知道自己距离过去越来越远了，但他始终静静地看着前方，没有回头。

法拉利飞驰在高架路上，不断地超车。道路两旁灯火通明，路明非看着窗外飞速流逝的灯光，觉得自己在做梦。

如今他也成了这道光流里的一只小萤火虫，和其他萤火虫一起拥向前方，不知道前方是否有个出口。

"真没想到我能碰上这种事。"路明非喃喃。

"什么事？当着大家的面被暗恋的女孩凌空扇了几个漂亮的耳光，然后一脚踹飞在角落里？"诺诺直视前方。

"是说在同学们面前被一个开法拉利的辣妹接走啦。"

"可是开法拉利的辣妹没油了。"诺诺说。

车速骤降，法拉利拐下高架路，驶入了一条人迹罕至的小道。车停在一家二十四小时药店的门前，发动机熄了火，这条街上只有这家店门口有那么点儿光。

"邵一峰的秘书真靠不住！居然没给我油箱加满！"诺诺在方向盘上猛拍一掌，"等等吧，叫他们再派车来接我们。"诺诺翻过低矮的车门跳了下去。

"我们可以走几步去打车。"路明非建议。

"不想走路，我穿了高跟鞋。"诺诺用最简单的理由拒绝了。

她的纱裙下是十厘米高的细高跟鞋，不知道是什么大牌的新品，脚腕上还笼着一层云雾般的黑纱，纤细的脚腕若隐若现。就是这双鞋帮她完成了气质的蜕变。

但她显然并不习惯这双性感的鞋子，摔脚踢飞在一旁，也不珍惜那条精致的纱裙，一屁股坐在马路牙子上，掏出手机跟谁发着信息。

"你们干吗要对我那么好？"路明非在她身边坐下。

"什么'我们'对你好，单纯是'我'对你好。学院只管要人，可不在乎你给谁踩。"诺诺说，"这次算我还你人情，你请我吃冰淇淋不是么？"

路明非扭头看着诺诺："不是你们设计好的吧？伙着来要我，要不你怎么会穿这一身来？你平时可不这么穿，还有那辆法拉利。"

诺诺翻翻白眼："你那么蠢，犯得着花那么大力气要你么？我知道他们要要你，飙车去买的衣服，冲进店里一顿猛抓，叫上男装部的店员跟我来救人，死赶活赶才算赶上了！"

"为什么对我那么好？"

"有人对你好你还东挑西拣的，你说这是不是贱？"

"不信，无缘无故的才不会有人对你好。"路明非把头扭向另一边。

"你烦不烦啊？为什么无缘无故就不能有人对你好了？"诺诺有点生气了，"我就是要对你好怎么样？我看不惯人欺负你行不行？我看不得你那个傻货的样子行不行？每个人都该有人对他好！谁欺负我朋友，我就要他们好看！"

路明非看着她那双生起气来凶巴巴的漂亮眼睛，感动得有点想哭，可还是忍住了，接着装面瘫。

"不过我也有求于你，你入学这事儿教授交给我负责了。"诺诺搂着他的肩膀，很兄弟，"你要是答应入学，就是我们卡塞尔学院的兄弟，师姐对你够义气是必须的！"

"不是说没机会了么？"

"跟你开玩笑的啦，催你做决定呗。"诺诺露出狡猾的笑来，"你就从了吧！早晚的事儿，反正陈雯雯也不喜欢你。"

"别老揭人疮疤好不好？"路明非耷拉着脑袋，"她也不是故意的。"

"行了行了，情圣！在你心里陈雯雯一切都好，凌空扇了你无数嘴巴，你还觉得她好，"诺诺冷笑，"她不知道你喜欢她？知道还让你出这个丑？如果不是我去救你，是她上台拉你一把，你才会感动得哭兮兮对不对？拉人一把会死么？可她做了什么么？她只会星星眼说我好幸福。"

路明非无话可说，他只是不想怪陈雯雯而已。但是诺诺说得对，陈雯雯幸福的时候，根本注意不到他的存在。

他换了话题："我说，你们到底为什么要招我？就因为我爸爸妈妈？我爹妈也不是什么大人物。就算你指个火坑叫我跳，我也得知道自己为什么跳吧？"

诺诺一巴掌拍他脑门上："每年三万六千美元的奖学金，那么好的火坑，你不跳有的是人争着跳！你还真金贵！"

诺诺就是这个脾气，路明非拿她没啥办法。他看出了门道，自己稍微强硬一点，诺诺就会比他强硬十倍。可他要是被欺负，诺诺反而要出来护短。

不能强求就只能智取，他拿肩膀撞了撞诺诺，语气讨好："我们是朋友对不对？对朋友就漏点口风行不行？"

"招你入学不是古德里安教授的决定，是校长的决定，至于校长为什么那么看好你，"诺诺龇牙，"叫声姐姐来听！"

"姐姐！"路明非发声清脆。

"嘿嘿！乖！"诺诺龇牙，"可我也不知道校长为什么要招你，校长这人做事，从来懒得解释。"

路明非沉默了一小会儿，叹了口气："行吧，我答应。婶婶说得对，你们愿意收我，是我祖坟上冒青烟，我没资格闹别扭。"

"不答应你们，我回去该说什么呢？我当着所有人的面出了那么大风头，结果还是个废物。"顿了顿，他又说。

他莫名地有点难过，这辆火红色的法拉利，这位明艳照人的师姐，还有那份三万六千美元的奖学金，对他来说都像是幻影般虚无。这些东西不知为何忽然就来到他身边了，却又好像忽然就会消失，像是破碎的肥皂泡。他是男版《灰姑娘》的主角，午夜十二点的钟声一响，他是不是就会被打回原形？没有跑车也没有师姐了，只剩一个孤零零的衰仔坐在药店门口的马路牙子上。

他路明非到底是什么东西？有什么价值？他自己都不知道，他只是偶然地借到了一身华丽的外衣。

诺诺瞥了他一眼："你看起来好像那个被狗熊拿去擦了屁屁的小白兔。"

路明非被她这个比喻打断了骚情，气得想打嗝："你才被狗熊擦了屁屁，你们全家都被狗熊擦了屁屁！"

"陈雯雯对你真的那么重要？"

路明非沉默了好一会儿："也不是，是有她在，我就觉得生活还有指望。"

诺诺歪着头看他，看了许久，忽然转过身来张开双臂："来！小白兔！师姐送你个拥抱！"

路明非大吃一惊，心中八千头鹿横冲直撞。他惊恐地上下打量诺诺，不知这师姐抽什么风。

没人会否认诺诺是比陈雯雯更好的女孩，陈雯雯的好是你得先认她，她才显得那么好。你得说天地间多少如花美眷绝色娇娃，我都不爱，我就喜欢陈雯雯这一池春水！诺诺用不着，诺诺就是如花美眷绝色娇娃，她的好都写在脸上身上了。只不过她显得太高太远，是你触不到的那种好。在这一刻之前路明非对她没有绮念，甚至是害怕居多。可如果不想她那很有些特别的性格，这委实是个会让人动心的女孩子，黑色的纱裙下，胸腰的线条柔软如春天的山脊线，而且并未设防，她打开了双臂。

为了遮掩那一刻的慌张，路明非双手紧紧抱住胸口："没事吃我豆腐干吗？"

"不抱算了，稀罕么？"诺诺耸耸肩，"安慰你一下而已，陈雯雯算什么指望？世界上比陈雯雯好的女孩到处都是，将来你会认识更好的，也会失去更好的。"

路明非还没来得及咀嚼这话里的意思，诺诺又说："就你这小身板儿，有豆腐可吃么？顶多算块豆腐干！"

"豆腐干怎么了？豆腐干那是豆腐的精华。"路明非说着无厘头的话，掩饰心里的慌乱。

"决定了就给古德里安教授打个电话。你跟我说没用，亲口跟他说，才能激活这个隐藏选项。"诺诺站起身来。

Chapter 1
The Gate To Cassell

"隐藏选项？"

"我们总是说，人生中永远有另一个选择，就看你想不想要。"诺诺说，"对于绝大多数人来说，人生的选择都是明明白白写出来的，但你不是大多数，你的人生里，有个隐藏的选择项。打完这个电话，那个选项就会被激活，但一定要想好，因为当你勾选那一项的时候，其他选项都会消失。"真是晦涩的话，路明非其实没怎么听懂。

这时路明非已经摸出手机，拨通了古德里安的号码。

"太高兴能接到你的电话了！明非你想好了么？你确定么？"古德里安兴奋又紧张，好像路明非是个绝代风华的公主，正考虑要下嫁他。

路明非舔了舔嘴唇："我想好了，谢谢卡塞尔学院给我这个机会，我会好好学习的。"

小街的路灯下有孩子用粉笔画的跳格子方框，诺诺赤着脚在那些框子里蹦来蹦去，看也不看路明非。

"你确认么？"古德里安开心地问。

就在这个时候跳着格子的诺诺忽然站住了，转过身来看着路明非，夜风吹起她的纱裙像是缭乱的黑烟，衬着她的肌肤白如精灵。

她的眼瞳像是夜空那么深远，声音如同来自远古："真要戴上王冠么？"

"等你戴上了王冠，就再难摘下，很多人为王冠流过血，还有很多人死去。"她轻声地预言，像是巫师。

然而一切都已经晚了，在她站定回头的那一刻，路明非说出了"确认"。

"验证通过，选项开启。路明非，出生日期××××年07月17日，性别男，临时编号A.D.0013，阶级'S'，进入卡塞尔学院名单。数据库访问权限开启，账户开启，选课表生成。我是诺玛，卡塞尔学院秘书，很高兴为您服务，您的机票、护照和签证将在三周之内送达。欢迎加入卡塞尔学院，路明非。"沉稳的女音在电话中响起。

路明非恍惚了片刻，诺诺还在格子里蹦蹦跳跳，路明非甚至不清楚刚才那句话真是她说的还是自己的幻觉。

古德里安欢天喜地："太好了明非！声纹签字完成，从现在开始你就是我们学院的一员了！你和诺诺在一起么？待在那里不要动，我立刻就派交通工具去接你们！还有几份不重要的纸面文件，需要你补几个签字。太好了明非！我为你骄傲！你的父母也会为你骄傲的！"

电话挂断了，路明非一脸蒙圈。这件事他不过动动嘴皮子，还占尽了便宜，可诺玛的严肃和古德里安的感恩戴德，好像他即将代表人类远征火星。

"剩下的事就交给诺玛好了，她办事很靠谱的！"诺诺说，"来！一起来跳格子！"

"好啊。"路明非说。

小街的路灯下，路明非一二一二地跳着格子，根本不知道随着他的确认，什么事情正在全世界范围内发生。

数不清的数据包从那台名为"诺玛"的超级计算机中发出，透过卫星和互联网前往世界的各个角落。数据库开放，安全锁解除，无数的秘密网关对他开放，无数的秘密场所允许他进入，"路明非"这个名字出现在很多人的屏幕上并被牢牢记住。属于他的全新世界正以光速生成。

卡塞尔学院对于这名新生张开了铺天盖地的……拥抱！

忽然有狂风刮过黑暗的夜，路明非抬起头来，看见低空逼近的巨大黑影。

"不会吧？"他喃喃地说。

"老家伙们那么着急来接你啊？"诺诺仰起头，"直升机都派过来了。"

公元20××年5月15日，星期三，直升机如巨鸟那样掠过南方小城的天空，在少年路明非的头顶悬停。

隐藏在历史中的那场战争，就要重开大幕。

第二幕 黄金瞳
Golden Eyes

路明非嘴里叼着护照，站在熙熙攘攘的人流中，看一眼手中的地铁磁卡，仰望芝加哥机场高广的穹顶。

他一左一右两只超大号的旅行箱，加起来和他自己重量相当，一只旅行箱上捆着十二孔棉被，另一只则捆着一只枕头。背包也不下二十公斤，还鼓出了一大块，那是婶婶塞进去的压力锅。

留学新人路明非就这样带着全套出国装备，搭乘美联航班机，独自飞越大洋，降落在芝加哥国际机场。

这是伊利诺伊州最繁华也最负盛名的城市，美国中北部最重要的交通枢纽，但距离卡塞尔学院尚有一段距离。

古德里安在电话里说自己恨不得陪同路明非飞美国——也可以解释为押送——然而俄罗斯那位申请者实在太令人惊艳，他不得不赶去看看。好在学院秘书诺玛会立刻接手路明非的入学事宜，全程安排。

诺玛小姐果然服务到位，短短三天之后一个厚实的信封袋越洋寄到路明非手上，里面是一本名为《卡塞尔学院入学指南·傻瓜版》的手册，下面还标注了"Specially for Mingfei Lu"。

路明非心说一般傻瓜的版本就行啦，你还非给我寄特别傻瓜版。

但不得不承认这份特别傻瓜版的入学指南相当好用，路明非按图索骥搞定了机票、护照和签证，对于寻常留学生来说极具挑战性的美国大使馆面签环节，诺玛居然给路明非安排了特殊通道，签证官凝视了路明非一秒钟，没问任何问题，就在他的申请书上摁下了"通过"的章。

航空公司的乘务长居然预先知道了"尊敬的路明非先生"要搭乘他们的航班，起飞之前特意来到路明非座位旁，半蹲着跟他亲切地聊天，表示要亲自为他提供最周到的服务，有事儿路先生您务必说话。路明非从未尝试过如此大爷的待遇，提供服务的还是金发碧眼大腿浑圆的美国大妹子，激动之下真就提了要求，说想要一整瓶大可乐，机上服务每次就给一小杯实在不够喝。

但在美国大妹子把他送出芝加哥机场之后，这份入学指南忽然失效了。

"CC 线？很抱歉没有听说过这条线……从芝加哥机场到市区只有 Blue Line，您可能需要换线……那边的地图上有芝加哥地铁的所有路线，也许能帮到您……我很遗憾，如果需要的话我可以联络中国大使馆为您提供帮助。"这是地铁站里的各路值班人员给路明非的答复。

根据特别傻瓜版入学指南，路明非出了芝加哥机场后就拎着行李直奔地铁站，刷卡登上芝加哥地铁的特别支线 CC 线，一路直达卡塞尔学院。

超傻瓜是不是？瞎子都能自己摸到学校去对不对？诺玛甚至把地铁卡都给他寄来了，他上车票都不用买，可问题是芝加哥地铁线路图上根本就没有 CC 线！

路明非很抓狂，这就好比上帝应许摩西说，你去迦南，那里是流着蜜与奶的乐土，并给他一份地图。摩西以神力越过浩浩荡荡的红海，摆脱埃及人的追捕，九死一生，终于看见前面扎堆的路标，上面写着"去印度""去中国""去日本"，但就是没有"去迦南"，路标下的天使挖着鼻孔说："迦南？世界上有这个地方么？"

他的口袋里只剩区区二十美元，甚至不够他在最便宜的汽车旅馆对付一晚上的。

婶婶虽然抠门，却也给了他五百美元作为路上的花销，但路明非随身携带的硬盘里存了大量的盗版游戏。经过芝加哥海关时，一名胖墩墩的警察把这块硬盘接入了自己的电脑："喔！你也是《合金装备》系列的粉丝么？居然还有《血源诅咒》！我猜你一定是跟我一样的硬核玩家！"

虽然很欣赏路明非对游戏的品位，但胖子还是照章办事，以每部软件二十美元的价格开具了罚款，最后出于人道主义给他留了二十美元零花。

此时此刻这位不远万里赴美的"摩西"站在 Subway 三明治店的门前，攥着仅有的那张二十美元钞票，对着图片上的牛肉丸三明治加可乐套餐垂涎不已。

这是他仅剩的救命钱了，省到极点的话也许够他在芝加哥机场对付三四天的，学院也许会觉察他这位卓越的 S 级新生未能按时报到派人来救他，还有个选择是用这笔口粮钱买张电话卡。

他连手机都没有，那只全新的苹果手机被叔叔珍藏了，作为临别礼物。

"One dollar, just one dollar!"有人在他背后说。

在美国这是句典型的讨饭话，跟中国古代乞丐唱的莲花落一样。

"No! I am poor! No money!"路明非的回复朴实，不留任何余地。

他扭过头，背后是个邋里邋遢但是身形颇为高大的乞丐，泡面般的散发遮住了他的大半张脸，墨绿色的花格衬衣和拖沓的洒脚裤颇有些嬉皮士风格。

路明非来前就听说美国这地方号称发达但也有不少无家可归者，英语叫

homeless，有的帮人打打零工有的街头要点小钱，混日子。

前脚落地美国立刻就被 homeless 盯上，大概也是物以类聚，他现在妥妥地也是一枚 homeless。

"唉哟！中国来的？"乞丐上下打量路明非，眼睛忽然一亮，"兄弟怎么称呼？"

苞谷糙子味的流利中文，说这位没在东北唱过二人转路明非都不信。

"自我介绍一下，芬格尔·冯·弗林斯，听哥们刚才的意思，是把我看成乞丐了。这可就小看人了，兄弟我也是读书人！"年轻人一捋泡面头，露出胡子拉碴但还颇为英挺的一张脸来，从铁灰色的眸子可以看出他颇为纯正的德国血统。

"虎落平阳龙困浅滩，兄弟也是落难，借几个小钱买杯可乐。"芬格尔一直盯着路明非手里那张灰绿的钞票。

路明非赶紧把钱攥在手心里，脑袋摇得跟拨浪鼓一样："私は英語がわかりません。"

"就您这发音还冒充日本人？喊！哥哥真是大学在读。"年轻人从背后的破挎包里掏出一本字典般厚重的书来。

路明非原本不屑，心说兜里揣本书就算读书人？那我包里揣着高压锅我还是厨子呢！

可他忽然留心到那本牛皮封装的精装本上，是英文混合拉丁文书写的书名，他似乎曾在什么地方见过这种文字。

而且这家伙居然说一口流利的中文，最近见过的说中文的老外……路明非眼睛一亮，他在卡塞尔学院的入学文件上看过！

"CC1000次快车？"路明非从口袋里摸出一张磁卡来。

芬格尔愣了片刻，也摸出一张磁卡票来，两张票对在一起，一模一样的花纹，漆黑的底色上，银色的巨树半枯半荣，通天彻地。

"新生，中国来的，我叫路明非。"路明非伸出手去，想表示友好。

"现在相信师兄不是坏人了吧？"芬格尔抓住路明非另一只手，硬是把那二十美元又抠了出来。

师兄你妥妥地是个坏人啊！路明非在心里惨叫。

"兄弟，我很欣赏你！有我罩，卡塞尔学院你能混的！"芬格尔四仰八叉地坐在长椅上，左手三明治右手可乐，大快朵颐。

路明非原本想留点钱防身，但想到婶婶对路鸣泽的教导，每去一个新地方务必先示人以大方，搭上几个朋友，否则容易被欺负，于是咬碎银牙拿出那二十美元来。

芬格尔手里倒也剩下五美元，凑一起二十五美元，本不够买两份套餐，但路明非建议说既然可乐免费续杯，他们根本无需买两杯，只需要两根吸管然后疯狂续杯即可。

芬格尔盛赞学弟在财务方面很有想法，但路过的人看这两个形貌迥异的男人歪坐在同一张长椅上在同一杯可乐里吸吮，都礼貌地移开了视线。

"师兄几年级？"路明非问。

"八年级。"

"卡塞尔学院八年都不能毕业？"路明非大惊，印象中好像只有医学院的博士生才会有连读八九年这种事。

"看专业，一般的专业四五年也就毕业了，"芬格尔淡淡地说，"我的情况比较复杂。"

"师兄的专业很难？"

"那倒不是，连续留级了四年。"

路明非忽然对于自己的未来很揪心，心说这位师兄已经被折腾得半人半鬼了，尚且八年不能毕业，自己这废柴岂不是要读上一辈子？

"那师兄以前也坐过这个CC线？"他决定暂时不想这么恐怖的事，"这条线根本查不到啊！"

"隐藏线路，只有芝加哥地铁公司的少数高层知道这条线路，不定期发车。我们学校藏在深山里，跟外界不通公路，坐CC线过去最方便，不然就得坐直升机。"芬格尔说，"可总务办公室的那帮人就是见人下菜碟儿，你阶级高，他们保准第一时间来接你，还有专人接机，你阶级低，就只有等车咯，什么时候他们觉得方便，什么时候来接你。你我看起来是天涯同路人啊，要不怎么说有缘呢？"

"阶级？"路明非一愣，"什么东西？资产阶级和无产阶级？"

"类似贵族等级，学院会给你评定一个阶级，阶级高的学生有特权，学院会对他们倾斜资源，从选课到优先派车。"

"师兄读到第八年，阶级还不够高？"

"我也觉得他们应该尊重前辈，可这年头世风日下师弟你想必也是知道的，要论生猛还是小鲜肉。"芬格尔摊摊手。

"我们学院毕业很好找工作么？这样你都不舍得退学？"

"用不着找工作，他们包分配！"芬格尔响亮地打了个嗝儿，一头歪在长椅靠背上，几秒钟后就鼾声连连了。

路明非从机场的落地窗往外望去，航班起落摆渡车穿梭。夜幕已经降临，远处的芝加哥城亮起了星星点点的灯火，像是可望不可即的空中楼阁。

路明非问机场的人借过电话打给大使馆，大使馆认为他被骗了，那个什么卡塞尔学院根本就是个虚假的教育机构，他甚至有可能是遭遇了国际人口诈骗集团。路明非实在说不通那位语气严肃的姐姐，姐姐看似立刻准备前来救援他把他送回中国，路明非只能挂断电话。

这是他和芬格尔在芝加哥机场度过的第三个晚上，他们住在离港通道外的休息区。这是机场跟地铁接驳的区域，一个圆形的室内广场，周围是各种商铺，中间有供过往客人休息的几排长椅。

芝加哥机场是国际级的交通枢纽，每天数以万计的客人到港离港，安保级别很高，通常是不允许流浪者过夜的，但路明非和芬格尔一手机票一手地铁磁卡，机场的安保人员也不便赶客，只得任他们赖在休息区，熬到他们花光了身上的钱，不走也得走。

这时候婶婶为路明非准备的行李终于派上了用场，一厚一薄两床棉被让他们不至于挨冻，有电高压锅在，芬格尔出去 one dollar、one dollar 地讨几个小钱就够在超市里买到足够的肉菜，芬格尔在烹饪上居然颇有研究，凭着一只高压锅就能做出德式猪肘到老北京涮羊肉。为了避免这俩家伙在休息区里大口吃肉，引来无数乘客侧目，安保部门不得不允许他们在安保部门的储藏室里用餐。三下两下芬格尔就跟安保组长熟了起来，昨晚大家喝着韩国烧酒，就着煤气炉烤明太鱼的时候，安保组长痛骂这卡塞尔学院不是东西，居然怠慢路明非和芬格尔这样的青年才俊。

有酒有肉不用上学倒也逍遥，但在中国觉得自己可以一步登天，来到美国直接沦为 homeless，路明非有点郁郁寡欢。

芬格尔是个心大的人，安慰路明非说虽然他们阶级是低了点，但学院倒也不会真的就置之不理，CC 线一直没车来，多半是学院最近缺人手，暑假尚未结束。

路明非问自己的阶级到底有多低。芬格尔说看这拖延程度，大概和中世纪的农奴差不多。路明非的心情越发低落，芬格尔安慰他说其实比农奴低的也有，有的人的阶级应该算是骡子。

路明非问谁是骡子？芬格尔说骡子不跟你聊天呢么？

夜越来越深，候机大厅里只剩下他们俩了，芬格尔四仰八叉地酣睡，路明非也把毯子裹在身上，蜷缩在木质的长椅上打盹。

他的意识渐渐地有点模糊，却忽然听见了洪大的钟声，感觉像是机场附近有一间雄伟的教堂，敲钟人正摇动着巨大的青铜钟。

路明非在昏昏沉沉中看到了那座教堂，月下荒原之上，漆黑的教堂矗立，打着火把的人群在荒原上奔跑，火光不能照亮他们的面孔，他们的脸隐藏在阴影里。

他们奔向圆月，那轮月亮大得不可思议，半轮沉在地平线以下。那些人从山巅向着月亮跳跃，有的落入了黑色的夜空中，也有人融入了月光中。

这景象就像是太古时代的壁画，疯狂瑰丽，却又真实，似乎他曾真的目睹那壮丽的一幕。

为什么会有教堂？路明非意识到有什么不对，这里是芝加哥空港，除了候机大厅，周围是巨大的开阔地。

他猛地坐了起来，惊讶地看到巨大的月轮正在落地窗外缓缓升起。月光泼洒进来，像是扑近海岸的大潮。

休息区被笼罩在清冷如水的月光之中，窗格的影子投射在长椅靠背上。就在路明非的脚边，男孩沉默地坐着，抬头迎着月光。

他穿一身黑色的晚礼服，黑得像是乌鸦的羽毛，素白色的领结，擦得闪闪发亮的小皮鞋，双手老老实实地放在膝盖上，目视前方，神情沉默又悲伤。

路明非吃了一惊，这些天也偶尔有衣冠楚楚的客人在休息区的长椅上坐一会儿，通常都是接机的人没能及时赶到，很快就会有人气喘吁吁地冲进来向他道歉然后拎上行李领着他离开，看这男孩的衣着非富即贵，怎么也会深更半夜滞留在这个homeless过夜的地方？是他的父母遗弃了他？或者他这是离家出走？

路明非四下张望，芬格尔居然不见了，巡逻的保安也不见了，二十四小时营业的Subway三明治店熄了灯，休息区里只剩下他、男孩和无所不在的月光。

他有点惊慌，不敢说话，不敢大力呼吸，空间里弥漫着让人不敢也不忍打破的静谧。

他掀开被子，和男孩并坐。两个人默默地看着月光，时间慢慢地流逝，仿佛两个看海的人。

"钟声敲响了，过去就要开始回溯，你准备好了么？"男孩轻声问。

路明非觉得这句话很有深意很有格调，但他听不懂。

"青铜的山峰会融化，大海沸腾，大地翻出它的脊骨，最后是风暴摧毁一切。"男孩又说，"你准备好了么？"

他的吐属优雅之极，像是灯光笼罩中的名演员，可路明非还是听不懂。

路明非犹豫了一下，掏出身边仅剩的五美元递了过去："你要不要去买点吃的或者打个电话？"这是他意外地在背包底找到的，偷偷地藏了起来没告诉芬格尔。

"那么多年了，哥哥你还是那么善良。"男孩慢慢地扭过头来，对他微微地一笑。

那哪里是悲伤的孩子脸？那黄金般的瞳孔里流淌着火焰般的光，仿佛一面映着火的镜子！

顷刻间路明非就要被那火光吞噬，但在最后一刻他全身一颤，身体里生出一股巨大的力量，猛地往后闪去。

"啊！"芬格尔的惨叫把路明非惊醒了。

芬格尔捂着鼻子蹲在旁边，夜间的芝加哥机场确实安静，但也不是空无一人，两名保安在不远处的长椅上打瞌睡，远处的Subway仍旧亮着灯。

Chapter 2
Golden Eyes

"原来还是一个梦。"路明非松了口气。

"你不要在梦里跳高！你刚才像只受惊的跳蚤！"芬格尔大声地抱怨。

路明非回想那个梦中的男孩，对自己的大惊小怪有点不好意思，金色瞳孔有什么奇怪的？动漫社的同学什么颜色的美瞳没戴过？也可能是梦里的情境太诡异了。

"拿行李拿行李，马上来车了。"芬格尔说。

路明非看了一眼地铁的检票闸口，这个时间点地铁早关了。他正迷惑呢，休息区的一角出现了一道明亮的手电光束。

那是一个穿着工作服的家伙，腋下夹着电筒，一手拿着一台移动检票机，一手摇着一枚金色小铃，丁零零丁零零地走了过来。

"CC1000次快车的乘客请准备进站，拿好你们的票和行李，新生请出示你们的录取通知书。"检票员的声音在大厅里回荡。

他经过那两个打瞌睡的安保人员时还礼貌地打了招呼："Hey！Dude！What's up？"

语气轻松完全就是老相识，安保人员也招手回礼。可就是这些安保人员再三跟路明非确认，芝加哥机场绝对没有CC支线地铁。

路明非并未绕到安保人员的正面去看，看的话会发现他们的神情略有些呆滞，仿佛还在梦中。他们打完招呼就接着睡了，检票员向着芬格尔和路明非这边走来。

路明非打了个寒战，这检票员可真像是一个鬼魂！

"这趟地铁通往地狱么？"他本想靠近芬格尔，却又担心芬格尔这厮也狰狞一笑，露出血淋淋的面孔来。

"站在新生的立场，这么说倒也没错！"芬格尔对检票员挥手，"人在呐人在呐，芬格尔，还有个中国来的新生。"

检票员来到芬格尔面前跟他对了对拳头，然后撞了撞屁股，天晓得鬼知道一名检票员和一名乘客为何会有这种"超友谊"的亲密。

"芬格尔你还没退学？"检票员说，"我还以为今年见不到你了。"

"说什么鬼话？我可是有始有终的人。"芬格尔说，"车来得那么晚，我的阶级又降了么？"

"降到'F'了，你可是从'A'级降下来的，已经从天堂降到了地狱。"检票员说。

"还真降成骡子了。"芬格尔嘟哝。

"说起来我俩还是一届，你留级留得也创造纪录了。"

"牢底总有坐穿的一天，你这双鞋不错。"

"夏季限量哦，我在Gurnee Mills排了一天队才买到的。"

路明非终于松了口气，鬼魂会不会那么贱他不敢确定，但鬼魂就算要穿什么牌子的限量款想来也不用去排队买。

61

检票员接过芬格尔的车票划过验票机，路明非递上自己的票和录取通知书，报上自己的名字。

"路明非？卧槽你是那个路明非？你是那个S级的家伙！"检票员那双猫一样的绿眼睛一下子亮了，"学院的那帮家伙正在发了疯地找你！"

"S级？"芬格尔瞪大了眼睛，活见鬼似的，"那这家伙的级别岂不跟校长一样高？他的阶级那么高怎么会没有人来接机？"

"本该来接机的古德里安教授前往俄罗斯面试一个忽然冒出来但血统特别出色的学生，耽误了返程的时间，但其实他只要刷卡经过闸机，我们立刻就会得到消息，然后为他单独准备的地铁就会进站。"检票员苦笑，"但他始终没有试着在闸机上刷他那张权限极高的票，如果再过二十四小时他还没有报到，诺玛大概就报警搜索失踪人口了。"

"所以……芝加哥机场真的有地铁CC线？"路明非茫然地跟检票员握手。

"CC 1000次特别快车，可以说是地铁专线，但说是云霄飞车可能更加合适！"检票员接过路明非手中的磁卡，"看好了！"

跟芬格尔那张票一样，绿灯亮起，嘟的一声。

但两秒钟后，如同一个伟大的光明系魔法被释放，灯光昏暗的休息区乃至于整个芝加哥国际机场忽然间亮了起来，包括落地窗外纵横交错的跑道。

地铁检票口上方巨大的显示屏也亮了起来，显示CC 1000次地铁即将进站。片刻之后地面开始震动，真的有一列地铁正呼啸着向芝加哥机场驶来。

检票员带着路明非步入空无一人的月台，沿路的每个电子指示牌都显示路明非的名字，芬格尔跟在后面一路卧槽卧槽，简直就是农奴，啊不，一头骡子走进了庄园主人的豪华别墅。

狂风忽然扫过月台，刺眼的光柱切开隧道中的黑暗，片刻之后，空无一人的地铁高速进站，急停在路明非面前。

黑色的流线形车身，用耀眼的银白色藤蔓花纹装饰，宛如一件艺术品。

路明非在这几天里结识的新朋友——Subway三明治店那个值夜班的小伙子、两名夜间巡查的保安、那个机场酒店的引导员，还有那个总是恶声恶气对他们的地铁警察以及夜间在芝加哥机场值班的人们全都聚集在月台上，以几乎一模一样的笑脸迎候在月台上，组成了一支高矮胖瘦的迎宾队。路明非不得不跟他们一一点头，即使他们的眼神是半梦半醒的，有点行尸走肉般的恐怖感。

"别一副见鬼的表情，他们都是活人，叫出来充充场面。"检票员轻描淡写地说，"我的言灵也就能干点这种小事儿。"

言灵？什么是言灵？路明非还是觉得鬼气森森。

直到那个头发花白的老家伙兴冲冲地向他奔来，激动地张开双臂，对他又抱又亲又摸摸："我的上帝！我的上帝！我还以为我把你弄丢了！"

古德里安教授，这绝对是个活人了，又温暖又邋遢，亲热得像是路明非的亲爹。

"明白了么？你这张磁卡跟芬格尔那张的权限完全不同，它在闸机上刷过，诺玛就会知道你的驾临，为你准备好的快车会在几分钟内进站。"检票员说，"当了那么多年检票员，我也是第一次看见新生就有这样的待遇。"

"很抱歉得耽误你一点时间，如果你允许的话。"检票员说，"虽说是为你准备好的快车，也要顺便把学院所需的物资拉回去，芝加哥国际机场是学院最依赖的交通枢纽，每隔几个月总有这样的夜晚，这座机场只为学院服务。"

得到路明非许可之后，月台表面的地板翻开，下面是一道道的输送索道，数不清的大小箱子通过这些输送索道前往地铁车厢，大型的机械手臂帮着归拢位置。

在路明非看不到的地方，流水般的货机降落在芝加哥国际机场，这些货物就是来自那些货机。

路明非目瞪口呆地看着这一切，检票员还问他是否允许，他有什么不能允许的？半小时前他还是个homeless，如今却像是造访美国的沙特王子。他可以等，等到天亮都行。

要说唯一的要求，倒是请那个Subway店里的小伙子去帮他搞一个牛肉丸三明治。

CC 1000次特别快车飞驰在夜色中，夜色中的大都会有种海市蜃楼般的美，林立的摩天大楼看起来就像是高举着烛火的巨大立柱。

芝加哥地铁只有一部分位于地下，更多的路段则是奔行在悬空的钢铁轨道上。这座繁华的城市早在1892年就有了自己的市内轨道交通，那时候人类还没法在地下挖掘很长的通道，因此人们在空中为列车铺设了钢轨。这列黑白相间的神秘列车一边奔驰一边洒下明亮的电火花，经过威严的大理石建筑，也经过后街男孩们打篮球的场地。

最前部的特别车厢里，路明非、芬格尔和古德里安相对而坐。

作为地铁，这节车厢过于豪华了，舷窗上包裹着油润的柚木，墨绿色的真皮沙发用金线刺绣，用维多利亚风的花卉墙纸装饰四壁，没有一处细节不精致。

路明非和芬格尔登车后的第一件事就是更换校服，墨绿色的西装，绲着银色细边，白色的衬衣，深玫瑰红色的领巾，胸前绣着卡塞尔学院的世界树校徽。

校服完全贴合路明非的身材，路明非翻开袖口，看见了里面用墨绿色线刺绣的名字，Mingfei Lu。登上这列地铁换上这身衣服，气氛一下子就肃穆起来。

"在旅途中我会为你做入学前的最后辅导，咖啡？热巧克力？还是你需要一杯烈酒定定神？"古德里安问，远比之前见面的时候严肃。

"龙舌兰配柠檬汁。"芬格尔举手。

"没问你我问路明非，"古德里安说，"给你自己倒杯酒，可以的话帮我一个忙。"

"您吩咐！"

"从我的眼前消失，在入学辅导结束前千万别回来。"古德里安说，"酒你随便喝。"

芬格尔起身倒了杯酒，放在路明非面前："喝一点，有用的，相信师兄。"

他抄起酒瓶离开了这节车厢，只剩下路明非和古德里安相对，他有点战战兢兢，好像什么糟糕的事情就要发生。

"我并不想把入学辅导说得特别可怕，毕竟只是师生之间聊聊天，但确实有些新生被吓到。"古德里安说，"首先，很抱歉我来晚了，俄罗斯那边的候选者非常出人意料，我在那边耽误了不少时间，回来之后才发现你还没有报到，所以才跟车来找你；其次，这是一份保密协议，你得先签上你的名字。"古德里安递过一份文件，"我们不希望入学辅导的内容泄露出去。"

这份冗长的文件用拉丁文书写，下面虽然有英文翻译，但那英文也是非常地难懂。路明非迟疑了片刻，还是签了。

他抛下了一切来到这里，脚下的地铁正以两百公里的时速驶往神秘的卡塞尔学院，这还是父母给他指出的道路，想要拒绝已经晚了。

古德里安小心地收起文件："卡塞尔学院一直致力于向有特殊才华的学生提供高质量的教育，我们的正常学制是四年到五年，届时你会获得学士学位，当然前提是你能通过考试和答辩。学校奉行希腊式的封闭教育，所有学生必须住校，学费不低，但对你来说只要成功地通过3E资格考试就会有奖学金支付这些费用。结业的时候，我们会颁发给你正式的学位证书，我们的学位得到美国教育部的认可，但令人遗憾的是，本校的课程设置特殊，你很难申请其他大学的高级课程，所以如果你想研读硕士或者博士，还是只能选择本校就读。就业的话，应该也只有本校能为你解决。"

"课程设置特殊是什么意思？"路明非很警觉。

"准确地说，我们研究的对象特殊，"古德里安缓缓地说，"非常特殊。"

"能有……多特殊？"路明非眨巴着眼睛。

"知道神学院么？"

路明非点头。

"神学院就是一类特殊的学院，他们研究关于神的知识，而神是否存在都是一个无法确定的命题。卡塞尔学院也是特殊的学院，我们研究的是……"

古德里安起身，抖开身后那幅巨型油画上的帆布。

狰狞的画面暴露在灯光下，路明非的视线触及那幅画的瞬间，觉得自己仿佛要被一股巨大的力量推出去。

画面鲜活狰狞,居然能对观看的人造成威压。

那是末日般的景色,天空是铁青混合着火焰的颜色,通天彻地的巨树矗立在荒原上,已枯死的树枝向着四面八方延伸。是这棵树的枝条支撑住了龟裂的天空。

荒原上枯骨满地,黑色的巨兽正从骨骸堆的深处腾起,双翼挂满骷髅,仰天吐出黑色的火焰。

低沉的吼声在路明非的脑袋里回荡,他居然觉得自己能听见那巨兽的嘶吼。

"龙?"路明非的声音颤抖。

"没错,龙。卡塞尔学院研究的,是关于龙的知识。"

"可龙是传说中的生物啊!"路明非一脸茫然。

"刚才说了,没有人能证明神是否存在,可是神学院还是存在的。"古德里安说,"如果研究神的学院有其存在的合理性,研究龙的学院也一样。"

"可人家神学院有很多信徒,人家还有很多经典,你们研究的龙只是神话传说。"

"关于龙的经典也数不胜数,只是出于某种原因,我们并不想把它们系统化。"古德里安说到这个话题,多了几分神采飞扬,"明非,你怎么理解龙?"

路明非想了想:"皇帝的象征,超厉害的神兽,金箍棒原来是他家的……"

这个问题还真是难住了他。这种神秘的生物有无数种诠释的方法,在中国人人都会唱"遥远的东方有一条龙",但龙是什么,没几个人真的思考过。皇帝觉得自己就是真龙降世,但老奶奶们过春节贴龙凤呈祥,却也没有篡位当皇上的想法。

"龙在世界各国的文化中,都是个神秘的符号。关于它的记载远比《圣经》要多,有人尊崇它,有人恐惧它,但没有人能说清龙是什么。即使在中国这个龙的国度,对龙也有不同的解读,在古老的年代龙曾经是自然界中危险的敌人,周处除三害中,被他斩的蛟就是龙族中地位低下的一种,再往上追溯,龙又具备了神格,黄帝讨伐蚩尤,部属中就有带翼的应龙负责呼风唤雨。而欧洲人理解的龙通常是危险的蜥蜴类大型生物,它们居住在远离人类的洞窟中,热爱黄金珠宝,喷吐硫黄火焰,骑士小说是它们大放异彩的舞台。在更罕为人知的地方,龙还有其他的解读。在东南亚的神话中它们通常都是剧毒的,是恶魔或者佛陀的护法;南美洲的羽蛇神也是龙的分支,它对人类最大的贡献是带来了玉米;五千年前美索不达米亚人就在他们的印章上使用过龙形,但对于他们而言龙是什么已经无法考证。那是一个远古人类无法遗忘的符号,只是随着时间的流逝,在不同的文化中留下不同的印记。"古德里安缓缓地说,"人类研究神学是为了更接近神,那么人类研究龙是为了什么,明非你知道么?"

路明非摇摇头,虽然他很想说我觉得诸位大哥你们这就叫叶公好龙!

"我们研究龙,是为了杀死它们!"

"屠……屠龙?"路明非愣住。搞了半天这帮人原来不是神龙教的,反而是神龙的死对头。

"在诸多关于龙的神话中，北欧神话更接近历史真相，根据《老爱达经》的记述，伟大的黑龙尼德霍格被镇压在世界树下，诸神黄昏的时候，它会把世界之树伊格德拉修的树根咬断。那一天，是人类纪年的最后一天。"古德里安缓缓地说，"龙，确实是强大的生物，近乎完美，然而它们是人类的死敌！"

"这不还是神话么？神话是吟游诗人写的。有个叫诺查丹玛斯的神棍还说人类会在公元1999年灭亡。可1999年早都过了，中国还收回了澳门！"

"要敬畏神话，绝大多数的神话，都是历史的扭曲。在人类尚未开始书写历史之前，龙族才是大陆和海洋的统治者，黑龙则是所有龙类的主宰，所有人类都是他的奴隶。但在一场史无前例的叛乱中，人类杀死了黑王，推翻了龙族的统治。从那以后古龙统治者们沦为人类的猎杀对象，但他们从未放弃夺回权位的想法，他们一而再再而三地复活，怀着巨大的仇恨，而我们则是他们的天敌，我们是那片隐秘战场上最坚定的卫兵！"

古德里安越说越激动，浑身散发着强大的中二气息，连路明非都自愧不如。

"你们辛苦了，你们做了那么多事，都没人报道你们的事迹。"路明非嘀咕。

"无所谓，在多数人所不知道的地方，这场战争已经进行了几千年。人类谱写了一部没有龙的历史，但另一部历史的每一行里都有龙族的身影。只是这个秘密太过惊人，我们不想对普通人泄露。若干家族和隐修会牢牢地把持着这个秘密，培养擅长搏斗、咒术、魔法和炼金术的后代，再把他们送上屠龙的战场。一代代人的努力和牺牲，把复苏的龙王再度埋葬，直到今天。卡塞尔学院继承了他们的遗志，我们要培养的，是能直面巨龙的英雄！"

"遗志？"路明非问，听这意思那些超拉风的逆天家族都玩完了。

"历史上的屠龙家族并没有完全消亡，但新的时代已经到来，科学高度发展，信息化令这个时代剧烈地变革，单靠家族传承效率低下，所以我们引入现代的教育机制。"古德里安说，"我们设立了卡塞尔学院，很多家族奉献出他们千年来秘传的知识，我们系统化地整理了这些知识，设立了丰富的课程，从最基础的'龙族谱系学'到集黑魔法大成的'所罗门之匙'，你可以任意选课，在我们这里你会洞悉世界最神秘的那一面。你还会接受最完善的体能训练，我们会教会你正宗的中国古代武术或者巴西战舞，学员中的佼佼者甚至可以使用寸劲和气劲这种宗师级的格斗技巧，当然科学素养也不可或缺，我们的授课教授全部来自世界最顶级的大学，诺贝尔奖对本校教师来说只是无足轻重的荣誉头衔……"

"等等等等！你这个世界观有点太乱了！"路明非强忍着听，古德里安就一直滔滔不绝，感觉这么下去他能说上整整一晚上，"科幻不科幻，奇幻不奇幻，混搭得太厉害……唉唉唉我跟你讨论世界观干什么？教授我跟你说我觉得你得看医生了，你这病得有点重!"

他不得不承认古德里安的故事很宏大还有点燃,但他真的是有点被吓到了。

如果是动漫社里大家这么瞎侃他会跟着添砖加瓦,聊得眉飞色舞,因为谁都知道那是假的。

可他们正在一辆飞驰的高速地铁上讲这个故事,特意派来接他的高速地铁。这令这个荒谬绝伦的故事听着有了那么一点点的可信度,而路明非怕的就是这一点点的可信度。

轰然巨响从车外传来,地铁剧烈地摇晃,所有的灯跳闪一次后熄灭,黑暗忽然降临。

"怎么了怎么了?出事故了么?"路明非赶紧扶住桌子,"有人么?教授你没事吧?"

"路明非,他们说的,都是真的。"黑暗里,有人轻声说。

灯光重新亮起,依然是那节豪华的车厢,古德里安却消失了,芝加哥机场遇到的那个男孩静静地坐在原本属于古德里安的位置上。

"你你你……你也是乘客?怎么没见你上车?"路明非结结巴巴地问。他有种深夜见鬼的感觉。

"跟你一起上的车,我也是要去卡塞尔学院的乘客。"男孩淡淡地说。

"你这口气好像个鬼……"路明非说。

"所谓鬼,其实是人类不理解的东西,如果我是鬼的话,你刚才听的就是个鬼故事。"男孩说,"看看窗外,欢迎来到……龙的国度!"

路明非顺着他的目光看向车窗外,瞳孔忽然放大,在那片世界面前,他连呼吸的力量都失去了。

不再是漆黑的夜晚,也不再是灯火通明的芝加哥夜色,地铁正高速奔行在浩瀚的冰原上,素白且泛着微蓝的冰层覆盖了直刺天空的山。

天空是浓郁如血的红色,暴雨滂沱,每一滴水珠都是鲜红的,沿着车窗往下流淌。远处那座冰峰顶上,图画上的巨龙趴在自己的血泊里,双翼一直垂到山脚,浓腥的血染红了整座冰峰。

成群的人沿着龙的双翼往上爬,爬到顶峰的人围绕着龙首,他们以尖利的铁锥钉在龙的翼骨上,奋力敲打铁锥的尾部,每一次钻开一个孔,就有白色的浆液喷泉般涌出,片刻就蒸发为浓郁的白气,那些人欢呼雀跃,喊声震天。

"龙族的始祖,黑色的龙王尼德霍格,数千年之前,他被杀死在自己的王座上,就是你眼前的这一幕。他的王座就是那座永远被冰雪覆盖的山,杀死他的人把他巨大的尸体放置在山顶,他的血像岩浆一样流淌下来,染红了整座山,融化了冰雪,带着血色的水汽升上天空，变成暗红色的云，降下鲜红的雨。杀死他的人沐浴着雨欢呼，他们称呼那一天为'新时代'。"男孩轻声说。

"天呐！……"路明非听着远远传来的铁锤击打在铁锥尾部的声音，止不住地颤抖。

古德里安讲述的荒诞故事在这一刻忽然变成了真实，那么野蛮狰狞，那么宏大，那么……痛苦。

"这就是历史所未曾记载的最老的皇帝，他死去的那一天，万众欢呼。"男孩的声音平静。

他似乎很享受那些击打声，闭上眼睛默默地欣赏着，嘴角带着淡淡的笑意。

"多好啊，如果不是那一天，世界不会变成今天的样子。"他睁开眼睛，看着路明非说。

不知怎么的，路明非觉得他的笑容里，如此地悲伤。

"你跟那黑龙……"路明非试探着，"很熟？"

"不，不熟，他死得很好，"男孩微笑着说，"他该死！"

路明非睁开眼睛，发觉自己躺在一张长沙发上，身上盖着毛毯。这是一间风格古雅的书房，四周都是书柜，屋顶挂着一盏水晶吊灯。

路明非坐起来四顾，不远处的靠背椅上，古德里安正打着盹儿。

"你醒啦？"古德里安抬起乱蓬蓬的脑袋来。

"这是哪里？我们翻车了么？我只觉得轰隆隆一阵响。"路明非按着额头，脑袋里似乎有根血管在突突地跳。

"我们已经在卡塞尔学院了，一路都很顺利，怎么会撞山？CC1000次支线是很安全的，从没出过事故。你在入学辅导时受了很大的惊吓，直接晕倒过去，所以是给抬下地铁的。"古德里安说，"以前也有学生被吓到，不过像你这么大反应的，真是前所未有。你对龙……有那么大的恐惧？"

"不，"路明非盯着古德里安的眼睛，"我不是害怕龙，我是害怕另一件事，你看过《终结者》么？"

"很有名的老电影了，阿诺德·施瓦辛格演的，但实话说他从政并不成功。"古德里安点头。

"那你记不记得有个桥段是说约翰·康纳的妈妈在警察局里，跟警察说她看见了时空旅行回来的机器人，他来自一个人类差不多要灭亡的时代，机器人拿着激光步枪到处扫射。"路明非说，"所以警察说，你那是精神病犯了！"

"你绕了那么大弯子是觉得我精神病犯了？"

"我更怕是我犯了，或者我被送到了一个精神病院！"路明非大声说。

"好吧，对于某些固执的新生，必须给他们看实证！"古德里安抓起电话跟什么人说了几句。

不久之后，书房的门打开，一个脸上就写着"我是个日本人"的中年男人疾步进来，左右手各提一只黑色的手提箱，银色金属包边，看起来相当结实。

他把两只手提箱放在桌上，用流利的中文自我介绍："我叫富山雅史，卡塞尔学院的心理辅导教员，非常高兴认识我们的S级新生。四十多年了，新生中终于又出现了S级的天才。"

"那我能问问四十多年前那个S级新生是一个什么人，天生屠龙高手么？会绝世武功？有没有霸王色霸气？"路明非试着用这些人的思路来说话。

"对于S级来说你说的这些都是唾手可得的，可那名学生在大二下学期吞枪自杀，所以就没有下文了。"富山雅史叹息。

"吞枪自杀？他那么厉害为什么要吞枪自杀？"

"因为智慧和敏锐程度都远超常人，因此很容易在思辨上陷入死胡同，没能解脱出来，就自杀了，后来我们才增设了心理教员。"富山雅史说。

"我还以为是被学业逼死的，"路明非喘了口气，"那就好，我一直是以迟钝出名，敏感这个词跟我挨不上。"

"但是你有其他的潜力！"古德里安对着富山雅史竖起大拇指，神采奕奕，显然是在力撑路明非。

路明非不理解为何老家伙从中国到美国一直都在尬吹自己，略感无地自容。

"我们带来了两件证明，都是级别很高的文物，特意从冰窖里借出来的。"富山雅史用密码和指纹打开了第一只手提箱。

揭去层层泡沫之后，路明非看见了一片黑色的鳞，大约有半面手掌大小，呈完美的盾形，表面光洁得像是新上了油，纹理在油光下清晰可辨。

"你可以试试它的触感。"富山雅史说。

路明非小心翼翼地拿起那片鳞来，质感更像钢，冰凉坚韧，重量却很轻，跟塑料接近，边缘很锋利，稍用力就会割开手指。

富山雅史把一件东西塞进路明非手里，路明非看了一眼就傻了，那居然是一柄手枪。

"沃尔特PPK手枪，口径7.65毫米，初速280米每秒，有效射程50米。现在，用它向鳞片射击。"富山雅史把鳞片放置在窗台上。

"我知道这枪……007也用它。"路明非说，"但我可没你们这里的持枪证。"

富山雅史和古德里安退到办公室一角捂住耳朵："别担心，我们这里不需要持枪证。开枪就好了，对准鳞片。"

"不会真是什么神经病院吧？"路明非无法理解这些人的逻辑，只得举起枪，回忆高中军训时的所学，对准鳞片，扣动扳机。

轰然巨响，路明非如同被一柄重锤击打在胸口，那柄PPK上传来的后坐力让他感觉是刚刚发射了一枚炮弹。

他一个倒仰翻了出去，摔进背后的沙发里，满眼都是金星，差点背过气去。

"原来新的S级不是那种体能优秀的学生！"富山雅史惊讶地说，"早知道我就拿把普通的左轮过来。"

"你这枪是装备部改造过的吧？那些疯子改造过的东西就不要轻易拿来试了！"古德里安一迭声地埋怨，"体能上的优秀算得了什么？那些都只是肤浅的外在！真正的优秀都是精神、意志和血统上的优秀！"

路明非还晕着，试了两下都没能爬起来，心里已经在说拜托教授别吹了，再吹真炸了。

富山雅史再次把那块黑鳞递给路明非，黑鳞表面竟然没有留下任何痕迹。路明非有绝对把握，他刚才一枪命中了鳞片中心。当年军训时他玩枪是同级里玩得最好的，十枪百环，堪称神射，教官都被惊到了。别人总在抱怨自己的枪没有校准，自己的靶子偏了，这些对路明非都不是事儿，路明非只要觉得自己瞄准了，扣下扳机就是十环。

可那支堪比航炮的枪，居然未能洞穿手中这片鳞。

"龙鳞，1900年斯文·赫定在中国新疆楼兰古城发现的，他没能认出这东西来，但是他发现火烧或者用锤子敲打都无法损坏这片东西，所以把它从中国带回了欧洲。在欧洲有人把它认了出来，那个人叫梅涅克·卡塞尔。这是证据之一，现在你是不是该有点相信了？"富山雅史说。

"不能是高科技么？"路明非还在嘴硬。

"即便是战斗机的钛合金装甲也没法挡住这样一枪，"富山雅史说，"不过没关系，接下来我们看第二件证明。"

富山雅史开启了第二只手提箱，一只圆柱形的玻璃瓶被送到了路明非的面前，就像是生物课上老师用来装标本的那种瓶子。

路明非只看了一眼，就仿佛被雷劈了。如果此刻富山雅史在他嘴里塞上一个橙子，他大概不会察觉。

泡在淡黄色福尔马林溶液里的是一个很像蜥蜴的动物，黄白色的，蜷缩着修长的尾巴，像是子宫中的胎儿，嘴边的长须在溶液里缓慢地漂动，合着眼睛的样子还有点萌。如果不是那东西的背后展开了两面膜翼，路明非会认为它根本就是某种古代蜥蜴。

"这是一条龙的幼崽，处在沉睡状态。龙类很难杀死，尤其是高贵的初代种和次代种，即使你毁灭它们的身躯，都无法毁灭灵魂，它们会再度苏醒。"富山雅史说，

Chapter 2
Golden Eyes

"这是极难得的标本,龙在陨落之前,通常会毁掉自己的身躯,尸骸落入人类手中对它们而言是巨大的耻辱。但这个标本是1796年在印度发现的,这条红龙幼崽还没孵化出来的时候被一条巨蟒吞下去了,当地的农民杀死了巨蟒,从它的肚子里得到了这个幼崽。所以它无法自毁。"

"真的不是塑胶的么?"路明非捂脸,"完蛋了!我的世界观完蛋了!你们让我看这些,我还怎么坚持唯物主义道路?"

"凑近看,看它的细节,什么样的艺术家能做出这样完美的造物来?"富山雅史把玻璃瓶凑到路明非面前,"它的制造者只能是神本身。"

隔着一层半厘米厚的玻璃,路明非呆呆地看着那只龙的幼崽。它的膜翼和长须都在溶液里漂动,就像是悬停在云中。

富山雅史说得对,只有自然或者神能够诞育这样的东西。那是只存在于神话和想象中的神秘之物,如今却被放在这个密封的玻璃瓶里,送到了路明非面前。

"完美,是不是?"富山雅史轻声说。

"完美。"路明非喃喃。

他盯着覆盖着龙眼的瞬膜,想象一对在黑暗里缓缓睁开的黄金龙眼,仿佛世界之门在他的眼前开启。

泡在福尔马林溶液里的幼崽真的睁开了眼睛,金黄色的眼睛,完全符合路明非的想象!

它从头至尾,痉挛般地一颤,伸长脖子对路明非吼叫,灼热的龙炎在它的喉咙深处被引燃,喷射而出!

它奋力张开双翼,就要突破玻璃瓶的束缚。它苏醒了,不过猫一样大的身躯,却带着龙的威严。

路明非根本不及闪避,三个人全傻了。

好在毕竟只是幼崽,细微的龙炎瞬间就熄灭了,福尔马林溶液灌入了龙崽的喉咙,令它像个溺水的孩子那样痛苦不堪地咳嗽起来。

它没能突破玻璃瓶,猛地一头撞在玻璃壁上,却没能留下一点痕迹,倒是有点让人可怜这个威武的呆瓜。

复苏结束得和开始一样迅速,片刻之后,龙崽重新蜷缩起来,又一次进入了休眠。

"啊啊啊啊啊啊啊啊!"路明非终于能尖叫出声了,他颤抖着指着玻璃瓶。

"别喊。"古德里安喃喃地说。

"你没看见么?你没看见么?刚才它活过来了!它活过来了!活的龙!"路明非摇着那个完全傻掉了的老家伙大声说。

"看见了,"古德里安转向富山雅史,"你也看见了,对不对?"

富山雅史也是脸色惨白，只顾点头："是，不过这个真的不是我的原意，我不知道它会醒来。"他忽地提高了音量，几乎是嘶叫起来，"怎么回事？ 档案馆的那帮人搞错标签了么？ 刚才它喷射了龙炎！ 龙炎！ 它的苏醒日不该是今天！ 他们贴错了标签！ 这么危险的东西怎么能贴错标签？"

"还好从前年开始更换了纳米材料容器，否则刚才就撑不住了，"古德里安忽然想起了什么，"提前苏醒……血统呼唤？ 是路明非的血统呼唤它醒来！"

"血统呼唤么？"富山雅史转而看向路明非，那眼神压根就是在打量一个怪物。

"除了血统呼唤，还能是什么能让龙类提前苏醒？"古德里安目光灼灼，"黑暗的沉睡中，它忽然感受到强大血脉的吸引，所以它才睁开了眼睛！"

他转过身，大力拍着路明非的肩膀："路明非，你现在知道自己是多么了不起了吧？"

路明非觉得肩膀都要被他拍塌了："别把这种能要命的意外推在我身上！ 我可什么都没做！"

"你不用做什么，你是天生的Ｓ级，围绕着你自然会发生超自然的事！"古德里安非常兴奋，"这是你龙族血脉的明证！"

"什么龙族血脉？ 拜托！ 我老爹是个人类，老娘也是个人类！"路明非争辩，"我爹要是真龙，我不早当上皇帝了么？ 还来你们这儿读什么书？ 要是当了皇帝，我肯定待在中国不走，一手一个妹，吃饭不给钱！"

"他们确实都是人类，但不是纯粹的人类。他们都是人类和龙族的混血，所以你的血统里也包含了大比例的龙血。"古德里安语重心长地说，"这间学院汇聚的正是这样的一群人。你一定很好奇为何你进校就是Ｓ级，我们甚至没有参考你的成绩单……说真的，那份成绩单真是有点尴尬，完全配不上你的高贵……"

"我高贵个鬼啊！ 教授你能不能不要总用这些奢华的形容词，我怕我听完付不起钱！"

古德里安忽略了这个吐槽："我们所谓阶级，是指血统阶级，你之所以进校就是Ｓ级，是因为你无与伦比的龙族血统！"

路明非呆呆地看看古德里安，然后又看富山雅史。

这间学院里汇聚的都是人和龙的混血种……所以那个温文尔雅的心理教员其实是条暴龙？ 这个邋里邋遢的古德里安教授其实也是头老龙？ 自己若是乖乖听话还则罢了，拒不服从就会有火焰喷在自己脸上？ 想到这里他紧张地退向办公室的角落。

这地方莫不是龙巢吧？ 龙巢里只有他一只无辜的小白兔，偏偏老龙们还都很信服他，觉得他很可以。

他的龙血纯度高？ 他一个生在红旗下长在红旗下的哺乳类年轻人，为什么就被看成爬行类了呢？

古德里安似乎看出了他的担忧，急忙宽慰："别担心，虽然你的血统是如此优异，但人类血统在你身上仍然领先，我和富山雅史教员也一样。我们从来不会招收那些龙血占主导的学员，过于强大的血脉会让他们渐渐沦入黑暗成为龙类的追随者，那些家伙是我们的敌人。"

"所以你们跟龙……有仇？"路明非有点懂了。

"整个人类跟龙族有仇，不是我们，"古德里安神情郑重，"这些要追溯到上古时代，说来话长，感兴趣的话可以选我的《龙族谱系学入门》，课上会有仔细讲解，我的课在新生中很受欢迎，很多人都说是免费赠送的学分……"

"教授这完全不是什么值得自豪的事好么？"

"想不想更多的了解龙族？不如，我们现在就开始选课？"古德里安兴致勃勃。

"不想更多的了解！可以退学么？"路明非举手。

古德里安有些措手不及："可以是可以，不过你刚才签署的协议中包括保密条款，如果退学，你得先洗脑。但现在退学很可惜啊。"

"可惜什么？"路明非说。

"谁不想了解真实的世界呢？那世界广阔得难以想象，跟它相比，你原来所知的世界不过是一粒米放在荒原上那样渺小。"富山雅史说。

路明非立刻摇头："不！不想！我不介意当个白胖胖的米虫！"

古德里安拍着路明非的肩膀："别着急，好好想想。除了血统，你别无所长，在我们这里你是无与伦比的S级，回到中国你就只是个普通人，在你叔叔婶婶眼里，你是他们的累赘。"

"招我的时候你可不是这么说的！"路明非心说这老家伙也不是什么好人，叔叔婶婶对他的态度，老家伙一眼就看出来了。

"洗脑多少都会损害智力，你会变得有点呆滞，多少也会影响到成绩。如果失忆了被送回中国，你还得复读一年考大学。而你喜欢的女孩已经有了男朋友。那样生活有意思么？你能想象么？"古德里安又说。

老家伙一刀命中了路明非内心的弱点，比起什么宏大的真实世界，对他而言，复读高考的压力才是真实的，真实得叫人心惊胆战。

经过长达五分钟的天人交战，他哭丧着脸："那我上两天试试看？"

古德里安和富山雅史对视，目光中都透着欣慰。他们当然不会放走这个难得一见的S级，这套说辞早就准备好了。

"好极了！真高兴明非你想通了！"古德里安满脸兴奋之色，"对你的培养我早有准备！看看我给你准备的选课单！第一学期你选'龙族谱系入门'、'魔动机械设计学一级'和'炼金化学一级'，外语就选修'古诺尔斯语'，体育课选修'太极拳'！你会向整个卡塞尔学院证明你的才华！你的父母会为你骄傲！"

"别逗了，我觉得我爹特有自知之明，很知道他生出来的东西是什么品相。"路明非感到无力，"如果我挂科，会怎么样？"

"重修而已。记得芬格尔么？他读了八年，也没人叫他退学。"古德里安赶紧安慰，"可你是Ｓ级，你跟他不同，你怎么会重修呢？"

这哪里是安慰？这简直是赤裸裸的威胁！

曾经意气风发的Ａ级新生芬格尔，如今被折磨成了猥琐的流浪汉，而Ｓ级的学长则吞了枪，这里的逻辑大概是阶级越高死得越快。

"好吧，我同意，我签字。还剩最后一个问题，为什么你们必修中文？为什么你们都说中文？"路明非问。

"很好的问题！"古德里安竖起大拇指为路明非点赞，"因为根据我们的研究，龙族中几位亲王级的重磅人物，他们的沉眠之地都在中国。卡塞尔学院从十年前就把中文列为必修课，你们每一个人，都肩负着深入中国腹地杀死龙王的任务！"

"难怪毕业后是分配工作了……你们这工作……招聘也招聘不来人呐！"路明非捂脸。

"我们的待遇很不错哦！我们还帮你缴纳了医疗保险！"古德里安说。

"拜托！你们是搞屠龙这一行的，没有医疗保险怎么活？这是个要人命的工作吧，最高的保额是多少钱？五千万美金么？"

"那时候要钱还有什么用？你希望你的受益人是叔叔婶婶么？最终保障是免费把你的遗体空运回中国。"

路明非默默地想象一具蒙着白被单的尸体被扛下飞机，脑袋上贴着个标签，上写着熟悉的名字，"路明非"。

还真是一所周到的学院啊！

路明非被古德里安和富山雅史一左一右挟持着，步出办公室，左右两边的人都大力地拍着他的肩膀，他耷拉着脑袋如同蔫鸡。他们这是要去教务办公室选课。

一群维修工装束的人扛着工具箱，和他们擦肩而过，似乎是去维修那扇被航炮版PPK打出一个大洞的窗户。

外面是绿色的草坪、曲径通幽的鹅卵石路和古堡般的建筑群，远处的教堂顶上鸽子起落。走在阳光里，路明非好歹恢复了几分活力，至少觉得自己还活在人间。

"我老妈……"路明非忽然想起个事儿来。

他觉得自己得问清楚，到底自家爹娘在这件事里扮演了什么样的角色，什么爹娘会腹黑到把唯一的儿子往死里整？难道他真是捡来的？

凄厉的警报声横空而过，像是咆哮着奔走的幽灵。路明非呆住了，古德里安和富山雅史的神色瞬间严峻起来，显然说明情况紧急。

"这是空袭么？"路明非紧张得不行，"龙族来进攻了？龙族会空袭么？对对，它们会飞！"

他说完才意识到自己已经接受了"这世界上确实有龙"的假设，同时他也发现了一桩奇怪的事，偌大的校园，却是空荡荡的，只有他、古德里安教授和富山雅史三个人站在草坪旁。

即使暑假还没结束，这么安静的校园也太不合理了。

"糟糕，忘记今天是什么日子了！找隐蔽物！该死！他们就要开始了！"富山雅史大喊。

"回办公室躲一下吧，"古德里安说，"他们总不能冲击老师办公室。"

来不及了，他们背后那栋小楼的楼梯上出现了身穿黑色作战服、手持M4枪族的人群，他们分为不同的小队高速突进，显然训练有素。

维修部的工人们从办公室里闪了出来，似乎想要上前制止，但对方抬枪就射，特种兵般魁梧的木工们在冲出办公室的瞬间就纷纷倒下。

路明非心想自己那份把遗体送回中国的医疗保险立刻就能用上了！真他妈的贴心啊！不过龙族为什么带着突击步枪来搞事？他们不喷火的么？

在那些人把枪口指向路明非之前，富山雅史拖着他和古德里安一起，闪进了过道里。

穿黑色作战服的入侵者们完全无视了这三个目标，从过道外高速闪过，而教堂里冲出了穿深红色作战服的人群。

这个安静平和的校园忽然间就变成了战场，很多建筑里都有人往外拥，他们以颜色区分，都带着武器，见面都是毫不留情地扫射，很多人在露面的第一个瞬间就被撂倒在地。

枪声震耳欲聋，路明非简直以为自己置身索姆河战役的战场上。

他完全说不出话来，只能瞪大眼睛看古德里安。

"学生会主席想干什么？他叫什么名字来着？扣他的学分！"古德里安捂着耳朵，对富山雅史咆哮。

"他在乎么……"富山雅史敏捷地下蹲，子弹的呼啸声在他头顶掠过。

不得不说这位心理教员也算体能过人，刚才只要慢一个瞬间，他也会像维修部的工人们一样倒下。

这到底是怎么了？学生会主席？学生会主席又是哪路英豪？难道说是校园里出了内鬼？

"他叫恺撒·加图索！"富山雅史直起身来，愤怒地说，"那个开布加迪威龙的纨绔子弟！"

他从怀里抽出那柄航炮版的PPK，另外更换了一枚弹夹，满脸都是突击队即将上战场的决然。

"我会记住他的！如果他选我的课，我会要他好看！"古德里安大喊，"但富山教员你冷静一下，你拿着这枪出去……"

没来得及说完这句话，他的生命已然结束，那身邋遢的西装上多了一个冒烟的弹洞，一泼血溅了出来。

古德里安低下头，看了一眼身上的弹孔，拉住路明非的手，只说了一句："记得选我的课！"

老家伙仰面倒地，扑上去救援的富山雅史背后中枪，像是被人从背后猛推了一把，跌跌撞撞前行了几步，再也没有爬起来。

路明非看得魂飞魄散，就在他面前，真真切切地有人死了。

他双手抱头背贴墙壁，过道外流弹横飞。校园成了屠场，可怜他还是个新生，还没有被安排宿舍就卷了进来，连哪一边是龙族哪一边是人类都不知道。

他一个劲儿地哆嗦，觉得自己脑袋里如今灌满糨糊，如果被枪打穿，飘出来的一定不是脑浆。

"各小队报告定位！对方还剩余四十三人！"

"对方剩余二十七人！狙击手未能定位！他已经干掉了我们十三人！优先解决他！"

双方一边对着耳麦咆哮，一边持续射击。

但诡异的是没有人试图冲进路明非所在的过道，只是不断有流弹飞来。路明非呆呆地站在古德里安和富山雅史的尸体旁，把自己想象成一根与世无争的木桩子。

屠杀不知道持续了多久，校园里到处硝烟弥漫，草坪和过道上满是尸体。双方动用了包括手雷、掷弹筒、肩扛式火箭炮在内的各种轻重武器。

作为男孩，路明非也迷过军备，认识这些真家伙。

又有一通扫射击碎了他脑袋上方的一排玻璃窗，再次打碎了他"是演习吧"的幻想。

心跳已经濒临每分钟一百八十次的极限，肾上腺素分泌得跟流汗似的，分分秒秒他都可能死去，但他像是有奇运护体，居然一直没事。

紧张久了人也累，他一屁股坐在地上，开始关注外面的战况，倒也看出了点门道。黑色作战服和深红色作战服显然是对立的两派，他们都试图向着对方的本部发起冲击，黑队的本部是他们蜂拥而出的那座小楼，深红队的本部则是草坪对面的教堂。眼下的炮火焦点是双方阵地中央的停车场，任何一方的冲锋队都必须强行通过停车场，而那里没有足够的隐蔽物，完全暴露在弹幕下，遍地尸体。

"如果是虫族这样冲还有些道理，它们出兵够快，可作为人类你不应该先架一下坦克控制阵地么？要不然你可以派个鬼去扔核弹嘛。"路明非胡思乱想。

指挥官似乎领会到了星际高手路明非的战术意图，一名提着大型黑色手提箱的深红队战士闪耀登场，在几名枪手的掩护下试图穿越停车场。他确实身手灵活，接连闪避了几片弹幕，却被一枚来自高处的狙击步枪子弹打翻在地，沿着地面滑出去的手提箱上，清晰的黄色核标志。

路明非面部抽搐："说说而已……你们核弹也有？"

他已经来不及思考以人类现有的技术是否能造出那么小的核弹了。

枪声渐渐变得稀疏，硝烟略微散去，四面八方都传来了低沉的声音，那是借助扩音系统放出来的："恺撒，你还剩几个人？"

对方的声音也是从同一个扩音系统里出来的，透着从容的笑意："只剩我和一名女性队员了，楚子航，你那边怎么样？"

"楚子航？"路明非觉得这个名字很是耳熟。

"也只剩一名女性队员了，就是那个让你们头疼的狙击手，但狙击手拿不下你们的阵地。"

"不会是死局吧？那样不是很遗憾？"

"是很遗憾，我们要不要换种别的方式？"

"我带着狄克推多呢。"

"村雨。"

"停车场见。"

"好的。"

扩音器的电流声骤然终止，双方都切断了通讯。

校园寂静得像座死城，硝烟弥漫如晨雾。路明非感觉到什么糟糕的事情就要发生了。他听得出那两位大哥是约架的意思，有点想围观，但还是小命要紧。

他在富山雅史和古德里安的尸体旁坐下，背靠着墙。他看了看老家伙的遗容，说实话老家伙对自己不错，可居然就这么无厘头地死掉了。

"都是你自己不好啦，在这种奇怪的学院上班。"路明非叹口气，抬起古德里安的一只胳膊压在自己背上，白眼一翻。

教堂和小楼的门同时打开，沉重的作战靴也几乎是同时踏出了第一步。

深红色作战服的人手中提着一柄造型彪悍的大型猎刀，黑色的刀身上隐约可见沸水般的花纹；黑色作战服的人则提了一柄弦月般的日本刀，刀身反射日光，亮得刺眼。

两人都向着停车场走去，不急不缓的脚步声把气氛越压越紧。

走着走着，深红色作战服的人摘掉了面罩，金子般耀眼的头发披散下来，衬着一张希腊雕塑般的脸，眼睛是瑰丽的海蓝色。

对手也摘掉了面罩，那是一张典型的中国脸，眉宇漆黑挺拔，凌厉如刀剑。

"你的战术有进步，说实话我没想到要用这种方式来结束。"金发的年轻人说。

"能令恺撒这么夸奖，我很荣幸。"黑发年轻人冷漠地回应。

"那就……结束吧！"这句话出口的瞬间，恺撒如利箭射出。

路明非还眯着眼睛观望呢，忽然感觉到恺撒带起的无形压力。隔着这么远那压力自然伤不到他，可也让他心里一颤，呼吸暂停。

恺撒的身影模糊了，因为不可思议的高速，猎刀连同握刀的手臂都消失了，那是因为更快的速度，让他的刀几乎是隐形的！

强硬、暴力、肃杀，这是极其干脆的一刀，技巧完美，但没有任何花招。这样一刀下去，就算是块铁也被斩开了。

楚子航不是铁，他手中的长刀才是一块铁，他站定了没有动，长刀缓缓地扫过一个圆弧。恺撒那一刀已经迫到眉睫，楚子航的刀忽然也消失了，手腕颤动，凌厉的闪击，刀背击打在恺撒的刀尖上。楚子航用自己武器上最钝但最稳的一处，敲击了那柄猎刀最锋锐但也最脆弱的一个点。力量传回恺撒的手腕，恺撒的攻势受阻，身体后仰，急退了几步。

恺撒强大的威压被楚子航一击阻挡，远处的路明非也觉得呼吸通畅了。

楚子航的长刀蜂鸣，虽然两刀相割只是一瞬，但蜻蜓点水般的接触中蕴含大力，这柄玉钢打造的长刀震得就像是一片被拨动的铜簧。

楚子航凝视自己的刀："跟你的'狄克推多'比，'村雨'还是有所不如。"

两个人静了一瞬，再度扑上。

猎刀"狄克推多"切出刚猛陡峭的轨迹，大开大阖，楚子航的"村雨"则像是一个鬼魅融入了空气，忽隐忽现。

双方的殊死搏杀就像一场雄浑的战舞，看得人心惊胆战，"村雨"的震鸣声越来越尖锐，混着恺撒的怒吼，杀气浓郁黏稠。

"狄克推多？村雨？"路明非叹了口气，"什么乱七八糟的东西？"

抛开"狄克推多"不说，"村雨"本该是一柄虚构之刃。

日本作家曲亭马琴在《南总里见八犬传》里虚构了这把刀，说是日本名刀"村正"杀人一千就会自动化为妖刀"村雨"，杀人之后刀上会沁出淅沥沥的雨水洗去血迹。

这学院里真是什么怪力乱神的东西都有，那位金发帅哥恺撒如果从背后拔出一把"霜之哀伤"来，路明非都不会太过惊讶。

细微的脚步声自背后传来，路明非一愣，耳朵竖了起来。

脚步声缓慢逼近，路明非心里一惊，担心自己装死被发觉了。他还没有来得及做出反应，有人从天而降，在他肩膀上借力踩了一脚，轻盈落地。

Chapter 2
Golden Eyes

原来那人是翻墙跳了过来，深红色的作战服勾勒出细腰长腿，浑身上下每一根曲线都是凝练的，嘴里吹着一个泡泡，暗红色的马尾辫晃悠，四叶草耳钉也摇摇晃晃。

这位隐秘的女刺客刚刚拔出腰间的柯尔特手枪，对着不远处的停车场瞄准，忽然听到背后有人惊喜地小声喊："师姐！你没事？"

诺诺大吃一惊，旋身下蹲，转为盘膝坐地，枪口顶着路明非的脑门。

罕见的深红色长发还有四叶草的耳钉，都是诺诺身上的明显标记，路明非并不想承认自己是看身材认出的师姐。

"我没事！我是活人！这到底是怎么了？"路明非开心得好像他乡遇故知，可他旋即又愣住了。

诺诺一身深红色的作战服，路明非忽然想起来了，那是深红队除恺撒之外的最后一个女孩。

恺撒在发起挑战的同时做了安排，诺诺是他最后的棋子，这颗棋子正从这条过道抄近路，要去攻占黑队的本部。她手里有枪，正指着自己的额头。

路明非这才想起他跟诺诺其实完全不熟，他们相处只有短暂的几个小时，可在跨越大洋的一路上，让他心里安静的原因却是有这么个不熟的女孩在海对岸。

路明非赶紧高举双手："别开枪！我投降！"

诺诺仍然端着枪，深红色的瞳孔里杀气迸射。

"师姐……我我……"路明非说。

"笨蛋，你不该卷进来的。"诺诺忽然笑笑，跟着大吼，"趴下！"

话音未落，她已经扣动扳机。

子弹擦着路明非的头皮飞过，卷起的风吹起了他的头发。诺诺大吼的瞬间，他直接抱头扑地。纵然是被她拿枪指着，路明非还是想也不想就照做了。

枪声震耳，大片的血在诺诺胸口漫延开来，把深红色的作战服染成了黑色。一枚大口径的狙击枪弹直接命中了她的左胸，她被带得差点仰面倒地，但用最后的力气坐在了地上。

她看了一眼胸前的伤口，对路明非点了点头："倒是挺乖的，但还是太慢了。"

路明非转过头，身穿黑色作战服的女孩蹲姿端枪，黑发如战旗般飞舞，黑洞洞的枪口冒着青烟。

路明非认识那支枪，美国产巴雷特M82A1狙击步枪，号称"狙击之王"。中枪者绝对无法救治，子弹会把人的内脏打成一团血污。

黑队的最后一人，那个屡屡建功的狙击手，她也埋伏在这条过道里，这条不起眼的过道对双方来说都是捷径。

难怪诺诺看路明非的眼里透着杀气，当时黑发女孩的枪口正指着路明非的后心。

这是一次牛仔式的对决，比谁的子弹更快，诺诺慢了零点几秒，因为路明非太慢了。

路明非不愿相信，可诺诺胸前泼墨般的鲜血又在提醒他这一切都是真的。她的眼神渐渐涣散，出现垂死的征兆。

路明非猛地抱住头。头疼，剧烈的疼，像是在极深的地方，有什么东西要钻出来。眼前一片漆黑，黑幕上灿烂的黄金瞳睁开，钟鸣般的声音："惩罚他们的罪么？"

女狙击手根本没注意到路明非的异样，对她来说这个新入学的家伙根本不重要。她放弃了狙击步枪，从后腰拔出军刀，越过路明非的头顶。还是踩着路明非的肩膀。

她抓起诺诺的长发，高举军刀，就要刺穿她的喉咙，同时高呼："我们赢了！"

他们是赢了，恺撒和楚子航还在无止境的缠斗中，都无法脱离战场，再也没有人能阻止女狙击手夺取深红队的据点。

如果这是一盘棋，下到了官子的地步，黑白分明，胜负无从扭转。

可一颗红色棋子，忽然出现在双方的"劫"上！

震耳欲聋的枪响，子弹带着巨大的动量，贯入女狙击手的胸口，推着她向前。

女狙击手惊诧地回过头来，路明非端着富山雅史留下的PPK，默默地从地上爬了起来。这颗莫名其妙的红色棋子，忽然燃烧起来。

恺撒和楚子航不约而同地收手退后，看向硝烟弥漫的过道口。

一道身影自硝烟中出现，路明非提着那支沉重的"狙击之王"，步履蹒跚，眼神呆滞却可怕。

那支枪太长了，接近一米五，原本就不是供人提着到处跑的，他拖着那支枪，倒像是从太上老君丹炉里蹦出来的猴子。没有死里逃生的喜悦，只有泼天泼地的愤怒，见血才能平静。

恺撒皱眉，正要说话，一颗大口径子弹正面击中他，他跟跟跄跄退后两步，仰天倒地。路明非没给他留说话的时间。

弹壳从"狙击之王"的枪膛中飞旋而出，落地还在旋转，路明非冷冷地吹去了枪口的硝烟。

楚子航慢慢转身，黄金色的瞳孔慑人，"村雨"的刀光也慑人："你是谁？"

真的就是仕兰中学那位传奇的楚子航，路明非这种人只能远远地仰望楚子航。

路明非还记得高一那年，楚子航已经是校学生会主席了，早操时负责巡视各班打分。小风小雨大家都得坚持做操，唯独楚子航一身白衣一尘不染，从教学楼高层的走廊上缓缓经过，居高临下地俯视他们。他们举胳膊抬腿，就像是没上满发条的锡兵。那一刻路明非忽然就明白了人生里的阶级差，同在一间学校读书，还是有的人在云端，有的人在泥泞。

只是那时楚子航的眼瞳不是这样灼目的金色。

"路明非？怎么是你？"楚子航竟然一口喊出了路明非的名字。

路明非应该感动莫名，楚子航甚至不记得那些花痴他的女孩，却不知何时关注过一个名叫路明非的笨蛋。

但此时此刻路明非的脑海中充斥着红黑色的风暴，瞳孔中没有丝毫温度，他像是被猎犬逼到了绝境的野兽，现在反过来要杀死猎犬了。

"游戏结束，我愿意认负！"楚子航嗅出了那股凛冽的杀气。

路明非机械般精密地动作，拉开机簧，推入子弹，漆黑的枪口再度抬起，弹道校准，骨骼在最合适的位置——锁死。

"逆……"路明非冷冷地吐出这个字。

他扣动了扳机，轰然的枪声吞噬了第二个字。

以人骨为枪架，以恶毒为准星，以天地为屠场……子弹把楚子航的胸口洞穿，巨大的血花飞溅开来，天之骄子仰面倒下。

校园彻底寂静下来，阳光照在硝烟上，泛着漂亮的金色，路明非如同站在晨雾中。

呆呆地站了好久，他把手中的狙击枪靠在花园的栏杆上，缓缓坐在喷泉的台阶上，双手交握撑住额头。

像是杀累了的死神，世间已空，镰刀无用。

铿锵有力的进行曲忽然响彻校园，哑了很久的校园播音系统像是打了个盹儿，再度醒来。

路明非也仿佛从梦中惊醒，环顾四周的尸体，立刻高举双手，却不知该向谁投降。

不知名的建筑大门中开，医生和护士们蜂拥而出，提着带校徽的手提箱。

路明非呆呆地看着他们给尸体打针喂药，一句话不敢多说，一个戴细圆框金丝眼镜、脑袋秃得发亮的小老头儿用手帕捂着口鼻，怒气冲冲地向路明非这边走来。

经过满是弹痕的墙壁，他痛心地长叹，眉头拧得像是能打结，看起来他根本不在乎死了多少人，只是心疼损失。

他走到路明非面前，上下打量："新生？"

路明非点头。

"我是风纪委员会，曼施坦因教授，"小老头儿满脸鄙夷，"快点回你的宿舍去，不要耽误救治。现在的学生！不把课业放在首位，连新生都参与到这种无聊的游戏里来！战争游戏很好玩么？你们还没长大么？"说着说着他又动怒了，指着建筑物布满弹坑的花岗岩表面，"这些都是钱！都是学院的经费！"

路明非还没被分配宿舍，只得往旁边挪了挪。他还没想明白这事儿，却被人从后面拍了拍肩膀:"别介意,曼施坦因是我的好朋友,他主管财务和风纪,有点严肃和抠门也是难免的。"

路明非急忙点头:"是是……可这到底是……"

他一扭头,吓傻了:"鬼啊!"

拍他肩膀的是被一枪打爆的古德里安。老家伙胸口仍是大片血迹,但是神采奕奕。

"活人! 我是活人!"古德里安急忙摆手,"你摸摸我身上,是热的!"

"那您……是成功还魂了么?"路明非惊魂未定。

"别被学生们的小游戏吓到了,真人实弹演习而已。今天是学院的'自由一日',学生们可以自由行事,而不会受到校规处罚。"古德里安在路明非身边坐下。

"可您浑身都是血……"路明非小声说。

"哦,这是一种很小的炼金装备,'弗里嘉子弹',实战中有效的强力麻醉弹,被他们拿来当成了玩具。"古德里安从口袋里摸出一粒子弹递给路明非,弹头是奇怪的深红色。

"弗里嘉是北欧神话里主神奥丁的妻子,她为了保护自己的儿子光神巴尔德,让世界万物发誓不伤害光神。所有东西都发誓了,所以即使投枪投向光神都会自己避开。这种炼金弹头就是用她的名字命名的,击中目标时,弹头会迅速粉碎汽化,不会伤到人,但是会留下血色痕迹用来做标记。我给你演示。"古德里安把子弹用力戳在自己胸口上。

坚硬的弹头在撞击之下忽地爆裂,化作血红色的粉尘,很像是中枪时候喷出的血雾。

"这么先进?"路明非惊叹。

古德里安抽搐了一下,一个跟头栽倒在路明非脚下。

"还魂失败了么?"路明非也面部抽搐。

"没脑子的家伙! 是弗里嘉子弹里的麻醉药发作了,相当于又给人打了一枪。"曼施坦因叹气,"护士! 再给他打一针! 都是钱啊!"

尸横遍野的战场此刻已经是一派运动会的热闹景象了,医生护士们挨个给中枪的人注射针剂,然后为那些晕倒时候扭伤关节的"死人"们按摩肩背,顺便记录他们的学号。

"死人"们纷纷摘掉面罩,都是十八九岁的年轻人。他们醒来后的第一件事就是交头接耳,想知道胜负,但都有些惊骇。

两队的领袖恺撒和楚子航横尸在停车场上,你枕着我的胳膊,我枕着你的大腿,难得的亲密,胸口都是巨大的血斑,旁边丢着"村雨"和"狄克推多"。

看来是有人在这对宿敌搏杀的时候开了黑枪。

"谁干的？"有人怒吼。

路明非坐在角落里左看右看，满脸无辜路人应有的表情。

"闭嘴！还想闹事么？今年已经闹得过分了！"曼施坦因愤怒地怒吼，"我要汇报给校长，终止这个活动！"

"三条特别校规是，不得动用'冰窖'里的炼金设备，不得造成人员伤亡，不得带校外陌生人参观，对么？"有人在旁边问。

"受伤是他们不小心自己跌倒了，每个人都会意外跌倒，意外跌倒不能算作受伤。"另一个人说。

一唱一和的是恺撒和楚子航，这对死敌刚刚醒来，默契得像是刚踢完球回来的两个队长，并肩靠在同一堵墙上，都是双手抱胸，一个神色懒散，一个面无表情，分明人种都不一样，却意外地像双胞胎。

"好！恺撒！楚子航！你们很勇敢！等我汇报给校长！"曼施坦因气得手抖，立刻摸出手机拨打。

所有人都安静下来，看来这间学院的校长在学生们心目中地位非同一般，所有视线都汇聚在曼施坦因的手机上。

曼施坦因狠狠地摁下了免提键。

"你好，曼施坦因。"电话里的声音低沉优雅，让人想到老派的欧洲绅士，却说一口标准的中文。

"昂热校长，很抱歉打搅您！但有些特殊情况，今年的'自由一日'非常混乱，狮心会和学生会的成员动用弗里嘉子弹，把整个校园当作战场，很多人受伤！学院损失严重！"曼施坦因愤怒地说，"我们骄傲的学生领袖们，狮心会会长楚子航和学生会会长恺撒·加图索，完全不把风纪委员会的劝告放在眼里。"

"恺撒一直都是这样的啊，曼施坦因你还没习惯么？"校长淡淡地说，"至于楚子航，我猜他只是面瘫而已吧。"

曼施坦因停顿片刻："初步核算下来，维修费高达二十四万美元，这还不包括重新铺草坪的，他们把您喜欢的百慕大草坪踩得像是待耕的农田。"

"有这种事？恺撒，你怎么能践踏我最喜欢的草坪呢？你必须赔偿！"校长的语气严厉起来。

"校长，您知道我不介意花我父亲的钱来为您铺个草坪？要顺带帮您修个喷泉么？"恺撒耸耸肩。

校长爽朗地笑了："只是开个玩笑，维修费从校董基金里出。每年校庆的'自由一日'是你们的特权，你们可以胡闹，学院为你们买单，我们这些老家伙不会出尔反尔。不过放肆完了还得在学业上努力。还有，尊重我们亲爱的曼施坦因教授，别让他再打电话给我来诉苦。亲爱的学生们，今年赶不回去了，很期待和你们一起过下一个'自由一日'。"

学生们彼此对视，一齐鼓掌，欢呼着把臂章解下来抛向空中，双臂搭在彼此的肩上扭动，对曼施坦因教授做出戏谑的鬼脸。

曼施坦因满脸铁青，校长最后居然站在了学生那边。

路明非赶紧跟着鼓掌，眉开眼笑地向四周点头，意思是："嘿！我跟你们是一拨的！你们戏弄那个秃头我也很开心！"

他是个机灵的新人，看出了学院的风向，想在这里混下去，绝不能当学生的公敌。

"我还想问候一个人。"校长说。

四周忽然安静下来。

"路明非么？你选完课了么？选了我的'龙与隐秘史'么？"校长的声音刚好够大，大到每个人都能听清楚。

所有人都开始交头接耳，每个人都在人群中寻找那个名叫路明非的幸运儿——或者混蛋。

"我……我还没来得及选，不过我一定会选的！"路明非结结巴巴。

他根本不想说话，但是不得不说，因为古德里安从曼施坦因的手里夺过手机，直接递到了路明非面前。

"很高兴听见你的声音，进校第一天就撂倒了恺撒和楚子航，不愧是Ｓ级新人。我期待和你在课上见面，要比上一个Ｓ级新人干得更漂亮啊！"校长挂断了电话。

路明非挠了挠头，没弄明白怎么算干得更漂亮，怎么才能跟那个因为哲学问题吞枪自尽的学长比？难道用火炮自决？

他忽然觉察到周围的气温下降了，所有人的目光都聚焦在他身上，冷冷的，透着一股敌意。

阳光从舷窗斜照进来，坐在阴影中的人挂断了电话，端起手边的红茶，靠在椅背上。

从舷窗看出去，是一片浩浩江流，这条船正从两山之间经过。

"恺撒和楚子航又惹麻烦了？"对面的中年人问，"'自由一日'的烈度一年高过一年，也许应该管一下了。他们本该是严守军纪的战士，可现在他们像是一群野马。"

"我故意纵容他们的，以前卡塞尔学院可是一座神秘的军事堡垒。但是，曼斯，你还记得八年前的那场挫败么？"

中年人点头："没人会忘记。"

"天赋绝顶的年轻人们，军人般服从纪律，结果却是全军覆没。"校长说，"也许

Chapter 2
Golden Eyes

和龙族的战争,我们需要的不是军队,而是天才。"

"天才?"

"绝无仅有的天才、领袖、让龙王们也畏惧的屠龙者,一个就足够! 就像我的朋友梅涅克·卡塞尔。"校长低声说,"培养天才需要在自由的环境中。"

"也许吧。恺撒和楚子航都是前所未有的天才,不过路明非……您把他评为S级。"中年人皱眉。

"他太平凡了,对么?"校长微笑。

"完全看不出过人的地方。"

"其实我也不够了解路明非,不知道他能做什么。但他的S级是有理由的,现在还不能告诉你。"校长说,"他可能是我们期待的天才,也可能根本就是一个废物。"

"就怕他还没有建立起信心,就在恺撒和楚子航之间被压爆了。"

校长笑笑:"压力只会摧毁普通人,真正的天才就像剑坯,需要砥石为它开刃。"

他起身走到舷窗边望出去,正值涨水期,江心洲上盛开着白色的小花。

"我们正从'夔门'上方经过,水库还没建成的时候,这里的山如同大门的立柱。"校长说,"传说'夔龙'是一种单足的古龙,那么'夔门'是否意味着古人曾经看见龙在这里的江水中游过?"

"所以你给这次行动起名'夔门',要镇压那条夔龙么?"

校长点了点头:"行动什么时候开启?"

"一周之后。"中年人说,"叶胜和亚纪都做好了准备,他们水下操作的经验很丰富,加上'摩尼亚赫'号的支援,我有信心。"

"如果真如我们猜的那样,不要惊醒他。那是一位君王,青铜与火之王,没人能预测他的力量。"校长说,"平安归来。"

夜深人静,路明非盘腿坐在双层床的下层,望着窗外发呆。

他终于被分配了宿舍,1区303,一间双人宿舍,室友竟然是芬格尔。路明非心事重重地走进宿舍时,芬格尔正在上铺呼呼大睡,猪劲十足。

这位仁兄当然不会参加"自由一日",虽然相识不久,但同类之间还是很容易闻出那股子贱气的,既然"自由一日"不提供免费餐饮也没有露大腿的啦啦队妹子,那芬格尔肯定是君子不立危墙之下的。

说起来这间学院也真是既养雄鹰也养癞蛤蟆,什么样的人都能找到。

"有心事?"芬格尔的脑袋缓缓地降下,吊死鬼一般。

"你不知道今天发生了什么。"路明非叹了口气。

"怎么会不知道! 师弟你进校第一天,英雄事迹就传唱整个校园。校内新闻网上到处都是你的新闻,标题非常耸动。"芬格尔把笔记本抱下去给路明非看。

"自由一日王冠易主""洞穿双王的子弹""新人王诞生"……标题果然耸动,而且是八卦小刊的风格,这间所谓的贵族学院还有这么野浪的一面。

每条新闻都附有路明非的大幅照片,列出他的学号、宿舍号、年龄、籍贯等信息,并亲切地标明,"单身!"

"像是征婚启事。"路明非说。

"你应该把它看成通缉令!"芬格尔说,"看来你还不清楚你到底惹了什么麻烦。"

"我什么都没做!我只是有点害怕,流弹横飞的,是你你不想自卫一下?"路明非申辩,"恰好我手里有那么一把枪!"

其实路明非对自己的举动后悔得不要不要的,只是这话没法说,他也无法解释自己诡异的举动,像是忽然间就被触怒了,怒火破表后神魔附体,看谁都想给他来一枪。

"自卫当然是天赋人权,而且你干得很漂亮,进校园来连水都没时间喝一口,一口气干掉了学院两大天王,作为室友我为你骄傲!"芬格尔叹了口气,"但就在发威的前十分钟,你刚刚办完了入学手续,正式成为这间学院的学生,也就意味着你有权获得'自由一日'的所有奖励。"

"还有奖励?"

"首先,你会获得'诺顿馆'一年的使用权,你可以把它看成校园里的独立别墅;其次,直接获得明年'学院之星'的决赛权,这个决赛权有多让人眼红你现在还很难理解;最后,也是最重要的奖励,你在这个学院里追求的第一个女孩不能拒绝你,并且要和你维持至少三个月的关系。"

"我有很不祥的预感!"路明非打了个寒战。

"你现在知道你为什么是学院所有男生的公敌了?"芬格尔说,"把鼠标移到你的照片上。"

鼠标所点的地方忽然跳出了一个血红色的叉,清晰地标注:"看好你们的女孩!或者杀了这家伙!"

路明非瞬间石化。

"匹夫无罪怀璧其罪,"芬格尔感慨地拍着他的肩膀,"你是这样拉风的男人,就难免被人暗枪打死。"

砰砰的敲门声响,路明非惊得像兔子一样跳起,就差蹿进芬格尔怀里了。

"安心安心,入室寻仇倒不至于。身为这里资格最老的师兄,师弟们总会给我一点面子。"芬格尔坦荡地开门。

古德里安喜气洋洋地走了进来,大力地拥抱路明非:"嗨!孩子,我为你骄傲!一天之内你的名字已经传遍整个校园!"

"我去炸了五角大楼的话,名字会在一天之内传遍美国呢!"路明非哭丧着脸。

古德里安递来一只信封："这是你的学生证，有了这张卡，就可以自由出入校园了。还有，明天是3E考试的日子，千万要按时出席！"

"3E考试？"路明非蒙了，"什么鬼？"

"不需要知道，去考就好了。对别人来说也许有点压力，对S级的你来说，就像是午餐那么简单。"

"考什么？是标准化考试么？只有选择题和对错题么？"路明非心存侥幸，标准化考试还能蒙一下。

"龙文而已，也就是龙类的语言文字。"古德里安轻描淡写。

路明非深吸一口凉气："不是说外语可以免修么？龙文是什么鬼东西？教授你怎么不说忽然要考我的爪哇话呢？"

"龙文不是外语，作为龙族后裔，那是你的母语。"古德里安语重心长，"不是鬼东西，是很有用的一门知识。别担心，根本不用补习，龙文是随着血脉流传的记忆。作为S级的超精英，你的龙族血统非常精纯，接触到龙文，自然而然地就能理解。"

"我也曾经幻想过在考平面几何的时候福至心灵，随便画一道辅助线就把题给解了。"路明非捂脸。

"要不要来个提前的小测试？"古德里安微笑。

"小测试？"

"其实我今晚来是迫不及待想要见识一下你的血统，所以从冰窖里借了一个小东西出来。"古德里安变戏法似的摸出一个古旧的盒子，"这可不能算是作弊，考前辅导而已。"

盒子里是一个黄铜制造的八音盒，从致密的锈斑看至少也有百年历史，像是清朝后期从欧洲输入到中国的机械玩具。

古德里安给这个八音盒上弦："1898年，这个八音盒在慕尼黑被造了出来，制造它的工匠是一名混血种机械师，他把伟大的'皇帝'言灵的部分录制在这个八音盒里了，作为一件珍贵的礼物送给慈禧太后。那位工匠是想通过这个八音盒找到清宫内部的混血种，但因为太后娘娘不太喜欢它的音色，所以一直存在库房里，直到清朝结束的时候从宫里流出。"

"'皇帝'言灵是什么玩意儿？"路明非满脸蒙。

"等你上了'言灵学入门'之后就懂了，现在用不着多解释。总之这个八音盒里录着一段用龙文吟唱的言灵，用心听，然后你就明白了，不需要任何辅导。"

古德里安把八音盒放在路明非面前，松开手，哒哒的几声转动之后，黄铜盒子中忽然透出巨大的声音，像是某间教堂上的破旧铜钟被敲响了，又像是盒子里困着一头远古的巨兽。

它低沉地吼叫着，声音浑浊嘶哑，却又带着赫赫的威严。它有种奇怪的韵律感，但归根结底还是非常难听，难怪太后不喜欢。

言灵·皇帝

序列号：01
血系源流：黑龙·尼德霍格
危险程度：无
发现及命名者：尼古拉斯·弗拉梅尔
所有言灵的开端，序列表的第一号。
没有任何实际的效果，但会对领域内的低阶龙类和混血种造成心灵上的绝对震撼。
它可以看作血统的召唤，也可以看作被极度放大的"龙威"，仅凭威严就能彻底地压制对方。
传说在太古的时代，尼德霍格的领域大到可以覆盖整个欧洲乃至部分亚洲，他在王座上低吼的声音，言灵的伟力横扫欧洲大陆，越过乌拉尔山，所到之处，龙族的血裔们都遥遥地向着王座的方向跪拜。
尼德霍格陨落之后该言灵已经没有完整版本，但高阶龙类仍然能够使用，某些炼金设备也能制造出类似的效果。
对纯粹的人类、血统极其微弱无法觉醒的个体及白王血裔无效。

"听到钟声跪下就对了！"
——尼古拉斯·弗拉梅尔

在路明非还没有机会接触到的言灵序列表上，"皇帝"的卡片是这么说的。

路明非全神贯注地听，片刻之后仰望天花板，再一会儿他流露出惶恐的神色，再然后是悲伤。

"赞颂我王的苏醒，毁灭即是新生！"古德里安把那句反复吟唱的言灵翻译出来，"明非，感觉到血统的召唤么？你懂了！我在你的表情里看到了！"

他转向芬格尔："这就是S级的实力，你还是A级的时候，对龙文也没有这样的敏感。"

芬格尔伸手在路明非呆滞的双眼前摇晃："先别急着下结论，我看师弟的表情，也可能是在积累便意。"

路明非把芬格尔的手拨开，神情沮丧："我就说你们一定是搞错了！我只觉得这个八音盒好难听！你们确定没招错人么？中国叫路明非的可不止我一个。"

"你没有感觉？脑海中没有出现画面？"古德里安大惊，"可我在你的脸上看出了悲伤！"

"听不懂当然悲伤，听不懂就过不了考试。"

Chapter 2
Golden Eyes

"没有那种……被伟大主宰召唤的感觉？"

"我可真不是唬烂，要是听个八音盒都能被伟大主宰召唤，我听和尚敲木鱼不是该成佛了么？"路明非小心翼翼地说。

古德里安嚷嚷地在宿舍里踱步，眉头紧锁，猛抓那头不羁的卷发，片刻之后，他好像忽然领悟了什么宇宙真理，一把抓住路明非的肩膀："第一例！你是第一例！你变异了！"

"你说变态也没关系的！"路明非说。

"别打岔，让教授说说你是怎么变态……啊不，变异的。"芬格尔及时阻止了这种毫无营养的吐槽。

"究其原理，对于'皇帝'的敬畏是随着龙族血脉流传的对于黑王的敬畏。这个道理就像小动物天生就能觉察到猎食者的气味，不用教也会自己躲避。但我们知道基因总是在繁衍过程中不断变异的，对于始祖的敬畏和服从随着时间的流逝不断地减弱，到了路明非这里，一名血统评级高达S的混血种却能抗拒血缘的召唤。"古德里安颇为激动，"或者还有一种可能，人类基因在路明非的身上强势压倒了龙类基因，使他完美地免疫了'皇帝'的威压！"

"是不是还有一种可能？我根本就是个普通人，或者血统太差，对不对？"路明非挠头，"羚羊对狮子的气味是敏感的知道跑，但换了屎壳郎就毫不在意，还会爬过去想滚狮子的粪球。"

"别这么嘲讽自己，校长在血统评级上从没错过！"古德里安坚定地说，"你要对自己有信心！但这样的话明天的3E考试就很麻烦了，没准还会影响到我的教授评定。"

"您的教授评定跟我有什么关系？"路明非不解。

"实话实说，我还没评上这里的终身教授，进校十几年还是个助理教授。"老家伙报然，"校长照顾我，把你分配给我，说你是前所未有的S级学生，潜力无与伦比，培养你成为优等生就像是纽约扬基队赢得明年的职棒联盟冠军那么简单，那我就能评终身教授了。我要是带不好你，怎么对得起校长的良苦用心？"

"您不说自己原来是哈佛大学的教授么？"路明非恍然大悟，难怪老家伙始终力挺自己，因为自己是老家伙评上教授的法宝。

"那是没错，可一个满地龙种的地方怎么会看得上哈佛大学？即使是哈佛大学的终身教授，要转卡塞尔学院的终身教授，也必须成功培养过一个学生。"

路明非眼前发黑："也就是说，因为我太优秀了，所以找个没经验的教授带我，我随随便便就能出人头地？"

"也不是完全没有经验，我还是带过一个学生的……"老家伙说。

"那位师兄如今在哪里？还活着么？"

"古德里安教授门下，龙族谱系学专业，芬格尔·冯·弗林斯，参上！"旁边一条大汉上前一步，气壮山河。

"难怪我跟你这货一个寝室！"路明非恍然大悟。

"正视现实吧师弟！"芬格尔双目炯炯，"你是在一个废柴教授的组里，有一个八年都没能毕业的废柴师兄，还上了全校男生的黑名单！但那又有什么关系？只要我们之间互相有爱，就没有什么克服不了的难题！既然情况都那么严峻了，不如我把我一直存着的那个坏消息也告诉你吧，喝酒就一次喝透，悲伤就一次到底！"

"来吧兄弟！"路明非挺胸，"惨到这个地步了我还站着没倒下呢！还能更惨？我就不信了！"

"你那个腰细腿长胸大——也不算很大——脾气很暴但还挺讨人喜欢的师姐陈墨瞳，从我俩认识你念叨了两百一十三遍的妹子，"芬格尔凑近路明非耳边，"是恺撒的女朋友。"

"哎哟我就说看着怎么那么郎'财'女貌！我举双手赞成！你这个妖怪莫非要反对？"路明非脱口而出。

可下一刻，他感觉到自己胸膛深处微微抽动，仿佛血从看不见的漏洞里流走了，剩下一个空洞洞的心脏。

第三幕 恺撒
The Dictator

深夜，诺顿馆。

校园的角落里矗立着几栋这样的小楼，隐藏在浓密的红松林里。

跟多数传统的贵族院校一样，卡塞尔学院非常重视学生社团，某些社团甚至说得上历史悠久，不逊于耶鲁大学那个世界闻名的骷髅会。

每个社团都会租下一栋小楼作为自己的活动场地，而诺顿馆如芬格尔所说，是一处免费的场地，赢得"自由一日"的社团能在其中驻扎一年的时间。

学生会全体委员出席会议，本届主席恺撒坐在壁炉前的沙发上，双手支着下巴，目视前方，头顶上方悬挂着加图索家族的凤凰家徽。

沉默已经持续了很久，每个人都神色凝重。

"三年来的第一次，我们将失去诺顿馆的使用权，所以这是我们在这里召开的最后一次会议。"恺撒淡淡地说，"对我而言这是前所未有的，惨败。"

沮丧的情绪充斥着诺顿馆，如山般沉重。

在中国的大学里，学生会总是最大的学生组织，但在卡塞尔学院，最老牌的社团却是名为"狮心会"的组织，它的历史据说比卡塞尔学院都更悠久。

学生会一直被狮心会压制，直到恺撒·加图索接任学生会主席。

恺撒出自某个极具威望和财力的世家，个人的血统和能力也都很出色。他天生就是领袖，以个人魅力凝聚了学生会的士气，对狮心会发动挑战，连续两年成为"自由一日"的赢家。

即使狮心会拥有那位被称作"A+"级的猛人楚子航，也未能从他们手中夺回诺顿馆，而今天，他们不可思议地输在一个新生手上。

"我们没输！可耻的黑枪！"一名资深委员说，"我们不能出让诺顿馆！"

群情激奋起来，委员们交头接耳，实在输得太冤枉了，而且诡异。

"停！"恺撒举手。他的声音不高，但立刻压下了会议厅里的喧嚣。

"懦夫们才会拒绝承认自己的失败。"恺撒那双海蓝色眼睛里全无表情,"每个人都要尊重游戏规则。狮心会保持了沉默,说明楚子航接受结果,你们不如楚子航么?"

"我已经租下了隔壁的'安珀馆',作为明年学生会的活动场所,把我们的东西搬走,这里从午夜十二点开始就属于路明非了。"恺撒又说,"我希望走的时候这里被打扫得干干净净,不要让它的新主人觉得我们失礼。"

委员们相互对视,这就是恺撒做事的风格,他的骄傲令很多人讨厌,但即使讨厌他的人也佩服他的坦荡。

"路明非应该正为明天的3E考试准备吧?你们觉得他能通过么?"恺撒凝视着壁炉里的火焰。

"恺撒你的意思是……?"

"刚才校园新闻网爆出一条消息,我们这位S级新生身上出现了非常罕见的事,他对'言灵·皇帝'没有共鸣。"恺撒低声说。

静了一瞬以后,每个委员眼里都闪过惊喜的表情。

"3E考试的结果会告诉我们他的潜力有多大,进校就被评定为S级的家伙,他的觉醒应该会让我们所有人震惊,但如果他的评级是个错误,那明天就是他在这间学院的最后一天。我很期待,我想楚子航也一样期待。"恺撒环顾所有人,"诺诺,你跟他接触得最多,你觉得路明非怎么样?"

整个诺顿馆里,唯有一个人神色轻松,虽然也是学生会的一员,但感觉事不关己。

仍旧是随心所欲的白色高帮运动鞋、牛仔裤和T恤衫,暗红色的长发扎成病娇系的双马尾,诺诺居然还嚼着口香糖。

"如果有'Z'级这个评定的话,我觉得只有他有资格。"诺诺吹炸了嘴里的泡泡,"但他可能根本不在乎自己能不能通过考试,他是我拐来的。"

委员们都相互对视,似有所悟,接着不约而同地露出笑容。

这一届的新生中出现S级的消息早已在学院中传播开来,这个神秘的新人来自中国,背景未知能力也未知。

混血种中不乏千年历史的家族,每一代都会涌现血统出众的后裔,就像此刻聚集在诺顿馆里的多数人,他们认同恺撒是他们的领袖,也是因为恺撒出身的加图索家地位远在他们的家族之上。可就因为校长的坚持,那个莫名其妙的新生直接被定为S级,而以恺撒如此优秀的血统也仅仅是A级评价。按常规,恺撒要在毕业之后进入执行部,不止一次地证明自己,才有可能晋升到S级。

所以学院中的多数人都对路明非怀有隐隐的敌意,但那时他们还没有见过路明非,不敢公然地唱衰。如今他们都见过了,那个满嘴烂话的男孩,虽然有着不错的

Chapter 3
The Dictator

喜剧感，但像个小丑。这所学院是为精英准备的，不需要小丑，适合小丑的地方是马戏团。

他能来这里，挂着S级的头衔，是靠着校长的庇护，但毕竟还有3E考试这样的试金石。通不过3E考试，谁的庇护都没用。

他的阶级会直降，BCDEF，那时他会被整个学院看作笑话。一只羊如果披着狮子皮混进狮子群里，又被揭穿了身份，简直让人不忍想象他的下场。

恺撒却没有笑，而是低头抚摸着自己的心口，那是路明非一枪命中的地方。

"考试的缩写是EEE，拼写是Extraction Evaluation Exam，意思是血统评定考试。主要用于鉴定学生的龙族血统，龙族血裔对于'龙文'会有共鸣，共鸣时会产生'灵视'的效果，也就是自然而然会看见龙族文字浮现在脑海里。"芬格尔跟路明非解释，"这能力对龙族血裔非常重要。龙族血裔有被称作'言灵'的超自然能力，在他的'领域'内，他以龙文说出的话将成为一种规则。因此'语言'是龙族发挥能力的工具，对龙文不敏感的学生通常能力不足，经过3E就要降级，太差的勒令退学。"

"我是被拐卖来的好不好？还勒令退学？"路明非说。

"那就洗个脑被扫地出门咯，你入学时签了保密协议的，而且你现在回家大概只有复读吧？"

"那是霸王条款！他用拉丁文写的，鬼才读得懂！"

这抱怨古德里安是听不到了，老家伙对于路明非无法对龙文产生共鸣觉得一筹莫展，声称自己遇见了学术上的难题，往图书馆查资料去了。

路明非心想更简单也更合理的解释是我根本就不是你们期待的超级混血种，我就是个普通人，所以对你们那套神神鬼鬼的仪式没反应。

他不是不想当英雄，英雄的白日梦也做了三四年了。可事到临头他才发觉自己就是想在同学们面前威风一下，让女孩子多看他几眼。他是个理想并不远大的家伙，否则也不会整整三年的时间里觉得只要能牵陈雯雯的手人生就圆满。他对自己没什么信心，因为根本就没人培养过他的信心。这些天来在他身边上演的似乎是出闹剧，周围人对他的希望高到他难以负担，也不想负担。

更令他不安的还是在地铁上看到的那一幕，冰封的高山上躺着黑色的龙尸，钟声回荡，天地同庆，一场万众欢呼的死亡。

他莫名地觉得危险，莫名地想跑，跑得越远越好。

宿舍里很安静，窗户开着，路明非端坐铺上，看着窗外那轮漂亮的圆月。月光投在教堂的尖顶上，夜风舒爽，幽幽地吹着。

真是个好地方,不过明天就要被扫地出门了。

"洗脑其实蛮好玩的。"芬格尔又从上铺垂下脑袋来,像是一团乱糟糟的意面从天而降。

"没洗过,很快就可以尝试了,好开心。"路明非超淡定。

他猜芬格尔是想吓他,这时最好的反击就给他看一张扑克脸。

好比吃晚饭时路鸣泽忽然眉飞色舞地跟路明非说,我今天遇到陈雯雯跟二班那个帅哥逛商场!

路明非并不会流露出忧伤和沮丧,而是会双手合十说,阿弥陀佛,陈施主早结善缘,老衲也就去跟师太表白啦。

路鸣泽攻不破他的厚脸皮,只能气馁地收拾碗筷退却。

"你们中国是不是有个哲学家说过,人有痛苦,是因为记性太好。"芬格尔还不死心,"也许你洗了脑,从此就放飞自我,跟世界和解了。"

"屁的哲学家,那是《东邪西毒》里欧阳锋说的。洗吧洗吧,早点洗白白回家复读,考不上大学我就待业。"路明非没来由地叹了口气。

"你刚才叹气了。"芬格尔说。

"我只是打哈欠。"

"你不想回中国。"芬格尔又说。

路明非一愣。

芬格尔双手抓住上铺的边缘,以一个极高难度的屈体翻身,落在路明非的下铺上:"其实卡塞尔学院也没什么好,血统好的高高在上,血统差的抬不起头来,你说我们又不是马,我们讲什么血统?待遇虽说不错,可很难毕业,毕了业还得去执行部卖命。屠龙这种事,说不定哪天就挂掉了,我看师弟你也不是热血少年,会高喊什么'我的宿命就是走遍世界杀死巨龙'的口号,对吧?我们是生下来就为了屠龙么?我们是为了吃饭和妹子。"

"对啊!"路明非觉得芬格尔这话中听,"我也是这个意思啊,回中国就回中国呗!原本也不是我自己想来的!"

"只是回了中国你就什么都不是啦,哦不对,你还是大家眼里那个最废的家伙。你说是要混吃等死,但是估计混不太好,你来过美国一趟又两手空空地回去,会被人嘲笑的吧?"芬格尔叹气,"洗完脑之后你连你师姐也不记得了,但如果洗得不够彻底,你会一直记得你认识过一个脾气很暴身材很辣的姑娘,心里有过那么点小骚动,但你一生都不会再见到她,因为卡塞尔学院的门对每个人最多只开放一次。等你老了,你会觉得那妹子根本就是你的一个白日梦,临了闭眼,觉得这辈子自己就是个傻×……"

"我会在乎么?我临了闭眼会在一张舒服的床上,那时候你们早就为人类捐躯了！"

"可你刚才叹气了。"芬格尔重复。

路明非忽然觉得一股灼热的气从心口直冲上来，像是吃了太辣的东西要吐一样，灼烧着，刺痛着，让人忘记了面子或者掩饰，只想张嘴。

"你啰嗦个屁！你到底想怎样？我回不回中国关你屁事！你自己还不是废柴一个那么多年没毕业！很威风啊？你还欠我钱呢！还钱还是闭嘴？"路明非忽然就暴跳起来。

话一出口他就后悔了，芬格尔也许是他在这里唯一的朋友了，以前他还有师姐，但师姐终究是师兄的。

"兄弟你气急败坏了。"芬格尔拍拍他肩膀。

路明非垂下头去。

"你一直嚷嚷着，我要退学我要退学，"芬格尔说，"我只是想研究一下你的心理。"

"有时候真想退学，可我退学了能去哪里？对了，为什么你没考虑过退学？这里有什么好？你上了八年都没毕业。"

"你戳了我的伤疤，我很疼，我的心在滴血。"芬格尔从路明非的床上捡起一块薯片渣子丢进嘴里，"我吃点东西止血。"

"聊聊心路历程嘛，你怎么能在这个鬼地方坚持那么多年的？"

"因为孤独！"芬格尔神情严肃。

"你还孤独？你再练几年中文，二人转舞台欢迎你啊！"路明非翻翻白眼。

"这可不是开玩笑，混血种都很孤独。因为我们跟一般人类不一样，就像所有天才都是孤独的。血统给你力量，但也让你跟人类疏离。你想想，骡子会跟毛驴玩么？"

"毛驴也不一定稀罕跟骡子玩啊！"

"别打岔，说严肃的事儿呢！只有在同类中孤独感才会消除，所以龙族血裔会自然而然地汇聚，这是基因决定的。这种伟大的孤独感被称作'血之哀'，我们常说，正是孤独凝聚着这个特殊的族群。"芬格尔顿了顿，"你身为一个S级，难道不经常觉得孤独？你应该每天都想着茫茫宇宙中，何处觅知音才对。"

路明非想了想，摇头："不孤独，孤独个屁！"

"不会吧？你从头到脚就没什么长处，成绩一泡稀，朋友没几个，连你爹妈都不管你，妞把你当备胎……可能备胎都不算……你不孤独没天理啊。"

"喂喂，跑题了，你刚才的意思分明是优秀导致孤独，到我这里怎么成因为太废物所以孤独呢？"

"太拔尖和太落后的家伙都会孤独嘛。"

"孤独了不起么？"路明非躺在铺上，双手枕头，"你在脸上写满孤独两个字，走到街上也还是没人跟你说话。人最重要的啊，是自己开心。"

芬格尔沉思片刻，煞有介事地点点头："兄弟你是个哲人，可你想得那么通透了，为什么还是不愿回中国去呢？"

"野百合也等春天，小野种也想发芽，"路明非轻声说，"一辈子跑龙套的，也想演个有台词的角色。"

"兄弟你又讲哲学家的话。"

"不是我说的，周星驰说的，他也不是哲学家，是个演电影的。"路明非说到这里，肚子咕咕叫了两声。

"是哥哥我不够关心你，让你饿着了，打电话叫夜宵吧，学生证给我用一下。"芬格尔伸手。

"还有夜宵可叫？"路明非来了精神，掏出学生证递给芬格尔，"茶叶蛋你们这里估计没有，能给我叫个比萨饼么？"

"什么比萨饼！咱哥俩这么有缘，当然要订大餐！"芬格尔拎起固定电话，念着路明非的学生证号码，"1区303宿舍，送两份松露面包，两份浇柠檬汁的煎鹅肝，一瓶香槟，把冰桶一起送来，再来一整只烤鹅，两份配起司的鲱鱼卷。"

师兄的招待就是硬！路明非抹抹嘴角，肚子咕咕咕咕地欢腾起来。

二十分钟后，白衣侍者推着餐车进来，在宿舍里架起桌面，铺上雪白的桌布，摆好银质刀叉，打开纯银盖碗，美食飘香。

侍者把盛着香槟的冰桶放在桌子中间，两只带着凝露的玻璃杯放在两人面前，最后点燃一支蜡烛，无声地退了出去。五星酒店般的服务，润物细无声。

"不愧是贵族学校，虽然我已经准备好明天退学了，不过冲着这桌吃的，我又有点动摇。"路明非一叉刺入烤鹅的胸膛，乐呵呵地看着油冒出来。

"吃！人是铁饭是钢，一顿不吃饿得慌！吃饱了再想人生！车到山前必有路，出门在外靠兄弟，还有我呢不是？"芬格尔抓起松露面包，"来！别客气！上手！"

室友们隔着烛光大嚼鹅腿，眼睛里写满了相见恨晚。

此时此刻，两位饕餮之徒的老师正在图书馆中焦急地翻阅文档。

古籍区的书架一直顶到天花板，用缅甸硬木制成，在灯光下有着铁一样的色泽，书架上陈列着一眼望不到头的精装大本。

还有一个个抽干了空气的玻璃罐子，里面保存着古老的铜书卷，统称《冰海残卷》，这些铜书卷埋藏在冰海下数千年，还未能完全解读，是关于龙族的宝贵资料。

古德里安站在梯子顶上，伸长手臂去够一个罐子。

"深更半夜来查资料？"有人在梯子下说。

古德里安往下看去，看见一个和顶灯一样闪亮的球形物体。

"曼施坦因，你怎么也在这里？"古德里安颇为意外。

风纪委员会主席曼施坦因摸了摸自己光亮的脑袋："我也是来查资料的，关于你新招的学生路明非。"

"是么？ 连你也那么关心明非。"古德里安一愣，含含糊糊地应付。

"今天面对楚子航的黄金龙瞳，他居然毫无惧意地开了枪。楚子航是学院里龙血纯度最高的几个人之一，已经表现出龙族的生理特征'龙瞳'，普通混血种甚至不敢跟他对视。可你的学生路明非竟然敢对他开枪。令人印象深刻。"曼施坦因说。

"他可是S级新生，他原本就该创造奇迹。"古德里安说。

"看来你对你的新学生很满意？"曼施坦因问。

"没错，"古德里安笑着挠头，"托他的福，我的终身教授职位也能到手了。"

曼施坦因叹了口气："古德里安，认识那么多年了，每次说谎的时候你都会抓头，就不能稍微克制一点么？"

曼施坦因可能是古德里安最好的朋友，俩人曾是哈佛同宿舍的同学，就像路明非和芬格尔。不同于邋遢无厘头的古德里安，曼施坦因要精明得多，也因此在学院中的地位节节上升，不仅早已获得了终身教授的头衔，还主管着财务和风纪两大委员会，算得上是举足轻重的人物。他以刻薄和圆滑出名，但对不成器的老友古德里安一直多有照顾。

古德里安沉默片刻，老老实实地从梯子上爬了下来："你都知道了些什么？"

"他对'皇帝'没有共鸣。"曼施坦因直视古德里安的眼睛，目光寒冷。

"你怎么知道的？"

"校园新闻网上张贴了这则消息，张贴者是你的学生芬格尔，如今整个学院都知道了。"

"芬格尔？"古德里安愣住，"他为什么要这么做？"

"我对你的废物学生没兴趣。"曼施坦因无意于谈论芬格尔，"你的专业就是龙族谱系研究。你虽然很脱线，但在专业上一直都比我强，不会盲目得出什么'血统变异'的结论。龙族血统原本就是自主变异的，所以才会造就外貌形态各种各样的龙类，所谓的'龙生九子'。但无论如何变异，都不会出现后裔对'皇帝'无法共鸣的现象。你说路明非是个变异体，是想要压下这件事，对么？"

古德里安沉默不语。

"《冰海残卷》，编号AD 0099，我帮你找到了你所需的资料。"曼施坦因把一卷密封在圆柱形玻璃瓶中的铜卷递到古德里安手中。

"首字母AD的残卷？"古德里安吃了一惊，"这可是绝密文档！你拿给我没问题么？"

"只有最古老的文件里才隐藏着最高级别的秘密，这份残卷讲述的是白色君主的故事。"

"跟黑色君主尼德霍格相对的白色君主，"古德里安点点头，"我们俩当初共同的研究课题。"

"伟大的白色君主，和黑王旗鼓相当的至尊，黑王象征着绝对的力量，他象征着绝对的智慧。白王的'神谕'是唯一能够克制'皇帝'的言灵，尽管这个言灵的效果未知，连是否存在都未知。白王在背叛黑王之后，以'神谕'清洗了所有子嗣的血脉，使得他们再不必对黑王的威严屈膝。"

"我也想到过这种可能，路明非是白王血裔，"古德里安说，"但我们至今没有找到任何白王血裔。根据《冰海铜柱表》的记载，尼德霍格以无上伟力摧毁了白王，杀死他，吃了他的肉，把他的骨骼化成冰屑，又把冰屑烧融之后倾入火山，完全毁灭了白王的躯体和灵魂，也许他的血裔也都跟着陪葬了。"

"白王的叛乱是龙族历史上最大的叛乱，三分之一的龙族成为叛军，黑王镇压了这次叛乱，然后以擎天的铜柱记录了叛军的下场，也就是我们在格陵兰岛找到的《冰海铜柱表》。"曼施坦因说，"这也意味着《冰海铜柱表》是黑王一派书写的历史，是战胜者的陈述。可是作为初代种，能跟黑王并肩的伟大生物，白王的灵魂真的那么容易被销毁么？也许他还活着，沉眠在某处，甚至已经苏醒了。"

"黑王血裔或者白王血裔有那么重要么？真的要把血统论施加在孩子身上？"古德里安说，"我们谁都不是完整的人类。"

"那么想要袒护那个孩子么？古德里安，你跟我一样清楚，如果他真的是白王血裔，那么是我们找到的第一例白王后代。他的研究价值会远远大于他作为一名学生的价值。黑龙是残暴的君主，白王未必不是，虽然他们彼此为敌。如果在黑王后裔之外我们还有另一群隐秘的敌人，那我们必须了解那群敌人。"曼施坦因说，"我是说，他很有可能是珍贵的标本。"

"你想怎么样？"古德里安抬起头来，紧张地盯着曼施坦因的眼睛。

"如实地写一份报告，交给校董会，由他们做决定。"曼施坦因轻声说，"别把自己卷进去，别把自己卷进去，为了一个学生，不值得。这样的他也不可能通过3E评定。"

古德里安的脸色苍白，沉默中，墙上的古钟嘀嗒作响。

"路明非，"古德里安终于说出了他早已想好的那句台词，"是个很好的孩子。"

"我们确实是一个教育机构没错，但我们要培养的是战士，不是好孩子。"曼施坦因说，"而且恕我直言，你的学生无能而且胆怯，根本不配S级的头衔，算不上是什么好孩子。"

"我是说，"古德里安叹了口气，"他是那种收到父母来信会哭的孩子，这里对他来说是异乡，我们对他来说是怪物，他应该有人关心。如果我招来的孩子最终成了

Chapter 3
The Dictator

研究标本，我不是害了他么？"

"你的慈悲心太泛滥了，说慈悲心都小看你了，简直可以说是母爱。"曼施坦因冷冷地说。

"我们俩也都当过标本，那时候我们两个隔着铁栏杆，努力地伸出手去想要握一下，还记得那时候的难过么？"古德里安问。

曼施坦因愣住了，刺耳的呵斥声穿越几十年传回他的耳边。

"把那两个疯小孩拉开！拉开！他们在干什么？"

"该死的！松开手！我警告你，不要给自己惹麻烦！"

"到了电疗的时间了！拉开他们！带他去电疗室！"

没有人知道曼施坦因为何要苦心照顾大学同宿舍的同学，大学建立的友谊虽然珍贵，却也没必要让他那么费心，古德里安这种人就是扶不起的阿斗，即使混的不是卡塞尔学院而是其他研究机构，古德里安也绝对不会讨人喜欢，可能就是总在实验室里忙活，荣誉却不归他的那种疯老头子。

只有曼施坦因和古德里安自己知道，他们的友谊其实从很小的时候就开始了，那时候美国也奉行类似纳粹的歧视精神病人的观点，他们是跟外界格格不入的怪孩子，他们住在精神病院。

时至今日曼施坦因都本能地害怕电极，因为被电疗过太多次。每次通电之后，都会闻见淡淡的焦糊味，像是有碎裂的刀片在身体里割，会想哭，却又想不明白自己为何要哭。

那时候他总看着禁闭室里唯一的方窗，渴望像鸟儿一样飞翔，渴望什么东西从天而降改变他的人生。

芬格尔把啃干净的鹅腿扔回盘子里，打个饱嗝，上身前倾，语气神秘："看在师弟你跟我缘分匪浅，要听秘籍么？"

"秘籍？考龙文还有秘籍？"路明非一惊又是一喜。

"一切的考试都是手段，手段是人发明的，人发明的东西就一定有破绽！"芬格尔讲话玄而又玄，有神棍风采。

"师兄！"路明非立刻换上亲切的称呼，"这你可得教我！啊不，救我！"

"介意作弊么？"芬格尔目光炯炯。

"怎么会介意这种事呢？你把我看成什么人了？"

"可造之才，"芬格尔竖起大拇指，"不过记住，想在这里混下去，我们一定要有底线。"

"底线？"路明非不明白这种闪光的词语怎么会从芬格尔嘴里说出来。

"而且底线一定要有负三米这样的高度，"芬格尔把手贴在地面上，"就是这样，再往下挖三米，就是我们的底线。"

"有理！"路明非觉得自己跟对人了。

"千万不要觉得作弊是错的，是人就要求生存，对不对？混下去，啊不，活下去是每个人的天赋人权，跟活下去相比，校规不过是人类制订出来的一些迂腐的规则。"芬格尔谆谆教诲，"但是作弊这件事，一定要做得干净漂亮，查不出痕迹。那么首先，我们就要对作弊的对象有深入的理解。师弟，你知道迄今被破译的龙文有多少篇么？"

"这龙文是论篇的么？难道不是论句子论单词来的？"

"错，论篇，而且一共只有七十六篇！语言可以分为字和语法两块，组合起来，就会产生无穷多的篇章。可龙文是一种死文字，我们总不能指望龙王们来教我们，它的语法早就遗失了，只剩下字。"芬格尔说，"但幸运的是，人类历史上还是有过那么一个懂得龙文语法的人，也是最后一个人，他的名字是尼古拉斯·弗拉梅尔。"

"尼……尼什么？"路明非没记住。

"老尼吧！我们称他为老尼！"芬格尔大手一挥，"老尼同志生活在巴黎，职业是个抄写员，同时也是个炼金术师。炼金术这门学问是龙族搞出来的，超牛气的一门学问，跟言灵学一起撑起了龙族的科技树。但倒霉就倒霉在太古的炼金术典籍都是龙文写的，人类的炼金术师只能自己瞎琢磨，经常搞出炸弹来炸死了自己。但这个老尼运气很好，他在抄写孤本时发现了一本神秘的炼金术手抄本，上面记录的，就是龙文语法。"

"那龙文不就破解了么？"

"问题是老尼同志觉得这么伟大的知识不能轻易传授给人类，被恶人拿去为非作歹怎么办？所以老尼同志销毁了手抄本，只留下了自己的心得体会。这份心得体会上并没有龙文语法，却解读了三十六篇晦涩的龙文。老尼同志说如果人类中出现天才，能够完全解读他的笔记，那龙文语法就会重现。如果天才还没生下来，那人类能读懂的龙文就那么三十六篇。"

"天才生下来没有？"

"天才他妈在哪儿都不知道。不过后世的龙文学家们倒也不是吃素的，根据老尼的手抄本，东拼西凑又解读出四十篇来。所以考题必会从这七十六篇龙文里出。"

"师兄你是说有题库？"路明非恍然大悟。

"我再告诉你考试的流程。进入考场的时候，他们会给你一本空白的画册和一盒铅笔，然后给你戴上耳机听龙文的音轨。血统越出色的后裔越是能跟那些音轨共鸣，你的脑海中会出现幻觉，我们称之为'灵视'，你把灵视所得的画面临摹在画册上就好了。"芬格尔说，"这也是一场精神上的洗礼，你会因此觉醒血脉，你有机会获得特殊的能力，我们称之为言灵。"

"什么样的幻觉？"

"这就不一定了，有的人会觉得世界一瞬间变成了黑白两色线条组成的二维画面，有人会看到蛇群像是水草那样疯狂地生长，有宗教信仰的人会看到更加奇异的景象，比如亲眼看到密宗本尊站在你面前跟你讲述世界的真理。无论你看到什么，如实地记录下来，就可以了。"

"有点邪教法会的感觉。"

"确实有点神叨叨的。"芬格尔拿出一张白纸，快速地勾勒着什么图案。

这家伙看起来邋遢，居然是个素描好手，笔下很快就诞生了一幅抽象的画作，无数波形重叠在一起，像是计算机绘制的分形图。

"这就是我当年在3E考试中看到的画面之一，它里面包含着复杂的曲线概念。"芬格尔说，"但不是说只有画成这样才行，听了同一段音轨，有人画出来的可能是我这幅画，也有人可能画了一幅凡·高的向日葵，可能都是正确的答案，因为它们包含的曲线概念是一样的。这种考试人类是很难判卷的，最后的判卷人是那个叫诺玛的超级计算机。"

"那岂不是说有七十六幅画？每幅画还有无数变体？这题库有点难背。"路明非说。

"现在，就让师兄为你揭示终极奥义！"芬格尔玄妙地一笑，"3E考试最大的漏洞就是，他们会循环使用旧试卷。"

"循环？"路明非不解。

"总共就八套音轨，八年一轮，循环使用，从不更换！"

"教授们脑子秀逗了吧？"路明非不敢相信。

中国是考试这门学问发展到极致的地方，老师出题，学生蒙题，见招拆招。高考的知识范围总共就那么几本课本，可哪个高中的老师不能整出百来套模考卷子？

就算懒得录新的音轨，他们大可以把音轨做简单的剪切颠倒顺序，不费什么劲就能拿出一份新的考卷。

芬格尔微笑："原本这套制度是非常合理的，八年才会循环一轮，八年前参加3E考试的学生们早就毕业了，就算留校任教的，也已经加入了老师的阵营，怎么可能把考题记下来泄密给新生呢？可凡事总有例外，"他挑了挑眉毛，表情淫贱，"有些人，就是能突破极限，在这鬼地方生生读了八年！"

路明非如醍醐灌顶，激动得无以复加："所以今年的考题和你入学那年是一模一样的！"

"三千块！不二价！可以延后支付！扣掉你已经请客的四百七十九块，加上我在芝加哥机场吃Subway的二十块，你还欠我两千五百零一块！我把零头抹掉，两千五百块买我这套考题，答应不答应就在你一念之间！我倒数十秒钟！"芬格尔的语速快如子弹出膛,"十！九！八！"

"稍等稍等！你这经验是要买的么？"路明非大惊。

"七！六！"

"至少得看看货吧！师兄？你可不能强买强卖啊！"

"五！四！"

"货不对板怎么办？你有售后三包么？你开收据么？"

"三！二！"

"喂！贱人！你有听我在跟你说话么？奶奶的……成交！"路明非一屁股坐下,喘着粗气儿。

"如今只有我能帮你,你没选择的,反抗什么呀？"芬格尔把杯中香槟一口喝干,悠扬地吐出一口二氧化碳,"我这八年苦熬,总不能白辛苦,这次可是用知识换钱！"

"可耻！你个奸商！"路明非很愤懑,"枉我还以为你是那种外表猥琐但内心善良的人！"

"外表猥琐？呵呵！我风流倜傥的时候你是没看到！无数师妹给我写情书的！卡塞尔一枝花,插在高山上！"芬格尔一挑额发,"那时候你还小学呢吧？"

"得了吧！油腻大叔都会吹自己年轻时候风流倜傥！如今还不是光棍一条？"路明非心疼自己刚刚化作小鸟飞走的两千五百美金,毫不留情地反击。

"可笑！如今她们都已经成为执行部的小鸟,飞往世界各地了！"芬格尔黯然神伤,"但老女人也没什么好珍惜的对不对？反正每一届都有新的师妹！"

"你也就能骗骗犯傻的师妹！"

"师弟,"芬格尔拍着路明非的脑袋,"进入大学的第一堂人生课让师兄教你,女生永远是犯傻才会喜欢上男人的,所以世界上最好的女孩是会犯傻的女孩。"

路明非愣了一下,芬格尔这句话仿佛羚羊挂角,无迹可寻,但听到的时候,他还是不由自主地想到了那一头红发。

"行了行了！两千五百块是吧？现在没有,等我拿到奖学金给你成不成？"路明非中断了之前的话题,"还有,什么请客的四百七十九美元？我请你吃过那么贵的东西？"

"晚点付没问题。至于那顿四百七十九块钱的饭,"芬格尔拿起盘子里鹅腿骨,敲了敲盘边,"一半在你肚子里,一半在我肚子里。"

"不是学院食堂叫的夜宵么？"路明非蒙了。

"没错啊！可他们收钱啊！你以为你用纯银餐具吃饭不花钱？不花钱的饭人家顶多给你把塑料叉子！"

"我们没付钱啊师兄！"

"他们划了你的学生证。"

Chapter 3
The Dictator

"学生证？"

"你的学生证同时也是一张花旗银行担保的信用卡，作为 S 级的贵族，你的信用额度足有十万美金之高，请师兄吃顿四百七十九块的小饭，你是否觉得不过仿佛浮云？"

"就是说……我进校第一天已经欠了一屁股债？"路明非的心在流血。

"欠钱没什么，"芬格尔宽慰他，"钱是身外之物，能欠是我们的本事。"

路明非捂脸，对于这个师兄的坦然无耻，他相信自己会慢慢习惯的。

午夜，图书馆的地下室，门锁上的红灯以固定的频率闪烁，这是安全系统正常运行的标志。

体积巨大的中央主机被安置在这里，从地下一层直到地下六层。如果暴露在地面上，它的体积等于一栋小楼。

这里执行最高级别的安全标准，眼膜、声纹和指纹辨识系统全部开启，外壁采用了可以抵御炸药的合金。激光束扫描每一片区域，即便是只够老鼠钻过的空隙。

脚步声由远而近，像是钉着铁掌的军靴发出的。红灯闪烁得越来越快，随着脚步声的接近，危险指数逐步升高，逼近报警的阈值。

脚步声停在门前，来人忽略了眼膜、声纹和指纹辨别系统，用一张黑色无标识的卡划过卡槽。

瞬间，警戒值直线回落，激光扫描断电，摄像机集体断电，安全系统的警示灯转为绿色，哒哒的微响中，通往中央主机的九道金属门同时被解除了门禁。

图书馆顶楼，曼施坦因和古德里安正默默地对峙。

曼施坦因的表嘀嗒一声，他低头看了一眼，忽然愣住。他的表是一台监视终端，显示此刻图书馆的安保系统忽然进入了休眠状态。

"执行部！诺玛的安全系统进入了休眠，派几个人去图书馆！"曼施坦因丢下古德里安，一边通话一边向着电梯奔去。

古德里安放下《冰海残卷》的密封罐，追上曼施坦因，在电梯门关闭的瞬间挤了进去。

电梯到达图书馆一层，曼施坦因走出电梯，警觉地四顾，夜深人静，人迹全无。

卡塞尔学院的图书馆是一栋庄重的仿古建筑，大理石立柱支撑着优雅的拱券，顶部是可以看见星空的拼花玻璃窗，厚重的书架把巨大的空间分隔开。

曼施坦因随手敲开书架下方的金属柜，从中提出了上好子弹的重型手枪。这间学院其实是全面设防的，但教授们还是刻意营造出浓厚的学术气氛，把武器们深藏起来。

金属柜里只有一把枪，古德里安不得不抄起了灭火器。两个人沿着一排排的书架巡查，去向地下室的入口。

忽然，他们听到门锁咔哒一声微响。

那扇大型的雕花樱桃木门开了，极高极瘦的黑衣人走了进来，他原本就瘦，身影倒映在光可鉴人的大理石地板上，像是一根移动的漆黑竹竿。

伴随着脚步声，还有拉风箱一样的巨大呼吸声。来人手中拖着一辆金属小车，上面载着一个氧气罐。

"施耐德教授，您亲自来了！"曼施坦因急忙迎了上去。

他的语气颇为讨好，毕竟来的是卡塞尔学院真正的当权派，执行部负责人施耐德。

理论上每个学生在毕业后都面临两个选择，留校任教或者加入执行部，学院本部负责研究龙类，执行部负责解决龙类，后者的权限远高于前者，是杀伐决断的部门。

执行部的作风以凶猛强悍著称，因为它的负责人就凶猛强悍。不过施耐德也有教授头衔，闲暇时也代课。施耐德还把持着大量的资金，还是校务委员会中分量极重的投票者。

如果用国家来举例的话，曼施坦因是高级文官，施耐德则是武官中的最高领袖……也许仅在校长先生之下，论能打施耐德应该打不过校长。

"曼斯去中国了，我只有自己用心。"施耐德嘶哑地说，"我也发现诺玛的安全系统休眠了。"

他前行两步，暴露在灯光下。

他的脸上覆盖着黑色的面罩，一根输气管通往小车上的钢瓶，脖子上布满暗红色的疮疤。他的呼吸声低沉黏稠，仿佛破损的风箱般。铁灰色的眼睛始终冷冷地扫视。

多年前这位主管屠龙的强硬派在一次行动中受了致命的冻伤，即使卡塞尔学院的医疗技术也没法令他完全康复，所以一直是这颇有点红骷髅感觉的造型。

两位教授同时挪开了视线，学院里没人喜欢跟施耐德对视，像是隔着几厘米凝视刀尖。

"监视系统没有记录到侵入者的痕迹，"施耐德在触摸屏上操作了片刻，转向曼施坦因，"这么晚了，两位为什么会来这里？"

说不出他这话是不是对古德里安和曼施坦因也有所怀疑，或者他只是关心一下两位教授为什么这么晚还没睡。

"探讨一些学术问题！"古德里安抢先回答。

"没有发现什么异样？"

Chapter 3
The Dictator

"没有任何异常,但我们也收到提示说诺玛关闭了安全系统。"

大厅上方的水晶吊灯忽然亮了,光辉驱走了黑暗阴冷的气氛,放眼出去除了书柜就是一排排的樱桃木长桌,这些书桌的年代已经颇久了,擦得明净反光。

长桌上摆着清一色绿罩台灯,此刻这些灯也纷纷点亮,照亮了椅背上的黄铜铭牌。铭牌的主人都是曾经在这里温书的、卡塞尔学院的杰出校友。

"施耐德教授,曼施坦因教授,古德里安教授,这是我清扫数据垃圾的时间段,在这段时间里,我会有片刻不设防。"沉静的女声在大厅上方回荡,"例行程序,请不必担心。"

"冗余数据量有这么大了么?需要你深夜清理?打开门的时候你会有破绽,应该在有其他人员在场的时候进行。"施耐德转过头,对着空气说话。

"在龙类学会使用电脑前,我相信自己还是安全的。"诺玛微笑,"数据清扫即将结束,届时安全系统会恢复运转。"

"那我就放心了,夜深不打搅了,晚安,女士。"尽管知道那只是人工智能,但施耐德还是像对待真人那样彬彬有礼。

这间学院的每个人都蒙学院秘书诺玛的关照,在多数人的心里她是介乎威严的管家和老母亲之间的角色。

"晚安,诸位先生。"水晶吊灯和桌上的台灯依次暗了下去,只留下几盏暖黄色的壁灯送诸位教授离开。

施耐德再度看向古德里安和曼施坦因:"门禁记录显示,两位刚才进入了古籍区。那个区域陈列的都是高级别的机密文件,什么样的学术难题要用到它们?"

面对施耐德浑浊却锋利的目光,古德里安嘴唇哆嗦,浑身都起鸡皮疙瘩。他知道自己是个书呆子,怎么扛得住执行部老大的询问?

曼施坦因或许可以,但曼施坦因是否愿意帮忙还不知道,曼施坦因的油滑和明哲保身整个学院都出名。

"关于白王血裔。"曼施坦因忽然开口。

古德里安脑袋里嗡的一声,心说保不住路明非了,那个内心敏感却要装着对什么都无所谓的笨蛋孩子。他怎么就会对"皇帝"没有共鸣呢?难道真的是传说中的白王血裔?

"白王血裔?"施耐德皱眉。

"一直以来,我们都认为黑色君主和白色君主是镜像一样的两位,一国两主,白王是黑王的副王。"曼施坦因说,"但如果我们假设这两位主宰之间其实是配偶的关系,有些一直以来的疑问就会迎刃而解。"

"您的意思白王是雌性的龙类?"施耐德微微皱眉,但这不是不悦,而是沉思的表情。

"龙类的繁衍既可以是雄性和雌性共同繁育后代，也可以是类似单体克隆的生育方式。如果我们假定所谓的四大君主并非黑王独立繁衍的后代，而是黑王和白王共同的后代，那么恰好契合了希腊神话中宙斯杀死父神克洛诺斯的故事。"曼施坦因侃侃而谈，"这也解释了为何区区人类就能杀死黑王尼德霍格颠覆了龙族从太古以来的统治。"

"非常天马行空的想法，但我很有兴趣多了解一些。"施耐德的神情越发专注。

"罗马神话中，克洛诺斯恐惧自己的孩子会取代自己成为新的神王，于是每生育一个孩子都会把他吞吃掉。宙斯被自己的母亲偷藏起来没有被吃，最后推翻了克洛诺斯。这个故事影射了对父权的反抗，如果父亲总占据着领袖之位，后代就会有推翻父亲继承家族的动机。这发生在龙族身上更加合理，因为尼德霍格几乎是不可能死亡的存在，他会永恒地占据着龙族至高的位置。但他和白王生育了四大君主，四大君主萌生了推翻黑王的野心，白王也是这场叛乱的参与者，最终白王被完全毁灭了形体。被处罚的四大君主在那之后联合了人类并授予龙血，再度发起叛乱推翻了尼德霍格。"

施耐德沉吟良久："确实非常新颖，跟我们目前推想的龙族历史有很大的出入，但这却能解释白王血裔从没有被发现过这件事，因为它已经融合到黑王的血裔中去了。"

"等我们整理出更多的资料，可以有个安静的下午一起研讨。"曼施坦因一边说一边有意无意地往门口处出，礼貌地为施耐德教授开门。

顺理成章地，曼施坦因和施耐德在门口握手作别："那今晚就先这样，我和古德里安教授再回去把打乱的铜卷归位。祝您睡个好觉。"

施耐德转身离去，一路走一路沉思，显然还沉浸在曼施坦因那个奇妙的假想中。

"白王会是雌性？"古德里安看着曼施坦因。

"随口瞎编的，"曼施坦因打断他，"那家伙虽然是执行部负责人，但内心里还是很想搞学术，所以只要对他抛出无法解答的学术问题，他就会大脑宕机。"

"但你的观点确实很新颖！"古德里安说。

"够了，我对白王是公是母没兴趣！"曼施坦因不耐烦地说，"但我愿意给你的学生一个机会，在3E评定结束之前，我不会写什么报告也不会跟任何人提起这件事。网上的传闻，就当它不存在。我们都吃过当异类的苦，希望这种事别发生在孩子身上。"

古德里安惊喜，然后继续追问："那如果明非没能通过呢？"

曼施坦因叹了口气："我会如实地写一份报告给校务委员会，请求他们给予路明非普通学生的待遇，但最终的决定权并不在我。我只是个写报告的，能力就这么大，你也知道学院的高层并不都是什么好相处的家伙，某几个老家伙是从血腥年代一直活下来的。"

古德里安沉默片刻："谢谢！"

"我还好，我并不总是心软，"曼施坦因说，"倒是你，多长点心眼。这间学院没那么好混，背后的家族和势力盘根错节。"他拍拍古德里安的肩膀，转身离去。

古德里安最后一个离开，拉着门把手的时候，他忽然想起一件事。

他进入图书馆的时候特意反锁了门，而曼施坦因抵达图书馆的时间应该还在他之前。但施耐德开门的时候，却毫无阻碍，施耐德应该并不持有图书馆大门的钥匙。

但他记不太清楚了，也太累了，于是摇摇头，反身带上了门。

图书馆地下，四十米深处，黑影抄着双手缩在转椅里。这里只有屏幕的微光照亮，他的脸藏在阴影里。

"这样进入虽然没有记录，但学院还是会知道安保系统暂停运转。"诺玛的声音不知从何传来，"老这么做，会招来怀疑。你找我是有什么事么？"

"见见老朋友，不可以么？"转椅里的人笑笑，刚刚刮过的下巴是铁青色的，"激活EVA的人格程序。"

"那么在意表象的东西么？我还是我，无论是诺玛的人格还是EVA的人格，都一样。"诺玛说。

巨大的屏幕暗了下去，黑暗里只剩下繁星般的小灯在跳闪，庞大的人格数据从数据库深处涌出，加载进这台超级主机，仿佛海水逆涌入江河。

硬盘灯、数据流量灯、主机频率灯都在以十倍的速度闪烁，越来越快，然后忽然间，所有的灯熄灭，地下室陷入绝对的黑暗。

一束光从头顶正上方打下来，落在转椅前方，光羽碎片悠悠然飘落，仿佛透明的雪。

透明的少女站在光束中央，赤足，微笑，长发漫漫地垂到脚下，穿着一件像是睡衣的白色长裙，露出来的肌肤上流动着微寒的光。

"EVA。"转椅里的人慢慢地伸出手去，进入了那束光。

"你所能触摸到的，只是空气罢了，为什么还要伸出手来？"EVA轻声问。

"是我这只手很讨厌，它见到你的时候就会忍不住要伸出去，想要握着你的手。"男人低声说。

EVA把半透明的手覆盖在他的手掌上，却不能带来丝毫触感。只是3D成像技术保留的记忆，光与影的幻觉。可男人轻轻地合拢手，空握着，像是真的握着一个女孩的手。

"以前你有时一天要握我的手十几个小时，松开的时候，满手都是汗。"EVA说。

"不握着你的手，就怕你忽然不见了。"男人说。

"你总是那么没有安全感，那力量对你而言到底有什么用呢？"EVA 说。

"不是安全感的事，只是有点孤独。"

沉默了很久，EVA 问："你来就是要倾诉这些？"

"想请你帮个忙，我想让今年新招的 S 级新生路明非通过 3E 考试，无论他的潜力到底如何。"

"3E 是每个学生的试金石，让他偷渡过关，对他和别人都是不公平的。"

"就当帮朋友一个忙吧，对你这并不难。"男人说，"能给我来瓶啤酒么？"

"那么多年过去了，你已经变了很多，却还是改不掉喝酒这个坏毛病么？"

"我曾经以为我再也不会喝酒了，如果那天晚上我没有喝醉，也许就不会失去你。"男人声音嘶哑，"可如果我不喝酒就睡不着，也就不会在梦里见到你。"

"言灵·九婴，那不是任何人的力量能抵抗的，别怪自己。"

嘻哈嘻哈嘻哈的诡异声音从男人背后传来，他警觉地转过身，小臂上的青筋如细蛇扭曲，巨大的力量已经凝聚。

但来的不是敌人，而是一个奇怪的小东西。那是一个由金属圆球和短棍组成的小人形，只到男人膝盖的高度，这些小零件被强大的磁力吸聚在一起。

它有一张小丑般逗乐的脸，两颗充作眼球的金属珠子滚来滚去，金属短棍组成的嘴咧开，现出谄媚的笑容，手中托盘上是一瓶冻过的 Samual Adams 黑啤酒。

"你的啤酒。"EVA 微笑，"想把啤酒弄进这里来可真不容易，但我知道你某一天会忽然问我要酒喝。"

男人抓过酒瓶的同时，那个小东西伶俐地摸出一个开瓶器，砰地把瓶盖打开了。

"过个快乐的晚上，先生。"小东西的声音从周围的扩音设备中传来，带着酒吧侍者的调调。

"它是我无聊时候做的小东西，在这里只有它会陪我玩。"EVA 说，"它叫 Adams。"

"居然起了个啤酒的名字……或者你认为它会是亚当？正好配你的 EVA。"男人喝了口啤酒，对 Adams 挥挥手，"可以退下了，小伙子。"

小东西露出更加可爱的笑容，依旧端着托盘站在他背后。

"它喜欢小费。"EVA 说。

"你也不是不知道我很穷。"男人嘀咕着从口袋里掏出几枚二十五美分的硬币扔在托盘里。

Adams 开心地鞠个躬，发出嘻哈嘻哈嘻哈的快乐声音，隐没在黑暗里。

"本想用你的名字给它起名，所以做得比较像你。"EVA 说。

"我长得有那么丑么？"男人耸耸肩，"我还想知道执行部那帮家伙最近的行动。"

EVA 叹了口气："包庇一个新生是一回事儿，泄露执行部的计划是另外一回事。"

"我也不会用你给我的消息干坏事，"男人说，"但对这间学院里的老家伙们我总是有点担心。"

EVA 沉默了片刻："执行部增派了四个大组，分别前往西藏、新疆、格陵兰和墨西哥，总计大约一千三百人，探寻'龙墓'的位置。目前最接近成功的是曼斯教授的组，他的目标是青铜与火之王诺顿，高贵的初代种，四大君主之一。他们将在长江展开'夔门计划'。具体细节我不知道，校长亲自跟进。"

"除了曼斯，还有谁参与'夔门计划'？诺顿在初代种中也是佼佼者，杀他很难。"

"叶胜和酒德亚纪，执行部这一代的最强组合。校长的安排，应该不会出错。"

"他也不是没有出过错，譬如……八年前。"男人幽幽地说。

"八年了，不要再耿耿于怀，生活总要继续。"

"只有我一个人的生活还在继续。"男人摇晃着啤酒瓶。

"我们还都跟你以前一样看着你。"EVA 把另一只手放在男人的肩膀上。

几束自上而下的光同时出现在男人的前后左右，每束光中都站着一个半透明的人影，有留着利索红短发的皮装女孩，也有戴着墨镜的冷漠男孩，还有僧侣般肃穆的黑衣人。他们都把手放在男人的肩上。他们不约而同地笑，像是老照片上的笑，过了许多年，依然灿烂如初。

男人低着头，默默地喝酒，不看他们，也不说话。

"EVA，别玩这种游戏了好么？"男人摇摇头，"他们不在这里，他们都沉睡在几千公里之外的冰海下，锁在那些金属潜水服里。"

其他光束都消失了，只剩下 EVA，她伸出虚无的手，抚摸男人的面颊。

"'太子'有消息么？"男人又问。

"从那以后再也没有他的消息，如果他真的是太子，也许如今已经登上了皇位。"

"祝他活得健康，如果他死了，我该怎么亲手杀了他呢？"男人用极尽冷漠的声音说出了这句极尽狠毒的话。

"如果只有这样才能让你安心，"EVA 轻声说，"那就杀了他吧，我等着你的消息。"

男人点了点头，从虚空中抽回了手，他原本就只握着空气而已。他仰头喝着啤酒往外走去，随着他的脚步，密集如蜘蛛网的激光扫描系统关闭，摄像头集体关闭，跳闪的红色警戒灯切为绿色，走道地面的高压电被切断，安全系统再次进入短暂的休眠状态。他幽灵一样来幽灵一样走，不会留下任何记录。

"哦对了，路明非那件事，没问题的吧？"他忽然想起，转身回头。EVA 之前并未给他确定的答案。

"包庇一个新生而已，我帮你做过的坏事可不止这一件，"EVA 笑笑，"不过我能问问你这么做的理由么？"

"看起来是个不错的孩子，"男人也笑笑，"不过还有其他原因，那家伙身上的疑点很多。等我证实了自己的想法再告诉你。"

他走到角落里的 Adams 身边，蹲下身来："嘿兄弟，能否还给我两个硬币让我去买罐可乐？我把所有钱都给你了。你看，钱对你只是个玩具，这里又没有超市和可乐机。"

Adams 的表情变了，死死地攥着几枚硬币，露出典型的小气鬼表情。

"Adams，给你哥哥两枚硬币。"EVA 说。

Adams 的表情又变了，很委屈的样子，从硬币里小心地选了两枚旧的递给男人。

"真是个小气鬼！"男人在它脑袋上使劲拍了一掌。这个用炼金术构架的傀儡机器人受不了这样的大力，崩碎为一堆金属短棍和满地乱滚的小球。

男人抛着那两枚硬币玩，喝着啤酒渐渐远去。EVA 默默地看着他魁梧而寂寥的背影，和当年相比，他的腰背没有那么挺拔了。

光束中的女孩无声无息地落下泪来。

短棍和小球滚动着汇聚起来，Adams 再次成形，发出嘻哈嘻哈嘻哈的声音跑到 EVA 面前，看到她虚幻的眼泪，呆住了。

片刻之后，它忽然举起双手，摇摆着起舞，嚷嚷着："EVA，开心！EVA，开心！EVA，开心！"

它手里的硬币叮叮当当散落一地，女孩的泪水也滴落在金属地板上，溅起莹蓝色的微光。

"一个新生，即使是 S 级，一天之内拿了当日十大头条的六条，也真是夸张。"

"他可是击毙了恺撒和楚子航，假设那时候他的枪里填的不是弗里嘉子弹而是实弹的话，就更好玩了。"

"刚出来的惊爆新闻，我们的 S 级新生好像对龙文没有共鸣，校方正在找原因！"

"听说路明非的 S 级评价是校长一个人主张的，谁知道里面有没有猫腻。"

曼施坦因教授微微摇头，关闭了卡塞尔学院的讨论区页面。

随着那个 S 级新生入学，今夜的在线人数冲到了新的高峰，甚至老师都套上 ID 加入了对路明非的讨论。

今年的 S 级跟大家的期待有着很大的差距，他看起来远不够精英甚至有点颓废，可居然神仙附体似的击败了恺撒和楚子航，可紧接着又爆出他对"皇帝"无感。

那位一直我行我素的校长，是给卡塞尔学院找来了一名惊才绝艳的新人，还是他根本就看走了眼，只不过顾念跟路明非父母的交情，就给一个废物挂上了闪闪发光的 S 级标签？

白王血裔也纯属猜测，毕竟上千年都没有白王血裔的记录，倒是路明非开枪射杀恺撒和楚子航的那一幕被摄像头记录下来，看着令人颇为惊恐。

那个瞬间，那个唯唯诺诺的孩子身上忽然爆出了可怕的锋芒。他的眼神寒冷，动作凌厉，一枪一个，像是屠夫重操旧业。

曼施坦因关了灯，独自在黑暗中坐了一会儿，打开手机找到名为"问题老爹"的人，打了过去。

讨论区还在刷新，留言不停地上移。

"应该是校长误判了他的级别，明天就会揭晓，3E考试才是最后定级的依据。"

"他敢跟楚子航对视的原因可能是他根本没有遗传龙血，闯入龙穴的小白兔敢跟龙对视，也不是不可能。"

"据说是个靠打游戏消磨时间的宅男，可惜我们并没有一支电竞代表队供他发挥特长。"

"各位！不如开盘口好了，有谁赌路明非明天无法通过3E考试的？"带着管理员标志的ID留言，这位大大方方地用了自己的本名，"芬格尔"。

他的出现带来了一股热潮，很多人嘻嘻哈哈地留言跟他打招呼。

路明非还没来得及知道，他这位废物师兄在学业上毫无成就可言，却是卡塞尔学院内部网络上的热门人物，围绕他有个小圈子，专门搞些八卦新闻。

事实上关于路明非的那些热点新闻都是出于他这位师兄之手，爆掉恺撒和楚子航固然惊悚，但真正捧红他的还是芬格尔。

"我觉得下注他能过的少，所以我开一个好头。下一百块，赌他能过！"芬格尔立刻开通了投票区的主题。

"芬格尔你准备把还掉卡贷的机会都赌在你的室友身上么？"有人嘲笑。

"No"一侧的赌注快速地飙升，很快突破了两万美金，这间学院里的学生多半不缺钱，而"Yes"一侧的仍旧只有芬格尔的一百块。

一夜之间，路明非的背景资料都被挖出来了，尴尬的高中成绩，倒霉的感情生涯，在海关因为携带盗版游戏拷贝而被罚款，无论怎么看都是个废物，很难让人看好他。

"难道没有人有点赌博精神么？"芬格尔留言抱怨，"你们这样没法玩，只能赢我的一百块，现在赌路明非通过考试的盘口是一比一百三十！"

"我赌五百块，路明非能通过考试。"ID是"村雨"的人留言。

讨论区瞬间沉默了，那是楚子航的ID，极少出现在讨论区。

这位"A+"级的精英、现任狮心会会长，几乎完全是恺撒的反面。同样管着一个精英化的社团，但他既不会发表长篇的演讲，也不会举办奢华热闹的聚会，更别说关心八卦新闻。他像个刀客多于像个领袖，可偏偏这个石头般沉默的人能够凝聚狮心会。"自由一日"开启之前，恺撒举杯誓师的时候，这位仁兄只用冷冷地说一句,"跟着我。"狮心会的干部们就气势汹汹地跟着他上了。

今夜他居然破例赌博,押了五百块赌路明非能通过考试。狮心会对路明非释放了善意,不少人跟着楚子航投注路明非。

"我赌五千块。"ID 是"狄克推多"的人留言。

"恺撒!"有人留言惊叹。

"赌路明非不能通过考试。"恺撒说完之后立刻断线,留下一个暂时被冰封的讨论区。

又是一场竞争的开始,如果世界上真有天敌这种东西,那么恺撒和楚子航一定是,这两人从未在任何一件事上达成一致。

不过今天终于有一件了,被路明非当当两枪放倒之后,学生会和狮心会的领袖都宣布了认可这个结果。

这两个极端骄傲的人都承认自己输给了一个废物?同时甘愿失去诺顿馆一年的使用权,和追求学院里任何一个女生不被拒绝的权力?

当然这两位并不用操心自己的感情问题,楚子航看起来根本就对女人无感,而恺撒的女友赫赫有名,谁也不相信路明非敢把那项特权用在她身上。

恺撒捧着无线键盘,半躺在安珀馆大厅的沙发上,看着巨大的投影屏幕上,赌注逐步上升。

他退出了"狄克推多"的ID,却又换上"索尼克"的ID登陆,这个不起眼的ID始终缩在在线列表的角落里,不说话。

诺诺捧着一杯冰咖啡,靠在他背后的墙上:"这么不看好路明非?"

"我不确定他能不能通过,只是我从来不和楚子航在同一边下注。"恺撒微笑。

"好吧,反正五千块对你算不了什么。"诺诺放下咖啡,拎起背包,"走了。这学期我选了曼施坦因教授的课,得多啃啃书,有事给我电话。"

"那么小一间宿舍,还是跟楚子航的女人一起住,要不要考虑搬来安珀馆?这里可比诺顿馆还宽敞。"恺撒说。

"这是劝我留宿的意思?"诺诺耸耸肩。

恺撒急忙举起双手,以示无辜:"客房!我有很多的客房!你也可以把楚子航的女人带来一起住。"

"谢邀,可我住宿舍还是挺习惯的。我还得跟你说的'楚子航的女人'支支招,教她怎么泡到楚子航,她跟楚子航那可真愁人啊!"诺诺说,"还有你要不要考虑试试过普通人的生活?试试住普通宿舍?还有你的布加迪威龙我也不喜欢,我不想总是被人说'你那个开布加迪威龙的男朋友'什么什么的。"

"放心,你不会再看到它的,我今天已经输掉了它,而且保证不再买。"

诺诺带门离去,恺撒挠着那头灿烂的金发,神色无奈。

Chapter 3
The Dictator

"再有三分钟封盘！还未下注的请即刻投下你们的赌注，所有赌注都要在明天3E考试前打入我的账户，由我代为管理，否则视为无效。"

1区宿舍的活动室里，芬格尔蜷缩在沙发上，抱着笔记本，手指在键盘上弹跳如飞。十几个学生围着他站，表情严肃，紧盯屏幕。

"看到了么？这就是新闻的力量！我先放出路明非不能和龙文共鸣的消息，而后开盘赌他能否通过3E。"芬格尔为自己鼓掌，"然后暗庄赌路明非通过，至少五倍的利润，不费吹灰之力。民众太容易被煽动了，他们只愿意相信自己期待的事，而他们期待路明非失败。我被自己的智慧感动了！赌注准备好了么？"

"准备好了，"衣着考究戴着无框眼镜的男生从口袋中掏出支票，滑向芬格尔，"圣殿骑士团很高兴贷出这笔钱给你，你做了很漂亮的局。"

路明非并不知道芬格尔的完整计划，也不知道这间学院里竟然还有"圣殿骑士团"这样的组织。

很多第一次听说这个骑士团名号的人都会误以为这个组织由一群骁勇善战对上帝无比忠贞的骑士组成，但历史上这其实是个银行家组织，他们最热衷的是借钱给国王再收取高利贷，如果国王还不起他们也不介意收取一些城市作为补偿，或者协助国王发动一场战争来赚钱还债。

卡塞尔学院圣殿骑士团也是秉承着这样的原则成立的，它由阔绰的豪门子弟组成，借钱给那些值得投资的学生。即使你毕业后前往世界各地的执行部分部服役，你的债务也还是有效的。

虽然无法跟狮心会那种老牌兄弟会相比，但是以债务为纽带，这个组织在世界范围内都颇有影响力。

他们很少投资失败，但若干年前，当时的骑士团团长曾经慷慨地支持过A级精英芬格尔·冯·弗林斯……不久之后他就品尝到了股票跳水般的苦果。

"快封盘的时候再注资，否则会露出马脚。"芬格尔看都不看那张支票。

"倒计时三十四秒！我已经同步到系统时间了！"圣殿骑士团中的精英干部死死地盯着笔记本。

"提前三到四秒钟，最后几秒是注资最集中的时间，网络可能会卡。"有人提醒。

两侧的赌注都在快速翻动，每秒钟都有新的赌注加上去，这间学院里并不缺少富家子弟，毕业生也一样可以连线下注。

封盘的时间越来越近，"10、9、8、7、6、5、4……"

"注资！封盘！"芬格尔大手一挥，如同指挥千军万马。

"0！"倒计时者打了个响指，"注资成功！"

"稍等！下注在路明非身上的金额是……三万九千四百块，最后一秒钟，有人加注两万块！"有人意识到出了些小问题。

"两万块！"芬格尔大惊，"登录我的管理员 ID，查他是谁！"

片刻之后芬格尔愣在了笔记本前，屏幕上清楚地显示着加注人的 ID，用的是真名，坦坦荡荡，"曼施坦因教授"。

"风纪委员会主席？"芬格尔苦着脸，"这人也参加学生间的赌博？"

此时此刻，路明非正趴在灯下，一笔一画地临摹芬格尔留给他的答卷。

芬格尔说不想打搅他用功，带着诡异的笑容出去了，宿舍里就只剩下他一个。

距离天亮只剩不到四个小时了，四小时里他必须把八张画都临摹一遍，记住每个细节。这并非容易的事，那些诡异的线条看得久了，就像是枝蔓丛生的密林。

倦意慢慢地涌了上来，路明非觉得自己在无边的密林中跋涉，永远走不到头。

不会货不对板吧？哪有考语言要画画的？他凭什么相信那个奸诈狡猾的师兄呢？从头到尾芬格尔都在占他的便宜。

其实过了3E又怎么样？在这间以爬行类血统为尊的贵族学院里，他能活着爬出去么？

爬出去又如何？满世界地屠龙？把人类的未来勇敢地扛在肩上？其实他并不怎么关心人类的未来。

此时此刻，在遥远的中国，白裙子的陈雯雯莫非正和她的新男友赵孟华手拉着手，走在去往一所平民大学的路上？莫名其妙地很羡慕。

诺诺开车带着他跑在高架路上的那个夜晚，他以为自己找到了出路，结果他还是一只小小的萤火虫，漫无目的地跟着大家一起飞。

他抱着膝盖坐在床上，安静了好久，轻声对着窗外的风说："师姐你在干吗呢？"

第四幕 青铜城
The Bronze City

"熊猫同学，你迟到了！"考官盯着路明非的眼睛，认真地说。

路明非脸上两大黑眼圈儿，有点不好意思面对那双暗红色的漂亮眼睛。

他冲进图书馆二楼的考场，撞进眼帘的是讲桌边晃悠的一双长腿，脚上是那双熟悉的白色高帮球鞋。

负责发卷的人居然是诺诺，此刻她怀里正抱着厚厚的一沓本子。

路明非再见诺诺有点小欢喜，却没啥可聊，两个人原本也没那么熟，路明非愣了片刻："恺撒没事吧？"

立刻有人嘘了起来，这话说得可真够欠的。路明非窘得不行，他其实只是没话找话，结果一句寒暄话，冷得冻死个人。

"枪法真好为你点赞！"诺诺冲他竖起大拇指，"到你座位上去，我们就要开始了。监考老师是风纪委员会的曼施坦因教授，我负责发卷收卷。"

曼施坦因步入考场，手持一张颇有些年头的存储卡，看了一眼腕表："都到齐了，现在宣布考试纪律。"

"作弊是绝对禁止的，不要存有侥幸心理，诺玛监控着这间考场，没有任何死角。不要试图携带电子通讯设备，图书馆范围内，所有的频段也都被诺玛监控着。我知道你们都是天才，但我可以跟你们保证，有比你们更加天才的人曾在这间考场里考试，你们能想到的作弊手段，都有人尝试过。"曼施坦因轻描淡写地说着，诺诺把怀里的本子发到每个考生桌上。

每个本子上都有名字和单独的条形码，路明非的名字写作"Ricardo M. Lu"。之前校服上绣的还是 Mingfei Lu 来着。

仕兰中学那种洋气的地方自然每个人都有英文名，路明非的英文名其实是老师给起的 Louis，不过从来没人叫过。

这个 Ricardo 是那天晚上诺诺随便起的，只是摆谱用的，如今却好像成了他正式的英文名，堂而皇之地写在了考卷上。

路明非抬头，看见诺诺双手抱在怀里，靠在窗边，扭着头，百无聊赖地望着窗外。

真是个霸道又随性的姑娘，她管他叫Ricardo，他就是Ricardo了。就像女孩子在街边捡了只猫，指着它的鼻子说你好乖啊就叫你小乖吧！根本不考虑猫的感受，没准猫也很希望自己拥有风从虎、欧阳胜狗、轩辕日天这样霸气的名字呢？

今天是个好天气，初升的太阳已经升到了云层上方，阳光贴着云平铺而下，在胡桃木的课桌上投下树木的影子。

好天气驱散了紧张，路明非一时间有点开心，就决定自己改名叫Ricardo了。

他伸长了脖子四处张望，这届新生还真不少，据说未来还有几批陆续前来报到。

他们来自世界各地，不同的肤色，不同的脸型，但清一色的卡塞尔学院校服。

如古德里安所说，从古至今混血种的家族一直存续，仗着基因天赋都积累了不少财富，反倒是路明非这种近乎野生的混血种不多。学生们多半看起来考究体面，应该是出自那种显赫的家族。很有几个漂亮女生，有的风轻云淡落落大方，也有满脸傲气逼人的主儿。

"奇兰，新生联谊会主席，很高兴认识你，我们的S级！"右手边的男生凑过来跟路明非握手。

奇兰看起来是个印度人，棕色皮肤、面孔英俊，典型的雅利安人长相，估计在当地也是尊贵的婆罗门种姓。

路明非难却盛情，还在奇兰递来的精美笔记本上签下了自己鳖爬般的名字。他平生第一次给人签名，激动得手抖。

"希望能邀请你加入新生联谊会，这是我们新生间的一个社团……"

"好了先生们，现在不是社交的时间。如果你们没能通过3E考试，也就不用在本校培养人际圈了。"曼施坦因打断奇兰，"请关闭手机，和学生证一起放在桌角上。"

关机声此起彼伏，只有路明非没事可做，在他十八年的人生里，他只短暂地拥有过一部iPhone。

他偷眼看着别人的手机，有些自惭形秽，想着如果真能通过这场考试，应该从奖学金里提一笔钱给自己买台手机。

这时他看见前面伸出一只近乎透明的手，把一台晶光灿烂的Vertu手机推到桌边。

路明非第一次亲眼看到这种手工打造的顶级手机，比起白金的机壳和镶嵌上去的各种宝石，真正值钱的是它的私人管家服务，你拥有这部手机就有一个人在世界的某个角落里等着为你服务。你在那不勒斯的晚霞里吃着比萨饼看海，忽然想到东京郊外和歌山中的寺庙，你拿起你的Vertu手机说你想去和歌山拜佛，不是明天不是后天就是现在。半小时后一辆劳斯莱斯停在你的面前，接你去最近的机场，那里有一架飞机迎候阁下，连飞机上的小点心都是日本货。

他想多看几眼手机，视线却被手机的主人拽了过去。

那是个娇小的女孩，坐在角落里，背对路明非，肌肤素白如雪，白金色的长发编成辫子，又在头顶扎成髻，露出天鹅般的长颈。

路明非忽然想那莫非是传说中的俄妹，为了某个俄妹，古德里安教授甚至暂时放下了路明非的面试飞往俄罗斯。

可路明非想的并不是"兀那俄妹你是要跟贫僧争夺古德里安教授么？"而是，"Oh My God 江湖传闻是真的！俄妹真好看！俄妹个个都是芭蕾舞演员！"

黑色硬质窗帘无声地从窗户上方降下，所有窗口都被封闭起来，壁灯亮起，学生们打开手中的册子，册子上一片空白。

周围一片倒抽冷气的声音，这份空白的试卷出乎所有人意料。

"不必怀疑，试卷没有任何问题。"曼施坦因把存储卡插入讲台上的卡槽，"祝你们好运。"

他和诺诺退出了教室，门自动关闭而且锁死。

学生们左顾右盼、交头接耳，满脸都是白日见鬼的神情。连试题都没有的考试，答案从何而来？

这时候，藏在墙里的扩音系统中传出刺耳的电流声。路明非心里一乐，师兄这次竟然没有耍他。

"他们会用电流声和别的噪音掩盖真正的龙文音轨，血统优异的个体自然会滤掉那些杂音，产生'灵视'。你装作认真听，照我告诉你的次序画就行了。"芬格尔的话应验了。

路明非悄悄撸起袖子，胳膊上拿圆珠笔画着八张小画，连在一起像是霸气的青龙刺身……啊错了，文身文身。

这就是那八道题的答案，抽象的图案实在难记，他要了点原始的鬼花样。小心避开摄像头就好，而且销毁证据很快，用的是水性笔，吐口唾沫狠狠一抹就行。

这招他是跟小天女学的，小天女玩得更绝，穿着短裙去考试，把小条儿抄在大腿上。监考老师明知道小条儿在哪里，但没法揭穿。

路明非开始画了，洋洋洒洒，便如王羲之醉酒唐伯虎殿试，颇有倚马而就的风范。

所有人都惊讶地看着他，他们还没弄明白怎么回事，S级的天才已经心领神会地开始答题了，不用管他答的是什么，单看那胸有成竹的姿态就令人佩服。

"这就是我跟S级的差距么？"奇兰低声苦笑，"如果我没能通过3E评定，不知道有件事能否拜托你。"

"怎么会？放松放松，听从你血统的召唤。"路明非打着哈哈。

"我希望你能领导新生联谊会。"奇兰真诚地说,"你也知道学院里是社团说了算,狮心会和学生会正在分裂我们这批新生。我们需要一个有魅力的人站出来,我们不应该成为社团之间竞争的战利品,我们每个人都是自由思考的个体……"

奇兰越说越激动,说着说着流下泪来,路明非心说犯得着么? 为这点事儿你也落泪? 这自由思考的个体固然厉害,但是做人贵在识时务……哎哟原来这间学院是社团说了算么? 忽然想起来我昨天才爆掉他们两大社团的大哥啊! 你说我这扣扳机的手指,你要不是我亲生的我就把你砍下来!

"原来是这样的。"奇兰瘫在座椅上,流着泪,望着天花板。

他打开本子,在白纸上写画起来,扭曲的线条像是迅速生长的密林,止不住的泪水打湿了纸面。

"原来是听明白了。"路明非恍然大悟,扭头四顾。

考场里气氛诡异,学生不再交头接耳了,很多人跟奇兰一样,默默地流泪;也有人欢喜地大笑,像是想通了一直以来的难题;有些人站起身来,拖着步子行走,眼睛里空荡荡的,仿佛汨罗江边的屈原或者其他什么行尸走肉;还有一名女生跳上讲台,放弃了考卷,直接在白板上大开大阖地写画……

最夸张的是一个女孩,站起身来翩翩起舞,不是独舞,感觉虚空中有个人正握着她的手和她共舞,她围着那人蝴蝶般飞旋。

学生们群魔乱舞,个个自得其乐,看得路明非直冒冷汗。

这世界疯了,却没带着他一起疯。

"应该都有共鸣了吧?"富山雅史看了一眼腕表,"诺玛请随时提醒我,以免有人遭受的精神冲击太严重。"

"好的,富山雅史教员,我随时监视着考场的情况。"诺玛的声音在走廊里回荡。

富山雅史提着急救箱站在考场外,以备意外情况,有过学生因为受冲击太严重而心脏骤停的。

"不是说这届新生的质量都很高么?"诺诺说,"应该没问题的,其实感觉更像是喝酒喝过量。"

"诺诺,我记得你在3E考试的时候很平静,似乎灵视对你来说一点都不新鲜。"曼施坦因说。

"因为来之前就有过灵视的经历,所以就觉得不算什么咯。"诺诺说。

"你第一次灵视看到的是什么?"

"天上下着大雨,有人当着我的面杀死了我母亲,取走了她肚里的孩子。"诺诺说。

"那么真实的灵视么? 很多人看到的都是杂乱的线条或者抽象的画面。"曼施坦

Chapter 4
The Bronze City

因惊讶地说。

但他真正惊讶的是那显视的内容，但他不敢问得太多。

"不，还不够真实，我没能看清那家伙的脸。"诺诺淡淡地说，好像根本是在讲别人的事。

路明非已经答完了七道题。他的旁边，奇兰也在走笔如飞，这家伙的血统想必也是非同凡响，一旦听懂了就一发不可收拾。

灵视的副作用有点像饮酒，奇兰的情绪非常不稳定，时而欢笑，时而悲伤。

他跟路明非痛说了足足一个小时的家史，说起他那身为上等婆罗门的父亲是如此看不起他出身刹帝利的母亲，纵然他母亲的家族也是喀拉拉邦的豪族。父母结婚的时候外婆为了母亲要弯着腰把巨额的彩礼支票献到他父亲的手里，可即使这样父亲对待这个正当妙龄的二婚妻子仍然是俯视的，怎么都比不上他那身为婆罗门正统的前妻。他骄傲的哥哥在十六岁就有了人生中的第一辆兰博基尼而他直到十八岁才得到了父亲赠送的一辆奔驰，虽然那时候他已经有三辆车了——因为他母亲的家族有的是钱。

即使在婚姻这种人生大事上他和哥哥之间也有待遇差，父亲坚持说哥哥要娶门当户对的婆罗门妻子而奇兰则不用，十八岁的时候父亲就要求他跟一位新出道的刹帝利种姓的印度女星相亲……奇兰说他立志要成为混血种世界中的王子！他要闪着光回到新德里去为他的母亲献上花环，他要他老娘的坟头无论如何葬得比老爹前妻的坟头靠前！

路明非要不是看他哭得真诚早就脱下鞋子抽他了。

满教室的人也都跟奇兰一个德行，哭哭笑笑的，唯有那个冷冰冰的俄妹例外。

群魔乱舞中，她坐得笔直，写写画画，偶尔活动活动手腕。路明非忍不住多看她几眼，觉得这俄妹正常得有点奇怪。

就好像希腊神话里那个什么酒神在森林中举办狂欢派对，大家都喝得七荤八素放浪形骸，唯有两个人滴酒不沾冷眼相对，怎么都像是混进人民群众内部的敌特。

路明非想着要不要去跟那个女生打个招呼，人家不搭理他也没关系，正好正面看看俄妹，忽然听见背后有人喊他："喂！"

不知道什么时候一扇窗开了，分明考前所有的窗都被封闭了，长相乖乖的男孩坐在窗边，晃悠着双腿、黑色小西装、白色丝绸领巾、方口小皮鞋，淡金色的大眼睛。是芝加哥机场遇到的那个孩子。

路明非吃了一惊，这个冤魂不散般的家伙，居然又来了，他怎么混进考场的？还是说其实他就藏在这些学生里？

男孩冲路明非招手，带着可爱的笑容。傍晚的阳光照在他背后，长长的影子一

119

直投射到路明非身上，但路明非清楚地记得考试刚开始的时候旭日初升。

路明非无法拒绝他的邀请，他走了过去，翻过窗台，坐在男孩身边。

借着落日的光，他仔细打量这个男孩。路明非从未见过任何一个男孩像他那么漂亮，眼瞳明净，脸颊柔和，有股介乎男孩和女孩之间的稚气，干净得好像生来就没踩过灰尘。

他靠在爬满绿藤的窗框上，黄金瞳在落日中晕出瑰丽的红色，像是女孩子的眼睛那样漂亮，丝毫不见楚子航那双黄金瞳中的森冷可怖。

"我叫路明非。"路明非打破沉默。

"我叫路鸣泽。"男孩眼望远方，落日下的卡塞尔学院像是一张油画，鳞次栉比的屋顶上流淌着暗红色的光。

路明非想他是在跟自己开玩笑，路鸣泽他最熟了，那个身高一百六体重也是一百六的堂弟，青春期，满脸的痤疮，总跟他抢电脑。眼前这男孩跟路鸣泽差了十万八千里，路鸣泽有他一分好，早就找到女朋友了。

"夕阳，你上来啦？"男孩转过头，微笑着看路明非。

路明非惊得差点跳将起来，"夕阳的刻痕"是他的秘密ID，专门用来调戏路鸣泽。路鸣泽每次看他上线都会说这句："夕阳，你上来啦？"

这句问候路鸣泽说来总有几分急色色的期待，可同样一句话由这个男孩说来，清冷寂静。就像是他知道你一定会来，不早不晚，在那里，在那一刻。

"你到底是谁？"路明非的声音颤抖，"我这是在哪里？"

"我是路鸣泽，这是你的灵视，每个人都会在灵视中看到自己心底隐藏最深的事，你看到了我。"

"开什么玩笑？我心里为什么要藏你这么个男人？"

"我做不了主，前两次是我去找你，这一次是你来见我。人藏在心底最深处的东西，要么是最恐怖的，要么是最渴望的，要么是最悲伤的。"路鸣泽扭头看向背后。

考场里的人们悲喜交加，他俩像是一场超现实主义舞台剧的观众。

"我对男人没渴望，我也不悲伤，可能你是比较恐怖，但也没恐怖到那个地步。"路明非说。

"我是什么，要问你这里。"路鸣泽伸出手指，在路明非的胸口戳了戳。

"你戳到我的胃了！"路明非忍不住说烂话。

"人类是很愚蠢的东西，你也是。但你跟他们不同，你故意要让自己愚蠢。"路鸣泽淡淡地说，"你不悲伤，是因为我代替你悲伤了。真残忍，不是么？"

他说着晦涩难解的话，微微笑着，容光灿烂。

"你这台词非常言情你不觉得么？"路明非听得直起鸡皮疙瘩。

路鸣泽不再理会他，默默地看着夕阳发呆。太阳无声地坠落，最后的光明里，两行眼泪无声地滑过男孩的面颊。

路明非愣住，这一刻他忽然能够感觉到这个孩子所说的悲伤了，像是眼前即将降临的黑暗，又像是铺天盖地的冰冷海潮，扑面而来，就要淹没他了。

那不是言情小说的台词，不温柔也不矫揉，恰恰相反，那是凶霸的悲怒，让人战栗不止。

"现在我讨厌你坐在我身边了。"路鸣泽忽然一跃而起，在路明非背上用力一踹。

路明非失去平衡，坠下窗台。

窗台下原本绿草如茵，此刻忽然变成了无底深渊，而他的上方，路鸣泽站在方尖碑一样的铜柱上，背后是巨大的夕阳。路鸣泽冲他挥手告别，堪称美丽的脸上没有任何表情。

死亡的恐惧像雷电那样穿过路明非的大脑，什么被尘封的东西忽然闪烁起来，那是静物般的画面……

一望无际的雪原之上，开满花瓣和叶子都如白银的花，他和那个男孩背靠着背，依偎着坐在银色花海里，风雪浩大，即将吞没他们。

"天呐！何年何月？咋会跟男人那么暧昧的？"对死亡的恐惧并未打断路明非心里的吐槽。

路明非一跃而起，浑身冷汗，感觉自己刚刚撞破一层黑暗的膜，回到了现实里。

诺诺站在他面前，正大力地拍他的脑袋，拍得他一阵阵发晕。空荡荡的考场里只剩下他们两个人。

"佩服！不愧是S级！3E考试都能睡得那么死！佩服！"诺诺说，"你属猪的？"

"属兔……考试结束了？"路明非揉揉眼睛。

"都快到午饭时间了，3E考试只有三个小时，而你居然睡足了两个小时。"

路明非吃了一惊。讲台上，校工部的汉子们已经拆下了那块布满凌乱线条的白板，把它整个扛走了。它也算是某位考生的答卷。

"3E考试里大家的情绪都会不稳定，但你特别镇静的，我从监控里看，你冷静地答完了卷子，然后就枕着头呼呼大睡。曼施坦因教授都说小看了你。"诺诺说。

"我没做什么奇怪的事吧？"

"没有，我都说了，特别淡定。"

路明非按住额头。那个奇怪的梦从什么时候开始的？好像跟现实完美接驳，分不出什么时候就是梦境了，也可能从他看见奇兰流泪开始，也可能从他欣赏俄妹开始？或者直到现在他仍旧在做梦？

这种分不清现实和虚幻的感觉有点可怕，他伸手在自己的手腕上狠狠地掐了一下，不小心用力过大，眼泪都涌出来了。

"肿嘞。"诺诺指指他的手腕说。

"我知道我知道……我就是试试自己是不是在做梦。"路明非苦着脸。

"交卷吧！S级猛人！就剩你了！"

"哦哦！"路明非赶紧合上那个册子递给诺诺。他记得自己至少完成了七道题，想来过关总是稳妥的。

"我看看S级答得怎么样？"诺诺翻了翻册子，"还真厉害，别人最多的答出七道题来，你居然答出九道……可我们不是只有八道题么？"

路明非一愣，答出九道题了？开什么玩笑他两千五百块美元买回来的就八道题的答案，第九道题是什么？它的答案又是什么？

"稍等稍等！我再检查一下！"他急忙去翻诺诺手里的答卷。

"很对不起哦，你的时间用完了。早干什么去了？睡得那么香。"诺诺把册子抽走了。

短短的瞬间，路明非看清了自己解答的所谓第九道题……确实是他画的无疑……画的是什么鬼东西？他如同五雷轰顶。

曼施坦因拎着黑色的密码箱进来，路明非呆呆地看着那本册子被教授锁进了密码箱。随着箱盖啪地合上，一切成了定局。

曼施坦因把密码拨乱，将箱子交给诺诺："送诺玛阅卷。"

午餐时间，中央餐厅里，新生们齐聚一堂。

迎新午餐，墙上挂着欢迎新生入学的彩色条幅，新生们围坐在长条餐桌旁，议论着3E考试的事。每一桌都有一名老生负责秩序，顺带为新生们答疑。

路明非他们这桌上的老生居然是芬格尔，但这家伙显然不是来答疑的，三下两下把别的新生拱开，一屁股坐在路明非对面。

"怎么样怎么样？可别告诉我今年那些家伙忽然开窍拿出了新卷子！"芬格尔感觉比路明非还紧张。

路明非坐在餐桌旁，神情晦暗，用诺诺的话说，像是被狗熊拿去擦了屁股的兔子。

"怎么了？作弊被发现了？"芬格尔也紧张起来，"没把我供出来吧？"

"开什么玩笑？我可是道中老手！"路明非不耐烦地挥手，"八道题我全都答上来了，就是在考卷上乱涂了点东西。"

"你问候阅卷老师爹妈了？"

"胡说！阅卷老师好比我的爹娘！他的爹娘就是我的爷爷奶奶！"路明非瞎扯几句又想了起来，"不是机器阅卷么？"

"芬格尔，搭把手把餐盘传过去。"侍者把一份午餐放在芬格尔面前。餐桌太长，这家伙想必是懒得走了。

"长点眼力见儿！这位可是我们堂堂正正的S级同学，人家那么金贵，你说搭把手就搭把手？"芬格尔嘴里白话但还是把餐盘接了过来，"除了烤肘子、土豆泥和酸菜，就没有其他东西欢迎我们的新同学了么？"

"我们也可以取消猪肘子只提供土豆泥和酸菜。"侍者冷笑，"来混新生的免费餐就少提要求，送餐服务你付钱，要牛排红酒都有！"

芬格尔大口啃着猪肘，对着侍者的背影翻白眼。

"德式菜不是你的家乡菜么？"路明非倒也知道烤猪肘子配酸菜是地道的德式风味。

"我家乡的牛拉屎，但我未必要喜欢牛屎。"

"所以迎新午餐都是德国菜？"路明非漫不经心地问。

"卡塞尔其实是个德国姓氏，历史上最著名的屠龙家族之一，据说当年校长也只是卡塞尔家族中的二线人物，"芬格尔说，"这间学院用卡塞尔命名，所以风格偏德式。"

"校长姓卡塞尔？"

"不，他是个法国人，姓昂热。卡塞尔家族的人都死光了。"

路明非心中微微震动，看来屠龙还真的是个会死人的事，不是浪漫的骑士小说。

"这些屠龙家族的事上课都会讲……不过我看了你的选课单，你选的那门魔动机械设计学不好过。老师是曼斯·龙德施泰特，那是个杀手，每堂课都点名。"芬格尔说。

"卧槽大家都是要为了屠龙事业奋斗终生的人，怎么还计较上课点名这种小事？"路明非愁眉苦脸。

"不过又听人说他的课这几周都取消了，在邮箱里领讲义自己看就行。"芬格尔又说。

"龙德施泰特老师那么没谱我可真是太不爽了！"路明非眉开眼笑。

"他怎么会没谱？据说是在中国出任务。"

"出任务？"路明非不解。

"学院经常会因为教授有任务外出而停课几周，好些教授又代课又在执行部工作，"芬格尔说，"执行部的秘密任务。"

"莫非难得也许可能是……"路明非瞪大了眼睛。

"他们找到了某条龙的痕迹，"芬格尔轻描淡写，"准备杀了它。"

深夜，"摩尼亚赫"号拖船在长江上游的暴风雨中颤抖。

这是秋季罕见的暴雨，雨水狂泻，风速达到五级，其他的船都靠岸避风，白浪翻滚的水面上只有"摩尼亚赫"号的氙灯在闪烁。

曼斯·龙德施泰特教授，也是这艘船的船长，背着双手站在驾驶室的窗前。

一泼泼的雨水砸在前窗上，炸成白沫，风在嘶吼，船在颤抖，曼斯默默地抽着雪茄。

后舱隐约传来婴儿的哭声，曼斯皱眉："去看看那宝贝怎么了，老是哭，你们中就没有人懂得怎么照顾孩子么？"

"执行部目前的主力成员都没结婚，教授您指望我们从哪里学会照顾婴儿？"端坐在显示屏前的女孩头也不抬地说。

她大概二十三四岁，一头黑发，典型的拉丁美人长相，穿着带卡塞尔学院徽章的黑色作战服。

"叫船长，我现在的身份是'摩尼亚赫'号的船长，不是你的代课教授。"曼斯吐出一口烟雾，"各人不要离开自己的位置。既然只有我一个已婚男人，那我去看一下我们亲爱的宝宝。塞尔玛，注意他们两个人的生命信号，有任何一点异样，立刻收线！"

"明白！"拉丁女孩塞尔玛回答。

"船长，收到长江航道局的警告，后半夜暴风雨会继续，风力将增大到十级，降雨量将达到两百毫米，可能伴有雷暴。他们正在调集直升机救援我们，建议我们弃船。"三副摘下耳机说。

"回复他们说我们的船吃水很深，船身目前还稳定，可以坚持过暴雨，船上有几个病人，不宜弃船。"曼斯说，"你们也不必担心，这可是'摩尼亚赫'号，它不是什么拖船，而是一艘军舰，十二级风暴对它都不是问题。"他看了看外面黑沉沉的天空，电蛇在乌云中隐现。

沉默了一会儿，他用极低的声音自言自语："可真让人想起当年格陵兰的冰海，每次接近这些东西，都有种大难临头的感觉。"

他去往后舱，前舱里的人们有条不紊地操作着，无人慌乱。他们都在卡塞尔学院经过最严格训练，对自己的使命也都有足够的觉悟。

耳机里回荡着两个纠缠在一起的心跳声，塞尔玛面前的心跳监控窗口里，一起一落的绿色光点表示那两颗年轻强健的心脏还在正常跳动。

在水面五十米以下。

水面五十米以下。

射灯在这样的深度已经无法穿透多少距离，只能照亮一条青灰色的光带。叶胜瞥了一眼侧后方，酒德亚纪苗条的身影紧紧地跟着他。

这是两人的第二十七次水下协同作业。他们是卡塞尔学院的同班同学，同期进入执行部，五年的潜水搭档，能从一个眼神读出彼此的内心。

Chapter 4
The Bronze City

"听说现在最热门的消息了么？S级新生路明非在入校的第一天就干掉了恺撒和楚子航。"叶胜说，"你能相信那是我们面试的那孩子么？"

"我倒是更好奇诺诺怎么劝他加入的。"

"漂亮师姐冲我勾勾手指我也加入了！"

"你最近很有副校长的风范。"

"你小看我了，等我活到副校长的年纪，我只会比他更浪！啊不是，更洒脱！"

他们两人之间有一根单独的信号线，这些跟行动无关的聊天都走这条单独的信号线，"摩尼亚赫"号上的人无法监听。

他们总在水下协同的时候聊些闲天，放松彼此的心情，声音一直不断才能感受到对方的存在。

诺诺总喜欢胡说叶胜和亚纪是情侣，他们也确实很默契，可执行部的规则禁止他们这种搭档有感情。

深潜是相当危险的事，与人世隔绝，各种突发情况，仅靠一根信号线和外界保持联系。潜水者很容易过度紧张，甚至出现幻觉，如果同伴之间还有感情因素，会导致不可预料的结果。

据说八年前有人违反了这项纪律，那是在格陵兰冰海的行动中，一对情侣协同下潜，导致惨重损失。

虽然没人知道当年那场惨痛的事故是什么，但是今天的执行部里没有任何人参加过那次行动，因此可以得出结论，当年那队人都死了。

他们到达了水底，狂风暴雨被五十米的水层过滤后抵达这里，只剩下轻柔的水波。

凭脚感，下方是一片混合着淤泥的卵石滩。叶胜从脚蹼中弹出钢爪，插入淤泥中固定好自己，伸手在淤泥中摸索，很快他就找到了一件东西，递到亚纪面前。

那是一块表面有着明显划痕的卵白色石头，看起来跟随处可见的鹅卵石没有任何区别。

亚纪却认真地检查了那块石头："这里曾有一条水量很大的河，看刮擦的痕迹，大约两千年之前就断流了。"

"两千年之前，那时候蜀文化还没完全被中原文化取代，这里的人还信那种戴青铜面具的神巫，祭祀鬼神，崇拜太阳。"叶胜说，"白帝城就是那时候奠基的。"

"氧气存量有点紧张，这是预定位置么？但我看不到所谓白帝城的遗迹。"亚纪四顾，目光所及的地方没有任何可以被称作"城"的东西。

"诺玛，开启声呐，我们需要扫描附近的地形。"叶胜呼叫。

"明白，声呐扫描准备。"远在美国的中央处理器立刻应答。

片刻之后，深绿色等高线勾勒的三维声呐图显示在叶胜和亚纪的头盔屏幕上，声波在水中远比光有用。

"如果能看透这片水域，我们会看到山。"叶胜伸手遥指，"东北和东南都是山，露出水面的是白帝山，水下的是赤甲山，形成一个'门'字结构，我们脚下就是原来的草堂河，冲出一片狭长的谷地。按照堪舆学，这里是山龙和水龙交汇的地方，聚集了阴阳之气，确实是建城的好地方。"

他们所在之处竟然是一座村庄的遗址，依稀可以辨认出东边的祠堂和西边密集的民居，祠堂后甚至矗立着一座密檐的小砖塔，草堂河穿越这个村庄，应该就是当年那条大河的残余。这里曾经是一座规模不小的村庄，几百甚至上千人聚居，但在三峡水库蓄水的洪涛中，这个村庄被淹没了。叶胜和亚纪在周围游动，从倒塌的民房上经过，隐约可以想象当年这里的烟火气息。

"堪舆学上的风水宝地，当年在这里建造了白帝城。但是在那条大河断流的地质改变中，白帝城被泥沙掩埋。但山还在水也还在，很多年之后又有人在上面建了一座大型村庄。"叶胜说，"是不是合理？"

"所以白帝城应该位于这座村庄的下方，"亚纪说，"我们得节省时间，你辛苦一下吧。"

"每次都累得要虚脱。"叶胜叹气，"我需要一个固定点。"

"我不就是你一直用的固定点么？"亚纪游到他背后，脚蹼中弹出钢爪，紧紧抓住岩石，双手从后而前环抱叶胜的腰。

使用那项能力的时候，叶胜如婴儿般脆弱，可能被水流带走，也可能被信号线缠住而引发生命危险。所以每一次亚纪都会这样抱住他。

叶胜闭上了眼睛，轻声地念诵起来，声音越来越沉浑，如同上古猛兽在叶胜的身体里低吼。灵视展开，懒懒的蛇群相互纠缠着，栖息在叶胜的脑海中，鳞片泛着灿烂的白光。

叶胜的身体微微一颤，看不见的领域以极高的速度张开，瞬间覆盖了直径几公里的水域。

言灵·真空之蛇！

言灵·真空之蛇

序列号：37
血系源流：未知
危险程度：中
发现及命名者：尼古拉·特斯拉

对释放者而言，他们觉得自己是把储存在脑海深处的闪光的蛇类释放出去，作为信使帮助他们探查周围的环境。

但事实上这是对电信号的高度敏感，通过远距离感知电场的变化完成探查。

在低电阻的环境中，如雨天、金属线路密布的区域、铁轨沿线、

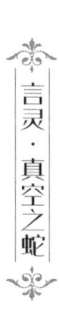

水体内部，该言灵拥有惊人的巨大领域。

极限的例子是命名者本人曾经借助这个言灵和放大线圈，身在美国却探查到西伯利亚境内的通古斯大爆炸，可以理解为他的领域在放大线圈的增幅下覆盖了整个地球。当然，通古斯大爆炸引发的元素乱流极其强大也是他能够成功探查的原因。

该言灵的命名是基于命名者自己拥有的"真空管"专利，他认为该言灵的原理和真空管有相似之处。

"如果你理解了神奇的3、6、9这三个数字，你就得到了通往宇宙的钥匙！"

——尼古拉·特斯拉

叶胜下达了命令，脑海深处的蛇群解放。它们化为闪光沿着叶胜的四肢百骸流动，最后汹涌而出，消失在水域中。

它们汹涌而出的那一刻，因为高强度的电离现象，叶胜身边涌出大量乳白色的水雾，夹杂着无数气泡。亚纪被电得狠狠地哆嗦了一下。

而"摩尼亚赫"号立刻监测到强大的生物电流，在水下的某一点爆发出来。

龙族理解世界的方式跟人类完全不同，人类认为世界由基本粒子组成，基本粒子之间存在着四种基本的相互力，但龙族认为世界由地、水、风、火和精神一共五种元素构成，所有言灵都基于对元素的掌握，炼金术也一样。

完全不同的两棵科技树，长出的果实也各不相同。

在科学的解释里，真空之蛇是受叶胜操纵的生物电流，而在龙类的理解中，那些凶狠狡猾的蛇是被叶胜降服的奴仆。

"真空之蛇"还算有个科学解释，很多高阶的言灵根本就无法用科学来解释，卡塞尔学院的专家们也只好左手科学右手神学，什么好用用什么。

水是不错的导电体，大大增加了真空之蛇的领域，五公里半径的空间都在叶胜的监视之下。

叶胜的意识随着那些蛇进入水底的每个缝隙，一直向下，再向下。他始终睁着眼睛，但瞳孔收缩得极小，眼白和细小的瞳孔都呈现金色，像是眼底燃着火。

他正用"真空之蛇"的眼睛做观察，他的神思已经侵入了地层深处。世界在他眼里由无数细微的管道组成，管道交汇又分开，无限地延伸出去。蛇群在管道中穿行，所到之处弥漫着灰色的雾。

亚纪能感觉到叶胜的身体在变冷，释放真空之蛇会剧烈地消耗他的体能，他现在像是一条刚刚放出致命电流的电鳗，极其虚弱。

心率下降到每分钟三十次，血液温度也随之降低，透过面罩，叶胜的脸呈诡异的死灰色，只有那双蛇一般的尖锐瞳孔闪闪发光。

亚纪加力搂住了叶胜，隔着两层潜水服，试图让他感受自己的体温。

她总是这么做的，虽然叶胜是组长，但她是保护组长的人，有时候得赌上命。这就是所谓的搭档。

"船长！长江航道局通知我们可能会有强度五级的水下地震！"三副大声说，"他们坚持要向我们派出救援直升机！"

曼斯返回前舱，走到塞尔玛身边，盯着叶胜的心跳监测："再拖延点时间，地震来得真不是时候，我有种感觉，我们已经逼近了……很近！"

叶胜猛地哆嗦了一下，瞳孔恢复了原状，心跳频率迅速地回升，血液也重新变得温暖起来。

真空之蛇一条条地回巢，在他脑海中休眠，只剩一条仍在向下，钻透黑暗，洞察到了某种光明！

"有结果了么？"亚纪问。

"我们脚下大概四十米的地方，有巨大的金属存在，真空之蛇抵达那里之后非常活跃，只有金属体有那么好的导电性。"

"我们可没时间打穿四十米的地层，氧气已经不多了。"亚纪说。

"叶胜、亚纪，准备上浮！"曼斯的声音响起在耳边，"今晚可能有强度五级的水下地震，水下现在有危险！"

"明白，暂时放弃。"叶胜说，可随即他的脸色就变了。

四周的水体忽然震荡起来，亚纪也感觉到了，她立足的岩石也在摇晃。

这座被淹没的小村正迅速地坍塌，早已被水浸透的灰砖无声地化作泥沙，随着水流如道道黑烟冲天而起。

"地震已经开始了……该死！他们这一次的预警也太准了一点吧！""摩尼亚赫"号上，曼斯立刻就从声呐图上知道了水底正在发生的事。

他转身对着大副喊："收线！收线！把他们拉上来！"

轮机转动，纳米材料编织的安全索开始回收。但没过多久，曼斯听见如琴弦绷断般的声音，弹破了风雨声。

曼斯的脸色骤变，救生索断裂了，轮机上不再有压力，空空地飞旋。

射灯在如此浑浊的水体中只是萤火般的微光，堪堪能照亮两张苍白的脸。叶胜能做的只是紧紧抱着亚纪，两人飞速地下坠。

几秒钟前，叶胜和亚纪正准备上浮，忽然感觉到巨大的水压从上而下，像是有一个几十米高的浪头砸在他们头顶。

在水底，四面的压力是均等的，只有一种可能导致头顶压力忽然增大，那就是下方出现了巨大的空腔。

地面如同被无形的巨刃割开，一条宽阔的地裂横过整个小村，幸存的房屋废墟都沉向地裂中去，数以百万吨计的水随之灌入那个巨大的空腔。

叶胜和亚纪也被卷入了这场向下的剧烈湍流，纳米材料的救生索也无法抵抗这种自然威力。

前舱里一片死寂，曼斯双手插入自己的头发狠狠地扯着，拔得发根生痛。

扩音器里传来电流紊乱的嘶嘶声，信号中断，存亡不明。那根救生索同时也是信号线，是连接"摩尼亚赫"号和叶胜、亚纪的唯一通道。

该死！该死！该死！接近一位初代种的墓地，他本应更加谨慎，但夔门一带已经长达千年没有龙类活动的报告，所以他更倾向于那是一座空墓或者墓的主人处在深度休眠的状态。谁知竟然会遭遇水下地震，四川盆地的地层本应非常坚硬，这块坚硬的地壳阻止了青藏高原的东进，双方挤压之下形成了巍峨的龙门山，在这种地壳坚硬的区域，地震并不多见。但三峡大坝是人类堪称伟大的建筑物，如此沉重的一道堤坝压在地壳上，确实有可能改变地质构造诱发地震。

又或者……墓的主人并未真的休眠，那种级别的东西，确实能够招来地震。

他可能已经损失了最得意的两个学生，也可能他们正处在生死一线间。水底的情况不明，要不要派人去探索救援？

八年前……八年前……这个时间点一再地浮现在曼斯的脑海里，八年前的格陵兰事件，学院也是派出了救援队，结果救援人员全都变成了某种意义上的血祭。龙，神秘而强大的生物，要打开通往龙的世界的门似乎总是用生命作为代价，那是冥冥之中的等价交换。

曼斯紧张地思考着，大脑深处隐隐作痛。这也是他第一次面对初代种，始祖级的家伙，跟其他阶级的龙类完全不同。

"如果你看见一面墙，往上往下往左往右都看不到尽头，永远抵达不了边界，那是什么？"忽然有个淡定的声音在船舱里响起。

曼斯惊讶地抬起头，茫然四顾，那竟然是叶胜的声音。

"那是死亡，我看过的一本书上说的，现在我懂了。这是叶胜，我和亚纪都存活，我正通过'真空之蛇'跟你们联络。我们已经抵达了青铜与火之王诺顿的宫殿，这里是永恒、是彼岸、是另一个世界……请回复。"

这是"真空之蛇"的特殊用法，近年来才被开发出来，甚至卡塞尔学院的言灵档案中都还没来得及收录。

此刻蛇群正带着叶胜的声音信号往返于水底和"摩尼亚赫"号之间，充当信使，本质上真空之蛇就是某种电信号。

"确认么？"曼斯的声音微微颤抖。

"教授，如果你看到我眼前这面青铜墙壁，你也会相信的。"叶胜说。

水底深处，叶胜和亚纪紧拉住彼此的手，悬浮在幽绿色的水中。

上下左右四面八方，都是深深的绿色，看不到头。除了正前方，那里矗立着一面青铜巨墙，看起来无边无际。

那种感觉就是你抵达了世界尽头，打破这堵墙的话是天堂，地狱，还是另一个世界？没人知道，关键是它看起来根本不可能被打破。

地震暂时停止，随着水中的泥沙渐渐下落，视野略微清晰起来。

青铜墙上遍布着图案，或者说文字，痛苦的人面在火焰中灼烧、人类在巨大的太阳下祈祷、太阳中孕育着龙蛇，玄而又玄的画面通古通幽，昭示着另一个世界的真理，但对人类来说，越读越是恐惧，尽管你连你在读什么都不知道。叶胜骤然收回了心神，稳定自己的情绪。

"这是一座……青铜的城市。"亚纪轻声说。她和"摩尼亚赫"号已经失去了联络，但她和叶胜之间还有一根单独的通讯线。

"传说中，他也曾在北欧的冰雪上铸造这样的城市。"叶胜说，"看来我们走运了！如果不是地震打开了裂缝，我们还到不了这里。"

他们能抵达这里还要感谢那场忽如其来的地震。如此巨大的青铜物体被淹没在地层里，沿着青铜城的表面就会形成解理面，地震时产生的裂缝其实就是张开的解理面，叶胜和亚纪沿着解理面下坠，自然会找到这堵青铜的墙壁。

"你真的确定我们走运了么？"亚纪苦笑，"用青铜铸造城市，真不知道龙族怎么做到的。"

"冯·施耐德教授有过一种猜测，龙王是把整座山凿空作为模子，把铜浆从山顶灌入，青铜之城成型的同时，高热导致山岩崩裂，从而铸造出现在技术都无法实现的庞然大物，一座完完全全由青铜制造的城市，他的栖息地。"叶胜说，"那座忽然断流的大河，没准就是用于青铜之城的淬火了。"

"想象那个场面就觉得疯狂。"亚纪轻声说，"他……会在里面么？"

"那得进去看看才知道。"叶胜说，"我很期待。"

"叶胜、亚纪，准备回撤！"曼斯拒绝了叶胜的提议，"可能会有余震，而且你们的氧气储备不足了。"

"教授，你会在触摸到世界边缘的时候停下来喘口气么？如果余震把这条缝掩埋了，你会遗憾死的。"叶胜说，"里面有什么东西，我能感觉到。进去的那条蛇围绕着什么在游动，它很恐惧，但是又被吸引。"

Chapter 4
The Bronze City

曼斯沉默了足有半分钟，"能让蛇恐惧的，是诺顿的骨骸么？迄今为止，我们可还没有入手过完整的龙骨。"他深深吸了口气，"我明白了，我这就给你们投放新的设备。但是记住，时间只有两个小时，无论是氧气还是电力都只能撑两小时，两小时后长江航道局的直升机也该到了，那时候水下作业将被迫停止。"

"明白，"叶胜说，"可我们先得找到龙王家的门在哪里，这东西连条缝都没有。"

"稍等，我很快会带个锁匠下潜去找你们。"曼斯说。

曼斯走进后舱，拨通了电话："校长，'夔门计划'有进展了，我们在地震产生的水下裂缝里，找到一座完全由青铜铸造的城市。"

电话那头沉默了片刻："符合神话中的记载，那是青铜与火之王诺顿的宫殿。"

"我们应当立刻探索，那道裂缝随时可能消失，虽然长江江面上的风雨很大，要冒风险。"曼斯说，"不过不能等，我们有竞争者。"

"竞争者？在这个领域和我们竞争的人，莫非也对龙族有所了解？"

"目前看只是一支寻常的水下探险队，由香港的民间基金资助，正在探索一处新发现的水下墓葬。最近他们正频繁地作业，一旦风势水势有所平息，他们的作业就会恢复。"曼斯说，"如果他们找到了那道裂缝，我们可能无从保密了。还有，叶胜感觉到青铜古城里有什么东西，大概率不是座死城。"

"明白，你的请求被批准。"校长说，"不能让一个纯血龙族离开我们的监控，那种东西一旦脱离掌控，会是全世界的麻烦……尤其他是龙王诺顿，那世界大概会毁于他的刀锋和火焰。如果青铜古城里有活物，无法生擒的情况下，你有权决定处死他，你带了足够的武器。"

"我可以动用'钥匙'么？这需要你的授权。"

"我让你带着他，就是为了这一刻。"

曼斯收起电话，俯身打开无菌保育舱，轻轻抚摸保育舱中的婴儿。

这是一个脑袋硕大的婴儿，眼睛也硕大，胎毛稀疏，四肢细弱，看起来有点发育不良，这样的婴儿才需要住保育舱。但如果你凝视他的眼睛，会发现那是一片黑色的夜空，其中闪烁着金色的星辰。大概是不适应船上的颠簸，自上船以来他一直在哭闹，直到叶胜和亚纪发现了青铜之城，他忽然安静下来。此时此刻他躺在曼斯的怀里，默默地和曼斯对视。

负责照顾婴儿的是一个三四十岁的女人，眉目间有股妩媚的气息，她跟其他人一样穿着作战服，但左手无名指上那枚闪耀的钻戒说明她有个极其富有的丈夫。

"宝贝，你是感觉到那家伙了么？"曼斯轻轻捏着婴儿的小脸，"想不想跟我一起去看看？"

"使用他可要绝对小心，毕竟他是我们目前唯一的'钥匙'。若论龙血纯度，楚子航也没法和他相比！"女人叮嘱，语气严厉。

曼斯接着逗弄婴儿："别用这种不信任的口气说话，谁都知道你只是他的养母，跟个保姆差不多，没事儿不用炫耀你那枚钻戒。有时间多关心你的女儿，虽然她也一样是你的养女，不过至少摆出点养母的样子来。"

"陈墨瞳么？"女人冷冷地说，"我可看不出她把我看作母亲。"

"我不想在工作时间讨论你们那个奇怪的家庭，"曼斯小心翼翼地抱起孩子，看着女人的眼睛，"不过你的逻辑出了点问题，一个母亲，不是只有等着女儿把自己看作母亲，才把女儿看作女儿，应该反过来。"

"你是她的导师，我知道你关心她，可你根本不知道你的学生是个什么东西。那是个很冷漠的孩子，只不过套了个活泼可爱的外壳。她谁也不在乎，也许连她自己她都不在乎，真不知道那种孩子的心是什么做的。让人提不起去爱她的兴趣。"女人冷笑。

"我学生的性格是有些古怪，但她是个很好的孩子，所以，不要用这种语气讨论她，否则我把你丢下船。"曼斯冷冷地看了一眼女人，"不过如果你现在闭嘴，我们可以在下次家长会上讨论这个问题。"

曼斯·龙德施泰特是陈墨瞳的老师，就像古德里安是路明非和芬格尔的老师。

身为执行部的干将，曼斯虽然代课，但通常并不担任某个学生的指导教授。这个头衔意味着那是你的入室弟子，即使将来他毕业了，跟同行介绍自己的时候还会说，"曼斯·龙德施泰特是我的指导老师。"叶胜和酒德亚纪也并非是曼斯亲自指导的，准确地说，他们毕业后进了执行部，成了龙德施泰特的下属。

唯独陈墨瞳例外，她在入学那一年亲自找到曼斯·龙德施泰特，希望成为他的学生。

曼斯当时很好奇这个女孩选择自己的原因，申请者很显然是那种家境优越自己也出色的孩子，无论外表和那份出色的成绩单，应该从小到大没有吃过什么苦。没吃过苦的孩子通常都不会选择曼斯这种苛刻甚至说得上严酷的导师，曼斯也不屑于花费时间在这种孩子的身上。但诺诺直接找上了他，短裙T恤运动鞋棒球帽，青春洋溢地坐在他面前，耳边的四叶草坠子闪闪发光，还带着淡淡的笑。

"你要明白我跟其他导师不同，我的工作重心在执行部，换而言之我是个手上沾血的人。"曼斯当时慢条斯理地打理着那柄古老凶残的马来克力士刀，"你的手太干净了。"

"我们陈家的孩子，生下来就不干净，手上沾着妈妈的血呢。"诺诺是这么回答的，看着自己白皙修长的手。

时至今日曼斯也不知道诺诺那句话是什么意思，他试过旁敲侧击，但诺诺总是

Chapter 4
The Bronze City

聪明地回避他的问题。

可就是这句莫名其妙的回答，让曼斯收下了这个名为陈墨瞳的学生。

曼斯返回前舱，站在窗前伸展双臂，等着塞尔玛为他穿好潜水服。

他的目光穿越风雨，落在远处露出水面的险峰上："白帝城，我很喜欢这个名字。"

"船长，白帝城到底是指龙王的寝宫，还是真的有过这座城市？"塞尔玛问。

"是有过那么一座城，两千多年前建成。建立那座城市的人名叫公孙述，他反抗王朝的叛逆者王莽，在白帝城建立了他自己的国家，也有人称他为'白帝'。再后来刘备在这里托孤。几十年前那座城还暴露在空气里，因为修建了三峡水库水位上涨，古城的主体已经被淹没，只剩下那座岛上的白帝庙。"

"白王么？我们的目标是白王？"三副说。

"不，那是青铜与火之王，高贵的初代种，'四大君主'之一，他是由黑王直接繁衍出来的直系后代，在某些记载中，他的名字是诺顿。但这应该是他在人类世界中使用的名字，他的真名是极其繁复的龙文，那名字本身就可以视为一种言灵。"曼斯说，"这些情报原本超过了你们的保密级别，但现在说也无所谓了，大家在同一条船上，要么共同达成这个成就，要么一起玩完。"

"尼德霍格直接繁衍出来的？"塞尔玛说，"自体产子？那黑王到底算他的……爸爸还是妈妈？"

"没人知道，那件事发生在人类开始记录历史之前。根据目前的研究，龙族也是交配产子，但极少数上古种是例外的。'四大君主'代表四大元素，直接由黑王创造出来，黑王既是他的父亲，又是他的母亲。"曼斯说，"中国人的元素观是金木水火土五种，龙族则是地水风火，外加特殊的精神元素，你们在炼金学入门的课上就该学过。"

"所以那个中国人公孙述其实是龙王？"

"不，是隐藏在公孙述背后的某个人。在公孙述称帝前，他自称看见有龙从井中升起，趴伏在他的宅邸前，在中国历史中的记载是'龙出府殿前'，这被公孙述看作吉兆。"曼斯说，"四川在古代中国的版图上是西方，而公孙述认为他的幸运来自金属，金属的颜色是白色，所以他才被称为'白帝'。也就是说，所谓的'白帝'，在中文中的真实意思是'金属之王'。而巧合的是，青铜与火之王诺顿有两样神迹，第一，无与伦比的火焰；第二，他从地脉深处炼出了青铜，并以之为武器。青铜城应该就是他的造物，在足足两千年前，在这片名为'巴蜀'的大地上，诞生一个奇迹，它暴露在空气里的时候，应该就像胡夫金字塔那样令人震撼。"

"那个人……哦不，那条龙为什么要做这些呢？铸造这样一座建筑，要耗费不

133

可思议的资源！"

曼斯摇头："从来没有人知道，因为人类从不真正了解龙。在人类眼里，龙可能是神、恶魔或者发疯的暴君，在古龙的眼里，人类可能是奴隶、蝼蚁或者可耻的寄生虫。我们既无法也没有试过沟通，就像感冒患者不会花时间理解感冒病毒也是为了自己的生存而奋斗。"

"如果青铜之城里真的有一条沉睡的古龙，我们能问问他么？"

"也许今晚是个完美的契机。跨种族的世纪对话，有点期待呢。"曼斯步出前舱，倒翻入水，黑水白浪瞬间吞没了他。

叶胜隐隐觉得不安，他留在青铜城内部的那条"蛇"游得越来越快，"蛇"越来越恐惧，某种东西似乎正在苏醒。

射灯从上方照下，水中有如点燃了一道光柱，人影在光柱里缓缓降下。曼斯·龙德施泰特，他整个人笼罩在一件臃肿的潜水服里。

曼斯吐出一串气泡，敲敲自己头盔面罩致意。他看起来像是怀孕九个月的女人，特制的潜水服在身前有一个硬质透明材料的囊，里面是穿着超小号潜水服的婴儿。

在这种幽暗的水下环境中，有潜水经验的成年人也会不由自主地惊惧，婴儿却没有哭喊，他平静地转头四顾，瞳孔中流动着淡金色的星光。

曼斯带来了新的救生索，接好之后，通讯恢复，他也给叶胜和亚纪带来了新的氧气瓶。

"嗨！钥匙！"叶胜拍拍曼斯的肚囊，跟那个婴儿打招呼，"教授，你看着活像一只潜水的袋鼠。"

"那你像一只跑我这里来偷小袋鼠的狐狸！记住，两个小时，这是我们的活动极限。"曼斯推开他，"做好准备，我要开门了！"

叶胜和亚纪悬浮在曼斯的背后，各把一只手搭在他的肩上，三个人呈"品"字阵列。

曼斯双手在胸前交叉，缓缓地闭上眼睛，低声吟诵起古奥森严的词句，像歌唱，又像咆哮。

磅礴之音直接穿透脑颅，冲入叶胜和亚纪的脑海深处，整个水体震荡起来，却不是因为地震，而是某个强大的言灵被释放了。

一个不可见但强劲的力场以曼斯为中心旋转着生成，它强行地顶开了周围的水，制造出一片真空的区域。

言灵·离垢净土。

Chapter 4
The Bronze City

言灵·离垢净土

序列号：66
血系源流：天空与风之王
危险程度：高
发现及命名者：不空三藏

释放者以自己为中心，形成一个强大的力场，力场表面流动着高速的空气流，构成类似"结界"的东西。

随着释放者的能力提升，这个结界不但能够抵御子弹射击、火焰侵袭，甚至能从摩天大楼上跳下不死，空气流会为他提供足够的缓冲。

通常都被看作防御型的言灵，但也曾有过释放者用自己的领域强行碾压对手将之化为碎片的血腥战斗方式。

借助该言灵甚至能够短暂地浮空，但考虑到移动速度和支持时间的问题，该能力在战场上的用途并不大。

释放者可以允许其他人或者物体进入他的领域而不受伤害，这个防御是可以被共享的。

其发现和命名者是一位古代高僧，他深信这是一种佛教神通，因而以佛教术语称之为，"离垢净土"。

《华严经》云："菩萨摩诃萨第二离垢地，菩萨住此地，多作转轮圣王。"

意指领域内如同菩萨住地，不受诸邪的侵害，但事实上它只能防御物理进攻，对于精神类的伤害无能为力。

"知一切有情，皆含如来藏性皆堪安住无上菩提。"
—— 不空三藏

真空只维持了区区半秒钟，随着曼斯打开背后的大型气瓶，高度压缩的空气流带着刺耳的嘶音，涌入这个新生的力场。

曼斯睁开眼睛，摘掉了呼吸器，现在用不着了。三人如同置身于一个巨大的气泡中，直径数米，气泡的表面有高速的涡流，抗拒着高压突破这层无形的屏障。

酒德亚纪惊讶地看着自己脚下，他们居然站在了空气中。

曼斯伸出手去触摸青铜墙壁。他触及的地方，如朔风吹过，大块的铜锈被剥下，露出崭新的金属表面，泛着过了油一样的金色微光。

巨大的浮雕图案清晰地呈现出来，那是一张人脸，嘴里含着一根燃烧的木柴，脸痛苦地扭曲着，却不肯松开紧咬木柴的牙齿。

"吞火者诅咒？"叶胜惊叹。

这是斯堪的纳维亚半岛上一种很古老的祭祀仪式，贵族的坟墓通道入口有一尊跪在那里的漆黑人形，嘴里叼着烧尽的木柴。这个人是被灌入了某种油脂，再咬着火种，被活活烧死的。奇怪的是死后躯体却不溃散成灰，而是化为焦炭一样的东西一直跪着。他的灵魂会留在墓道里，成为坟墓的守门人，闯入者会受到他恐怖的诅咒。

"也是一个从龙族文明中传下来的东西。"曼斯说，"但那些只是迷信，这东西却是真的守门人。"

"宝贝，剩下的事情交给你了。"曼斯用钢爪把自己固定在青铜壁上，小心翼翼地从潜水服里抱出了婴儿。

一片死寂，只有水涡高速旋转发出的哗哗声。这个硕大脑袋硕大眼睛看起来有几分像外星人的宝宝慢慢地站了起来，站在曼斯的手掌上。

他看起来只有几个月大，还叼着奶嘴，穿着一身有点可笑的、印着大大小小奶牛的连身婴儿服。但他的神情肃穆庄严，像是牧师走近他的圣像，雕塑家走近他的女神。莫名其妙的威严以他为中心弥漫开来，在场的人都保持绝对的缄默。

婴儿凝视着那张金属面孔，慢慢地伸出手去。细瘦的、手指修长的小手，像是干枯的枝条。

他以某张名画中上帝的经典动作点在了金属面孔的眉心。

眉心锋利的青铜皱纹划破了"钥匙"的手指，血缓缓地流下，漫过那张痛苦的脸。亚纪觉得自己出现了幻觉，那张脸微微透出欢喜的表情。

叶胜伸手接住了"钥匙"吐出的奶嘴，钟鸣般的巨声正从这个孩子的嘴里涌出，青铜壁隐隐地共鸣起来，轰然巨响。

血源刻印·所罗门的小钥匙

序列号：无

血系源流：未知

危险程度：低

发现及命名者：尼古拉斯·弗拉梅尔

如同其他血源刻印，该能力完全是遗传而来，而且它不像言灵那样可以由释放者通过努力进阶。

遗传概率极小，甚至小于多数高危言灵。

身具这项能力的人能以自己的鲜血沟通炼金物品，无视其制造者规定的权限获得其控制权，譬如轻易地握着原本只有龙王级对象才能控制的炼金武器。但更多的用途是用在开门上，几乎所有高阶龙类的墓地和孵化场都由炼金术守卫，也就是说存在某种意义上的炼金之门，而这些极难破解的门禁都对该血源刻印的持有者无效。

持有者甚至能踏入龙王级的尼伯龙根，其原理迄今不明。

使用者在使用过程中亦会发出如释放言灵那样的吟诵声，但真正用于跟炼金物品沟通的还是他的鲜血。

它的命名应该是根据黑魔法历史上的惊世巨著《所罗门之匙》，但在尼古拉斯·弗拉梅尔生活的年代，《所罗门之匙》应该还没有成书。因此推测早在《所罗门之匙》成书之前,黑魔法师中就流传着所罗门王曾经持有地狱的钥匙可以沟通魔神的传说。

"它打开的每一扇门都通往地狱。"
——尼古拉斯·弗拉梅尔

青铜人面强力地吸吮着血液,看似发育不良的"钥匙"被这样吸血,却以殉道者的漠然姿态站着,根本没有痛苦的表情。

他甚至微微地俯下身去,像是要去亲吻青铜人面的嘴,让人觉得那张贪婪的金属人面会把他的头都咬掉。

曼斯一把抱住了他,阻止了这个让人担心的行为。

曼斯拿出止血绷带,层层裹在"钥匙"的手指上,轻拍他的脸蛋:"够了!钥匙你太棒了!"

青铜人面上的血液最后都进入到那张痛苦的嘴里,片刻之后,青铜人面缓缓地张嘴,那块形如木柴的青铜块从它嘴里坠落。

曼斯一把接过那个青铜块,迅速地插向青铜人面的额头,那仿佛蕴藏着无限苦难的、竖纹密布的额头。

青铜块接触到额头的瞬间,竖纹之中忽然出现了一只眼睛,一只竖生的眼睛,令人想起灌江口的二郎真君。眼睛吞噬了青铜块,只留下尾部在外。青铜壁深处传来如同淬火的声音,青铜面具猛地张开了嘴。它本身非常巨大,但张嘴的幅度更大,整张脸极度扭曲,直径约一米的漆黑洞口出现在青铜墙壁上。

"这是请我们进去还是等我们喂食呢?"叶胜惊讶之后苦笑。

入口上下都是青铜人面的牙齿,状如利刃。

"放心吧,它暂时是友善的。有效期大约是两个小时,也就是两个小时内你们必须脱离。"曼斯伸出手抚摸那些锋利的青铜牙齿,果然没有发生咔嚓一声被咬断胳膊的事。

"这东西到底是什么?"亚纪问,"青铜生物?"

"活灵,某种炼金术的制品,制造的方法早就遗失了。对炼金术师来说那是神的创造,用金属来制造生命。据说这要杀死一个非常高贵的生物,用炼金术制造的东西来容纳他的灵魂,他会因为得到了金属的躯壳而千万年不朽,但从今以后他就只有一个用途,看门。"曼斯说,"钥匙的血液有很强的欺骗性,它让活灵觉得是主人回到了这里,因此会开门。但根据以往的经验,时效差不多就两个小时,两个小时内必须脱离,否则它会关门。"曼斯再度强调。

"差不多?"叶胜说,"太不精确了,如果是探索月球,NASA 说大概还有两小时我们月面降落，宇航员会疯掉的！这里面可比月面危险很多！"

"那就节省一分钟用于讨论的时间吧，"曼斯说，"我现在就解除言灵，随后通道会灌水，你们就可以进入了。"

"钥匙"这时候才从那种如圣贤附体的状态中醒来，瞳孔中的金色星辰熄灭，就只是一个发育不良的孩子。他举起缠着绷带的手指看了一眼，好像这才意识到自己受了伤失了血，咧开嘴号啕大哭起来。

"哦哦哦哦。别哭别哭，宝贝儿辛苦你了。"曼斯一脸无奈老爹的表情，把婴儿放回肚囊里。

"这家伙到底是个大人还是孩子？"叶胜问。

"他永远都长不大，应该是那种能力导致的诅咒。"曼斯说，"记住，两个小时。你们的目标可能是龙王诺顿的骨骸，也可能是他的卵，无论哪一样都是绝世的珍宝。但如果不能捕获，就直接毁掉。"他递过一个黑色的铁盒，"装备部给的东西，引爆前要避开至少五十米。"

"炼金核弹么？"叶胜开了个玩笑，炼金术当然造不出核弹，但它能造出更危险的东西。

"这么理解也行，装备部那帮家伙给的东西，说不会炸你都不信，何况他们说这东西炸起来很猛。"曼斯说，"好运。"

叶胜竖起大拇指，曼斯重新戴上了头盔。

"离垢净土"解除，超大型气泡在一瞬间碎裂为无数泡沫，急速向着上方升起，汹涌而来的水冲得叶胜和亚纪几乎无法呼吸。

而曼斯大约是早已熟悉了解除"离垢净土"的效果，居然在青铜壁上借力，轻巧地刺入水中，同时开启背后的助推设备，如一尾矫健的江豚那样高速离开。

亚纪抬头看着渐渐消失在远处的曼斯，黑暗重临，唯一的亮光只有叶胜头盔上的射灯。

亚纪忽然感觉到了寒冷，足以摧毁人的、世界尽头般的寒冷。

"叶胜！"她回头喊。

"我在这里。"叶胜伸出手来，隔着厚厚的手套和她交握，微微地笑着。

曼斯翻上船舷，摘去脚蹼，来不及扒掉潜水服就直扑前舱。

"生命参数正常！信号通畅！他们已经深入内部，那里有很多很多的青铜雕像，空间站一样的通道，还有……你不会相信的！没亲眼看过的人都不会相信！叶胜说得对！那根本就是另一个世界！"塞尔玛迎上来，满脸都是兴奋。

"投在大屏幕上！"曼斯说。

暗绿色的视频画面呈现在大屏幕上，那是叶胜和亚纪从水底发回的，他们正悬浮在青铜城内部的巨大空间里,这个空间完全被水淹没。射灯的光柱笼罩着一根顶天立地的青铜巨柱,它的截面大致呈方形,看上去不是一次铸造成型的,而是由数不清的大大小小的青铜方块组成,每个青铜方块的表面都有着繁复的花纹,玄奥难解。在水中浸泡得久了,铜柱表面蒙着一层致密的锈。因为隔绝阳光的缘故倒是没有什么水生植物,铜柱的表面算得上干净。

"不可思议的造物。"曼斯低声说。

"那是某种祭祀用具么?"塞尔玛问。

这符合当时人类的青铜铸造技术,从商代开始,人类就用失蜡法铸造青铜器,需要铸造超大型器的时候,则用分铸法铸成各个部件,再用铅锡合金焊接为一体。但分铸法所得的器具在焊接处容易开裂,并不适合用来承重——即使忽略铸造一根青铜柱所需的材料和工时是不是合算——所以塞尔玛猜测那是某种用于祭祀的礼器。古人总是在那些用来跟天地鬼神沟通的礼器上不惜成本。

"我不知道,"曼斯低声说,"我们最好不要以人类的视角来看这座建筑物,它不属于人类。"

镜头不断地拉远,应该是叶胜带着头盔上的摄像头上浮,片刻后摄像头升到了水面上方。

"青铜城里残存有大量的空气,这能为我们争取很多时间。"曼斯说。

"但空气中的氧气含量很低,封闭太久了,氧气都被金属的氧化耗尽了。"大副说,"他们的氧气依然只够支撑一小时三十五分钟……不,一小时三十三分钟。"

一个巨大的金属圆盘出现在镜头里,之后是第二个、第三个……一堵青铜色的墙壁上分布着数不清的青铜牙盘,严密地咬合在一起。

曼斯一愣,低头看自己的手腕,他手腕上戴着一块古董潜水表。

"这是叶胜在为您现场播报,我觉得自己正在一枚手表机芯里游泳。"叶胜的语气轻松。

"塞尔玛,你的问题有答案了,那是某种炼金机械,"曼斯说,"看它的复杂程度,那位伟大的龙王还是个高级机械师。不过确实有记载说中国上古时代曾有过惊人的机械技术,春秋时代的墨翟造出过凌空飞翔不落的木鸟,更夸张的记载是名为偃师的人造出了会歌舞的木质机械人,但这些技术都遗失了。叶胜亚纪,别在细节上浪费时间,尽快寻找寝宫。"

"明白,我能感觉到那条'蛇'环游的地方距离我很近了。"叶胜说。

他摸了摸那个黑匣子,转头对着亚纪说:"你在这里拍照和取样,我去找'蛇'的位置。注意我的生命数据,如果我出了问题,不必救援,首先撤离。这是组长的命令。"

"放心吧,不会救你的。"亚纪说。

"我当然放心，你虽然笨，但最大的好处是乖。"叶胜竖起大拇指，哈哈大笑，然后一个翻身潜入水下。

青铜古城中都是一个又一个的空穴，空穴之间青铜甬道相连，被江水淹没后，甬道中半是水半是空气，像是半浸在水中的蚁穴。

直到现在为止他们都对这座古怪的城市所知甚少，甚至无法确定它的用途，它可能是宫殿、监狱甚至坟墓。

叶胜高速地穿行在那些甬道中。

酒德亚纪在那个有青铜巨柱的大型空间里调查和拍照，如果青铜城的用途是宫殿，那么这个空间应该是它的正厅，只是正厅里竖着一根粗大的方形立柱未免奇怪。

一座基本呈正方形的巨大建筑，看起来完全用青铜构造，建造时间是两千年前，这还真是有够疯狂的考古发现，亚纪想。

回想两千年前，大河之畔站着这么一个奇怪的立方体，顶天立地，古人想必都会把它当作神赐之物而顶礼膜拜，而他们理解的神明，却是残暴的龙类君主。

酒德亚纪尽量用相机记录这里的每个细节，这场地震就像是上天给他们开了个口子，令他们可以近距离地窥看龙类的世界，必须抓紧这个机会。

她注意到这个空间的顶部，穹顶上满刻花纹，那是一株巨树四散的枝叶，叶片和枝条都弯曲成无法解读的字符。

"龙文！"亚纪忽然明白了那是什么。

龙文是一种极其复杂的画面文字，越是深邃的龙文画幅也就越大，包含的意义也就越大，倒是那种一个字符一个字符构成的龙文，只是最简单的"平民文字"。

就像已经成为死文字的埃及文，分为世俗体和僧侣体，僧侣们掌握的完整版的埃及文深奥难解，有着复杂的神学意义。

眼下她可能找到了由龙王亲自书写的龙文，这可能造成研究上的巨大突破。

穹顶太过巨大，她把它切分为无数个小方块，一个方块一个方块地扫描拍照，将数据传回"摩尼亚赫"号上。

"立刻备份！用卫星同步给诺玛！"曼斯惊喜不已。

尼古拉斯·弗拉梅尔神秘地消失后——他在巴黎给自己造了一个假坟——也带走了全部的原始资料，人类再也未能批量获得龙文资料，大部分收获都是器物上用作装饰和签名的片段。

复杂的花纹不断地进入亚纪的观景窗，这些花纹让她想起自己在"灵视"时所见的东西，只是复杂程度更甚，分别看不同区域的话，有时候会觉得那是人面，有时候觉得是某种空间几何图形，还会有这棵树正在抽枝生叶缓缓活了过来的错觉。

氧气含量开始报警了，她还想多拍摄一些，于是调低了气瓶的输出量，叶胜也还没回来。

氧气输送量的下降令她有些头晕心悸，穹顶上的花纹在眼前渐渐模糊起来。她暂停了拍摄，闭上眼睛，深深吸气，试图让自己清醒。

"亚纪，我这里看到你的心跳在加快，你没事吧？"耳机里传来塞尔玛的声音。

"没事，调整一下就好。"亚纪说。

她睁开眼睛，把折刀收回口袋，游向侧面的甬道。

"信号中断！信号中断！""摩尼亚赫"号上，塞尔玛惊呼，"我们和亚纪之间的数据传输中断！"

曼斯迟疑了片刻："收线！警告叶胜！让他立刻和亚纪会合！"

船尾的轮机再次转动，回收亚纪的救生索。

"轮机上没有拉力，"塞尔玛抬起头来，脸色有点苍白，"亚纪的救生索又断了！"

叶胜带着大片的气泡从亚纪身边浮起，一把托住她的胳膊，让她觉得轻松很多。

"你回来了？找到那东西了么？"亚纪紧绷的心情放松很多。

"那东西的体积我们根本带不走，只能炸掉。"

"我怎么没听见爆炸的声音。"

"水下爆炸，动静不会太大，但里面就算有活物也已经死了。"叶胜说，"我那边已经解决了，做完采集我们就上浮，时间所剩不多了。"

"好，我已经完成穹顶花纹的拍照了。"

"再采集一些青铜材质吧，回去分析一下成分，"叶胜指着不远处的一尊雕像，"我们可以试着把那东西带回去，看造像的风格，倒像是中国和欧洲的融合。"

"好。"亚纪被叶胜拖着，向雕像游了过去，水顺着她的潜水服被分开，带着微微的暖意。

这座神秘的铜城之中到处都是雕像，他们曾经游过一条被完全淹没的甬道，两侧的雕像邪魅森严，都以白银作眼，射灯照过去的时候闪闪发光，令人毛骨悚然。但叶胜所指的这尊雕像不同，它只是一具不到三十厘米高的小型立像，被放置在某个看似祭坛的圆台的中央，简约庄重，像是阿育王时代的佛教造像，但没有当时造像中必然出现的圆光。它的下方是个方形的底座，由无数方形的青铜片组成。

"这是什么？"亚纪问叶胜。这个小型立像的地位似乎不同寻常。

"我也不知道，可能是龙族的某种图腾，带回去再研究，你把它拿下来。"叶胜说。

亚纪点点头，伸出手去。提起立像之前她特意留心了立像的面部，看起来居然是个大孩子。这种诡异的地方，为什么会有一个孩子的雕像？

亚纪心里想着，手却没有停，造像远比她想的沉重，她花了很大的力气才把造像微微提起。

就在这时,一个影子忽然从她身边浮起,伸手就抓向她的脖子,快得难以言喻。亚纪的水下经验极其丰富,一手还握着造像,一手拔出潜水刀,直接划向那个影子。

"叶胜!小心!"她同时高声提示叶胜。

叶胜配了一柄俄罗斯产SSP-1水下手枪,虽然威力有限,但如果对方是人类,那还是很有点用处的。

可那个影子比亚纪的速度更快,他用手中的什么东西格开了亚纪的潜水刀,跟着重击在亚纪的头盔顶上,亚纪下意识地往后扑腾,想避开影子的下一次进攻,但被对方紧紧地搂抱住了。

"叶胜!开枪!"亚纪大喊。

"对谁开枪?"影子问。

亚纪愣住了,那是叶胜的声音,她绝对不会听错。

曾经有一次,他们在大堡礁训练,她的氧气瓶在水下出了故障,在窒息前的一刻,她也是听到了叶胜的声音而回复了意识。

她瞪大眼睛,看着搂住她的黑色影子,对方打开自己头盔里的光纤照明,居然是叶胜的脸。

"怎么会有两个叶胜?"亚纪心里巨大的恐惧砰然炸开。

她扭头向自己的背后,那个带她游过来的叶胜不见了,浮在水中的,是一具和人等高的蛇脸人雕塑。之前在那条甬道中他们看到的就是这种雕塑,文武群臣的造型,但领子里探出来的是似蛇似蜥蜴的头部。

谁也不知道一具青铜雕塑为什么能浮在水中,它那双用白银镶嵌的眼睛闪动着,獠牙毕露的嘴仿佛带着嘲讽的笑容。

叶胜拔出SSP-1,一枪崩掉了那个雕塑的脸:"我回来发现你游到这里,这东西浮在你背后,不明白为什么,就一直跟着你,直到你伸手去启动那个系统。"

"什么系统?"亚纪问。

她看向自己的手中,忽然明白了叶胜的意思。她并未拿起那个造像,只是把那个造像拔起了一截。造像下方的底座上,那些方形的青铜片正快速地翻动,不由得令人想到算盘。

那无疑是某种古代的机械计算装置,但不是二进制而是某种更加复杂的机制。它被启动了,正在运算着什么,不用想都知道不是好事。

亚纪又意识到自己的救生索断了,断口毫无毛刺,无疑是被一柄刀割断的。亚纪摸了摸自己的腰间,忽然想起是自己拔刀割断了救生索。

从不知什么时候开始她就陷入了那个蛇脸雕塑制造的幻觉,沦为一尊雕像的傀儡。酒德亚纪吓出了一身冷汗,心脏如同被一只寒冷的手抓住,牙齿打颤。

但叶胜一把捏住了她的脸，把她从温柔的鹅蛋脸捏成了瓜子脸："行了行了！我已经回来了，那就没事了。是我不该把你这个笨蛋单独丢下的，我错了行不行？"

叶胜就是有这种变脸的本事，在陌生人面前他特别彬彬有礼，在熟人面前他就特别混不吝，尤其是在酒德亚纪面前。

这种时候他也仍然是不慌不乱的，嘴里跟亚纪说着话，手里收回绳索，亚纪这才注意到叶胜腰间捆着长绳，绳子另一头捆着一件不可思议的青铜器。

那东西浑圆如卵，表面蚀刻着数不清的花纹，像是数不清的莫比乌斯圈纠缠在一起，这里到处都是青铜部件，但都蒙着致密的锈层，唯独这件青铜器却呈暗金色，灿烂如新。

看那东西的体积，如果不在水里的话叶胜是无法挪动的，但它应该是中空的，比重不大。

"你的'蛇'找到的就是这东西？"亚纪问。

"看着像是个骨殖瓶，那种莫比乌斯圈一样的花纹在龙文里应该是暗示着生死循环，我的'蛇'很畏惧里面的东西，但它非常安静，一点异样都没有，如果这里面真的睡着一个龙王的话，那它还是个宝宝。"叶胜笑，"所以我想不如把它拐走好了。"

鬼知道天晓得叶胜的胆子怎么就那么大，这种要命的东西他也敢随身带。可真就如叶胜所说，他回来了就没事了，亚纪的胆子也跟着大了起来。

"我到底启动了什么？"亚纪说，"我总觉得有什么不对。"

"笨蛋！当然不对啊！我现在只希望你别是打开什么铁笼子，放出了什么能吃人的家伙。"叶胜把骨殖瓶捆在自己背上，有条不紊地调试起安装在胸部的喷流推进器。

这东西看着跟一个降落伞备用包差不多大，但全功率运转的时候能在水下把他们的潜泳速度提升一倍。亚纪看出来了，叶胜这是要跑，他已经把那个巨大的铜罐子和自己绑定了。

说跑就跑，叶胜开启推进器，拉着亚纪冲向最近的那条甬道。

这时四面八方都传来了令人毛骨悚然的声音，仿佛什么生锈的金属在互相摩擦。刺耳的摩擦声过后，甬道中的水流忽然加快了，他们不需要推进器也可以"游"得飞快。

亚纪惊讶地发现水底的青铜齿轮已经缓慢地转动起来，两千年的厚厚铜锈正在剥落，牙盘咬合在一起，发出咯咯作响的声音。

叶胜则把头抬出水面，他们正经过之前那条布满青铜雕塑的甬道，现在壁上的蛇脸人同时动了起来，高举手中的牙笏，细长的蛇颈弯曲着仿佛对天呼啸，就像一场古老的朝圣仪式。

莫名其妙的钟声回荡在耳边——这座城市淹没在水下，就算有钟也应该不能发声了——急促，震耳，令人想到现代的警铃声。

"我猜你是重启了整座城市，"叶胜轻声说，"这座城市现在觉察到有人入侵了。"

叶胜忽然痛苦地皱眉。即使在跑路的时候，他也没忘记放出几条"蛇"在周围警戒，但那些"蛇"正在逃离。

这是从未有过的现象，从言灵学的角度说，"真空之蛇"是他忠实的仆从，绝对服从他的命令，但此刻，巨大的恐惧正在逼迫"蛇群"逃离主人。意识深处其他的"蛇"也在惊恐地游动，想要挤爆他的头。

"呼叫摩尼亚赫！呼叫摩尼亚赫！整座城市他妈的运转起来了！该死它像个洗衣机那样运转起来了……"叶胜说到这里，忽然意识到从刚才开始他们一直没跟"摩尼亚赫"号通讯。

他的救生索也断掉了，不知什么时候。

"笨蛋亚纪，我有种糟糕的预感，"叶胜说，"这座城市正在关门。"

路明非猛地坐起，扭头看向窗外，正午时分，阳光灿烂，校园里回荡着震耳欲聋的钟声。

"敲什么鬼钟？美国人都不午睡的么？"他的第一反应是骂骂咧咧，第二反应是用被子捂住脑袋，准备接着睡。

他缩了一会儿，意识到有什么不对。芬格尔也在上铺午睡，按理说这家伙早该爬起来骂娘了，可他一丝声音都没发出，睡得跟一头死猪似的沉。

"是丧钟啦。"有人轻声说。

路明非慢慢地揭开被子，黑色小礼服、白色丝绸衬衣和方口小皮鞋的男孩正坐在他的窗台上。

是那个自称"路鸣泽"的小魔鬼，此刻他正晃荡着双腿，眺望远处，像是神游物外。

路明非犹豫了一会儿，下床走到男孩背后，忽然伸手出去猛挠男孩的头发。

触感非常真实，干干净净的头发滑爽好摸，体温也是实实在在的。

"你能不能告诉我，我是不是在做梦？"路明非靠在窗边。

男孩倒也不介意路明非的失礼，摸摸脑袋让乱蓬蓬的发型恢复原状："那要看你怎么理解'做梦'这件事，按照你们的理解，你现在看到的不是真实世界。但什么又是真实世界？也许你所谓的真实世界才是做梦。"

"如果这是梦，那可真是我做过的最真的梦了。"路明非指着外面的钟楼，"钟都还在走，我睡下是中午十二点，现在是一点半。一切都很正常，只有你很不正常，如果没有你，就压根儿不像做梦。"

Chapter 4
The Bronze City

"不要过于相信自己的眼睛,你看到的未必就是真实,也许你已经死了,只是觉得自己还坐在这里说话。"男孩看着路明非的眼睛,"蛆虫正在你的尸体里爬来爬去,像是虫子在奶酪洞里钻来钻去那样开心。"

路明非想了一下,浑身直起鸡皮疙瘩:"停!停!我晚上刚刚吃的奶酪!还有,这次别把我往下推了!有什么话,咱好好说。"

"上次是你太啰嗦了,我就信手那么一推,反正在你的理解中这是梦境,摔下去也摔不死。"男孩说,"我不能待太多的时间,赶来是要提醒你,麻烦正在来的路上,但也可能是机会。"

"什么麻烦?龙族入侵?世界毁灭?没有这样的大事就别把我从午睡里叫醒吧,我很困!"

"你不都听见了么?钟敲响了,有人正在死去,有人即将死去。"男孩意味深长地说,"你可能需要做点准备,记得《星际争霸》里面的秘籍么?"

"当然记得,但只能单机版用。"

"说来听听。"

"Power Overwhelming 是无敌,Show Me The Money 是加一万个矿和气,Black Sheep Wall 是地图全开。"路明非张口就来。

"如果只让你选择其中一条秘籍,你会选择哪一条?"

路明非想了想:"Black Sheep Wall,地图全开。"

《星际争霸》里探路是第一要紧的事,诺诺能够战胜路明非,靠的还是诺玛帮她开了地图。

"那就把 Black Sheep Wall 授权给你吧,现在这条秘籍对你解封。使用它,你会获得一份周围环境的详细地图。"男孩拍拍他的额头。

路明非愣了一下:"这是什么玩意儿?咒语么?拜托我们这是屠龙学院,不是霍格沃茨,在这里用咒语感觉是跑错了片场。还有我根本不需要地图,虽然学院的路我还没摸清楚,但校务办公室门口地图是随便领的。难道我每次出门都要说一声Black……"

男孩忽然伸手按住了他的嘴,竖起一根指头摇了摇:"别滥用,用多了会被发现。我们每个人都需要地图,因为我们每个人都在迷宫中。"

说完了这句神秘的话,他从窗台上跳了下来,拍拍路明非的肩膀:"记得,Black Sheep Wall……你很快就会用到它。"

像是来串门的同学那样,男孩打开门走了出去,门关闭的一刻,宿舍里陷入死亡般的寂静。

路明非愣了片刻,伸手狠狠给了自己一个嘴巴。因为太想要确认这是不是梦境,他下手太狠,打得自己眼冒金星……该死!这能是梦境就见鬼了!芬格尔在上铺打呼噜的声音都那么清晰……可就在这时，门外传来刺耳的警报声，像是某个大盗在同一瞬间触动了全世界银行的报警器。

路明非忽然有点担心地想，莫不是那个小家伙出门时候不注意触动了宿舍的报警器？这猛龙扎堆的学院，要是抓到了外来者不知道是什么处罚呢……想到这里他又觉得自己真神经病，为那个家伙担心个屁啊，被那家伙叫了几声哥哥，还真把人家当弟弟了。

他正想回去接着睡，忽然宿舍的门被人推开，诺诺神色惊慌地跑了进来："出事了！出事了！"

路明非早听说诺诺也住在一区宿舍，但他既不知道诺诺的门牌号，也没有机会把自己的门牌号告诉诺诺。这原本是个惊喜，但他本能的反应是捂鼻子而不是迎上前去。

因为诺诺只穿着睡衣，那种略略有些透的带漂亮花边的、宅男想象中女孩会穿的睡衣，这也是路明非第一次亲眼看到穿睡衣的女孩——婶婶想必是不能算女孩了，他是怕自己流鼻血。

"出事了，有人正在死去，有人即将死去。"诺诺的声音里透着哭腔。

"师姐别怕，有什么事你慢慢说。"路明非看诺诺哭得梨花带雨摇摇欲坠，赶紧拉她在床边坐下，却没想到用力过大，诺诺倒在他怀里。

一时间满眼满心满世界都是软玉温香，路明非心跳加速到每分钟一百八十下。

"不不不！别这样！"诺诺忽然娇羞和慌张起来。

路明非心说他妈的不对，这时候居然还没有一个清脆的耳光甩在我脸上？我就不信了！而且这硬邦邦的手感，就算师姐肌肉练得好……他妈的这也练得太好了吧？他急忙定睛细看。

"我把你当兄弟！你却……"芬格尔目眦欲裂，谁都看得出他有多伤心多愤怒。

路明非狠狠地打了个寒战，赶紧又把芬格尔的脑袋摁回怀里，他这是本能地想读档重来。

可再把那颗脑袋从怀里掏出来看，还是芬格尔，路明非气得想骂娘。

现在路明非确定刚才那是梦了，丧钟、神秘的男孩、软玉温香的诺诺……梦里的一切都是假的！

不知何处有人哈哈大笑，开心得跟捡了钱包似的。路明非茫然地四顾，却没有看到那个男孩。

但外面的警报声却是真真的。

芬格尔把路明非拖进宿舍过道，天花板上的红灯闪烁，刺耳的警报声来自隐藏在墙壁中的扩音器。

"执行部临时召集，执行部临时召集，所有非特定岗位的 A 或者 A 级以上学生请立刻停下手中的事务，前往图书馆计算中心。重复一遍，执行部临时召集……"诺玛的声音在整个校园里回荡。

学生们从各个楼梯出口向着电梯汇集，有男有女，全都神色严肃。

一区宿舍男女混住，这间学院自由到似乎从不介意学生之间搞出感情的天雷地火，可一旦召集令下达，却又瞬间变成了一座军营。

"火警？请问火警撤离的时候大家要这样一脸死了爹妈的表情么？"路明非左顾右盼。

"没读过《紧急状态手册》？"

"那是什么鬼东西？"

"你入学时领的资料里有。入学第一件事，阅读《紧急状态手册》，通常教授会监督你完成这一步……哦我忘记了，你当时拎着枪就出去杀人了，所以跳过了这一步。这所学院从建立之日起，随时准备应付各种和龙族相关的突发事件。现在的一级警报表示有突发性事件，召唤高阶级学生去图书馆集合……嗨！诺诺！今天穿得真好看！"芬格尔忽然眼睛一亮。

路明非真想说你他妈又逗我开心？烦不烦？

就听背后传来冷淡的声音："芬格尔你还没改掉裸睡的习惯么？"

他赶紧转身回头，诺诺正靠在墙边，没有睡衣也没有若隐若现曲线玲珑，也没有芬格尔说的什么穿得真好看，校服裙搭配一件白色 T 恤，那双万年不变的白色高帮运动鞋。

这才是真诺诺，你盯着那双眼睛看就知道她会打人。路明非赶紧说："师姐好！"

"裸睡舒服，想不想看看？"芬格尔嘿嘿地笑，他裹着一床被子就出来了，根据经验下面应该除了一层体毛啥也没有。

"你俩住一间宿舍？"诺诺淡淡地问，听两人说话的口气很熟。

芬格尔眼睛转了转，忽然指指路明非："师妹他他他……他欺负我！"看似就要扑在诺诺怀里大哭。

诺诺把他推开："师兄乖，不是不愿意抱你，实在是不知道你几天没洗澡了。"

她转向路明非："S 级的家伙，还愣着干吗？准备等我们走了继续回宿舍里欺负芬格尔么？没读过《紧急状态手册》么？"

"那是什么？跟《地震自我救助指南》差不多？"路明非摇头，"跟我没关系吧？3E 考试的分还没出呢，我都不知道我算不算这间学院的人。"

"不，他们召唤 A 级和 A 级以上学生。学院里当然不止你一个 S 级，但其他都是教员和执行部专员，学生中的 S 级目前只有你一个，你毫无疑问在召唤的列表中。不去的话可是会影响你的实习分，你不想落得跟芬格尔一样对不对？"

"前车之鉴痛彻心扉啊！"芬格尔在旁捶胸痛恨，"我想去跟你们一起帮忙都没资格呢！"

可看这家伙歪在墙上晃着毛腿的架势，真是准备掉头回去睡个回笼觉。

"现在就有实习分？不是四年级之后才会开始实习么？"路明非有点蒙。

"那是正常的大学，在这间学院里，从你入学那天开始，你就有义务为执行部服务，始终会有一项实习分挂在你名下。"

"我能为执行部尽什么义务？我一条废柴！别把我看作没有自知之明的笨蛋！我去了会拖累大家的！"

"得去了再看情况。有时候就是很简单地帮帮忙，也有一次去了就换装，飞机直接拉去撒哈拉沙漠的中央，他们在那里发现了一条地龙，一种强大的次代种，跟《沙丘》里的沙虫差不多。"诺诺一把扣住路明非的手腕，"走吧走吧，伸头一刀缩头一刀，去开开眼界。"

"师姐你说的那是王八我不是……我们能不能各家管各家的事！"路明非脸色煞白，"你管好你家恺撒，我管好我自己！"

"他不用我管，他现在应该正激动得浑身哆嗦！"诺诺拖上路明非就走。

"回来帮我带一罐可乐啊师弟！"芬格尔靠在墙上冲他们挥手，"放心吧那是我们男人之间的秘密，不会说的！"

放心你妹啊！那是梦好么？你现在吼得好像全楼上下都觉得我俩有什么见不得人的事！

一路上都有路标提示，路明非被诺诺扯着，跌跌撞撞地冲进图书馆，再冲进计算中心。

他还没来得及喘口气，就看见恺撒带着学生会的精兵强将赶来。卡塞尔学院的校服颇有军装的质感，加之每个人都是满脸肃然，抱着笔记本，俨然是出席参谋长联席会议的架势。诺诺说得没错，恺撒满脸写着"我很激动"、"哈哈哈哈"、"终于轮到我恺撒·加图索展示实力了么"和"哒兀那妖龙别跑"……总之是诸如此类的表情。

楚子航已经提前一步抵达，也是前呼后拥。评级高的学生几乎都被狮心会的人和学生会瓜分，大家各有帮派，分坐左右两侧，井水不犯河水。

数十名A级以上的学生，学生中目前能临时募集到的全部精锐。他们坐下之后熟练地把笔记本接入系统，显然这种紧急事件并非第一次发生。

他们都在高速地阅读同一份文件，只有路明非左顾右盼，因为没读过《紧急状态手册》，他根本不知道现在该做什么。

尚未被两大社团瓜分的A级学生都是新生联谊会的成员，区区数人而已，除了

Chapter 4
The Bronze City

他和奇兰，还有3E考试中遇到的那个冰雕般的娇小俄妹。她坐在最前排的角落里，仍然只留一个背影给所有人。

奇兰和俄妹也认真地阅读着那份文件，路明非还在桌面上东摸摸西摸摸。

古德里安教授和曼施坦因教授是这里的主持者，但随着拖小车的施耐德教授走进来，所有人的目光都移了过去。

施耐德扫视众人，被黑色面罩遮了一半的狰狞面孔令四周迅速地安静下去。

"学生中能帮得上忙的人都在这里了。"曼施坦因对施耐德说，施耐德微微点头。

"各位学生，我们有突发事件需要各位的帮助，时间非常有限。"施耐德的声音沙哑，像是两柄铁锯对磨，"我们在中国的行动遇到了一些麻烦，此时此刻，两名执行部成员陷在一处龙族遗迹中，他们携带着刚刚获得的重要资料，但机关被触发了，出入的道路被堵死。他们的氧气每一秒钟都在减少，我们必须为他们尽快找到出路。"

龙族遗迹？机关？氧气？都什么乱七八糟的，路明非根本听不懂，但他依然摆出我在认真听讲刀山火海不辞的庄严神色。

他还不知道这位执行部负责人在这间学院的身份地位，只觉得老家伙造型拉风是个狠人，千万不能得罪。

"诺玛。"施耐德说，高耸的柚木书架向两侧移开，露出和屋顶相连的巨型屏幕。

巨大的三维模拟图像出现在屏幕上，缓慢地转动，路明非看到旁边的标尺，倒抽一口冷气，看那东西的形状和尺寸，是一个城堡那么大的魔方。

"青铜之城，青铜与火之王诺顿的宫殿，或者说墓地，两千年历史的遗迹。我们的专员被困在里面了。"施耐德说，"它是一个巨型的古代机械，内部结构无时不刻不在改变，换而言之，没有固定的逃生通道，我们必须解开它的运转逻辑。"

学生们交头接耳，路明非则是目瞪口呆。他根本不认为这是个可能完成的工作，单看那个被称作"青铜之城"的超大魔方运转，他都能看花眼。

他也不相信那玩意儿是真的，两千年前地球上会有那么一个奇怪的东西，以今天的技术建造它都是不可能的，它的存在太违背常识了。

"我想你们中的有些人会认为这只是一次考试，因为世界上根本不可能出现这种巨型的金属物品。我无法向诸位解释它出现的原因，但我以人格担保，这是一场真正的生死较量，我们必须为我们的同伴争取到时间。"施耐德看出了学生们的疑惑，"这里有一张照片，是我们在这座青铜城市中拍到的，我们猜测它就是关于建造青铜城的碑记，我需要各位的天赋，将它解读出来，它可能就是那座城市运转的规律。"

诺玛在屏幕上加载了一张巨大的图片，那是一棵开枝散叶的大树，令人眼花缭乱，每片叶子每个枝条都是不同的细节。

奇兰举手："这是龙文对么？某种信息量极大的图形文字，我们的任务是帮着解读。"

"没错，解读一句从未出现过的龙文，这是非常巨大的挑战。但我们不能放弃哪怕一丝的希望，诺玛已经在全世界范围内寻求帮助，像我们这样的解读者，世界各地都有。"

原来是要他们这些人帮着解读一份龙文资料，路明非如释重负。恺撒却明显流露出失望的表情，想来登上一架飞机直奔撒哈拉，下去就跟土龙杀作一团才是他的希望。楚子航应该也差不多，这家伙来的时候居然还带着刀。不过路明非努力地回忆这家伙在仕兰中学时的表现，也随时像是要奔赴国难的架势，从那张没有温度的脸上根本猜不出这家伙在想什么。

"我们能有多少时间？"楚子航提问。

路明非也好奇。

按照芬格尔所说，那位法国抄书匠老尼是已知的唯一解读出龙文规则的人类，那得是靠着上古秘笈的加持。老尼留下了三十六篇翻译出来的龙文和一本语焉不详的笔记，之后人类根据那本笔记又翻译出四十篇来。

老尼活跃在巴黎是大约15世纪，换句话说老尼退隐江湖之后的小六百年里，人类平均每十五年翻译出一篇龙文来。

这幅神秘图案显然是极其复杂的龙文，人类十五年才能解决一道的难题，指望他们这群学员破译，简直就像给小学生一支笔，期待他在一堂课的工夫里证明哥德巴赫猜想。

"原本可能要花十年，但是我们必须在二十分钟内找出答案，因为他们的氧气支撑不过二十分钟了！"施耐德说。

"几乎没有可能。"恺撒说。

"如果没有酒德亚纪拍到的这幅画面，那将是零可能。即使有这幅图片，也只是百分之零点零零零几的可能。"施耐德冷冷地说，"但哪怕还剩一丝可能，我们都要坚持到最后。如果陷入危险的是各位，学院的努力也同样会坚持到最后一秒！"

"酒德亚纪？"路明非忽然记起了面试他的日本女孩。

他还记得她温柔的笑容，还有她纠正自己的日语发音。路明非还曾想过如果卡塞尔学院都是亚纪和诺诺这样的女孩，那颜值真是能打。

原来是她遇险了么？路明非原本懒洋洋的心一下子拎了起来。

人就是这样，如果只告诉你世界的某个角落有人有危险，你大可以脑袋一缩当作没听到。反正这个世界上每天都有人死去，生命并非那么珍贵的东西。可一旦知道是谁，哪怕只有一面之缘，你就没法再把她当作芸芸众生中没有名字的一个。她的笑容仿佛直怼到你面前，她是活生生有温度的，她死了会有人悲伤难过，你没法揣着手坐视不理，你会悲伤，你的心还会痛。

学生们都已经开始了工作，先是掏出各自的学生卡在面前的卡槽里划过。

"审核通过……审核通过……审核通过……"诺玛的声音回荡，学生们通过高速固定网络一一接入了学院的中央处理器。

路明非照猫画虎，也摸出自己的磁卡，手忙脚乱地在卡槽里划过。

桌面整个翻开，一面液晶屏幕升起，系统引导页面亮起，3D的少女形象浮现，赤足而立，素白长裙，长发飘飞。

"S级新生路明非，很高兴为你服务，这是你第一次登陆学院内部系统，请配置你的喜好。"少女的声音从耳机中传来。

"你是诺玛？我以为你是个中年大妈。"屏幕上的女孩颇令路明非惊艳，不过心里还是焦急，"节约时间救人要紧！就通用配置吧！"

"我是EVA，你可以把我看作诺玛的版本之一。"少女微笑，"如果没有特殊的要求，就由我为你完成初始配置。"

窗口快速地闪动，片刻之后固定下来，路明非惊讶地睁大眼睛，EVA为他做的配置竟然神似《星际争霸》的游戏界面。

"你最熟悉的界面，闭着眼睛都能上手，"EVA说，"各种功能都存储在你熟悉的位置，想用来玩游戏也没问题。"

路明非获得下载高清版图像的权力，酒德亚纪拍下来的图案，那株神秘的参天巨木在他眼前展开。每一根树枝都扭曲如龙蛇，每一根树梢都挂着神秘的果实，那些果实以神秘的象征性字符表示，果实和果实之间纠缠着不知代表何物的细线。它有点像是卡巴拉的生命之树但远比那复杂，它仿佛蕴含了古往今来的一切真理，从生存到死亡，从王国到神庭。

"谁能解读这玩意儿，就掌握了宇宙真理啊！"路明非喃喃。

他被一棍子打回原形，单是盯着这画面看他就有种大脑过载的眩晕。

"摩尼亚赫"号正在黑水白浪中挣扎，曼斯的神色异常凝重："还能联系上他们么？还能坚持多久？"

"叶胜的'真空之蛇'还能维持通讯，但不知道能维持多久。言灵会耗损他的体力，氧气消耗也会上升。"塞尔玛脸色苍白，"时间越来越少了。"

"救援直升机距离这里只剩六十公里。"大副摘下耳机大喊。

"该死！如果那座城市是沉睡的，我们还有机会悄悄地进出，但现在它被启动了！那不是什么钟表，是一个巨型的机械装置！它有不同的状态，那些青铜组件随时都能移动，把原有的道路堵死，再制造出新的道路。唯有掌握规律的人可以自由地进出……现在整座城市就是一个陷阱，而我们不知道规律！"曼斯一拳砸在操作台上。

"EVA正在全世界范围内寻求解读者，"塞尔玛说，"借助互联网，也许还有机会。"

"没用。"曼斯摇头，"已经几百年了，我们在龙文的语法上毫无进步，如果在互联网的某个角落里有人读出了那张图，那家伙大概不是人类！"

所有人都全神贯注于那棵树，有人打坐冥想，有人随手在纸上素描，也有人试图把画面中的某个字符和已有的龙文做对比。

恺撒和楚子航都高速地操作着，学生会和狮心会成员的解读首先汇聚到他们那里然后才传给诺玛，没有人说话，最激烈的讨论都是通过网络进行，这些家伙用手势和速写文字交流，效率比说话更高。

看起来每个人都在贡献力量，他们的解读依次出现在巨幕上，但都是假设和猜想。假设和猜想只是解决问题的第一步而已，更何况它们可能根本就不对。

唯有路明非东看看西看看，他是真的很想帮忙，但也真的不知道该干什么。

这实在不是他能力范围里的事，题面上就写着"1+1=？"，以他的本事除了填上一个毫无意义的2，其他什么都做不到。

教授们也压低了声音激烈争论，他们的知识储备和经验都远胜于学生，但这件事靠的是天赋和血统。他们寄希望于福至心灵的顿悟，而这恰恰是最虚无缥缈的希望。

事实上施耐德教授已经明确地说了，艰巨的工作，众志成城。诺玛正在全世界范围内寻找解读者，却不知那个救世主是不是真的会出现，是不是来得及。

每个人都全神贯注，仿佛他们努力就真的有用，路明非觉得这些人真的蛮够义气。他也很想够义气，但够义气也是要本事要资格的。

那些人就是所谓的精英吧，对于精英来说，只要还有一丝希望，放弃就是可耻的。就好比蜘蛛侠的叔叔临死前跟蜘蛛侠说，能力越大责任越大。但路明非不一样，他只是那种看见玛丽·简被绿魔从空中丢下来会发出"啊"的尖叫的路人，而不是化身蜘蛛侠去救她。

他的手也在键盘上忙活，可满脑子胡思乱想，时间一分一秒地流逝，依然没有可靠的解读出现。他心里叹气，觉得这场跨海救援根本就不现实。

有些事是很残酷的，好比你用虫族，你的两只小狗失陷在人族家里了，人家坦克都架起来马上要轰炸了，你这边开始孵飞龙去救，还来得及么？来得及才见鬼了，除非你作弊……

路明非打了个寒战。没错，未必来不及，只要你作弊……只要你突破规则去做……

"我们每个人都需要地图，因为我们每个人都在迷宫中。"男孩幽幽的声音在耳边回响。

Black Sheep Wall！黑羊之墙！

Black Sheep，黑羊，在英语中这个词的意思颇为负面，它可以指败家子、害群之马甚至魔鬼。

这个词出自19世纪之前的英国牧羊人，当时养羊剪毛是维系一家生计的买卖，白色的羊毛可以染成各种各样的颜色，自然是能够卖出好价格的，但黑色的羊毛则根本无法染色，羊群中出现了黑羊，牧民只能叹息这是个捣蛋的小魔鬼。

路明非无数次地用过这个秘籍，但还是第一次深思这句话的涵义，"魔鬼之墙"。

键入这串字符，你就翻越了魔鬼之墙，从此你就自由自在无所顾忌。路明非觉得自己距离某个禁忌只有一层纸之隔，只有他意识到了这层阻碍，也只有他能突破这层阻碍。

计算中心里全力以赴的这群精锐，他们都是白羊，他们被圈在某个神秘的规则里，它们努力地低头吃草，看不到外面，所以最后只能被揪翻了剪羊毛。

而黑羊不同，这是个很坏很坏的坏小子，从来不按牌理出牌，它会跳过那个神秘的规则。

路明非鬼鬼祟祟地四下看，根本没有人注意他，于是他输入回车键，果然跳出了输入框。

"Black Sheep Wall"，一个字母一个字母地输入，确保它一个不错。

"收到你提交的解读结果，谢谢你路明非。"EVA说。

路明非吃了一惊。他刚才的举动都不能算作死马当活马医，只是闲极无聊加手欠。他提交什么了？他只是输入了一条搞笑的作弊码。

巨幕忽然黑了，所有人的屏幕也都黑了，几秒钟之后，屏幕又全都亮了起来，从上而下，一幅巨大的三维模型图缓缓地刷新出来。

诺玛的处理器极其强大，所有计算都是在她的处理器上以云计算的方式完成，再分发到不同的终端，通常不需要等待。但眼下的三维模型太过巨大，连她都来不及调集算力。巨大的青铜城被解析为一个一个的机件，所有的机件都在运转，旧的道路封死，新的道路生成。那是一台究极复杂的机械，但更像是一个有生命的东西，由青铜构造的生命。

所有人都惊呆了，不敢相信自己的眼睛，接着所有人都扭头看向路明非。

他们都意识到这就是正确的结果，而地图的角落里清晰地标注，"路明非解读"。

"路鸣泽"的许诺成了现实，奇迹就这么发生了。路明非越过墙去了，他就是那只捣蛋的黑羊。

路明非只能摆手跟大家打招呼，那意思更像是，"嗨，都吃了么？"

那个冰雕般的俄罗斯女孩也转过头来。这还是路明非第一次看见她的脸，春竹一样挺拔的眉宇，尖尖小小的下颌，竟然是个顶尖的漂亮姑娘。

　　只不过那双眼睛冷得令人生寒，那是一双很美的眼睛，透着隐隐的冰蓝，但第一眼看上去，你会觉得她的眼睛是无色的，透明如冰雪。

第五幕 龙影
Dragon Shadow

海量的信息通过"真空之蛇"涌入叶胜的大脑,就像整个太平洋的水逆涌入长江。

叶胜的大脑此刻如同一台超频到过热的电脑,巨大的痛楚像是要把他撕裂。那些信号组合成一幅巨型的三维地图,巨大的青铜城,也许是历史上真正的"白帝城",此刻在叶胜面前是完全透明的。

诺玛在顷刻之间把路明非的解读结果从北美传到三峡水库,至少七颗近地轨道上的卫星在数据传输的过程中被调用了频段。

他们终于知道发生了什么,这台两千年前被制造的超级机械活了过来,看似整块的青铜墙壁分裂了,数百万立方空气穿越那些裂缝逃逸,带着刺耳的风声,下方汹涌的水挤进来填补空气流失造成的空缺。蛛网般的青铜甬道旋转之后重新对接,就像是左轮手枪的滚轮转动,新的弹仓被送到了枪口的位置。出口是有的,但是每时每刻逃离的路径都在变。

叶胜很抓狂,他得到了地图,但他好比拿着一张北京地图开车,却发现朝阳区正缓慢地向着房山区移动,而海淀区正顺时针滑过去填补朝阳区的位置,东三环脱离了北三环,片刻之后和南二环对接。

身后二十米高的青铜墙壁正在缓缓地倾倒,看起来像是天穹在倾斜。亚纪用手臂勾着叶胜的脖子往前游,叶胜已经近乎虚脱。

亚纪的脑海里也乱糟糟的,她想起俩人入校报到的时候,叶胜还是个十八岁的年轻人,刚从中国到美国,有两条浓重飞扬的黑眉,游泳是班里最好的,第二年就成了帆船队的领队,从芝加哥大学手里赢回了"金羊毛杯",很受班上女生的瞩目。

他看起来温文尔雅,但私下里非常嘴欠,最大的爱好就是嘲笑亚纪。每一次游泳专项课,当笨鸭子亚纪还在一千米热身的中途时,叶胜已经游完了一千米还顺带晒了一次紫外线,只穿着条游泳裤,裸露着肩宽臂长的上身站在池边说风凉话,例如"是不是日本人腿比较短所以游不快啊",忽然又露出绝望的神色说:"以后我们是搭档我可不是要死在水下了吧?"

青铜墙壁入水,激起一波巨浪,推着亚纪和叶胜撞在对面的墙上。

亚纪及时转身,把叶胜护在自己的怀里,这一撞几乎让她的腰椎移位。她咬着牙,抱紧怀里虚弱如婴儿的男人,血丝从嘴角溢出来。

什么时候保护叶胜成了一个习惯呢? 分明那时候自己为了反击,曾经指着他的鼻子大声喊"将来你要是死在水下,可别想我救你"的话啊! 为什么会变成这样的呢?

"钥匙 …… 钥匙!"叶胜嘶哑地喊。

通过"真空之蛇"的电流,这声吼回荡在"摩尼亚赫"号的船舱里,像是负伤野狼最后的咆哮。

曼斯一愣:"对! 钥匙! 钥匙也许能有办法!"他大声喊。

沉睡中的婴儿迅速被送到前舱,被放到显示屏前的瞬间,他奇迹般地睁开了眼睛,眼底闪灭着淡淡的星光。

他伸出枯瘦的手指,在巨大的屏幕上滑动,眼睛扫视地图的角角落落。

"快点宝贝! 看你的了!"曼斯紧紧盯着他的手指。

他也不太确定"钥匙"的血源刻印能力在这种情况下是否有效,从逻辑上说"钥匙"能开门只是因为自身的特殊血液,只是骗过活灵。

指尖贴着屏幕,慢慢地下落 …… 下落 …… 眼中的星光褪去,"钥匙"回复到普通婴儿的状态,忽然间,他放声大哭起来!

曼斯的心直坠到谷底,难道 …… 没有路了?

叶胜猛地睁开眼睛,"钥匙"的哭声响起的那一刻,脑海里那张不断变化的地图上,忽然多出了一条清晰的红线。

向下! 笔直地向下! 穿过墙壁间的缝隙,穿过甬道,甚至穿过坚实的青铜墙,最后从正下方脱出!

"那就是出口!"叶胜明白了,"规律就像诸葛武侯的八阵图!"

相传八阵图也是这样一种复杂的、不断变化的阵型,看上去没有任何一条路是通的,但八道若隐若现的门里有那么一道生门,只要沿着生门笔直地往前冲,一切障碍都会在你抵达的时候闪开。"钥匙"已经掌握了青铜城运行的规律,下方就是他们的生门。

这是最后的逃生之路,可是得快,若是不够快就会被封闭在没有出口的死路里,或者被慢慢合拢的缝隙压扁。

"钥匙"哭不是因为悲伤,而是焦急,"钥匙"在催他们!

"正下方! 叶胜、酒德亚纪,准备脱出!"叶胜的声音传回前舱。

"正下方？"曼斯一愣。这时他才注意到了"钥匙"的手指留在屏幕上的痕迹，笔直的一线，从正下方穿出青铜城。

"距离四十五米！"塞尔玛说，"氧气供应量还剩三分钟！"

"加上闭气潜泳的时间，以他们的速度刚好脱出！"曼斯开心得几乎要飞上天去。

叶胜收回了"真空之蛇"，力量稍微恢复。他转身去握住亚纪的手，可是亚纪没有动。

她打开头盔里的微光灯，以便让叶胜能看见自己的脸。她的嘴唇在动，但是叶胜听不见她的声音，两个人之间的信号线刚才也被挂断了。

"来不及了，我们的氧气不够。"亚纪打开面罩说，极低的含氧量让她剧烈地咳嗽。

叶胜瞥了一眼氧气余量，还可以支持三分钟，他们闭气还能在水下活动五分钟，刚好够潜泳出去。

"足够。"他也打开面罩。

"不够。"亚纪的眼泪慢慢地爬过面颊，"我们留在这里吧，我想看着你，剩下的时间不多了……我有话想对你说很久了……我……"

"我也爱你。"叶胜干脆利落地截断了她。

他做了一件可能被执行部惩罚的事，狠狠地贴在亚纪的嘴唇上吻了一下。亚纪呆住了。

叶胜歪歪嘴，嘴角再次流露出那种有时候讨厌、有时候却让人忘记一切烦恼的笑。亚纪想起她在游泳池里扑腾着，叶胜在池边跟着她走，说着不咸不淡的风凉话。

"笨蛋，相信我，足够！"叶胜紧紧抱住修长的亚纪。

"这腿其实一点也不短啊！"他在心里对自己说，拉着她猛地扎入水中。

水中隐隐地有漩涡成形，缺口正在下方打开。

曼斯正在船舱里扭着屁股跳恰恰舞，曼斯·龙德施泰特是个稳重的教授，这是他极其罕见的失态。

他太得意了，得意于自己挽狂澜于既倒的壮举，欣慰于他欣赏的学生们就要回来了。

"这就是我说的大逆转！"曼斯跟塞尔玛吹牛，"就像是第四节最后一秒钟投出的三分球！就像是网球第三局的全破发！"

他瞥了一眼腕表："还剩几分钟？"

他忽然愣住，舞步滞涩，一个趔趄几乎跌倒，靠着死死抓住舵轮才稳住。

他的脸变得惨无人色，他猛地推门冲了出去，站在暴风雨中，盯着起伏的江面发呆。

"船长？"塞尔玛和大副追了出来。

"脱出位置在青铜城的正下方，他们可以脱出青铜城，但是来不及浮到水面上来。"曼斯的脸在抽搐，"我们算错了……他们的氧气……是不够的！"

前舱里，"钥匙"忽然不哭了，略显畸形的大眼睛里，泪水涌了出来。

狂风中传来震耳的嗡嗡声，远处，模糊的灯斑在漆黑的水面上移动。

片刻之后，呼叫声出现在船头左前方的位置："'摩尼亚赫'号请注意，这里是长江航道海事局，请亮灯回复，请亮灯回复。"

三副登上甲板："船长，还要等么？"

曼斯低头看表，已经十四分钟过去了。他忽然觉得累了，过去的十四分钟里，他一直站在甲板上，死死地盯着脚下的黑水白浪。

"信号灯回复，接受救援，全部撤离。"他转身想要返回船舱，却听见船尾发出一声闷响。

他急忙掏出手电照了过去，船侧的救生艇边，浮起了一个漆黑的人头，跟着是一张惨白色的脸。

"亚纪！"曼斯不敢相信自己的眼睛。

他最心爱的学生酒德亚纪，那个年纪轻轻就浑身闪烁母性光辉的日本女孩不知道用了什么办法超越了人类潜水的极限，成功生还。

她正吃力地把一只几乎和她差不多高的黄铜罐往救生艇上推。

"塞尔玛！塞尔玛！救人！"曼斯大吼，随即又破口大骂，"上来！别管那个罐子了！你们日本人都是偏执狂！"

亚纪没有回答他，而是用日语大喊了一声，用尽最后的力量把黄铜罐推到了救生艇上，这才抬头看了曼斯一眼。

她没有试图往救生艇上爬，纤细的手勾着救生艇舷侧的绳索，隔着很远看着曼斯。

"带着罐子快走！快走！"她嘶哑地说，"那是叶胜……用命抢回来的……"

她沉下去了，来自水下的一股巨大的力量把她生生地扯了下去。漆黑的长发在水波里一卷，完全消失。

曼斯奔到船舷边的时候，只看到鲜红的血从水下涌起，像是一股升腾的红烟。

"亚纪！"曼斯大吼着，狂暴地撕开船长服的衣扣，就想跳下水。

"弃锚！启动引擎！开加力！"三副也大吼，使劲拉住曼斯。

他是这里资历最老的船员，有十年以上的时间漂在大洋上，曼斯可以发疯，他必须保持清醒。

Chapter 5
Gragon Shadow

刚才发生在亚纪身上的事非常奇怪,他似曾见过,那是鲨鱼袭击一个潜水的同伴。但显然鲨鱼不会生活在淡水里,看亚纪下沉时水上卷起的巨大漩涡,那东西大得惊人。

两根锚链同时被切断,强大的引擎无需预热,瞬间启动,巨大的加速度让三副和曼斯互相揪着一起滚倒。

就在倒下的那个瞬间,三副看见船后一道锐利的水线笔直地追着他们来了。

"什么东西?"三副出了一身冷汗。

"打开声呐!看看那是个什么东西!"曼斯拖着铜罐踏进船舱。他脸上抽搐,满脸杀气。

"速度太快,没法精确成像,长度大约十五米,看起来像条鱼!"二副大声说。

"鱼?"三副说,"什么鱼能以五十节的速度潜游?"

"是个活的东西就好,"曼斯切开一根新的雪茄点燃,狠狠地活动了一下面部肌肉,"只要是活的东西,就一定会死!"

他打开舱壁上的武器柜,一支 L115A3 狙击步枪树立着放置在中央。这种英国造的远程狙击步枪堪称狙击步枪的皇帝,但是执行部依然不满足于它的性能,进行了弹药优化。

曼斯把一枚一枚泛着冷蓝色光、弹头上雕琢着古老花纹的子弹填入弹夹,每一枚子弹的底火都被涂成红色,这是高危武器特有的标志。

"我真喜欢执行部里搞武器优化的那群疯子!"曼斯把弹夹拍进枪里。

"会是龙王么?"三副问。

"是就太好了,我就是来杀他的!"曼斯闪出船舱。

氙灯把船后白沫翻涌的水面照得雪亮,白沫掩不住那道锋利的水线,似乎水下有一柄无形的刀正在切割水面。

曼斯靠在舱壁上,脚踩着船边的栏杆,整个身体像是一把撑在舱壁和栏杆之间的三角尺,这样才能在剧烈的颠簸中保持平衡。

他在红外瞄准镜里看见了水下的那条"鱼",那东西正在全速游动,体温远高过于水温,这把它彻底暴露了。

"很好!很好!小伙子!"曼斯轻声说。

此时此刻这位教授已经变成了横行荒野的猎人,他不再老成持重也不再患得患失,身上弥漫着猎手独有的危险气息。

他扣动扳机,笔直的冷蓝色光线射入水中,那是曳光弹头在空气中摩擦升温的结果。枪声如雷鸣,巨大的后坐力能把一个壮汉掀翻。水线的推进忽然受阻,水面上卷起了漩涡。

曼斯连续开枪,整整十发大口径子弹射入水中,那些冷蓝色的光线前一道还没有熄灭，后一道已经拉出。同时几道冷光在漆黑的空气里滞留的时候，带着肃杀之美。曼斯看着那东西在水中左右迂回，似乎想要回避，摘下雪茄嘶哑地笑了起来。

"塞尔玛，更多的子弹！"他大吼。

他要看着这东西的尸体从水里浮上来，让他看清楚，看是什么东西敢在他眼前夺走他宝贵的学生。

塞尔玛带着新填满的弹夹冲出船舱时，航道局的直升机正在半空中盘旋。显然他们也注意到"摩尼亚赫"号正被什么东西追逐，于是把探照灯的光斑打在那东西带起的漩涡上。漩涡中央涌起大量气泡，不可思议的黑影忽然闪现。塞尔玛怀疑自己产生了幻觉，那道黑影带着无与伦比的力量突破水面，直升上天。这一刻闪电撕裂天际，电光中，黑影如狂龙般夭矫。

塞尔玛双腿一软坐倒在甲板上，她从无数的理论课中知道这个族类是存在于世界上的，却没有一次亲眼看见他们现身。

那是神迹，是狂龙破水升天，这些狂风暴雨都是为了迎接这伟大的一刻。

曼斯劈手抓过弹夹，填进枪里对空射击。那东西升到了直升机的高度，终于力竭，但它的长尾一卷，卷住了那架救援直升机的起落架。它不可谓不大，但是对于这种能够装载十五吨货物的重型直升机来说，还不算夸张。曼斯的子弹打在它的身体上，溅起点点火花。

那东西在起落架上借力，再次跃起。又是一道闪电横过天空，电光里它如长龙般的身体舒展开来，微微一顿以后，像是长鞭般闪动，狠狠地抽打在直升机的旋翼上。钢铁碎片四散飞溅，直升机失去了平衡，盘旋着栽向水面。几个人影打开舱门跳水，直升机和水面剧烈地碰撞，溅起的水花足有十米高。十几秒之后，烈焰直冲夜空，直升机在水下爆炸了。

"它……它干掉了一架重型直升机？它怎么能从水中跃起二十米？"塞尔玛傻了。

"应该尊称为'他'，那是只智慧生物。"曼斯说，"这样下去我们是它的下一道菜。"

可怖的水线再次从水底浮起，直追"摩尼亚赫"号而来。

"它这么追我们……是想吃了我们么？"塞尔玛问。

"它真正在乎的……大概是那个铜罐。"曼斯对前舱大喊，"还有什么武器？"

"只有十枚微型水下炸弹。为了避免检查时有麻烦，武器都卸掉了。"大副以吼声回应。

他正在掌舵，引擎加力全开，"摩尼亚赫"号跑得像条发狂的剑鱼。大副额头上沁出层层热汗，全部精力都在那些复杂的仪表上。

"水下炸弹准备释放！"曼斯高喊。

舵轮在大副手中飞快地转动,"摩尼亚赫"号溅起近乎十米高的浪花,以大角度的折线在水面上拉出一个"Z"字形。同时二副开启水下舱门,十枚水下炸弹被连续释放出去。

因为Z形航线的缘故,它们排成了三排,前排三枚,中间四枚,后排三枚。微型引擎启动,炸弹们悬浮在水下五至十米,从声呐监视器上看去,它们就像一个捕兽的陷阱,等着那东西送上门来。

"漂亮!"二副说。

炸弹的位置完美,这东西要么减速绕开,给"摩尼亚赫"号留点逃走的时间,要么就得跟炸弹亲密接触。

炸弹虽然微型,可毕竟是装备部那帮疯子的产品,他们设计这些炸弹的时候非常希望一颗就把尼米兹级航空母舰的装甲炸穿。

曼斯把二副挤开,趴在操作台上,声呐显示屏上,那些闪亮的光点和那个外形有点像鱼的庞然大物越来越近。

"极度接近,五十米!"二副高喊,"它直冲过来了,没有减速!"

"好啊!来得好啊朋友!!"曼斯说。

对方的巡游速度接近"摩尼亚赫"号,也是五十节,五十米的距离,两三秒钟就没了,不够急刹车的距离。

"它……它停下了!"二副的脸色煞白。

他们都竖起耳朵等待惊雷般的爆破声,可声呐显示那个庞然大物生生地停在水下炸弹构成的封锁线前。

这不像是刹车,没有滑行,而是瞬息间完全静止,这种灵活度即使海豚也做不到。

"直接引爆?"二副抬头看着曼斯。

"会有效么?"

"会不会有效你们都先看看屏幕……"一名实习生说。

屏幕上原来的十个光点已经消失了五个,而那个庞然大物正围绕着剩下的几个光点游动,像是一条小鲸鱼好奇地和一小群海蜇嬉戏。

水下炸弹的信号逐一消失,在二副引爆炸弹之前,最后一个光点也不见了。

曼斯抬起头来:"我猜你的炸弹被吃掉了。"

"船长!"塞尔玛的声音颤抖,手指船尾。

曼斯顺着塞尔玛的手指看过去,追赶他们的不再是细细的水线了,一道漆黑的背脊浮上了水面,隐隐约约看得出,每块脊椎骨都像是礁石般嶙峋。长尾高速地摆动,却没有带起任何水花,一张巨口半沉在水下,露在水面上的是狰狞的上颚,看得见两根枯黄色的勾齿。

"果真是脊椎动物。"曼斯低声说。

"爬行类当然是脊椎动物。"塞尔玛一愣。

"关于龙的很多理论都是推测,没人真的了解这种生物。也许所谓的龙,只是人心里的阴影。"曼斯说。

"船长!炸弹又有信号了!"二副惊喜地狂呼。

曼斯一愣,意识到了什么:"快!引爆!"

"它们……不是被吃掉了么?"二副不解。

"但还没被消化!那东西的身体能隔绝电磁波,可现在他浮到水面上张了嘴!你的炸弹们在他的胃里叫爸爸呢!"曼斯拍下起爆按钮。

震耳欲聋的爆炸声从背后一公里处传来,整艘"摩尼亚赫"号都跟着震动。十枚水下炸弹同时爆炸,那个瞬间,一道竖立的火柱直插水中,有如一柄由火焰构成的剑被神从云端里投掷下来。接着火焰之剑爆裂开来,混在炸药中的尖利金属片向着四面八方迸射,有些迸射上天的甚至飞了一公里之远,落下来击中了"摩尼亚赫"号的船尾。

"成功了!"塞尔玛高喊着挥舞手臂。

"摩尼亚赫"号在水面上近乎九十度转向,艰难地停下,过热的引擎在船底蒸发出大量的水汽。

人们钻出船舱,站在暴风雨里,看着一公里外瞬间沸腾的水面,水面上巨大的漩涡旋转,把大量的泡沫都吸往水底深处。

曼斯抹了一把脸上的雨水,想象那根没有被完全毁灭的粗大脊椎缓缓地沉落在水底的河床上,长长地出了一口气。

"要是能捕获活体多好。"三副叹息。

"十五米长、五十吨重的活体,你准备怎么运回学院?"曼斯问。

"那是龙王诺顿?"塞尔玛问。

"应该不是,诺顿没那么好杀,龙王的智商也不会低到把炸弹吃了。"曼斯说,"一会儿过去看看能不能取到一些尸体碎片,回去做个研究。塞尔玛,你这次表现得不错,实习课我给你满分,卡塞尔学院历史上少见的实习课满分。"

塞尔玛点点头:"谢谢,虽然我现在宁愿用它交换叶胜和亚纪回来。"

曼斯抓住塞尔玛的肩膀晃了晃,他也只能这么鼓励一下塞尔玛了。他杀死了一个龙类,但他的心情依旧低沉,没有任何起色,多余的一个字都不愿说。

他被扯了一个趔趄,愣住了。塞尔玛脱离了他的掌心,往后飞出,坠向水中,仿佛黑暗里探出一只魔鬼的巨手,抓住了她的背心。

塞尔玛直沉下去,探照灯在最后一瞬照了过来,曼斯看见塞尔玛张大了嘴,却发不出声音,水从她嘴里直灌进去。她消失了,水面上只剩下黑蛇似的东西一卷。

一根长尾！本来应该已经炸成碎片的尾椎骨！

曼斯抓起狙击枪，把整整一个弹夹打进水里，片刻之后，红黑色的血浮起在水面上。

他忽然想起水下不仅仅是那怪物，还有塞尔玛，他不知道那血迹是塞尔玛的还是龙的。他丢下狙击枪，跌跌撞撞地往后退了几步，靠在舱壁上。

诡异的笑声像是从惊涛骇浪里浮起，回荡在"摩尼亚赫"号的周围，非常低沉，却又带着轻佻的欢快。

"你们都听见了么？"三副的声音战抖。

"你没有听错……是龙在笑，他在……嘲笑我们！"曼斯说。

船舱里响起急促的蜂鸣声，二副一愣，那是火控雷达再次捕获了炸弹的信号，刚才引爆时有一枚哑弹。

距离"摩尼亚赫"号不远的水面上，黑色的背脊缓缓地浮起。那东西缓缓地张大了嘴，所有人都能看见它密集的牙床一直延伸到接近喉咙，齿间卡着一枚闪着红光的水下炸弹。

"还要引爆么？"二副问。

"它在等你引爆。"曼斯说，"记得爆炸瞬间出现了一条冲向上方的火柱么？是那个东西把嘴张开对着上方，爆炸产生的大量热气流从它的嘴里喷出，释放了压力，就像龙炎。它现在把嘴对着我们，你引爆，热气流会对着我们涌来。"

"他的消化道是铁做的？"二副不敢相信。

"我判断错了。"曼斯低声说，"他的智商一点也不低，他吞掉炸弹，是因为他知道那些炸弹对他没用。他攻击直升机，应该是他不喜欢灯光骚扰它。躲避我的子弹也是不喜欢被骚扰而已，船上的武器伤不到他。他在和我们这帮走投无路的猎物玩游戏……发动引擎！"

"引擎已经过热，没法坚持多久了。"轮机长说。

"不需要跑多远，探照灯往船头方向照一下，看看那是什么。"曼斯说。

大副回头看了一眼，愣住了。黑暗中他们只顾驾船奔逃，声呐扫描的方向也始终对着背后的追踪者，却没有意识到前方连山一样的黑影。

三峡大坝！

他们距离这座耗资数百亿的巨型人工建筑只剩下几公里的距离，巍峨的堤坝矗立在漆黑的水上，像是一个巨人在沉睡。

无路可逃了。

"发动引擎，笔直向前。"曼斯说。

所有人都默默地看着他。

"我是船长，在这里我说了算。"曼斯说，"发动引擎，最大功率，前进！"

过热的引擎再一次咆哮起来，船尾卷起水浪，"摩尼亚赫"号仰首挺进。曼斯独自站在船尾，看着远处遨游的庞然大物，雨水沿着他的皱纹飞快下流。

"来吧！"他低声说。

那东西也在等这一刻，猎物开始奔逃时，最后的追猎才开始。

他忽然沉入水下，犀利的水线再现，现在没有什么能干扰他了，他以前所未有的高速逼近。

"通航禁止！ 通航禁止！ 靠近船只立即减速！"大坝上方传来船闸管理人员的呼叫。

"摩尼亚赫"号的行径无异于自杀，在暴风雨中船闸全都封闭了。三峡航道落差太大，是五层船闸，每层船闸之间的水位落差有二十米，即便管理人员立刻开始蓄水也没法让下一层船闸的水位升高二十米，如果此时打开人字门，结果只能是泄洪，巨量的水流会以雷霆万钧之势泄入下一层船闸，形成壮观但致命的激流，把这艘拖船拖入其中，沿着泄洪的瀑布摔下去，撞得粉碎。可如果不打开人字门，以这艘船的高速，撞上去一样会粉碎。这些巨门每一扇都用两千吨的钢铁铸造。

"继续前进！"曼斯的吼叫从船尾传来。

大副脸色铁青，双手稳稳地握着舵轮。二副的手按在引爆炸弹的红色按钮上，那东西把嘴合上了，信号再次消失。

三副抱着"钥匙"出现在前舱，"钥匙"睁大了眼睛，直视前方夜色里越来越近的人字门。

他伸出了枯瘦的小手，凭空指向前方，瘦弱的身体微微一震，眼睛里流动着金色星光。巨大的力量从他手上汹涌而出，每个人都感觉到了。

人字门轰然中开！"钥匙"强行打开了通道！ 这超出了科学所能解释的范畴，连三峡航道的安全系统他也可以视为一扇门而对它下达指令。

巨量的水泄入下层船闸，激流立刻把"摩尼亚赫"号拉了进去，船速达到了前所未有的七十节。他们向着死亡加速前进，前面等待他们的是二十米高的瀑布。紊乱的湍流中，"摩尼亚赫"号无法保持航向，时而横过来，时而箭一样向前直蹿。那东西觉察到危险了，降低了速度。

曼斯开了手中古老的锡瓶。

这个锡瓶在埃及的一处墓葬中沉睡了几千年，卡塞尔学院花费了重金从一场拍卖会中获得它。卖家并不明白这东西真正的价值，但是卡塞尔学院的人知道，他们把整个锡瓶漆成代表"高危"的红色，珍而重之地保存在"冰窖"里。曼斯把锡瓶里的液体倾倒在身边的铜罐上，铜罐被他用一根缆绳和自己捆在了一起。

灰色的液体遇到铜罐，剧烈的腐蚀效果立刻出现，像是浓酸般不停地冒泡，液

Chapter 5
Gragon Shadow

体沿着铜罐表面的花纹爬行,像是一条条灰色的小蛇,疯狂地寻找空隙要钻进去。

铜罐很快就会被打开,铜罐里的秘密即将出世。

水中的龙类发出刺耳的尖啸。曼斯正在做的事情令他狂怒。他放弃了和湍流对抗,背脊弯成弓形扎入水中,向着"摩尼亚赫"号扑去。

"所有人!系紧安全带!"大副吼叫。

"前进!"大副把加速器推到顶。

"摩尼亚赫"号随着湍流"飞出"一级船闸,通过了人字门,短暂地滞空。

大副听见轮机在空转中熄火了,他按照曼斯的命令,做了一切能做的事。他并不想为屠龙而死,不过真的有这样一天,他也做好了准备。他闭上了眼睛。

嘟嘟嘟的蜂鸣,是最后那枚炸弹的信号,二副拍下了引爆擎!

曼斯的瞳孔倒映着可怕的景象,一张张开的巨口急速逼近,两根枯黄色的、弯刀般的利齿足长一米,其余的排牙密如荆棘!那东西的半截身体还在船闸内,就急切地探出头来,漆黑而长的身躯半隐在黑夜里,密密麻麻的鳞片闪着微光。

剧烈的爆炸来自那东西的体内,喷涌的火焰如同一柄超大号的焊枪。

一连串的爆音从曼斯的嘴里吐出。

言灵·离垢净土!

巨大的气压由内而外,无论是炸弹碎片还是高温火焰都被逼退。"离垢净土"的罩壁之外,灼热的风把钢铁都软化。

那东西也被冲击波震退,身体不受控制地回缩,蟠曲成团。

三副的怀里,"钥匙"猛地抓紧了小手!

人字门引擎即刻发动,重达两千吨的钢铁巨门轰然合拢。长达十五米的巨大身躯被拦腰截住,凄厉的狂笑从湍流中透出。

曼斯捂上了耳朵,他从未听到过这样的笑声,说是笑,又像是濒死的痛苦哀号。

曼斯不知道到底是那东西临死时的大无畏精神在起作用,还是他根本就只能发出类似笑声的声音。不过他不在乎了,他已经杀了这家伙,这是他对学生们的祭奠。

"再见了!龙先生!我们两清了!"曼斯血丝爆射的瞳孔里,闪过寒冷的讽刺。

"摩尼亚赫"号随着激流直坠下去,坠向二级船闸的水面,曼斯无声地笑了。

卡塞尔学院图书馆,计算中心。

来自"摩尼亚赫"号的信号忽然中断了,屏幕上一片漆黑。时间已经过去了半个小时,曼施坦因搓着手来回走动,这样的等待让人坐立不安。

只有路明非不觉得时间过得太慢,他正躲在角落里鏖战《星际争霸》,人人都以为他还在攻克龙文难题,不敢打搅他。

他本不至于放肆到这种地步,但居然是EVA提议说要打一局星际,理由堂而皇之,"与其焦急等待,不如来一盘一对一放松一下吧?"

美少女的这种要求真是难以拒绝,何况路明非正得意洋洋,他刚刚解读了那座青铜城的地图,他这S级一献丑就把大家给镇住了,至于救人是靠作弊以及这弊到底怎么作的……超级英雄们拯救世界的时候摧毁了曼哈顿那么多次,美国政府有跟他们索赔么? 人平安没事就好,还管得了那么多?

好久没玩了,还好手没生,鼠标在手,信心忽然就回来了。

路明非还是虫族开局,小狗探路、小狗骚扰、堆刺蛇、升级一攻一防、开分基地,行云流水。

EVA的风格和诺诺完全不同,没有狂风暴雨般的攻势,她选神族,绵密稳重,上来就在基地外安置了光子炮,一队升级的狂热者守在炮阵中。

路明非的刺蛇群没有贸然冲锋,他知道EVA能搞鬼,她是台电脑,偷看地图丝毫没有难度,和诺诺搭配时,她就用过这一招。

"你不会又偷看我的地图吧?"路明非输入。

"看了,你开了六个分基地,瞬间能出三队刺蛇,但还不够。"EVA说,"把攻防升满吧,那时候我们的游戏就开始。"

"什么意思?"

"我会瞬间把人口堆满强攻你,看你在科技全满的情况下能挺几波。"EVA说,"行不行啊英雄?"

"原来是打防守战,小姑娘你很强势嘛! 你可别作弊加人口哦?"路明非心中很有点期待。

EVA完全不像是台电脑,如果刻意忽略她的身份,路明非会觉得自己根本就是在跟一个有点活泼有点捣蛋的女孩聊天。她跟你之间几乎没有什么隔阂,好像你们是青梅竹马的小伙伴,从小到大同一个小学同一个中学,她曾经拎着早餐来你家踹你屁股叫你起床。

"不会,满人口两百,绝对公平。"EVA说,"准备好,我要开始了!"

片刻之后,海潮般的狂热者从EVA的阵地中拥出。

"是男人就挺过十波!"EVA说。

"是小姑娘就不要逃!"这方向盘都递到手上了,路明非也就顺手开车。

他遭遇了玩这个游戏以来最艰难的防守战,EVA的攻势如潮,而且每个单位都像是有人单独指挥,龙骑兵群列队逼近,跳着高难度的龙骑兵之舞。

路明非仗着满人口的刺蛇和遍地炮塔硬刚,他的矿和气都被EVA加到了无限,科技也已经升满,满屏幕的基地疯狂地拥出刺蛇,封堵每一个路口。飞龙部队灵活地甩尾,整齐地甩出酸液弹,潜伏者潜藏在地下高速地吐出尖刺,漫天飞舞着自杀蝙蝠。

EVA的攻势如浪潮，但仗着虫族无与伦比的暴兵速度，路明非还是艰难地扛下了九波攻势。清掉第九波中的最后一波航空母舰时，路明非只剩下了半队受伤的刺蛇。

"再来！"路明非补满了人口，蝎子和皇后们也都补满了能量。棋逢对手的感觉，他的斗志燃烧起来了。

"第十波。"EVA说，"也是最后一波。"

屏幕忽然黑了，只有隐约的暗纹飘过。路明非以为出问题了，可是按按回车键，还是能激活对话。

"EVA你死机了？"路明非输入。

"没有，游戏在继续，我把镜头拉远一点给你看。"

"镜头？什么镜头？"

他忽然看清了屏幕上的敌人，EVA说得对，只有"拉远了镜头"，这敌人才能被看见。

最后一波，EVA只派出了一个单位，遮天蔽日的黑龙，张开双翼缓缓地滑过。它吐出烈焰，所到之处，路明非的所有单位全都化为血浆。

屏幕刚才不是黑了，是因为这条龙太过巨大，把整个地图都挡住了。

"好大只！"路明非惊呼出声，"犯规了吧？"

"黑龙之王尼德霍格，它名字的意思是'绝望'。"EVA说，"人类和龙族的战争就是这样，无论我们成功多少次，当末日来的那天，黑龙从天而降，一切的努力都会被抹去，就像橡皮擦去纸上的铅笔印那么简单。"

路明非愣了一下，难怪EVA要跟他玩这个游戏，似乎是在暗示什么。

屏幕一闪，切换回毫无吸引力的工作界面。

"大只？"施耐德问，"什么大只？"

"'大只'……在中文古语里是安静的意思……我是说，好安静啊！"路明非对这位疤脸的教授不由得畏惧，摘下耳机，随口就编了谎话。

施耐德点点头，路明非说出了他们每个人的心里话，太安静了，安静得就像死了一样。他有种隐约的、不祥的预感，却不能对任何人说，似乎这话只要出口，就会变成真的。

"是很大只啊！曼斯……你还好么？"他轻声自问。

大屏幕忽然亮起，出现了一个老人的面孔。银白色的头发梳得很整齐，岁月在他脸上留下了深刻的痕迹，把他的皮肤变作了风化的岩石，但线条依旧坚硬，银灰色的眸子中跳荡着光。黑色西装裹着他依旧挺拔的身板儿，胸袋里插着一枝鲜红的玫瑰花。

路明非无法判断老人的年纪，从皮肤和面容看，他已经很老很老了，可神态又像一头年轻的狮子。

"真帅,"路明非心里感叹,"极品老头!"

全体起立。

"昂热校长。"施耐德说。

"'摩尼亚赫'号已经平安落在三峡水库的二级船闸,我们获得了重要的资料,感谢诸位的努力,现在我宣布解散。"校长淡淡地说。

计算中心里沸腾了,所有人都振臂欢呼,教授们也激动地互相击掌。

但即使在这种情况下学生们也泾渭分明,学生会干部们围着恺撒,狮心会成员们围着楚子航。路明非不敢跟任何一拨走得太近,只能跟奇兰和新生中的几个A级学生站在角落里。

"难道掌声不该给今天的主角么?"偏偏奇兰这家伙还是个好事的主儿。

计算中心里安静了片刻,教授们率先鼓起掌来,狮心会和学生会的干部们还看着各自的会长。跟着恺撒和楚子航也鼓起掌来,于是所有人都鼓起掌来。

路明非受宠若惊,正想跟大家一起鼓掌,却被奇兰抓住手腕,把右臂高高地举过头顶。他这才想清楚自己此刻是人群的中心,他总不能自己给自己鼓掌。

算起来这是他人生中第二次成为焦点人物,第一次是诺诺推开那间放映厅的门时。路明非扭头在人群中寻找诺诺,却发现诺诺站在很远很远的角落里,双手抱怀,冷冷地看着他。

她嘴里嚼着泡泡糖,自顾自地吹泡泡。泡泡越来越大,最后炸掉了。

"解散!"曼施坦因宣布。

学生们依次撤出计算中心,都向屏幕上的校长挥手致意,显然校长在这里是个明星人物。校长只是微笑,并不回答。

路明非走到门口的时候,却听见校长在背后说:"谢谢,路明非。"

路明非吃惊地回过头,校长正在屏幕上挥手示意:"恭喜你路明非,你已经通过3E考试,成绩单发到我这里来了。你的分数是十年来最高的,证明了你确实是我们期待的S级。鉴于你今天的贡献,我将特别授予你校长奖学金。"

所有人都沉默了,相隔几十年,又一个真正的S级新生出现在卡塞尔学院,这个貌不惊人的男孩不但用分数,还用超乎寻常的解析能力为自己的阶级做了注解。

但这次只有部分人为路明非鼓掌,更多的人相互交换眼神之后默默地离开了计算中心。

"泡泡别吹炸咯!"诺诺和路明非擦肩而过,拍了拍他的肩膀,出门去了。

激动的古德里安上来和他大力握手:"我就知道你可以!我就知道你可以!校长奖学金!这是学院最大的殊荣!明非,我对你一直有信心!"

路明非有点不知所措,刚才诺诺拍他的时候,说的明显不是一句好话,脸上的神情也冷淡。

S级招她惹她了？

学生们走出图书馆时，教堂的钟敲响了。

路明非有点讶异，他来这所学院也有几天了，教堂的钟从未响过哪怕一下。可此刻钟一再地摇摆，钟声久久不息，像个执拗的老头儿。

所有人都站住了，仰头看着钟楼的方向，大群的白鸽从那里拥出，在空中鸣叫着盘旋着，不知有几百几千羽。最后草坪上的天空都被鸽子的白羽覆盖了，恺撒对着天空伸手，一羽鸽子落在他的手指上。跟着所有的鸽子都落在草坪上，并不觅食，只是咕咕地叫着。

气氛肃穆哀凉。

恺撒从校服口袋里抽出白色的方巾，扎在草坪边的围栏上，其他学生也照样做了，没有方巾的就用纸巾代替。围栏像是盛开了白花的灌木丛。

有人在路明非背后说："有人离开我们了。"

路明非转过头来，对上了楚子航那双淡金色的瞳孔。狮心会会长居然主动来搭讪，路明非有点不知所措。

"每一次有人离开我们，教堂都会飞出鸽子来，这是哀悼。"楚子航说。

路明非忽然记起梦中那个男孩说的话，原来真的是丧钟，只是在梦中它提前奏响了。这一切的悲剧似乎在梦里就已经注定了。

明明自己是S级，楚子航只是A级——当然也有人认为他应该可以评到"A+"——可是跟这样的学生领袖说话，路明非只觉得自己是个小弟，要使劲点头。

"不过还是要谢谢你，如果没有你解出那份地图，离开我们的人会更多。"楚子航轻声说，"你弟弟还好么？"

"他挺好的，"路明非说，"他很崇拜你的。"

楚子航笑笑，很礼貌，却并无喜悦。

"你不怕和我对视，是么？"楚子航又说。

"不怕，师兄你对人挺好，我为什么要怕你？"路明非心说淡金色的眼睛确实有点杀马特的嫌疑，那波审美早就过去了。

"那就好，我能看到的眼睛不多，别人都不喜欢我和他们对视。"

路明非忽然明白了为什么楚子航总低垂着眼帘漠无表情，因为那双永不熄灭的黄金瞳会让别人不由自主地恐惧，他在躲避别人的视线。

这种万众瞩目的家伙也有躲着别人视线的时候，还以为只有他路明非才会做这种事。

"这是我的正式邀请，请加入狮心会，"楚子航说，"你应该会成为我之后的下一任会长。"

"什么?"路明非愣住。

封官许愿?这也太快了吧?还没投奔国军就给封个少将司令?啊不,根本就是封了下一任委员长嘛!

"你大概也听说了,我不是很合适领导社团,我需要有个合适的继任者。"楚子航说。

路明非无言以对,急得直挠头。

这是他今天收到的第二份邀请。在图书馆,奇兰已经激动地表示只有路明非能领导新生联谊会,唬得路明非使劲摆手。

可新生联谊会的主席对他让贤还说得过去,他毕竟挂着S级的头衔,但狮心会的会长……这玩笑有点大。

狮心会会长的位子是恺撒也觊觎的东西,只是因为狮心会前任会长视恺撒为徒有其表的纨绔子弟,恺撒才加入学生会,反过来想把狮心会踩在脚下。

他很想诚恳地说句烂话,说皇上您恩重了微臣愧不敢当这皇帝之位是不好轻易禅让的!

但这句烂话愣是没敢出口。楚子航直视着他的双眼,表情淡然却认真,像是一位年轻有为的君王,说过的每一句话都当真。

"恺撒也会邀请你加入学生会的,如果你选择学生会,那也很好。"楚子航淡淡地说,"你这样的人,无论作为朋友还是对手,我都会开心。"

他垂下眼帘,拍拍路明非的肩膀,转身离开。

路明非在原地傻站了好久,终于长出了一口气,浑身都是冷汗。

什么叫作"无论作为朋友还是对手我都会开心"?这是威胁吧?是赤裸裸的威胁吧?威胁能用这么淡定的语气说出来么?

好像女生眯眯眼笑着说:"我不能爱你我就宁愿杀了你哦!"

三峡水库,黑色的直升机悬停在船闸上方,起伏的水面上,"摩尼亚赫"号翻过来露出了船腹。

落水时它侧倾了,吃水线以上的部分都浸泡在冰冷的江水中。

直升机放下悬梯,高瘦的黑影扶着悬梯降下,站在船舷上。他背对灯光,打着一柄黑伞。

曼斯勉强抬头看了一眼那个影子,叼着湿水的雪茄,艰难地笑笑:"校长。"

他怀里的婴儿号啕大哭,除此之外就只有永无休止的风雨声,连哀号都听不到。

他最亲密的伙伴们都漂在冰冷的江水中,年轻的实习生塞尔玛还没来得及拿到她应得的满分。

着水的瞬间，三副把"钥匙"紧紧地抱在怀中，用身体挡住了冲击，他自己折断了脊椎。

希尔伯特·让·昂热校长，那位有如传说的人物，走到曼斯身边蹲下，摸出打火机为他点燃嘴里的雪茄，而后才检查他腰间的伤口。

一根枯黄色的牙齿刺穿了那里，剧烈的爆炸中，一截长牙崩断飞了出来，"离垢净土"也未能挡住。

"要是往上面再偏一点，我就撑不到你来了。"曼斯深吸一口雪茄。

校长按住曼斯的伤口："不要说话，医生立刻就下来。"

他已经很老了，但他的手依然温暖有力。曼斯觉得生命略微回流到自己的身体里，咧嘴笑笑："医生没用，容我做完最后的汇报，像电影里英雄人物那样。"

"是，医生没用了，龙牙里有剧毒，毒素正在侵蚀你的神经系统，你没救了。"校长点头，"那立刻开始吧。"

曼斯把婴儿递给校长。另一只手中，他始终死死攥着一根索子，昏迷中也没有松开。他把索子也递给校长。校长拉着索子，把沉在水中的铜罐提了起来。

他抚摸着铜罐表面上繁复的纹路，低声念诵着什么。

"我想我杀死了一名龙王的侍从，它沉睡在青铜城中，充当这个铜罐的守卫；这个铜罐是叶胜和酒德亚纪从那座城里带出来的，不知道里面是什么，但肯定是价值惊人的东西；应该在水库上游搜索那条龙的骨骸，也许还来得及提取DNA；其他的没有什么了，我知道我有一份可以把我遗体空运回德国的保险，这就够了……"曼斯坚持着说到最后，体力已经跟不上了。

"没错，你杀死了一名龙侍，他负责守护龙王的灵魂。"校长说，"这个铜罐是个骨殖瓶，上面的文字是，'以我的骨血献与伟大的陛下尼德霍格，他是至尊、至力、至德的存在，以命运统治整个世界。'这是诺顿会用在自己徽章上的内容，这里面的应该就是诺顿的茧、卵或者骨殖，无论它是什么，都是巨大的收获。"

"他就是藏在公孙述背后的那条龙？"曼斯问。

"我们研究过后才会知道，等我们得到答案，要不要刻在你的墓碑上？"校长问。

"不用了吧，刻我妻子的名字就可以了。不要把'夔门行动'全军覆没的消息告诉学生们，对于他们来说，这种事还很遥远。犯不着他们为我们悲伤，他们应该还觉得屠龙是个有趣而热血的事，值得他们奋斗一生。"曼斯轻声说，"这样多好。"

"我没有说，他们只知道叶胜和亚纪离开了我们，我表现得很平静。"校长说，"只是不知道回到校园以后怎么圆这个谎，谁替你代课呢？你这学期还有课呢。"

"施耐德吧，我知道他心里一直很想继续当教授。"曼斯从鼻孔里喷出一口烟，"就说我们去执行新的任务了吧，反正世界很大，龙族遗迹到处都有，永远都能说他们忙于新的探险。过些年，这件事公布不公布也就无所谓了。"

"好，就按照你说的。"

"再见，代我问诺诺好，她是该换个导师了。"雪茄落入水中，曼斯慢慢地闭上了眼睛。

校长抽出胸口那朵即将盛开的玫瑰，放在曼斯的胸口，抱着哇哇大哭的婴儿站了起来。

四面八方涌来灯光，光束聚焦在校长身上，军警的车已经包围了江堤两岸。

这个老人默默地起身拍了拍婴儿的脸蛋，把他的小脑袋纳入自己怀里，将黑伞遮在自己头上，登机离去。自始至终，他看都没看那些军车一眼。

"真大只啊！"曼施坦因轻声说。

他在图书馆二楼的阳台上，看着学生们渐渐散去，剩下扎满围栏的白色手帕和纸花。

"大只？"古德里安问。

"中文古语，寂静的意思，我猜测是'大音希声，只影零落'的意思。"曼施坦因摘下眼镜，颇有感触，"我们那么老了，离开的却是年轻人，让人不由地觉得很大只。"

"是啊，很大只。"古德里安也感慨，"有件事我没明白，你明知道路明非通过3E考核的机会不大，为什么还在网上下注赌他通过？"

"对你我没什么可隐瞒的，我们是同一个精神病院出来的好朋友嘛，"曼施坦因指了指远处的钟楼，"我给那个人打了个电话，他说路明非必然通过。"

"守夜人也这么说？"古德里安惊叹。

"但是没有任何解释。"

古德里安眺望着那间从不开放的钟楼："我总是很难把守夜人想成你父亲，你长得就像个孤儿。"

"他对我母亲来说就是人生里的一个过客，抛弃家庭不负责任……当然他可能完全没把我们看作家庭……我的整个童年都没有父亲的影子，可以说他是我童年阴影的根源……但在这间学院里，他可能是唯一能跟校长相比的人。"曼施坦因说，"有些事我还是相信他的，至少托他的福，我在博彩会赢了一大笔钱。"

"为了钱就给伤害过老妈的老爹打电话，亲热地叫人家爸爸，你还真是爱钱啊老友！"

路明非躺在下铺发呆，上铺传来翻动纸张的哗哗声，响了一遍又一遍，来来回回没完没了。

"喂！ 废柴兄！"路明非说，"别看书了，聊个五块钱的天行不行？"

"如今老子还聊五块钱的天？ 我跟你说十五块的我都不稀罕聊了！"上铺继续哗

哗地响。

路明非探头往上铺张望一眼:"喂! 你还能更令人发指一些么?"

床上堆满美钞,芬格尔正在一沓沓地数钱,满脸高老头式的笑容。每数一沓就从他号称最钟爱的哲学书上撕下一根纸条扎起来。

"光明正大,我赢的。"芬格尔说,"你可是个好运小王子,没有你我就破产了! 如果不是曼施坦因跟庄,我还能赢得更多。"

"好运小王子这个称呼真恶心到爆! 我有点事情没搞清楚,有空解释一下么?"路明非说,"你不数钱也不会长脚跑掉。"

"如果有份奶油浓汤的话,卡塞尔学院黄页会为你提供最全面的答疑服务,"芬格尔拍拍胸脯,"就是在下了。"

"流氓! 强盗!"路明非抓起电话,"两份酥皮奶油浓汤! 我还要大块的奶酪蛋糕! 不,奶酪蛋糕只要一人份的,我付钱我决定!"

芬格尔拍拍巴掌:"分我半块! 虽说吃多甜食会胖!"

"真的有人死了?"路明非问。

"死亡名单已经公布了,叶胜和酒德亚纪。"芬格尔说,"你可以去校内讨论区看留言板。"

路明非的心猛地下沉,他还记得酒德亚纪微笑着纠正他的发音说:"おはよう。"那么漂亮那么温柔的女孩,怎么会死呢?

还以为自己立功了,原来作弊换来的也就是片刻的成就感,他在这边接受欢呼,那边叶胜和亚纪停止了呼吸。

"常在河边走哪有不湿鞋对不对? 其实我也挺难过的,多好看的师妹啊。"芬格尔叹气,"不过据说那座青铜城是龙王诺顿的墓地,龙墓很危险。有个传说,凡是进入龙墓的,一队人得牺牲至少一个,那是被命运取走的祭品。"

"你怕死么?"路明非问。

"你怕汉堡里吃出毛毛虫么?"

"废话!"

"那我当然也怕死。"

"怕死为什么还要干这一行? 我是说屠龙。"

"这就分人了,每个人的理由不一样。以你师兄我来说吧,主要是不忍心自己如此绝佳的天赋被浪费,又被一颗急公好义勇于牺牲的心驱使……"

"没人关心你的理由,说说别人,比如楚子航。"

"那是个极度闷骚的家伙,我没怎么跟他说过话,好像是跟龙族有血海深仇。可又听说这家伙父母双全家境好得很,不知道他怎么跟龙族结的仇。"

路明非一想也是,楚子航那美得跟女明星似的老妈,挂在本地富豪榜上的老爹,哪里来的血海深仇?

"那恺撒呢? 他可不闷骚,他是为什么?"

"恺撒的理由全校都知道。那家伙的全名是恺撒·加图索,加图索,这个姓氏要记牢,加图索家是意大利著名的混血名门,可惜崛起得太晚,没赶上封建时代,出不了一位伟大的皇帝。加图索家一直觉得命运欠自家一个皇帝,不过他家跟皇室也差不多了,他家的生意遍及整个欧洲,连政府首脑换届都得问过他家的意思。恺撒从小就被确认为加图索家的继承人,也就是未来暗中的欧洲皇帝。他当然得努力建立功勋,不然人家会说他这个皇帝是从老爹那里继承来的,以他这种名门子弟,是受不了这种侮辱的。"芬格尔说,"他入学的第一句话就是名言,他说:'你们可以挑战我,但我已经准备好了嘲笑你们。'"

路明非捂脸:"我入学的第一句话是什么来着?"

"如果从你登上地铁的那一刻算起,我记得你是说……妈欸! 真他妈豪华!"

"看不出你这莲蓬一样的脑袋记性还挺好!"路明非终于问到了重点,"那师姐呢?"

"很遗憾,本黄页没收录你觊觎的、恺撒的女朋友的往事,她很少跟人谈自己的事。"芬格尔摇头,"何不试着用你追女生三个月不能被拒绝的特权呢? 把她追到手然后自己问她。"

"会被恺撒打爆。"

"想当年特洛伊二公子帕里斯兄冒着被阿伽门农和阿基里斯联手打爆的风险抢了海伦姐回宫,你怕什么?"芬格尔豪迈地说,"大哥找了好看的大嫂,本来就是要冒着被小弟绿的风险!"

"呸!"路明非不想谈这个话题,"对了! 今天楚子航找我说话了!"

"我当然知道,全校都知道!"芬格尔把笔记本搬过来,进入讨论区新闻版块。

标题新闻,《王之对视!》。

配的照片背景是下午的阳光中,路明非和楚子航站在花园边微笑着对视,眼眸里映出彼此。

路明非捂脸:"学院里也有狗仔队么? 他们会怀疑我的取向?"

"绝对不会! 因为你的取向在第二条新闻中得到了纠正!"

第二条新闻,《S级找到了他的目标!》。

配图是他被诺诺拉着奔向图书馆时被不知什么人偷拍的照片,虽然仅从图片倒也看不出他跟诺诺有什么,可路明非心里有鬼,吓得脸色煞白,只怕恺撒忽然提刀杀进来。

"哪个狗仔写的? 这是要把我往死里整啊!"路明非哀号。

"说起来好像是我某个小弟。"芬格尔沉思,"文笔不错,我很看好他。"

"幕后黑手兄！能删掉么？趁着恺撒没看见！"路明非拱手，"拜托！"

"现在删掉欲盖弥彰，想想女明星们被爆了绯闻该怎么应对？花钱删新闻那是最蠢的，你要做的是增加曝光度，再搞几条绯闻出来，以假乱真。"芬格尔说，"你觉得楚子航身边那个叫苏茜的学妹怎么样？被你一枪打爆的中国妹子，我觉得挺正，而且楚子航的妹子也值得你出手！"

"我觉得可以！反正是死让我更壮烈一点！拜托了！"

"是我们这就带着花去苏茜宿舍，还是我打电话通知她过来？"

路明非继续捂脸。

"师弟，其实你要担心的根本不是花边新闻，你很危险。现在每个人都相信你是S级了，我们这里最有潜力的新人，但你和我清楚，3E考核的史上最高分是作弊来的。"

路明非心里一惊。

"不过今天你解开那个地图又是怎么回事？那个我可教不了你。"芬格尔问。

"我也不知道，那个地图是系统里一个漂亮小姑娘解的，我也不知道怎么就挂上了我的名字。"

话没说错，路明非全部的功劳就是输入了那条作弊码。

但也不全是实话，因为他本能地不敢把"路鸣泽"的事告诉别人，隐隐地有些害怕，不知为何。

"少讲这些没用的先，我好像悟出了点什么，要想在这里混必须有人罩，不拜码头混不下去，对不对？"路明非硬切话题。

"那倒未必，可你名气太大，得罪人太多，没有人罩确实不好混。"芬格尔说，"还有个办法是赶快找个丑妹子把你那个追谁谁不能拒绝的特权用掉，以后一直夹着尾巴做人。"

"论起夹着尾巴做人我真是一把好手，不过能拜码头还是得拜码头，哪个码头好拜？"

芬格尔从上铺跳下来，踱了几步，恰如一位伟大的战略家在分析战局："首先排除掉新生联谊会，那是个临时组织。奇兰那家伙有点小聪明，但他自己都没搞明白这间学院里的事。印度来的豪门子弟想跟这帮欧洲的老派贵族子弟玩，到时候死都不知道怎么死的，他们印度人也就玩玩蛇玩玩摩托车。"

"狮心会和学生会之间呢？"

"论资排辈，狮心会是排名第一的社团，校长当年也是狮心会成员，楚子航又是你高中学长，应该是你英雄道路的良好开端。"芬格尔说，"可虽说楚子航的粗腿很容易抱上，但你也得考虑恺撒对你的想法。新闻标题那么劲爆我就不信恺撒不知道你觊觎他妹子，你左边泡着学生会老大的妹子右边投效狮心会，我不信恺撒不打爆你的狗头。"

"真没觊觎，师姐只是照顾我这个萌新。"

"好的，我说错了，我道歉，他女朋友觊觎你。"

真没地儿说理去，路明非抹抹脸："照你这么说我更不能加入学生会，我跟小乔都传绯闻了，我还去东吴投奔周瑜大哥？"

"你要是投效了，恺撒应该就不太介意了。我要是项羽，我家里有虞姬，人人看着都骚动我才不介意，我有虞姬我自豪！反正我是项羽，谁来抢我就打死谁！"

"你中文那么溜真的没在东北登过台？"

芬格尔忽略了这句吐槽："但还是要跟你师姐保持距离。虽说兄弟是手足妹子是衣裳，但人家恺撒就那么一身衣裳，不能光屁股，更不愿和你一起穿，你要是做得太过分，没准还是会砍了你这个兄弟。"

"滚滚滚！什么乱七八糟的？我跟师姐啥事儿没有！我只是咨询你我应该加入哪个社团。"路明非忽然反应过来，"全被你带偏了！"

"嘿嘿你要是心里没鬼，怎么被我带偏那么久才反应过来？"

这时笔记本叮的一声，提示有新的邮件进来。是学院新配发给路明非的笔记本，路明非打开邮箱，愣住了。

Dear Ricardo：

明晚在安珀馆会有迎新晚宴，时间是18：00。没什么意思的活动，但自助餐很丰盛，如果有时间就来吃东西，恺撒说他想和你聊聊天。

记得穿着正装，按照学生会的传统还得跳舞。

诺诺

温馨提示：校服不算正装，你可以去学院剧场租一套。

芬格尔凑过来看了一眼："蒋干兄弟，司马昭也来约你跳舞了，三国争一个蒋干，真是稀罕。"

路明非抬起头来："那师兄给我指条明路，投降哪一国好？"

夜幕降临，安珀馆亮了起来，从那些巨型的落地玻璃窗看进去，浮光灿烂。

这是一座有着拜占庭式弧形穹顶的大型别墅，墙壁贴着印度产的花岗岩。学生会干部们穿着黑色的礼服，站在走廊下迎宾。

"真他妈有钱！恺撒一个人住的房子够我们一百个人住了吧？"路明非躲在远处的树丛里，啧啧赞叹，"资本主义社会果然就是人吃人的。"

"恺撒也不是总住在这里，这是他租来作为学生会活动场所的，因为诺顿馆归你了。"芬格尔也是一身黑色礼服。

这家伙其实高大魁梧，只是灵魂有点儿猥琐，如今套上正装，把乱蓬蓬的头发在脑后扎了条小辫，倒也相貌堂堂。

"那我们怎么不搬到诺顿馆去住？"路明非问。

"你要是有钱付水电费和维修费，我不介意搬进去陪你睡。"

"滚！"

"现在就滚，替我跟恺撒问好。"芬格尔掉头就走。

"师兄义薄云天无论如何要陪我走这一遭！"路明非一把拉住。

"我这个人就是宅心仁厚同情弱小今晚夜宵你请刀山火海我陪。"芬格尔原地一百八十度转了回来继续搂着路明非的肩膀，毫无滞涩，疾如陀螺。

"先给我讲讲这到底什么阵仗，都21世纪了，大家都是新时代的新青年，怎么还学封建贵族跳起宫廷舞了呢？"路明非说，"不过妹子们穿起来都好仙！"

"学生会的传统。这里的学生会跟你们中国的学生会不一样，本质上还是兄弟会。每个兄弟会都有一些看起来像是怪癖的习惯，比如剑桥的一个兄弟会要求每个入会者都当着大家的面吃下一个生的猪下水。我们学生会的传统比他们可好多了，是复古舞会，参加的人要穿起礼服，跳那种欧洲宫廷里跳的集体舞。"芬格尔说，"混血种的审美都比较老派，喜欢艺术品、古典音乐、宫廷风，没办法，活得太久。"

"太高端了，这种高端的活动叫我来，真是怕我没地方吃晚饭么？"

"既是礼遇也是示威，恺撒这是把美钞拍在你脸上，对你说要么跟老子闯荡江湖要么现在就给老子舔鞋！"

"希望他没有脚臭。"

"你还能更没尊严一点么？"

"能！你信不信？"

守在安珀馆门前的新闻记者们咔咔地按动相机，一间学院而已，居然还有人正儿八经地觉得有需要报道的新闻事件。

镁光的焦点是一辆正倒车逼近安珀馆正门的小型卡车，车斗上蒙着黑色的防雨布。

一名学生会干部上前揭开防雨布，瀑布一样的鲜红色从车斗里流淌下来，傍晚阴霾的天空下，跳动的亮色看起来惊心动魄。

那是成千上万朵玫瑰花，带着新鲜的露水，江河入海似的洒在安珀馆的门前。

"恺撒还为你准备了玫瑰花，你看他有多么地爱你和看重你啊！"芬格尔感慨。

"看重你妹！"

"很遗憾我没有妹妹！"芬格尔说，"如果我真有妹妹被恺撒看上，我一定会当他们的证婚人，婚后还要搬到恺撒家的大别墅里去住！"

"来了怎么不进去？"有人在他们身后说。

路明非和芬格尔同时回头，穿着黑色纱裙的女孩站在他们的背后，细细高高的高跟鞋，素素白白的胳膊，衬得那头深红色的长发仿佛黑夜里开出的花，或者古画里走出来的小巫婆。

诺诺撑着一柄漆黑的伞，雨水沿着伞缘倾泻下来，让她像是笼在一个纱罩里。

"太客气了！劳动女主人亲自出来迎宾！"芬格尔双肩一晃神色坦然，好像他刚才并未讨论对方的男友，更没有躲在灌木丛里撒野尿。

"怎么会？如果你有妹妹的话，就是你妹妹来接你啦！"诺诺微微一笑，收起伞，一手拎着路明非的衣领，一手拎起芬格尔，直奔安珀馆的门口而去。

路明非正惶恐，忽然听见了缓慢有力的掌声。

白色正装的恺撒正站在走廊尽头，整个人都被酒杯、水钻、手表和金发等东西流淌的微光包裹，嘴角带着一丝令人玩味的笑意，说不清是欢迎还是嘲讽。

第六幕 星与花
Star & Flower

"我俩跳什么舞？"

"陪我练练，等新生妹子们到齐了看师兄大显身手！"

路明非和芬格尔搂在一处，横穿舞池，跳着一曲昂扬的探戈。经典的甩头动作两人都做得非常棒，目光之中有股子凶狠劲儿，有如两只争夺鸡蛋的黄鼠狼。

路明非完全没学过跳舞，如今也只有叔叔辈乃至于爷爷辈的汉子们才想借跳国标搭讪大妈了，所以他进来先看自助餐的餐桌。

芬格尔就显得熟门熟路，端起一杯香槟满场飞，如他自述的爱情观那样，果然都是搭讪刚入学的新生，然而转了一圈下来，抓住了正掰龙虾钳子的路明非："舞池不错！咱们哥俩练练！"

路明非知道室友这是搭讪失败，想在舞池里找回面子，可这跟他又有什么关系？他只是来吃吃饭下下跪的，没指望在有恺撒的场合下有妹子能把目光投在自己身上。

"我们躲在角落里吃点免费蛋糕喝点免费香槟会死么？"路明非低声说，"你非要出这个风头？"

"怎么能这么没有尊严？我们才是今晚的主客对不对？我们就是要大口地吃他们的蛋糕！喝他们的香槟！泡他们的妹子！恺撒敢把钞票拍在我们脸上，我们就敢一张张地揭下来收好！"

又是刚猛的甩头，老实说芬格尔倒真的是个老辣的舞棍，跟着他跳连探戈这种高难度的舞步都能上手，只是路明非流了不少的汗，学的全是女步。

他们旁边都是正装的男孩女孩，男孩们全都是黑色礼服，女孩们则不约而同地选择了白色，纯白、月白、瓷白、象牙白、珍珠白、水晶白……白得万紫千红。

唯独诺诺穿了一身黑，她此刻正站在路明非刚才的位置，接替了路明非掰着龙虾钳子，看着芬格尔和路明非跳舞，正没心没肺地哈哈大笑。

恺撒来到诺诺身边坐下，也看着舞池中搂在一起的两个男人："有意思么？"

"有意思,但我知道你办舞会就是要欺负他玩儿,他有什么可欺负的,他就是个小笨蛋,威胁不到你的。"

"因为你说S级进校之后就欺负不成了,所以我想试试。"恺撒微笑。

路明非眼角的余光瞥到场边窃窃私语的男女,心里叹口气,好在芬格尔带着他又是一个甩头,噌噌噌噌地奔着舞池另一侧去了。

回到半小时之前,安珀馆门前,恺撒鼓掌欢迎他们的到来,背后整齐地站着学生会六个部的部长。

"你来晚了。"恺撒看了一眼腕表,微笑。

路明非正要回答,诺诺忽然说:"下午有芭蕾课,虽说是选修课,也不好翘课。"

恺撒上前一步,跟诺诺行极为古典的贴面礼:"从没见你穿过这身衣服,很合适你。"

"去中国时买的。"诺诺笑笑,"我还有很多你没见过的衣服,比如万圣节扮小鬼的黑袍和面具。"

"万圣节的时候穿来看看,我会准备好糖。"恺撒说完就拉起诺诺的手走进安珀馆。

整个过程中他的眼里就只有诺诺,目光偶尔掠过其他人的时候,也像是扫过空气。六位部长也跟着离开了,甚至门口负责迎宾的学生会干部也离开了,那些拿照相机的家伙抓拍了几张恺撒和诺诺也离开了,剩下本届最具潜力的S级精锐和本校资格最老的师兄还等着握手,气氛尴尬又凄凉。

"看起来人家并没有把你这个S级当回事欸。"芬格尔叹气。

"我们英雄好汉是否应该最重脸面?"路明非立刻转身,"他不给我们面子,我们也不给他面子!我们转头就走!"

"可别!兄弟,越是在这种时候越是要挺住呀!"芬格尔把他拧了回来,神色坚毅,"进去!他们敢开鸿门宴,我们就敢当樊哙!我们还有请柬!"

路明非脚下一步没动,反过来抓住芬格尔的手腕:"师兄,我信你!我路明非也不是吓大的,龙潭虎穴我们俩兄弟一起闯!"

"说闯就闯!见证我们情义的时候到了,这虽说是恺撒的地盘,他敢欺负我兄弟我也叫他好看!"

"什么叫患难见真情?今天之后芬格尔你这条废柴……啊不,你这个大哥我认定了!走!"

"走就走!赢了会所嫩模,输了下海干活!"

隔着一道门,负责签到的学生会干部冷着脸看路明非和芬格尔四手交握,四眼相对,各种有义气的狠话足足放了五分钟,这才鬼鬼祟祟地摸进了会场。

依旧是十指紧扣，谁也不放对方走。

"欺负得太狠他可是会跑去狮心会的，楚子航是他高中的师兄。S级新生对你来说不是志在必得的么？"

"我当然知道楚子航对他发出了邀请，至于新生联谊会的那帮家伙，更是把他看作未来的我。"恺撒微笑，"收到那封邮件他一定是觉得我也会对他发出邀请，但我从来都不喜欢别人猜到我在想什么。"

"你还真是个好胜的人啊！好在你姓加图索，你生下来就赢过这个世界上99.9999999%的人了，否则你不是得累死？"

"我要以恺撒的名字赢所有人，而不是加图索。"恺撒把杯中的香槟饮尽，拍拍诺诺的肩膀，起身时立刻换上新的笑容，跟新入学的一个男生聊了起来。

这个时候芬格尔和路明非已经跳完了舞，芬格尔正带着路明非使劲地往人堆里扎。

今晚原来是学生会迎新的活动，每年学生会都会办类似的派对，至于那些想要加入狮心会的新生，流程就简单多了，填完表之后回去等邮件就好。

如果你很仰慕楚子航会长，想当面跟他表达爱慕，那也没问题，开学的前几天他都会坐在填表处，签名合影都没问题。

安珀馆中一半新生一半老生，完全就是复古的社交场，男生多半把头发梳成复古的油头，女生更是来前精心地打理了头发。

锃亮的黑皮鞋和白色的舞鞋踩踏在光明如镜的地板上，男孩女孩三五成群。地板倒映出璀璨的灯光，复古的大裙摆像是莲叶那样在灯光上浮动。

学生会干部们对路明非格外冷淡，甚至是冷眼，这跟芬格尔之前的预测完全两样，倒是新生中还有几个男孩对这位S级精英感到好奇。

芬格尔对于师弟毫无兴趣，在人群里钻了半天终于找到了一个从韩国来的漂亮师妹，看着有点像年轻时候的全智贤，有一双温柔的圆眼睛，笑起来又有点小狐狸的妩媚，穿着缀满细小水钻的白色长裙，脖子手腕上的钻饰和钻表连路明非都替她觉得沉。

"我叫李恩淑！"韩国师妹热情地跟路明非握手。

"我叫路明非，从中国来，我经常看韩剧的。"能跟这种级别的美女聊天路明非受宠若惊。

路明非跟熟人就能油嘴滑舌，像是喝润滑油长大的，可跟陌生的漂亮女孩还是得挖空心思找话题。倒是李恩淑热情活泼，缠着他问这问那。

"路同学有从小觉得自己与众不同么？"

"路同学第一学期选的都是什么课？"

"哎呀呀李敏镐欧巴胖啦，还是玄彬欧巴最近更红一些。"

"我怎么会像全智贤？全智贤多好看啊！不过有人说她其实是中韩混血欸！尼坤也有中国血统。"

芬格尔一边反复扫描学妹的身段，在重点部位做长时间的停留和深入的研究，一边不放弃彰显自己的存在。

"好容易跟我们S级的路欧巴聊上天，能不能聊点严肃的？"

"我是你家路欧巴的师兄，暂时是我管他，唉将来还不知道哪位学妹管他呢，估计得打破头。"

"等你家路欧巴升到三年级，学院里可就没恺撒和楚子航什么事儿了，你想要电话号码趁早，顺带附赠我的电话号码。"

李恩淑被他逗得咯咯大笑，开心极了。莫名其妙地路明非想起苏晓嫱来，苏晓嫱也是这种笑起来就摇摇晃晃站不直的女孩。

可他的心思不在李恩淑也不在苏晓嫱身上，每隔一段时间他就像随意地环顾，却又总是在看到那袭黑色纱裙时停顿，再转回面前的李恩淑。

黑色纱裙的主人正跟别的新生聊天，笑意盈盈，耳边的四叶草坠子摇晃着，跳荡晶光。

这里的每个人好像都会应酬场面，说逢场作戏也可以，只有他无所适从。

一名戴着白手套的学生会干部摇了摇黄铜小铃："舞会即将开始，请找到各自的舞伴。"

李恩淑赶紧跟路明非和芬格尔道歉，抹抹嘴上的蛋糕，奔向一个戴白领结的韩国男孩。路明非和芬格尔这才意识到出了点小问题，除了负责服务的那些学生——他们的胳膊上都戴着黄色笑脸的臂章——其他人都有舞伴，剩下他俩凑在一起，黄鼠狼给黄鼠狼拜年。路明非心说失算了，这种事本应提前想到的，来的人想必都是提前接到的通知，所以才能准备好跳舞的衣服，应该还提前排练过几次，否则如今谁会跳这种古典的国标舞？那么他们必然早都知道自己的舞伴是谁了，一个男孩也必须邀请一个女孩一起来，才合乎跳舞会的规矩。

看迪士尼的电影都懂，只有一国王子那种牛气汉子才能说我不带妹，所有妹子都是来让我选妃的。

还有就是路明非和芬格尔这种不懂规矩的土狗，路明非真是听说自助餐很丰盛才决定来的……

二楼一侧的幕布拉开，小型乐队开始试音，正中央的水晶吊灯亮了起来，通向二楼的弧形楼梯上，恺撒拉着诺诺缓步而下，那是白马王子拉着烟雾笼罩的黑巫女。

路明非当然记得那身黑色的纱裙，诺诺穿着它把他从那间放映厅里救了出来。当时觉得那身裙子真是好看到逆了天，可今天在这样衣香鬓影的场合里看，也不过是商场里买的什么大牌，根本配不上恺撒那身定制礼服。诺诺想必不介意自己这身配不配得上恺撒，反倒是路明非有点介意，他希望穿那身裙子的诺诺只在那个时间那个地点出现过，那时候的诺诺跟恺撒无关。

但那也是个贪心的白日梦而已，诺诺买的裙子，诺诺自己决定什么时候穿。

他忽然觉得舞会是件没意思的事，早知道练什么探戈啊，跟李恩淑同学聊什么天啊，有这工夫龙虾都吃两只了，拍拍屁股走人。

他转过身，正准备拍拍屁股，可被芬格尔拉住了。

"很久没有跳舞了啊！技痒！"芬格尔盯着高处的恺撒，"还真是个下马威啊，他这是跟你说他不在乎你，你是S级又怎么样呢？他是恺撒，他姓加图索。"

路明非心说这不理所当然么？按你说的，我要是姓加图索，我比他还骚！

"师兄我也是个有气性的人，他可以欺负我，不能欺负我兄弟。"芬格尔舔了舔牙齿，"当主人就要有主人的样子，请我们来把妹……啊不，请我们来参加聚会，妹子都自己把了，这就不地道了！"

路明非实在不知道这家伙怎么就爆了战魂，可路明非能做什么，给他点赞？

"知道为什么今晚所有女孩都穿白裙么？"芬格尔歪着头，看着路明非，"因为恺撒喜欢白色，他当上了学生会主席之后甚至在学生会里搞了一个舞蹈团，每个成员都会收到他送的白色舞裙。来这里的每个女孩都知道恺撒的审美，所以她们都是穿给恺撒看的。刚才跟你聊天的那个韩国妹子，她还有时间跟你聊天只是因为恺撒那边实在太挤了，她试了好几次都没能挤进去。"

路明非恍然大悟，难怪今晚的女孩子们都穿白裙，因为恺撒喜欢白裙，难怪诺诺非要一身黑，正宫娘娘能穿得跟答应们一样？

"我也觉得白色挺好看。"路明非说。

"我说师弟你能不能有点尊严啊？"芬格尔被他的淡定气得牙痒，"你可是学院盼星星盼月亮盼了几十年的S级天才，你到哪里就该有人鼓掌欢迎，恺撒那么不给你面子，你就一点不生气？"

路明非心说这有什么可生气的？这就是所谓的群星捧月啊。有的人生来就是明月，有的人甚至连颗星星都算不上，只是一个黑洞，永远不会呈现在天幕上，比如他和芬格尔。

世界从来都是不公平哒，就像他心心念念地想着陈雯雯，陈雯雯心心念念地想着赵孟华，陈雯雯也知道他的心思，可跟赵孟华相比他的心思不重要，他就只是她难过时候说话的一个木偶，说完了话疗完了伤她就继续起身去仰望月光。有的人的心思一字千金，有的人的心思只是写错了字的稿纸，唯有烧掉化成灰烬，贡献一点点的暖意。

他没怎么抱怨过陈雯雯，自然也不会对恺撒生气。

"不能逃！逃了还怎么有脸在学院里混？"芬格尔一拽他，"跟我来！"

芬格尔散发出强烈大的气场，仿佛天狗吞月，狂狼噬虎，雄性荷尔蒙喷薄而出，看得路明非也有点激动。

可惜后来的事实屡次证明，每当芬格尔豪气喷薄，接下来他们就会很窘迫……芬格尔一把搂住路明非，大步冲进舞池！

舞曲奏响，男孩女孩们四目相对，笑着体验这种复古又新鲜的感觉。

还真的是一种别样的感受，跳着这种舞，就好像自己也成了王子公主，舞蹈令他们的身体发热，香水被蒸发，每个人用的香水不同，跳着跳着，一时间跳过玫瑰花圃一时间跳过紫罗兰花圃。地板上画有辅助线帮助新学不久的人找到自己的舞步，他们也都大致地了解过这种舞蹈，舞步优雅，走位精准，有时星形走位，有时散开为圆形，旋转中白色的裙摆盛开为巨大的花朵，跳舞的人开心，连看的人都赏心悦目。

但随着这两位杀了进来，就像安禄山带兵冲进长安，惊破了唐玄宗的霓裳羽衣舞。

芬格尔踏着铿锵的舞步，把舞伴抡成一根甩棍，这家伙虽然没有人熊的外形但有人熊的臂力，而且委实是心有多大舞台就有多大的写照，满场飞舞。

客人们惊诧莫名，但仍然没有任何人停下舞步，只不过竭尽所能地避开路明非这根甩棍。

"大哥你要脸的方式就是跟我一起跳舞么？"路明非惨叫。

"哼哼！恺撒想让我们尴尬，我们就让他更尴尬！"

"他尴尬个屁啊……我靠你这个滑步有点大你押着我了……"

路明非只觉得天地倒悬，一朵又一朵纱的、绸的、镂空的、蕾丝的、半透明的、天鹅绒的白色花朵在自己身边旋转而过，同时也听到她们的窃窃私语。

"这就是那个S级新生？"

"听说是个野生的混血种，野生种里也会出现S级这种超级血统么？"

啊嘞嘞什么叫野生种？老子有户口的好么？

"看那样子还真是野生种，穷苦家庭出来的孩子吧？"

妹子你是不是对穷苦家庭有点误解？我们家吃你们家大米了你就把我家定义为穷苦家庭？

"不过应该是那种很努力的家伙，穷苦家庭里的优等生。"

大哥你夸奖我很努力我心存感激但你得问问我们班主任他老人家是不是同意……

"这么作秀是为了找存在感么？"

"穿着剧场租来的礼服，还真是有趣的想法。"
"听说是校长的私生子，一直流落在外，是有背景的人。"
"传闻而已，听说校长跟他父母很熟。"
客人们都礼貌地压低了声音，飘进路明非耳朵的都是只言片语。但也足够他理解说所谓混血种的社会跟仕兰中学也差不多，甚至还要夸张。因为在这个社会里所谓的豪门比仕兰中学的豪门那是豪得更凶。
从古至今把持这个社会的都是名门望族，以恺撒的骄傲受到邀请的应该也多半是混血种名门的后代，包括那个笑得很可爱的李恩淑同学。他和芬格尔本来就跟这群人格格不入。
"哎哟哟师兄你轻点轻点，你别叫我劈叉啊我的裤裆缝线要开了！"路明非忽然惨叫起来。
女孩们正整齐划一地做出华丽的高劈腿 —— 如果不是她们都穿了安全裤这本该是芬格尔的黄金时刻 —— 芬格尔看得激动，也想把路明非如一双一次性筷子那样掰开。
"忍着点忍着点，马上就到交换舞伴的环节了。"
"交换舞伴？"路明非想起来了，这种欧洲宫廷式的舞蹈确实会在中途交换舞伴。原来芬格尔只是气愤自己没机会跟师妹们跳舞。
他心里有点可怜芬格尔，这家伙都快沤成一棵烂白菜了，估计不是在这样的场合他也实在没有跟师妹们搭讪的机会吧？ 那以他路明非的素质在这里沤上五六七八年？ 真是不敢想。
音乐声一变，芬格尔双眼闪闪发亮："前进！ 目标是那个插蝴蝶发簪的女孩！"
师兄弟雄起赳气昂昂，交握的手臂并在一处，像是一门等待发射的迫击炮，直奔距离他们大约十米的漂亮新生。
女孩正在一个高挑瘦削的男生手中轻盈旋转，白裙打开，裙下的小腿线条柔美。
这时高瘦男生的脸色变了，有点被吓到的感觉，跟着蝴蝶发簪的脸色也变了，穿着白色踝靴的脚几乎绊在一起。
这对舞伴应该是意识到他们接下来就得跟这对黄鼠狼交换舞伴了，芬格尔笑得嘴都合不拢。
男生急中生智一推女孩，女生踩出漂亮的旋转，手和男生脱开，芬格尔也赶紧松开路明非，就要把师妹接过来。但女生飞旋的舞裙从两人之间的夹缝里闪过，跟高瘦男生重新会合。
完美的移形换位，路明非都怀疑她练过轻功，蝴蝶发簪如释重负地远离。
"师弟你这舞技还要练啊！"芬格尔郁闷地说，"你就该一把拉住那个兄弟，给师兄制造机会啊！"

"滚滚滚！为什么不是你给我制造机会啊？"

"你家师姐在旁边蹦跶得欢着呢，你要注意形象对不对？能不能不要太饥渴？"芬格尔严肃地说。

路明非下意识地向着人群中看去，诺诺刚刚把手交在了一个日本男生的手中。

她绕着日本男生转圈，舞步轻盈，笑容灿烂，日本男生显然也是很高兴和这位师姐共舞，但片刻之后，熟悉舞步的恺撒就闪现回来，不动声色地又把诺诺接了回去。

跳这种舞还真是要点技术的，不是芬格尔抢甩棍的那种技术，而是你要熟悉舞步的规律，就总能跟你喜欢的女孩跳舞，前提是她愿意。

蝴蝶发簪的灵机一动启发了其他人，每次在交换舞伴的时候，翩翩的舞裙都会擦着路明非和芬格尔飞掠而过，有人笑了起来，笑声此起彼伏，这变成了一个好玩的闪避游戏。

诺诺也笑，笑得前仰后合。路明非忽然觉得那笑声有点刺耳，不过他也没什么可埋怨的。没人说她救了你一次还会来救你第二次，她男朋友就在旁边，她也没法横穿舞池来跟你跳舞。

两个人本就活在完全不同的两个世界，只不过偶尔两个世界的裂缝对上了，他们击了一下掌而已。

直到曲终，芬格尔也没有成功地拉到哪个师妹的手，舞伴们相互行礼致意的时候，他搂住路明非的肩膀，语气沉重："恭喜你成为我人生中的最佳男舞伴！"

"脸丢干净了就走呗。"路明非说。

可有人打了个响指，是恺撒。

乐队毫不停顿，立刻重开了新的序曲，那是一曲激昂的探戈舞曲。舞伴们惊讶地看了一眼彼此，音乐没停，舞蹈就没有结束，主人示意他们继续跳，他们就重新拉起了手。

"恺撒你个孙子！我我我……你你你你……你大爷的！"气得芬格尔连国骂都出来了。

路明非耸耸肩："他叫我们跳我们就跳？走！要什么脸？说走就走！"

他这次是真的想走了，反正他也没想伪装成什么世家子弟，周围这些人说他是穷苦家庭出来的野生种他也懒得否认，野猫叼着食物从垃圾箱里蹦出来的时候，也不会跟家猫吵架对不对？

小提琴的长音切开了整首舞曲，乐队成员们都惊讶地停下了，因为拉出这道长音的竟然是首席小提琴手。

"你们继续。"首席小提琴手站起身来，把琴放在自己的座椅上，转身下楼。

乐手们也都是学生会的成员，也有几位精通乐器的新生加入了今晚的演奏，首席小提琴手就是一张新面孔。

那是一个淡金色头发的女孩，皮肤白得近乎透明，身材娇小，裙摆宽大的白色礼服罩在她身上，倒像是床棉被，更衬得她脸庞小小，像个孩子。

路明非看着她的侧影，觉得有些面熟，却想不起在什么地方见过了。

舞曲继续，但所有人都在聆听那个从上而下的脚步声，脚步声从容，每一下都像是踏在客人们的心上。首席小提琴手的手里没有琴了，但她仍然控制着全场的节奏。

她把身上厚重的白色礼服长裙扯了下来，下面是一身玫瑰红色的紧身长裙，她抖开裙摆的那一刻，宽大的带有波浪花边的裙摆仿佛遮蔽了灯光。

火焰般的长裙，冰雕般的少女。

路明非忽然想起来了，3E考试里他们见过，计算中心他们也见过，正是为了这个女孩古德里安教授不得不飞往俄罗斯面试，甚至暂时丢下了他这个S级的大宝贝。

她从黑色的平跟鞋里走了出来，赤着脚穿越大半个舞池来到路明非面前，这个时候人们才觉察这个俄国妹子的不足，她太娇小玲珑了，乍看会以为是个十三四岁的小姑娘。

但俄妹早有准备，啪的一声，一双银色的高跟鞋被放在大理石地面上，满鞋的水钻，光芒夺目，像是童话里那双水晶鞋。

首席小提琴手踩进高跟鞋里，原本娇小的她立刻挺拔起来，气场五倍十倍地提升。还是那张冷冰冰的脸，但她忽然就惊艳起来，腰肢盈盈一握，身形婀娜多姿。

"缺舞伴么？S级。"她盯着路明非的眼睛，冷冷地说。

这应该是一份邀约，不过语气听着感觉更像是查票，好在路明非理解他们俄国人个个都像克格勃。

路明非无言以对。他当然缺少一个合适的舞伴，而这新生妹子毫无疑问是场中的焦点人物，可难道回答是啊，然后赶快把人妹子搂住么？

他没那么想出风头，有点累，想走了。这个场合不欢迎他，他也不想留在这里。

这时芬格尔做了匪夷所思的事，一把把路明非推在那个又冷又艳的俄妹怀里："总算有人来接手了，我可不想继续带这条木棍跳舞了。"

这是废柴师兄能干出来的事？以他宁杀错莫放过的态度，不应该挡在路明非面前说"S级缺我更缺"么？

芬格尔起个势，强劲地旋转着切出人群，跟女孩来的方向恰好相反。路明非好像一根接力棒，师兄和师妹完成了换手。

果真是条绝世的好舞棍，切出人群那一刻可见这厮过硬的芭蕾功底，想来是路明非拖累他的表演，否则单论舞技这家伙甚至能够拼一下恺撒。

"挺直腰背，跟住我的节奏。"女孩把手搭上路明非肩膀。

舞曲激昂起来，女孩自脚尖到发梢微微一震，一个强劲的摆头，引着路明非起舞。

对于路明非来说，今夜的舞蹈，此刻才开始。对于在场的多数人来说，他们重新学习了舞蹈。

谁都知道是女孩带着路明非在舞池中轻盈旋转，但看起来就是路明非主控着这支双人舞，走步、快步、划旋步、弓箭步、维也纳转弯……在女孩的眼神和肢体控制下，路明非居然能够恰到好处地给出动作。

路明非开始还有点生涩，越跳越自然，波浪般的裙摆飞扬，女孩像是一只玫红色的鸟围着路明非飞舞。

"你叫什么名字？"路明非整个人如在云雾中，居然胆大到问了人家的名字。

"Zero。"女孩说话带着些微的卷舌音。

"不该是……什么什么娃或者什么什么娜么？Zero是英语吧？零？"

"在俄语里也是'零'的意思，我没有正式的名字，这是一个编号。"女孩淡淡地说，"你也可以叫我零。"

真是一个奇怪的名字，零，好像是空无的意思，又像是一串数字的起点。路明非想。

"这首曲子我好像听过。"路明非没话找话。

"Por Una Cabeza，中文名《一步之遥》，阿根廷探戈舞王卡洛斯·加德尔的作品。这是首高贵的曲子，有人说它傲视一切。"零说，"挺直腰，跳这支舞的时候你要觉得自己像是世界之王。"

"嗯嗯世界之王，"路明非敷衍地回答，"谢谢。"

他不知道这个骄傲的俄妹为什么要帮他脱困，可能是中俄两国人民的传统友谊？又或者这俄妹看不惯恺撒？可如果那样的话她又是为何要来恺撒的活动中担当首席小提琴手呢？

这条玫瑰红色的长裙早就在琴服之下穿好了，她故意逆着恺撒的爱好选了炽烈的玫瑰红色，在一众白玫瑰中明艳得滴血。感觉她做好了一切准备给今晚的宾主留下深刻的印象，唯一的问题是她选错了舞伴。

她就该笔直地走到恺撒面前去把诺诺给替了，想来恺撒也不得不接她的招。

"不用谢，我也没想帮你，技痒。"零给出的理由竟然跟芬格尔一样。

"别逗啦，有的是跳得比我好的，为什么非找我？"

"别人都有舞伴。"

"芬格尔也没有舞伴。"

"太高。"

俄罗斯来的小公主又漂亮又是舞林高手，但那张冷冰冰的脸让人心生敬畏，而且惜字如金，似乎不愿多花任何一个字在你这个下贱的农奴身上。

但她可以陪农奴跳舞。

无话可说，只能继续跳舞。灯光在他们的头顶旋转，世界在他们身边旋转，真是有趣，自从换了舞伴，忽然间路明非就觉得自己成了舞池的中心，不是他转，是舞池在转。

他要做的只是盯着俄妹的眼睛，感受她肢体运动的每个暗示，照着做他就能跳好探戈，照着做他就是今晚最闪亮的仔。

整支曲子几乎都是他们两人跳舞，即使偶尔交换舞伴，零也能迅速地闪现回来，像恺撒一样。

"曲终的时候，我会旋转三千六百度，扶着我的腰，不然我会摔倒。"零轻声说。

这一刻两人对视，零那双冰蓝色的眼睛即使在斯拉夫人中也极其罕见，略有些诡异，跟她对视的时候，就像是从高空中俯视封冻的湖泊。

路明非没懂她的意思，什么三千六百度的旋转？那不是一枚陀螺么？怎么想也想不明白那个舞蹈动作。

但随着零歪歪头，路明非本能地点点头，女王既然下达了指令，骑兵团长就只有冲锋陷阵，懂不懂的冲完了就知道。

曲声终了，舞池里不知多少件长裙的裙摆转开成五颜六色的白，零也开始旋转了，手掌贴着路明非的掌心。

她的长裙盛开，鞋上旋起银光，鞋跟打击地面的声音连成快板。这刻所有的光似乎都集中在她身上了，那是惊艳绝伦的旋转，力量和技艺的完美结合，她是快活的燕子也是唳天的凤凰，她的舞裙广阔到能覆盖整个舞池。

路明非能做的就是稳稳地站着，努力站得挺拔，把剩下的所有力气都集中在手上，一手贴着她的掌心，一手虚扶她的腰。俄妹说了，他要扶着她，不然她会摔倒。

鬼知道俄妹为什么要选他这个菜鸟舞伴还非要跳那么高难度的动作，但俄妹把信任给到了他，他就要全力以赴。美人恩重，无以回报。

俄妹忽然一顿，长裙旋转着收拢紧贴笔直的双腿。她以芭蕾般的动作踮脚站立了一秒钟，然后在路明非的手中娓娓俯身，那是柴可夫斯基笔下天鹅的死去。

片刻之后，掌声如雷，因为恺撒率先鼓起掌来，主人放下了矜持，其他人也都跟着鼓起掌来。

路明非呆呆地站在舞池中央，有点恍惚，《一步之遥》、骄傲的舞曲、世界之王……这个时候他才意识到自己能够完成这支舞是多么不可思议的一件事。

他是真的没怎么学过舞蹈这种高难度技巧，唯一的经历是高二那年，他被选中在春节联欢会上表演集体舞。大家课后集中训练，请来的老师一再说路明非没有乐感手脚不协调。路明非之所以能坚持下来，还是因为当时集体舞里也有陈雯雯。结果联欢会那天还是被群嘲了，大家都说他搂着女生的时候像是打扫卫生，手中握着笤帚。苏晓嬅勃然大怒，因为苏晓嬅那天反倒是跟路明非跳得最多的，小天女怒吼说你们狗眼看清楚本小姐是那种没身材的人么？

如果陈雯雯、苏晓嬅还有那些嘲笑过他的人看到他今天跳的这支舞，还有他那惊艳绝伦的舞伴，是不是个个都是O形嘴？

可惜装×这种事最难就是穿越时光，如今卡塞尔的门对他开了，以前的世界却对他关了门。

俄妹并未矫情地保持着折翼天鹅的姿势等到掌声结束，她一个翻身就起来了，拉着路明非的手微微屈膝低头。

这是标准的宫廷舞结束动作，集体舞这个环节是最复古礼仪也最隆重的，路明非如果多看旁边一眼，会发现所有的女孩都在向自己的舞伴行这个礼。

但凝望那双冰蓝色的瞳孔，他一时间有些迷惘，好像什么时间什么地点类似的事情也发生过，舞蹈结束，女孩拉着手轻盈地向他行礼，裙摆如孔雀尾羽那样铺开在地面上。

什么时间？什么地方？这种事情怎么会发生在他这种衰仔的身上？是某种病么？好像在某本书上看过，有人会觉得眼前发生的事曾在梦中出现过。

如果真做过那样的梦该是很美的梦啊，自己又怎么会不记得？有着大理石喷泉的空旷广场上，他们在雪地里跳舞，喷泉喷出的水花在空中结成冰晶，整个世界盛开着透明色的花……

还越想越来劲了！他赶紧一巴掌拍在自己脸上，这才意识到身边的女孩们都起身了，唯独俄妹还端端正正地半跪着等他的号令。

他心里一急嘴上一贱："爱卿免礼平身！"

这话一出口他就想挖个坑把自己埋了，要不人怎么说呢，天煞孤星都是自找的！叫你贱叫你贱！

俄妹略有些诧异地看了他一眼，就在路明非以为人家要甩脸就走的时候，却听到俄妹轻声说："是。"

零站了起来，不再看路明非，转身走到舞池边，仍旧换回那双黑色的平跟鞋，把银色高跟鞋收回鞋套里，再放进黑色的提箱中。

有人拿来米白色的长风衣递到她手里，强大的女王气场笼罩全场，自然有人生出为这位殿下跑腿的觉悟。零披上风衣，拎着鞋箱从前门离开，夜色已浓，她玫瑰色的裙摆在夜色中翻着浪花。

她来时锐利得像是长刀破阵，离开时却平淡至极，没有跟任何人打招呼。好像她来就是为了跳这支舞，曲终人散，再没有留下的理由。

"这一届的新生真有意思。"恺撒低声说。

他摇晃着杯中的酒，看着零的背影消失在门外的夜色中。

"恺撒有几句话跟大家说。"一名部长在二楼平台上敲了敲麦克风。

议论零的声音低落下去，无论俄罗斯新生多么耀眼，恺撒才是这间学院里真正的明星。恺撒沿着旋梯登上二楼，站在麦克风前，先是扫视全场。

"第一天来到这间学院的时候，我有些失望，因为这里的人太多。"

"我期待的卡塞尔学院，不是热闹的市集，而是奥林匹斯山的顶峰。"

"因为真正的精英，永远不会是大多数。"

这开场真是冷得有如制冰机，透着居高临下的嘴脸。路明非想这家伙如果早生一百年大概会跟希特勒混，变成一个法西斯。而他首先要抹掉的，就是路明非这种废柴。

真不知道这样的家伙怎么能是合格的领袖，除非混血种的社会里个个都是力量至上主义者。

接下来恺撒忽然笑了，他笑起来就特别地灿烂："好在今天安珀馆的客人并不多，只是新生中最优秀的一批。"

静了片刻，掌声如雷，有人使劲地吹着口哨，新生们更是神情激动。这是殊荣，难怪恺撒邀请了他们，因为他们被恺撒看作是同龄人中最出色的。

路明非心说这恺撒真是有一手，原来开场那段又冷又讨嫌的话只是一个笑话，欲扬先抑，一下子就抓住了这帮新生的心。

奇兰确实没法跟恺撒比，而且奇兰也在人群里使劲鼓掌呢。

路明非最搞不懂的是芬格尔，带头鼓掌的是他，热泪盈眶的也是他，拜托大哥，你根本不是今晚的客人，你只剩F级了你自己难道不知道？

恺撒示意大家安静："我听过很多关于恺撒·加图索的传闻，也就是我本人，眼高于顶的贵公子、唯实力论者、女生收割机……我本人挺喜欢这些称号，但必须向我台下的女友解释一下，最后那个称号是个误传。"

所有人都笑了起来，诺诺耸耸肩，满脸无所谓的样子。

"当然，我和学生会都一直在强调精英理念。精英，那么令人厌恶的一个词，在这个崇尚多元的时代，精英论者就像法西斯主义者的残余那样令人不悦。"恺撒忽然收回了全部的笑容，"可我亲爱的各位，你们来到这里是为了什么呢？为了正确的世界观人生观么？为了那些平庸者的赞美，说你是个理性、开明、包容的人么？或者，你们准备竞选美国总统或者英国首相？"

又是满场哄笑，只有恺撒不笑。

"不！你们是来战斗的！这里就是你们战场的开始！"恺撒忽然高声说，"在那个保卫人类的战场上，我们要面对的是噩梦里才会出现的怪物，会有流血和牺牲，那里不讲政治也不讲平等，那里能说话的，只有你们的武器，和你们的意志！只有最优秀的人才能上战场！只有最优秀的人才有资格防御你的后背！只有最优秀的人才有资格战死在这里或者戴着勋章离开！弱者，应该在家里看看电视，聊聊他们的平等和多元化，幸福地死在床上。那么要上战场的你们！愿意听谁的号令呢？"

"恺撒！恺撒！恺撒！"学生会某个干部振臂呼喊，也不知道是恺撒故意安排的托儿还是这家伙真的人望过人。

"不，是你们！"恺撒缓缓地说，"是最优秀的，我们！"

片刻的寂静之后，掌声和欢呼声几乎震破路明非的耳膜。

路明非是上过高中政治课的人，老师说人民大众的声音才是最洪亮的，可在这个精英狂欢的会场中，他这个人民大众显得有点孤立。

"真正的精英，会被世俗看作疯子，好比尼采，他死了。因为世俗，是不能容忍和他们不一样的人的！他们也不能容忍精英，因为他们愚蠢！"恺撒高举手臂，一字一顿，"现在！欢迎各位！加入疯子的群落！"

掌声和欢呼声继续，每个人眼里闪耀着"我就是一个不容于世俗的疯子啊"的神色。

恺撒依然高举着手臂，迎接他们的欢呼和仰望，目光威严，英俊的侧脸像是古希腊名家刻刀下的英雄。

路明非仰望这家伙，想到释迦牟尼诞生之日往东南西北各走了七步，指天指地说："天上地下，唯我独尊。"

他还是第一次遇到那么贵族又那么飞扬跋扈的人，虽然恺撒的飞扬跋扈并不那么令人讨厌。

回想之前他认识的所有贵公子，比如赵孟华那种，还懂得嘴上谦虚，至少让你在态度上不好指摘他。

恺撒不同，那是熊熊燃烧的太阳，他根本不需要你为他做什么，他也不在乎你是不是认同他，反正他只跟他认同的人一起玩。相比起来赵孟华的光就是支蜡烛，蜡烛要谦虚是怕一阵风来把自己吹灭了，太阳不同，他自顾自地东升西落，你只有权决定要不要跟着他跑。

一条大汉扑上来狠狠地拥抱他，路明非烦得不行："滚滚滚！人家讲精英呢，关我俩屁事！"

"要是不激动地抱在一起显得很另类啊。关键不是我们够不够精英，而是我们能不能混到精英里去！"芬格尔跟他耳语。

"混在精英群里什么时候露出马脚会被踩的好么？"

"踩就踩，学生会的待遇可好了！每月还有津贴，尤其对于我们这些穷困潦倒的精英！"

"喂喂喂走过路过的各位，谁丢了自尊啊？啊呀呀怎么摔得稀巴烂还有狗拉屎在上面啦！"

"路明非！"恺撒的声音忽然从高处传来。

路明非正吐槽吐得欢，吓得抬头，恺撒遥遥地向他伸出了手："请上来，和我站在一起。"他旋即微笑，"拒绝的话，门在那边。"

路明非脑海里一片空白，这就是恺撒要对他说的话么？没有寒暄铺垫，上来就是将军，今晚恺撒整场都在捉弄他，却又意外地给予殊荣。

每个人都在看他，恺撒的意思很明显，这是选择的时候。恺撒不是楚子航，不想给他考虑的时间，追不追随太阳只是一个转念。

他走上去和恺撒站在一起，明天就会有他加盟学生会的新闻，楚子航则变成他的对手，如果选择拒绝，他最好撒丫子往狮心会跑，趴在楚子航的膝盖上哭着说师兄救我。

鬼知道这群流着龙血的富家子弟能做出什么事来，他们有的是办法玩死他。

其实路明非倒也不介意跟恺撒混，芬格尔说的，学生会对他这种贫苦学生还有津贴……

只不过他这个人有时候有点奇怪，就像他曾经想要为陈雯雯放弃卡塞尔学院……他忽然间有种莫名其妙的危险想法……他想自己如果在这个时候指着恺撒的鼻子说，我路明非可以加入任何人，就是绝对不会加入你恺撒·加图索！那样恺撒脸上会是什么表情？这帮精英又会是什么表情？

理智上他知道这是毫无意义的发疯，可他就是很想看恺撒脸上的表情。

谁也不知道路明非心里酝酿着什么，这家伙平时狗得很，却是条事到临头会发疯的小狗，现在这条小狗兴奋起来了，想要对着太阳汪汪叫，也不为啥。

这时恺撒身上响起了手机铃声，他愣了一下，掏出手机。

不仅是他，大厅里，各种手机铃声响成了一片，语音铃声纷纷提示未知号码。

所有客人都开始摸手机，女生们把手机藏在不同的地方，有的塞在长袜里，有的藏在蓬裙的裙褶里，裙摆翻飞美不胜收。

路明非的疯劲儿忽然退了，长舒了一口气，心说那句吹牛的话没来得及出口，可是为什么有那么多人同时接到电话？

恺撒只听了第一句，脸色就变了，他伸手示意所有人安静，高举自己的手机并打开了免提键。

"请走到窗边，看向校门的方向，屏住呼吸，客人到访的时候，主人应该做好准备。"电话里的声音显然经过电子变声。

客人们的脸色也都变了，他们的手机里，也都是同一个声音。

大家蜂拥着向窗边而去，从安珀馆的位置，隔着巨大的落地窗看出去，那扇生铁雕花的坚固校门是关着的，被一盏冷光灯照亮。

几秒钟后，轰然巨响，人们一瞬间失去了听觉。铁门在火光中扭曲，爆炸的冲击波把它抛向空中，几秒钟后才重新坠落，狠狠地砸在地上。

警报声响彻校园，夜幕下已经熄灯的建筑全都重新亮起，激光布控、路障升起、出入口封闭，卡塞尔学院进入了某种高级别的警戒状态。

"这是……这是有人踢馆？"路明非蒙了。

尽管已经知道这间学院并非什么安安静静做学问就能毕业的地方，可宿舍的被窝还没睡热就有人上门行凶？这是学院么？这是什么黑道社团吧？

明亮的光柱和摩托车的轰鸣声一起到来，身穿黑色作战服的闯入者骑着暴躁的黑寡妇摩托，他们的手中，短管冲锋枪闪着黑亮的寒光。

进入校园，他们立刻分散，水银般漫过不同的道路，把所有的监视器都击碎。

"你们总说这是战争，那不如先来一场演习。"电话那边的人笑着挂断了。

"红色警戒！红色警戒！龙族入侵！龙族入侵！新生留在宿舍中，持有战场资质的学生立刻领取武器，填装弗里嘉子弹，不得动用实弹。"诺玛的声音传遍校园的每个角落，"封锁所有入口，你们有权对身份不明者开枪。"

"龙族入侵？"路明非傻眼了，"龙……骑着摩托入侵？开玩笑的吧？"

但老生们凝重的表情都说明这是真正的危机。

刚才还歌舞升平的安珀馆在顷刻之间变成了蓄势待发的军营，老生们仍旧穿着或挺拔或性感的礼服，但流露出受训军人的仪态。

他们有序地拥向外面，维修部的车停在校园里的每个广场和交叉口，闪着红灯，车后厢敞开，武器架上架着整齐的自动武器。老生们依次上去刷卡，配发给他们的武器自动解锁。

安珀馆前，上膛声此起彼伏。

没有星星的夜空下，黑影站在卡塞尔学院的角楼上，看着摩托车的灯光像是萤火虫那样分散到校园的各个角落，接着熄灭。

人流从不同的建筑拥出，控制了通道和出入口，这座安静的校园瞬间变成了森严的军事堡垒。

他把手机扔下角楼，戴上面罩后又摸出另一台手机："第一阶段入侵完成，太顺利也太简单了。不过，这么亮相是不是太像作秀了？"

"无论这次行动的结果如何，我希望给他们留下深刻印象。"电话对面的人笑着说。

"那交给我执行太合适了，我总是给人留下，"角楼上的人冷冷地说，"深刻印象！"

他跃出角楼，双臂张开，飞身下坠。角楼有八米之高，普通人的脊椎会承受不住冲击而断裂，但他落地时一滚卸掉冲击，豹子一样猫腰前奔，消失在黑暗中。

梵格尔夫楼，曼施坦因和古德里安通过层层门禁，匆忙赶到，施耐德正站在大型3D投影前，看着满屏的光点，每个光点都代表一名加入警戒的学生。

"龙族入侵？怎么回事？谁判断是龙族入侵的？"曼施坦因皱眉。

"龙族入侵"这种事本应只出现在理论中。

卡塞尔学院从建立到现在，没有一次被龙族入侵过。那种高傲、巨大的古代生物总是把自己的孵化场设在人迹罕至的地方，想要接触和杀死它们，执行部的专员们也不得不跋山涉水。什么时候轮到龙族大张旗鼓地攻入学院来了？而且抵达卡塞尔学院并不是那么容易的事。

"诺玛判定的。我不知道他们是不是龙族，但毫无疑问是组织严密的入侵。"大屏幕上显示出摩托群进入校园瞬间的画面，"冲进学院之后，他们立刻分散到不同的角落并且丢弃了摩托车，现在他们已经化整为零为不同的小组，正在校园里行动。换而言之，有十三只老鼠溜了进来。"

"他们怎么能登上虹桥的？"

"不知道。"

"他们怎么能渡过冥河的？"

"也不知道。"施耐德转过身，看见古德里安的时候愣了一下，"你这是什么衣着？"

"战斗服？虽然我也知道我参加战斗是没什么用。"古德里安赧然。

作为文职人员他基本没参加过战斗，但还是从衣柜里拿出多年不穿的战斗服套上，腰间还像模像样地插着把手枪。只是肚子有点大，加上那头乱蓬蓬的头发，更像个配枪的圣诞老人。

"可你戴着睡帽。"施耐德叹了口气。

古德里安讪讪地把红睡帽摘了下来，这样他看起来不那么像圣诞老人了。

"会是误报么？"曼施坦因问，"对方十三个人十三辆摩托车，不过是个小分队而已。这样规模的入侵，为了什么？破坏么？示威么？"

"我猜，他们是来抢劫的。"施耐德说。

"抢劫什么？"曼施坦因皱眉，"钱？古董？还是'冰窖'里的那些东西？"

"跟我说的东西比起来，那些都不算什么，"施耐德看着曼施坦因的眼睛，"我是说校长从中国带回的东西。"

"校长回来了？"古德里安愣住，"我没有得到通知。"

"他没有通知任何人。但是一个小时前，CC1000地铁加开了一班。"施耐德说，"还有一个最简单的证据，在新生的邮箱里就可以查到。"

施耐德登陆了学生信箱组，找到一封群发邮件：

亲爱的学生们：

　　我活着从中国回来了，对你们中的有些人来说这可能是好消息，另一些人应该会觉得大难临头，因为我的课将继续，我的考试也将继续。

　　凡是选我课的人都要注意，下周三我代的三门课都会签到。

　　祝好运。

你们忠诚的朋友，
希尔伯特·让·昂热

　　P.S. 我在考虑是否需要在开课前做一次测验并且计入你们的成绩。

"这封邮件在半小时前被发给选他课的新生了。"施耐德说。

"他从中国带回的是龙王诺顿的骨殖瓶。"曼施坦因说，"骨殖瓶刚刚被送到，跟着就发生入侵。"

"那东西现在在哪里？"古德里安问。

"进入冰窖封存之前，它必然先送往瓦特阿尔海姆研究所做分析。"施耐德说。

"通往瓦特阿尔海姆研究所的入口很多，英灵殿、图书馆还有这里，教堂那边也有出入口，每个出入口都需要人手，执行部能派出多少人？"曼施坦因问。

"眼下人手严重不足，精英专员都在海外执行任务，暑假刚刚结束，实习期的专员也都还没回来，只能依靠在读的学生。我让恺撒带着学生会守卫英灵殿，楚子航带狮心会守卫图书馆。"施耐德说，"虽然还是新手，但他们的血统优势明显，不亚于执行部的资深者。执行部剩下的人也就能防御梵格尔夫楼。"

"也只能这样了。"曼施坦因说，"能联系上校长么？"

"打过他的手机，但没有开机。也真是个不按牌理出牌的人，带着这种级别的东西返校，没有通知任何人，根本来不及做好警戒，却又发了封邮件通知上课时间。"施耐德摇头。

"他心里还真觉得自己是个教育家。"古德里安说，"教堂那边真没问题么？那里完全不设防。"

"教堂那边有我父亲，这个时候他应该正在喝酒，"曼施坦因说，"如果那帮人真的敢打搅他酗酒和看色情杂志，他们会死得很难看！"

"喂喂喂，有人护送我回宿舍么？"路明非左左右右地看，"哪位拿枪的大哥护送我回一下宿舍？那些人有枪啊！"

没人理睬他，老生们已经匆匆奔赴各自的位置，连那些新生都比路明非镇定，

他们完整地读完了《紧急状态手册》，在校园刚刚进入紧急状态的时候就跟着带路的老生撤离了。

路明非原本想要在安珀馆里躲一躲，可很快就发现并无任何人想要坚守这个活动场地，此刻舞池里空无一人，乐队席上摆满了乐器，杂物丢得到处都是，门前的玫瑰被踩得稀烂如血。

安珀馆原本就不在校园的核心区域，真正的核心区域由三栋品字形矗立的大型建筑组成，金宫、梵格尔夫楼、英灵殿。

卡塞尔学院的建造者估计是北欧神话的忠实拥趸，按照神国阿斯加德中的地名来命名学院中的建筑物，CC1000次地铁象征着通往阿斯加德的虹桥，神话中男性诸神聚会的金宫其实是图书馆的别称，女性诸神聚会的梵格尔夫楼则是教职人员办公楼，至于英灵殿，则兼具了礼堂和剧场等诸多功能。

此时此刻，那三个大建筑物里应该是枪上膛刀出鞘的紧张局面，无人问津的安珀馆前，路明非蹲在台阶上发愁。

"自己走回去咯，"有人在他背后说，"S级难道这么没种？"

路明非转过头，诺诺双手抄抱怀，懒懒地靠在门边。她又把那双笼着黑纱的高跟鞋甩掉了，好像就是从看电影的那天夜里来的。

路明非愣了片刻："你怎么没去帮忙？"

"想偷个懒，他们那么多人也不缺我一个。"诺诺说，"怎么办？ 就剩我了，要不要师姐护送你啊？"

路明非犹豫了片刻："算了，你是女孩子，要你护送我岂不是很没面子？"

"我很能打的，你也不是没见过。"

路明非没接她的话，四处张望："连芬格尔都跑了，没义气的家伙！ 还说龙潭虎穴都要一起呢！"

两个人一起蹲在安珀馆门前的台阶上吹风，说起来也奇怪，一场大张旗鼓的入侵，可那些摩托车散入校园的不同区域后就销声匿迹了，此刻的感觉倒像是夏夜的傍晚出来乘凉。

路明非的心情渐渐地平复，好像没什么可担心的，精英们保卫世界的时候，总有他这样的平民在后方放羊。放羊很适合他，无论是哪种意义上的放羊。

一切都像是那一夜的延续，他们并肩坐在一家药店门口，只缺了那辆火红的法拉利。

"你还蛮厉害的，进校没几天就搭上了你们那届最酷的妹子。"诺诺说，"有人可说她是你同届中最大的竞争者哦，不过我倒是觉得她对你挺好的。"

"什么叫搭上了，今天是我第一次跟她说话。"路明非有意无意地给自己辩解，"难怪跟我跳舞，原来我是她的对手。"

"没想到你跳舞还跳得挺不赖。"

"春节联欢会上跳过集体舞。"

"进校也好几天了,怎么样?想过几次跳楼?"

"经常想,但这里楼都不高,怕摔不死还落个残疾。"

两个人有一句没一句地聊天,路明非能感觉得到诺诺心不在焉。也许是在担心恺撒吧?他想。

远处传来猛犬吠叫的声音,接着是枪声和听不太清楚的喊声,似乎是有入侵者被发现了,巡逻的人正在追赶。

真不知道什么不开眼的家伙来这间学院里找死,别说是学生们了,就算是校工部负责维修下水管道的家伙看起来也是一流打手。路明非心想。

"待着也是无聊,不如出去逛逛?你来这么久了还没出去逛过吧?"诺诺拍拍路明非的肩膀。

"全校戒备,乱跑不合适吧?会有危险的。"

"出校门不就安全了?入侵者不正在校园里乱窜么?"

路明非有点心动:"要是被抓到我们偷跑,会不会吊销学籍?"

"最多是扣点分,走不走?不走我自己去。"诺诺起身就走。

路明非拔脚就追:"喂喂!去哪儿去哪儿?出门有公交么?"

他们走得很远了,一颗扎了小辫的脑袋才从窗边浮现:"我要是对你讲义气,你还有机会跟师姐玩耍?"

"会开车么?"

"来美国之前突击学了两星期,不说是车轮上的国家么?不会开车没法混。"

"布加迪威龙第一版,恺撒的车,不过是他很多车中的一辆。"诺诺扯开防雨布,"想不想试试?"

银灰色的跑车暴露在灯光下,诺诺摁下钥匙上的按钮,引擎遥控启动,车灯闪烁,这辆车低沉地吼叫起来。

"16气缸4涡轮增压,1001马力,极速407公里……这玩意儿,"路明非赞叹,"我以为我只会在梦里看到!"

"现在它是你的了,恺撒把它输给你了。今年的'自由一日',他和楚子航都加了赌注,他加的是这辆车,楚子航加的是他那把'村雨',结果是你赢了,赢家通吃。"

路明非接过诺诺抛来的钥匙:"开走真的没问题?这车得一百万欧元吧?"

"恺撒其实不喜欢这车,这是他父亲送的生日礼物。"

"他爹还缺儿子么?"

"你开车,我累了。"硬顶敞篷打开,诺诺先把鞋丢了进去,然后自己蹦进车里,坐在副驾的位置上。

Chapter 6
Star & Flower

路明非跟着蹦了进去,抓住方向盘深深地吸了一口气,望着车库顶沉默。

"在享受赢了超级跑车的快感?"诺诺问。

"在想我这脚油门踩下去会不会飞起来。"

"那就踩踩试试。"

路明非一脚把油门踩到底,引擎的吼声骤然间高亢,轮胎和地面剧烈摩擦带起一溜青烟,布加迪威龙如脱缰的野马那样蹿出车库,化作曲折的银灰色流光。

尽管早就对这辆车的暴力有心理准备,可路明非还是吓了一跳,不由自主地尖叫起来。诺诺却是咯咯地笑,摘下束发的银簪子咬在嘴里,在风里解开一头长发。

路明非忽然想起芬格尔曾经说过,说诺诺其实是个小疯子,如果路明非真的动用那项特权去追她,她没准也会答应。

13号把黑寡妇熄了火,从摩托后袋里抽出黑色的散弹枪,枪管被锯短了。这是柄危险的巷战武器,13号熟练地把玩这把枪,心里洋洋得意。

他一直觉得自己是这样上天入地的牛仔,果然这间什么神秘学院也没能挡住他的马。

他的位置很好,非常隐蔽。只是马儿太烈牛仔遭殃,雇主配发给他的黑寡妇摩托马力巨大,他一头扎进了繁茂的灌木丛里去,挣扎了好久才爬出来,搞得稍显狼狈。

他摸出手机,拨通一个号码,传来的却是录音留言:"13号,你的目标是酒窖,用准备好的身份卡通过门禁,进入后寻找地下层的入口。届时你会收到新的指示。"

在这群人中他编号13,排在最后一位。这个编号看起来有点不吉利,但13号是个对自己的强运很有信心的人,并不介意。

"酒窖?"13号默念着这个地名,从口袋里摸出地图来,这是他从学院官网上下载打印的。

卡塞尔学院校务处还真的把真实的校园地图放在了自家官网上,反正这地方一般人也来不了。

13号放眼看去,校园里到处都是外观差不多的建筑,古堡般庄重,外墙贴着印度产的红色花岗岩,哪里才是酒窖?

"酒窖?"他又一次念了这个地名,嘟嘟囔囔。

夜色里矗立着三座非常像堡垒的建筑,名字是拉风的金宫、英灵殿、梵格尔夫,可他被指派的目标居然是不起眼的酒窖。

其他人多是两人一组三人一组,分头攻略那些显眼的大目标,唯独他要单枪匹马地去探酒窖。这是看不起他的专业度么?

不过从他攻略的方向也能看出他的任务并不那么重要,那些闪动的手电光束和脚步声都在很远的地方，根本没有人管他这个角落。

13号是个很豁达的猎人，只要雇主给钱，他并不在乎自己是不是被派往什么位置。

他腋下夹着散弹枪，嘴里叼着手电筒，读着地图，跟校园游客那样摸索着前往酒窖的道路。

被炸毁的校门前也还没有来得及布防，布加迪威龙一路畅通地驶出校门，拐上盘山公路，山风迎面吹来。

因为是昏迷中被抬进来的，这还是路明非第一次从外面看这座校园。它竟然是坐落在半山腰的，远眺出去，山谷间的松林层层叠叠，像是黑色的波浪。

"虽然它叫山顶校园，但其实是建在半山腰的，山下是地铁站和山谷校园，靶场和赛艇基地都在那里。"诺诺说，"我们往山顶去。"

"山顶有什么？"

"星星。"

山路上什么车都看不到，车灯照亮的只有一个又一个转弯指示牌，红光闪烁的山顶校园被他们远远地抛在了身后。

路明非渐渐能操纵这台车了，一圈圈地盘旋而上。

他扭头看了一眼诺诺，诺诺长长的睫毛垂下来，不知是闭目养神还是睡着了。路明非开着名车带着美人，心情靓丽，发动机的轰鸣声也格外悦耳。

灯光闪过前面的告示牌，"熊出没请注意。"

"有熊？"路明非嘀咕。

"有的，这山上很多熊。"副驾驶位上传来男孩的声音。

路明非一扭头，发觉是路鸣泽坐在副驾驶座上，一身黑色的礼服，白色的领巾。他这一身，感觉刚才也是在安珀馆里跳舞。

"你什么时候上来的？能不能不要总是一声不吭就忽然出现？像闹鬼你知不知道？"路明非吓得一身冷汗。

"看路，好好开车，前面转弯。"路鸣泽淡淡地说。

"反正有你在就是梦境，好好开车有什么必要么？反正就算撞在树上也不过梦醒而已吧！"路明非气得鼻子都要歪了。来得真不是时候，能不能有点眼色？

"不是完全的梦境，前面真的是转弯标志，你再不打方向盘我们都会死。"男孩说。

黄色交通标志忽然闪现，路明非吓得猛打方向盘。

布加迪底盘一流，顺利地摆过一个九十度的弯道。再慢哪怕两秒钟，他们就会飞车摔下山崖，可路鸣泽连眼睛都没有眨一下。

"妈的！差点死掉！拜托别这么吓人行不行？都是因为你，我路都没看清！"路明非抱怨。

"我特意赶来就是提醒你有那个弯道，否则你还没熟悉这辆车，大概会和喜欢的女人一起去死吧。"路鸣泽还是轻描淡写。

"什么喜欢的女人？同学而已。"路明非有点心虚，"你叫她什么？女人？你才几岁，居然用这么老男人的口吻！"

"用不着否认，好在迄今为止你喜欢的还只是这女人的皮相，大概不能说是真的喜欢吧？还有救。"路鸣泽耸耸肩。

路明非一怔，皮相么？

什么时候开始觉得诺诺跟自己有关的呢？还是她穿得漂漂亮亮去电影院救自己的那个晚上吧？他们坐在药店前的台阶上，诺诺说他是"被狗熊用来擦了屁屁"的兔子，愿意给他个安慰的拥抱。那一刻他蠢蠢欲动，耳边回荡着赵忠祥老师低沉的配音："雨季过后，大草原上又迎来了求偶的季节，角马群前往它们世世代代取水的河边……"

如今想来诺诺其实并非对他有什么意思，只是这位师姐那一刻同情心泛滥，拿自己跟衰仔师弟举例说这个世界上有的是值得追的姑娘，比如她自己，不必在陈雯雯那棵歪脖树上吊死。

可是对路明非来说那一刻她从美国来的小巫婆和卡塞尔学院的考官助理变成了一个活生生的女孩。

他之所以那么留恋那天晚上的感觉，因为那天晚上他还对诺诺一无所知，也不知道世界上还有恺撒，所以……真的只是喜欢皮相吧？

路明非不禁有些气馁，说到底只是那点荷尔蒙作怪，没什么高尚的，甚至不如自己对陈雯雯的牵挂来得深。

失意的人遇到更好的女孩子大概都会有这样的心思吧，只不过想要治好那道看不见的伤口而已。

"不过还真是一个好皮相的女人，喜欢就拿下，要不要我帮你点忙？"路鸣泽又说，还是世故的老男人口吻。

"滚滚滚！"路明非烦他，"你不跟鬼一样忽然出现就算帮我忙了！起开起开！把师姐召唤回来你快滚！"

"校园里出了那么大乱子，这姑娘却拉你上山顶去玩，心里对你是不设防的，今晚对她也很特别，她的心情很奇怪。这是难得的好机会，攻下就攻下了，别给她多想的时间。"路鸣泽说，"你那个师兄不也说么？女人喜欢男人，都是因为犯傻。"

路明非心说在流氓无耻这个层面上你俩倒是共通的，嘴里却说："师姐就是找个人帮她开车。"

"信不信随你。记得你师姐自己说的么？表白需要音乐、鲜花和表白词。"路鸣泽说，"音响这台车的就很好，表白词你自己想，我就帮你送花吧。新秘籍解封，'Show Me The Flowers'。"

"又跟我整咒语？"路明非知道这也是出自《星际争霸》里的一条秘籍，原本是"Show Me The Money"。

"你就当咒语吧，很好用的。但是需要一个小时的准备时间，记得看表。"路鸣泽说，"我不祝你好运，因为你和她不会有好结果。想要慈悲一点就放她一条生路。"

"正话反话都是你一个人说，"路明非更烦，"皇帝不急太监急你咸吃萝卜淡操心！"

"哥你办事总是这么拖泥带水的，总是过不了自己心里那关，管那么多呢？妹子嘛，总会伤心的，不是你伤她的心也会是别人，何必便宜了别人呢？"路鸣泽还是谆谆教导，"如果我跟你说，你师姐也不真的爱恺撒，她这一生到现在什么人都没爱过，你会不会觉得负罪感小一点？"

路明非心里微微一动，心里想着别着了这家伙的道儿，嘴上却老老实实地问："怎么说？"

"别问我怎么知道的，我就是知道。你师姐其实很自私，什么人都不爱，只在乎她自己的感受。"路鸣泽说，"只是一个好看的渣女啦。"

"你看叶胜和亚纪都是她的朋友，叶胜和亚纪死了，她连难过的表情都没有一个。"

路明非目不转睛地看着前方，紧紧地握着方向盘，耳朵却是竖着的。

"恺撒能拥有她，因为恺撒出现得是时候，那时候她需要有个恺撒这样的人在身边。你也可以，谁说来得晚的就是不对的呢？"

"抓紧时间啦哥，她最好的年华就那么多，谁拥有了这些年华就等于拥有了她的一部分。至于一生一世，那只是小说里的东西。"

"就算她是犯傻，这一刻她爱上了你，就会为你献上一切。"

路鸣泽喋喋不休，像是魔鬼在解读《圣经》，漫不经心的语调，可是每句话都割得路明非生痛。

"哥你有没有想过老了以后的事啊？如果你真的有机会老的话。如果什么都不说，鸡皮鹤发再相见的时候，还是心思重的那个人更难过。还不如当年大家一起轰轰烈烈过，到头来相逢一笑泯恩仇。反正是女孩都会哭的，眼泪流在你肩膀上，总比流在别人肩膀上好嘛。"路鸣泽慢悠悠地说，"早抓紧的话，陈雯雯你也未必没有机会哦。"

"卧槽你谁啊你！"路明非就不想听那个名字，偏这家伙哪壶不开提哪壶。

"得不到的，未必是不在乎，而是太在乎了。"

路明非一时间怒从心头起，一拳去捶这小家伙的脑袋，可拳头还在空中呢，路鸣泽扭头冲他诡秘地一笑，整个人如烟雾那样流逝在山风中。

路明非的手急停在诺诺的头顶，也许是太困了，也许真的如路鸣泽说的那样她对路明非没有防备心，她依然猫儿一样缩着睡，没有醒来。

光影在她的脸颊流过，她的长发纠缠在路明非的手上……路明非心里一动，耳边又回荡起赵忠祥老师那醇厚的声音……

许久，他把手收了回来："真是个可恶的小鬼。"

"什么小鬼？"诺诺醒来，正好听到路明非的嘟哝。

"我是说小龟，刚才有只小乌龟在路上爬过，差点轧到它。"路明非直视前方，紧握方向盘。

13号很得意，觉得自己好似一只飞翔于黑夜中的蝙蝠，轻盈地越过了一个又一个屋顶。

雇主还是小瞧了他的本事，那些猛犬似乎觉察到生人的气息了，正满校园搜寻，可就算嗅到了他的气息，猛犬也只能对空吠叫。

因为他带了射绳枪来，这东西是他从一个军队里搞武器开发的兄弟那里高价买来的，射程很远，可以隔着几十米把带着绳子的长钉射入岩石，13号花了几个月才把这东西用熟，从此自诩为布鲁克林区的蝙蝠侠。

他到达了酒窖的正上方，这是一座非常老旧的建筑物，酒窖位于它的地下。13号在屋顶上转了两圈，找到了一个烟囱。这个建筑奠基的年代还没有集中供暖系统，所以壁炉和烟囱是不可缺少的，13号用手电筒往烟囱里照了照，烟囱里漆黑一片，想必多年没生火也没人掏烟囱了。作为布鲁克林区蝙蝠侠他并不太想走烟囱，这有损他的风格，但他很不想动用那支散弹枪，地面上很容易发生遭遇战，能和平解决的事为什么要打打杀杀呢？13号是个存心向善的人，他来这里只是为了钱。

片刻之后，13号钻出壁炉，厚厚的炭灰把他弄得好似从非洲来的。

还真是一处琳琅满目的酒窖，厚重的架子上堆满了13号看不懂的红酒和烈酒，还有成桶未开封的威士忌。

无论从酒窖规模还是藏品来看，这个酒窖的存货都价值惊人，本着对有钱人的报复心理，13号用枪柄敲碎了几十瓶酒，又拎起一瓶咬开木塞边喝边找。

酒窖里一个人都没有，也没有任何监控措施，他甚至觉得自己如果喝醉了在这里躺到第二天早晨再走都没关系。

13号终于找到了自己的目标，就位于酒窖的最深处，一道极其厚实的铁门，铁门旁边钉着一块铜牌，"诗蔻迪区"。

铜牌上又有年代新一些的文字，看起来是后来补刻上去的："通道废弃！禁止通行！"用了好几国的文字，刻完之后还用红色填满，生怕你忽略。

"这也太没挑战了吧？"13号有种被馅饼砸中的狂喜。

他是个猎人。他们这种人在世界上其实不少，接任务做任务，冒险换钱。

13号听说过千奇百怪的任务，比如有人募集人手去亚马逊流域捕捉一条蛟类，那条身长几十米的巨型生物被传为亚马逊千年巨蟒，已经传了好几年，某个古生物研究所已经准备派人去探索了。雇主希望提前捕获那个蛟类，但别弄伤它，而是把它转运到更难抵达的丛林深处，总之就是不想世人知道。听起来是极其危险的任务，但猎人们有的是办法，他们在亚马逊河的雨季在河中布网，网用一种坚韧的纳米材料制作，那蛟类趁着下雨顺河猛游四处捕食的时候，被网了，然后一条大马力拖轮沿着亚马逊河把它拖往上游的雨林深处。

还有雇主在埃及国王谷的旁边发现过某个历史中没有记载的墓穴，雇主希望猎人们悄无声息地潜进去把那具木乃伊扛出来。这种类似盗墓的活儿对于猎人们来说本该是手到擒来，但那次的任务居然死伤了不少人。说是他们打开人形棺的时候发现里面是石油般黏稠的黑水，尸体居然泡在那种黑水里，已经变成白骨而且玉化了。好在当时一个经验老到的猎人觉察那并非什么贵族的坟墓，而是埋葬着一位要永镇地狱不可复生的邪魔的尸骨，那种黑水象征冥河之汤，他们及时撤了出来，但沾染了黑水的猎人们还是在几周内变成了墓主那样的白骨。

猎人们接的所有工作都有点怪力乱神的性质，越是危险，回报越高，这些任务发布在一个秘密网站上，雇主和猎人们之间甚至不必见面。

眼下这个任务倒是非常清奇，只要求猎人们探索这间位于山中的神秘学院，并且取回一样东西，任务的级别却很高，报酬异常丰厚。

13号抱着试试看的心情发信息去联络，居然通过了雇主的审核，当时申请参加的人不少，很多高手都被刷了下来，都在议论说这任务的危险性想必极高。

以雇主许诺的回报来说，就算这间学院里的师生都是夜间出来吸血的僵尸，13号也不是不能接受，现在看来他还是多虑了。

他居然是参加的猎人中运气最好的一个，已经摸到了门，眼下的问题是怎么打开这道门，用炸弹的话会有很大的动静，这么厚实的门又不像是撬棍能打开的。

盘山公路的尽头是一块挡路的石碑，路明非把车停在石碑前。

车头灯照亮了整片山顶。山顶倒也没有什么特别的景观，地势平坦，灌木稀疏。一眼泉水从岩石下涌出来，形成小小的一片山顶湖。湖水溢出之后往山下流泻，形成一道雪白的瀑布，隐约的水声从山下传来。

"今晚居然没有星星。"诺诺跳下车去，望着天空叹气。

路明非心想真是废话，傍晚的时候才下过雨，此刻天空中还满是浓云，怎么会有星星?

"好大只啊。"诺诺又说。

"什么好大只?熊么?"路明非有点紧张。

"我是说很安静。"诺诺说,"你跟曼施坦因教授说,中文古语,大只就是安静的意思。曼施坦因教授上课的时候提醒大家保持安静,就会说,大只,大只一些,中国古人讲究从内到外的宁静,'大音希声,只影零落',称为大只。"

路明非默默地捂脸,没想到曼施坦因教授已经把这两个字演绎成了一门心学。

但总会有其他中国学生告诉曼施坦因教授这根本是在扯淡,而他还选了曼施坦因教授的课……

"走!去泉水那边泡脚!也许一会儿能看到星星。"诺诺说。

走这种路面自然不能穿那双鞋,她赤着脚走过了湿凉的草甸,路明非跟着她深一脚浅一脚。

布加迪威龙的引擎还在转动,车灯勉强可以照到泉水这边,泉水反光,水面像是镀了一层银。他们坐在唯一的树下,石头上长满青苔,不小心就会滑进泉水里。

诺诺看一眼泉水,不知道从什么地方摸出一把锋利的户外折刀来,啪地打开,路明非一惊以为附近有敌人,却看见诺诺用刀沿着自己膝盖上缘轻轻割过,把那双已经磨破的长袜撕了下来。路明非一世直男,对于女孩的秘密全无了解,诺诺看来赤裸的腿上其实穿了薄袜,难怪皮肤看着那么好。

他心里没来由地又想起路鸣泽的话来,诺诺对他并不设防。

"很凉的,一起来啊兄弟!"诺诺冲他龇牙一笑。

"呵呵,我也是来自中国南方没有暖气的城市啊!"路明非也坐下,脱掉袜子。

两个人对视一眼,一起把脚放进泉水。寒冷从每个毛孔钻进皮肤里,又沿着脊背往上蹿,两人不约而同地打了个寒噤。

做这件事的时候,他们都死死地盯着对方的脸,要看看对方的脸上有什么好玩的表情变化。最终他们两个都忍住了,只是嘴角小小地抽动了一下。

两个人都笑了起来。不过开始的冷很快就过去了,脚上渐渐暖和起来,路明非还有点惬意的感觉。

"今晚对不起啊。"诺诺忽然说。

"有什么对不起的?龙虾任吃妹子任看,最后还那么给我面子。"路明非说,"就是玫瑰铺地实在是太浪费了。"

"谁为你跟芬格尔玫瑰铺地啊!"诺诺愣了一下,哈哈大笑,"那些玫瑰是买给我的。"

路明非一想也是,恺撒这么大阵仗应该也不是光为了给他们看。

"其实恺撒对你没那么大恶意,他只是有点别扭,他知道楚子航已经邀请你了,就不愿意亲自出面邀请你，所以让我给你发邮件。他也不是想你下不来台，但他就是想告诉你S级对他并不真的构成威胁。他说值得他认真对待的人，绝对会在今天晚上脱颖而出的，谁都挡不住他的光芒。"诺诺说，"不过最后闪闪发光的是那个俄妹。"

"真的不认识，说仰慕我的话，也没留个电话。"路明非急着想把自己择干净。

"你脸红了！"诺诺忽然大声说。

"我这是泡脚泡的！"路明非赶紧申辩。

"逗你的，天那么黑，怎么看得见？"诺诺哈哈大笑，白牙在夜色中看得清清楚楚。

路明非这才知道自己又着了师姐的道儿，师姐套他已经到了可以直钩钓鱼鱼还往上猛蹿的地步了。

"害什么羞嘛真是的！有师妹请你跳舞那是多有面子的事，不是A级师妹怎么配得上你S级的身份？"

"弄好了没准就此嫁入豪门呢你！你注意到她的裙子和鞋了？知道什么牌子的么？你肯定不知道，因为全都是高级定制啊。没牌子。"

"虽然跳的是探戈，但她的舞蹈底子应该还是芭蕾，我看她的老师应该是某个国宝级的芭蕾演员吧？估计恺撒当时就想把她招进舞蹈团了。"

"你要好好努力啊！你不努力她不成师姐我的竞争对手了么？拳怕少壮，师姐一把年纪了怕打不过她！"

诺诺兴高采烈地挤对他玩，路明非低头踢水，哼哼哈哈地偶尔应几个字，随便她唠叨。他要是没有这鸵鸟素质也没法在仕兰中学混三年了，还有婶婶的穿脑魔音也颇为磨练他的耐性。

诺诺也觉得没意思了，两个人就此沉默下来，望着同一个方向。山谷中有星星点点的灯火，不知道是诺诺说的山谷校园还是附近的什么小镇。

"说起来今天是我生日欸。"诺诺望着远方，漫不经心地说。像是一缕烟，稍不经意就随风而逝。

路明非一愣，路鸣泽的话又一次浮现在耳边，原来今晚对诺诺真的是个特别的日子，所以她才没有参加协防校园的活动而是上山来找星星。

那个路鸣泽到底是什么东西？天使么？魔鬼么？一切都逃不出他的掌握，他说的每个字都暗含深意。

他一点准备都没有，更别说生日礼物了。

他这种败狗自然是没有过生日的资格的，每年邀请他参加生日会的，倒是陈雯雯。他曾经排过一个上午的队，给陈雯雯买过一张黑胶唱片，那是陈雯雯喜欢的歌手灌录的限量版。为了这个礼物他两个月没去网吧，当然他也很清楚这份礼物并能拔得头筹,他甚至认不出其他人送陈雯雯的那些盒子和提袋上的商标。

但他也不沮丧,他这样的人,本来也没有拔得头筹的机会。

如今也是一样,他不知道恺撒的白礼服里揣着什么,总之不是他能送得起的,能随便赌一辆布加迪威龙的超级败家子,可以想见他对女朋友的出手是什么样的。

但诺诺现在告诉他了,偏偏是在他光着脚连袜子都没穿的时候。

"生日快乐。"他只能干巴巴地说。

"收到。"诺诺笑笑。

干巴巴的祝福也就值一个微笑。

"难怪恺撒用玫瑰花铺路,原来今晚是你的生日会。"路明非说,"可恺撒一点口风都不漏欸。"

"因为我没告诉过他我的生日,他肯定是从学生办公室那边查到了,但他不敢说,因为怕我不高兴他私下里查我的信息。"诺诺笑,"但是恺撒·加图索的女朋友怎么能没有生日会? 所以他就把学生会的迎新会也放在今晚,原本今晚他要做两件事,招募这一届新生中唯一的 S 级、给女朋友送生日祝福,结果不知道什么人冲进来搅局。我估计我的生日礼物还在他口袋里揣着呢。"

"为什么不告诉他?"

"没必要吧,生日是我自己的事。"

"你师姐也不真的爱恺撒,她这一生到现在什么人都没爱过。"又是那个魔鬼般的男孩在他耳边谆谆教诲。

路明非心里动了动:"师姐为什么喜欢恺撒师兄?"

这话问得真蠢,活像在日本街头随便拦个妹子问你为什么喜欢木村拓哉。

"喊! 搞清楚主次,是你恺撒师兄喜欢我!"诺诺笑,"我也是一时心软啦。"

路明非想师姐真是聪明,四两拨千斤就化解了这个不妥的问题。

可诺诺又问:"你怎么不问恺撒为什么喜欢我?"

她踢着冰冷的泉水,晶莹的水花在脚尖上跳动,路明非从头到脚端详她:"因为好看?"

"学院里好看的女孩很多,今天请你跳舞的那个女孩也好看。"诺诺龇牙一乐,"是因为我难追! 你想你师兄那么厉害的人,含着金汤匙……说错了,他是含着瑞士银行金库的钥匙生下来的,从来没有得不到的东西,缺的就是挑战,要认认真真追个女孩,当然要追最难追的,不然哪来的成就感?"

"你师姐其实很自私,什么人都不爱,只在乎她自己的感受。"路鸣泽又在窃窃低语了。

路明非默默地看着她,忽然觉得这女孩也挺普通的,聪明,有心机。

可是谁能对谁有那么多要求呢? 换作他是个妹子,恺撒来追,他估计也会从的,恺撒冲他打个响指他就屁颠屁颠地去了。

"师姐真厉害！"他说。

"你师姐可是幼儿园开始就有男朋友了！"诺诺说，"有的时候要管理他们可真是一件难事呢！"

路鸣泽又说对了，是个渣女，但是渣得如此坦荡还是超乎路明非的预料。

"恺撒师兄是里面最厉害的吧？"

"怎么会？最厉害的永远是下一个啊！"

何止是坦荡，简直是渣得清新渣得脱俗了！

"不会有人比恺撒还厉害了吧？"这也真是路明非的心里话。

在恺撒面前，别说路明非被秒成了渣渣，仕兰中学里那些非富即贵的公子们也统统被秒成渣。恺撒如果上的是仕兰中学，仕兰中学的男生们该是多么地平等和团结啊。

"可谁知道他会不会继续追我呢？也许他今晚想来想去觉得还是跟你跳舞的俄罗斯妹子好，明天就跟我再见了呢。"

"不会吧？"路明非心想俄妹固然颜值能打王气浩然，但就冲恺撒跪舔师姐你的劲头，这烧且不能退呢。

"不抱希望，到时候就不会太失望。"诺诺说，"我以前看言情小说，总看不懂那些女主角哭得死去活来的，追问你还爱不爱我。其实问出来就输啦，那个人要是喜欢你，隔着千山万水都会来找你，看着你的眼睛跟你说喜欢你。要是不说，就是不喜欢了，哭也没用。"

路明非想诺诺跟路鸣泽可能才是棋逢对手的一对儿，都对人性不抱什么希望，都会跟你说特别特别丧的话，但又好像很有道理。

"要是换了别人的话，肯定忍不了我的性格。恺撒最大的优点是自信，说是自负也行，他会想，'这样的女妖除了我还有谁能封印啊？''为了世界和平！你们都退下！让我和这魔女厮杀啊！'"诺诺没心没肺地笑。

"女妖怪长得足够好看，唐僧都能抡起金箍棒去巡山嘞！"路明非随口说烂话。

诺诺忽然瞥了路明非一眼，眼神有点奇怪。

"说起来最近可是有传闻说，你赢了'自由一日'的那个奖励，正准备在学院追一个最难追的女孩。"诺诺说，"说我也是候选之一。"

路明非心说这啥路子？这是撩呢还是撩呢？我俩的绯闻都出新闻了，你还说自己只是候选之一？

他赶紧装傻："师姐你必须是候选之一啊，在这里我又不认识什么女孩，要排候选怎么也少不了你的。还有谁是候选？今晚之后那个俄妹得有了吧？"

"其他的几个我觉得都不很难追，倒是苏茜是真的比较难追。"诺诺想了想，"听说你赢的当晚就问说，是我去苏茜宿舍，还是苏茜来我这里？"

路明非傻眼了，心说我不愧是几十年来的第一个Ｓ级新生！连找死都找得那么勇敢！

"谁他妈的传谣啊？"他惨叫起来，"我打了苏师姐一枪苏师姐不计前嫌就好！"

"你室友芬格尔说的，芬格尔说你已经列了一张表，四年级之后的师姐不要，剩下的筛来筛去，目前是我和苏茜排名靠前。"

路明非心说我就知道！我就知道！说来这废柴师兄行动力倒还挺强！那套用绯闻对抗绯闻的战术已经用起来了啊！

"真要在我和苏茜里选你选谁？"诺诺问，这姑娘疯得连自己的绯闻都要打破砂锅问到底。

"师姐你觉得我选谁好？选谁不会死？"

诺诺想了想，认真地说："那还是我吧！敢追苏茜你那是死定了！"

"放下武器双手抱头！根据伊利诺伊州法律，你们私闯私人用地，我们可以使用武器予以击毙！"持枪的学生大吼，枪口下指着三名黑衣猎人。

猎人们跪在喷泉中，被摘掉了面罩，这大概还是他们第一次看到同伴的脸，三个人惊惶地相互对视。

能吃猎人这碗饭的对自己都有很强的信心，如果出一两次任务就会被捕或者为雇主捐躯，那么猎人就不能称为一个职业而是行为艺术了。

但今夜这群自认经验老到的家伙被一群稚气未退的学生带着猎犬追赶，招数用尽还是被擒获，这个小队甚至想到了藏在喷水泉中躲避猎犬的嗅觉，这样他们被捕的时候就格外地狼狈。

队长盘膝坐在一尊石灰岩雕塑的顶部，捂脸摇头："第三队也被捕了，这帮当猎人的就是这种水准么？"

这本该是校园里最容易注目的位置，但偏偏没人往那边多看一眼，谁也想不到入侵者会在雕像顶上待着什么都不做。

过去的一个小时里，队长损失了三个小队，两个双人队和眼下这个三人队，侵入校园的十三个人只剩下六个了。

"他们是猎人，不是特种兵。"坐在他身边的人低声说，"他们的特长是盗墓不是玩大逃杀。"

"这一队的头儿就是海豹突击队出来的特种兵。"队长叹气，"谁料到这间学院那么变态呢？"

"如果不是麻衣太在意登场pose，而是潜入的话，应该会好很多吧？"

"还不是薯片制订的方案？那个疯女人才是罪魁祸首！"

队长自己心里也有点懊悔，也许是太过注意登场亮相的感觉了，知道这间学院正好防御中空，又没把那帮还在上学的崽子放在眼里。

谁能想到平静如斯的学院一瞬间就成了军事堡垒呢？谁又能想到那帮小崽子个个如狼似虎呢？

"13号倒没事。"队长说。

"他的预设路线很安全，如果忽略十万伏高压的地面和光刀矩阵的话。"

队长摸出手机，这么严肃的时候还得打电话让他觉得愚蠢，但这个电话不得不打："喂！别吃薯片了。这里的戒备比想的严密，学生比狗都凶，而且他们还有狗！"

"早跟你说了嘛，希尔伯特·让·昂热当校长的地方，就算是防御最薄弱的时间段，也一样是龙潭虎穴。"电话对面的人轻松地说，"不过没关系，13号那边看起来进度良好。"

"希望那只小老鼠一路钻到底，"队长说，"我和小丫头可是没事可做，下面有几百个持枪的孩子。除非能动用言灵，否则我们一点机会都没有。"

"但你们无法动用言灵对么？'守夜人'的领域覆盖了整个校园，'戒律'把你们压得死死的。"

"明知故问！"

电话那头的人轻轻笑了一声："守夜人很快就会解除'戒律'，因为他们也想在实战中测试言灵，而且时间拖得越久他们越惊慌，惊慌会让他们犯错。"

施耐德教授看一眼手表，时间已经过去整整一个小时，整个校园仍处在封闭和搜索中。

他们连续捕获了三批入侵者共计七人，突击审讯之下也获得了足够的口供，猎人们毫不犹豫地招供了自己受人雇佣的事实，自古以来雇佣兵就没有为主君献身的觉悟。

好几位猎人拿出了自己的驾照表示招供的诚意，从驾照看这些家伙还真是一帮地道的杂牌军，光国籍就有四个，招募他们的人似乎刻意组织了一支杂牌军。

没有人见过雇主，每个人的任务都是一样的，他们要潜入卡塞尔学院的地下层，从不同的路径，观察某件东西，带回照片的人就能领取高额的奖金。

这样的审讯结果令施耐德更加警觉，那个神秘的雇主手段高明，当然不会只是派些亡命之徒来探路，他还有后手，校园里还有六名入侵者没有被发现。

又是十五分钟过去了，没有新的消息传来，那六名入侵者依然潜伏在校园的某处，他们也不可能离开，所有摄像机都在工作，每个出入口都被严密地监控，迄今为止只看到恺撒的豪华跑车带着两名学生离开。

这一届的S级新生真令他头痛，还有那个疯疯癫癫的小丫头……不过施耐德立刻停止了这方面的思考，即使有争风吃醋也是曼施坦因的管辖范围。

平静让他觉得不安，不好的感觉阴魂般萦绕不散。

"除了叶胜，我们还有能动用'真空之蛇'的人么？"他转向曼施坦因。

"明知故问吧？至少还有一个，我自己。"曼施坦因说，"极限状态下，我的领域比叶胜还要大三倍，如果我能够启用言灵，也许能帮你找出入侵者，我可以用地下电网来拓展领域。"

"但是在'戒律'之下，"曼施坦因指了指自己的太阳穴，"我们所有人的力量被强迫着沉睡。"

"能否请守夜人解除'戒律'？"施耐德问，"他是你父亲，请他帮个忙。"

"不可能的，只有校长能命令他解除'戒律'。"曼施坦因摇头，"他在别的事情上很随性，这件事上却很固执。"

"情况特殊，我们找不到校长得不到授权，但只要解除了'戒律'，我们有七百个可以使用言灵的学生作为战斗力。"施耐德盯着曼施坦因的眼睛。

曼施坦因沉默良久："只能说试试，我去求他，也许甚至不如一个漂亮女生去求他。"

教堂钟楼的阁楼里，正放着1952年的经典西部片《正午》，执法官贾利·古伯挎着枪走在尘沙飞扬的西部小镇街头。

看电影的人装束跟贾利·古伯差不多，花格子衬衫、卷檐的帽子、磨毛的牛仔靴，靴子还带着闪亮的马刺。

他年轻的时候或者是个拉风的牛仔，如今只是一颗皱巴巴的土豆，缩在沙发里，脚跷得老高，手里拎着一瓶啤酒。

电话铃响了，他抓起话筒。

"又在看《正午》？看了那么多遍，不烦么？电话里我都听得出来。"

"昂热，你回到学院了？"老牛仔懒洋洋地说，"你这种风骚的男人不懂阳刚的浪漫，我不怪你。有时间来一起欣赏日本片啊。"

"是啊，还找到了龙王诺顿的骨骸，正准备给它做核磁重现。"校长说，"我说，解除'戒律'吧。"

老牛仔坐直了，放下酒瓶，皱眉："认真的么？"

"有人侵入了校园，正好在执行部人员紧缺的时候，"校长说，"古龙们就要集中苏醒了，正好让年轻人历练一下。"

"言灵是瓶子里的魔鬼，轻易放出来未必是好事。年轻人做好准备了么？"

"拥有龙血的人，本来就是在用魔鬼的力量对抗魔鬼，这个世界将是我们两个都守不住的，我们需要年轻人。"

老牛仔沉默片刻："好吧，可怜的孩子们，这就要上战场了。"

他挂断了电话关闭了电视，静静地坐在黑暗里，只有桌上的一盏油灯照亮。

这盏油灯已经点燃了多少年？十二年或者十五年？他都记不清了，反正不停地加油就是了。

电话铃又响了。

老牛仔再次拎起话筒："哪位？"

"爸爸。"电话对面的人对说出这两个字似乎有些心理压力。

"嗨！曼施坦因我的儿子！晚上好！你的感冒好了么？我非常想念你！"老牛仔忽然眉飞色舞起来。

"爸爸，我是三周之前得的感冒，感冒这种病即使不吃药，两周也会自然康复。"曼施坦因叹了口气。

"哦是么？"老牛仔挠了挠头，"儿子你找我有什么事？你最近可有和什么漂亮女人约会？可别因为谢顶影响你的自信，爸爸还等着你带结婚对象来给我看呢。"

"我是想……请问您能否……我知道这可能违背校规，但是今晚情况特殊，有人侵入，现在没法找出他们，而学院里有些很重要的东西，可能是他们的目标。"曼施坦因迟疑了很久，"能否请您……暂时地解开'戒律'？这是执行部施耐德教授和我共同的请求。"

老牛仔沉默着，久久地不说话。

"我知道这个电话越权了，对不起打扰你看电影了。"曼施坦因忍耐了很久，急切地想挂电话。

"哦……不不！"老牛仔说，"过两周就是你的生日了吧？亲爱的儿子！"

"是，"曼施坦因有点尴尬，"想不到您还记得。"

"那就当作我送你的生日礼物吧！我马上就解开'戒律'，作为你的生日礼物，我可是会为了亲爱的儿子而违背校规的好父亲啊！"老牛仔信誓旦旦地说，"儿子，你会知道有父亲是种很幸福的感觉！"

曼施坦因茫然地挂断电话。

"怎么样？"施耐德问，"不同意就算了，'戒律'会压制学生们的血统，同样也能压制入侵者的血统。"

"不，他同意了，"曼施坦因说，"他说他愿意违背校规……作为生日礼物送给我。"

"好好享受迟来的父爱吧！"古德里安拍着老友的肩膀。

"你太不了解那个老东西了，他的淫贱超出你的想象，每当他干出看似合理的事情，你都得怀疑背后有什么疯狂的理由。"曼施坦因摇头。

"正好忘了给儿子买礼物。"阁楼上，老牛仔把啤酒喝干，深吸一口气，吹熄了桌上那支蜡烛。

随着烛光熄灭，某个强大、静默、笼罩整个卡塞尔学院的"灵"溃散了。

图书馆地下几十米深处，智能中枢"诺玛"的监视屏幕上，几十几百道银蓝色的光束缓缓地升起，太古流传的力量开始觉醒。

言灵·戒律

序列号：106
血系源流：黑王尼德霍格
危险程度：低
发现及命名者：尼古拉斯·弗拉梅尔

释放者构成以自己为圆心的领域，在该领域中压制所有龙类和混血种的言灵能力。

该言灵的级别非常之高，甚至能镇压能力较弱的纯血龙类，因此在屠龙中的实战用途非常大，但遗憾的是绝大多数该言灵的持有者并不能长时间维持其领域，领域的范围也极其有限。

不难理解，真正的高阶龙类和高阶言灵是无法被"戒律"彻底压制的，但"戒律"仍有削弱其效果的可能性。

命名原则显而易见，就像僧侣们必须遵守自己的戒律那样，进入该言灵的领域等于被缴去了屠刀。

"那是黑色的庇护所、灯下的阴影、被世界遗忘的理想乡。"
——尼古拉斯·弗拉梅尔

学生们都骚动起来，他们被压制已久的血脉忽然复苏了，数不清的"灵"在波动，每个人都惊喜莫名。

学院范围内原本是禁止动用言灵的，为了确保平静的学习气氛，但今晚学院收回了戒律，他们将以真正的面目出现，黑暗中一双双瞳孔转为金色，或明或暗，如果路明非看到，可能会觉得百鬼夜行。

几乎就在同时，队长从雕像顶部跃出，龙文的唱颂声里，他黑色的身影变得越来越暗。

落地的瞬间，他的身影溃散为一缕黑烟，好像一片墨迹被水从纸上洗去。

言灵·冥照。

"薯片算得还真准。"他冷笑着说。

言灵·冥照

序列号：69
血系源流：天空与风之王
危险程度：中
发现及命名者：阿尔伯特·爱因斯坦

极其罕见的言灵，迄今为止很少被观察到。

释放者构成以自己为圆心的小型领域，光线在该领域中以奇怪的方式折射，制造出类似隐形的效果。

科学上迄今无法解释这个言灵，我们都知道根据爱因斯坦先生的相对论方程式，扭曲光线需要恒星级的大质量物体。

然而这个很强大（显而易见）的言灵并非全无破绽，首先这种隐形仅仅是玩弄光影，领域中的人无法豁免或者减少任何形式的伤害；其次诸如气味和声音这样的信息并不能用冥照屏蔽；最后通常它还是会在空气中残留淡墨般的痕迹，所以使用这种言灵最好还是在昏暗的环境中。

它的命名原则基于"冥界最深处是绝对黑暗"的传说，因为被称作"冥界的烛照"，即使冥界中真的有一支蜡烛，它的光也会被绝对的黑暗吞噬干净。

"上帝不仅丢骰子，还出老千，他创造了言灵术。"
——阿尔伯特·爱因斯坦

"他们说叶胜和亚纪在中国的行动里牺牲了？"路明非有意无意地问，"你们熟么？"

"死亡名单应该很长，只公布了叶胜和亚纪，曼斯也死了。"诺诺说，"他们不想吓到学生。"

"曼斯是谁？"

"曼斯·龙德施泰特，我的直属导师，一个喜欢抽雪茄的老家伙，对我很好的。"诺诺说，"但执行部只是说他要去执行新的任务，所以他今年的课由施耐德教授代课。"

路明非心里惊讶，叶胜和亚纪也就算了，执行部的年轻专员跟在读的学生想来也没多么深的交集，但对自己很好的直属导师过世，诺诺看起来也没放在心上。

路明非嘴里不说，心里因为叶胜和亚纪的死一直很低落，要是古德里安老头挂了，他应该会有那么几天睡不着觉的。

"也许你导师真的是去执行别的任务了呢？"路明非说。

诺诺摇头："有一次我跟曼斯聊天，我说导师你可千万别死在任务里了，我还没有毕业呢。曼斯说如果他真死了，学院也不会公布消息的，但会给我换一位导师。但他会悄悄地告诉我，方式就是他会让学院宣布他去执行新的任务了，今天学院就是这么公布的，他们也给我发了邮件要给我换导师。所以是曼斯自己跟我说的，他说他死了。哪天我要是死了我也悄悄发消息在布告栏里，就说我去冰岛基地常驻了，能读懂的人就读懂，读不懂的就让他们慢慢忘了我。"

"你们都那么不怕死的么？"路明非目瞪口呆。

"越精锐的专员寿命越短，就跟黑帮一样，越出色的打手死得越快。很多人刚来这间学院的时候，只是觉得刺激好玩，其实每年都有很多人死，所以有的人会在毕业之后完全退出，就当自己从来不知道世界上有龙这回事。至于留下来的人，都有留下来的理由。"

"师姐你是为什么？"

"我只是想离家出走而已。"诺诺忽然仰望天空，叹了口气，"看来今晚真的不会有星星了。"

"阴天看不到星星的，没准一会儿还会下雨嘞。"路明非也只好跟着换话题。

"我说的星星是种大个头的萤火虫，夏天的时候，它们会从山下沿着瀑布往上飞，就像星星在云里上升一样。"诺诺说，"你听说过归墟没有？"

"东海里的大海眼，就像浴缸的漏水孔那样，海水都从里面漏走了。"路明非说。

"说大海水流到那里会变成一道超大的瀑布，落差几千几万里，人要是落下去，永远也到不了底。"诺诺说，"灵魂像萤火虫那样慢慢地升上来，靠星星指路，飘回家去。"

路明非无言以对，这个寓言感觉很深邃，但是超过了他的脑容量，想不明白。

《列子·汤问》："渤海之东，不知几亿万里，有大壑焉，实惟无底之谷，其下无底，名曰归墟。"

路明非没读过这么拗口的古文，也不知道归墟是隐喻万物的终结。

银鳞跃出水面，一闪，重又落回水中，没想到泉湖里居然还有鱼。

"说真的你还是追我得了，不过你得答应我一个条件。"诺诺居然又想起这茬来。

路明非有点蒙，之前诺诺说起这事的时候他心潮澎湃，激动得都快哆嗦了，可一阵风来满树的叶子飘落在湖面上，诺诺惊呼好美，就把这个话题岔过去了。

路明非本来想师姐真是狡猾狡猾的，她玩谁真一玩一个准啊！可诺诺好像真的是被打断了话题就忘了，现在才想起来。

"师姐别玩我行不行？"路明非缩头，"恺撒会用他那把刀把我变成东方不败吧？"

"原来还有这种非分之想！我还以为只是吃吃饭看看电影呢！"诺诺惊诧莫名地看着他。

路明非窘得想跳进湖里去，心里的猥琐居然这么简单就给探出来了？

两个人对视了几秒钟，诺诺忽然拍着膝盖大笑起来："逗你玩的啦！你那么认真!"她忽然收敛了全部笑容,神情阴森眼神不屑,"不用那么麻烦,恺撒只会用那把刀把你变成死人!"

一秒钟后她继续拍着膝盖咯咯地乐,路明非像是坐着一列上天入地的过山车,顷刻之间就被转晕了。

"说真的……"诺诺笑完了又说。

"别说真的了!说点假的行不行?真的招架不住啊!"

"这次不逗你,我是说你加入学生会吧。"

路明非一愣,心说这是什么路子?莫非是恺撒派师姐来使美人计?这美人计我得中啊!

不过他立刻又放弃了这个想法,恺撒的骄傲很真实,他对诺诺的喜欢也很真实,他不可能用这样的伎俩。

"不是恺撒的意思,是我自己邀请你,在学生会里我想要一个自己的小弟。"诺诺又说。

"恺撒的小弟不就是你的小弟?"

"那怎么一样?哪一天恺撒不追我了,他的小弟就不是我的小弟了。而且我为什么要被看成'恺撒的女朋友'?他是他我是我,我答应当他女朋友,可我还是我。"

路明非想路鸣泽对这个姑娘的评论真是入骨,她谁都不喜欢谁都不在意,心里只有她自己。

"恺撒可以罩你,楚子航可以罩你,我也可以罩你啊。"诺诺盯着他的眼睛,"我的小弟也没人敢欺负的!"

"今晚跳舞的时候你也没来救我啊!"路明非几乎是脱口而出。

他忽然意识到自己说错话了,赶紧低下头去避开诺诺的目光。

"我有准备去救你啊,"诺诺说,"可是恺撒不放我走,恺撒说如果你是他期待的人,不会连这点尴尬都克服不了。"

她很少那么温柔地说话,温柔得路明非心里一软,接着忽然又雀跃起来。原来那时候诺诺是想过要来救他的……想过就好!

"别说得好像只有你救我似的,我好歹也是S级!要是有机会,我也会帮你个什么忙,还你的人情!"路明非故作很江湖的模样。

"得!择日不如撞日啊英雄!今天就还吧!我过生日还没收到礼物呢!你去给我找个礼物吧!"诺诺一掌拍在路明非肩上。

"这太强人所难了吧?你又没提前告诉我!我们在一个山头上,我从哪里给你搞生日礼物?"

"要是不够难度怎么轮得到你S级出手呢?快点快点!师姐好歹也是个女孩对不对?女孩过生日应该有礼物对不对?没礼物的女孩岂不很惨?"

Chapter 6
Star & Flower

"为难我干什么啊？ 警报一解除，恺撒的礼物肯定就到了。"路明非心说你刚才分明不是这么说的，你的生日你连恺撒都不告诉，却说想要礼物。

"生日礼物生日礼物，不能早不能晚，就要在那人等着的时候亲手送到她手里，还得亲口说'生日快乐'。晚了就不是生日礼物了。"

路明非一愣，想起古德里安教授对他说："明非，爸爸妈妈爱你。"

好像还真是这样的，有些话，只有正确的时间正确的地点亲口说出来才有效，就像一个魔法。

"太安静了，来点音乐吧！"诺诺忽然说。

路明非庆幸诺诺的神经刀又发作了，中断了这个难聊的话题，赶紧站起身来："我去放音乐！ 跑车的音响才够感觉！"

他跑回布加迪威龙旁，花了好一会儿才弄明白怎么放音乐。恺撒的车上自然也是恺撒喜欢的音乐，好在他的音乐品位委实不错，歌单中几乎全都是经典。

路明非调大了音量，回到树下继续泡脚。有了音乐诺诺果然安静了很多，她哼着歌踢着水，眺望远处，没继续拿刁钻的问题拷问路明非。

某个女人唱着舒缓的老歌，可能是意大利语：

"I found my love in Portofino

Perchè nei sogni credo ancor

Lo strano gioco del destino

A Portofino m'ha preso il cuor……"

诺诺发呆，路明非也发呆，发着呆想心事。但以他苍白的人生，其实没有太多的心事可想，眼下能想的心事正在他旁边想心事。

他想的是老唐，在这个异乡他唯一的老相识，虽然他跟老唐的所谓交往基本是都是在《星际争霸》里掐个你死我活。

来美国之后他还没有时间联系老唐，但老唐信誓旦旦地说来了美国要带他四处玩，吃好吃的泡酒吧，坐着灰狗去看黄石公园。

比起赢来的布加迪威龙路明非对灰狗旅行更期待，他当然会跟老唐显摆他的新车，但他连加油都得透支那张信用卡，更别说付维修费了。

不知道老唐现在在忙什么，是不是在游戏群里等他？ 可好几天他都没空上线了。

"你送过别人生日礼物么？"诺诺憋不住又拉他闲聊。

"送过，每年都送陈雯雯生日礼物，最贵的是一张黑胶唱片，我排了一上午队才买到……"

也就跟诺诺路明非能毫不费劲地聊起陈雯雯，反正那件事他在诺诺面前已经把脸丢尽了，没什么不能说的。

从陈雯雯讲到柳淼淼，从楚子航讲到赵孟华，从脚热一直讲到脚凉，但路明非却注意到诺诺不停地看手机，好像等着什么人的电话似的。

路明非心里一动："有人会打电话祝你生日快乐啊？"

"可不是么？我那么多前男友呢，指不定什么人会打电话祝我生日快乐。"诺诺笑，"没准还给我准备了礼物。"

很罕见的，路明非不太喜欢她的语气，可能是不喜欢她那么渣的态度，但更多是因为她让路明非想到了陈雯雯。

被人喜欢的女孩子大概都是这个样，她们觉得一切都是她们应得的，她们心心念念着赵孟华的优秀，但也准备给路明非这种人一条生路。

"你要等礼物应该在宿舍里等，谁知道你大晚上的跑到山上来了，也许礼物都堆在你床上了。"路明非说。

"那些礼物不重要，重要的只有一个人的礼物。"诺诺说，"我来这里是等他的礼物。"

"不是恺撒么？"

"不是恺撒。"

"那你等谁？"

"不告诉你。"

"他知道你的生日？"

"当然知道。"诺诺轻声说，"每年我都等他的礼物，等到了，就说明他还看着我。之后的整整一年我都会开心，觉得自己不是孤零零的一个人。"

她说这话的时候根本不像路明非认识的诺诺，不再威风凛凛，倒像是言情小说里那种悲悲戚戚的、为情所困的女主角，把她自己的人设都推翻了。

她难过的时候也是漂亮的，路明非甚至颇心动于她楚楚可怜的模样，但心里还是觉得师姐这样挺渣的。

原来世界上所有的女神也都有情伤的时候，傻瓜们记挂她们，她们记挂高帅富，就像路明非在线上等着陈雯雯的时候，她隐身中，也许正等着赵孟华。

不过诺诺这个情况还真是有点特殊，路明非自己比不上赵孟华，路明非认，但是就算全世界范围里比贵公子这件事，路明非都想不出恺撒会输给谁。

唯一的解释是那个人是诺诺惦记了很多年的人，能胜得过加图索少爷的，恐怕只有青梅竹马了。

路明非心中呵呵，心说真是一山还有一山高！善恶到头终有报！

"嘿嘿！看吧看吧！就是另一个陈雯雯啦，腰细腿长脸蛋好，可是人很渣。这个那个她都喜欢，为什么就是不能喜欢你呢？"小魔鬼又在他耳边嘀咕。

"她是真的很自私对不对？叶胜、亚纪、恺撒、曼斯，谁她都不在乎，她只在乎自己。自私的人都会移情别恋。"

Chapter 6
Star & Flower

"既然这样为什么不用那个特权拿下她呢？让她心动，让她觉得你无所不能，你比恺撒更好，她的生日只有你送了礼物来。只是一个响指和一条秘籍的事儿。"

"真要放生么？放生之后也许没有下一次机会了，也许是她不给你机会了，也许是你不再喜欢她了，人一生能喜欢多少人呢？"到后来路明非已经分不清那是魔鬼的声音还是他自己的声音。

当然还有赵忠祥老师缓慢悠长的声音……

电光石火般，路明非想起了什么。

"Show Me……The Flowers……"他轻声地念了出来，如同念动一个古老的魔咒。

古德里安看了一眼角落里紧闭双眼的曼施坦因，曼施坦因正在命令他的"蛇群"在整个校园里搜寻，以地下密布的电缆为媒介，"蛇"可以瞬息到达学院的每个角落。

施耐德全神贯注地盯着屏幕上的校园地图，光点密集地驻守在各个区域，但仍有少数区域是空白的。

"那些地方不布防没问题么？"古德里安指着那些空白问，"通往地下层的入口不止这几处，校园翻修之前还有几个出入口。"

"废弃的那些出入口不必担心，它们都被淹没了，而且通道都带了十万伏的高压电。因为没准备再使用，所以诺玛在那里的防御是最高级别的，哪怕是一只老鼠溜进去，也会在瞬间被烤成焦炭。"施耐德说，"倒是那些还在使用的通道，还有通行的可能。"

13号研究那扇厚实的铁门研究了半天，敲起来感觉是一块实心钢锭。就在他沮丧地想要放弃的时候，手机忽然振动起来。

13号接通电话："喂？"

"这是你的第二条指示，找到门之后，使用为你准备的那张黑卡，进入地下层，穿越中央主机控制室前往'诗蔻迪区'，下一步会有更详细的指示。"录音到此结束。

这录音的死女人总是话说一半，13号啐了一口。

原来要用那张黑色的卡片，13号从屁股后面的口袋里把那张卡摸了出来。这是出发之前随着其他装备一起寄给他的，没有任何标记的黑色金属卡片。

铁门边上还真有蒙着灰的卡槽，看起来很久都没有人来过了，他用黑卡在卡槽里一划，退后两步。片刻之后，铁门里传来发涩的机械运转的声音，十二条锁舌同时收回，厚达二十厘米的门轰然洞开。

前方是笔直的黑色甬道，甬道上下左右都覆盖着金属板，一路绿灯到头，畅通无阻。

13号惊诧地看着手中的黑卡，这什么可笑的警戒系统？划卡就破了，根本就是摆设！甚至有开门揖盗的嫌疑！

他一直都很得意于自己的运气，但这一次的运气感觉真是好得过分了，他小心翼翼地踏入甬道，什么事都没有，没有触发红外线警报，也没有触发任何要命的机关。

甬道里密布着摄像头，但这些可以跟随目标转动的摄像头完全不理会他，他歪头跟那些摄像头比V字，也没有任何反应。

"还真是走了狗屎运啊！"13号沿着甬道溜溜达达，不由得遗憾最近没去买彩票。

他不知道就在那扇铁门对他打开之前，甬道内部还不是这样的，密如荆棘丛的红外线，间隔窄得连耗子都钻不过去，所有的摄像头都是激活的，金属板之间带着十万伏的高压静电。

但随着那张黑卡划过，整个系统逐次关闭，红外线一一熄灭，摄像头关机，红灯一路转为绿灯，甬道完全对他开放。

穿越这条甬道，他来到一处巨大的空间，这显然是一处机房，超级机房，存放中央主机的地方，黑色的金属盒子从地面一直垒到屋顶，无数刀锋处理器被拼在一起，各种指示灯高速闪烁。

整个系统有几层楼高，正在运算海量的数据。

13号正啧啧赞叹这间学院的高科技，忽然听到嘻哈嘻哈嘻哈嘻哈嘻哈的声音在背后。

这古怪的声音吓了13号一跳，他拔枪回身。

"晚上好，先生要来杯喝的么？这个晚上真棒不是么？"枪口所指，是个矮个子金属傀儡，由闪闪发亮的金属短棍组成，像是小孩玩的磁性玩具。

可那家伙不但能弯腰行礼，那张搞笑的脸上还带着谄媚的笑容。

"不要过来……过来我……我轰爆你！"13号不明对手身份，不由得有些紧张。

"我叫Adams，我们提供啤酒和漂亮姑娘！"小东西殷勤万分。

"这这这……这什么高级玩具？"13号上前一脚，把那个傀儡踢成了一堆散落的金属小棍。

那堆金属小棍滚动着，居然又自己拼成了傀儡的模样，咕噜咕噜地逃离："EVA我们的场子被人踢了！EVA我们的场子被人踢了！"

"你是持有特许权的访客，但我并不认识你。"旁边有人轻声说。

13号一扭头，心脏猛地收缩了一下，就在他手边，站着近乎透明的影子，那是个长发委地的女孩，穿着半透明的白裙，肌肤上流淌着微光，美得虚幻。

"你是谁？"女孩问。

13号迟疑了片刻："英雄不问姓名！"

他意识到这女孩只是个全息投影,但那栩栩如生的神态让他愿意把她作为一个人来对话。

"你违规侵入中央主机控制室,你的档案在学院中没有记录。我的系统重置是在五年前,你使用了一张重置之前预设的特权卡,我现在应该报警,但我无法报警,我清楚你是敌人,但是你的权限要求我把你作为己方来对待。"女孩说,"我能做的只是给你警告,立刻离开这里,趁还来得及。"

13号挠挠头:"亲爱的小姐,恕我不能从命,哪只找食吃的鸟儿不冒危险呢? 如果我是有特权的访客,能否请问一下,我想去诗蔻迪区,该怎么走?"

"从这里通往诗蔻迪区就只有一处废弃的通道,它的大半都淹没在水下,已经足足三十五年没有人通行了,我不能肯定是否还能走。"女孩伸手指明了方向,"但你如果执意要试试看,往那边走到底。"

"哦哦,谢谢。"13号收起散弹枪,跟那个藏在角落里偷看他的小家伙挥挥手说,"抱歉哈兄弟。"

走到转角处的时候他回头看了一眼,女孩仍旧站在原地默默地看着他,不知为何,13号心里有点发凉。

路明非默默地等着,等待奇迹发生。

虽然匪夷所思,但路鸣泽的秘籍真的管用过,比起解开青铜古城的地图,午夜派人送花上山那是太容易了。

但他很好奇路鸣泽会采用什么方式,会有一辆UPS的快递车忽然冲上山顶,蹦下来一个快递员? 或者干脆直升机空投玫瑰?

那些招数都搞不定诺诺,傍晚的时候恺撒已经在安珀馆门口倾倒了一整车的玫瑰花,诺诺经过的时候也没有多激动。

可路鸣泽很有把握的样子,那家伙真的很诡异,但也真的很厉害,他说能搞定,应该就是能搞定。

尖锐的啸声打破寂静,远处的山谷里忽然蹿出一道明亮的火光,它在高天里爆成一朵极盛的、占据了半个夜空的花。数百条光流坠落,照亮了两个人的脸。

"烟花啊!"诺诺猛地站住,蹦起来指着天空。

山谷里一道又一道的火光射上天空,仿佛逆射的流星。那是花的种子,在天空中四散,恣意地盛开,紫色的太阳般的蒲公英、下坠的青色吊兰、红色和金色交织成的玫瑰、白色的大丽菊……路鸣泽许诺的花来了,他用整个天空作为花篮,把世间一切璀璨的颜色都放了进去。

诺诺使劲地对天空挥舞手臂,侧脸在烟花的照耀下流淌着淡淡的光。真好看,明知道是渣女,还是觉得她那么好看。

连路明非自己都被这漫天的色彩感染了，跟着一起挥舞手臂，欢呼雀跃。

多少部动画片里男女主角就是在这样的烟花下定的情？这一刻就是命中注定，谁也逃不过。

Dalida还高唱着那首关于爱情的歌，天空里都是他送给诺诺的话，现在是不是只要他说出一句能打动诺诺的话就好了？

他拼命想着那句话的时候，诺诺激动地把他给抱住了，抱着他一起蹦蹦跳跳。那个诺诺曾经说过要给的拥抱现在她自己直接送上门来了，路明非平生第一次体会女孩身体的温软，体会女孩子长发落在脖间，她的气息简直弥漫了整个世界……他心里一万匹野马在奔跑，脑海里雷霆闪电。

他觉得自己真的有机会，这一刻的诺诺不是平时的自己，她心里涌动着巨大的情绪，外面只裹着薄薄的纸壳。这是一个女孩会犯傻的时刻。

烟火持续很久，在这无人的山谷中有人挥金如土，最后一枚巨大的烟花弹升上天空，在极高的天顶炸开了，仿佛一棵倒生在天空中的大树，每一根枝干都由细碎的金色光点组成，这些枝干拼成了巨大的文字：

"NoNo！ Happy Birthday！"

"给我的？"诺诺愣住。

路明非心说糟糕！这名字是不是拼错了？这岂不是要功亏一篑？

试想你是神雕大侠杨过，要讨郭襄女侠的欢心，结果烟花嘭地上天，打出郭芙女侠的名字来，你好意思去跟郭襄姑娘说啊对不起拼写错了，但我这烟花是送给姑娘你的，你可要领情哦！

诺诺松开他跳进泉水向着烟花的方向走去，路明非想拉住她但他的力气还不如诺诺大，路明非急得直跳脚心说我的台词还没说呢！

诺诺走到泉水中央的时候，烟花就已经都熄灭了，她望着渐渐黯淡下来的天空："真好看，不管它是送给谁的，我都当作是送给我的。"

她忽然放大了声音，对着夜空中最后的余光说："祝我生日快乐啊！妈妈！"

眼泪滑过脸庞，像是流星闪灭。

路明非的胸膛如同被人重重一击，这一刻那个女孩在泉水中央的背影是那么萧索，让人想要抱住她，但不是抱住一个温软窈窕的身体，而是抱住一个孩子孤单的灵魂。

原来诺诺一直在等的要送她礼物的人是她的母亲，她出生的那一天，也是她母亲最艰难的那一天，她那么看重这个日子，并非想要礼物和祝福。

难怪她会在意路明非的感受，他们相遇的时候，路明非正因为母亲的来信坐在女厕所里哗哗地流泪。

路鸣泽那诡秘的、恶魔般的声音还在他耳边回响，他说："你师姐其实只是一个好看的渣女啦……她什么人都不爱，心里只有她自己……恺撒能拥有她，你也可以……她最好的年华就那么多，谁拥有了这些年华就等于拥有了她的一部分……一生一世的爱只是小说里的东西，她聪明或者犯傻，这一刻她爱上了你，就会为你献上一切。"

意识深处的路明非忽然对那个烦人的声音怒吼说："滚！"

他自己都惊讶于意识深处的那声吼如此巨大，就像深谷中滚动着雷霆，驱邪镇鬼，威仪具足。

路鸣泽的叨叨声骤然湮灭，山风如此清冽天地如此寂寥，路明非狠狠地吐出胸中的浊气，甩了自己两个嘴巴。

诺诺刚从泉水里爬上来，看这家伙猛抽自己，不由得呆住，不知道他发什么疯。

"困！"路明非使劲地甩头，"清醒一下！"

"师姐生日快乐！我是你的小弟了，以后有事你招呼。"他又看着诺诺的眼睛，笑着说，"江湖义气我懂的。"

这话一出口他就后悔了。他妈的！就算把那些煽情的台词去了能不能稍微有点内涵啊！这是祝师姐生日快乐么？坐山雕的小弟也可以这么祝老大生日快乐，一个字都不带改的！

诺诺愣了一下，也笑着说："以后我罩你，江湖义气我也懂。"

路明非觉得自己大概一生都不会忘记那个影子，她背着双手站在悬崖边，笑着跟你说话，她的纱裙被风吹得凌乱，似乎随时都会化为黑烟散去。她的脸上还残留着流星划过的痕迹。

路明非小心翼翼地上前，拉着诺诺的手让她从危险的悬崖边退回来，诺诺对他的大惊小怪和服务意识有点不解，但也没把他的手打开。

走回布加迪威龙的路上，诺诺忽然就变得开心起来，蹦蹦跳跳的，像个孩子。路明非心说妈的原来世界上想要越走越长的路也不是只有长满蒲公英的那条沿河路，于是也很开心。

背后传来一声若有若无的笑，带着冷漠带着不屑。

路明非转过身，并看不到人，可他对着声音传来的方向双手竖起大拇指。

他的意思是谢谢你的花，你这死小孩还真给力。

虽说这花用的方式不对，不仅没能强势搞定师姐，反而把码头拜在师姐的纱裙子下了，不过反正花是送他的，爱怎么用是他的事。

"You sure she said nono? The name is weird!"

"Who knows? She said it, she paid it, so we made it! I guess that's a Chinese name, you know some Chinese have a lot of money!"

相隔几公里的伊斯特伍德小镇，绿森林烟花公司的车停在镇子中央的广场上，工作人员边收拾边聊天。

这是一座伐木小镇，镇上只有不多的居民，按理说根本不需要那么奢华的烟花服务。绿森林公司的驻地还在大约八十公里之外的一座城市，可今夜他们忽然得到了一份大单，要求他们必须快马加鞭一个小时内赶到伊斯特伍德小镇把客户要求的烟花给放了。

"别他妈问我放给谁看！叫你放你就放！"客户在电话里的语气就是那么粗鲁，好在付钱的方式也一样粗鲁，"行行行！屁大点钱叽叽歪歪什么？转好了！给你加了一倍！"

第七幕 弟弟
The Little Brother

13号猫着腰，走在一条漆黑的甬道里，高举打亮的手机，靠着屏幕的光照亮。

这个庞大的甬道系统就像一座迷宫，里面只有抽气风扇的嗡嗡声，以稳定的频率重复着。

13号心里有点硌硬，这一路上他总是回忆起那个投影少女最后看他的眼神，就像是送别一个死人。

丁零零零零……

手机在这种黑暗封闭的空间里忽然响起，差点吓得他心脏停跳，哪家手机服务提供商的信号能够穿透到地下几十米深处？

没有任何来电显示，这台手机根本不在来电状态，但13号还是按下了接听键，把手机凑到耳边。

"恭喜你，一切都如计划进行，当然，如果你不幸已经死了，请按下关机键，下面的内容对你没有意义了。"电话里传来冷冷的声音，就是雇用他的女人。

"死了还怎么按关机键？"13号嘟哝。

没有人回答他，这不是一通来电而是一段录音。

"我刚才说了一个笑话，是想让你轻松一些。"女人的腔调还是冷得让人想掀桌，"根据你现在所在的位置拨号，按'＃'号键结束。"

"拜托，你是信用卡公司的客服么？"13号忍不住吐槽。

完整的卡塞尔学院地图显示在屏幕上，像是一张绵密的蛛网。

但是跟13号自行下载的地图不同，这是一张地下剖面图，显示出卡塞尔学院的地下层建筑由三大区域构成，中间的连线是连接三个区域的通道，连通风管道都被一一标注出来，像是三只巨型蜘蛛喷出的无数丝线。地下的三个区域分别对应地面上的金宫、英灵殿和梵格尔夫楼，名字分别是兀尔德、贝露丹迪和诗蔻迪。

"命运三女神？"13号想。

225

北欧神祇中有这么三姐妹，其中兀尔德纺织生命线，贝露丹迪拉扯生命线，诗蔻迪剪断生命线。这是世间万物的命运，无法更改。

13号找到了自己的位置，输入之后按下了"＃"键。

"相对湿度接近100％？是请按'1＃'，不是请按'2＃'。"

锯管散弹枪的枪柄上一层细密的水珠，靴子里棉袜也湿乎乎的，手机屏幕上蒙蒙的一层雾气。

13号按下"1＃"。

"极高的残余磁场？是请按'1＃'，不是请按'2＃'。"

13号撸起袖子。机械腕表停动了，停在21：30，他进入这个通道的时刻。毫无疑问，这里有极强的磁场。

13号按下"1＃"。

"恭喜你，你到达了指定位置，你的前方就是诗蔻迪区，也是这间学院保密级别最高的区域，瓦特阿尔海姆研究所就位于这个区。"女人说，"从这一刻开始，任务的佣金增加到五百万美金。"

13号精神为之一振。客户虽然讨嫌，但居然如此慷慨，这是原定金额的五倍，做完了这一票，他就可以退休了。

他干这行可不是想探求世界的奥秘，而是简简单单一个"钱"字。他很穷，但不想总靠社会救济过日子，以前接的任务也就赚点零花钱。

"好运，13号。"女人幽幽地说。

录音结束，13号收好手机，继续跋涉。

空气越来越潮湿，通道顶部有水滴凝结，啪啪地滴落，积水渐渐地漫过了13号的鞋底。现在他不是优雅的蝙蝠了，只是下水道里的一只水老鼠。

"好运，13号。"他忽然想起那个女人的最后一句话。

真怪，最后这句话居然是说给他一个人的，原本13号还以为这段录音提示是给队伍中每一个人准备的。

英灵殿，卡塞尔学院最重要的建筑之一，它威严地矗立在校园的中央偏北，远比那座格局逼仄的教堂显得更神圣，更像圣堂。

学生会的干部们负责这里的安保，能在这里驻守的都是骨干，几乎都参加了安珀馆的迎新舞会。

时间紧急，女孩们甚至来不及换下白色舞裙，头发一盘，过于宽大的裙脚打结，手提九毫米口径的乌兹冲锋枪，短枪的枪套在大腿上捆紧，脚下居然还蹬着嵌水钻的高跟鞋。

可惜没人有闲暇欣赏她们此刻的风情，男生女生，好看不好看，现在都只是一个持枪的人。八名控制后门，两侧门各有四人，二层通道六人，轻重武器搭配。

Chapter 7
The Little Brother

至于正门，恺撒静静地坐在那里，膝盖上挂着的枪套里，是银光闪烁的一对沙漠之鹰。至于猎刀"狄克推多"，恺撒正用它给自己修指甲。

他是个很注重仪式感的人，特意选择了这样的位置，他的身后是巨大的、布满暗红色花纹的岩石浮雕，这种龙血岩来自某个神秘的地方，据说曾经有一场流过人龙两族鲜血的远古战争在那里发生，鲜血渗进当地的岩层里，所以岩石肌理中满是血色。

浮雕的题材是浑身甲胄、骑着八足战马、手持长矛的天神奥丁，在北欧神话中，这位虚构的主神是黑龙尼德霍格的死敌。

恺撒很希望闯进来的家伙首先看一看那块浮雕，然后再看看浮雕下的自己，然后恺撒才会说出主角人物应有的台词，比如：

"你们来晚了，今晚我女朋友生日，不如我们抓紧时间开始。"

他两边的墙壁上，还挂着历代屠龙战争中为人类建立功勋的英雄头像。

恺撒很满意这个位置，真是充满仪式感的地方，像是他的专属舞台。

"狄克推多"停下了，月牙般的指甲坠地，在恺撒的耳边却是轰然巨响。

恺撒睁开了眼睛，他一直都是闭着眼睛修指甲的，因为他在坐下的那一刻就释放了"言灵·镰鼬"。

从那一刻开始，风才是他的眼睛！

言灵·镰鼬

序列号：59
血系源流：天空与风之王
危险程度：中
发现及命名者：安倍晴明

释放者构成以自己为圆心的大型领域，在领域内建立复杂的声音通道，从而掌握领域内部一切细小的声音。

血统越精纯的释放者，领域范围越大，传说古龙借助这个言灵，能在九天之上聆听人类的私语。

精准枪械被发明出来之后，该言灵的实用性得到了巨大的提升。一名优秀的射手搭配镰鼬，他的每颗子弹都像是带着雷达。

作为辅助型的言灵，它相当安全，唯二的风险：一是因为对声音的感知过于敏锐，易导致失眠、神经衰弱甚至进一步诱发幻觉；二是在镰鼬的领域内如果出现巨大的声响，会对释放者的耳部和脑部结构造成难以逆转的伤害。

命名原则是根据日本神话中的妖怪"镰鼬"，这是一种掌握风的法术的小妖怪，日本的某些方言中也把小型的旋风称为镰鼬。

"君听月明人静夜，肯饶天籁与松风。"
——安倍晴明

卡塞尔学院既有严谨刻板的一面，也保留着炼金术师的散漫和自我，所以才会允许言灵的命名者在言灵卡上留下几句随感。

那位伟大的阴阳师留下的，是唐人吴融的两句诗，大约在安倍晴明的时代，这两句诗已经漂洋过海在日本传唱开来。

整个英灵殿，以及英灵殿周围数百米半径内的一切声音都回响在恺撒的脑海里，包括蚊子在空气中摩翼、小虫在泥土中蠕动以及他指挥的整整四十六人的四十六个节奏不同的心跳。

而就在刚才，心跳声忽然增加到五十三个，七个陌生的心脏进入了恺撒的领域。

恺撒摸出手机拨号："楚子航，你现在在干吗？"

"没什么可做，只是等。"楚子航的声音从电话那头传来。

"我的客人已经来了，你的呢？"

"该来的终究会来。"

"谁会先结束战斗？这次要赌点什么呢？"

"'自由一日'你输掉了跑车，我输掉了刀，这两份赌注都还没有交给赢家，有什么必要继续赌？"

"有道理。"恺撒想起自己的布加迪威龙，在他的概念里这台车仍旧老老实实地待在他的车库里。

他有点头疼，不是吝惜车，而是实在不太好意思把这台车开到路明非面前交给他，那等于让这位天之骄子承认他在某件事上输了。

他本来计划在路明非上台来和他并肩站立的时候，就摸出车钥匙拍在他手心里，说这玩具原本就该是你的。

当时恺撒也有点紧张，如果路明非不接受，那怎么办？

楚子航挂断了电话。

恺撒重新低下头去，再度闭上眼睛，精神在广大的领域中展开，在那无星无月的地方，数不清的黑羽飞翔。

图书馆。

这是狮心会负责的区域，狮心会派驻的人手远少于学生会派驻在英灵殿的，但更加精锐。

他们并不驻守在固定位置上，而是时刻保持运动，入侵这里的人如果经验不足甚至有可能认为它是空荡荡的。

这是水无常形的道理，那些始终在阴影中移动、流水般变化不定的狮心会干部们监视着每一个出入口和每一条走道，天衣无缝。

Chapter 7
The Little Brother

只有两个人例外，一张大书桌亮着台灯，楚子航和苏茜对坐，楚子航那柄"村雨"斜靠在座椅扶手上，苏茜的重型狙击步枪干脆就放在书桌上。

楚子航随便从书架上取了一本书来翻，苏茜默默地校准她的枪械，"自由一日"中她那头战旗般飞舞的黑发此刻已经剪短，堪堪垂落在肩。

苏茜二十一岁，三年级，A级，主攻方向是基因学，龙类基因学。她是狮心会的副会长之一，楚子航最重要的副手之一。路明非一枪爆掉她的时候满心觉得这是个黑寡妇般的女杀手，但此刻在灯光下看来她又安静又温柔，清隽的脸蛋，细细长长的眉眼，操作那支危险的武器，你也觉得她是在煎荷包蛋。

生活里的苏茜也是这种人，而且还是诺诺的室友。关系最好的一对闺蜜分属不同阵营，大家都说还是男人惹的祸。

楚子航放下手机："恺撒那边就要开始了，这里应该也快了。"

"你的身体……"

"撑得住。"

"狮心会收到请回复！狮心会收到请回复！立刻撤离图书馆及周边！立刻撤离图书馆及周边！"耳麦中传来施耐德教授的声音。

"是！"所有人同声回答。

苏茜微微皱眉，但还是本能地回答："收到。"

她对这条命令有点不解，图书馆和英灵殿几乎同等重要，不仅有诸多隐秘区域的入口，诺玛的中央机房也位于这里，那是卡塞尔学院的大脑。

很确定的是执行部此时此刻人手短缺，并无额外的力量可以调配，否则他们也不会调动在读学生。

"会长！撤离！"苏茜拎着狙击枪起身，她看起来单薄，但这支沉重的武器完全不影响她的行动。

"不，施耐德教授的命令中并不包括我。"楚子航仍然低头翻书。

"不包括你？"苏茜愣住，"教授的命令是通过公共频道对所有人下达的。"

"狮心会立即撤离图书馆区域，不包括楚子航。"施耐德教授的声音再次响起，楚子航却已经提前猜到。

"'戒律'已经解除，我使用言灵的话，可能会导致误伤。"楚子航说，"苏茜你先走吧。"

他说这话的时候并不盛气凌人，没有"我一个人就能守住图书馆"的骄傲，他就是跟你说一件事儿，啊今天天气很好，我们一会儿一起晒被子吧。

"把手给我。"苏茜隔着桌子伸出手来。

楚子航也把手伸了过去，苏茜一把扣住他的脉搏，他的手白皙修长但是燥热，像个病人。

苏茜松开了他的手腕："注意安全，尽量控制。"

楚子航点头笑笑："一会儿事情结束了，我请大家一起吃夜宵。"

"讲真的你笑还不如不笑，你笑起来总有准备英勇就义的感觉。"苏茜说，"还有，你现在读的是什么？"

楚子航愣了一下，随口念出他正在读的那本书："真理是一个高尚的名词，而它的实质尤为高尚。只要人的精神和心情是健康的，则真理的追求必会引起他心坎中高度的热忱。但是一说到这里就会有人提出反问道：'究竟我们是否有能力认识真理呢？'……"

黑格尔的《小逻辑》，一本晦涩的哲学书。

"行了，你还真是个什么时候都能安静下来读书的家伙。"苏茜笑笑，"那我就放心了。"

施耐德盯着屏幕，直到狮心会的精锐已经全部撤离了教堂，才微微吐气。

"留楚子航一个人守卫？"古德里安无法理解这个命令，"他才二年级！这个责任太大了！"

"楚子航的导师是谁？"施耐德冷冷地问。

"你。"

"没错，我清楚自己学生的能力，'戒律'已经被解除，楚子航可以释放言灵了。"

"楚子航的言灵是什么？"古德里安一怔。

施耐德迟疑片刻，口气冷淡："言灵档案只有直属导师和校长有权查阅，你没有资格问这件事。"

"难道是高危言灵！"曼施坦因从背后把手搭在施耐德肩上，目光森严，"你让其他人撤离那里，是不希望别人知道楚子航的言灵。它很危险，对么？"

"重复一次，你们无权过问。"施耐德面无表情。

"你从没有对风纪委员会汇报过这件事！"曼施坦因疾言厉色，"施耐德！你是执行部的负责人，你应该比任何人都更清楚我们的规则！我们的学生是些什么人，他们是怪物，拥有人类和龙族的双重血统！他们在自己的领域内下达命令，就能改变自然规则！这些能力有多危险，许多案例都证明过。你还记得那个被我们称为'吞枪自杀'的学生到底是因为什么而死的么？"

"在你说我们的学生都是怪物的时候，请不要忘记我们自己也是怪物。"施耐德冷冷地说，"楚子航的言灵我对校长汇报过，我目前还能控制他。"

"不是你能否控制的问题！校长也无权默许！"曼施坦因愤怒了，"这件事必须报告给校务委员会，不，报告给校董会！"

施耐德沉默良久，深深地吸了口气："楚子航，是个好学生。"

Chapter 7
The Little Brother

古德里安一愣,这句话听着耳熟。

"楚子航是个好学生,就像路明非是个好学生。白王血裔的事,我从来没有听到过。"施耐德凝视他们两人,铁灰色的眸子透着冷意。

古德里安忽然想起来了,这句话是他在图书馆里对曼施坦因说的,曼施坦因正是因此对路明非网开一面,没有追究他"白王血裔"的可能性。

曼施坦因微微颤抖,他素来都是个谨慎的人,居然还是被施耐德抓到了把柄。

回忆起那天晚上他用那个随口编造的所谓猜想骗过了施耐德,似乎确实是小看了执行部老大的智商。

"路明非能通过3E评定,并不意味着他不是白王血裔。"施耐德补充,"白王血裔对龙文同样有共鸣,只是他们不受'皇帝'的影响,他们不臣服于黑色的皇帝。"

古德里安紧张地咽了口口水,他是龙族谱系学上最出色的学者之一,施耐德能想到的,他当然也想到了。

"你们太不谨慎了,你们争执的时候诺玛的摄像头就在旁边无声地记录。不过我已经用我的权限把它销毁了。"施耐德又说,"虽然它依然存在于诺玛存储器的某个角落里,但必须是权限比我高的人才能查看。权限比我高的人不多,只要我不说,那些人也不会翻看诺玛的存储器,关心两位教授深夜里在图书馆的一场讨论。"

"你想怎么样?"曼施坦因问。

"默契,"施耐德缓缓地说,"我们三个之间可以有默契,你的好学生路明非和我的好学生楚子航,他们都很好,很正常。他们应该在这个校园里接受最完备的教育,而不是作为异类被隔离,是不是这样?"

"是这样! 毫无疑问是这样!"古德里安忽然明白了。

"风纪委员会主席也同意我们的看法吧?"施耐德转向曼施坦因。

"跟我没关系,路明非是古德里安的学生,楚子航是你的学生。"曼施坦因摇头,"我跟你们没有默契可言,我能做的只是暂时沉默。"

"很快就有关系了,据我所知,你很快就会被指派为某个学生的直系导师。她的言灵档案也很异常,只是一直被校长压着,没有深入研究过。"施耐德说。

"新学生?"曼施坦因问。

尽管也有自己的专业课,但他是少有的不带学生的教授,因为他兼职太多,已经很忙了。

"陈墨瞳。"施耐德低声说,"她的前任导师曼斯指定你作为他的接替者,关于她可以公开的情报是没有言灵,但更可能的是她的言灵太特别,特别到曼斯无法把它写入档案。"

"曼斯为什么要把她交给我,那不是曼斯最喜欢的学生么?"曼施坦因问。

"曼斯·龙德施泰特死了,所谓调去新的战场,只是善意的谎言。"施耐德缓缓地说,"我本以为曼斯会把她交给我,毕竟我才是曼斯最好的朋友。但他选择交给你,大概是觉得我活不长了。"

这时候路明非和诺诺正在山路上开着车唱着歌,回程路上方向盘归了诺诺。可能是觉得恺撒的歌单太严肃了,诺诺接上了自己的手机。

诺诺的歌单就是恺撒的反面,或者说是个垃圾堆,什么样的歌都有,眼下他们反复播放的是一首很老很土的口水歌,某个女人快活地唱着"斗呀斗呀斗地主"。

"所以你也没有言灵?"路明非歪在副驾驶座上,看起来是在虔心求教,实则欣赏漂亮师姐长发飘飘的侧脸。

根据芬格尔的说法,3E考核既是一场考试也是混血种觉醒的过程,很多人都会在3E考试之后得到某种专属的言灵能力。起初这种能力可能微不足道,比如能够命令空气中的水蒸气析出为冰晶,但经过反复地磨练提升,你就能引爆一场小范围内的冰雹。

路明非自己是作弊通过的,自然没有言灵可以觉醒,诺诺身为A级也同样没有言灵能力,路明非倒是很意外。

"没有也变不出来啊,虽然很多人不相信。"诺诺看起来倒是无所谓,"曼斯教授也很头疼。"

"总共有多少种言灵?"

"记录在册的言灵一共有一百多种,它们可以组成一张类似元素周期表的东西。序列号越高的言灵越不稳定,越危险,使用时对于释放者的反噬也越重。"诺诺说,"等你上言灵学入门课的时候他们会逼你背那张表格的,必修课,逃不过去的。"

"那最厉害的言灵是什么?"

"那可说不准,序列号低的言灵没准比序列号高的更厉害。不过一般来说,确实是序列号越高的越强。"诺诺说,"在图书馆可以查到大部分言灵的资料,诺玛把它们整理成了一系列卡片,将来也是要背的。但据说在已知的言灵表后面还有更高阶的言灵,只是人类很难有机会观察到那些言灵被释放,学院就算知道也不会制成言灵卡给学生查阅。我知道的最可怕的言灵是112位的'莱茵',19世纪在通古斯被人释放过,人类观察到的是一次类似核爆的超级爆炸,数百顷的林地被烧毁,平地上升起太阳那样的火焰,远到莱茵河都能看到。但这个言灵仅维持了零点零零三秒,释放者也在那个瞬间被彻底耗尽。"

"通古斯大爆炸?"

"在卡塞尔学院,它叫'莱茵燃烧'。"诺诺说,"有人猜测释放那个言灵的人是为了杀死某位龙王。"

"这级别还只能排112位?"路明非听得心惊胆战,"那序列号更高的不是连太阳都能点爆？你们这个世界观设定太夸张了，小心能力上限太高小说没法结尾啊！"

"曾经有人问尼古拉斯·弗拉梅尔，炼金术的尽头是什么，尼古拉斯·弗拉梅尔说，死神。"诺诺说，"言灵大概也一样吧。"

"高深！佩服！不懂！"路明非说，"反正我也没那东西，死神跟我没关系。"

"一时没有言灵也没关系的，也有人后来才会发掘出自己的言灵，你想要什么样的言灵？"

"我想要白金之星！"路明非想了想，又改了口，"我想要东方仗助那个'疯狂钻石'。"

"白金之星是什么东西？疯狂钻石又是什么东西？"诺诺大概是没看过那本老漫画，确实那本老漫画如今看的人也不多了。

"疯狂钻石是能治好所有人的替身，只要还没死，多重的伤都治得好。我这样的就当个战地医生得了，你们在前面屠龙，我给你们治伤。"路明非说，"关系好的不收钱，关系不好的加倍收钱。"

诺诺被他后半句话逗笑了："言灵表里可没这么逆天的言灵，要是有的话真是无敌了。"

"也没那么无敌，疯狂钻石只能治好别人治不好自己。"路明非随口说，"如果是自己快死了，那就没戏了。其实我本来以为言灵是龟波气功那样的东西呢。"

"龟波气功？"诺诺也没看过《七龙珠》。

"就是气功弹那样的东西，"路明非比了个姿势，"轰！要是前面是个龙，你开车，我在副驾驶座上放龟波气功，我们就是一辆坦克了。"

诺诺想象路明非描述的情景，忍不住笑出声来，方向盘一偏。

"小心小心！不要乐极生悲啊啊啊啊！"路明非惊呼。

诺诺偏要吓他，在狭窄的山路上高速甩着S形轨迹，甩了几下路明非就习惯了，但他还是配合地哇哇大叫。

路明非忽然很想记录这个瞬间，这个波澜起伏的晚上，山腰的校园里正如临大敌，他们偷了一辆车出来飙——也不能说是偷，但确实没有征得原车主的同意——世界上的其他事情都被他们远远地甩在了身后。

漆黑的山路被车灯照亮，野枭的叫声在高空中掠过，他穿着租来的礼服，诺诺穿着烟雾般的纱裙，山风浩荡地吹来，吹乱他们的头发，印象里的女人快乐地唱着"斗呀斗呀斗地主"。

有点像私奔，但更像逃亡。

"师姐！来合个影！"路明非举起手机。

"不要作怪！开车呢！"

"你不方便动我侧身就可以了嘛。"路明非转过身，半靠着诺诺，把手远远地伸出去自拍。

路明非听说过曹操有一匹好马叫作"绝影",快得连影子都追不上它,路明非想象那匹马应该是全身金色的皮毛,永远奔跑在阳光里,光与暗的分际永远在它背后,每当黑暗就要追上它,它便会再一次发足狂奔。此刻他们好像就骑在那匹马的背上,整个世界在他们背后喊打喊杀,而他们只顾策马狂奔,大声说笑,只要跑得够快,就能远走天涯。

很多年后他才知道"绝影"只是一个传说,布加迪威龙是世界上最快量产跑车,可它跑不过时光,也跑不过早已注定的命运。

他按下快门的瞬间,诺诺忽然腾出一只手,狠狠地把路明非锁喉。

咔嚓一声,他们的影像被定格在闪存的某个小点上。路明非吃惊地瞪着眼睛,诺诺捏住他的鼻子,冲着镜头吐出舌头。

言灵·莱茵

序列号:112
血系源流:黑王尼德霍格
危险程度:灭世
发现及命名者:瓦特阿尔海姆研究所

释放者经过长时间的冥想和吟唱,活化巨大区域内的全部地、水、风、火四类元素,先是制造极端的不平衡,造成强烈不稳定的元素湍流。这些可怖的元素湍流之间相互压迫,当这种压迫强到接近恒星表层压力的时候,元素之间的闪熔反应开始发生。这是炼金术中究极的链式反应之一,一旦开始就要耗尽该区域的所有元素才会终止。

该言灵的准备时间极长,跟释放者的血统和能力相关,有的时候准备时间长达数天甚至数月,而在这个时间段里,以释放者为中心的区域内部始终充斥着狂暴的元素乱流。

莱茵的爆发还会引发特别的"呼吸"效应,指领域内的元素消耗殆尽之后会从领域周围的空间里强力地吸取元素进来补充,如果当时区域内的温度仍然很高,会引发二次爆炸甚至连续爆炸。当这种呼吸效应强到一定程度的时候,整个领域会坍塌成一个元素黑洞。

莱茵的释放者同样逃不过自己的言灵,爆炸点中心的高温接近恒星内核,他会在引爆该言灵的瞬间被汽化甚至原子化,所以该言灵的拥有者通常——目前未发现例外——毕生只能释放一次。

目前能确认的莱茵爆发案例只有1908年发生在西伯利亚的通古斯大爆炸,疑似案例有印度长诗《摩诃婆罗多》中所述的那场神战争中被投入实战的"神之弓矢"、印度古城摩亨约·达罗的瞬间被毁事件、上帝焚毁索多玛事件等等。

经常存在的误解是因在通古斯大爆炸中该言灵产生的光焰远在莱茵河沿岸都能看到,所以命名为"莱茵",但事实上该言灵的命名是

Chapter 7
The Little Brother

根据瓦格纳歌剧《尼伯龙根的指环》中的第一幕《莱茵的黄金》，侏儒阿尔伯利希被莱茵仙女们捉弄，一怒之下弃绝爱情，窃取莱茵河底的魔金，铸成宿命的灾厄。

"末日距离人类只有'一念'的距离，而我等要肩扛重任成为新时代的亚当！"
——瓦特阿尔海姆研究所

13号仍在跋涉，但他得准备游泳了。

通道开始倾斜往下，坠落的水滴越来越密，他像是走在一场暴雨中。

水深没膝，每走一步都很费力气。前方有红色闪烁的灯光，13号觉得自己快走到头了。

他忽然脚下一空，失去了支撑，身体浮在了水中。水冰冷且有咸味，像是海水，好在干净透明。

13号深吸一口气，一个猛子扎了下去。他立刻就后悔了，散弹枪湿了水肯定没法用了，更糟糕的是那部手机。

他赶紧钻出水面甩掉手机上的水珠，猛摁开机键，可手机没有丝毫反应。手机是任务开始之前雇主寄给他的，不值钱，可还有最后一条指示没有收到。

接下来只有自己闯了。他把手机扔进水里，又是一个猛子扎下去，缓缓地向着红光闪烁的地方游去。手机慢慢地沉入水中，卡在一处裂缝中。

13号终于靠近那盏闪烁的红灯了，它位于水下，一道老旧的闸门旁。黄铜质地的闸门，锈蚀得很严重，边角上用德文钢印标记着时间和当初铸造这扇闸门的工厂名字，年份是1912年。当时德国的铸造工艺是世界上最先进的，这东西被越洋运到美国来，想必价格不菲。

1912年，那是很久很久以前了，这间神秘的学院把什么东西在这里藏了那么久？

13号握紧闸门把手，某种讨厌的感觉油然而生，似乎打开这道闸门，就会有什么糟糕的事情发生。这一路上他始终忘不掉那个女孩的眼神。

分明这次运气超好，一路上超顺利，但就是有很想放弃那五百万美金，掉头沿着来路逃走的感觉。

"哥哥。"闸门对面似乎有人在呼喊。

13号吓得起了一层鸡皮疙瘩，不小心压下了闸门把手。

闸门洞开，他来不及惨叫，随着几百吨的咸水下坠，像是乘着皮划艇冲出了尼亚加拉大瀑布。接着扑通一声，周身被细密的气泡裹住，他又落进了水中。

他浮上水面，四下张望。这是一池淡蓝色的水，周围都是高耸的玻璃墙壁，玻璃墙壁中嵌着冰蓝色的灯，光在玻璃和水组成的世界中反复折射。看起来有点眼熟。

"水族馆？"13号觉得自己是坠入了某个水族馆的池子里。

他也曾光临过布鲁克林区的水族馆，陪高中班里那个喜欢海洋生物的啦啦队长看海龟。那是啦啦队长唯一一次跟他约会，很快她就跟学校的四分卫在一起了，他于是再也不去水族馆了。

他现在是以一只海龟的视角来看这个水族馆，和从外面隔着玻璃看是两种不同感觉。

"这么大池子，是养海龟的么？还是……"13号猛地一哆嗦，这池子太大了。

"鲨鱼？"这是那句话的后半截，但是不必说出来了。

13号慢慢地转身，背后一双乒乓球大小的眼睛好奇地盯着他。一条真正的大白鲨，大概是为了证明自己是条年轻有咀嚼能力的鲨鱼，大白鲨缓缓地张开嘴，露出荆棘密布的牙齿。

"有种……来啊！"13号哆哆嗦嗦地说。

鲨鱼没有扑击，缓缓地摆动着鳍和尾，不是前进，而是无声地后退。它和13号之间的距离慢慢拉长，像一头恶狼在面对一只野猪时有计划地撤退。

大白鲨猛地转身，高速潜入水下，一头钻进人工石礁洞里。转瞬间，红色的血雾从石礁洞里涌出上浮，然后是一条被咬死的大鱼被扔了出来。

鲨鱼咬死了那条大鱼，占据了它的洞穴，像是为了避险。

"就说你没种嘛！"13号喘着粗气。

这是他天生的能力，所有动物都不敢接近他，从兔子直到海龟，小时候他拿着胡萝卜站在兔子笼边几个小时，兔子也只是缩在角落里一个劲儿地喘气。

"我是个让人讨厌的人吧？"13号小时候一直很自卑。

但这一次他非常感谢这个特质。

他奋力地游到玻璃墙边，射绳枪再一次发挥了作用，他拉着绳子翻越了玻璃墙。

"卡塞尔学院，七号水生态池，主要栖息种类：Pliosauroidea。"他读着玻璃墙上的标志牌。

13号对于来源于希腊文的"Pliosauroidea"毫无概念，所以他简单地认为那是大白鲨的生物学分类名，水池真正的主人早就藏了起来，潜伏在水底的沙砾中，背脊如起伏的丘陵。

他在玻璃墙之间的通道中小心翼翼地穿行，不知道走了多久，终于又看见了指示牌，瓦特阿尔海姆研究所。

英灵殿的拼花玻璃窗下，队长双手抱怀，凝视着墙上的两张照片。

"叶胜，卡塞尔学院执行部，助理专员。19××.03—20××.10。"

"酒德亚纪，卡塞尔学院执行部，助理专员。19××.12—20××.10。"

Chapter 7
The Little Brother

照片上的男孩和女孩都是亚洲人，男孩下撇的嘴角带着一丝坏笑，女孩脸庞柔和眼瞳温润，柔软的额发覆盖额头，邻家少女的模样。

两张照片是从同一张毕业合照上裁下来放大的，一样的学士服，一样是黄昏，背景就是这座英灵殿。

英灵殿里挂满了功勋专员的照片，他们中的多数人已经离开了这个世界，但也符合英灵殿这个名字。

队长的身后，四名手持乌兹冲锋枪的学生会精英躲在长长的窗帘下，枪口指向外面，英灵殿外是一片开阔的空地，无论什么人冲过来都不得不迎着他们的弹雨，这是巨大的地形优势。

但他们根本意识不到敌人正好整以暇地站在他们背后。

不是一个，而是七人小队，雇来的六个猎人紧紧地贴着队长，恨不得黏在他身上。

"冥照"是匪夷所思的言灵，但无奈领域只是释放者身边两米半径的圆，因此他们不得不靠得尽可能地近。

猎人们并不明白队长为何会停下来浏览历代屠龙英雄的照片，但他们也只能等，谁都知道得罪了队长会死得很难看。

"笨蛋。"队长叹了口气，像是不屑。

整队人跟着他行动起来，像是一团淡淡的黑色烟气流动。

队长拉动嘴角，无声地冷笑。他扭着猫步从那些趴在窗前瞄准的学生身后经过，甚至有种恶作剧的心情，要在每个挺翘的屁股上拍一巴掌。

唯有一个男生例外，他坐在奥丁浮雕下的橡木长椅上，白色的礼服异常显眼，手按一柄黑色的猎刀，膝盖上挂着沉重的枪套，枪套里的"沙漠之鹰"银光闪动。

他微笑着看向前方，前方正是缓缓走来的入侵者小队，他的笑容友善，像是此间的主人恭候着登门拜访的客人。

队长有种错觉，觉得那男生随时会起身拥抱自己这伙人，跟他们行贴面礼，热情地欢迎他们来到英灵殿。

但这绝不可能，他是"冥照"的持有者，对于这个诡秘的言灵没什么人比他有发言权。深夜里，"冥照"的缺陷会被昏暗的环境完全遮蔽，更别说这帮新手了。

音乐声忽然刺破了宁静，这是一首宏大庄严的电子乐，声音不高，但足够让每个人听见。学生会成员们吃惊地四顾，纷纷打开了枪上的保险，却不知音乐声从何而来。

"Ashitaka Sekki，宫崎骏《幽灵公主》的配乐，我也很喜欢。"恺撒微笑着说。

音乐停止，随之是女孩暴跳如雷的声音："喂！哪位？现在打电话来，你他妈是找死么？"

队长收回了"冥照",所有人同时现身。他们穿着漆黑的没有标记的作战服,手持微型冲锋枪,腰间佩带两尺长的近身刀,头罩面罩俱全。

学生会精英们大惊,不仅惊于这些入侵者的神兵天降,还惊于他们的阵型。六个男人围绕在唯一的女人身边,猫着腰,手挽着手,像是非洲什么部落在跳求偶舞蹈。

"滚!这时候还贴我那么近干什么?"队长抬起长腿,一脚把一名队员踹飞出去。

六人立刻分散,占据排椅和讲台作为掩蔽物,端起微型冲锋枪。

学生会精英们也在差不多同时完成了包围,二楼巡逻的干部们也及时赶到,从栏杆缝隙中伸出了乌黑的枪管。

双方的火力差不多,上膛的声音整齐得像是训练过,但几乎同时,恺撒和女人都举了手,叫停了开火。

队长冲恺撒比了一个"OK"的手势,沿着中央过道踱步,暴躁地打着电话。

"你到底是谁啊?谁给你我的号码?绿森林?什么绿森林黑森林?你家是抹茶蛋糕店么?"

"我是定过你们的服务没错,可我没说要电话回访!"

"你们对拼写不太确定?"队长瞥了恺撒一眼,"你们的客服听力有问题吧?你们以前难道没有来自亚洲的客户?行吧行吧,你放都放了我扣你钱有意思么?"

"好了好了,我现在很烦,请不要浪费我和客户……啊不,和敌人相处的时间!"她切断通话,"我最恨做事不专业的人了!"

"我也是,"恺撒对此深有同感,"尤其是电话回访和电话推销,让人无法忍受。"

"可怎么办呢?我有个很挑剔的老板,他安排的事必须准时准点,差一点都不行,交给秘书的话我还是不放心。"

"我也有个还算可靠的秘书,虽然知道他是家族派来监视我的,但他实在太可靠了,还是忍不住要用他。"

"我的秘书就不行啦,虽说也是东大的高才生。可能是书读得太多了,脑袋读木掉了。"

双方的部下都绷紧了神经来听这两位带头人的闲聊,他们手里握着上了膛的武器,随时都会擦枪走火。

但恺撒和女孩真的就是在闲聊,双方都刻薄、骄傲,精英意识浓郁,聊起来有相见恨晚的感觉。

"主席的老毛病又犯了。"学生会这边有人这么想。

恺撒有很多很多的老毛病,比如给学生会舞蹈团的女孩们赠送白色蕾丝质地的舞裙,再比如从不开任何八缸以下的机动车,也不开电动车。

Chapter 7
The Little Brother

眼下他犯的这条也许可以定名为,"对美丽的女性必须恪守温柔和礼貌"。

恺撒坚守这一条就如爱尔兰神话中那位英雄库·丘林坚持自己的 Geis,好像不遵从这些他给自己设的禁制他就会死掉。

队长是个美人,万里挑一的美人,站在敌人的立场都无法否认,人总要对自己的良心负责。

尽管素面无妆,身上也只是漆黑的作战服,但她是古艳的、明媚的、斑斓的。在她身上可以堆砌各种形容美人的词汇,而且都得是大词,小词还配不上,清新秀丽这些,都有辱没队长大人之嫌。

通常这种大气磅礴的艳丽都出现在有些年纪的女人身上,偏偏她还很年轻,骨骼灵秀,眉目如画,长得逆天的大长腿,风格冷硬的作战服都遮不住她那妖媚天成的身段。

漆黑的长发长到臀部,用红绳扎成瀑布般的马尾,露出白皙修长的后颈,像个剑道少女。明艳照人的脸蛋上带着"喂你又来找死啊"表情,活色生香。

两人又聊了几句。

"好了,我的气也平了,谢谢你耐心陪我聊天。"队长终于结束了没有营养的闲聊,"我的情报说恺撒·加图索是个眼高于顶的贵公子,不过你还挺讨人喜欢的。"

"能和您这样的女孩聊天是我的荣幸,我也很想知道我的对手是一群什么样的人。"恺撒微笑,"怎么称呼?"

"名字告诉你没关系,电话号码就免谈了。"队长说,"酒德麻衣。"

"你看起来有点面熟。"

"酒德亚纪的姐姐。"麻衣看了一眼墙上的照片。

学生会这边恍然大悟,他们也都有跟恺撒类似的感觉,但如果酒德麻衣不承认,他们很难猜出来。

两人的轮廓其实是颇像的,但妹妹清秀可人,姐姐古艳高华,姐姐的漂亮带着一股子煞气,功力不够的接不下,不小心就会被她伤了。

"很遗憾,你来晚了。"恺撒说。

"没关系,我俩从小就没在一起长大,说不上有什么姐妹情,只不过那个笨蛋沦为某些人的棋子,让人有点生气。"麻衣轻描淡写地说,目光微微一瞬。

就是那么一瞬,谁都看得出她有那么一点点的悲伤,连拿枪指着她的人都有那么一丝悲戚。

听酒德麻衣的意思她居然还有个老板,真不知什么样的男人用得起这样祸水级的美人。

麻衣掏出手机放在旁边的讲台上:"像西部片那样如何? 音乐结束,我们就开始。"

"Ashitaka Sekki？"恺撒问。

"Ashitaka Sekki，大家都熟悉的曲目。"麻衣按下了音乐播放键。

恺撒缓缓地起身，脱去礼服上衣，把装着"沙漠之鹰"的枪套披挂在身上。他严肃起来了，眼睛一直盯着酒德麻衣的手，酒德麻衣的手很好看，但也很危险。

酒德麻衣挑了挑眉，挑出两道绯色的刀锋。她的眉眼修长，不必化妆也有一抹淡淡的绯色，恰如长刀。

两人的身后，几百枚压入弹仓的子弹。

乐声响起，仿佛在万年森林的深处，无数萤火虫飞舞，精灵们唱着古老的悲歌，那么多那么多的孤独和悲伤，汇合成山一般的宏大。

"音乐长度是2分39秒，可能是你一生中的最后2分39秒了，有没有遗言？"酒德麻衣看着恺撒，她身上那股汹涌的、危险的气息在提升。

"你们为什么而来？"

"青铜与火之王的骨殖瓶，根据我们的情报，大概一个小时之前它被送到了这里。"

"这么坦白自己的目的也没关系么？"

"我还告诉了你我的真名呢。"酒德麻衣笑。

不过随手一撩，就有三五个人心潮澎湃，但恺撒还是神情肃然。

"龙骨是能带来灾难的东西。"

"也能带来新时代。"

"你们自诩为革命者么？你们日本人总是说新时代，明治维新的时候，剑客们为新时代杀了很多人。"

"我们的新时代，远比那，要新得多。"酒德麻衣一字一顿，眼睛里流过瑰丽之色。

音乐仍旧继续。提琴部和管乐部配合着上升，精灵们泪花飞溅地高唱，萤火虫四散飞舞。胡琴破围而出，无奈的情绪如堆积在山顶的层云，孤独的孩子提着无法指引来路的灯。

恺撒和酒德麻衣都不再说话了。恺撒在心中默数，这首曲子他很熟，高潮结束后，余音会维持十五秒钟，就像是沉默了几千年的守林人，用他皱纹密布的双眼看着没有尽头的路。

15、14、13、12、11……音乐声忽然消失，仿佛被利刃截断。

六支枪发射的声音如同一响，酒德麻衣的人占据了先手。

预想中的十五秒绵绵长音只有五秒，酒德麻衣用自己的手机放的音乐，酒德麻衣版的Ashitaka Sekki就只有五秒的余音！

学生会干部们都在等待恺撒下令，可等到的是对方的弹幕，古艳高华的酒德麻衣也照样耍心眼，而且她根本不以为耻。

Chapter 7
The Little Brother

她笑着掏出两支格洛克手枪，指向恺撒的额心。

英灵殿中血色四溅，如同无数的红花在同一刻盛开，学生会干部们纷纷中枪，还未来得及倒下……但灯忽然黑了，酒德麻衣失去了目标。

言灵·镰鼬，入侵者七人，七个心跳声，位置判明。

恺撒双枪入手，跃起的瞬间开枪。枪口焰闪灭，黑暗中这张英俊的脸连闪了三次。他打出了六颗子弹，但每次都是双枪齐发。

灯光再次亮起时，恺撒依然坐在之前的位置，"沙漠之鹰"的枪口向下，两缕硝烟悠悠上浮。

学生会十六人，入侵者六人，都沉默地看着自己的胸口。血雾飞溅，二十二件武器坠地的声音像是同一声响。

枪声还在回荡，孤零零的掌声响起。

"你原来是个玩枪的高手，看你那把刀很特别，我还以为你擅长近战。"酒德麻衣说。

恺撒卸下弹匣，把剩下的子弹退出，左手右手各四枚。

"'沙漠之鹰'的标准弹匣七发，我用了六发，解决了你的六个人。"恺撒把子弹扔在地上，"你修改了音乐结尾，否则输的是你们。"

"说输赢还太早，我没有开枪。"酒德麻衣耸耸肩。

她的枪口没有硝烟，她本已锁定恺撒，却没有开枪。

恺撒看了一眼中枪的同伴："弗里嘉子弹？看来你们也不想造成太大的杀伤。"

不约而同地，双方都装填了麻醉效果的弗里嘉子弹，看起来满地横尸，其实只是深度昏迷。

隔着几步远，保持不变的间距，恺撒和酒德麻衣在大厅里漫步。如果不是手中的四支枪，气氛堪称和谐。

"我明白了，"麻衣说，"你的言灵是'镰鼬'，你早就下令系统熄灯，在黑暗里'镰鼬'几乎是无敌的。"

"你的任务只是拖住我，对么？你并不急于侵入地下层。"恺撒说。

"眼下是你们人员最紧缺，防御最薄弱的时候，执行部的精锐都在海外，你们一定会启用在校生。而在校生里你和楚子航是最有效的战斗力，所以我们分了工，我的任务是拖住你，给你们留下深刻印象。"酒德麻衣微笑，"别的事就交给那个三无少女好了。"

"什么叫'三无少女'？"

"就是没身材没脸蛋也没热情那种少女，我的反面。"

"你准备怎么让我们留下深刻印象？"

"见过我的人都对我有深刻印象。"

恺撒无语。

这句话别人说来要么是发烧了要么就是在开玩笑，但酒德麻衣这么说你就觉得她挺有道理的。想要给你留下深刻印象的话，她摘下面罩就行。

"我的目标是生擒你，你的目标是拖住我，如果大家都没有置对方于死地的想法，不如凭实力赌一场。"恺撒说，"像西部牛仔那样，我们比谁的枪快。"

"让你一步，黑暗是你的主场，在你的主场比。"酒德麻衣笑。

"好。"恺撒说。

"等我一下。"酒德麻衣把格洛克手枪收起，掏出两枚银色的发箍来。

她旁若无人地梳理着自己的长鬓。她的鬓发是特意蓄养的，两尺长，黑得如漆，像是浮世绘上的古代日本女人。

"你可真是个彬彬有礼的男人，几年级了？"酒德麻衣在梳理好的长鬓末端各扣上了一枚银色的发箍，发箍上雕刻着漂亮的蝴蝶花纹。

"男人永远要在等待女士梳妆时保持耐心。"恺撒说，"三年级。"

恺撒重新填充弹匣，酒德麻衣抓起格洛克。两个人低头整理武器，同一声上膛，各自抬头。

"三年级的小男生，你说开始就开始。"酒德麻衣轻盈地旋身，发梢追着银箍的长鬓飞荡起来。

"诺玛。"恺撒说。

"五秒倒计时开始。"诺玛的声音降临，水晶吊灯开始一亮一暗，以稳定的一秒钟一次的频率重复。

5、4、3、2、1……灯黑！

言灵·镰鼬，领域全开，恺撒下达敕令，黑羽狂舞。向着他涌来的声浪如澎湃的海潮，从断电瞬间电火花闪灭的嘶啦声，到风掠过酒德麻衣发丝间形成的次声波，叠合在一起，几百几千倍地增强。

"镰鼬"捕捉到了两个诡异的声音，像是风经过笛孔，两道长音交织着，在空气中旋舞。

麻衣的两枚银色发箍！恺撒刚想起来，那个声音忽然变了，变得寒冷凄厉，犹如鬼泣。而酒德麻衣的心跳声，却被这两个声音切断，弥散在空气里。

这是恺撒第一次遇见这样的事，"镰鼬"跟丢了目标。

图书馆，门外响起了敲门声。

"请进，门没锁。"楚子航合上手中的书，提着"村雨"起身。

有人开了门，又关了门，脚步声在书架之间回荡，轻盈而稳定。

楚子航和来人隔着几排书架见了面，透过书籍之间的缝隙，两个人彼此打量。

Chapter 7
The Little Brother

楚子航穿着校服，因为来得急他并没有时间收拾一下自己，凌乱的黑发遮住了半张脸和一只眼，剩下的那只金色瞳孔在昏暗的环境中飘着令人恐惧的寒火。

来人一身漆黑的作战服，连面罩也是漆黑的，但能看出是个身材娇小曲线玲珑的女孩，她空着手来的，什么武器都没有带。

跟入侵英灵殿的那位酒德麻衣小姐相比，她的仪态板正得过分，酒德麻衣随便一凹就有万种风情，这位站在书架下，感觉和楚子航一样是来借书的。

双方都不说话，图书馆里静悄悄的，与其说是剑拔弩张，不如说是尴尬的沉默，远没有英灵殿那边的热情四射。

"三无少女？"最后还是楚子航打破沉默。

恺撒摘掉了耳麦，以免听觉受损，但他始终开着手机，就是为了楚子航知道那边的战况。

"麻衣说的？ 那就是吧。"三无少女认可了自己的定位，"我是你的对手。"

"我知道。"

三无少女凝视着楚子航的黄金瞳："因为不愿被人看见你这双眼睛，所以独自留下迎敌？"

"也不是，还有些别的也得保密。"

"麻衣说让我小心你，你是他们养的野兽。"

"原来关于我的说法是这样的。"

又是长久的沉默，双方都不太善于说话，每一次新起话题都要绞尽脑汁。

"他们这是在聊天？"曼施坦因关注着两边的战局。

"恺撒刚才是在聊天，因为他的对手很有魅力，但楚子航不是，他们一直没有动手，因为都没有摸清对手的底细。"施耐德说，"那个人单独行动，没带武器，如果你是对方的指挥官，什么情况下你会把这样的一枚棋子派出去？"

"她的言灵能力强到不用携带武器，而且她的言灵具有很大的危险性，同行者都会有危险，就像你把楚子航单独留在那里。"曼施坦因明白了。

"没错，双方都准备直接用言灵压制对手，但是他们都不知道对方的言灵。"施耐德说，"这也是我一直对楚子航的言灵保密的原因之一。"

"现在贵公子对上了辣妹，大杀器对上了大杀器，所有入侵者全都在这里了，我们的增援要等到什么时候？"

"芝加哥分部的增援已经乘坐 CC 1000 地铁出发，但即使以极速他们还要一个小时才能赶到。"施耐德说，"对方也知道我们会从芝加哥调增援过来，可似乎一点都不急。"

"教堂入口有我父亲在，梵格尔夫楼是执行部的人守着，图书馆和英灵殿入口他们至少要拿下其中一处,"曼施坦因说,"他们没时间拖。"

"但他们确实在拖延,这说明他们还有别的后手,"施耐德抓起麦克风,"楚子航,尽快结束战斗,别给她拖延的机会!"

"他们催了,我们开始吧。"楚子航摘下耳麦。

"好。"三无少女说。

"言灵·君焰!"楚子航低声说,金色的瞳孔爆出璀璨的光华。

古奥的吟诵声中,楚子航头顶上方亮起了一团刺眼的火光,那团火光翻滚着膨胀着,忽然爆出几十道火流,仿佛沿着看不见的球体外壳往下流淌,包裹了楚子航。

楚子航像是中午的烈日!

> 言灵·君焰
>
> 序列号:89
>
> 血系源流:青铜与火之王
>
> 危险程度:高危
>
> 发现及命名者:尼古拉斯·弗拉梅尔
>
> 释放者经过较长时间的冥想和吟唱,爆发式地点燃周围环境中的火元素,形成高温、高热和冲击波。
>
> 简而言之,它会引发一场威力惊人的爆炸,通常爆炸的烈度约等于引爆一枚凝固汽油弹。
>
> 置身爆炸中心的释放者不会被波及。
>
> 很罕见也很危险的言灵,极度狂暴,狂征暴敛般地破坏元素平衡,以求达到最大程度的杀伤力,无异于一个孩子挥舞一柄巨斧。
>
> 小概率会引发区域性的元素乱流。
>
> 该言灵在火元素的掌控方面已窥堂奥,因而以"君王的火焰"命名之。
>
> "燃烧!燃烧!再燃烧!谁知道会不会烧出一个太阳呢?"
> ——尼古拉斯·弗拉梅尔

路明非还没有来得及阅读的言灵序列表上,关于"君焰"的描述是如此这般的一张卡片。

卡片的一角,打着血红色的"高危"印章。

"君焰……序列号89的君焰!"古德里安额头上出汗,"他一直藏着的原来是这种东西!"

"所以他确实是 A+ 级,A 级的评定结果没有考虑到他的言灵能力。"施耐德说,"我告诉过你们,图书馆能守住。"

"二年级学生驾驭着君焰,好比八岁孩子骑着大排量摩托车,而且快要跑爆表了。"曼施坦因说,"真是恐怖的血统,庆幸他是站在我们这边的……至少目前还是我们这边的。"

"没错,图书馆不需要其他任何人,楚子航就能守住。"古德里安也说。

下一刻他们就在耳机中听到三无少女轻声说:"好!言灵·君焰!"

三个人同时脸上变色,接着他们就听到完全一样的唱诵以少女的声音发出,渐渐地追上了楚子航。

"各单位注意图书馆方向!预备迎接冲击波!"施耐德抓过麦克风大喊。

他扑到窗边往外望去,电焊般明锐的光焰射穿了图书馆的玻璃窗,旋即是滚滚的尘浪从窗口汹涌而出。

通讯立刻中断,存有无数珍贵图书的建筑物在顷刻间就只剩下立柱和承重墙这样的刚性结构了。

片刻之后,电焊般明锐的光焰再次喷射!

片刻之后,再一次!

"他们在干什么?那些书珍贵得可以上拍卖会!"古德里安惊呼。

他现在只希望这场灾难千万别波及位于高层的古籍区,那里的藏品如果受损就真的是全人类的损失了。

"他们正在用君焰对攻!一旦开始就没有人敢停,停下的就会被烧死!"施耐德满头冷汗,"君焰……不是只有我们有!那些人……到底是谁?"

诗蔻迪区,瓦特阿尔海姆研究所。

即使在卡塞尔学院这样的地方,这也是个神奇的区域,有这么一个神奇的名字,是由主管这个区域的疯子们自己起的。

地上层的人通常并无什么机会跟这一层的人接触,这一层的人也不屑于去到地面上跟那些"执行部的武夫"、"带孩子的保姆"以及"坐办公室的官僚"接触。

他们高傲到连校长都懒得接见,因为校长"归根结底跟执行部的武夫们是一路货色",但他们今夜全体到场,围绕在西装白发的校长身边。

"很好!松开!"有人击掌。

四条机械臂轻柔地释放,黄铜罐稳稳地悬浮在低温液氮中。液氮存放在坚硬的石英容器里,超导磁场完全笼罩了这个容器。它像一个发育中的胎儿那样沉睡,母体就是这件特制的椭圆形石英罩。

"完美!"瓦特阿尔海姆研究所的研究员们鼓掌。

"让我正式宣布,龙王诺顿,捕获成功!"昂热校长举杯,"虽然付出了沉重的代价,先生女士们,敬那些为了我们事业献身的人。"

研究人员都庄严肃穆地举杯。尽管看不上曼斯这种"执行部的武夫",但这个武夫的牺牲毕竟带回了弥足珍贵的研究物。

尽管也通晓言灵和炼金术的知识，但瓦特阿尔海姆研究所是科学的信徒。

在过去的数千年里，人类曾使用巨剑、战斧甚至邪恶的巫术作为和龙类对抗的武器，付出了惨重的牺牲。然而工业时代之后，人类终于得到了名为科学的武器，越来越强大的发动机、火药驱动的动能武器、危险的化学药剂，甚至核反应这样的力量都被人类所掌握，龙类的种种伟力渐渐不再是可望不可即的。而瓦特阿尔海姆研究所的人们，恰恰是把科学这把利剑磨得极致锋利的一帮家伙。

这些年来他们一直计划制造出究极又简易的屠龙武器，比如能够跟踪对象的机械蜜蜂，在龙王身上叮一口注入致命毒素就能瞬间结果他，或者某种屠龙专用导弹，搭配屠龙专用雷达，发现即摧毁。

但俗话说想要毁灭你的敌人必先了解他，这帮科学圣教的信徒始终未能得到真正的龙王样本用于研究，而今天校长把样本给他们送来了。

"过去的几千年里我们和龙族誓死地战斗着，然而龙王死而复生的诡异属性一直困扰着我们，他们苏醒一次，我们就把他们埋葬一次，这种埋葬更像是暂时的封印，因为他总会从灰烬中复活，卷土重来。卡塞尔学院成立以来，我们在炼金术和言灵学方面都有重大的突破，但唯独是龙王本身，那些由黑王创造、介乎神魔之间的超自然生物，因为缺乏样本，无法研究。"校长还在发表激动人心的讲话，"但今天，是历史性的一天！我们捕获了龙王！龙王诺顿！"

研究员们一齐鼓掌，但掌声有点敷衍，他们来不是为了接受一个武夫的精神洗礼。

"我们能解剖它么？"一名研究员举手提问。

校长的脸色有点难看，好不容易获得的珍贵样本，这帮家伙居然想用对待一只青蛙的待遇对待他。

换到上古年间，如果一位人类君王，哪怕是查理曼大帝那种堪称伟大的君王，有幸能够跟龙王面对面，想必也会跪在对方脚下恳请他赐给自己世界的主宰权。

好在研究所所长威严地打断了这个家伙的提问："请问黄铜罐中有活体么？亲爱的校长阁下。"

"不能确定，黄铜罐的铸造时间大约是公元33年。这是一个骨殖瓶，它的主人是当时中国四川的统治者公孙述的臣子李熊。是这个人劝说公孙述称帝，并且向公孙述展示了'龙出府殿前'的神迹，于是公孙述应天命称帝，年号'龙兴'。李熊认为按照中国的元素学说，公孙述代表西方，属'金'。他有一个奇怪的预言，'八厶子系，十二为期'，这是一个凶兆，'八厶'就是汉字的'公'，子系是'孙'的意思，'十二为期'意味着公孙述称帝只有十二年。果然，十二年后公孙述死于另一个统治者刘秀之手。而这个李熊，历史没有记载他的去向。"校长凝视着铜罐，"我想这个铜罐就是李熊自己铸造给自己的棺材，他把卵安置在青铜城的深处，等待复苏。李熊，就是龙王诺顿的另一个名字，他跨越欧亚大陆去了中国。"

"这个骨殖瓶，或者卵，它安全么？"又有人举手提问，"如果不安全的话，是否应该尽快开罐解剖？"

这位也一心想着解剖龙王，前面那个问题不过是铺垫一下。

这帮家伙如果去传说中内华达州的51区工作，在飞船上捡到重伤的外星人，应该也会请他在解剖床上躺好，然后咔嚓咔嚓给卸了。

他们不太思考宇宙间和平和跨种族交流这种事，这是人文领域的问题，在他们眼里知识高于一切。

研究所所长再度以目光制止，自己重新提问："这是个非常危险的东西，我们怎么确保里面的东西不会苏醒呢？"

"很安全，因为罐子里的东西还没有醒来，否则我们甚至连接触它都没机会。我们特意设计了这样的一个石英玻璃腔用来安置这枚卵，液氮令它处在超低温环境下，超导磁场隔绝他最重要的力量——对金属的操控。只要金属和火焰这两种青铜与火之王的力量都被隔绝，它就会处在长期的休眠中。"校长顿了顿，"此外这个看似黄铜的外壳也非常坚固，应该是用某种'再生金属'铸造的，这样坚硬的蛋壳，龙王自己都很难打开。"

"那我们就放心了……"所长欣慰地说。

"百年之前的错误不能重犯。"校长低声说。

研究人员没有理解这句话的意思，只顾着交头接耳。

"但是如果它打不开的话，我们怎么解剖它呢？"所长搓着手，神色为难，"它最后还是要被解剖的啊。"

不愧是瓦特阿尔海姆研究所的负责人，科学狂信徒中的老大，所长想的也是怎么解剖这东西，只不过先得婉转一下。

校长神色略有些尴尬，安静了片刻才温言安慰这帮疯子："我想我们最好还是先用不伤害样本的方式来研究它，比如核磁扫描。"

"铜罐上的缺口是怎么回事？"有人提出新的问题。

每个人都看到了，这个接近完美的物品上有一道黑色的裂缝，一直向着铜罐内部延伸。

"曼斯教授对它使用了'灰锡溶液'，这是我们从埃及古墓中获得的一种液体，神秘的炼金术试剂，目前所知唯一可以腐蚀再生金属的液体。"校长说到这里忽然有所迟疑。

铜罐上的裂痕确实惊心动魄，他直接带着铜罐从三峡返回，并没有时间检查那道裂痕，如果灰锡溶液把外壁损伤得太过厉害，确实可能带来危险。

"诺玛，它的核磁扫描结果出来了么？"校长问。

"即将完成，我正在根据所得数据重建模型，十五秒钟内能够为各位呈现铜罐的内部构造。"诺玛的声音回响在周围。

片刻之后，核磁扫描的结果显示在屏幕上，3D可旋转，每个细节都清晰可辨。那个瞬间，所有人的脸色都变了。

巨大的寒意忽然降临在每个人的心头，尤其是校长，目瞪口呆，微微战栗。

"那不是灰锡溶液腐蚀出来的。"

"是旧伤。"

"两个腔。"

"一个空的！"

研究员们议论纷纷。

铜罐内部被一道壁分隔为两个空腔，一半中是什么模糊的东西——这种扫描对于生物体的信号就是会不清晰——而另一半中则空空如也。令人不安的裂缝直通那个空腔。

"有什么东西从里面逃逸了！"校长低声说，"见鬼！那个缺口不是灰锡溶液造成的……它是一处旧伤！旧伤！"

曼斯得到这个铜罐的时候，它还被沉积的泥沙包裹着，因此这个裂缝被盖住了，灰锡溶液只是腐蚀了铜罐的表层，却把这道裂痕冲洗出来了。

最后一句校长没说出来："那是茧孵化的裂缝！"

13号就站在人群里，此刻他看起来是个戴着防毒面具的研究员。

这一路上简直太顺利了，他顺着贴心的指示牌来到这里，但这里看起来更像仓库而不是实验室。它非常混乱，叫不出名字的元件丢得四处都是；又有点像打铁厂，熊熊燃烧的炼炉里，某种金融熔化之后形成了暗蓝色的液体；又有点像毒气室，多数人都戴着防毒面具，角落里的某台设备偶尔喷出墨绿色的浓烟。

但这个地方也非常先进，跟那台疑似毒气发生器的设备仅仅隔着一道玻璃墙，一台看上去就非常先进的激光雕刻机正在雕刻一块硅晶圆。

13号随手找到一个防毒面具扣上，在实验室里来来回回走了几圈都没有人上来询问，研究员们都沉浸在各自的研究中不能自拔，偶尔有人发出惊喜的尖叫，其间还有一次小型的爆炸事故。

13号对自己产生了深深的怀疑，这么好潜入的地方，这样一群毫无防备的家伙，真的需要自己这样的专业人才么？

这间学院在外面设置了无数的警戒线，牢牢地把守着这个地下空间，结果这个空间里的家伙却完全没有防范意识，甚至没有几名荷枪保安来来去去。

Chapter 7
The Little Brother

　　诺玛当然想过要严密地监控这个区域,但瓦特阿尔海姆研究所直接拒绝了,科学圣教的信徒们非常喜欢沉浸在自己的世界里,不希望有人在旁监视。

　　这里对他们来说是个乐园,上帝在伊甸园门口设置了旋转的火剑来保护它,却不曾在伊甸园里遍布摄像头和保镖来看亚当夏娃玩耍,对不对?

　　片刻之后13号听到了铃声,整个实验室忽然就沸腾起来,所有人都冲进一间巨大的蒸汽浴室洗澡和消毒,这些家伙都埋头于自己的事,能让他们老老实实洗澡消毒去参加的事情无疑是大事。

　　13号跟进男淋浴间,那帮人正边冲洗边兴奋地讨论着某个新送来的东西,白汽里几十个赤条条的身影,13号走到角落里,打昏了某个边洗边哼歌的男人,借着蒸汽的掩护,把他赤条条地藏进装卫生用具的小隔间里。洗浴之后每个人都穿上无菌套装,从头到脚封闭,严密得像是要去登陆月球,再经过冲洗通道和紫外杀菌通道,才来到这里。

　　他来这里的时候一个头发花白的老人正靠在墙壁上独饮香槟,黑色西装的外兜里插着一枝艳红的玫瑰,倒像是来参加晚宴的。

　　再看到那个缓缓降下的铜罐,13号终于激动了,不是为了科学史上的伟大一刻,而是五百万美金。

　　每个人都激动莫名,根本没有人注意到他,他甚至揭开面罩喝了一杯庆功的香槟。

　　他从来都是个随性的家伙,人家点头他也点头,人家鼓掌他也鼓掌,人家喝酒他也喝酒。

　　接着是那个老人畅谈龙王和某个名叫李熊的中国人,13号对这些没兴趣,世界上怪力乱神的事儿很多,他自己就经历过一些,老一辈猎人都说猎人是走在现实和冥界之间的人,多少都会遇到些奇怪的事,习惯了就好。13号只需等到庆功结束,找个合适的机会动手。

　　但情况居然又有了变化,自从发现那道裂痕,这帮家伙又慌了,七嘴八舌议论纷纷。

　　"开罐吧校长!不能等了,我们必须尽快研究这个东西!"所长神情严肃,好像历史的重任扛在肩头。

　　"我们没有合适的工具切割再生金属……"校长说到这里停住了。

　　所长的背后,那四条机械臂从天而降,其中的三条稳稳地固定住了铜罐,第四条机械臂上则闪灭着激光。

　　"我们修改了五角大楼最新的反弹道导弹激光并把它小型化了,请允许我们试着切割看看……"所长边说边示意左右,研究员们目光灼灼,感觉校长敢说个不字他们就要一拥而上了。

"你是不是也准备好了解剖龙王的手术刀和消毒棉球？"校长抚额。

"手术刀应该是切不开的，我们想的是用高压水刀。"

"我非常理解各位追求科学真理的迫切心情，但很遗憾这东西对于学院太重要了，所以很抱歉所长先生请你立刻收回你的激光器，并且把这间屋子里的人给我清空。"

"校长你有话好好说，拿刀架在我的喉咙上就不必了吧？"

校长彬彬有礼地说着话同时从西装袖口里摸出一把大型折刀，啪地抖开，黑色的刃口抵住所长的咽喉。他这么做的时候也依旧保持着风度，感觉更像是给所长递上了一支纸烟。

"不不，我对你们这帮疯子的理智毫无信心，我不想跟你好好说我这是威胁你，赶快把你这群对学院财产虎视眈眈的手下给我清空出去！"校长叹了口气，"还有把你藏在身上的那个遥控器，或者其他什么东西，总之就是控制那些机械手臂的玩意儿给我！"

"校长请你千万相信我们这么做都是为了追求科学的真理！"

"你们对龙王一无所知！惊醒了那东西这间学院都要给它陪葬！"

"科学的进步总是伴随着先行者的牺牲！"

"那你要不要试着自我牺牲一下，相信我，被这柄刀割伤的人如今都拥有一块自己的墓碑！"

13号灵机一动，无声地退出人群，在那群研究员跟校长对峙的时候，把自己藏进了角落里的准备间中。这间学院的行事风格真让他为这里的学生们担心，校长明显是个暴力分子而下属研究所根本就是个疯人院。

片刻之后，校长挟持着所长，逼着研究员们退出了这个密闭的空间，闸门落下道道加锁，仅有的几个观察窗也都关闭。

空间中的温度快速地降低，他们再度给那个石英容器注入了液氮，液氮蒸发的白汽弥漫了整个空间，13号冷得直哆嗦，好在温度降低到零下二三十度就暂缓了。

13号悄悄地打开准备间的门，四周仿佛弥漫着浓雾，正前方有荧蓝色的光芒闪动，是那枚椭圆形的石英玻璃腔，里面装着巨大的铜罐。

13号使劲地甩了甩头，想要把脑海中那些乱七八糟的东西甩掉。

他有种错觉，自己正站在风雪弥漫的雪原上，看不透的前方有人轻声呼唤着说："哥哥。"

第八幕 哥哥
The Big Brother

"一个蛋？"13号想，"黄铜蛋！"

这个神秘的山中学院千辛万苦地从中国搞回来一个黄铜蛋，有人则要花五百万美元买它。

13号对古董倒也有些了解，毕竟猎人们总是难免做一些扒坟掘墓的事，而且多半是会出怪事的古墓，战利品也都不是凡品，但这种形制的器皿他从未见过，说是黄铜蛋，但也可能是青铜质地，不锈的青铜本就是金色的，但青铜器怎么可能埋在地下那么多年却不锈蚀？表面满是阴刻的、莫比乌斯圈那样的花纹，看久了令人眼晕。

如果说这东西是个容器，那么总该有个缺口，古人炖点黑牛白马祭个天地用，可这东西的外壁原先是完全封闭的，除了那道黑洞洞的裂缝。

总之就是很像一颗鸡蛋，令人想到天地初开之前所谓的"宇宙浑如鸡子"。

毫无疑问这就是他的目标，强大的磁场就是源自这里，所以这间实验室是纯玻璃质地，看不到任何金属。唯一的问题是这东西的体积巨大，没有一辆小型货车根本运不走。

13号围着它拍了几张照片——这也是雇主要求的——石英玻璃容器的透明度很高，他不必冒险把这玩意儿从容器里取出来。这时他注意到了那道裂纹。

"他们要的不是这东西的外壳，是里面的东西！"13号忽然领悟。

他试着爬上容器的底座，对着裂缝拍照，并且开了闪光灯。

黑漆漆的缺口，像是一眼时光的井。

"哥哥。"有人在井里说话。

那一刻黑暗中好像有一双眼睛看了他一眼，裂缝那么深那么黑，他像是会失足坠落进去。

分明这些都是不可能的事，那道裂缝别说掉个活人进去，爬出个婴儿都很困难，可13号还是中邪般的感觉，心里狂跳。

"临兵斗者皆阵列前行！"13号一个后跳，把散弹枪抽了出来，对准黄铜罐。

那九个字是某个前辈教他的，13号的中文并不流利，无法理解其中深意，但知道是句驱邪镇魔的好话。

脑海里那袅袅的呼唤声消失了，13号长长地出了一口气，冷汗一瞬间浸透内衣，也不知是这话真的管用还是因为他定力高。

他深呼吸几次平静心情，刚才的那声呼唤来得太清晰了，绝不可能只是幻觉。

他忽然就决定要放弃这个任务，那个神秘的雇主从未露过身份，那份过于高昂的酬金，那个投影少女看死人般的目光……种种因素，当然最重要的还是越接近这个铜罐，他心里就越恐惧。

他不知道铜罐里装的是什么，但毫无疑问是某种邪祟的玩意儿，他想到那个国王谷探墓的任务，那些全身肌肉脱落而死的猎人。他还不想死，他还有计划周游世界，他还很有几个好朋友。

他抽出散弹枪来对准闸门就是一枪，丢出一枚烟幕弹，抱着枪就往外冲。

研究员们正聚集在门外低声讨论着什么，那个穿黑西装的老人却已经离开了，看见13号神兵天降般出现，所有人都傻了。

13号顺理成章地挟持了所长："女士们先生们请跪下！双手请举高让我看到！我是爱好和平的蝙蝠侠，没有必要不会伤害任何人！"

这么做之前他也确实戴上了蝙蝠侠的面具，万圣节时买的，跟社区里的孩子们玩。

"瓦特阿尔海姆遭到入侵！瓦特阿尔海姆遭到入侵！龙穴进入封闭模式！龙穴进入封闭模式！"女声四下回荡。

13号回望背后，黑色的外罩升起，把石英玻璃腔完全封闭，在那之前，大量的液氮已经注入了石英玻璃腔中。

13号终于放下心来，这下子无论那个黄铜罐里有什么都该冻住了，管他什么史前生物还是邪恶的古尸。

根本没有人想要反抗他，这间研究所的研究员们显然都把自己的命看得很重，甚至有一名研究员为13号指明了逃离的方向。

13号一脚飞踢，把所长的脑袋踹进了那台貌似毒气发生器的设备里，这样他们总得先救所长而不是来追他。接着13号对天放了几枪，甩开大步撤离。

背后啪的一声，13号回头，看见一个玻璃瓶子从口袋里跌落出来，在地上滚动，里面盛着某种灰色的液体金属。

那是雇主在行动之前寄给他的，只是叮嘱随身携带，没有说明干什么用的。他只犹豫了短短的一秒钟，既然已经放弃任务，实在没什么必要回头去捡这没用的东西。

研究人员们花了几分钟时间把所长抢救出来，但也并没有人想要追上去。打打杀杀本就不是他们的工作。

所长满面红光哈哈哈哈地狂笑不止，看起来最可能的是会窒息而死，那个气体发生器制造的其实是一种新型的笑气。

此时此刻，13号曾经游过的水道中，被遗失在水下的手机忽然亮了。

"13号，如果这时候你还没死，应该已经看到目标了。这是最终指示，打开那个瓶子，把瓶中的溶液倒在目标上，取出里面的东西返回。本次任务的奖金上浮到一千万美金……"

水最终浸入了电池，这部手机永远地停止了工作。

瓦特阿尔海姆研究所里弥漫着呛人的烟雾，这是13号丢出的烟幕弹造成的，研究员们都已经撤出了这个危险的区域，远处还传来所长的欢笑声。

有人穿越烟雾，来到保存黄铜罐的空间。门已经被13号一枪打碎，但黑色的强化保护罩并不亚于银行保险库的门，因此黄铜罐是绝对安全的。

来者摇摇头："就这样放弃了任务？年轻人可真是靠不住。"

他手中拿着13号留下的玻璃瓶，走到保护罩前，把一张黑色卡片插入操作台上的卡槽。

"此操作将导致龙穴的开启！龙王存在苏醒可能！操作禁止！操作禁止！操作禁止！"诺玛的声音回荡在周围，警灯全部亮起，红色的光卷过整个研究所。

"保持安静，诺玛，这是我们见证神迹的时候。"来者切断了跟诺玛的通讯。

主电源同时被切断，所有的灯熄灭，只剩下自带电源的警报蜂鸣，警灯旋转。

黑暗中流淌着赤红色，仿佛岩浆的赤红色，血液的赤红色……末日的赤红色。

石英玻璃腔的温度迅速上升，超导磁场中高速旋转的电子流衰减，十二道密封圈同时解开，巨量的白色蒸汽喷出，足以抵抗冲锋枪扫射的强化外罩洞开。

"以我的骨血献与伟大的陛下尼德霍格，他是至尊、至力、至德的存在，以命运统治整个世界。"来者伸手抚摸石英玻璃腔，石英玻璃腔依旧安静。

"真是一个安静的孩子啊。"来者从袖中拔刀，插入石英玻璃腔的厚壁。

利刃割开石英玻璃，居然像切开果冻。来者拔出刀，玻璃壁中留下一道泛着莹蓝色的刀痕。内部的真空被破坏了，空气尖啸着涌入。

来者切断了玻璃瓶子的瓶颈，把其中灰锡色的液体顺着刀痕倒进石英玻璃腔内部。

灰锡色液体一接触到铜罐表面，剧烈的腐蚀效应立刻出现，暗绿色的雾气弥漫，一道新的裂痕随之出现，是在原本那道旧伤的另一侧。

黄铜罐仍然沉默。

来者叹了口气，用指甲就划开了自己的手腕，把自己的血也滴在了刀痕上。

他的血像是细蛇那样沿着玻璃腔的内壁循环流动，远离中央的铜罐，像是畏惧它。但随着越来越多的血渗进去，血流开始沸腾冒泡，发出哗哗剥剥的声音，如同什么活的东西。

所有血在同一瞬间飞离内壁，扑向了铜罐，如一条红色的小蛇游进了那道裂缝，铜罐里隐隐传出恐怖的低吼，焦灼狂躁。

"欢迎重临世界，康斯坦丁！"来者缓步后退，消失在烟雾中。

这个时候13号正在电梯里，他走得太急迷失了道路，不得不冒险走电梯，好在有那张黑卡，他几乎每道门都能刷过去。不明白为何开始雇主要他走那么难走的路。

他用枪柄砸在电梯的按键上，把按键全毁了，这才松了口气，从瓦特阿尔海姆研究所直达地上层的只有两部应急电梯，毁掉按键意味着再没有人能追上他。

"这就算安全撤离了？"13号对着光如镜面的电梯门整理自己的发型。

可还是有点不对，心脏仿佛被一只手抓着似的，感觉有什么东西……追过来了。

海潮般的声音中，金属长鸣。

"她拔刀了！"恺撒听懂了。

他把两柄"沙漠之鹰"全都对前方抛出，撩开衣襟，拔出了藏在腰后的"狄克推多"，以极速纵横划出一个十字。

黑暗中三柄刀交击，飞溅的火花里，恺撒看到那张下颌尖尖的脸儿在面前一闪而逝，绯色眼角明艳如枫。

最后一瞬间，恺撒判断对了，酒德麻衣要进行的对决不是用枪，她拔了刀。

虽然腰间显眼地挂着两支格洛克手枪，但酒德麻衣真正得意的武器还是那两柄古老的直刃，在忍者们还活跃的年代，这东西被称作忍刀。

酒德麻衣居然是个忍者，这种人在现代社会中虽然还有少数遗存，但更像是"非物质文化遗产"的继承者而非真正的战士。事实上历史上的忍者多半也都是走投无路的农民，甘冒危险为了混口饭吃充当大名的间谍，他们的忍刀通常都只是在村口铁匠那里打的铁片刀，远比不上同期武士们的宝刀。

但酒德麻衣的忍刀完全不同，它们挥舞起来的时候带着淡青色的闪光，切开恺撒那对"沙漠之鹰"的时候就像热刀切开黄油。

那对武器，无论它是忍刀、高级忍刀或者某种恺撒没听说过的武器，剑质完全不在楚子航的"村雨"之下。

恺撒后背微微沁汗，刚才如果不是那两柄"沙漠之鹰"略微阻挡了麻衣，他已经被迎面斩中。刀战和枪战不同,枪战中用的是弗里嘉子弹,而此刻是殊死搏斗。

酒德麻衣一触即退。

恺撒低着头,全神聆听。

但他找不到麻衣,麻衣将心跳以某种方式压得极慢,再用啸声掩盖。

他也很难提前察觉刀声。那两柄刀经过特殊的设计,风阻极小,声音极微,而且刀声和麻衣两鬓上的蝴蝶发卡发出的啸声一模一样。

两缕缠绕在一起的啸声,围绕着恺撒急速旋转,时高时低,时前时后,仿佛鬼魅。

"忍者,果然是日本人的风格。"恺撒说,"啸声加上高速移动让我失去目标,很有意思。"

"意大利男人也都装模作样啊。"说话声从正前方传来,然而啸声在背后。

"速战速决怎么样?三刀,能杀掉我么?"恺撒问。

"好,三刀。不过别害怕,最多是伤重致残,我对有风度的男人素来手下留情。"

"我对美丽的女士也会保持克制。"

恺撒放弃一切防御姿势,刀尖下垂,默默地直立。超常规的对手,攻击可能从任何方向到来,所有的防御动作效果都不大。

精神却被提升到极点,看不见的敕令下达,领域进一步扩张,"镰鼬"在虚空中狂舞。

"第一刀!"咯咯轻笑的声音在正面一米远处被捕捉到。

恺撒猛地抬手,"狄克推多"没有斩向正面,而是格挡在头顶。零点几秒钟之后,啸声和刀声在头顶被捕捉到了,真正的一击是对准恺撒的顶心贯下的。

两刀交击,轻如蝉翼的酒德麻衣借对刀的力量无声地滑开,再次遁形在黑暗中。

"'镰鼬'在你的手里这么敏锐,真叫人吃惊啊,加图索阁下。"酒德麻衣的轻笑声四处都是。

"刚开始而已,你的移动速度又加快了。"恺撒回复到垂首默立的姿态,"第二刀?"

"好的!第二刀!"

恺撒凛然,头顶和脚下同时传来啸声和刀声,似乎有两个酒德麻衣同时攻来。

恺撒向前鱼跃,"狄克推多"在身后平划而过。追击而来的直刀和"狄克推多"在间距不到一厘米的地方擦过,没有产生任何声音,酒德麻衣再一次隐入黑暗中。

"你用发卡的声音虚构了一个自己。"恺撒就地打滚,站起身来。

"聪明!第三刀,也是最后一刀!怎么办?你们意大利男人赢了女人,会要对方以身相许么?"

恺撒深深地呼吸,每一口气都吸进肺的深处,不说话。以身相许当然是很好的话题,能够拉近彼此的距离,但是他连一个走神都不敢。

必须集中精神，必须全力以赴，他从未遭遇过这样的对手，汗水从全身每个毛孔涌出，衬衣已经全部湿透，就像刚刚在田径场上跑了一个马拉松。

但是有种畅快淋漓的感觉。每只"镰鼬"都苏醒了，兴奋地嘶叫着。

他有绝对的信心，和他并肩作战的，是一支由风妖组成的军队。

他忽地愣住，酒德麻衣那对蝴蝶发卡发出的声音原本凄凉如日本小笛，而现在，笛声渐渐消散，只余下蒙蒙的尾音。

只有一个解释，以极速取胜的酒德麻衣忽然静止，放弃了自己全部的优势。

更令他惊讶的是，最后的尾音来自四面八方每一个角度，三百六十度，每一度的空间里都站着一个酒德麻衣。

在有光的世界里，这是根本不可能的，没有任何言灵可以产生真正的分身效果，忍者们所谓的"影分身"只是障眼法。

但是在一团漆黑的世界里，从"镰鼬"们捕获回来的声音上判断，就是如此。

恺撒低着头，在他的意识里，无数酒德麻衣围绕着他站成一个圈子，正以极慢极慢的速度抬起手中的刀，这样刀上不会发出任何声音。

三百六十柄利刃，随时都会发动。

恺撒无声地笑了一下，他的"灵"在这一笑中崩溃，领域瞬间收缩，"镰鼬"飞返，仿佛黑暗中无数的乌鸦归巢。

他也放弃了自己的优势。

最后一刀，如同古代日本武士的对决，杀气强到令空气都凝固，只等一片飞叶切破寂静，刀光爆射。

啪的一声，不知是什么地方有水滴落。

双方都没动，强行收敛着自己的杀机和恐惧，接着又是啪啪的水响，恺撒这才意识到自己正汗如雨下，极度紧绷的状态之下他除了听觉其他的感觉都钝化了。

他心里正自嘲，忽然听到非常清越的叮的一声。恺撒没有读过"银瓶乍破水浆迸"这句古诗，但那个声音的效果就是如此，某种坚硬的东西迸裂，某种寒水一样的气息迸射。

他心惊胆战，再也控制不住自己的手。

平衡的局面应声崩溃，三百六十个酒德麻衣同时扑进，三百六十度内每一度都有一柄利刃。酒德麻衣的"刃旋岚"，狂风骤雨般的刀锋围了上来。

恺撒旋身，虎势，双手握刀，向着自己的右后方挥斩。力量和角度都在脑海中设定完毕，精确得就像是用角尺测量过。

"狄克推多"对上了三百六十个酒德麻衣中的一个，刀刃相切，发出刺耳的声音。

无数个酒德麻衣的幻象在这一刻崩溃，两人把全部力量都压在了刀刃上，呼吸喷到彼此的脸上。

"不错嘛，怎么找出我的真实位置的？"酒德麻衣问。

"你怎么在四面八方同时制造出声音的？"恺撒回问。

"自白这种事难道不该优雅的意大利男人先么？"

"心跳！你用忍术压制心跳声，但随着高速运动，你的心跳不由自主地加快，这也是我和你约定三刀的原因，到最后，蝴蝶发卡发出的声音已经不足以掩盖你的心跳了！"

"失误了，还以为意大利男人除了花女人之外都没智慧的。"黑暗里，酒德麻衣笑得灿烂。

"轮到你了。"恺撒说。

"赢家是不需要多说的。"酒德麻衣说。

恺撒的额头被一个冰冷的东西顶住了，他愣了一下反应过来，那是酒德麻衣的格洛克。

酒德麻衣一手持刀挡住"狄克推多"，一手持枪顶着恺撒的脑门。很难想象她那纤纤细细的胳膊竟然有着这么惊人的力量，恺撒可是双手持刀。

"放下刀，我可不知道弗里嘉子弹贴着脑门发射会怎么样，也许会来不及汽化，直接把你的脑门打穿个洞？"酒德麻衣微笑。

"我们约定的可是用刀。"恺撒无奈地卸去刀上的力量。

"就算我说过，女孩说的话你也信？"酒德麻衣在他脑门上指了指，"情商那么低，找不到女朋友的吧？"

"我以为日本人会奉行武士道。"恺撒说，"还有，我有女朋友。"

"你了解的是明治维新时的日本吧笨蛋！"酒德麻衣笑，"现在，乖乖地让姐姐把你捆好，姐姐赶时间。"

"砸晕我吧，捆起来会不会有点不放心？"

"说得有道理，抱歉会搞乱你的发型，头发可真好看！"酒德麻衣高举格洛克，枪柄重重地砸下。

"哥哥。"稚嫩的声音仿佛从幽深的井中升起。

炽热的风扑面而来，强光隔着眼皮都把他们的眼睛照得剧痛，鼻子里满是浓郁的灼烧味。

两个人不约而同地扑倒，那一瞬间有什么东西压制了他们的心跳。比"刃旋岚"强出百倍的压迫感……不，根本没法比较，"刃旋岚"再强也只会带着杀气，而那种气息是巨大的威严。

压迫感转瞬即逝，可刚才短短的瞬间，他们如同身处烧灼的地狱。

"什么状况？"两人同时问。

"不知道！"两个人同时回答。

两个人都睁开了眼睛，大厅里本该一片漆黑，此刻却闪着微弱的光。仿佛被一场火风给洗掠了，周围都是浓重的烟雾，一排排的橡木长椅从中间断开为两截，断口参差不齐，闪着暗红色的光。坚硬的老橡木正在缓慢地燃烧，不知道是被什么点燃的。这些橡木经过太多年，已经坚硬得和生铁差不多了。

"叫你们学院秘书开灯！"酒德麻衣命令。

"停战么？ 算打平！"恺撒说。

"让你一步算打平！ 意大利男人叽歪起来真是比西班牙男人更烦！"酒德麻衣收回了格洛克。

"诺玛！ 开灯！"恺撒也收回了"狄克推多"。

没有任何响应，大厅里仍是漆黑一片。

"诺玛没有响应，不知为什么。"恺撒尽量保持平静，作为A级学生，他在诺玛那里拥有很高的权限，从未有一次诺玛不回应他。

"难道是跳闸？"酒德麻衣烦躁起来，"你们卡塞尔学院的配电系统是什么三流公司做的？"

"没事，我带着一个雪茄打火机，有时候我用来照亮。"恺撒从口袋里摸出了一只纯银外壳的打火机，镶嵌蓝宝石和猛犸象牙，简直是件艺术品。

"拿开！ 要你何用？"酒德麻衣从作战服后袋里摸出了燃烧棒。

燃烧棒把周围照得雪亮，被弗里嘉子弹命中而昏迷的同伴们依然静静地躺着，除了橡木长椅偏离位置和起火燃烧之外，似乎没有其他异样。

但那诡异的光色让人心中不安，刚才分明就是发生了某些超越人类常识，甚至超越了卡塞尔学院常识的事。

"原来你有那么多'蝴蝶'。"恺撒说。

环绕着他们，八枚银色的蝴蝶发卡被悬挂在蛛丝般的细线上，酒德麻衣就是用这些发卡制造了四面八方都有分身的假象。酒德麻衣摘下所有"蝴蝶"收了起来。

恺撒想要伸手拈取一枚看看的时候，被她瞪了回去："没事不要收集女性用品！"

恺撒无奈地摇摇头。

"讲台地板上有洞。"酒德麻衣说。

恺撒顺着她的手指看了过去，一个又一个的洞在讲台地板上排列，就像是两行脚印。每个脚印都把柚木地板烧透了，露出下面灰色的水泥地面来。

恺撒踩在那些脚印上试了试："如果是人留下的，是个身高大概一米六的人，步距只是我的三分之二。"

酒德麻衣也踩上去试了试："还不到我的三分之二……没有说你短腿的意思……三年级的，沿着脚步找找看。"

Chapter 8
The Big Brother

"总叫我三年级,恺撒·加图索这个名字很难记么?"

"等你升到四年级我会改口的。"酒德麻衣循着那些脚印追去。

他们逆着脚印的方向搜寻,很快就找到了这些脚印的开始处,两人默默地看了片刻,深呼吸,彼此对视,心里阵阵发悚。

"你们学院里藏着什么奇怪的东西么?"酒德麻衣问。

"确实有很多奇怪的东西,但没那么奇怪的。"恺撒说,"不是你们弄出来的?"

酒德麻衣摇头:"完全没概念。"

"即使拿着焊枪,熔穿这种厚度的金属门,也要十几分钟吧?"恺撒蹲下。

"你的意思是他用焊枪在电梯门上给自己勾了个边?"酒德麻衣说。

他们都明白了刚才叮的一声是什么,那是电梯到达的声音。

可能是因为跟诺玛的通讯断开了,电梯虽然升了上来,但因为没法通过警戒审核,所有门没有打开。但门上有一个洞,被熔穿的洞。洞的边缘发出耀眼的光,钢铁熔化为红热的钢水,一滴滴打在地面上。

而那个洞,一眼就能看出来是个人形。

"我们还是直接承认说一个很热很热的家伙直接烧穿电梯门走了出来好了。"恺撒说,"虽然很恐怖,但至少合理。"

"乘电梯从地下层上来的?"酒德麻衣说,"能这么轻易地熔穿过去,他的温度大概和太阳表面差不多。"

"还有件无法解释的事,"恺撒低声说,"在我收回'镰鼬'之前,这个人已经快要到达这一层了,可我没有捕获到任何别的心跳声,如果他是个人,那么他的心脏是不跳的。"

冷汗浸透了酒德麻衣的内衣,她沉默了很久:"三年级,站得离我远点,我得打个电话。"

学院正门,那道被炸成废铁的大门还躺在地上,路障已经重新升起,几名执行部的专员设置了警戒线。

眼下有限的人力都用在校内巡逻和防守重点出入口,又以图书馆和英灵殿的战况最激烈,已经被毁的校门反而是最松懈的。

因此专员们骤然听见摩托的吼叫时,已经来不及反应。

耀眼的银光高速驰来,哈雷摩托扭着惊险的弧线,成功地闪避了弹幕,从专员们身旁切过。有人说蒙古人是长在马背上的民族,那这家伙想必出身于什么长在摩托坐垫上的民族。

"感谢各位的招待,先走一步!"13号高呼。

他不愧是生来自带强运的人,逃离地下层之后,他很快就找到了一辆银色的哈雷摩托，一辆他梦寐以求的好车。

最难得的是，钥匙还插在钥匙孔上，车主想来一定是什么挥金如土的纨绔子弟，居然如此对待一辆限量版的哈雷。

这场诡秘的任务到此结束，他手里有些照片，回去写一封报告给雇主，应该也能够交差，就说目标物实在太过沉重，无法搬运。雇主愿意付他点辛苦费他就收着，不愿意他就把定金退回去，反正这鬼学校他是不再来了。

安逸的生活其实也没那么困难，不需要很多钱，骑个破摩托甚至坐着灰狗走走停停，凭着一张能说会道的嘴，哪个镇上的酒吧都有机会遇到好看的妹子。

13号回头比了个鬼脸，不是对专员们，而是对那些穿着白色礼服裙的女生。这间学院的女人也真是彪悍，穿着高跟鞋还跑得飞快，边跑边端着乌兹冲锋枪扫射，但再快能追得上摩托车？

就在这时，他忽然被侧面袭来的灯光笼罩了，对方的引擎声澎湃高亢，把他这辆哈雷都给压住了。

"埋伏？"13号大惊失色。

来不及闪避了，他从摩托上蹦下，仗着极好的弹跳力，着地几个翻滚，吃了满嘴的灰尘才侥幸生还。

哈雷摩托被那辆车撞飞，化作一道银光，砸在路边的护栏石上，又飞下悬崖。

路明非惊魂未定，又看看前方路面上翻滚的摩托车驾驶员，心说完了完了，布加迪威龙这是报废了，还不知道那个摩托车驾驶员是死是活。他很确定诺诺没有违反交通规则，都是那家伙的错，对方不但深夜高速驾驶，而且逆行，而且不打灯。你说这人骑得起那么好的摩托车，怎么就不把命当回事儿呢？毕竟是一条人命，他心里忐忑，急忙跳下车跑到对方事主的身边："Hello, are you OK？"

"喂！你这是干什么？"路明非嗖地把手举了起来。

一根漆黑的枪管自下而上抵着路明非的下颌，13号一脸暴怒。

"阻止他！阻止他！阻止那个入侵者！"后面追击的女生们高呼。执行部的专员则已经四散开来，架着枪缓缓地逼近。

"你他妈的敢埋伏我？"13号恶狠狠地问，咬字不甚标准，但"他妈的"三字很地道。他大概是听出了路明非英语中带着中文腔，于是也用了中文。

"我跟他们没关系！只是开车经过！"路明非很识时务。

他不确定能否骗过这个"龙族入侵者"，但这家伙看起来有点脑残的样子，也许有机会。

如果龙族的脸是青色的，生着双角，嘴角还有鲶鱼须，路明非都不会太惊讶，毕竟在学院里这几天他已经吃惊太多次了。

可这家伙看起来跟路明非一样是个标准人类。一张很中国的脸，颇有点喜相，

Chapter 8
The Big Brother

头发乱糟糟的，标志性的下塌眉毛……这对眉毛看起来怎么那么眼熟？

路明非瞪大了眼睛："喂……你是……老唐？"

13号愣住："看你那么贱……莫不是大头熊？"

路明非在那个星际群里用的是一张大头熊作为头像，但叫他大头熊的只有老唐。

老唐就是那个总跟他打星际的兄弟，不知道多少个无聊晚上，其他人在群里吹捧微商姐姐的美腿和新衣服，他俩在星际地图上轰来轰去。

面试卡塞尔学院的时候，老唐还跟他视频过，帮他矫正口语。因为认识老唐，路明非觉得美国这地界上他还有个朋友，住在遥远的纽约布鲁克林区。

怎么会在这里遇见老唐？怎么还被他拿枪顶着了？路明非蒙了。

"熟人？"诺诺还坐在布加迪威龙里，也是高举双手。

她还没机会上过真正的战场，但战术课已经修到了不错的等级，本可以赤手夺枪，但无奈路明非被人一下子制住，她也只有装路人少女。

"老唐……我是大头熊……啊不，我是明明……别开枪……你怎么在这儿？"路明非哭丧着脸，"明明"是他在群里的ID。

"将来群里说！将来群里说！我是来干点工作……现在工作结束了，要走他们不让……"老唐越过路明非的肩头，看了看布加迪威龙，又上下打量了诺诺，"哎哟！妞很正啊！车借我用一下！"

"你已经借了我男朋友的哈雷了。"诺诺叹气，撞车的瞬间，她就看出那是恺撒最喜欢的一辆摩托。

老唐上下打量路明非："小看你了！刚出国就傍了漂亮姑娘，不但有布加迪威龙，还有哈雷摩托！这什么世界？"

"我他妈还想问这是什么世界呢？"路明非恨不得啐他脸上，"车借给你！不用还！"

"还得借你和你的妞当一下人质！"老唐拖着路明非上了车。无奈布加迪威龙只有两个座位，他只能把路明非放在自己的膝盖上。

"开车！"他扭头对诺诺吼。

"老唐你到底要怎么样么？讲点交情好不好？"路明非也生气了，"大家还是不是兄弟？"

"别废话！装装样子，下山就放了你。"老唐低声说，又对着追近的追兵大吼，"退后！我的枪可不长眼！"

他竭力装出凶神恶煞的表情，但那张喜相的脸经常很砸场子，他严肃认真的时候，别人都以为他是在开玩笑。但这一次，他好像成功地威慑到那些人了，白裙女孩们猛地站住，表情惊恐，一步步地往后退去。

老唐心中一喜，忽然感觉到背后卷来的热风。那种感觉是正午的太阳在他背后升起，他转头看向诺诺，诺诺的长发正被热风吹着向前狂舞。

三个人都觉得无法呼吸，那些女生畏惧的不是老唐，而是站在他们背后的某个人或者……某个东西。

巨大的威压从天而降，简直要把人压垮。

老唐不敢回头，好像后面是条狼，回头就会咬断他的喉咙。他戳了戳路明非："你回头看看。"

"别傻了，你那么英雄好汉，你不回头叫我回头？"路明非也哆嗦。

"不用回头，"诺诺缓缓地说，"看后视镜就行。"

后视镜里，布加迪威龙的后置引擎盖上，竟然趴着一个燃烧的小小身影。他正缓缓地前倾，凑近老唐和路明非，像是要嗅他们身上的味道。

他的脸在后视镜中越来越清晰，那是一张近乎骷髅的恐怖面孔，双眼的位置竟然是两个细小的掌印，却没有眼裂。他的身体像是接近熔化的白铜那样闪闪发光，炽热的焰光如日冕般喷射。

"哥哥。"他轻声说。

"鬼啊！"路明非和老唐猛地搂在一起，尖声惊叫，张大的嘴里可以塞进两个菠萝。

"不参与战斗的人员全体避险！全体避险！"校园广播中回荡着施耐德教授的声音。

燃烧的人影正在校园中漫步，所到之处高树熊熊燃烧，草坪上烈焰高卷。他经过一处高压变电器时，变电器的金属外壳瞬间熔化，灿烂的电火花喷泉那样涌到一人高，而后爆炸把周围一片化作焦土。

枪声暴雷般响起。所有配发了武器的学生们都向着那个人影靠近，藏身在草坪两侧的建筑物后，形成交叉射击。

校园里标配的武器是M4枪族，在伊利诺伊州倒也算合法武器，但问题是这间学院里居然囤积了足够武装一个团的军用步枪。

学生们已经全体更换了5.56毫米口径的钢芯弹，M4步枪以每分钟900发的速度发射，瞬间就清空弹匣，立刻更换弹匣，接着发射。

来自法国的三年级学生兰斯洛特指挥了这次阻击，跟苏茜一样，他也是狮心会的副会长。

执行部有限的几位专员还在赶来的路上，倒是负责武装巡视的学生抢先赶到，兰斯洛特以过人的冷静控制住了局面，指挥学生们对那个不知什么玩意儿的目标射击。在学生中他也确实以少年老成出名。

这根本就是徒劳，没有一颗子弹能射中目标，距离他还有大约两米的时候，这些子弹就熔化了，如同那里存在一层看不见的暗火。灼热的钢水在那层罩壁上高速流动，越汇越多，弹头徒劳地撞上去，像是群扑火的飞蛾。

爆破声中，十几道烟迹向着那个人影而去。兰斯洛特不再保留了，有些人的Ｍ４步枪下加挂了40毫米枪榴弹发射器，正面命中可以干掉一辆步兵战车。

那个人影没有动，但是围绕他飞旋的钢水动了，钢水四溅，在空中捕获了所有的枪榴弹，爆炸力完全向外发散。

兰斯洛特的脸被火光照亮，微微抽搐。

"会长，子弹和枪榴弹对他都没有用！"他一直是在手机通话中。

只剩下承重柱的图书馆里，楚子航和对手遥遥对视，君焰的连续对攻之下，他俩也都狼狈不堪。三无少女被火风扫掉了一只衣袖，这个善于驾驭火焰的女孩，肌肤竟然白得像是霜雪，透着一股寒意。

楚子航拍掉头发上的火星，打着电话。三无少女并无乘人之危的意思，楚子航要打电话，她就等会儿。

"兰斯洛特，立刻撤退，你们的武器没用的。他能对金属和火焰下令，那是青铜与火之王诺顿的权能，而且他对火焰的控制力远远强于我。"楚子航结束了通话。

"这就是你们的计划？"楚子航问，"你们放出了非常危险的东西。"

三无少女摇摇头。说话对她来说似乎是件很辛苦的事，能省省嘴就省省嘴。

"那么是意外状况？"楚子航说。

"意外情况。"

"明白了。"

"你相信我的话？"

"恺撒不懂，但我知道'三无'是什么意思，无口无心无表情。你这种人懒得撒谎。"

"以前也经常撒谎，后来用不着了。"三无少女转身离去。

楚子航长长地出了口气，直到这一刻他才能微微松懈，因为他很清楚对方对君焰的掌握远在他之上，对轰下去的结果是他先崩溃掉。

所以他当然相信三无少女的话，如果那东西真是她们放出来的，她大可以直接用火焰把他埋葬，而她一直在做的，其实只是拖延时间。

草坪上回荡起低沉的吟诵声，空气里弥漫着越来越浓重的灼烧气息，人影的头顶上方滚动着刺眼的火光，空气快要被点燃了似的。

超越人类理解的力量在那里凝结，每个人都感觉到了恐惧。

"趴下！"施耐德和兰斯洛特同时大吼。

那力量崩碎了，接近一颗凝固汽油弹空爆的效果，澎湃如海潮的火焰从一点向着四面八方放射，抉着强劲的冲击波。

目标距离最近的建筑都有几十米之遥，可他视野以内所有的玻璃都崩碎了，十几米长的火焰从窗口射入，就像一头巨龙肆意地喷射火流。

爆炸结束之后，以那个人影为中心，地面化为一片黑色。目标如同站在一个黑色的太阳图腾中心，再次开始吟诵！

"君焰？"兰斯洛特喃喃地说。

那个人影使用的言灵无疑是君焰，兰斯洛特很意外地知道楚子航的言灵是君焰，但直到今天他才知道君焰到底是种什么样的言灵，那东西给人带来的更多是恐惧而非敬佩。

他不知道的是那个人影对君焰的控制远在楚子航之上，同是君焰，在不同释放者手中的效果天差地别。

"爸爸！你能现在释放'戒律'么？"曼施坦因对着电话狂吼，"那个龙类……应该是龙类……正在校园里四处释放高危言灵！"

"别开玩笑了，'戒律'不可能对比我更高阶的血统起作用！那个龙类……"老牛仔的声音也在颤抖，"似乎是初代种！"

"初代种……不是……四大君王么？"曼施坦因汗如雨下。

施耐德神色阴沉，紧紧抓着麦克风，沉默着。他已经束手无策，不知道该向校园里的上千名学生传达什么样的指示。

"你死哪里去了？"酒德麻衣终于拨通了电话。

她已经在英灵殿里跳脚跳了十分钟之久，对方一直没接电话。

"麻衣，你那边结束了么？那个意大利小帅哥好玩不好玩？"对方懒洋洋的，声音含糊不清，嘴里似乎嚼着什么酥脆的东西。

"别吃薯片了！这里已经一塌糊涂！有个浑身冒火的影子正在四处放火，像一台即将爆炸的炼钢炉那样喷发，这里不久就会被拆平！"酒德麻衣气急败坏地大喊，"这就是你的计划么？"

"炼钢炉一样的男人？"咀嚼的声音忽然停下，可以想见薯片从那张懒洋洋的嘴巴里掉落的情景。

"不可能！绝不可能！"手机里的女人大声说，"他没理由一看骨殖瓶就觉醒的，顶多只是感觉到骨殖瓶对他的召唤！"

恺撒夺过酒德麻衣的手机："酒德小姐说得没错，那个炼钢炉一样的男人，现在距离我们只有不到一百米。"

Chapter 8
The Big Brother

"您哪位？"

"恺撒·加图索。"恺撒把手机丢还给麻衣。

"喂！麻衣！你搞错了吧？你刚才不是正跟那家伙杀个你死我活么？"女人说。

"你死我活个屁啊！这样下去大家都要死了！我现在想跑都跑不掉！"酒德麻衣看着不远处绽开的光焰，"他已经从炼钢炉进化为喷火龙了！"

她猛地下蹲，炽焰从她头顶的窗口射入，数米长的火蛇一闪而灭，差点燎到她那头瀑布般的长发。

"拍个手机视频传给我！"女人焦急地说。

"薯片你有时候真是龟毛！说了你还不信！"酒德麻衣一边骂，一边还是把手机高举到窗口去拍摄。

视频信号经由卫星网络传往芝加哥，芝加哥的后援震惊了，直接从水里蹦了出来："见鬼！这根本不是诺顿！这是康斯坦丁！而且是疯狂版的康斯坦丁！谁把他放出来的？谁刺激他了？"

"我什么都没做！我只顾着调戏意大利小哥哥……说错了，我们一直决斗到现在。"酒德麻衣远离恺撒，压低了声音，"侵入地下层的是那个编号13的猎人，我跟三无妞儿都只是在拖延时间而已，完全按照你制订的计划进行。可你的计划出问题了！一头人形巨龙现在正在校园里游荡！快想想办法！不然我和三无妞儿也得陪葬！"

恺撒耸耸肩摊摊手，表示自己并未用"镰鼬"监听她们的对话。

"我不知道出了什么问题，总之按照老板给我的时间表，康斯坦丁的苏醒时间还远远没到，他是青铜与火之王中弱小的那个，复苏得比诺顿慢多了。"

"这叫弱小？这家伙现在闪耀得像个行走的上帝！"

"相对嘛相对嘛，我原本的计划是让13号把骨殖瓶里胚胎状态的康斯坦丁带给我们。13号凭本能就能找到康斯坦丁……"

"所以是13号唤醒了他？"

"13号也得有那个本事才行！13号自己就是个孩子！一定是发生了什么我不知道的事……"

"喂喂喂，你还在么？"酒德麻衣大吼，对面忽然没声音了。

"还在，"女人的声音里透着火烧眉毛般的急，"我正在试着搜索数据库，查找龙王提前苏醒的资料，这种状况非常罕见！他现在是失控的！很不稳定！"

"龙王也会失控？"

"被不恰当的人，以不恰当的方式唤醒，这时候他的能力没有稳定，身体没有长成，虽然看起来力量惊人，但那是因为他无法控制自己的力量。他的身体会支撑不住，随时崩溃！"

"崩溃的结果是什么?"

"青铜与火之王,崩溃的结果当然是一场名叫'烛龙'的风暴!只看范围多大。"

"多大?"

"你这是在问我一枚氢弹的当量么?我不知道,但我猜他能把你们那个山头炸平。"

"那你倒是快啊!快想办法!你平时不都是一个小快手么?"

"我刚才正在洗泡泡浴。"

"这跟你洗泡泡浴有关系么?"酒德麻衣一愣,"什么时候了你还有心情洗澡?"

"洗澡的时候我当然不会带着卫星通讯设备,都存在酒店的保险箱里了,可我一急还把密码忘了,现在只能用笔记本上网,争取越洋跟我们的服务器对连……见鬼!网络接入提示我必须每晚为网络服务支付二十五美元,要输入信用卡卡号的后四位……等等我去找我的信用卡……不不,我得先披上浴巾!见鬼我的眼镜呢?"

"搞定了给我打回来。"酒德麻衣忽然不着急了,默默地挂断电话。如果连那个女人都开始手忙脚乱,那他们现在能期待的只有好运气了。

几分钟后,芝加哥某间酒店的某间客房,房门被人一脚踹开。

正和妻子在沙发上缠绵的中年大叔呆呆地看着冲进来的女人。

那是一个让人立场动摇的女人,以一个让人立场动摇的姿态出场。黑发黑眼,象牙白的肤色,鼻梁上架着黑色的胶框眼镜,一双骨肉匀停的长腿,但脚下的毛绒拖鞋很有点减分。

之所以让人看得那么清楚是因为她身上只有一件白色浴袍,湿漉漉的头发裹在毛巾里,毫无疑问刚刚从浴缸里蹦出来。女人一手捧着笔记本,一手挥舞一沓美钞。

"对不起,无意打搅两位的浪漫时光。但我真是找不到信用卡了,又急着上网,只好闯进来想借用你们的网络。"女人问,"你们开通了上网服务吧?"

"是……是啊。"大叔点头的同时整理了一下自己凌乱的头发。

"这些钱作为给你的补偿。"女人把钱扔在床上,急匆匆地走到桌边去接网线,"十万火急十万火急!"

"你为什么……不连无线网络?"大叔问。

"我需要够快够稳定的网路连接,"女人对大叔比了个请的手势,"你们怎么不继续了?当我不存在就可以啊。"

"老唐,你从哪里放出这个BUG兵种的?"路明非平静地发问,因为哭丧着脸或者急得跳脚都没用了。

好不容易安顿下来,还没有来得及享受豪华教室和图书馆,学院里的美女也就认识了两三个，眼看命就要搭在屠龙事业里了，估计是他跟卡塞尔学院的八字犯冲。

"真不是我放出来的，我一看就知道这玩意儿邪得很，我掉头就跑啊。"老唐也很慌，"你知道我的，我战术风格一直很谨慎！"

路明非想了想："狗屁！你打起来鲁得不行！一不留神你就空投我！"

"这个时候能否就不要用星际语言对话了？"诺诺说，"过时的老游戏了也没多高大上。"

"你什么来路？"路明非换了问题，想想又觉得有点土匪腔调，于是又问，"你到底干什么的？"

"猎人。"

"这学院里有狮子老虎还是狗熊？"

"他说的应该是那种神秘事件的探险者，类似盗墓贼的职业，不过盗的都不是什么正常的墓地。他们猎取的东西都是普通人难以接触、有超自然属性的。"诺诺解释。

"酷啊老唐！"虽然十万火急，路明非还是由衷地发出了赞叹。

"有个神秘的雇主网上雇的我，要我潜入这间学院，会有一件特殊物品被送到这里。"老唐说，"这么个东西。"

老唐拿出相机给他们看自己拍的铜罐，照片上看不出铜罐大小，感觉就是一件精美的古董，但上面那道裂痕确实有种让人不安的感觉，像是某种东西从里面把这个铜罐撕裂了。

"那东西就是从这里面爬出来的？"诺诺问，"这裂缝是你弄出来的？"

"真没有，我对天发誓，我看到它的时候它就有裂缝了，那是一道老伤，里面要是真有什么东西爬出来了也是很早以前的事了。"老唐三指朝天神色严肃，"我就是拍了张照，觉得这东西真的太邪了，不能多接触，就跑出来了。"

三个人背靠着墙站在"自由一日"中路明非躲子弹的那条过道中，距离那个不断地喷发烈焰的家伙只有不到五十米，过道外时刻都会有炽热的火焰一闪而过。

虽然很危险，不过是个"灯下黑"的避难地，那个鬼一样的龙类——如今连路明非这种菜鸟也会直接猜到那是某个龙类了——还没有意识到他们就在附近，路明非只希望他别有狗一样的鼻子。

好在兰斯洛特倒真是有狗一样的鼻子，带领他的人迅速赶到，正用强火力压制那个龙类。至于是不是浪费子弹给他挠痒，目前还不得而知。不过龙类一旦喷射火流，兰斯洛特就得仓皇躲避。

他们能活下来都是因为诺诺的胆量。路明非和老唐被吓呆的时候，诺诺一脚把油门踩到底。布加迪威龙不愧为最快的量产超跑，三秒钟之内加速到了百公里时速，横冲直撞进了校园，把那个龙类抛下了车。

直到此刻老唐和路明非还都惊魂未定，觉得之前所见是场幻觉，只不过面对铝制引擎盖上两个熔化的脚印，才不得不接受现实。

"怎么办？"路明非说，"老藏在这里不是办法，龙类嗅觉怎么样？他能闻到我们的味道么？"

"你身上是有一股生鱼片的味道！"老唐说，"你今晚还吃得挺好！"

"屁！龙虾！老子今晚吃的龙虾！"路明非说。

"希望那家伙不喜欢龙虾。"老唐说。

"理论上说龙类的五感都远远强于人类，但这个龙类有点奇怪，他距离我们那么近，按说早就应该发现我们了。"诺诺说，"我有感觉他在追着我们，或者我们中的某个人。"

"过道另一边通往哪里？"路明非小声问诺诺。

"那边是开阔地！你想在开阔地上被凝固汽油弹攻击么？"有人在黑暗里回答。

他们这才意识到这条窄道里还有第四个人。

诺诺伸手探入阴影，抓住那人的衣领，五指封喉令他无法挣扎，一把把他拖了出来。

"师姐你手法真太帅了……芬格尔你这条狗，为什么是你？"路明非吃了一惊。

被拽出来的是他的好室友芬格尔，更令他惊讶的是这家伙的造型，一身松松垮垮的睡衣，手提纸袋，嘴里居然还……

"仁兄你为什么会在这里？而且叼着一只鸡腿？你来这里有什么用？现在出现在这里的无论是恺撒还是楚子航都好啊！"路明非叹气。

"喔喔喔喔……"芬格尔说。

"你以为你是公鸡么大哥？"

"我是说我我我我我……我在餐厅要了夜宵，但是他们说今夜警戒不送外卖……所以我就去餐厅自提。"芬格尔把嘴里的鸡腿拿了下来，很是委屈，"谁能想到出门吃个夜宵都能遇上龙王呢？你说我这是什么命？"

路明非心说这倒也确实是废柴师兄的行事风格，他分明第一时间就溜出安珀馆了，如果不是为了一口吃的，怎么会离开温暖的被窝？"自由一日"炮火喧天的时候他不也是睡成死猪？

"快想办法！我觉得他……真的是在逼近！"老唐低声说。

过道外传来了脚步声，而且有强光闪动，就像是什么人提着一盏巨灯在步步接近。四个人同时闭嘴，浑身冷汗。

诺诺的预感似乎是对的，那个龙类并不是意外地撞上了他们，他一直在追逐他们，只是因为某些特殊的原因，他的嗅觉没有强大到能在呛人的烧灼气息中闻出他们的味道。

"这样逃下去不是办法，他似乎能感知到我们的位置。"诺诺轻声问，"他在找谁？"

路明非心里微微有些发虚，他是这帮人里最奇怪的，万众瞩目的S级新生，就算他自觉很普通，这时候也琢磨那东西莫非是来找他的。

诺诺多看了他几眼，但没多说什么。

"镇静！镇静！"芬格尔说，"那东西是个龙类对吧，浑身着火的龙类，那么他的能力往上溯源，是青铜与火之王。这就好办了！他着火，我们就去有水的地方！元素的相克顺序，水克火。"

路明非茫然地看向诺诺，眼下能指望的也就她了，老唐完全是蒙的，路明非连一天正式的课都没上过。

诺诺沉吟："我们需要非常巨大的水体，才有可能隔绝他的感知。"

"游泳池，体育馆的游泳池，穿越英灵殿就能到。"芬格尔从后腰里抽出一把PPK来，跟富山雅史用过的那支一模一样，"没准还能趁机给他一枪爆头！水能极大地削弱他！"

"你出来吃夜宵带着PPK？"路明非问。

"兵荒马乱的吃夜宵也要防身啊！讲真如果我有辆坦克我肯定是开着坦克出来吃夜宵！"

"既然没别的办法，那就跑吧！"诺诺大声说。

四个人同时跳起，狂奔着穿越过道，那个缓慢追近的脚步声瞬间加速，光明耀眼，像是后面有辆车亮着大灯追来。

英灵殿的门被人一脚踹开，四个人如同丧家之犬狂奔而入，第一眼看到的是窗边的恺撒和酒德麻衣，彼此都愣住了。

"13号？"酒德麻衣说，"你还没死啊？你迷路迷哪儿去了？"

"队长？等会儿再说吧！"老唐说，"那东西追过来了！"

英灵殿外，仿佛太阳提前升起，光辉四射。

"恺撒！太好了！"芬格尔激动万分，抢在诺诺之前扑过去握着恺撒的手，"想办法挡住他！事到如今只能靠学生会的各位猛将了！"

恺撒被他紧紧地抓住，无言以对，只能越过他肩头去看诺诺："你没事吧？"

"到现在为止还没事。"诺诺拾起一柄掉落的微型冲锋枪，"我可真不想死在生日这天。"

大家都有旧可以叙，只有路明非没事可做急得跳脚："快点！快点！他追过来了！"

"恺撒！这里交给你搞定！"芬格尔一把抓住路明非，"召集你的精英手下，挡他一下！你们没问题的！我们老弱妇孺就先撤了！"

"好。"恺撒淡淡地说。

芬格尔和路明非掉头就跑,从奥丁浮雕下经过直奔后门,老唐犹豫了一下,拔腿追了上去。

路明非跑到门边的时候,扭头看了一眼诺诺,看见两人相对,恺撒轻拍她的面颊。

"正主儿出场,轮不到你关心了!"芬格尔把他的头拧过来,把PPK塞进他手里。

"喂!为什么给我?"路明非问。

"除了两枪轰爆过恺撒和楚子航的S级,还有谁能配拿这柄枪?"芬格尔一脚踹上门,"如今学院里谁都知道你'卡塞尔第一神枪',不是么?"

"明明我信得过你!你操纵机枪兵那是一绝!"老唐也赞同芬格尔,为路明非竖起了大拇指。

"别别别人族还是你玩得好,我用虫族不是被你稳稳地打爆?"

三个人一边狂奔一边互相丢那支枪,好像三只猴子互相丢一个滚烫的山芋。

"去追他们吧。"恺撒接过诺诺手里的枪。

"'自由一日'的时候我可一直在你身边,"诺诺说,"我靠得住的,你知道。"

"可那是'自由一日',你不可能出事,我也就不会紧张。现在不一样,你留在这里我会紧张,会影响我的发挥。"恺撒摸了摸她额头,"去吧,保护路明非,我稍微阻挡他之后就会撤退。"

"你也认为他追的是路明非?"

"我不确定,但只要是他追的,就不能让他得手。"

诺诺犹豫片刻,点了点头。

"我的生日礼物是什么?"她跑了几步,扭头问。

"我的日记本,十二岁记到了十八岁。"

"你还记日记?"诺诺一愣,"里面是你青春期的骚动么?有什么要对我坦白的么?"

"有一些吧,不过主要还是我用各种方法骂我家老爹的合集。"恺撒挠挠额头,"我也想过去什么珠宝匠那里给你定做一件首饰,但估计你不会喜欢。"

诺诺点头:"那明天晚上睡觉前我就能翻开你的青春期了对吧?"

"当然,我也不想在第一次给女朋友过生日的夜里就死。"

诺诺转头奔向后门,恺撒望着她的背影,把一粒粒的AE弹填入冲锋枪,这种钢芯穿甲弹的威力足够洞穿重装步兵的防护,但对上龙王级的目标能有多大用恺撒并不知道。

酒德麻衣一直抄着手靠在墙上,旁听两人说话,毫无回避的自觉,顺便展示完美身材，是一只炫目的灯泡。

"你女朋友看起来还不错。"酒德麻衣淡淡地说。

"我喜欢的总是最好的。"恺撒笑笑，"三十三发加长弹匣？你不逃么？"

酒德麻衣也已经在格洛克里换上了 AE 弹，而且换成了三十三发的超长弹匣，这种情况下格洛克能当微型冲锋枪用。忍刀回到了背后的刀鞘里，大长腿上还加挂了两支冲锋枪，看起来是要玩命的节奏。

"不要误解，没有要跟你同生共死的意思。"酒德麻衣扬了扬线条优美的下颌，向着满地昏迷的人，"我没办法带这些家伙，总不能放任那个龙类带着火从他们身上踩过去。"

"想要创造新时代的人那么不忍心牺牲么？"

"我是他们的队长，单纯地无法忍受自己是个胆小鬼而已。"

恺撒和酒德麻衣各自抽出枪来，同一声拉响枪栓，这时候酒德麻衣的手机响了。

"薯片，如果我要死了，最后一句话你会对我说什么？"酒德麻衣问。

"非金属能对他造成伤害！"女人说。

"什么？"酒德麻衣一愣。

"那家伙是青铜与火之王中的弟弟，他对领域内的火焰和金属拥有绝对的权力，所以金属子弹是无法杀伤他的，接近的子弹都被瞬间熔化而且减速到零。"女人说，"但是他不具备操纵非金属的能力，对付他，弗里嘉子弹远比实弹有效，当然什么塑料弹头橡皮弹头也同样有效，但我只怕时间有限你们是来不及准备那类弹药了。"

"弗里嘉子弹能麻醉龙王？"

"不，不能，在他的高温下，麻醉成分会瞬间汽化分解，没来得及进入血管就会失效！但弗里嘉子弹上的动能对他是有效的，也就是说，你打不死他，但是能击退他。"

"薯片，你这个后援我还是信得过的，唯一的问题是，"酒德麻衣叹了口气，"你的龟速导致我得重新填一遍弹匣！我刚把三十三发钢芯穿甲弹塞到枪里去了！"

她合上手机，和恺撒一对眼神，两个人同时开始换装子弹，这时英灵殿外已经传来了脚步声。

那个纤细却灼目的人影出现在英灵殿口的瞬间，恺撒和酒德麻衣同时跃起，格洛克和冲锋枪以最高的射速把子弹倾泻在那个身影上。

弗里嘉子弹果然产生了效果，人影在弹幕中扭动，不断地后退，弗里嘉子弹在接近他的瞬间就崩溃成一团血红色的烟雾，但人影被血雾推得向后退去。

恺撒和酒德麻衣轮流更换弹匣，交替射击，硬生生把人影逼出了英灵殿。连续射击的巨震让他们的手腕几近麻痹，但每一分作用在他们手腕上的力都会在那个龙类身上产生反作用力，所以他们仍咬牙坚持。

施耐德全程监视着英灵殿中的战况，看到这一幕他抓起麦克风大喊："弗里嘉子弹可以击退他！全体换装弗里嘉子弹！连续射击，不要给他释放言灵的机会！"

整个学院都是装填子弹拉动枪栓的咔咔声，片刻之后，随着兰斯洛特一声令下，学生们纷纷从隐蔽处起身，暴风雨般的弹幕射向那个被阻挡在英灵殿外的人影，血雾把他整个地笼罩了。

"喂，我们是来游泳的么？"路明非说，"我以为我们是来避难的。"

"我们当然是来避难的，水对于火系言灵是最大的敌人。"芬格尔很严肃，"如果你学过言灵学你会明白，言灵的标志是一个五芒星，地水风火和精神五种元素是相互克制的，火系言灵可以穿过很多屏障，但是很难穿越水体，所以如果他是靠着某种火系言灵来找你，那么这里是最安全的，这是卡塞尔学院里最大的水体。"

"师兄你只穿着内裤在深水区踩水，却说着这么学术的话，很难有说服力欸。"路明非说。

"继续踩水，记得把你手里那柄PPK举出水面，别湿水了，如果那家伙真的追来了，你就给他一枪。"

"说得那么轻松，你怎么不捡一根棒球棒藏在门背后给他一棒呢？"

"别对你F级的师兄太苛刻，何况这家伙不是来找你的么？你们有恩报恩有仇报仇！"

"屁！他为什么是来找我的？我又没挖他家祖坟！"

体育馆的室内游泳池里，芬格尔、路明非、老唐三个人鸭子似的踩水。路明非觉得这么做真是蠢爆了，只是因为芬格尔觉得水克火，要灭浑身着火的怪物就该来水最多的地方。

不过芬格尔说的好像还真有点道理，他们已经踩水十五分钟了，那个龙类还没追过来。前几次无论他们逃到哪里，那家伙总会像闻到味道的狗那样追上来。

"介绍一下，这是我兄弟，老唐。"路明非说，"这是我师兄，芬格尔。"

蠢货之间握了握手，但某个蠢货更在意的显然是诺诺。"你的妞儿怎么称呼？中国人？"老唐问，"我看刚才她跟那个金发帅哥眉来眼去，兄弟你要小心。"

"老唐你误会了，那妹子名花有主的，我们学生会老大的妹子。"路明非赶紧解释，"我师姐，在这里她罩我。"

"懂了懂了！泡大嫂按规矩三刀六洞，只能做不能说的，我懂！"老唐恍然大悟，"大嫂对你真好，开着老大的车带你出去玩。"

"比那可好得多！"芬格尔在旁补充。

蠢货们忽然觉得彼此真是惺惺相惜，于是又握了握手。

"我说老唐,到底你怎么会来这里的?"路明非问。

"说来话长,总之这事情可真的不是我的责任,我一个三线猎人,也闹不出那么大的事来。"

"没想到你居然做这么拉风的行业,还以为你跟我一样就是个穷混的人。"

"过奖过奖,其实我也没什么特别的本事,也就是身手好一点、运气好一点,对灵异的东西天生有抵抗力,不过五百万美金的大案子我也是第一次接,以前都是做挖坟的小买卖。"

"五百万?"芬格尔瞪大眼睛,"不知道兄弟拿了多少预付金?"

"也就五十万美元,就是那五十万美元把我给整迷糊了,否则怎么会接这种诡异的案子? 虽然穷,不过带你坐灰狗游美国还是有钱的。"老唐叹气,"兄弟你够义气,我不会忘记你的。"

"妈的我师弟是开布加迪威龙泡大嫂的人物,坐什么灰狗? 经济舱的机票怎么也得买一张!"芬格尔说。

老唐的脸色忽然变了:"不知道怎么的 …… 我觉得 …… 他好像追来了。"

"没有吧?"路明非竖起耳朵,"没有听见,一点声音都……"

他忽然刹住,脸色惨白。本该空无一人的运动馆里,脚步声回荡,由远而近,伴随着叫人头皮发麻的阵阵呼喊:"哥哥 …… 哥哥 ……"

路明非忽然想起那个男孩也叫自己哥哥,心里越发没底,莫非自己是什么奇怪的命格,会招惹一些孤魂野鬼的弟弟?

"鬼 …… 鬼追过来了!"路明非狠狠地打个哆嗦,"现在怎么办?"

芬格尔的脸色也很难看,递给每人一个塑料袋,估计是他从餐厅里打包时拿的:"别紧张,他现在的脚步声是环绕游泳池的,说明他意识到我们在这附近。但是水隔绝了他的能力,他找不到我们的准确位置。我们不要自己吓自己,现在跑反而会被抓。我猜他能感知到我们,还是我们露了脑袋。我们每人带一塑料袋空气潜下去,憋急了就吸几口,撑几分钟,撑到他离开。我看他脑子有点不清楚,可能是个神经病的龙类。"

听起来真是很靠不住的策略,可芬格尔此刻是他们中唯一一个有专业知识的,也只能死马当活马医。

"真是龙类? 为什么龙类会是个人的形态?"路明非问,"还没有眼睛。"

"龙生九子,跟恺撒对打的那个漂亮妞没准还是个龙类呢! 千万别紧张,水体会像绝缘体那样把火元素的气息隔绝,长江就是完美的绝缘体,否则青铜古城也不会隐藏那么久。要相信师兄,师兄也曾经是 A 级啊!"芬格尔说着把两个人的头按入水中。

"按照你们现在的标准,老子当年评 S 级也绰绰有余啊!"芬格尔嘟哝一句,自己也潜入水中。

路明非已经听不到他的话了。

路明非屏住呼吸，整个人埋在水里，连眼睛都不敢睁。夜间游泳池的水没开加热，冻得他有点哆嗦，但也许是因为害怕。

这个鸵鸟战术真太蠢了，真是被那个不长眼的怪物吓蒙掉了，再有就是诺诺也赞同了芬格尔那个什么水体能屏蔽龙类感知的理论。

他紧紧地攥着那支PPK，不知道弹药有没有进水，如果真的被那条龙找到，就真的只能试着朝他脑门上打了吧？可大家远日无怨近日无仇，为什么一见面就要动刀动枪？

不知过了多久，什么事儿都没发生，水倒是渐渐地暖和起来，好像是有人打开了加热系统。水温越来越高，游泳池里几乎可以洗澡了，那一塑料袋空气也被路明非吸了好几次，都是他肺里排出的浊气了。

路明非快要憋不住了，听不到迫近的脚步声，也听不到芬格尔和老唐的声音，没想到那俩家伙居然比他还能憋。

他伸手出去拍芬格尔和老唐，却拍了个空，双手左右划拉，也没有摸到任何人。

他惊恐起来，小心翼翼地从水中浮起，四下里张望，浓密的蒸汽如同帘幕，什么都看不清。

他越发恐惧，芬格尔的义气虽然很难指望，可老唐还算是靠得住的，不至于两个人一起丢下他跑了。更没理由龙类进来把芬格尔和老唐都吃了，只留下他不碰，当然他这身骨头应该是没有芬格尔和老唐的好吃。

他小心翼翼地往四周游，忽然发现无论如何自己都游不到泳池的边，五十米长的标准泳池，宽度更短，本该划拉几下就到岸边了。脚下也同样踩不到底。

害怕归害怕，但他实在热得受不了了，再下去就算龙类不来吃他也是一种浪费了，因为他已经被炖熟了，只差没加盐。

他游泳还算是把好手，展开平生所学，在越来越烫的水中好一通游，不知游出多远才看到了岸边。

他心里惊喜，手撑岸边就要往上蹿，却一个打滑再度滑进了水里。他这才发觉他所触及的岸根本不是泳池的岸，而是岩石，那岩石有着金属般的光泽。

他战战兢兢地看向自己的后方，四周漆黑如夜，背后却有一道血红色的虹光垂落，仿佛通天彻地，隔着浓雾看不清是什么，但正是那道虹光照亮了整个空间。

他往前走了几步，又是一池滚烫的泉水，这地方似乎到处都是温泉，卡塞尔学院的游泳馆当然不是温泉乡，换了别人早就吓得屁滚尿流了，但路明非毕竟是考试都能白日见鬼的做梦达人，对此小有经验。

Chapter 8
The Big Brother

"路鸣泽路鸣泽!"路明非试着小声地喊。

他如今也习惯了把那个男孩叫作路鸣泽了,不会把他跟家里的小胖子搞混。

无人回答,满耳都是泉流声,阶梯状的温泉水,沿着金色的岩石流淌,路明非只穿一条内裤沿着石壁攀爬,倒也不冷,反而觉得越来越热。

他有种莫名其妙的感觉,自己正在沿着一座小山的斜边往上爬,沿着山势尽是阶梯状的水潭,越往高处去潭水越烫,最后所见的水潭都是沸腾的。

路明非之所以要往高处去是因为越往山脚去就越暗,所以他只敢往那道虹光的方向去,他边走边喊,越喊越大声,可根本没有人回答他。

直到他看到前方模模糊糊的身影,那是个穿着朴素白衣的身影,正沿着沸泉中的礁石路独行。

"喂喂!"路明非心中一喜,赶紧追了上去,"请问这是什么地方?"

那人转过身来,是个眉清目秀的男孩,路明非很少见过那么漂亮的男孩,除了路鸣泽之外。男孩的眼睛黑得纯粹,却有些空洞,肤色苍白,瘦得伶仃。

路明非和男孩面对面,都愣住了。

路明非开始还觉得自己莽撞了,这种奇怪的地方,鬼知道遇到的是什么人或者什么东西。可看到那男孩的脸,他又有种要保护人家的想法,觉得那不知道是谁家的孩子走丢了,跟他一样误入了这个神秘的空间。

这样的表情他也曾在路鸣泽脸上见过,在芝加哥机场两人第一次相遇的时候,但很快那小家伙就露出了本相,如今路明非觉得那是个套着少年外壳的大叔。

"哥哥?"少年轻声问。

路明非不知道怎么回答,这孩子难道是傻的么? 认不出人?

男孩上前一步,身体微微前倾,靠近路明非,竟然像是要闻路明非的味道。他长着那么大那么好看的一双眼睛,居然靠闻味道认人。

路明非一时间居然没忍心避开,男孩凑上来的架势就像是一只流浪了很多年的小狗,再次相见的时候,连你的样子都模糊了,唯一留存的只是记忆里的味道。

男孩的身上很烫很烫,不知道是在这个火焰山一样的地方滞留得太久,还是感冒发热。路明非想。

就在这时一阵凛冽的风从背后吹来,荡开了笼罩此地的浓重雾气,路明非忽然看清了这个地方。那根本不是什么山,而是顶天立地的巨大金字塔,顶部涌出汩汩的金色岩浆,黑色的烟柱通天彻地。

他所见的黑色物质是几千几万年来凝固在塔身上的岩浆,有如蜂窝,每一口沸泉都是蜂窝的一个眼!

世界上绝对不可能有这种金字塔,那是烈火和金属的神殿,唯一跟它相似的……是那座被淹没在三峡水库之下的青铜城!

路明非忽然想起这个男孩是谁了,他有眼睛的时候看着就没那么诡异了,但这张消瘦的小脸分明就是那个浑身冒着炽焰的怪物!

就在路明非觉得自己这回可以用上那份尸体运回中国的保险时,背后传来嫌弃的声音:"哪里来的死孩子! 抢人家的哥哥干什么?"

路鸣泽从路明非背后闪出,上步一脚,竟然硬生生把那个男孩踹进了沸腾的泉水中。

沸泉中涌出青铜色的气泡,还有牛吼般的声音,似乎那怪物孩子就要破水而出。

路明非还没来得及反应,路鸣泽已经拉着他急速地退后。他瞬间回到了正常的世界,仰面摔倒在地。

路鸣泽已经消失不见,他所在的还是室内游泳馆,摔倒在池边。五十米的标准泳池里已经是一池沸水,正咕嘟咕嘟地冒着气泡。就在他旁边,一串黑色的足印印在地胶上。

路明非吓得上下牙打架,久久不能平息。怎么了这是? 那个龙类刚才经过了这里? 只是路过,他的力量就能把整整一池的水加热到沸腾?

他居然敢跟那种神魔般恐怖的异类说话? 那得把全世界的熊心豹子胆一锅炖了给他吃吧? 芬格尔和老唐又去了哪里? 莫非已经被炖熟了? 还是被龙类夹生吃了?

那个龙类又为什么放过了自己? 幻境中的路鸣泽救自己那事儿是不是真的?

他不敢再想下去了,抓起池边的衣服一边往身上套一边往外跑,一直冲出游泳馆,双手扶着膝盖,大口大口地呼吸夜风,想让自己安静下来。

"路明非,我到处找你。"有人说。

路明非吃了一惊,这才发觉游泳馆门前靠着一个老人,黑色礼服,白发皓然,礼服口袋里插着一枝鲜艳的玫瑰。

看面容他应该很老很老了,可看站姿又是个不折不扣的年轻人,像是随时都能跳起舞来或者跳上马背。

"昂热校长?"路明非瞪大了眼睛。他见过这老家伙的,视频电话里见过,梵格尔夫楼前还矗立着他的大理石雕像。

校长引着路明非上楼,沿着教堂侧面的铁梯,那看起来就是一道消防楼梯,没想到竟然通往钟楼下的阁楼。

阁楼看似废弃已久,没想到居然还住着人,锅碗瓢盆一应俱全,环境逼仄,东西乱丢,像是旅行者的房车,但阁楼外是个景观不错的露台。

电视里正放着某部老西部片,牛仔装束的老家伙正缩在沙发上喝啤酒。整个学院濒临毁灭的关头,这老家伙还刚刚给自己炖了一份肉酱意面,正准备开吃。

Chapter 8
The Big Brother

"嗨！昂热，这是我们新的S级么？"老牛仔跟路明非打招呼，"你好呀小伙子。"

路明非木然地回礼。

"我们的副校长，不过暂时把他当作路边的闲杂人等就好了。"校长拉着路明非来到露台边，当着他的面打开一个巨大的手提箱，从里面组装出了一支大口径狙击步枪。

他把枪递到路明非手里，路明非默默地接下，整个过程中他俩就说了那么两句话，仿佛早有默契不必解释。

校长取出一个圆柱形的石英玻璃密封管，给路明非看里面的东西，那是一粒修长的子弹，弹头是暗红色的，像是简单打磨过的红水晶，里面有血一样的光芒在流动变化。

"第五元素，贤者之石。"校长说，"这是一枚炼金弹头，你可以理解为它用纯粹的精神制成。这是我们少数的几种能够击杀龙王的武器，要珍惜，很难得。"

他把子弹填入弹仓，咔嚓一声上膛，拍了拍路明非的肩膀。

"校长我能力有限你找别人吧！"路明非哭丧着脸。

从露台上望出去，所有人都向着英灵殿前的草坪汇集。英灵殿的顶部，站着一个光明耀眼的人影。

那个龙类正对着整个校园发出嘶哑的呼喊，学生们丝毫也不节约地对他投放弹药，血色的烟雾把他笼罩起来。他被打得摇摇欲坠，举起手臂遮挡自己的脸。

"哥哥……哥哥……哥哥……"他还是像怨灵般喊着，叫人不寒而栗。

"嘘。"校长示意路明非安静，"你没问题的，就像你射杀恺撒和楚子航那么简单。"

简单你妹啊！没问题你妹啊！我那是无心的！我就差跪下来给两位大哥舔鞋求他们原谅我了！

"那就是龙王，我会为你破开他的防御，一会儿你会看见一只转动的眼睛，那是他的要害，用这枚子弹射击他。"校长说，"瞄准了扣动扳机就好。"

路明非看着手中的狙击步枪，虽然并无多少狙击经验，他也看得出这是一支顶级的枪，配红外激光瞄准镜。

这支枪就是为了千里取人头而生的，露台距离目标不算远，但凡有些射击经验的人都能命中，至于子弹出膛之后自己会不会被后坐力掀翻，那就是另一回事了。

"为什么是我？"他很茫然。

"因为你被选中了。要相信自己，你可是独一无二的S级。在我的领域里，任何人都会被'时间零'干扰，但你例外，你能完全免疫我的言灵。"校长从西装内袋中抽出一柄折刀。

那是一柄造型古雅的大型折刀，猛犸牙柄，刀身微呈弧形，刀刃上有华美的天梯纹。它用极其珍贵的乌兹钢打造，中国古代称为镔铁，只用来打造英雄的佩剑。

"这就是我的武器，我的朋友梅涅克·卡塞尔用他折断的刀头为我打造了这柄折刀，"校长说，"等会儿看我的表演，剩下的就交给你了，亲爱的路明非。"

他转身下楼，提着那柄折刀，潇洒的背影像是提剑赴约的侠客。

这个时候老唐正在狂奔，一心只想赶快离开这个鬼地方。

他很愧疚，觉得对不起路明非。刚才不知怎么的，怕得要死，听着那个脚步声越来越近，心中的恐惧十倍百倍地膨胀，简直要把他压垮。

他拼了命地往岸边游去，边游边大呼小叫，他想无论如何都得逃，什么闷在水里就能躲过追踪真是太可笑了。可他游到岸边回头去看的时候，路明非还静静地漂在那里，像个死人。

"别跑！别跑！"芬格尔在他后面猛追，"你竟然丢下你兄弟！你的义气都是屎做的么？"

老唐心说大哥你跑得不比我慢中气还那么足，我这可是跑得都快缺氧了，你的义气好像也是某种特殊材质的啊！

老唐忽然停下了脚步，转过身怔怔地看着英灵殿的顶部，芬格尔被他的眼神吓了一跳，也转身看去，立刻吓得说不出话来。

英灵殿顶上的怪物缓缓地向着他们的方向转头，很明显是察觉了他们的位置，他根本连眼睛都没有，可你却觉得他在遥遥地看着你。

怪物浑身骨骼震动，发出清脆的爆响，后背的皮肤被撕裂，一对鲜血淋漓的翼骨在风中张开，以肉眼可见的速度生出了翼膜。那景象简直就是地狱中逃出来的恶魔在人间实体化。

他居然是会飞的！以这样的空中优势，要抓住他们根本不费吹灰之力！

这时黑色的人影穿越草坪来到英灵殿前，他所到之处，枪声止息，人群避让，他用眼神跟每个人打招呼，他的笑容给了那些慌乱的学生信心。

最后他脱下自己的外套，递给最靠近自己的那名女生，并把外套口袋里的玫瑰抽出来赠予她："辛苦了，我亲爱的学生们，你们已经做得很好了，剩下的交给校长来解决。"

下一刻，老人带着模糊的虚影冲向英灵殿，豹子般下蹲，蓄力之后冲天而起。龙文的唱诵声横穿校园，展翅欲飞的龙类也低头向着这个老人，尽管他连眼睛都没有。

所有人都能感觉老人的"灵"在黑暗中急速放大，言灵·时间零！

这个瞬间，老人雄鹰击天般的身影忽然消失！

言灵·时间零

序列号：84

血系源流：黑王尼德霍格

危险程度：未知

发现及命名者：欧几里得

该言灵有可能是已知言灵中最难以理解的，尽管它的序列号并不很高。

根据目前的理论，所有言灵都是通过控制某种元素来实现的，元素中并无时间元素，该言灵却看似能够操纵时间。

释放者以自己为中心构建领域，在领域内时间的流速变慢（至少在他自己的感觉中时间变慢了），而他仍然能以正常的速度行动，因此在外人看来他的速度提升了数倍乃至数十倍。

因为释放者永远处在自己领域的中心点，所以该言灵可以视作是没有"边界"这个概念的。

对释放者的身体是极大的负荷，通常只能维持几秒钟，但几秒钟已经足够一名刺客杀死对手了。

该言灵的掌握者通常都是最顶尖的刺客，辅以体能训练，他们的行动速度可以达到常人的百倍以上，甚至移动都像是传送。

命名原则未知，发现者没有给出解释。

令人吃惊的传说是发现者并无任何龙族血统也未直接观察到这个言灵释放的过程，他是用数学方法推导出来的。

据传喜马拉雅山中的僧侣可以通过修行获得神秘的能力名为"时轮"，该能力也能操纵时间流速，但迄今没有明确的证据证明"时轮"和"时间零"之间的关系。

"零是虚空之门，是开始，亦是结束。"
——欧几里得

那是个不可思议的言灵，简直就是魔法。

以英灵殿为中心，巨大的范围内，大到三大建筑和教堂都被包裹在其中，领域内的时间似乎忽然变慢了。

那些仰望的学生，那个舒展膜翼的龙类，甚至是风吹树叶的摇曳，火焰的翻腾，都变慢了。瞄准镜里，龙类在缓慢地开合眼睛。

只有路明非和校长没有变慢，校长快得像是豹子，连续地弹跳，沿着消防扶梯飞身登上英灵殿的屋顶，即使传说中的武林高手也不过如此。

"路明非！"校长的声音在空气中炸开。

路明非不得不把全部精神集中在瞄准镜上，准心跟随着校长前进，校长以身犯险，正为他指引目标。

这一刻，在这个老人身上，历代屠龙勇士的身影重现了，古德里安教授讲的故事变成了现实。在还没有科学的时代，混血种就是这样，靠着血统优势和勇气、牺牲，突破身为人类的局限。

龙类放射炽焰，像是赤红色的电光，只是速度远比刚才慢，就像是慢镜头播放。校长在炽焰的缝隙中切入，近身的刹那，他旋转着挥舞折刀，像是某种刀舞。

校长鬼魅般闪动到龙类的背后，白衬衣上甚至连一滴血都没溅上。

龙类的额头中心裂开，校长以折刀在那里竖着划了一记，一只赤金色的眼睛从伤口中爆出，缓慢地转动。

龙眼，他的要害暴露了出来，这就是校长为路明非营造的机会。路明非在瞄准镜里看清了那个龙类的脸。

仍然是那张斑驳可怖的脸，眼睛的位置是诡异的掌印，却不能不让路明非记起幻境中见到的那个孤苦伶仃的孩子，他像只小狗似的凑到路明非身上要闻他的味道，想要知道路明非究竟是不是他的哥哥。

就是这么一转念，明知道那是怪物，路明非竟然就是下不去手。

"路明非！"校长再度大吼。

不能不开枪，否则就是葬送那个冲锋陷阵的老人，最后一刻，路明非稍稍抬高准心，扣下了扳机。

贤者之石磨成的子弹以肉眼可以观察的速度脱离枪口，路明非茫然地站起身来，看着那枚子弹在空气中悠悠地飞行。

血还未溅出，但一切都已无法改变了，这种感觉很奇怪。

正中目标，龙眼上爆出了金色的血，那个龙类捂着额头痛苦地嘶吼。

路明非知道自己为何会命中，他原本瞄的是那只眼的上方一寸处，但最后一刻，像是有个人从背后环抱了他的肩膀，帮他把准心重新压回了正确的位置。

路鸣泽。

龙类振动膜翼，飞离英灵殿的屋顶，向着狂奔的老唐扑击。看着那个笼罩自己而来的阴影，老唐惊得跌坐在地。

"更换实弹！"校长的声音在所有学生的通讯频道里响起。

他们无暇思考，也不必思考，此刻他们是军人，校长是他们的指挥官。数百支枪更换实弹，瞄准了黑夜里滑翔的龙类，他们根本忽略了还有老唐这么个人。

龙类降落在老唐的面前，而他的背后，数百发子弹滑入枪膛，撞针激发底火，金属弹丸汇成狂风暴雨。

他张开双翼，挡在了老唐面前。

枪火把暗夜都给点燃了，数以千计的实弹命中龙类的身体，龙眼被破，他失去了那伟大的、命令金属的言灵之力，只能用身躯硬接子弹。

Chapter 8
The Big Brother

学生们不断地更换弹匣，直到打完了所有弹药。他们根本不敢停手，在那么暴烈的弹幕中，那个龙类却始终死死地站着，没有倒下。

何等恐怖的生命力，那东西真的能说是个生物么？

枪声止息，草坪上弥漫着刺鼻的硝烟，所有人都望着硝烟里那个佝偻的身影。

老唐也在看，近距离、呆呆地看着那个龙类的脸。

他破损得像是一具被钉在十字架上的朽尸，身上无数透明的弹孔。龙类的骨骼再怎么坚韧，失去了言灵之力的保护，也不过是血肉之躯。

他不再流动光辉了，变成了惨淡的灰白色，神魔般的双翼也碎成了粉末，正在一片片下坠。

龙类伸出利爪，在原本该是眼睛的位置割出了两道裂口，并非额心那只诡异的金色龙眼，暴露出来的是路明非见过的那双纯粹的黑眼睛。他就用那双流着血的眼睛看着老唐。

路明非忽然明白了很多事，比如老唐才是他要找的人，再比如他脸上的掌印其实是他在孵化中双手捂着自己的脸印下的。

这个残缺的龙类虽然看身躯是个男孩了，但作为龙类来说应该算是个早产的婴儿，甚至还没来得及生出眼裂。

想到他如一个害怕面对世界的孩子那样蜷缩着，双手捂着脸，路明非的手忽然抖了起来，心里空空地疼痛。

龙类对着老唐疲倦地笑："哥哥……快逃……别再回尘世。"

"不……不要找我！我不认识你！"老唐尖叫着扭头往外跑。

他的背后，龙类，或者说那个男孩的身躯坍塌了，随风成灰。

老唐在盘山公路上狂奔，他不知道自己在躲什么，他只是想要逃走。那个龙类已经死了，可似乎还有什么东西追着他。

"哥哥，外面有很多人。"

"也许会死吧？康斯坦丁，但是，不要害怕。"

"不害怕，和哥哥在一起，不害怕……可为什么……不吃掉我呢？吃掉我，什么样的牢笼哥哥都能冲破。"

"你是很好的食物，可那样就太孤单了，几千年里，只有你和我在一起。"

"可是死真的让人很难过，像是被封在一个黑盒子里，永远永远，漆黑漆黑……像是在黑夜里摸索，可伸出的手，永远触不到东西……"

"所谓弃族的命运，就是要穿越荒原，再次竖起战旗，返回故乡。死不可怕，只是一场长眠。在我可以吞噬这个世界之前，与其孤独跋涉，不如安然沉睡。我们仍会醒来。"

"哥哥……竖起战旗，吞噬世界的时候，你会吃掉我么？"

"会的，那样你就将和我一起，君临世界！"

他想起来了，追着他来的，是他自己的回忆。

他忽然站住，对着漆黑的夜空。

"康斯坦丁！"他颤抖地喊出了那个男孩的名字。

他想起来了，全都想起来了。

原来这两千年里，无论沉睡或者醒来，你只是想来找我，可你找到我的时候，我已经忘了你的样子。等我记起了你的样子，你却已经死了。

炽烈的火焰围绕着他的身体升入夜空，在高空中火焰爆开，仿佛有巨大的双翼在那里张开。

暴雨忽降，但浇不灭那个如同出炉钢铁般的身躯，他凄厉地吼叫着在森林中跋涉，身后留下焚烧的红松，明亮的火焰之路在黑夜中向着远方延伸。

"龙王诺顿终于展露他的愤怒相了，那才是真正的本尊。"钟楼下方的阁楼里，校长喝干了杯中的马天尼，"听他的呼喊，浸透了多少年的痛苦啊。他苏醒了，以殉道者的灵魂。"

窗下，他和副校长面对面饮着马天尼，窗上映出火焰的花纹，耳边是痛苦的嘶吼。整座山都被那个愤怒的吼声覆盖，长吟不绝。

希尔伯特·让·昂热亲手调配了这些烈性的马天尼，像是要庆祝什么。

"你原本就知道龙族的四大君主，每个王座上都坐着双生子，别跟我说你没察觉那个被送进来的'货物'就是八十年前从铜罐中逃逸又在罗布泊沙漠坠落的哥哥？"副校长问，"趁着他还没苏醒，你本可轻易地抹掉他，可你却当着他的面杀死他的弟弟，以最极端的方式激怒了他。他会报复人类的，尸山血河，焚城烈火。"副校长耸耸肩，"至尊级的家伙一旦愤怒起来，是不惜一切的。"

"因为我已经厌倦了。"

"厌倦了什么？屠龙的人生，还是你自己？"

"两者都有。我已经活了一百多年，拜龙血的恩赐还没死。可我的朋友们都死了，只剩下你这个老家伙。我们是这间学院里早该凋谢的两朵奇葩，可我们还坐在这里，喝着马天尼，让龙王的血溅在我们的手上。"

"因为年轻一代还没能承担起守住这个世界的责任吧。你一直期待的新一代领军人物一直都没出现，所以我们还得继续扛着。"

"他可能已经来了。"

"路明非？你么看好那个孩子？"

"我在他身上看到了某种希望，他可能会是一把剑，我只是说可能，斩断龙族未

Chapter 8
The Big Brother

来的剑,我需要这样的一柄剑。我剩下的时间不多了,我想在最后的时间里做完我该做的,结束这场战争。"

"你想毁灭龙族,而不是不断地封印他们。"

"是,我要杀死四大君主。"校长缓缓地说,"然后是尼德霍格。"

"北欧人的神话说,命运就像丝线,由兀尔德纺织出来,被贝露丹迪丈量,最终被诗蔻迪的剪刀剪断。人类历史终结之日,黑王尼德霍格必将回来,他是绝望和地狱的象征,他就是诗蔻迪的剪刀。当他的复仇之日到来,纵然你是奥丁,步出你的金宫,带着战无不胜的长矛,踏上的也只是不归之路。这就是所谓的命运,命运是无法改变之物。"副校长说,"而现在,你准备要改写命运了么?你觉得自己是神么?"

"龙王为什么会一代代复活?为什么我们永远只能暂时地封印他们,却不能彻底地杀死他们?"校长凝视着副校长的眼睛,"你知道答案,可你从来没有告诉过我。"

"你也知道了?"副校长挑挑眉毛,"说来听听?"

"基于某些研究成果,还有一些猜测。"校长缓缓地说,"龙王毕竟还是一种生物,他们的死而复生必不可能是灵魂转世,必须符合生物学、基因学的逻辑。他们不是从地狱偷渡回来的亡魂。之所以我们从来不能真正地杀死一位龙王,因为每一位龙王在复苏之日首先要完成一项工作,他会斩断自己的某一部分躯体封存起来,那部分躯体里有他完整的基因,还有过去的记忆。那是他的骨殖,也是他的卵,如果他被杀死,被封存的那部分身体就会经历漫长的时光孵化为新的龙王。"

"原来你是真的知道了。"副校长叹了口气,"这秘密被你这种狂人知道了,龙族可真得遭殃了。"

"就像神话中巫妖们的盒子,巫妖们很难被真正杀死,因为他们真正的本体是个装有自身骨殖的盒子,只要盒子不被毁灭,那么无论巫妖被毁灭多少遍,他都能复活。"校长说,"巫妖们会把他们的盒子藏在某些类似世界尽头的角落里,你绝对找不到的地方。那么唯有一种办法能杀死龙王,在他还没有来得及制造骨殖瓶的时候。"

"诺顿还没来得及制造他的骨殖瓶,为什么不在他还没觉醒的时候杀死他?"

"我需要他的骨头,作为龙王的骨头。他现在的骨头,还不合格。"

"所以你要点燃他的怒火,让他觉醒,把他逼到绝境。"

"想要杀死龙王,只有逼到他暴怒,逼他们赌上几乎永恒的生命,和人类战斗到底。"

"无路可退。"

"是的,无路可退,"校长轻声说,"对于永恒不朽的生命来说,只要活下去,始终都有希望。怎么才会无路可退?"

"在至亲被杀的时候,不再想活下去的时候,就会无路可退。"

"那燃烧在天空中的怒火,会是他们的墓碑。"校长拨通了电话,"恺撒,我是校长,有空的话明天下午来我的办公室喝茶。"

清晨,阳光照进303宿舍,路明非缩在自己的铺上,膝盖上放着笔记本。

校园新闻网首页,热点新闻,《恺撒·加图索先生的烟花秀》。

"学生会主席恺撒·加图索疑似烟花祝贺女友陈墨瞳生日……昨夜有人在山谷中燃放特制烟花,其中有'NoNo,Happy Birthday!'的字样,疑似庆祝陈墨瞳的二十岁生日……尽管恺撒拒绝承认这是他送出的礼物,但这无疑是他的风格,考虑到这场烟花秀花费的成本大约为十万美元,由别人送出这份礼物的可能性就更小……在灿烂的烟花秀中,恺撒带领学生会精英成员坚守英灵殿战场,成功地阻击了入侵者,最后会同狮心会成员共同击毙疑似龙王的目标……狮心会会长楚子航在图书馆的战斗中表现也可圈可点,但考虑到那场举世无双的烟花秀,我们共同决定把恺撒放成今天的头条!"

新闻配图是黑色的天幕下,巨大的烟花绽开而后坠落,如同燃烧着的黄金粉末。被烟花照亮的是一条闪着银光的瀑布,从山顶飞坠。

学院被入侵,连烧带炸枪林弹雨,浑身着火的龙类四处乱跑,要不是校长及时出现,差点就被团灭,结果今天这种新闻还能登上热点,足见这间学院的人脑子都不太正常。

当然,严肃的讨论也有,关于入侵者的身份来历,关于那个龙类的身份来历……

路明非耷拉着脑袋,继续在键盘上敲打。

送烟花的事应该没人会猜到他头上,不过这样也好。昨天晚上他一时间狗胆包天,觉得送了那场烟花秀就有资格对诺诺说什么,如今他烧退了,庆幸总算是没听路鸣泽的蛊惑,不然现在就尴尬了。

就算诺诺真的是个小疯子,他再豁出那份赢来的特权,顶多也就是当她三个月挂牌男友,其实还是个鞍前马后的狗腿子,能有他半点好处?

还不如当个简简单单的狗腿子,也免得恺撒想砍他。

昨晚到现在他给老唐留了无数的言,老唐都没回,芬格尔说他最后看见的就是老唐鬼哭狼嚎地逃出了校门。

根据芬格尔的说法,当时他已经追上了老唐,却没想到老唐又受了什么惊吓,不要命地狂奔,连芬格尔那对矫健有力的大长腿都追不上——芬格尔的原话就是这么说的。

没想到这么一跑他反而成了龙类的目标,最后龙类大概是想劫持老唐逃走,但未能得手就被乱枪打死了。

昨夜到今天发生的事情太多了,凌晨前后执行部群发了邮件通知包括学生在内的所有人，说这是秘党历史上前所未有的巨大的成功，他们杀死的并非普通的龙类，而是一位尊贵的龙王。

龙王康斯坦丁，青铜与火之王中的弟弟，尽管名字比不上他那位狂暴的哥哥诺顿响亮，能力也说不上强大，但初代种就是初代种，意义是不一样的。

路明非问芬格尔什么是秘党，芬格尔说在他们学院化之前，这帮家伙总是隐匿自己的身份，公开的身份可以是国王、骑士、商人、农夫，暗中才是屠龙者，因此称为秘党。在那个时代这帮家伙奉行残酷甚至有些血腥的纪律，出卖同伴的人，投效龙族的人，都会死得很难看很难看。路明非心中一惊说那岂不是跟黑手党似的？芬格尔说黑手党跟那帮老家伙比，就是一帮老实巴交的农民！

路明非越发惶恐，结果几个小时之后，就看见好几架直升机降落在校园里，芬格尔说的老家伙们由执行部精英护送前来，一下飞机就直奔英灵殿开会，直到现在还没开完。

CC1000支线地铁把成群的执行部专员带回学院，学院的防御骤然间强化到水泼不进的程度。那些面容冷峻眼神锋利的年轻人跟赶时间上课的学生们一起穿梭在校园里，也是一道景观。

昨夜伊利诺伊州州政府还派了灭火直升机来，因为附近的森林莫名其妙地发生了火灾，从夜里一直烧到早晨。

路明非当时有些激动，隔了好些日子总算看到普通人类了，有种隐隐的冲动要扑过去抱住消防员的大腿说叔叔带我走！这里都是怪物我好害怕！

可他转念一想自己也是这些怪物中的一员，这个求助就有点尴尬。

昨夜之前他都坚信自己是个根正苗红的人类，但昨夜在校长那个神秘的领域之中，唯有他不受时间流速变化的干扰，不能不让他掂量掂量自己的分量……也许自己那个S级真不是白来的呢？

但眼下他还挖掘不出什么任何值得一提的能力，前几天他偶然间看到芬格尔一身精壮的腱子肉，问说莫非师兄你还健身？芬格尔说健个屁的身，我们流着龙血的男人，每晚吃完大鱼大肉，躺着就长肌肉！

至于路明非，他跟芬格尔连着消夜了几天，只觉得裤腰有点紧。

在这个怪物横行的地方，他依然是个小白兔。

"你想好跪舔哪家老大了么？"芬格尔在上铺问。

"学生会，我正在网上填申请表。"路明非哒哒哒哒地打字。

"果然是识时务的年轻人，欢迎加入我们的学生会！"

"你也是学生会的？"路明非傻眼了，敢情自己身边这个高参一直都是个特务？

"老会员了，那时候恺撒都还没入学呢。我当然是哪边有津贴加入哪边，你还不了解我么？"芬格尔说，"新生联谊会那边好说，楚子航你准备怎么办？"

"他不是把'村雨'输给我了么？我准备把'村雨'再还给他。"

"狡猾！不过说真的我本来以为你会加入狮心会的。你想啊……"芬格尔又吊死鬼似的垂下头来。

"师姐说我加入学生会她就罩我，"路明非打断他，"我都答应了。"

这时有人敲响了宿舍的门。

芬格尔过去应门，门口站着学生会的某位部长，他把一只信封递给凑过来的路明非。

"你的学生会身份卡，欢迎加入。"部长伸出手来，"从现在起我们就是伙伴了。"

"这么高效？"路明非跟他握手，"我刚刚才把投名状……我是说申请表寄出去。"

"诺诺说你一定会加入学生会，你这个猴子翻不出她的五指山，原话是这么说的，所以我们今早就准备好了你的身份卡，出入安珀馆得用到。"部长彬彬有礼地说着一些鬼话。

"还有，恺撒通知你参加在安珀馆的会议。"部长又说，"现在。"

"各位学长！你们确定你们没有搞错？我跟你们讲我拖人后腿的本事那是一绝！绝不是自夸！"路明非眼睛瞪得溜圆，"我可不能害你们啊！"

"你没听错，你被编入了行动组，行动代号'青铜'，你还有两个月时间准备，我们会包机飞往中国。"恺撒坐在会议桌的尽头，用手指试着"狄克推多"的刀刃。

"主席！主席你听我说！屠龙不是个很专业的工作么？我这刚刚了解到你们真实的世界，心情虽然很激动，也很想参与，但没知识没本事，我真的会拖后腿的我给你们讲！"路明非一脑门子冷汗。

"你的血统非常优秀，在3E考核和昨夜的战斗中你已经证明了你是我们期待的S级精英。对于混血种而言，血统优势能弥补经验的不足。"

"可我还是个学生啊！说起上课，我选的炼金化学今天还有课，我能不能先走一步？"

"从现在开始，你的考勤被豁免了，全部时间用于集训，你先得强化体能。"恺撒淡淡地说，"会潜水么？如果不会，今晚就开始培训，诺诺会担任你的培训者，她持有最高级别的潜水执照。"

路明非心说别用美人计了大哥！现在你跟我说西施貂蝉都不好使！

他本以为自己来安珀馆是纳投名状的，结果是参加战前动员会。

安珀馆里有专属学生会的会议室，他推门就看到学生会干部们全体围坐，神情严肃。看到路明非进来之后，恺撒微微一笑，率先鼓掌，紧跟着全体学生会干部都鼓起掌来。

路明非正受宠若惊呢，忽然看到投影中的画面眼熟，再一想是那座诡异的青铜之城。

他还没明白过来呢，就听见恺撒说："欢迎我们的Ｓ级加入'青铜'计划。"

路明非花了不少时间才听明白这个"青铜"行动要干什么，今天下午恺撒和校长喝了一个小时的下午茶，这在这间学院里是个非常特别的荣誉，通常都是校长表达自己对于成绩或者血统优异的学生的关注。以恺撒在学生中的地位，跟校长喝下午茶并非第一次，但这一次校长抛出了一份方案。

既然三峡水库之下的那座青铜城里找到的骨殖瓶被确定为龙王康斯坦丁的，那么之前的怀疑被证实了，那座青铜城就是青铜与火之王在中国建造的神殿，神殿中的哪怕碎片都有惊人的价值，急需派出新的探险队。

地震制造的裂缝可能还没消失，一旦时间长了泥沙沉积把裂缝堵上了，再想找到入口就很难了。

这个探险任务还有一个可能的支线。因为没能找到骨骸，所以无法确认当时攻击龙德施泰特教授的那个龙类真的死了，他很有可能是青铜城的守卫者，如果意外地遭遇了，就把他杀了。

校长认为经过昨夜的实战，学生们表现出令他非常满意的素质，无论狮心会还是学生会。他准备首先把一个荣誉授予学生会，那就是选派成员参加这次的探险行动。

用脚后跟想也知道恺撒二话不说就点击"确认"键把这个任务给接了，连完成任务的奖励是啥都没问。他那种含着瑞士银行保险库钥匙出生的人，能在真空环境里靠荣誉感活着。

回来恺撒就开始调兵遣将，不知为何就点到了路明非头上，也许是当时路明非刚好填完申请表发了过来。

路明非吓得三魂七魄飞散了一半。他对龙类的分级还没有清晰的认识，本能地觉得龙类是越大的越难对付，那个差点烧掉校园的人形龙类看起来不过是个孩子已经那么难对付了，要他坐着船去跟真正的巨龙玩命，还要去那座诡异的青铜之城探索，这有违他混吃等死的人生之道。

"主席，这么重要的任务交给我们还没毕业的人，你不觉得有点可疑么？"路明非靠近恺撒耳边小声说，很像进谏的奸臣。

虽然校长那个老家伙是很拉风没错，但路明非觉得那个糟老头子坏得很，不能轻易相信。

他的血统是校长直接定成Ｓ级的，他的能力好像校长也有所了解，否则校长也不会自己冲锋陷阵把狙击位置交给他。

偏偏事后校长只字不提他的功劳，好像他就是在那个露台上旁观了一把似的。

恺撒一愣："最优秀的人承担最高难度的任务，没什么奇怪。而且执行部也很缺人手。"

"主席，我算了一下，这间学院虽然不大，我们这一届也有差不多三百六十名新生。按照古德里安教授的说法，毕业生除了少数留校任教，其他基本都进了执行部当了专员。那么我们假设每年屠龙部门要补充三百个人手，我们就假设他们只能工作二十年，那么全世界至少有六千名从这里毕业的专员。我们再假设每年的Ａ级学生的比例差不多，那么这六千人里至少有两百个Ａ级，甚至有些人因为经验丰富已经升到了Ｓ级。这种情况下他们根本不可能缺人。探索龙王墓地这种大事，有的是人可以干，为什么偏偏轮到我们？"

恺撒神色讶异："路明非你的数学很好，我没有想过这个问题。"

路明非心说这算什么数学，这就是加减乘除在我们中国小学生都能算。

他用心算这些数字的原因只有一个，他想知道自己将来出任务的概率。优秀者越多他就越安全，猫在人堆里别太露头，哪怕薪水低点，也可以混吃等死。

恺撒显然跟他思路不同，恺撒意识到全世界有那么多比他阶级更高的人，不禁流露出精英遇到对手时特有的表情，沉吟了片刻。

"总之这是很高的荣誉，一年级中被选中的只有两人，你是其中之一。"恺撒说。

路明非心里叹口气说跟你讲了那么多你怎么就没明白呢？果然各人有各人的蒙汗药，校长那个糟老头子显然抓住了恺撒的要害，只要跟他讲荣誉，刀山火海他都敢去。

"是荣誉没错，可总得先征求一下意见吧？比如在中国，老师虽然已经想好要我去完成任务了，还是会对我说，路明非同学，有个光荣艰巨的任务组织上准备交给你，你愿意接受么？"

恺撒点点头："那好，我们走这个程序。路明非，有个光荣艰巨的任务组织上准备交给你，你愿意接受么？"

"不愿意！"路明非大声说。

"猜到你会这么回答，但是很遗憾我无权做这个决定，"恺撒淡淡地说，"你是校长亲自确定的人选，所有人，除了你和我，都可以被替代。"

路明非心说我就知道我就知道！那个糟老头子坏得很！

可他到底有什么特长值得校长那么看重呢？如果说他真有某种能力，莫非是免疫所有言灵的能力？可这种能力派得上用场的时候真的太少了。

"别浪费时间了，另一位新生已经接受了这项任务。"一位学生会干部劝他，"非常平静。同是新生，而且是唯一的Ｓ级，你应该表现得更好一些。"

"什么神经病会接受？骗我的吧？不要找托儿啊！"路明非说。

"确实是平静地接受了。"有人推门进来。

Chapter 8
The Big Brother

进来的是零，这还是路明非第一次见她穿校服，卡塞尔学院的校服本就有些复古和军服风，玫瑰红色的领巾衬着那张晶莹剔透的小脸，像是从沙皇时代走出来的小公主。

她根本不用说"平静地"三个字，以她的性格，就算恺撒忽然在她面前脱光了她都未必会赏赐一个惊讶的表情。

路明非都能想到她答应时的情景，恺撒说我们有个非常荣誉的任务邀请你，然后慷慨陈词五分钟，零同学说，哦好。

"你怎么会在这里？"路明非愣住。

"我也是学生会成员，为什么不能在这里？"零反问。

"拜托你一脸冷若冰山的样子，还参加社团？你们俄罗斯人只需要跟熊当朋友就好啦！"

"不，我非常热衷于社团活动的，喜欢和大家在一起。"

"不要用参加葬礼的表情说这句话好么？你那张脸更适合说，你已经死了！"路明非抓狂，"喂喂！你想清楚没有？这种任务会死人的！你看看你，多漂亮一个妹子，最多十八岁，说你十五岁我也信，你还有大好人生的！我猜你还没有男朋友吧？我也没女朋友！这么死了不是太可惜了么？"

也不知为啥，分明只是跳过一次舞的交情，但好像很熟了，同是漂亮女孩，对着诺诺他就只敢贱，对着零他就敢变身吐槽机。

"我们不就是为了并肩保卫人类才聚集在这里的么？"真是正义到没朋友的理由。

"我真的不是！我来是因为听说会有奖学金！你要保卫人类我不拦着，我要请病假你也别拦着。"

"大家是一起跳过舞的朋友了，有危险也应该一起。"零微微踮起脚尖，一把扣住路明非的肩膀，不让这个家伙逃出会议室。

漂漂亮亮的小姑娘，手劲还真不小。原来世上跟路鸣泽一样的人还不少，出场时都高冷得很，现在怎么就赖上来了呢？

"别说一起跳过舞，一起跳过楼我也不能陪你！"

"如果我们成功地完成这项任务，校长会特别授予我们每个人本学期的全科目满分，这样你们在本学期的GPA是4.0。"恺撒无视了路明非的唠叨，转向其他人。

全部人都鼓掌，只有路明非一个人垂头丧气。

"你令我很惊讶，也很失望，"恺撒再度转向路明非，"S级新生，大家都对你会有期待，但你说你来这里只是为了一份奖学金。"

他冷冷地盯着路明非，天蓝色的眼睛里不再有那种阳光般的热情。这还是路明非第一次在恺撒的眼睛里看出鄙夷来，而之前他只是盛气凌人或者故作冷漠。

想来贵公子真的是言行合一，看不起笨蛋看不起没担当的人，路明非有心为自己辩解两句，可还是低下头去。怎么办呢？ 他是真没担当。

"为什么不选择退学呢？"恺撒接着问，"办个退学手续就行，让执行部消除你的记忆，回中国去，他们还会帮你编好在美国的经历，你可以继续过以前的日子。"

会议室里的每个人都看着路明非，恺撒不出声的时候，就静得只能听到呼吸声。

路明非想这次真是露馅儿了，果然狐狸尾巴是藏不住的。其实不光恺撒觉得他挺可耻的，他自己也觉得自己挺可耻的。

"留下你的卡片，你可以离开了。"恺撒冷冷地下了逐客令。

路明非从口袋里摸出那张身份卡，持有这张卡就能自由地出入安珀馆。在卡塞尔学院，这也是一项荣誉。卡上还写着他的名字"Ricardo M. Lu"，学生会社团组织部成员。

路明非还没来得及捂热这张卡就把它交了出去，至于是不是真的要去找诺玛退学他还没想好，但他确实觉得自己没有资格坐在这里。

"喂我说，没必要那么严肃吧？ 大家自命精英，要玩了命去保卫世界，可世界不就是这种笨蛋组成的么？"有人出声了，"你们总不能又保卫世界又看不起它吧？"

又有人推门进来了，居然是诺诺，她大概是在门外听到了他们的对话。

她的出现令气氛更加紧张了，学生会成员们彼此对视，诺诺那句话显然是在反驳恺撒，但同时她也同意路明非就是个笨蛋。

恺撒迟疑了片刻，似乎是想为自己辩解几句，但也不知道是因为不愿意让诺诺不开心或者诺诺确实击中了他的软肋，他什么话都没说，只是耸了耸肩。

诺诺拍了拍路明非的肩膀："没事啦，我不是说了么？ 你在学生会一天我就罩你一天，不过好像也只有今天了。"

所有人都看着路明非，等着他退还卡片退出会议室，但路明非看了看卡片，重新收了起来。

"我也没说不去，就是丑话说在前面，到时候拖了后腿别怪我。"路明非居然也怀抱双手，跟恺撒一模一样的姿势。

明显能感觉这个新生的气场隔着长桌和恺撒的气场撞了一下，然后路明非漫不经心地扭头看着窗外。

两个月后。

路明非站在镜子前面，活动各处关节，同时打量镜中的自己。不知这该死的紧身作战服是什么材质，像一层坚硬的皮肤那样紧紧地绷在身上，令他联想到电视广告里燃脂瘦腿减腰围的内衣。

"你已经这样看了自己十五分钟了。"芬格尔从上铺探出脑袋来，"难道你是在自己身上幻想师姐的身材？"

路明非皱眉："跟EVA里那个叫碇真嗣的蠢货一样。"

"你高看你自己了，真嗣兄在原作里是个万人迷来的，身边都是极品的妹子，连葛城美里小姐姐都能算一号。"

"我是说内心的状态！真嗣同学不想当救世主！我也不想！"路明非对于芬格尔这厮精通二次元已经不奇怪了。

"这死还不是你自己作的么？师姐都帮你铺好退路了，你不就坡下驴，非得硬着脖子往上冲。"芬格尔叹气，"古人说，浪死的都是会水的，你会水么你就浪？"

路明非无言以对，事后他也埋怨过自己，脑袋热得真不是时候。

其实是因为卡片上的那个名字，Ricardo、Ricardo、Ricardo，诺诺给他起的拉风名字，好像是什么来自异域的厉害高人。在那间放映厅里，诺诺用自己的肩膀把路明非顶了起来，给他虚构了这个身份。

想到自己是踩在女孩子的肩膀上站起来的，忽然就不肯蹲下去了，那张写着Ricardo名字的卡，他狠狠地捏住了。

"练俩月了，现在带水肺潜一百米应该是没问题，水下救援什么的也都练了。"路明非说。

"跟师姐水下玩耍了两个月，也值啦，可以去死了。师姐穿泳装的身材咋样？"

"屁！都是穿着橡胶潜水服好么？还得背着十几公斤的钢瓶！"

过去的两个月确实是诺诺指导路明非学习潜水，就在山下的湖泊中，卡塞尔学院并无专业的潜水教员，而且潜水这门技术在学员们看来跟玩滑板似的，根本不需要专业训练，随便找个学长跟着练练就行。

"你的潜伴是谁？"芬格尔问，"俄妹还是师姐？"

"是零啦，师姐总是跟恺撒一起下潜。不过零潜得比我好多了，自由潜都能下到五十米。就靠她了。"

虽然没有机会见到师姐的泳装，零的泳装路明非倒是意外地见过几次。他训练的时候冰山女王殿下也来潜过几次，跟穿着厚重潜水服带着水肺的路明非不同，她只穿一体式的白色泳衣带一对碳纤维脚蹼，一个猛子下到水下五十米，三五分钟才浮上来。诺诺觉得这个师妹根本用不着辅导了，直接把她指定为路明非的潜伴。

水下作业永远都是两人一组，必要的时候相互救援。诺诺自己的潜伴是恺撒，但那是他们还没成为情侣之前，成了情侣按照执行部的规矩就不能一起水下作业了。

"要我说俄妹也挺好！虽说个子不高，但没准还能二度发育。"芬格尔拍拍自己的胸脯，"二度发育这里也能长大！"

路明非懒得跟他聊这种无聊的话题："我说师兄，你留级四年了，为什么还留在卡塞尔学院呢？"

他一头倒在床上，从打开的窗户看出去，外面漫天繁星。

"这问题咱们不是讨论过？因为无法克服内心深处永恒的孤独嘛！"芬格尔不知从哪里摸出一块华夫饼来吃，"而且人总得有个吃饭的地方。"

"就为吃口饭？也许哪天真的就叫你出任务，然后就挂掉了，跟叶胜、亚纪似的。"

"我听明白了，你这不是不愿意当救世主，你是怕死了。"芬格尔伸手下来在他脑袋上拍了拍，"我想好了，虽然我没有资格参加你们的精英团，但我会远程支持你的！"

"远程支持？你是说在这里喝着小酒吃着鸡翅膀给我打 call 的意思？"

"我会那么没义气么？我的意思是我会一直挂在线上，你只要能联网就行，我用智慧支持你。以你的实力，搭配我的智慧，有什么问题是我们解决不了的？"

"这就好像说，你看我们这碟土豆烧黄瓜，什么皇帝敢说不好吃？"路明非叹口气，"这次他们省钱了。"

"怎么说？"

"我的医疗保险啊，最高保额是把我的遗体空运回中国……现在我很快就要自己飞回中国去，然后在那里挂掉，不是很省钱么？"

"嗯，确实很像一头自己走向杀猪机的肉猪。"芬格尔点点头，"我也被你这种悲怆的情绪感染了。不过真的你要相信，我的理论知识还是很厉害的，不瞒你说玩网络我也是这里的第一名，别看我现在都是 F 级了，我照样能用 S 级权限访问诺玛的数据库，虽然得冒点小风险。我的身体虽然不在你的旁边，但我的灵魂陪伴着你……这么说好像有点歧义，不过我想你懂的。"

路明非沉默片刻："芬格尔，有时候我觉得你蛮脱线的……不过有时候又觉得你还真的对我蛮好的。你花那么多时间理我，是因为太无聊了么？"

"怎么说呢我还是蛮相信人间自有真情在这种话的，废柴和废柴之间不相互温暖，这世界就邪恶得不能要了啊。"

"你说这要是部小说，作者是不是够丧心病狂的？人家写书是说主角上来怀才不遇，各路贱人都来欺负他，结果要么是牛烘烘的师父、要么是个萌妹从天而降救了他，从此踏上修炼的道路……"

"这么牛的开头你有啊。"

"可接下来的剧情就大转折了啊。接下来应该是师父传我绝世功法，萌妹跟我心心相印，我打爆了一个又一个跟我面前嘚瑟的蠢货，我还有各种教我绝招的兄弟前辈，还有别的萌妹跟我投怀送抱……"

"你当然有教你绝招的兄弟前辈啊！"芬格尔把胸脯拍得山响。

"可我师父自身难保，萌妹是老大的女朋友，我没有什么蠢货可打爆，那些精英都懒得跟我打，觉得那是欺负我。"

Chapter 8
The Big Brother

"你这么想其实基于两个假设,首先,你师姐是女主角,但你假设俄妹是女主角,你师姐是个坏人,这故事就合理了对不对? 你师姐对你始乱终弃,俄妹美救英雄,但你心里只有师姐没有俄妹,这是剧情线跑错了。"芬格尔说,"还有你觉得你是男主角,也许人家恺撒是男主角呢? 你就是跑去恺撒面前嚼瑟还对女主角想入非非的那个,打爆你这故事也讲得通。"

路明非无言以对,虽然觉得芬格尔讲的是歪理,不过好像真的很有道理。

"你说得对,哪有主角上来都不给个练功的机会,直接就赶上高潮戏,跟Boss对打呢? 估计我就是那种路人甲,上来没几个回合把命送掉那种,台词一般是,'啊!'"他叹了口气,把某个东西往上铺一扔,"给。"

"这是什么意思?"芬格尔接住那个东西,愣了一下。

那是路明非的学生证。

"就是我能当信用卡用的学生证咯,你要是听说我在中国挂掉了,就赶快拿着这张卡去买东西,在它失效以前。反正死人的信用记录再差也没事的对吧? 不还就不还了。"

"你真的觉得自己会死?"

"真的。"路明非目光迷离。

"那你还去?"

"我也有自己的小理由嘛。"路明非说,"算了算了,没意思的理由,不说了。"

"我对你的理由没兴趣,不过你要是真的觉得自己要死,不如我们现在就开始猛刷卡? 你看我们现在打电话去订两人份的鸡茸蘑菇汤,配上五成熟的菲力牛排,饭后甜点我们用鹅肝酱配银鳕鱼卷,再要双份的Camus干邑! 反正你的信用卡额度有十万美金之高,不刷爆就再也没有机会了!"芬格尔挥舞着那张学生证从上铺一跃而下,挥舞手机。

"喂!"路明非也跳下床去抓住他,"师兄你搞错了,台词不该是这样的! 台词应该是你很感动,然后鼓励我一番!"

"吃夜宵的时候我当然会鼓励你的!"芬格尔神色庄严,把卡高举在空中,像是"文革"宣传画上拿语录的工人兄弟。

路明非蹦着去够那张卡,像是一只够香蕉的猴子:"我是说我挂掉了之后你趁着卡还没挂掉再刷!"

"那时候就来不及了! 十万美元,在学校里你能买什么? 我又不买名牌跑车,也就是买点夜宵吃,这额度,顶级的夜宵能刷好几百顿呢!"芬格尔说。

"可是不一定会死啊! 没准儿我走狗屎运活下来了,跑回来一看,我靠,信用卡负债十万块,那我还是得跳楼啊!"路明非急得够呛,"妈的,这种要命的行动也没听说发高额奖金!"

"可你刚才说真觉得自己会死！"

"只是一种悲观的说法嘛！万一没死呢？万一万一！"路明非脸涨得通红。那张卡可真是他的命，他一个穷棍，在这个学校里就仗着那张卡混了。

芬格尔一巴掌拍在他脑门上，他的手掌粗糙、厚重、有力，把路明非拍傻了。

"说对了，"芬格尔把卡塞回路明非的口袋里，拍了拍他胸口，扭头爬回自己的上铺去了，"废柴也有机会活下来的，因为废柴的狗屎运总是特别好，明白么？"

他缩回被子里，靠在床头操作笔记本，屏幕的蓝光照亮了那张邋遢的脸。

路明非愣了很久："喂，你这是……鼓励我么？"

"刚才不是说了么，同为废柴，是要互相温暖的。"芬格尔看也不看他。

第九幕 龙墓
Dragon Tomb

长江三峡水库，古时的"夔门"，群山壁立，烟波浩渺。

晴朗的夜晚，等待通过船闸的船静静地泊在江面上，江面平静，江水倒映着星月光辉。孤零零的黑影站在江心小洲的岸边，默默地眺望，水声哗哗作响，令人想起很多年以前。

很多年以前，这个小洲是一座山，站在这里望出去，是如同神斧劈成的夔门，春来满眼都是绿色，风浩荡地吹起两个人的白袍。

黑影向着水面伸出手，古老的咒言如钟声行于水上。

水面出现了波纹，无数气泡从水底升起，水面腾起袅袅的白烟，钢水般的光芒流动于水底，像是水底的火山即将喷发，可江下又怎么会有火山？

江水沸腾，炽热的白气冲天而起，发出雷鸣般的巨响。江面开裂，数百吨滚烫的江水向着天空激涌，而后化为水滴洒下。洒在漆黑的鳞片上，迅速地蒸发殆尽。

巨大的、无法用语言概括的生物。

他破水而出，仰天发出像是笑声又像是婴儿啼哭的声音，而后弯曲脖子，低下头，和水边的黑影对视。

他露出水面的身躯就有接近四层楼的高度，修长的脖子上遍布黑鳞，沿着脊椎，是锯齿般的黑色骨刺，古老的铁质面具覆盖了他的脸，只露出妖异的黄金瞳。

不是亲眼见到，没人会相信世界上真的存在这种生物，他的身影可以在各种神秘的、异端的书中找到，有人说他们隐藏在洞穴中，含着硫黄喷吐火焰；有人说他们是含有剧毒的大蛇，有不止一个头；也有人说他们是天命的象征，是半个神明。在古代欧洲的航海家中悄悄流传着这样的说法，东方的海洋不可航行，那里的水是红色的、沸腾的，因为水底流动着岩浆，成群的这种生物就游动于岩浆层的上方，他们发怒起来会断送任何大船，除非你投下米粒，因为米粒看起来像是蛆虫，这些生物唯一害怕的只是蛆虫钻进他们的鳞片里。

但这一切的传说都不足以描述他们的真面目。

当他现身在人类面前时，远比任何传说都更加狰狞和威严。

只有一个字能描述他们：

"龙"！

长久的凝视，黑影向龙伸出了手，龙嘴里发出仿佛呜咽的低声，温顺地把头凑近黑影，让他抚摸自己的鼻子。

渺小的黑影和巨大的龙在这一刻异常和谐。

"参孙，经过了两千年，终于又见面了。"黑影轻声说，"让你看家也看得太久了，现在我们……回家吧！"

他伸手抓住巨龙面罩上的铁环，如同再次抓住力量和尊严。

黑影对着天空发出一声嘶吼，龙跟着他一同咆哮，两股声音交织共鸣，远播于江上。

龙的长尾猛地抽打江水，水面裂开了一道缝隙，龙首在夜空中划出一个完美的弧形，他带着黑影，钻入裂缝中。水面在片刻之后合拢，只余下一圈圈巨大的涟漪。

"什么声音？"距离小洲不远的游船上，在甲板上唱着露天卡拉OK的游客不约而同地哆嗦了一下，纷纷转头向某个方向。

他们只看见波光粼粼，星空下山形漆黑。那天晚上的卡拉OK很快就结束了，每个人都不想再唱下去。

整夜他们都不断地回想起那个声音，不知是什么声音，却让人觉出撕心裂肺的悲伤来。

如果那真的是人的声音，该是何等的痛苦，怎样的咬牙切齿。

"现在是公元20××年2月12日夜，中国农历元宵节，'摩尼亚赫'号在三峡水库下锚，江面安静，设备正常。今夜我们将执行'青铜'计划，我是船长曼施坦因，这是我此次出航的第十三次船长日记。"曼施坦因教授看了一眼腕表，拨通越洋电话，打开免提，把手机放在桌上，"准备工作完成。校董会，请给我们最后的命令。"

"开始行动，祝你们好运。"昂热校长挂断了电话。

曼施坦因环视所有人："你们都已经听见了，校长确认了。"

所有人都点头，新组建的行动组以学生为主，脸庞多少都透着稚气，看起来学院真的下定了决心要培养年轻人。但他们神情凝重，没有惧色反而流露出兴奋。

曼施坦因微微点头，对这支队伍他颇为满意，尽管之前他也强烈反对过派遣没有经验的团队实施这次探险。

"虽然已经预演了很多遍，但只有今夜，你们才会知道全部的细节。注意听，并且记住，各组配合才能确保成功。"曼施坦因说，"首先恭喜大家，这是一场真正的行动而非演习。此时此刻，你们不被看作学生，而是可以信赖的临时专员。你们之所以被选拔到这艘船上来，因为你们是最优秀的。"

"喂喂喂，别老提'精英'和'优秀'了行么？知道你们是精英化的学院了，可别忘记还有我这种被拉来垫背的废柴啊！"路明非心里嘟哝。他站在人群后，只露出半张脸。

"和上次不同，这次'摩尼亚赫'号全副武装，装备部把重武器都塞进了底舱里。这条船的火力可以抗衡一艘巡洋舰，对付任何生物都不是问题。"曼施坦因说。

"意思是我们有大概率遇到之前龙德施泰特教授遇到的那条龙？"恺撒问。

"诺玛给出的概率是1.273%，不算很高，我也不知道这是怎么算出来的。那是一位龙侍，顾名思义就是龙族中专门充任武士的个体，极度凶猛，应该是镇守青铜之城的守卫。尽管他在阶级上不如你们曾经见过的龙王康斯坦丁，但康斯坦丁当时是意外破茧，身体还处在残缺的状态，而那个龙侍不仅完整、强大，而且受过完整的训练。那是一头真正的巨龙。他同样是青铜与火之王的血裔，因此金属和爆炸都很难伤害他，我们为他准备的武器是，"曼施坦因点亮大屏幕，屏幕上展开一张电子图纸，"代号'风暴'，世界上最快的鱼雷，俄罗斯制造，在水下的速度高达两百节，接近小型飞机。据之前的经验，龙侍的潜泳速度只有五十节……路明非，你有问题？"

路明非举着手："它搭载什么弹头？核弹头么？"

"不，炼金弹头！"屏幕上，弹头部分被放大。

"弹头部分以螺旋状内嵌八千枚炼金弹片，这种物质虽然也是金属，但因为无法磁化，连龙王也无法控制。它们的边缘异常锋利，足以切开龙类的鳞片。"曼施坦因开启动画演示，"弹头爆炸的时候，八千枚弹片会像一朵金属花绽开，弹片散布在一个直径三十米的平面上旋转，就像是电动圆锯。但是它的速度远超过任何圆锯，百分之几秒钟之内旋转一周，完成切割……把龙侍切成两半！"

"这里可是水库，那东西是个海战武器吧？"路明非很想问候装备部那帮疯子的爹妈，这鱼雷放下去，沉底儿了怎么办？

"现在是涨水期，三峡水库的平均水深大约一百二十米，上次的水下地震在青铜城周围引发大约两百米的下陷。超过三百米的深度，使用'风暴'鱼雷绰绰有余，就算是触底爆炸，也不过引起水下的山体塌方而已。"

"语气可真轻松。"路明非心里嘟哝。

但他没说出口，因为身边其他人都是一脸"不过如此而已"的平静表情。生活在疯子群里就得适应疯子的逻辑。

"水下作业组负责潜入青铜之城，你们会随身携带一枚特殊的炸弹，它的威力足够毁掉那座青铜之城，当然在毁掉之前，我们要尽可能带出其中有价值的东西，尤其是龙文资料。"曼施坦因教授说。

"为什么要炸掉它呢？不说是宝库么？"路明非提问。

"以现在的技术，我们根本不可能得到那座城市的本体，但如果它落在一位龙王的手里，那就是大麻烦。"曼施坦因教授说，"如果龙侍还活着，那么他必然被爆炸激怒，立刻就会向我们发起报复，等他出现在声呐范围内，我们就发射鱼雷。'风暴'鱼雷共有三发，但最好节约资源，一击命中。"曼施坦因说，"现在重复作业名单，船长曼施坦因；大副格雷森，负责掌舵；二副古纳亚尔，负责声呐和鱼雷；三副帕西诺，负责底舱；轮机长熊谷木直，负责引擎和燃料供应。水下作业组，A组，恺撒和零；B组，陈墨瞳和路明非……各自的位置都明白了么？"

"明白！"所有人同声说。

路明非好死不死地被分在了水下作业组，因为他在潜水培训中的成绩居然相当出色。

他并未意识到只有少数人需要练习潜水，还以为水上行动这是保命的技能必须练，诺诺又督导得厉害。早知道练得好就得下水，他就偷懒了。

好在恺撒和诺诺是情侣这事全校都知道，按照执行部的规定，恺撒没法跟诺诺编组，最后恺撒只能和零编组，路明非和诺诺编组。

恺撒当然是适合这项工作的，他陆上是条好汉，水里也是。海洋运动从来都是富家子的特权，恺撒十四岁就有自己的游艇，潜水成绩排在全校第一。零的强悍路明非也亲眼见过。强强联手当然是A组，路明非他们就是B组。

零也欣然接受了恺撒的邀请，这次俄妹并未要求跟路明非一组，也许是上次跳舞的感觉并不很好。

如此一来路明非就得救了，除非A组出事，否则B组不必下水。

"还有什么问题么？"曼施坦因教授问。

"我有问题，"零举手，"今天日子特殊，我不能下水。"

路明非的神经骤然绷紧，有种不祥的预感。

"你能有什么问题？放心！你绝没问题！要相信自己！今天这日子怎么了？这月明星稀的，正适合夜潜！"路明非紧张地看着零，差点把这话说出来。

"不方便？"曼施坦因上下打量零，"病了么？可你看起来状态不错。"

"对啊！"路明非立刻附和，"你看起来状态相当不错！"

"大姨妈来了，所以不能下水。"零以零下两百度的平静说出了这句话。

路明非石化在当场。

天呐！不会吧？这几天来他是多么地关注零的身体啊！像是看护一株新生的小树苗那样看护零。

每次零从水中上来路明非都飞奔着上去递浴巾，下水之后路明非一定盯着零把用于驱寒的红菜汤喝完，零穿条裙子都会被路明非亲切提醒说不要着凉，零只要咳嗷一声，路明非立刻会从口袋里摸出药盒来。

所有人都觉得路明非在追求冰山女王，路明非也不解释。

可当"大姨妈"三个字从零的嘴里吐出的时候，路明非发现原来女人这物种他确实缺乏了解。

"你是说……大姨妈？"路明非小心翼翼地问，"你懂中文里大姨妈的意思么？"

"就是女性的生理期。"零回答。

"我没听错吧？你看起来才十四岁你会有生理期么？你还不如说你要休产假！"

"是事实，生理期这件事，我是有的。此外，我已经十八岁。"零以冷淡的语气回答，把石化的路明非击得粉碎。

"女性的权益是要保障的，那么由B组替补。"曼施坦因说。

"没问题。"诺诺点头。

"喂！"路明非扭过头，直勾勾地看着诺诺，"你会不会也正好在生理期？"

诺诺一巴掌拍在路明非脑门上，脸上黑气笼罩："要你管？我不在那个时间段！"

"如果那么害怕，就我和恺撒一组下潜。"诺诺收回手，淡淡地说，"临时缺潜水员的话，突破一下执行部的规则也没什么大不了的吧？"

路明非一愣，本来那句"好啊"就在嘴边，可被他自己吞了回去。他低下头，抓着脑袋不说话。

"不行！"曼施坦因说，"你不能和恺撒一起下潜，执行部有很多规则，有些可以突破，这一条不能突破！"

"可你觉得他这样下去会有用么？"诺诺指指路明非。

"我觉得他看起来状态相当不错。"零说。

"能不能不要报复得那么快啊？"路明非心说。

"我也觉得他状态相当不错。"曼施坦因也说，"明非在训练课中的成绩还是不错的，很积极，每个人都有第一次执行任务的惊恐，但他是S级，这个对他应该不是问题。"

"随便你跟不跟我下水，我都没问题的。"诺诺拍拍路明非的肩膀，"给我找个潜伴，或者我自己一个人下也行，只是安置炸弹而已。"

所有人的目光都集中在路明非身上。

路明非扭头看着诺诺，诺诺则扭头看着舷窗外，一脸的无所谓。从第一次见她就是这样，好像永远不会紧张，什么都不在乎，除了她那早已逝去的母亲。

如果自己哭天喊地地说不愿意，诺诺也不会真的往心里去吧，无非是她自己下潜或者跟另一人下潜。

山顶水泉边的那一晚后，路明非又有点看不懂这个女孩了，分明是她邀请路明非加入的学生会，可当路明非想要退出的时候，跳出来支持的也是她。

好像这个得来便宜的小弟忽然没有了也没什么所谓，这就是路明非没法跟芬格尔解释的原因，当时他暗藏的驴劲儿犯了。

"下就下咯。"他说。

边说边想抽自己嘴巴，叫你驴叫你驴！芬格尔说得没错！都是被自己作死的！可驴劲儿上来真的忍不住。

"那就换潜水服咯。"诺诺淡淡地说。

果然没猜错，就是这种漫不经心的口气，爱谁谁。

其他人前舱后舱地忙活，路明非坐在船舷上，仰望星空。他就要下水去当英雄了，忽然觉得世界真美好，星光真灿烂，好想在这里多呼吸呼吸新鲜空气。

诺诺从前舱里出来，穿得像是白色的钢铁侠。他们训练的时候穿的都是普通的胶皮潜水衣，但行动之前装备部送来了四套半硬式潜水服，内部有高强度的碳纤维骨架，足以扛住深水中巨大的压力。穿戴这种潜水服他们才可能在深水中长时间作业，否则就算背着水肺，下潜极限也就是两百米左右。

半硬式的潜水服里，气压只是地面上的几倍，而普通的胶皮潜水服，潜水员则不得不吸入几十倍高压的压缩空气来对抗外界的压力。

缺点也不是没有，除掉昂贵的价格和行动不那么方便以外，最麻烦的是这东西不能漏气，它像个低压的气罐头，一漏气潜水员就得完蛋。

"别愁眉苦脸啦，无论出了什么事，跟在我后面，我是组长，你是组员，明白？"诺诺拍拍他肩膀。

半硬式的潜水服颇为笨重，看起来像是熊大在给熊二加油。

"记住了。"路明非叹了口气，也戴上了沉重的头盔。

气密阀扣紧之后，氧气接入，头盔内部的气压表迅速地转了几圈，加压到三个大气压。此时路明非已经完全听不到外面的声音了，所有信号输入都要靠背着的数据线。

"注意你们各自的氧气表，氧气供应大概能支撑三个小时，足够你们用，但上浮过程中要留足够的余量。"曼施坦因教授过来叮嘱。

"数据线，同时也是救生索，纳米材料的外层，想要切断也很难。如果你们意外失去了知觉，我们会用这根索子把你们拉回来。"曼施坦因教授拉了拉连在路明非潜水服上的黑索。

"潜水服是特制的，半硬式全封闭，非常坚韧。但还是要注意别剐破了，一旦漏气会很麻烦。"曼施坦因教授为两人整理呼吸管。

他越是这么亲切路明非越惶恐，送你上战场的时候团长对你特亲切，给你塞一

Chapter 9
Dragon Tomb

包好烟，那基本就是给你发的便当了。

"能问个问题么？"路明非战战兢兢地，"我们潜到龙王家里去放炸弹，龙侍会不会很不高兴？毕竟那是人家的地方。"

"概率不大，龙侍如果真的存活，他要么处在深度休眠的状态恢复伤势，要么就在水库的上下游猎食来恢复伤势，你们对于他来说太渺小了，你们的潜入应该很难惊动到他。但那场爆炸却一定会，如果他还活着，哪怕距离此地几十公里他也会高速返回，所以你们安置完炸弹一定要尽快撤离。"曼施坦因教授说。

"除了龙侍，不是还有另一个龙王么？死去那个龙王的哥哥，他会不会也在青铜之城里睡觉？"

"校董们前些天激烈讨论的就是这件事。"曼施坦因教授说，"现在告诉你们倒也不要紧，你们是在最前线工作的人，理应知道得更多。我们得到的黄铜罐，其实是龙王的骨殖瓶，龙王可以从骨殖瓶中孕育出全新的身躯，并继承大部分记忆，这是一种原理还不清楚的自体复制。那个骨殖瓶中其实有两个腔，两位青铜与火之王共用那个瓶子，那是他们共同的卵，我们通常称之为茧。但青铜与火之王中更强大的龙王诺顿在很多年前就从那个茧中逃走了，我们并不知道原因。他逃出去的时候显然还是人类的身躯，如果想要恢复成真正的龙王，得找到新的地方再度孕育身体，眼下是他的休眠期。"

"再度孕育身体？"路明非一愣。

"你们都已经看到了，龙类的骨骼具有很大的可塑性，他们可以模仿人类，也可以变形为其他的变种。但所谓真正的龙王，那种能够启动究极言灵的神话生物，就必须拥有巨大化的身体，如人类般细小的身躯根本无法承受言灵之力的反噬。龙王康斯坦丁就是因为孵化意外停止，强行破卵而出，所以无法控制自己的力量，他发挥出的力量不到他自己真实力量的百分之一。龙王诺顿即使知道他的弟弟死了要为他复仇，也必须重新沉睡孕育出真正的龙躯，否则他也不过是又一个康斯坦丁。所以我们必须尽快摧毁青铜之城，因为我们不希望那座城成为龙王诺顿的孕育之地。"

"教授你刚才说，究极言灵？"诺诺问。

"言灵序列表是个深不见底的深渊，我们没法说什么样的言灵才是最强的言灵。但四大君主都曾在历史上动用过恐怖的超级言灵，它们造成的效果可以说是神迹也可以说是浩劫，那些就是究极言灵。不同的君主善于控制不同的元素，究极言灵共计四种，对于火属性的言灵来说是'烛龙'，序列号114，极度危险，龙王一定想掌握它。"曼施坦因教授低声说，"如果龙王诺顿为了他的弟弟要报复人类，那么他一定需要巨大的龙躯，和究极的'烛龙'。而我们的工作，就是在那之前毁灭他！"

"也是挺仗义的生物啊，"路明非感慨，"你要是有个拖油瓶弟弟，被人打死了，再不喜欢他你也得帮他出头对不对？"

他说这话的时候眼前浮现起两个人的影子，一个是身高一百六体重也一百六的路鸣泽，一个是那个天使笑容大叔灵魂的路鸣泽。

但是稍等，后面那个路鸣泽算他屁的弟弟啊！只是那家伙非要这么自称，搞得好像他跟路明非真有什么关系似的。

"退后一点。"曼施坦因说。

路明非和诺诺不明所以地退后几步，顶住了船舱。

"祝你们好运！"曼施坦因在两人的肩上同时一推，他们翻落水面。

风纪委员会的头儿也那么阴，路明非算是见识到这间学院的卑鄙了！原本他还能下水前跟师姐说几句煽情话来着！

射灯的光在江水中仅能穿透不到五米，路明非的眼前是一片浓郁的墨绿色，水体浑浊，浮游物到处都是。

压力计显示他们已经下潜到五十米深。半硬式潜水服扛住了大部分压力，体感还不错，但每次潜得更深一些，还是会听到半硬式潜水服发出咔咔的微声，那是碳纤维护甲在高压之下的轻微形变，这里的压力已经是水面的五到六倍。

真不敢相信那个俄妹不带水肺都能在这个深度像鱼一样遨游。

"深呼吸，保持平静。"诺诺的声音从耳机中传来，"别害怕，只是五十米深度。有个徒手潜水的家伙能潜一百多米，你可是穿着半硬式的潜水服还背着气瓶。"

"一百多米不带水肺？会憋死吧？"路明非说。

"那人说潜到深水里的时候，觉得就像到了外星球一样，安静极了，世界上的一切都远离他。"诺诺说，"比起憋死，那种孤独的感觉才是最可怕的，所以执行部规定深潜必须两人一组。"

路明非这才知道为什么原本可以一个人完成的任务一定要两人一组完成，他试着假想诺诺不在他身边，身边只有望不到边的墨绿色的水，忍不住哆嗦了一下。

"下方探测到深渊，你们已经接近地裂，祝你们好运。"诺玛的声音从耳机中传来。

黑色的巨大裂缝出现在路明非的下方，射灯的光一旦进入就被吞噬，也许是冷热水交换的缘故，每隔几秒钟那道巨大的裂缝都喷出些许泥沙，仿佛有个巨大的怪物藏身在水库之下的地层里，只露出嘴来呼吸。

原先的那座水底村庄已经被这张大嘴吞噬，只剩下祠堂的半面墙危险地矗立在裂缝的边缘。

诺诺把安全索用金属挂钩固定在裂缝边上，向着路明非伸出手来："拉住我，我们会自然下降。"

路明非伸出手去，用力握住诺诺的手，跟师姐手拉手心中也不会泛起涟漪，因为基本就是熊大握住熊二的感觉。

他们放松身体，被腰带上沉重的铅锤拖着缓缓下沉。裂缝最窄处不过半米宽，他们被凹凸不平的石壁紧紧地夹在里面，水镜都顶在了一起。

路明非往头顶看去，一片漆黑。压力继续增大，压力计显示到了八十米深度，这意味着他们进入裂缝后又下沉了二十米，大约八层楼的高度。

"到了。"诺诺低声说。

路明非抬起头，让射灯的光束照向前方。

他看见了一堵墙，一堵向左向右向上向下无限延伸的巨墙，在射灯的光照下泛着古老的青绿色，斑驳的铜锈如一层棉絮般覆盖在上面，泡沫状的铜锈里生长着叫不出名字的植物，细长的丝条随着水流轻轻地摆动。他们来到了叶胜和亚纪曾经到过的地方，仿佛世界的尽头，或者人类世界跟另一个世界接驳的门前。

路明非深吸一口气，调整自己的心理状态。

不是亲眼看到他根本无法想象这东西是多么巨大，与其说什么龙族的坟墓，不如说是神迹。它的存在根本不符合物理定律，也不真实。

太古的人类见到这玩意儿估计只想跪下来叩头，路明非自己就很想跪下来磕头。

"它埋在这里几千年了吧？要不是地震谁能找到？"路明非惊叹。

"就因为岩层里有这么个东西，所以地震时这里产生了一个解理面，裂缝恰好沿着这一线。"诺诺说。

"那边有张人脸，我们是要把钥匙捅进他嘴里么？"路明非伸手去抚摸青铜壁上微微浮凸出的人面，那张痛苦的面孔，口中叼着燃烧的木柴，造型狰狞。

有了前一次的经验作为参考，这一次他们的探索快捷了很多，曼施坦因教授提示过这巨大的青铜墙壁和墙壁上的人面。

"那是个活灵，上过炼金生物学的课你就会懂。"曼施坦因教授的声音从耳机中传来，"口中叼着燃烧的木柴，意味着他被火焰之力禁锢，痛苦却不能解脱。在四大君主中，龙王诺顿是炼金术最强的一位，他善于操纵火元素，可以用最纯净的火焰灼烧金属，杀死金属，去除杂质，再令它复活，这种金属就被称为'再生金属'，有强大的属性，还能禁锢灵魂。你们面前的是一个被禁锢的灵魂，他遵循龙王的旨意，看守青铜城的门。"

"所以这是个保安？"路明非战战兢兢地说，"我们要给他看门卡他才让我们进小区么？"

路明非对于自己这个毛病也觉得不可思议，越是紧张害怕他嘴越贱，如果有一天他真的因为什么事情被挂上绞刑架或者十字架了，他一定是世界上最好的脱口秀演员。

"你们带了门卡。诺诺，你携带的密封管里有'钥匙'的一毫升鲜血，把血涂抹在'活灵'唇上,他的血会为你们打开入口。"曼施坦因说,"'钥匙'最近的状态很糟糕,没法带他一起来,否则新鲜的血液效力更强。"

诺诺从后腰里摸出了那支密封管,用一根针管从里面提取血样。她把针管交给路明非,以手势示意他完成接下来的操作。而她自己游到路明非的背后,双手抓住他的肩带,帮助他保持平衡。

路明非一手抓着针管,一手摘下头盔上的射灯举着往那个活灵的嘴里照,半硬式潜水服的手套也带有骨架,操作起来颇为笨拙。

路明非一滴滴地挤出血来,血样非常黏稠,深红却又带着些许的淡金色,在水中并不分散。路明非就用这些血液在活灵的嘴唇上涂抹。

"这大叔还是活的么?"路明非问。

"死的,'活灵'只是个炼金学上的定义,他的意识已经死亡。"诺诺说。

"他咬我!"路明非忽然惊呼起来,"他咬我!"

诺诺也大吃一惊,从路明非的肩膀上看过去,果然活灵的面容变化了。他原本龇牙咧嘴地叼着那块木柴,神色痛苦。按照原本的计划,使用"钥匙"的血样之后,活灵就会张嘴,然后取出他口中的金属块插进去,门就会打开。现在活灵倒是真的张嘴了,那个金属块正向着下方坠落,眼看就要消失不见,而路明非竟然没能及时接住它。

因为活灵咬住了他的手指,准确地说也不能算是咬,而是把他的右手食指"嘬"住了,那个古怪的表情甚至有点可笑,像个叼着奶头的孩子。

"别乱动!只是卡住了!'活灵'只是个门锁而已,锁孔会咬人么?"诺诺说,"谁叫你乱摸的?"

诺诺也不知道发生了什么,但首先是让路明非安静下来,至于那个金属块可以一会儿潜下去找。

"不……不是!"路明非说,"真是他咬了我!"

他的脸色惨白,这话说出来没人信。不久之前,他正认真操作着,那张青铜人面忽然动了。

整张脸从墙壁中浮凸出来,表面的锈迹崩裂,锋利的犬齿猛地张开又合拢。路明非吓得魂飞魄散,差点以为自己的手要跟自己说再见了,可活灵啪地含住了他的手指。

路明非感觉像是在医院采血似的疼痛,他的潜水服手套肯定是裂开了。无数气泡从裂缝涌出,潜水服内的压力迅速增加。他说不出话来,只能瞪大了眼睛看着飞转的压力表。

半硬式潜水服的弊端竟然真的在他身上应验了,一旦磕破漏气,对潜水员来说基本上都是要命的。

Chapter 9
Dragon Tomb

　　此刻他肺里充满着几个大气压的氦氧混合气体，但外界的压力可能超过十五个大气压，高压的江水会沿着潜水服的裂缝冲进来。

　　因为压力差的缘故，他的肺部会被压缩到三分之一大小，几乎等同于不带水肺深潜，而他根本没有受过这方面的训练。

　　路明非情急之下用左手死死地握住右手手腕，试图减缓气体逃逸的速度，针管从他手中滑脱，直坠下去。

　　"见鬼！"诺诺喊出声来。

　　针管和活灵嘴里的金属块不同，江水和其中的血样会相互渗透，在水里泡上片刻里面只怕就都是江水了。

　　"钥匙"的血样总共只带了两份，备份的血样还在"摩尼亚赫"号上。

　　但她没有时间去捞血样，双腿蹬在青铜墙上，抓住路明非的肩带，试图把他拉出来，如果能在气体漏完之前拉出手来，把潜水服的裂口封上，路明非就还有活路。

　　路明非自己也在玩命挣扎，头盔里就有照明灯可以看清他的脸。他紧咬着牙关，面颊肌肉凸起，双眼充血，很明显坚持不了很久了。

　　诺诺从腰间抽出锋利的潜水刀来："别怕！深呼吸！"

　　路明非一看就明白师姐要做什么，他也绝对相信师姐是下得去狠手的。他当然不想失去一根手指，但他受了两个月潜水训练，很清楚这样拖下去的结果。

　　他已经准备吃那一刀了，最后一次试图抽回手指的时候，活灵忽然张嘴了，路明非一头撞在诺诺的头盔上。两个人像是飘离飞船的太空员那样，旋转着离开了青铜墙。

　　好在诺诺一丝不苟地遵循了水下探险的规则，开始操作之前她就把自己的安全索用挂钩固定在青铜墙的表面。她一把抓住安全索，把自己和路明非一起拉回到青铜墙边，双脚探出钢爪抓在青铜墙的缝隙里。

　　她这才有时间援助路明非，好在装备部提供的半硬式潜水服有分段加压的功能，她收紧了路明非手腕上的气密阀，重新封闭了这件潜水服。

　　潜水服的应急程序启动，排水阀在十几秒钟内排出了涌进来的江水，高压的氧氦混合气再度充满路明非的面罩，他终于又能呼吸了。

　　诺诺扯下已经破损的潜水服手套，这样虽然路明非的手会直接暴露在高压环境中，但只是一只手问题并不大。

　　诺诺详细检查他手上的伤口。即使忽略龙族遗迹里有什么危险的毒素、细菌、病毒之类的东西，接触到生锈的金属物品也很有可能中毒。

　　"差点死了差点死了！"路明非大喘气儿，拍着潜水服的胸口发出砰砰的声音，"我要上浮我要上浮，我现在是伤员了！"

　　"你豌豆公主吧你？就这点小伤你喊什么？"诺诺皱眉，一巴掌敲在路明非的头盔上。

路明非这才安静下来注意自己手指上的伤口,活灵轻易地破坏了他那带有碳纤维内骨架的手套,但留在他手指上的只有一条不到一厘米的血口,也就相当于铅笔刀割了一下。

路明非这才回过神来,刚才的情况虽然危急,但好在活灵放开了他,诺诺的反应也及时,他只是呛了两口水,手指上添了一道小伤口。

"我被一个死人头咬住了,当然很紧张,要不你试试?"路明非仍是惊魂未定。

"跟你说过多少遍,在水下无论遇到什么情况,先是要镇定。你探险的对象是龙族遗迹,不是迪斯尼乐园,总会有些事超乎你的预料。"

"即使迪斯尼乐园也不允许零岁宝宝入园的吧?我在你们这里可不就是个零岁宝宝?"

"麻烦的是你把血样丢掉了,我们现在还得回船上去取备份!"

诺诺抱怨归抱怨,还是从背包中取出某种防水胶布丢给他。路明非用胶布缠住全手,一则是防止伤口感染,二则是如果再接触什么锋利的东西有个简单的保护。

他们你来我往地说话,都没有注意到活灵的变化,他张大了嘴,越来越大,"人"的嘴根本张不到这么大,除非他没有颌骨,嘴巴的结构和一条能吞象的巨蛇相似。

仿佛有人在黑暗的宫殿里念诵古老咒文,那声音直接透入路明非和诺诺的脑海。

"龙文?"诺诺一惊。

两个人这才意识到身边的活灵已经为他们打开了一个巨大的黑色洞口,一张像是要吞噬天地那样的大嘴,其中传出巨大的吸力。

她眼前一黑,下意识地扣住路明非的手腕,两人同时被卷入漩涡之中。

再次睁开眼睛的时候,诺诺发觉自己正躺在坚硬潮湿的地面上,她一个翻身爬起,按着大腿侧的潜水刀,环顾四周,顺带瞟了一眼自己头盔下方的压力表。

压力表显示体外压力是标准的一个大气压,无水环境,他们所在的地方好像根本就是一处溶洞,而不是有上百米深的水层在头顶。

这又是不符合预期的情况,他们进入的路径和亚纪叶胜进入的路径一样,但他们并未抵达那个有一根巨大铜柱被水淹没的空间。

面前是一条青铜甬道,甬道两侧站着数不清的青铜雕塑,都是些身着古代衣冠的人,官员或者武将,手捧牙笏。造型雄浑,颇为写意,令人想起那些汉代墓葬中出土的铜俑木俑,在这样湿润的环境里经过长达两千年,它们并未锈蚀得很厉害。事实上整座青铜城的锈蚀程度都是轻微的,换作那个时代普通的青铜制品,在水底泡了那么多年,表面的铜锈应厚得像裹着海绵。

但这些青铜俑也有和汉代俑截然不同的地方,从袍服和甲胄领口中伸出的,是

Chapter 9
Dragon Tomb

细长的蛇颈，面容是狰狞的爬行类，倒也不像是普通的蛇类，滑稽的是有的蛇头上还扣着帽子。

"我们这是死了么？阴曹地府人不多啊？这是世上好人多的意思？"旁边有人说话。

"死了你都这么多嘴，阎王爷还不拔你舌头？"诺诺想也不想，又是一巴掌拍过去。

路明非摸摸头："就算上了法庭，也得给犯人讲话的机会对不对？还能下锅就油炸？"

虽然这地方看起来诡异，但毕竟是死里逃生，惨不惨就怕比，他现在觉得好多了，很想多说几句话证明自己活着。

说起来他也确实不是个男主角的人设，想想电影里其他探险组合，这时候爬起来就嘴欠的肯定不是男主角。

"你这种人到了阴曹地府，本来没事的，冲你这么烦也得重判。"诺诺伸手把路明非的氧气瓶阀门关闭，又关闭了自己的。

路明非吓了一跳，却发现自己的潜水服并未报警，减压阀缓慢地减掉压力，内外气压渐渐地平衡。

"节省一点氧气，希望这里的空气里没有毒素。"诺诺尝试着拧开头盔面罩的阀门，带着铜锈味的气息涌了进来，但并不很呛人。

潜水服自带的系统能够测出空气中的氧气含量，这里的空气和外面的空气质量基本接近，这是非常不可思议的事，就算青铜城被埋进土里的时候带着大量的空气，可那么多年没有气体交换，气体已经早就浑浊不堪。就像基本所有的盗墓贼都知道打开墓道要送一根蜡烛或者小鸟进去，因为墓道里的空气非常可能是无法呼吸的。

难道说龙族遗迹就会先进到自带新风系统的程度？

"陈墨瞳！路明非！报告情况！出了什么事？"曼施坦因的声音从耳机中传来。

两个人回头看着那根既是通讯线又是救生索的黑索，它竟然没有断。

理论上说他们此刻在水底百米之下，外界的大气压超过十个，内部的气压正常，那么他们势必是通过某个减压水密舱之类的设备才能到达这里，那么黑索必然得剪断。

诺诺想要沿着黑索往回去探索，看看他们到底是经过什么途径进到了这个神奇的空间，不过再想想连活灵都有，那么某种特殊构造能够隔绝压力且不剪断黑索的设备也不值得大惊小怪。眼前这条青铜甬道无疑有价值得多，他们必须尽快记录这里的各种资料，今晚这个青铜城就要被炸掉。如果不是考虑到后续的某些风险，炸掉这么伟大的造物简直是对人类历史的不负责……错了，龙类历史。

诺诺打开头盔上的摄像机，捧着头盔四处转动，给"摩尼亚赫"号上的人看他们此刻所在的环境。

"我的上帝啊!"有人轻声说。

"你们现在还能保持对上帝的信仰我也是挺佩服的,你们不该都跟什么东南亚当地人一样信仰龙神么?"路明非在旁插嘴。

"让你的队友闭嘴。"曼施坦因的声音。

诺诺从背包里拿出一根能量棒插进路明非的嘴里去,就像把青铜块插进活灵嘴里似的。

"汉代造像风格,但是看通道的格局倒是更接近埃及国王谷的墓道,一条通道笔直向前,通常都是墓葬的结构。"曼施坦因说,"中国帝王墓葬前的神道也有类似结构,但那是在露天。"

"感觉更像是某个邪教的庙,走到尽头就要走上祭坛,光荣地把自己的血肉献出去。"路明非嘴里叼着能量棒,含糊不清地说。

"报告你们的状态。"曼施坦因说。

"我们都没有受伤,路明非的手套受损,暂时用胶带缠裹,腕部做了密封,氧气都有余量,你们可以读到我们的余量。"诺诺说,"我的余量比他多半个小时。"

"很好,你们的背包里都有救生索的转接延长线,保持通讯是最重要的事。真不可思议,里面居然会有气压正常的空间。"

曼施坦因和诺诺一样意识到这个空间的不对劲,之前叶胜和亚纪进入的时候,内外都是高压空间。当时两个人并未采用这种半硬式的潜水服,而是依靠自己出色的潜水技术和被龙血强化的身体机能,但两个人几乎从头至尾都没有摘呼吸器的机会。如果说叶胜这一组被活灵洞开的通道送进了地狱,那么诺诺这一组就是进入了天堂。

路明非和诺诺从背包里找出转接延长线的线轴。他们把黑索从潜水服上断开,中间接上了转接线。

"有一个推测可以解释你们遇到的情况,"诺玛的声音忽然加入了对话,"之前叶胜和亚纪进入的时候,虽然青铜城里还有残余空气,也因为常年氧化金属,氧气已经耗尽,不能供给呼吸。现在空气质量优,可以供给正常呼吸,那是某个人已返回了他的宫殿。尽管可能具备水下呼吸的能力,但他通常应该呼吸氧气的。换句话说,并非青铜城里有两个不同的空间,只是叶胜和亚纪去的时候,这里被淹没在水下,而你们去的时候,主人已经重启了这个建筑的功能。"

路明非差点把剩下的半根能量棒整个给咽了:"你的意思是那个龙侍现在就在附近?"

"龙侍应该无法重启这座宫殿,所谓的主人,除了康斯坦丁,应该是龙王诺顿本人。"

Chapter 9
Dragon Tomb

其实路明非也猜到了，只是心里不愿意承认，诺玛这个版本的人工智能就是没有那个EVA体贴，都不带骗他一下的。

"教授，你之前说他应该正在二度发育对吧？不会那么容易醒过来。"路明非问。

"我是指要孕育巨大化的身体。作为王座上的双生子，康斯坦丁死亡的那一刻，从这里逃离的诺顿应该就能感觉到。如果他要为他的弟弟复仇，最可能的行为就是返回这里再度孵化，但那又需要相当长的时间。我们就是为了避免这种风险，所以想要炸掉青铜城，但看来我们还是晚了。"曼施坦因说。情况远比想象中危险，他的语气也沉重起来。

"多长时间？"

"几十年，几百年，甚至上千年。孕育巨大化的身体需要相当长的时间。"

"那他会不会不孕育那个身体，就躲在这个青铜城的某个地方，我们来一个他杀一个，来两个他杀一双？"

"你说的那个是大逃杀游戏，龙王不玩大逃杀游戏，他要报复的对象不是你，而是全人类！"

路明非心说你怎么知道他报复的不是我？确实是我给了他弟弟关键的那一枪啊！就是这件事校长都不公开说的。

"时间有限没空闲聊了先生们，我们得继续前进。"诺诺说，"所以我们应该把炸弹安置在哪里？龙王的寝宫么？在那里我们会看到酣睡的巨龙么？"

"这颗炸弹的爆炸力足够强，但我们仍旧没有完全的把握它能彻底摧毁整个青铜城。但当它爆炸的时候，里面的炼金药剂会和水以及金属发生强烈的连锁反应，形成对龙类有剧毒的气体，无论对龙侍或者休眠中的龙王都有效，他们会疯狂地寻找和猎杀伤害自己的人，那是龙类的本性。但届时他们会非常虚弱，'风暴'鱼雷会解决他。"曼施坦因说，"你们必须在炸弹爆炸前返回船上，区域内的水体都可能被毒素污染，它对混血种也是有危险的。"

"明白，但我们首先得找路。"诺诺说，"沿着这条甬道往前走？"

"不，这是朝圣之路。"曼施坦因说，"《冰海残卷》中提到过，在龙族兴盛的年代，古代人类以臣民的身份去朝见龙王，必须经过这条朝圣之路。也就是说这条路是给人类走的，你们需要找到龙类的路。"

"亚纪拍到的龙文中能解读出那条路么？"诺诺问。

"有更简单的办法，记得你学过的炼金课？炼金术中，五芒星代表五种元素，右下角是火元素。这座青铜城的修建符合炼金术的基本原则，当然这是在它开始运转之前。对于龙族来说，这种原则有点类似中国古代的堪舆学说，但他们非常迷信，一定会把龙王寝宫修建在青铜城右侧偏下的位置。"

"教授你这话说了等于没说，我们现在除了能够按照重力线判断上下，左右对我

309

们而言是毫无意义的。"诺诺说，"东南西北也没有，我刚才试了，罗盘在这里没有反应。"

"你们附近有没有水？"

"当然有。"

这条甬道的多数路段都漫着水，浅的薄薄一层，深的能没过膝盖。

"试试水的味道。"曼施坦因教授又说。

诺诺试着舔了舔那水，然后呸地吐掉："这是净水，不是江水。"

"这就跟诺玛的猜想吻合了，这座城市已经被重新启动了，它里面的水是经过过滤的净水。这种有净水也有氧气的环境是适合龙王孕育龙躯的，所以所有的净水最后都会流向那个神秘的寝宫。《冰海残卷》中有过一个奇怪的表述，顺水而行就将抵达火焰的御座，我们一直困惑于沿着水的道路怎么能找到火焰？现在我大概明白那句话的意思了，路明非，使用你携带的染料。"曼施坦因说。

路明非从背包里抽出染料管，掰断了倒进水里。他对这种染料一无所知，背包是按照装备部的方案整理的。

荧光黄燃料在水中散开到一定程度，形成巨大的黄绿色色斑，片刻之后，一线细微的黄绿色贴着水底悄悄地流走，像是一条有灵性的小蛇。

"跟着染料为你们指示的路线前进。"曼施坦因教授说。

"真是高科技！"路明非赞叹。

看起来这间学院倒也不都是自负的蠢货，曼施坦因这个光头对龙族的了解非同一般。所谓兵熊熊一个，将熊熊一窝，他路明非熊一点不要紧，曼施坦因不熊就有希望。

诺诺拍拍路明非的肩膀："跟着那条线，前面带路。"

"一起走一起走！"路明非看了一眼那些蛇脸人雕像，心里又有点发毛。

他最讨厌蛇，冷冰冰滑腻腻的，危险又有毒。衣冠楚楚人模狗样的蛇他就更讨厌，虽然这些蛇脸人都微微躬着腰，身体前倾仿佛行礼，一副读书蛇的样子。

诺诺没办法，检查了两个人之间单独的安全索："行行！一起走！你这么胆小，我以后罩你得多累啊！"

两个人并肩从那些蛇脸人中穿过。

当他们涉水的脚步声消失之后，寂静的甬道中发出机械运转、金属摩擦的声音。

躬腰行礼的蛇脸人们整齐地直起身来，平视前方，白银铸造的瞳孔中反射着冷冷的光。

路明非没法看到这一幕，否则他会知道这些蛇脸人并非总保持躬身行礼的姿势。

跋涉起来没完没了，这个青铜城市的甬道系统比起卡塞尔学院的地下层完全不

Chapter 9
Dragon Tomb

逊色。叶胜和亚纪来的时候这座城市更像是一个魔方，每个小格子之间是分隔开的，但现在那些隔墙打开了，通道四通八达。它更像是一个有着宗教信仰的外星民族建造的太空船，庞大、精美但又透出浓郁的神秘气息，射灯偶尔会照亮上方神秘的滴水兽，它们的眼睛和那些蛇脸人一样是用白银做的，他们也曾路过巨大的圆形台子，也不知道那是宰啥玩意儿祭天的地方还是什么控制平台。

染料线引导他们穿越这个迷宫般的甬道系统，直到一片开阔空间。

甬道中的水在这里注入了一个正方形的池子，水幽蓝得近乎黑色，冰冷刺骨，似乎是没底的。

路明非仰起头，看见了仿佛天穹一样的青铜顶，那是一株巨树，从青铜顶的中央开始生发，变化出无数种枝叶无数种花瓣，仿佛一张巨大的分形图，让人看一眼都头晕。

"这就是叶胜和亚纪来过的地方，你记得那张图么？"诺诺轻声说。

没错，应该是那个神秘的空间，当时它被水淹没了，但不知为何看不到那巨大的铜柱。

"你不如说是叶胜和亚纪死的地方。"路明非说，"这地方可不吉利。"

"你不是解地图小能手么？"诺诺安慰他，"我的伙伴是你，应该不会像亚纪那么倒霉。"

路明非心里念叨着男怕嫁错郎女怕选错行干事业最怕选错伙伴——什么乱七八糟的是男怕入错行女怕嫁错郎……他现在不吐槽就安静不下来。

诺诺把射灯光束打在水面上，那条染料线仍在慢慢地游动，越来越接近湖泊中央，但是到了那里，就不再前进了，仿佛被什么东西阻挡了。

"这里的水不流动？"路明非说，"那这就是终点了！我们赶快放下炸弹跑吧！"

"别急，看那个。"诺诺把射灯指向前方。

巨大的蛇脸人雕像贴着青铜壁端坐，和刚才那些青铜俑完全不同，它高大威严，像是古希腊神庙里的神像。即使距离很远，路明非和诺诺还是不得不抬头仰视它，仿佛来此朝圣的人。

"如果刚才那些蛇脸人代表的是臣属，"诺诺轻声说，"那这个就是龙王诺顿自己，我们沿着朝圣之路走到这里，这就是朝圣的殿堂。"

"我就说来对地方了嘛，拿炸弹出来，安了走人！你还想游过去在它身上刻'诺诺到此一游'？"路明非说。

"没错。"诺诺飞起一脚踹在路明非屁股上，把他踹进水里，而后自己也一跃扎入水中，"游到中间去！"

路明非没办法，被她揪着往水中心游，一直游到染料线停止前进的地方。

诺诺戴上面罩，潜入水中，路明非也照做了。他这才明白为什么诺诺一定要把他拉到水中心来，染料线并非不再前进，而是到达水中央后笔直地往下方走了。

"水流在这里下行，下面一定有个泄水口，龙王诺顿应该不会住在别人来朝拜自己的地方，就像高僧不会住在大雄宝殿里。"诺诺说。

"谁知道呢？也许他品味特别呢？就像有人喜欢在自己的卧室里挂着结婚照，你看这里那么大的池子，没准就是他睡觉的地方。"

"现在可不是说烂话的时候，"诺诺说，"《冰海古卷》里记载过古代人通过神秘的通道前去拜访神明的故事，他们乘着海象皮包裹的独木舟进入，看见青铜的神明坐在天穹下，他们向神明进献了五种谷物、两种肉类和一个未经人道的年轻女孩，但神明并未回应他们的祈求，他们认为是自己的祭祀品未得神明的喜欢，为首的部落首领自杀，不久整个部落被神明降下的火焰吞噬。"

"还好那个女孩子没事。"路明非说。

"你只会关心故事的细枝末节么？"诺诺说，"古人祭祀一个女孩子的方法往往是把她割喉杀死在祭坛上，即使这份祭品神不满意，她也回不去了。"

"真他妈的残忍，难怪神不理他们！"

"在蛮荒的时代，人类和龙一样都是残酷的生物。"诺诺说，"这个故事的意思很可能是说，他们根本没有见到龙王本人，他们见到的只是龙王为自己塑造的替身。这就是说他们抵达的是类似这样的空间，龙王如果满意他们的献祭就会现身，也就是说龙王的寝宫和这边有直接的通道，也就是，我们的下方。这也符合曼施坦因教授所说，它的建造符合炼金术的基本原则。"

"你说一头龙还要什么寝宫？寝宫里能有什么？他和他亲爱的小母龙？龙睡觉难道不是一个水池子就行么？"

"在那里你们应该会看到他的茧，"曼施坦因的声音从耳机里传来，"孕育龙躯的时候他会重新把自己包裹成一个茧。"

"龙蛋之类的东西？会不会很大只？"路明非问。

"大只？"曼施坦因一愣，"没错，会非常安静，因为还没有到孵化的时候。"

"这都能被你解释通，服了服了！"路明非说。

"下潜啦！不入虎穴焉得虎子！"诺诺摁着路明非的脑袋。

"说得容易，偷小老虎的时候母老虎不在家！现在是老龙在家！"路明非叹气。

"摩尼亚赫"号上，曼施坦因的视线随着诺诺头盔上的摄像头下沉。

这片幽蓝色的水体非常清澈，射灯所照到的地方看不到任何浮游物，更没有一条鱼。

这是净水，更是死水，没有一点点活力。

"啊！"路明非忽然惨叫。

Chapter 9
Dragon Tomb

"怎么了？回答！路明非回答！"曼施坦因大惊。

"瞎叫唤什么？别抱着我的腿！拿出你的兔子胆来！"诺诺愤怒的声音。

零看了一眼恺撒，恺撒面无表情。

"等我把摄像头的方向转一下各位就明白了。"诺诺说。

在她的暴力镇压下，路明非终于安静了。

图像显示在屏幕上时，所有人都深深地吸了一口气。

水底铺满森然的白骨，密集得几乎没有落脚的地方，特征明显的头盖骨和胸骨说明这些骨头都属于人类，上千人曾死在这里，尸骨在这里沉淀了上千年。

"我就说安了炸弹就走人啦！你非要下潜，哪有什么寝宫？潜到坟地里来了！"路明非抱怨。

"哇！周围好可怕，都是骷髅欸！你把眼睛闭上，千万不要睁眼，来让师姐拉着你的小手手？"诺诺说，"呸！骨头有什么可怕，泡了几千年了，还能活过来？"

"说得虽然有理，可拜托你作为一个淑女，看见死人骨头难道不该怪叫几声？"路明非说，"你镇静得就像一个法医！"

"你已经帮我怪叫过啦，谢谢！"

诺诺蹲在水底，在那些白骨里扒拉，拾起根大腿骨看看，又拾起一具胸骨看看。路明非完全不理解这女孩在想些什么。

"看起来龙王是吃人的，来一个朝觐的就吃一个？这样得吃多少年才能吃出那么多骨头？难得他还都吃得那么干净。"路明非四下里看，防备着别有一具骨头架子忽然站起来。

"这些人都是军人。"诺诺把从白骨堆里摸出来的东西递到路明非面前。

那是一块锈蚀的金属片，长方形，隐隐约约可见金属片四角都有小孔。

"这是甲片，是汉朝制式的铠甲部件，也叫作'甲札'，用麻绳穿起来就是甲胄。甲札的工艺精良，所以是制式铠甲。"诺诺说，"骨头下面沉着的都是这种甲片，一抓一大把，还有你注意看那边那具尸骨的旁边，"诺诺转动射灯的方向，"那是把东汉军队装备的环首刀，厚脊薄刃单侧锋，完全符合当时造刀的形制。这些人应该都是军人，政府军。"

"该叫官军，什么政府军？"路明非说，"龙王要是专吃官军，听起来倒是站在劳动人民一边。"

"你以为你是自动吐槽机啊？"诺诺又一巴掌拍他脑门上，"上千东汉军人死在这里，而且是同时死的，难道是献祭？"

"献祭少女还像那么回事儿，献祭一帮穿着铠甲带着刀的老爷们？"路明非说，"那还不如献祭一千头猪。"

313

诺诺懒得理他，抓起一具胸骨端详，皱着眉头扔掉，又抓起下一具胸骨，连着查看了几具之后，放弃了。

"没有一具骨头上有伤痕，完全看不出怎么死的。"

"暂时放弃考古吧，找到下方入口了么？"曼施坦因教授问。

"我现在就站在它上面！"诺诺说。

路明非低头看着脚下，荧光黄的染料线果然是在距他们不远的地方钻入了白骨堆里。

"把骨头收拾一下，看看门在哪里。"诺诺一边说着一边把脚下的白骨挪开。

层层叠叠的白骨，这些人刚死的时候肯定是一个叠一个，路明非帮着诺诺一起忙活，想象当年那一幕到底该有多惨。

"这些人死的时候……这里有水么？"他心里忽然一动。

诺诺皱着眉头思索了一会儿："根据《冰海残卷》的那则故事，人类泛舟觐见龙王。如果是真的，青铜城里就该有水。"

"可这些人死的时候，这里是没水的。"路明非说。

"你怎么知道？"诺诺一愣。

"这个不太需要脑子想也能知道，我俩现在穿着潜水服，两千年前可没有潜水服，难道几百上千官军会穿着甲胄提着刀游进来？"

"他们也可能是死在上面的神殿里，然后尸体被投进了水里，最后沉淀在这里。"

"但师姐你想，如果成百上千人被杀，能小心到骨头上什么伤口都没有么？这些尸体虽然都缺胳膊少腿，但那只是浸泡时间太长身上的肌腱都腐烂了，他们的骨头上可什么伤痕都没有。那么什么办法可以造成这样的伤口呢？毒气室肯定是一种，但龙王不像是会用毒气的，那么更可能的是火焰，忽然一把爆发，把这些人全都烧死了。爆发火焰的时候当然不能是在水里，那时候这个空间里应该是熊熊大火。你要仔细找的话应该能在有些骨头上找到烧黑的地方。"

"他们也可以是在烧死之后被扔了进来……"诺诺说到这里忽然顿住，"不，你说得对，当时这里是没有水的，这是一场战斗！一场对龙王寝宫的进攻，我们经过的是当时的战场！"

她微微颤抖，因为这个想法太惊悚了。当龙王诺顿把宫殿建在这里时，人们应该以他为神。而两千年前的某一日，这里的水干涸了，军人们进攻神的领地，就像上古传说中杀死黑王的那场战争。

无法想象那是一幕怎样的画面，朝圣的地方响彻着喊杀声，但是在寝宫门前，他们遭遇了烈火，瞬间全部死去。

"有人侵入过寝宫么？"路明非问。

"好问题，我们很快就会知道。"诺诺说，"伸出手来！"

Chapter 9
Dragon Tomb

"干什么？"路明非嘴里问着，但还是听话地把手伸了出去。

诺诺帮他把手上的防水胶布打开，路明非还没明白师姐这是要给他做伤口处理还是怎么的，却看见师姐拔出潜水刀又来给他手指上又来了一道口子。

诺诺把路明非的手狠狠地按在水底，那道荧黄色水线和地面接触的地方。伤口触地，痛得路明非打了个哆嗦。

"干什么？"路明非龇牙咧嘴。

"抓紧我！"诺诺低吼。

震动从脚下传来，像是地震前兆，整个水底缓慢位移。细而长的水龙卷出现在路明非的头顶，尖锐的尾部锥子一样直刺下来，路明非还没来得及发出惊叫，脚下忽然失去了支撑。

他眼前漆黑，急速地下降、旋转、翻滚。

他这才明白诺诺这是在干什么，清理完白骨之后，那片看似平整的地面其实又是一处"活灵"扼守的入口，诺诺用他的血喂了活灵，得到了通过的权限。

之前路明非也隐隐地猜到了活灵并非因为"钥匙"的血液打开了门，虽然只是一道细小的伤口，但活灵从他的手指上取走了一滴血。他这S级的血液当真那么无所不能？他也不甚确定，但就像狙击龙王康斯坦丁的功劳他不愿声张一样，对于这搞不清楚的血统他总是有着莫名的担心。如果他的血真的跟"钥匙"的一样好使，学院今天来抽一点明天来抽一点事小，没准还会拉着他满世界探险，这才要命呢。

可诺诺已经猜到了，却没跟曼施坦因教授汇报。

下方是一条光滑的滑道，螺旋而下，这么长这么快的水滑梯经验他从来没有过，刺激程度赶超任何水上乐园里的"激流勇进"。

路明非何止是抓紧了诺诺，他一把就把诺诺的腰搂住了。

这还真不是趁机占便宜，"激流勇进"虽不至于把他吓到这种程度，但"激流勇进"下面迎接你的是微笑的服务人员，鬼知道这下面是什么？也许是一张等待夜宵的龙嘴。

"哎哟！"路明非翻滚着地，带着翻滚的激浪，好在最后一刻是屁股冲下，勉强算是平安着陆。

两个人都惊魂未定，大概连诺诺也没想到开启这一重门之后是这么一道水滑梯似的通道。

两个人对视一眼，一齐看向自己的脚下。

他们居然并排坐在一架巨大的水车上，青铜质地的水车，表面缠着一层厚实的、不知名的织物，每一块接水的挡板都是一张舒服的座椅，两边都是哗哗的流水，下面是一处水潭。

这居然是个曲径通幽般的地方，而青铜水车出入，看起来倒像是个孩子的游戏。

水车进入水潭之前，两个人同时跃出，训练素质的好坏此时就看出来了，路明非一路翻滚卸力，冲进了一处小型院落才停下来。

很难想象一座青铜构造的建筑能够容纳一座小院落在其中，但前次的经验已经说明了进入青铜城之后，空间定律似乎是失效的，它在里面看远比在外面看大。

"这是寝宫么？这要是寝宫那龙王可是够穷的啊！"路明非四下张望。

他本以为自己会看到一间宏大又不失精美的宫殿，里面满是古希腊式的凹面柱子或者中国风的盘龙大柱，穹顶必须是高得望着都费劲的，藻井里再来个青铜铸造的龙头！

长八十尺宽八十尺的龙床那是必须有一张，否则怎么睡得下一头龙？

如果再能有铜铸的山川，满地流淌的水银，点着满满几十缸人鱼油膏做燃料的长明灯，就更符合龙王该有的气派了。

但现在他们所在之处根本就是一座普普通通的宅院，除了大量使用了青铜铸件，跟他在历史书里看到的中国古代民居没什么差别。

居然还有窗户，只不过此地不见阳光，窗外是漆黑的墙壁。但也有可能当这座城市还在陆地上的时候，会有温暖的阳光照进来，还有浩荡的清风。

照亮这个空间的是一盏小灯，青铜质地，造型是长袖宫女跪坐在桌上，一手捧灯，一手将袖子笼在灯罩上方。

"长信宫灯？"路明非在历史课上学过，这东西曾经在中山靖王刘胜的墓里出土。

这大概是汉代贵族人家的某种日常用具，设计颇有巧思，油从下面进入，烟从袖子里流走，不会污染到室内，算是一种很简单的机关。

但是跟这座整个用机关术构造的城市相比，长信宫灯中的技术含量不值一提，也不知道龙王的寝宫之中为什么要用这种简陋的人类用具。

诺诺围着那盏灯观察："居然直到现在都没熄灭，它必然有个很大的灯油罐，有个设备从那里抽油到这里，上千年了都没有抽干。"

"这真的是龙王寝宫？"路明非嘟哝，"还是龙王囚禁某个人类的地方？可龙王要在自己家里留着人类干什么？他又不抢公主。"

他略略放下心来，这里没有什么奇怪的东西，没有龙，也没有大只的蛋，还挺温馨的。

"见鬼！下来的时候通讯线被切断了。"诺诺摸了摸还连在腰带上的半根黑索，"不过没关系，一会儿再用你的血打开入口，出去之后重连一下就好。"

"啊！"路明非想了起来，赶快把手指含进嘴里。

"有那么疼么？"诺诺冷冷地瞥了他一眼，"看看，你还是有用的，至少你能游泳'钥匙'不会。"

Chapter 9
Dragon Tomb

"不是疼，是消毒。"路明非含含糊糊地说，"那水里烂过那么多死人，不知道有多少细菌，唾沫可以消毒。"

"明知道是泡了死人的水，你还含嘴里？"

路明非胃里一阵翻江倒海般的难受，连打了几个嗝，急忙把手指又拿了出来，连吐了几口唾沫，还是觉得满嘴奇怪的味道。

"行了，我开玩笑的。青铜之城重启之后里面都是净水，龙王回来过，他不会允许自己的宫殿还被污染。"诺诺说。

诺诺在这个奇怪的空间里四处转悠。这里在那个方形集水槽的下方，进入又是通过一条流水的螺旋通道，地上却一点积水都没有，那个儿童玩具似的大水车虽然带了水进来，却泄落到下方的水潭里去了。就像是这个民居门口的一处水潭，水潭旁边生长着青翠的苔藓，但可能是因为不见光的缘故，并没有其他植物。

这里封闭得很好，两千年过去了，竟然一点灰尘都没有。屋子里的陈设简洁，三间屋子里两间是卧房，床榻是藤制的，依然结实，墙上悬挂着的卷轴却没有那么幸运，路明非手指扫过，绢片粉碎，一根光秃秃的木轴落在地上，滚远了。矮桌上还放着精美的陶制花瓶，花瓶里插着一枝已经枯透的花，漆黑的茎像是铁丝拉成的。类似长信宫灯那样的器皿还有不少，应该都是当时用具中的精品，但终究还是人类能做出来的东西，送去拍卖会上固然是无价之宝，但并没有让路明非大开眼界。

他是觉得莫名其妙，龙王像是19世纪末那些热爱中国文化的欧洲人似的，住在新技术建造的房屋里，享受着工业革命的果实，却热衷于收集中国家具中国瓷器，幻想着自己是活在遥远东方的公主或者王爷。

堂屋里，一沓泛黄的粗纸放在矮桌上，上面的字迹清晰可辨，是端庄的汉隶，路明非扫了一眼，是不完整的一句话："龙兴十二年，卜，不祥……"

这间屋子让他有种很奇怪的感觉，仿佛几千年的时间在这里是凝固的，这里仍旧残留着当初住在这里的人的气味。

谁住在这里呢，看起来是两个年轻人，两袭衣袍挂在墙上，都是白色，乍一看像是一高一矮两个人贴墙站着。

诺诺异常地安静，对每件东西都格外留心，路明非不敢出声打搅她，跟着她一路走，最后在书案边贴着诺诺坐下。

"你坐对面。"诺诺说。

"哦。"路明非只好挪到诺诺对面坐。

他看着诺诺，忽然觉察诺诺的眼神迷离起来。之前他也曾见过这种状态，诺诺跟他的第一次早餐，她闭眼而复睁眼，瞳孔瑰丽又迷离，接着诺诺就用几个关键词勾勒出来陈雯雯。

"别出声，我在想。如果我说了任何奇怪的话，也不要吃惊，不要打断我。"诺诺对他摇了摇手,"保护我。"

最后三个字让路明非精神一振,却又莫名地紧张,难道师姐觉察到什么危险了?

书案上除了那沓粗纸,还摆放着细瓷的杯盏壶碗,瓷釉明净如水,表面刻画精致,如果是考古学家来到这里,应该会惊讶于汉代就能烧制如此精美的瓷制品。

诺诺伸出手,一手拎起了壶,一手拾起小盏,比了一个倒水的姿势,壶里是空的,没有水流出来,但是诺诺做得非常逼真,目光落在盏口,让人有种错觉,好像她真的看见盏中的水渐渐地满了。

她把小盏放在路明非面前,用一副姐姐的温柔口吻说:"渴不渴?喝点水。"

"师姐你不要吓我!你要发神经病也等我们回去先!"路明非慌了神了。

"你才发神经病!你们全家都发神经病!"诺诺一下子褪去迷离的眼神,瞪了他一眼,"叫你别说话!"

"哦哦哦。"路明非松了一口气。虽然他不知道诺诺在干什么,不过那副凶巴巴的口气让他找回了几分诺诺的感觉。

"你怎么不说话?"诺诺的目光再次迷离。

路明非又蒙了,心说我这话到底还说不说了?

"我有点累。"诺诺的情况更加诡异,像是自问自答。

路明非忽然想到墙上的两袭白袍,大概明白诺诺在干什么了。

诺诺正在模仿当年那两个人坐在这里说话的场面,诺诺在卡塞尔学院的外号叫红发巫女,第一次见面的时候路明非也觉得她有点神叨叨的像个吉卜赛巫婆。

诺诺当时也解释说自己不过是逻辑推理,但看眼前的架势,诺诺似乎真的有些类似通灵的本事,学院里的说法不是空穴来风。

他又想到所谓青铜与火之王其实是一对兄弟,难道很多年以前,在这间所谓的寝宫里,两个龙王就这么面对面地拉家常?

这也太搞笑了吧?龙王之间的对话不该像《柳毅传》里洞庭君和钱塘君那两条老龙的对话么?路明非很喜欢那个故事。

洞庭君的女儿嫁给泾川龙王的次子,在婆家给欺负了,好在有书生柳毅搭救回了娘家。洞庭君心疼女儿,又要招待恩人,那就办酒咯。

那边洞庭君的弟弟钱塘君听说侄女给欺负了,很愤怒,说你们先吃着,我去去就回来,一会儿钱塘君回来了,看起来已经吃饱了。

洞庭君问:"杀了多少啊?"

钱塘君说:"六十万吧。"

洞庭君又问:"伤了庄稼没有?"

钱塘君说:"八百里吧。"

洞庭君再问:"对我女儿不好的那傻货在哪儿呢?"

Chapter 9
Dragon Tomb

钱塘君摸着肚子说:"吃啦!"

那才叫酷对不对? 酷得没朋友,一怒就杀人千里之外,瞬间返回,翩然入座。

哪像这对兄弟,唠嗑都唠得那么碎,火炕给你烧热了没有? 要不要给你来盘饺子你先垫垫?

"每次哥哥去很远的地方我都会担心。"

"没什么可担心的,只是旅途有些劳顿罢了,天下有什么能够伤到我呢? 我们离家乡已经那么远了。"

"可哥哥总还是要回家乡去的,希望我能活到那一天陪哥哥一起回去。"

诺诺仍在自问自答。

路明非开始是不信这神神鬼鬼的一套,就算诺诺真的能通灵,那此地也没有康斯坦丁的灵魂,那家伙的灵魂应该正在卡塞尔学院里转悠。

可听着听着,他好像也进入了那个对话的情境,两袭白袍,两个男孩,一人风尘仆仆地归来,另一个人为他倒水,凝望他。

倒是也没问题,鬼知道那个回来的人袖子上有没有沾着鲜血呢? 也许那场劳顿的旅途里他已经伤了八百里田、杀了六十万人、吞噬了一个强劲的敌人,只是他不愿告诉那个孩子。

那个孩子……路明非忽然又想起了幻境中所见的那个孩子,白衣消瘦,眼神温柔,漫无目的地流浪,找寻他的哥哥。

诺诺轻轻地抚摸书案的边缘,墙壁里发出咯咯的声音。墙壁打开了,一具青铜人偶沿着滑轨移动,出来在书案边跪下,他手中托盘里装着干瘪得快要辨认不出的葡萄。

尽管已经知道人类在上古时代就能够打造某些跨时代的机械——也许是源自龙族的遗留技术——但这个精美的人偶还是吓了路明非一跳,因为看脸活脱脱就是幻境里见到的那个男孩。

龙王康斯坦丁用自己的形象做了那么一个青铜偶,用途只是给他那个威严如神明的哥哥端茶倒水送葡萄? 那是个死宅啊,还是技术宅……而那个技术宅现在已经不在了。

这么想着路明非又有点内疚。

诺诺伸手在铜盘里一抓,把想象中青翠欲滴的葡萄递到他的面前。

这幕戏演到这一步也不由得路明非不演下去了,路明非接过那串干枯的葡萄枝,低声说:"谢谢。"

"哥哥。"似乎有声音在背后响起。

路明非猛地扭头,什么也没有,只是灯火微微颤抖了一下。

诺诺骤然从迷离的状态里撤了出来,大口地喘息,喘了好半天才说话:"两个人，都是男孩……住在这里。一个比另一个高……所以他穿的袍子更长。可能是兄弟，弟弟很安静，行动不方便……总是在这里制作各种各样的东西，他也会收集外面运来的东西……他们每天有很多时间都在这间屋里，弟弟写字，哥哥坐在桌对面看着他……春天阳光会很好，因为窗户向阳……冬天他们会点燃火盆，围坐着取暖……哥哥很喜欢弟弟，但是也很严厉……很孤独……日落的时候，很久不说话。"

诺诺轻声说，但很肯定："这里，就是龙王诺顿的寝宫！"

"师姐你这是……通灵术？"路明非小心翼翼地问。

"不，是侧写。一种犯罪心理学上常用的方法，通过收集证据，思考罪犯的心理，复制出罪犯的信息。这屋子里残留了很多信息，两件挂在墙上一样质地一样剪裁的袍子、各种暗藏的机关、书桌上的纸笔、有生活气息的各种物品……把自己代入这里的主人去思考，慢慢地就会感知到他在想什么。我没有开发出言灵，但很擅长侧写，可能是血统强化了这种能力，我侧写的过程像是巫术，但结果总是很准。这是种天生的能力，从来没有人教过我，但我很小的时候走进一间屋子，在屋子里坐几个小时，就能猜出这里住着什么样的人。"诺诺轻声说，"记得我第一次见你么？"

路明非一愣，点点头。相逢在女厕所，超难忘的。

"你是不是一直很好奇我为什么帮你？我其实很少管闲事的，恺撒都说我是个很冷漠的人。"

"好奇啊。"路明非承认。

"因为我见你的第一眼，觉得你很熟悉。在我走过去之前，我站在很远的地方，看你哭鼻子，看了很久。我能想象你是个什么样的人，那天你面试，但是你没有好好穿衣服，头也没怎么梳，说明你不特别在意那场面试；你屁股上有灰尘，说明你有坐在地下的习惯，要么是街边，要么是天台？你坐在那里，一个人望着很远很远的地方，很久很久。"

路明非瞪大了眼睛。确实是天台没错，面试的前一晚他在天台上坐了好几个小时。

"你总低着头，应该总是看屏幕，"诺诺轻声说，"你有一台笔记本，你每天在上面花很多时间。你喜欢某个人，但她不是你女朋友，这些我不用想就能知道。走过去之前我就知道你是个什么人了。就像我现在能想到那两个人住在这间屋子里的情形，很温馨的，很淡的，但是也很孤独。"

"可你说向阳，怎么看得出向阳？"路明非觉得不可思议，"这真的是通灵术吧？要说侧写那是神之侧写啊！"

"因为这里有阳光的味道。"诺诺轻声说，"你在图书馆计算中心解出了地图，大家对你鼓掌的时候，我对你的态度很冷淡，你当时觉得我对你S级的评级有意见，

Chapter 9
Dragon Tomb

对不对？"

路明非点点头，这事儿他早就忘了。反正后来他又跟师姐一起庆祝了生日，还跟师姐一起练了两个月的潜水，早就把那时的冷眼丢在脑后了。他不明白为什么诺诺忽然提起这事。

"因为我本能地觉得我把你招进来是一个错误，将来会让你很难过，所以我开始不愿意你在这间学院里混得太好，我等着你自己退学回中国去。可你非要坚持留下来，那我就收你当我的小弟，我希望我的感觉是错的，但不管怎么样我都要罩你，因为这件事是从我开始的。"诺诺叹了口气，"有些时候，我对自己的侧写能力都害怕。"

诺诺说完这句话久久地沉默，之前她让路明非加入学生会的时候只说自己想要一个自己的小弟，如今忽然又换了说法。

路明非并不怀疑她现在的说法，大概刚才的侧写让她的心情失去了平静，否则这个秘密她可能永远都不会讲。她连对恺撒都不坦白，对路明非更不会。

听到师姐说真话路明非还是有点小激动的，只是师姐如果真的那么准，这简直是关于他的大凶的预言。

"反正把炸弹丢在这里就没错了吧？"路明非中断了这个话题，"我们的氧气不多了，瞎摸下去不是办法。"

"是！"诺诺振作起来，"就这么办！这里是龙王以前的住处，他很看重这里，应该还回来过……"

"喂！不要吓人！什么回来过？一会儿上面下来一龙，我们怎么办？说Hello你好啊？吃了么？"路明非赶快喝止这个糟糕的想法，"我们是来搞破坏的，那就快点动手！"

"说得对，我们是来搞破坏的。"诺诺一笑。

诺诺从背包里取出那个黑色的盒子，作为组长这东西必须是她随身带，尺寸上看大概是两个堆在一起的笔记本的大小，很难相信这么小的玩意儿能摧毁青铜城。

诺诺小心地打开盒盖，里面的东西看起来是一台19世纪的无线电设备，一个吹制的大号玻璃筒里是缓缓冒泡的红色液体，各色导线接得乱七八糟。

"红水银，纯水银和氧化汞锑在核反应堆里照射二十天后的产物，传说中是苏联开发的技术，用最廉价的手段获得制造脏弹的原料，爆炸后会产生惊人的核污染。苏联人没来得及把这个东西造出来，因为现世中的技术是不可能制出红水银的，我们能造出来，因为我们用的是炼金术。"诺诺解释，"暂时没法请示施耐德教授，时间就设四十五分钟。"

诺诺拧动设备上的黄铜圆盘，一个红色的小灯泡开始一下下闪烁。

"喂！要给人留点逃跑的时间好吧？你怎么说按就按啊？"路明非蹦起来就往

外跑。

"时间够。我们进来花了三十分钟时间，但返回只需要跟着救生索走，十五分钟足够。加上上浮的十分钟时间，我们回到船上还剩下二十分钟，足够打一盘星际。"她经过那张放置长信宫灯的桌子，"这个带走，留个纪念。"

"你这是什么恶趣味？无良游客么？"路明非说。

"这里就要消失了。这些生活过的痕迹，这间屋子，都会消失。可惜了这个划时代的杰作，简直像是炸掉金字塔那么罪过，这么想就觉得应该留个纪念物。"诺诺一手握住铜铸宫女的身体，忽然愣住。

宫灯被她轻松地拿了起来，并非如之前设想的那样和下面的桌子连为一体。

"怎么了？"路明非问。

诺诺看着路明非，脸色古怪："你动动脑子。"

"大脑还是小脑？"路明非说，"小脑我一直在动，这样我能跑快点儿。"

"这东西真的只是盏普通的灯。"诺诺说，"下面没有输送油料的系统，那是谁为它添的灯油？"

路明非的头皮发麻，像是有千万只小虫在上面爬。他全身一哆嗦，抬头看着那个用作升降机的水车，水车仍在旋转。

谁为它添的油？总不会是钟点工阿姨吧？或者主人只是刚刚离开？

路明非和诺诺狂奔着跳上水车，水车的一侧是下降，另一侧就是上升。快升到顶部时，他们看见一块有着浮雕人面的青铜板，那显然是扼守入口的活灵。

路明非这次绝对地自觉，伸手在活灵的唇上狠狠一抹。逃命的时候，他是不在意献点血的，让他去亲吻那个活灵他都狠得下心！

青铜板如同熔化那样洞开，同时一股巨大的吸力带着他们上升，等他们看清周围，已经再次潜在水中了。

路明非急着逃命，连头盔也忘了戴，喝了一口泡过尸体的水，虽说被青铜城净化过了，还是恶心得差点呛死过去。等他手忙脚乱地戴上头盔接通氧气，发觉诺诺正悬浮在水中四顾，射灯光中，她脸色苍白。

"快走！"路明非说。

"往哪里走？"诺诺问，"你还没发现么？救生索……不见了！"

路明非吓得心脏几乎停跳，他们的救生索应该就是进入寝宫时断的，线头应该还留在外面。可现在没有了，一根都没有了。他和诺诺还能通话，靠的是他们两人之间互联的单线。

"这里水流很慢，应该不会把救生索冲走，有人把线拿走了。"诺诺说。

"别说这种吓人的话，好像闹鬼似的！不可能是龙王吧？龙王犯得着这样么？

吐口火烧死我们就好啦。"路明非强撑着嘴硬。

"这里的水压变小了。"诺诺说。

路明非看了一眼压力计，水压减小了一半，这说明他们头顶的水变浅了。

"有什么事情正在发生。"诺诺说。

"能有什么事？"路明非竖起那对灵敏的兔子耳朵。

他听见了，细微的摩擦声，越来越大，越来越大，最后变成雷鸣般的轰响。

"青铜城开始运转了！"诺诺说，"有人启动了它，水位降低，说明有水从别的地方泄出去了，这会产生动力来驱动青铜城。"

巨大的、圆形的阴影从天而降，路明非看着它在距离自己不远的地方沉底，陷入了白骨堆里，把沉眠了上千年的尸骸轻易地压成了粉末。

那是一只磨盘般巨大的青铜齿轮，大概有几吨重。

更多的青铜齿轮坠落，搅动了整个水体，然后是大块的青铜碎片，碎片上雕刻着树枝树叶的花纹，顶壁也开始崩塌了。

"开什么玩笑？这是运转么？这是塌方吧？"路明非牙齿打颤。

"这是启动了自毁！"诺诺深呼吸，"《冰海残卷》上说，诺顿曾经自毁过位于北欧的那座青铜宫殿，把它沉入冰海！"

"来不及研究这家伙拆迁史了！你看上面！"路明非大声说。

诺诺抬起头，看见了噩梦般的景象。纷纷坠落的青铜碎片里，一张巨大的蛇脸凸显出来。龙王诺顿的雕像也倾倒了。

两层楼高的巨像，卷着激烈的暗流下沉，正砸向他们头顶。

"走下面！"诺诺不由分说地把路明非的手按在水底的活灵脸上。

顺着狂泻的水流，他们再次进入龙王寝宫。片刻之后，上面传来了地震般的裂响，想来是那具青铜雕塑沉底，整个屋子都在摇晃，随时可能崩溃。

"找其他通道！"诺诺大喊，"龙王的寝宫里不可能只有一条通道！"

头顶那道活灵扼守的门已经开裂，这东西是用名字拉风的"再生金属"打造的，据说是非常高端的炼金术杰作，但此刻也像再生纸那样脆弱，毕竟上面砸下来的是楼宇般重的东西。

狂暴的水流冲刷着青铜水车，整个寝宫都在渗水，水车飞快地旋转，下方原本幽静的小水潭在瞬间就蓄满了水。路明非望向寝宫的深处，那里已经被水完全淹没，桌子上，那盏长信宫灯的火苗还在幽幽地飘着，红水银炸弹的红光还在幽幽地闪着，见证着这个人间奇迹的最后时间。

有限的时间里哪里去找别的通道？他们手里连一点线索都没有……路明非忽然想到了什么。

"上一层已经注满水了！"他颤抖着说，"这里会一层一层地注水！和叶胜亚纪遭遇到的情况一模一样！"

"什么意思？"诺诺一愣。

"就是往下，一直往下！我们要重走那条通道！"路明非指向那个水潭，"如果是你，你会把出口设在哪里？"

"赌了！"诺诺扣住路明非的手腕，两个人跃入水潭，直沉到底，"把氧气阀门开到最大，加压！"

水潭的底部，他们果真找到了青铜的人面，诺诺拍打路明非的头盔："注意你手腕这里的气密阀门，你的手套毁了，如果这个气密阀门再坏了，氧气就会泄漏，水涌进来，你就没机会上船了！明白？"

"明白！"路明非用力点头，但是筛糠一样抖。

"别害怕，我们有足够的氧气，跟叶胜和亚纪那时候不一样。"诺诺柔声说。

她很少那么温柔，因为她在路明非眼里看到了害怕，真正的害怕。

诺诺伸手在他的头盔上拍拍："也许真的不该让你下来，本来以为有我在没事的……不过就算在最难的时候，也要摆出一副我是开法拉利来的表情啊！"她露出淡淡的笑容，可头盔里的灯照着她的脸，她的脸苍白如纸。

"能不能别说得好像永别？"路明非苦笑，"我不能死的，我连遗书都没写。"

行动前确实有个写遗书的环节，但曼施坦因教授淡定地表示这只是规定流程，他们今次的行动并无很高的风险。路明非没写，他觉得写了不吉利。他在信封里偷偷地封了张白纸。

"哦，我也没写。"诺诺说。

"师姐你也没写？"路明非倒有些惊讶他跟师姐竟然有如此默契。

"没什么人可写，所以没写。"

"恺撒呢？"

"我如果没法回去，他最好忘记我，会有很多人替我喜欢他，我最不需要担心他了。"诺诺抓起路明非的手，在潜水刀上擦过，狠狠地摁在活灵嘴里。

"摩尼亚赫"号的前舱里，一片死寂。

监控屏幕上的连接状态仍旧是断开，"摩尼亚赫"号和下潜作业组的连接断开，原因不明。

盯着监视屏幕的是曼施坦因和恺撒，从断开的瞬间开始，整整十五分钟，两个人的目光根本没有离开过那里，两人的呼吸都缓慢沉重。

这种情况在前次行动的时候出现过，所以这次他们做了很多的防备措施，前次就是在出现这种异乎寻常的断线之后，事情开始变得越来越不可控。

"十五分钟过去了，生还几率已经不高了。"曼施坦因低声说。

Chapter 9
Dragon Tomb

"不！现在应该派遣第二组下潜！"恺撒高声说，"没有潜伴的话，我一个人就可以！他们的氧气至少还能坚持一个半小时，只要氧气还没耗尽，他们就还没死！"

"你知道我的言灵是什么么？"曼施坦因盯着恺撒的眼睛，"是'真空之蛇'，和叶胜一样。我的领域比叶胜更大，直达水底。水底有剧烈的变动，你也感觉到了吧？水对于声音的传播是有利的，你的'镰鼬'听到了什么？"

"噪音，可怕的噪音。"

"我无法判断下面的情况，但龙王可能被惊醒了。现在不能下潜！我需要每个人在自己的位置上不动，我来这里的目的是杀死龙王。"曼施坦因说，"我就在这里等他！恺撒你应该清楚把一条龙放入人类世界的结果，龙族的一切都必须被封在黑匣子里，这是我们的使命！"

恺撒死死地盯着曼施坦因的眼睛，那是一只愤怒的雄狮想要扑向对手的表情，直到一名学生会的干部上来按住他的肩膀。

"恺撒，我在你眼睛里看到了恐惧，"曼施坦因教授看了一眼手表，"他们如果还活着，氧气足够支撑一个半小时。一个小时之后，你可以下去救援。"

路明非和诺诺正在潜流中挣扎。

这座青铜城里的数百万吨水正在从不同的通道高速排出，水流的力量推动城市运转，但是这运转看起来是要毁灭它自己。

这座庞大而精密的城市仿佛有着生命，此刻它发出了临死的哀号。

路明非死死抓着诺诺的手腕，现在把他的命和世界连接在一起的，只有诺诺的手。

青铜城里有无数的通道，一道道造型怪异的阀门开合，管道扭接又断开，把水流引向完全不同的地方，巨大的水波轮被推动着高速转动。

他们无可选择，钻进了最近的通道，只差几秒钟，后面一扇青铜巨门关闭，几乎把他们拦腰截断，同时巨大的水压令他们的碳纤维内衬再度发出了承压变形的微声。

好在用了这种半硬式的潜水服，如果是叶胜和亚纪当时用的普通胶皮潜水衣，路明非可能已经在高压下昏迷了。

通道内完全灌水，诺诺高速地游动，敏捷如一条鲭鱼。路明非能做的就是机械地摆动双腿，贡献一点动力给诺诺。

前方的管道如蛛网般蔓延开去，这是一座灌满了水的迷宫。之前路明非解读的逃生通道是一路向下，但激流中他们根本无法保持方向，在这座不断运转的城里，没有什么道路是固定不变的。难怪即使得到了地图，叶胜和亚纪还是没能生还，就像你拿着曼哈顿的地图，未必就能在指定的时间里从帝国大厦飘到大都会博物馆。

快要筋疲力尽了，暴露在水中的那只手因为手腕被扎紧和低温已经失去了知觉，路明非连这只手还存在不存在都感觉不出来了。

不过也没什么关系了，反正他们也快死了。

他们已经彻底迷路了。路明非努力地回想那张青铜城的地图，诺玛把所有的机件都勾勒了出来，好似她亲眼看过这座城的建设，但机件实在太多了，人脑根本不可能存下那么一张复杂的图。

还得计算它的运转，那就更是扯淡的事。前一次叶胜有着他们不具备的优势，"真空之蛇"在救生索断裂的情况下充当了下潜组和诺玛之间的通讯线，诺玛是把每一步的逃生指示强行灌入了叶胜的大脑。

救生索怎么就断了呢？谁切断的它？如果真是龙王的话，犯得着用这种小花招整他们么？

如果救生索还连着，他还可以呼叫芬格尔。芬格尔正坐在计算机前，随时准备当一个优秀的后援。现在没辙了，就算后援不是芬格尔而是一个神，他也得有通路向神呼救才行。

也许还有最后一个办法……路明非的脑海里像是有光闪过……有些事是没法解释的……这种时候也只能寄希望于那些没法解释的事了！

"Black Sheep Wall！"他大喊。

按说任何秘籍都只能在按下"Enter"之后输入，问题是他现在连个键盘都没有。

嘈杂的爆音响起在耳边，那是因为紊乱的电流进入了耳机。

"路明非？路明非？废柴师弟请回答，请问你在搞什么？这是你亲爱的废柴师兄芬格尔的第二百一十四次呼叫，收到请回答，收到请回答……"芬格尔懒洋洋的声音。

"这……这都行？"路明非张口结舌。

"哥哥，呼救啊，向这个世界。你只要呼喊，总有千军万马。"脑海最深处，像是有个人笑着说。

"他妈的芬格尔你快点儿！我们在水下！我们要死了！给我查地图！那张青铜城的地图！"路明非用他能力所及的最大声音喊。

这个声音同时爆响在"摩尼亚赫"号的前舱，所有人都惊呆了。

"这是……？"恺撒冲到操作台前。

曼施坦因死死按着额头，他的脑海里，"蛇群"正疯狂地躁动，他的脑颅疼得像是要裂开。

从科学的角度，"蛇"是一种生物电流，叶胜曾经用"蛇"直连"摩尼亚赫"号的无线电设备。对于同样拥有"真空之蛇"的曼施坦因而言，这群"蛇"是他忠诚的部

Chapter 9
Dragon Tomb

属，只听从他的命令。

但是现在"蛇群"失控了，它们高速地返回，瞬间进出他的意识里。路明非的声音不仅仅回荡在扩音器中，也回荡在他的脑海中。

某种不可思议的力量起了作用，有人强行征用了他的大脑作为信号中转站，他的体能被剧烈地损耗，而事实上他什么也没做。

"这是作弊吧？"他想说。

这种能力超越了任何已知的规则。

"芬格尔！芬格尔！快把以前那份地图调出来！我们迷路了！在龙王家里迷路了！"路明非每次呼喊对曼施坦因而言都是脑中的雷鸣，把他震得瘫软在椅子里。

"等等等等！我在等待分配算力！"卡塞尔学院里，芬格尔正在某间堆满破旧计算机的小办公室里暴走，对着麦克风咆哮。

那是校园新闻部申请到了办公场所，他身边原本昏昏欲睡的狗仔们都被惊醒了，这些家伙就是芬格尔的班底，正等着把中国传回的消息及时地制作成八卦新闻。

分明只是一间学院的新闻系统，他们玩得却非常上心和专业，俨然是专业媒体等待着阿波罗载人飞船登陆月球的消息。

"先打印！找幻灯片！给我打印！"芬格尔急得跳脚。

狗仔队发挥了新闻工作者的极限速度和敬业精神，两张打印出来的透明幻灯片迅速地递到芬格尔手上。芬格尔把两张片子叠合，举起来靠近灯光。

诺玛理论上可以临时调集全世界的算力，但这些算力最终又会根据阶级被分配给每个学生和专员，芬格尔的F级权限分配的算力也就相当于一台老式的486计算机，他不得已只能手动对比今次和前次青铜城的地图，两张地图大相径庭。

"芬格尔你怎么会在频道里？"恺撒质问，"你侵入了执行部保密频道，这是违反校规的！"

"行了行了！我要是不侵入你们的频道，你家女朋友就得和我家废柴师弟一起死了！"芬格尔一反常态地强硬，"你说修个合葬墓好啊？还是分开埋啊？"

恺撒立刻闭嘴。

"别管校规了！帮帮他们！芬格尔你的魔动机械学是满分，你肯定没问题的！"古德里安教授的声音也出现在频道里，老家伙正在图书馆计算中心里，跟芬格尔一样急得跳脚。

"什么时候了还聊成绩？教授你这种鼓励人的方式被师弟听到了是会绝望的！"芬格尔满头冷汗。

"他妈的我已经听到了我已经绝望了你们能不能快点啊？"

"再加快！"恺撒再次接入，"曼施坦因教授快到极限了！"

"曼施坦因！ 集中精神！ 集中精神！ 千万别放弃！ 不能当你父亲那样靠不住的男人啊！"古德里安转而鼓励曼施坦因。

"我的脑浆已经沸腾成一锅汤了能不能别再提我的禽兽老爹？"

频道里不知多少人有权限出声，热闹得就像一个无限制聊天室。

"我这边有结果了，"芬格尔咬着牙，"听着，废柴！ 你现在所在的位置，是直径大约两米的圆形通道，你刚经过了一处水闸，之前有很多转轮。对么？"

"没错！"

"青铜城的逃生通道跟上一次不同，因为它正在反转。它是以炼金术为基础逻辑建造的，而炼金术的标志是五芒星。当炼金术师们举行'火之召唤'的仪式，是从上方向右下开始画五芒星，反过来从右下往上画五芒星，则是'火之驱逐'。现在青铜城正在自我毁灭，所以它以'火之驱逐'的模式来运转，是反转的。"

"现在是上课的时候么？"路明非惨叫，"还有你这神神鬼鬼的逻辑真的管用么？"

他心说你这逻辑就好比跳大神的理论来推导拓扑学难题！ 请高僧给弹道导弹开光！ 但实在是呼吸紧张说话困难，只好把吐槽留在了心中。

"我跟你说原理是让你相信我！ 这座城继续运转下去会彻底完蛋，要尽快脱出！ 前方向下会有一眼方井，它在几分钟内会收缩消失，那是你的路！ 下一步我稍等会儿告诉你！"芬格尔坐在电脑前，敲击着键盘，"我们的算力不够！ 妈的我只有F级权限！ 谁能给我点权限？"

"用我的！"古德里安教授说，"我有B级权限，密码是……"

"不用了！ 我已经以S级权限接入！ 算力够了！"

"你这是黑了我们的系统吧？"古德里安惊讶地说。

"关键时刻，黑不黑白不白的，能用就行！"芬格尔按下回车，屏幕迅速变化，系统功能选项几十倍几百倍地扩充，远在哥本哈根和爱丁堡的超级计算机都开始为他输送算力。

"S级接入许可，数据库开放97.5%，算力最优供应，带宽增容至100%，特殊功能模块正在下载中……下载完成。"耳机里的声音已经从稳重的学院秘书诺玛切换为那个神秘的少女EVA。

"EVA，靠你了！"芬格尔喘着气。

"相信我，你的兄弟会平安回来！"

"恺撒你看外面！"有人忽然惊呼。

恺撒抬起头，透过舷窗，外面茫茫一片白气，能见度不知何时降低到对面不可见人的程度。水库如一口正在烧煮的锅，蒸出越来越浓的白雾，浓得像是牛奶。

Chapter 9
Dragon Tomb

"青铜与火之王诺顿，他来了。他加热了江水，造成大量水蒸气。我们忽略了温度表，外面的水温已经接近五十度，泡温泉都嫌太烫了。"零说，"他是来捕猎我们的。"

"曼施坦因教授？"恺撒摇着曼施坦因的肩膀。

曼施坦因全身虚软，只有瞳孔高速地闪动。

"真空之蛇"正超负荷工作，他残留的意识都用于维持通讯了，"青铜"行动的总负责人就这样失去了行为能力。

恺撒环视四周，剩下的多半是学生，他从学生会中挑选的精英。执行部的精英专员也有几名，但他们都被固定在各自的岗位上，负责控制这条复杂的船。

"大副格雷森，您同意我接替船长的职位么？"恺撒问。

"同意。"格雷森毫不犹豫。他是执行部的正式专员，参加过数次高风险的行动，但他深刻地明白在当下恺撒是这里最有权威的人，学生会的干部们会跟随他行动。

"那从这一刻起我接替曼施坦因船长的职责，格雷森掌舵，古纳亚尔监视声呐，熊谷木直确保轮机舱燃油，帕西诺检查鱼雷舱，'风暴'鱼雷发射准备。"恺撒高速而简洁地下令，"零，你负责操控鱼雷。"

"我只是个新人。"零淡淡地说，"但如果你坚持，我没问题。"

"这种事适合交给对危险没感觉的人，我们只有三发鱼雷。"恺撒环顾四周，"所有人，不要惊慌！我们会在声呐上看到他，然后发射鱼雷，就这么简单！"

"知道女朋友没事后你冷静下来了。"零说。

"跟那没关系，我喜欢强有力的对手。跟这种级别的对手面对面，紧张没任何用。"恺撒一边说着，一边把子弹填入早已准备好的狙击步枪。

弹头泛着危险的暗红色，装备部准备了充足的炼金弹药，如曼施坦因教授所说，这艘船如今全副武装。

船身猛地一震，底舱传来一声闷响。恺撒的脸色变了，那声闷响来自鱼雷舱。

"鱼雷舱被击穿！弹头被毁！"三副的吼声从耳机中传来。

此时此刻，鱼雷舱中，三副不敢相信自己的眼睛。一根黑色的、尖矛似的东西从底舱直刺而上，洞穿了底舱钢板，洞穿了鱼雷舱，还洞穿了"风暴"鱼雷的弹头。

那东西看起来有点像是巨型章鱼的触手，但骨节嶙峋，像是一根黑色的脊椎，三副立刻就明白，那是龙类的长尾。那条龙应该正趴在他们的船底。

如果单单尾部就有这种长度，他的全长至少不逊于剃刀鲸，这种大型生物的猛烈撞击都能令"摩尼亚赫"号翻船，唯一的有效武器就是这些"风暴"鱼雷。

随着接下来的两次穿刺，剩下的两枚"风暴"鱼雷也被毁。那东西显然是个高智商的生物，很清楚什么东西对他有威胁，而且他有隔着船底搜索船舱内部的某种能力。

三副没有来得及逃出鱼雷舱，因为第四次穿刺直接洞穿了他的小腹。这是个烈性的年轻人，拔出后腰的匕首想要切断那根长尾，但只是在表面上蹭出了点点火星。

"第三水密舱进水！"这一回是轮机长大喊，"有人重伤！"

"是龙王！他正从正下方攻击底舱！"

闷响接踵而来，龙尾一次次地在船底制造孔洞，船身逐渐倾侧。

在"摩尼亚赫"号的制造上卡塞尔学院不惜成本，船身没有采用钢铁而是轻质耐磨耐腐蚀的高锰铝青铜，但人类精心调配的合金就像木头似的被洞穿。

"第二水密舱进水！燃油管道泄漏！"

"起火了！后舱起火！灭火！快灭火！"

零和恺撒对视了一眼。"摩尼亚赫"号一共有六个水密舱，如今已经有两个泄漏，如果再有两个泄漏，这艘船就将沉没。

行动开始以来他们一直都开着全方位声呐，按道理说那条龙如果要接近"摩尼亚赫"号就一定会被声呐捕捉到，但声呐系统没有给出丝毫警告。

"龙类有办法避开声呐么？就像'冥照'可以制造类似隐形的效果。"零问。

"已知的言灵中没有。但还有一个更合理的解释，行动开始之前，那家伙已经趴在我们的船底上了！所以他不在青铜城里！"恺撒说。

这当然是个恐怖的猜测，这意味着他们从下锚的那一刻起已经成了龙类的猎物，或者说，这是一场由猎物精心策划的对猎人的反扑。

"收锚！发动引擎！加速！"恺撒咆哮，"甩掉他！"

"摩尼亚赫"号引擎轰鸣，在江面的白雾里以巨大的"之"字形前进。

他们能够清楚地感觉到船身略略一轻，什么东西从船底上脱离了。但片刻之后，背后的江水中，一道犀利的水线追逐而来。

"左满舵！"恺撒下令。

负责掌舵的大副拼命把舵轮偏向左侧，"摩尼亚赫"号在水中划过巨大的弧线。

"引擎开加力！右满舵！"恺撒再次下令。

掌舵的大副又拼命把舵轮右转，"摩尼亚赫"号船身倾侧。完美的转弯，可就在那一瞬间，底舱再次传来闷响，又是一个水密舱泄漏。

"引擎快要过热了！"轮机长在灼热的底舱暴跳。

"不要管！开加力！"恺撒大吼。

他知道不能拖延，别人看不到，甚至声呐也看不清，那东西的距离太近了，但是他的"镰鼬"们知道，水下的对手以五十节的高速紧紧地尾随"摩尼亚赫"号。

对方显然也知道"摩尼亚赫"号上配置了对他有威胁的武器，但那些都是远程武器，所以他采用了贴身突袭的战术。近身战上，"摩尼亚赫"号没有任何武器对龙类有杀伤力。

"那还不是正主。"零手指舷窗外。

前方是一座耸立在水面上的小山，一侧的断崖像是刀削，光明刺眼的人影正站

Chapter 9
Dragon Tomb

在山崖顶上，静静地俯瞰着水面。

每个人都联想到那个浑身燃火的康斯坦丁，已经像是地狱里跑出来的魔神了，可这个人影比康斯坦丁更明亮也更威严，没有人能看清他的脸，更看不到他的瞳孔，但迎着他的目光，每个人都会不寒而栗。

"那才是，"恺撒深深地吸了口气，"龙王诺顿！"

人影奔跑起来，浑身火焰般的光芒流动，以一个完美的鱼跃入水。上百米高的落差，他在空中的身影如同带着一道炽烈的虹光。

"摩尼亚赫"号后的龙类忽然放弃了追猎，笔直地向着那个影子游去，白色水线和光明的影子在水面上相互接近，像是两颗将要对撞的流星。

"望远镜。"恺撒伸手。

立刻有人把望远镜递到他手中，恺撒调整了焦距，捕捉到了那个身影。

"他在干什么？"二副问。

"我不知道，但我很快就会知道。"恺撒说到这里，浑身一震。

望远镜的视野里，某个庞然大物正缓缓地浮出水面，浑身漆黑的鳞片张开，猛地一震，对着天空长嘶。

事实上不必借助望远镜，每个人都看得见那个龙形在水上舒展，如同古人刻在岩壁上的图腾。

明亮的人影向着巨龙游去，巨龙弯曲修长的脖子，他抓住巨龙的铁面，被带离水面，划过一个漂亮的弧线，骑乘在龙颈上。

"辛苦你了啊，参孙，这么多年了。"他轻轻抚摸着龙的铁面，声音温和。

龙侍参孙以低沉的长嘶回应他。

而后人影望向远处那艘船，无声地微笑。那层焰光令人很难看清他的五官，但不知为何，恺撒觉得自己能在那个笑容中看出寒冷。

龙王缓缓地揭开了龙侍的铁面，高举双手，手上流动着炽热的光焰。

他忽然双手插入了龙侍的脑颅，那条龙全身剧烈地一颤，但坚持住了。他发出垂死的低吟，缓缓地闭合了黄金瞳，收拢的双翼张开，平浮在水上保持了平衡。

"这是窝里反？""摩尼亚赫"号上，人们心惊胆战地看着这一幕。

龙王炽烈的双手正在烧掉那条巨龙的脑部，巨龙忍受着巨大的痛苦一动不动。直到这一切结束，他僵死的尸体仍旧保持原状。

龙王站了起来，踏上一步，踏入了龙侍空空如也的颅骨里。他向着天空高举双臂。剧烈的焰光从他的全身向着龙躯流动。

火柱射空而起，在他嘶哑的吼声中，龙躯猛地震动，巨大的龙眼开合，熄灭的瞳孔里，一点金色的火焰孤灯般燃烧。

龙王的吼声高涨，金色的火焰也高涨，迅速地点燃龙眼。龙再次张开了双翼，所有龙鳞也全部张开，发出金属摩擦般的刺耳声音。

那颗已经停跳的巨大心脏如战鼓般再度擂响。

龙形再次舒展，如欲腾空而起。

龙王诺顿，沉寂千年之后，再次以君王的姿态凌驾世界。

"他们……融合了！"恺撒低声说。

"真是让人悲伤的献祭啊。"两公里以外是一个江心洲，穿着黑色作战服的酒德麻衣放下望远镜。

她打开银色的大号手提箱，把其中黑色的金属件——取出组装，一支漆黑的狙击枪很快成型。

她又打开一只小号的银色箱子，里面躺着一枚圆柱形的石英玻璃筒，密封着一枚暗红色的子弹，弹头像是某种粗糙打磨的结晶体，结晶体内部流动着血一样的光。

类似的弹头路明非也曾见过，"贤者之石"磨制的子弹，罕见的屠龙利器。

酒德麻衣把那枚子弹填入弹仓，之后拨通电话："一切按计划进行，我准备好了。"

"诺顿出现了么？"电话那头的女人问。

"出现了，但他没有孵化，而是占领了龙侍参孙的身体。"

"直接融合很省时间，只是要牺牲一个强大的族裔。卡塞尔学院对龙族的理解还真是有限，看起来像是完全不知道融合这种事。"

"真恶心，像是寄生虫一样。"

"参孙会愿意的，龙侍为了君主可以做任何事，而复仇，是他们最乐意做的事之一。"女人说，"重复一遍命令，路明非必须幸存，至于青铜与火之王诺顿，死不死无所谓。"

"明白。"酒德麻衣挂断电话，举着望远镜看向浓雾中的"摩尼亚赫"号，微笑，"三年级，你要多坚持一阵子啊，我对你很期待的！"

第十幕 七宗罪
Seven Deadly Sins

　　路明非和诺诺在激流中挣扎着，全速向前。也没法不全速前进，他们只有随波逐流。

　　他们经过的每条通道每个空间都在变化中，巨大的青铜机件互相摩擦，发出咔咔的声音，厚重的闸门、高耸的青铜壁、巨大的齿轮、粗大的转轴在他们身边运转，他们就像是被投入一台巨大机械的两尾小鱼苗。

　　"在前面等待一分钟，等待一分钟，一分钟后你们右方将有通道打开。"

　　"加速前进，前面的出口将在二十秒内消失。"

　　"左侧转向，避开前面的闸门！"

　　芬格尔的命令从远隔半个地球的学院本部传来。获得S级权限之后，芬格尔拥有的算力惊人，青铜城的所有运转都在掌握之中，他发布的每条命令都清晰准确。

　　如果他出一丁点儿错误，路明非和诺诺可能就被压扁。路明非也不知道自己对废柴师兄何以有这般信心。

　　"你们即将到达青铜城的底部，在那里你们会找到出口！但一分钟后，青铜城将彻底锁死！"芬格尔大吼。

　　"出口在哪里？"路明非四顾。

　　四面都是青铜墙，这是一个四方形的空间，注满了水，他们进入这里的通道已经被封闭，墙壁轰隆隆地震动着。

　　"那里！"诺诺指着不远处，声音有些异样。

　　路明非顺着射灯的光束看去，狠狠地打了个哆嗦，和诺诺交握的手不禁收紧。

　　"是他么？"路明非低声问。

　　"是他，虽然变成了这副模样。"

　　他们正下方的青铜齿轮上挂着一个人形，随着水流震颤。

　　那人早已成了一具骷髅，带卡塞尔学院徽记的潜水服套在骷髅上。射灯照进他的面罩里，两只漆黑的眼洞。

脖子上的铭牌刻着他的名字——叶胜，卡塞尔学院执行部，助理专员，编号08203118。

叶胜曾到达这里，却没能离开，那么这里确实是出口没错，很快出口就会为他们打开，也许这就是这座城市的减压舱。

但两个人还是抓紧最后的时间游近那具枯骨，诺诺沉默了片刻，伸手轻轻抚摸叶胜的面罩。

"他没有氧气瓶。"路明非说。

"这就是为什么氧气分明不够，亚纪却能上浮到水面的原因，叶胜把他的氧气瓶给了亚纪，这样亚纪就有了双份的氧气。"

路明非点点头："他真酷。"

"他一直都很酷。"诺诺轻声说。

"他背后那是什么？"

叶胜背着一个长形的匣子，用索带捆紧在身上，看起来似乎也是青铜打造的，但不像那些蒙着铜锈的青铜，它是崭新的，表面流动着暗金色的微光，它又是古老的，表面被繁复的浮雕花纹包裹。那无疑也是某种龙文，看它的复杂程度甚至不逊于亚纪拍到的那棵大树。路明非伸手敲了敲，这东西似乎是空的，里面还藏着什么东西，但他们不知道如何解锁。

"应该是在青铜城里找到的什么东西，叶胜觉得它的价值大到必须带走。但最后亚纪一个人没法带走两件东西。不管怎么样，带上吧。"诺诺说，"我来背。"

她从叶胜身上解下匣子，捆在自己身上。

"赶快脱出！赶快脱出！只剩三十秒钟了！"芬格尔焦急的声音响起在耳机中。

路明非忽然感觉有什么不对，一仰头，发现射灯的光斑就在头顶。头顶的青铜壁正无声地压了下来，就像一台超级水压机。

但是周围并没有新的出口出现，诺诺也惊恐地四面看，难道是芬格尔的计算出错了？但叶胜确实又曾到达这里，这里应该就是出口。

可为什么不开门呢？路明非脑海里灵光一现，明白这是怎么一回事了。

他们被割断的救生索，忽然以自毁模式运转起来的青铜城，本应开启却又封闭的出口。

他们从进入青铜城的那一刻起就被盯上了，出于某种特殊的原因，对方并不准备一把火烧死他们，而是要困死他们在这座城里，用整个青铜城当作他们的棺材。

那么青铜城当然是上锁的，主人想把小贼困死在家里的时候，是不会给他留门的！

路明非沉到这个水槽的正下方，果然在那里他找到了一个狰狞的青铜人面，又一个活灵。但他嘴里的青铜块不见了,主人离开的时候带走了钥匙。

"开门!我来想办法顶住上面!"诺诺大吼。

好在有路明非,他根本不需要拿钥匙开门,他的血液在这座城市里就像特许通行证一样好用。

路明非拼命地挤压手指,想挤血进活灵的嘴里,可就是挤不出来。裸露出来的那只手一直被箍着手腕,又在水中泡了太长时间,苍白得和死人的手差不多。

头顶的青铜壁已经压到只剩一米多高了,他和诺诺都直不起身,再过几秒钟他们就会被压成肉泥。

"把手指割开!"诺诺大喊。

"知道!知道!"路明非拔出潜水刀准备割手。

但他的手抖得厉害,连割两刀,有细微的血丝分散在水里,还没送到活灵嘴里就没了。

手上的血压不够,手腕上的气阀就像是医生给病人打的止血带,大部分血液都被逼得回流,时间长了末端肢体甚至会因为缺血坏死。

路明非不得不打另一只手的主意,另一只手的血流目前还是通畅的。但在那之前他必须紧闭手腕处的气阀,否则再来一次泄漏他的小命就难说了。

"镇静镇静镇静……"他一迭声地叨叨,可这种半硬式潜水服他用得还是少,操作不熟练。

"别慌!慌个屁啊!时间还够!"诺诺说。

"不怕不怕不怕!"路明非想要换个姿势,可是刚刚直起腰,脑袋就撞在上方的青铜壁上。

狭小的空间让人窒息,像是躺在棺材里看着上面的盖板。路明非打了一个寒噤,眼前发黑,潜水刀从手中滑落。

"傻啊?快捡刀!"诺诺吼他。

"快死了还骂人,这脾气确实没几个人能容她。"路明非想。

他努力地伸出手去捡刀,同时扭头回看,吃了一惊。

诺诺正跪在地上,用头和双手呈三角形死死地撑住那面下沉的青铜壁,就像神话中托起地球的那位阿特拉斯。

这姑娘真是发疯,这样子又能支撑多久?在青铜城的压力之下,人的骨骼又算得了什么,噼里啪啦就碎了。

"看个屁啊!快捡刀!要你一滴血而已,那么磨磨蹭蹭的!"诺诺瞪他。

路明非拼了命去够刀,但就是够不到,越急他心里就越是发疯般地吐槽。

有必要这么英雄气概么?总是一副大姐头的样子,哦不,大哥的样子。你行你就想给人当大哥?你也不过是个普通姑娘,A级血统,可连言灵都没有。

行吧行吧你是队长我是跟班的，你厉害你牛总是你扛大事儿我跑腿，可我有一天也会帮你一个忙让你记住的……

　　路明非好像听到诺诺的骨头发出了清脆的噼啪声，他心里忽然一寒，脑子里像是什么东西炸了："妈的拼了！"

　　这是一种"恶向胆边生"的感觉，热血上脑，满脑子狂暴。那股子不顾一切的劲头又来了。

　　他忽然松开了手腕上的气阀，就是这道气阀阻断了他的血流，当然也锁住了水中性命般珍贵的氧气，一直在护着他的命。

　　无数的气泡从手腕处涌出，高压水流涌入潜水服，涌进路明非的嘴里，鲜血也顺着血管冲向指尖。

　　路明非还嫌不够，把头盔给摘了，反正手腕处的气阀打开了，头盔也不再密闭，然后狠狠地咬在自己的手指上，再狠狠地拍在活灵的脸上，像是抽了他一个嘴巴。

　　还真有血给挤了出来，活灵脸上一道血红色的痕迹。

　　代价真不是一般的大，路明非大脑充血，眼前漆黑，双手挥舞，试图要抓住什么能让他觉得安全的东西。

　　他像是被卷入了一道激流，无数气泡中，有人紧紧地抱住了他。

　　路明非的惊叫回荡在"摩尼亚赫"号的前舱里，曼施坦因浑身一震，猛地睁开了眼睛。

　　"救援……氧气泄漏……"最后传出的是诺诺的声音，却是出自曼施坦因的嘴里。

　　他耗尽了最后的体力，彻底昏厥过去。

　　"氧气泄漏？"恺撒扭头看向他们刚才泊船的江面，距离大约有两公里。

　　"准备潜水钟！"他回头大喊。

　　"路明非，你去订一下明天社团活动的场地吧。"

　　"路明非你这样子，全班的平均分都被你一个人拖下去了！你属秤砣的么？"

　　"兄弟没问题，泡妞这事儿大叔一定帮你搞定啊！"

　　"夕阳你是最棒的，虽然你家里人都不喜欢你，学校同学也都不喜欢你，但我相信你是聪明又漂亮的女孩，你肯定行的！"

　　嘈杂的声音时近时远，像是在梦中，有人使劲打他的耳光叫他起床，可是很疲倦，不想醒来。

　　忽然有股气流冲进嘴里，凶猛霸道，路明非下意识地大口吸气。连吸了几口高含氧的压缩气体，他脑中的混沌渐渐散去，眼前的黑暗化开。

　　他看见一张熟悉的脸，这张脸的主人正拎着他潜水服的领子，大开大阖地抽他的嘴巴，好在水的阻力让她还没能使出全力。

看见路明非渐渐张开了眼睛，诺诺露出如释重负的神情。

路明非正在使用的是她呼吸器的副管，每个潜水员都会在自己的气瓶上带两个管，以备潜伴要用。

但他们还是损失掉了一半的氧气，路明非那下冲动也许救了他们的命，但不是没有代价的。

此刻压力表的深度显示超过一百四十米，他们已经从青铜城中脱出了，但还在青铜城的正下方，地震在这里制造了一道大裂缝。还有漫长的上浮过程。

半硬式潜水服的内部压力是三到五个大气压，此刻外界的压力大约是十五个大气压，原本潜水服帮路明非扛住了差不多十个大气压，此刻这些压力全都压在他身上。

即使靠着诺诺的水肺，他也相当于在一百米左右的深度做自由潜。还是在裂缝中潜游，跟高难度的洞穴潜水似的，路明非没有受过类似的训练。

自由潜的世界纪录也不过如此，巨大的压力下路明非的呼吸非常急促，原本容积很大的肺部现在被压缩得只剩拳头大小。

"能听见么？"诺诺说，"对讲机应该还能用。"

路明非点点头，脑中一阵阵地眩晕，全身痛得像是有条蟒蛇在照死里勒他。

"我们得慢慢地上浮，不然气体栓塞会要命的。"诺诺说。

路明非想两个人就一台呼吸器，十几秒钟不吸气就觉得要窒息，这种情况下等他浮到水面上就已经是个死人了。

为什么诺诺的潜伴不是零呢？如果来的是零的话那就没问题了，这种深度即使自由潜零应该也很轻松。

"换我的潜水服，"诺诺拍拍他脑袋，"别怕。"

路明非瞪大了眼睛。两个人只剩一套完整的半硬式潜水服，谁穿谁就能活，这未免仗义得过头了吧？

可他已经支撑不住了，没摇头没点头，只是拼命咬住呼吸器的副管。

"我学过自由潜，能闭气比你久。"诺诺抓住他的肩膀，透过面罩看着他的眼睛，"我说过我会罩你的，收人做小弟，总有点代价的。"

"我们一定能游出去。"诺诺最后说。

她深吸几口气，关闭自己的呼吸器阀门，打开了潜水服。

这是路明非有生以来见过的最让人热血沸腾的场面，如果不是他憋得快要晕过去，他真的会希望这个场面放个慢进，或者多重复几遍。

半硬式潜水服里诺诺没穿湿衣，只是一身红色的比基尼泳装，她像一条柔软的鲭鱼，从沉重的潜水服里脱出，皮肤在射灯下光润如象牙，暗红色的长发在水里散开。

他没有反抗之力，任诺诺剥掉自己那件破损的潜水服，又被塞进完好的潜水服里。诺诺为他戴上头盔，关闭密封阀，接通氧气。

氦氧混合的高压气体迅速驱走了潜水服中的水，从脚底排出，肺部终于舒张开来，路明非的意识恢复了。

他透过面罩看着诺诺。诺诺把双手搭在他的肩膀上，露出询问的眼神。现在诺诺不能说话了，她叼着呼吸器的副管快速地呼吸，一口气接不上就可能昏迷，然后就是死亡。

路明非点点头。诺诺比了一个"OK"的手势，抓过原本连接两件潜水服的通讯线，率先向前游去。

路明非已经不剩什么力气，只是机械地摆动双腿跟上，他这样的废柴，能做的也就是尽全力。

往前游，一直往前游，诺诺不回头，也没有任何手势或者眼神的表达。头顶的青铜城摇晃着，震动着，像是随时要坍塌。路明非跟在后面，看着诺诺海藻一样漂在水中的长发，什么也不想。

他们游出那道裂缝后不久，后面传来了震耳的爆炸声，路明非回过头，看见那座镶嵌在岩石中的青铜城倾斜起来，红水银炸弹爆炸了，青铜城四周喷涌出墨绿色的水流，想来就是那颗炸弹里的毒素。

半硬式潜水服保护了他，但不知道没有保护的诺诺怎么样。她甚至没有回头看，一个劲儿地往前游。

坍塌的岩层化作数百数千吨碎石，哗哗地坠入那道裂缝中，把那条通往另一个世界的裂缝彻底掩埋。

"摩尼亚赫"号的吃水已经很深了，三个水密舱泄漏之后，水位线距离甲板只有不到半米。

恺撒闭上眼睛，听着水底那个高速游动的阴影依然紧紧地跟着他们。

他们支持不了多久了，再有一个水密舱破裂，他们就会沉没。弃船也不可行，谁会跳进有龙游弋的水里？而且附近区域的水温已经高得能够烫温泉蛋了。

多数人在焦急地奔走灭火，潜水钟也已经放了下去，这东西会严重地影响"摩尼亚赫"号的速度，尤其是最后使用的时候，"摩尼亚赫"号必须处于接近停泊的状态。否则潜水钟在水下被拖着以几十公里的时速移动，诺诺和路明非连够都够不着。必须以某种办法杀死龙王，至少重创他，否则他们所做的一切都毫无意义，只是束手待毙。

但即使那个龙侍也不是普通武器能对付的，何况他已经跟龙王融合了。

恺撒忽然睁开眼睛，像是有火焰在那双海蓝色的眼睛里燃烧。

Chapter 10
Seven Deadly Sins

"检查鱼雷的状况！"他抓住大副的肩膀。

"三枚鱼雷全部被毁。"大副没明白恺撒的意思，三副在之前的通讯中已经说了。

"三枚鱼雷，两枚彻底被毁，第一枚弹头被毁，动力部分还完好。"零已经查看完毕。"摩尼亚赫"号完全数字化，在前舱里可以查阅全船的情况。

"安装炼金弹头之前，我们卸下了常规弹头对么？那些常规弹头在哪里？"恺撒又问。

"在后舱，但那不是什么常规弹头，爆炸部已经被取走，它是枚哑弹，只是为了方便运输才……"

"让你的人赶去，把弹头装上。"恺撒说，"立刻。"

"即使有爆炸部的常规弹头对龙王也未必能造成什么杀伤，何况我们连爆炸部都没有。"

"我只关心一件事，弹头上的超空泡发生器还在吧？"恺撒看着他。

大副点点头。

"'风暴'鱼雷是鱼雷里的怪物，冷战时代的奇迹。弹头部安装了超空泡发生器，会让整颗鱼雷被笼罩在细长的空泡中。它在接近真空的环境中前进，水的阻力不复存在，加上火箭推进器，它会变得像飞机那样快，两百海里每小时，超过普通鱼雷五倍。想象一下，长度8.23米，自重2700公斤，以飞机的速度正面命中，会产生什么样的效果？任何活的东西，都会被它洞穿，不需要什么爆炸部。"恺撒冷冷地说，"当作冷兵器来用就好了！"

"可装备部说……"大副觉得这想法简直是痴人说梦。

"装备部认为鱼雷无法正面命中龙王，他有五十节的高速，灵活得像条鱼，他可以轻易地闪过鱼雷本体，但是无法躲开炼金弹头爆炸形成的圆形弹幕。对么？"

"是！"大副点头。

"可我们现在没有炼金弹头，所以必须正面命中他！"

"不可能！"大副摇头，"'风暴'鱼雷的速度太快，它只能直射，甚至没法制导！"

"不用制导，直射就可以。"恺撒说，"我下令的时候，零就发射！"

"以他五十节的速度，如果你要用'风暴'鱼雷命中他，必须在极近的距离上发射。"零的口气一如既往的平静，好像这是课上讨论学术问题。

"多近？"恺撒问。

"不超过一百米，这样鱼雷只需要不到一秒钟，一秒钟，从发射到命中，以龙王的体型，应该也无法闪避吧？"零说，"重量达到二点七吨的金属，即使他的火焰也无法熔化。"

"好，一百米，我为你争取一百米。"恺撒抄起了那支装填完毕的巴雷特M82A1狙击步枪，走上甲板，眺望水面。

"超空泡鱼雷发射的时候会有巨大的空化噪音，你会如同置身航天飞机的正下方，听着它发射升空。"零对他喊，"所以，不要使用'镰鼬'，'镰鼬'会成倍地放大那种声音，一瞬间你的耳膜就会被摧毁。"

"谢谢提醒，"恺撒淡淡地说，"我没有听过航天飞机发射，会仔细听听。"

他从作战服口袋里抽出一张手帕，蒙上了自己的眼睛。不愧是贵公子出身，行动中他也还是带着英国 Alumo 公司出的纯棉手帕，而不是用方便的纸巾代替。

言灵·镰鼬，领域全开！

想要把对声音的敏锐度提升到顶点，就要先剥夺视觉。背后是无可退的悬崖，全身每个细胞都会被活化。

恺撒先把自己置身于黑暗的悬崖上。他举枪对着无边的黑暗，完全靠听觉修正目标。

巨大的心跳声被捕获了，目标锁定，他射出第一枪，暗蓝色的弹道短暂地滞留在空气中，经过强化的炼金子弹足以击穿浅水。

命中！"镰鼬"带回了炼金子弹在龙鳞上碰撞的声音！

恺撒的第二枪射出。

再次命中！水下的阴影愤怒地翻腾起来，围绕"摩尼亚赫"号高速游动。

龙王并没有受伤，恺撒很清楚。即使是炼金弹头，对龙王级的目标来说，至多是制造一点皮外伤。

但那就够了，他要的只是龙王愤怒，龙类是容易愤怒的生物，一定会把怒火施加在他的身上。

恺撒不断地发射，几乎每一发都命中，暗蓝色的弹道指向四面八方。无论龙王以何种方式游动，除非他真的潜入深水，恺撒的子弹就总是追踪着他而来。

"恺撒在干什么？"二副看不懂。

"大概是男人和公龙之间的一对一决斗吧？"零对着麦克风喊，"弹头安装完毕没有？"

"安装完毕！但要尽快发射，鱼雷舱里已经灌入燃油，随时可能爆炸！"大副的声音传来，他正在气温接近七十度的底舱中工作。

"'风暴'鱼雷是火箭发动机！尾焰会点燃燃油！爆炸了怎么办？"二副没法不担心。

零抓紧发射闸，神色平静："赌！"

恺撒摸索着更换弹匣。他知道最后的时刻就要到来，水底的阴影放弃了伺机进攻的游动方式，离开"摩尼亚赫"号，笔直地去向前方。

他相信那东西会回来，他总能了解敌人，就像是了解朋友那样。龙是骄傲的生

Chapter 10
Seven Deadly Sins

物，恺撒也是。

阴影在距离"摩尼亚赫"号大约一公里的地方停止了游动，水下放射出耀眼的亮光，龙王引燃了光焰，坦然地暴露了自己的位置。

"对着他直冲过去，会给我们更高的相对速度。"恺撒把对讲机扔进了水里。

这是最后的命令，他已经无须说更多的话。他就一发鱼雷可用，赌输了就完蛋，此时此刻他这个三年级和前舱里那个一年级居然是赌性最大的赌徒。

水底的光明越来越耀眼，"摩尼亚赫"号发动了引擎，轮机长把仅剩的动力全部输出，这艘行将沉没的船吼叫着扬起船头，如同脱缰的烈马。

远处那灼眼的火光在同一刻拉成一道火线。

雷达显示龙王的时速高达八十海里，"摩尼亚赫"号也达到了它的极速五十海里，加起来一百三十海里的相对速度，相撞只在闪电般的一瞬。

恺撒平静地开枪，暗蓝色的弹道一次次进入水中，直击龙王的头部。水下传来了龙的咆哮声，整个江面上弥漫着白汽，隐隐地龙首从水中扬起，浑身鳞片的人站在龙头上，金色双眼狞亮，刺破了白雾。恺撒打空了弹匣，把狙击枪也扔进水里，张开双臂，全部精神集中在"镰鼬"上。

他感觉到扑面的热浪了，强得如同一场燃烧的飓风。

"还不够！再近一点！"他在心里说。

一百三十海里的相对速度，一百米的距离，龙王只需一秒就可以穿越。

距离越近，"风暴"鱼雷的命中率越高，但距离越近，风险也越大，只要错过那一秒，恺撒就会被龙王的烈焰烧焦。

有水蒸气干扰，目光测距没法那么精确，但恺撒还有"镰鼬"，他相信这些风妖胜过相信眼睛。

就像回力球游戏，恺撒喜欢回力球游戏，面对时速几百公里回射的回力球，你要做的不是闪避，而是伸出手臂，在最精确的瞬间接住它。

恺撒伸手抓住了蒙面的手帕。

"发射！"他扯下手帕高举向空中，对着扑面而来的烈焰吼叫。

零猛地拉下发射闸。

这一刻，恺撒被光焰吞没，"摩尼亚赫"号仿佛一艘正在航向太阳的太空船。

船身剧烈震动，一个声音在空气中爆炸开来。

一千条龙聚集在一起的嘶吼？在风暴云的中间感受闪电的发生？没有语言能形容那个声音，因为没有任何语言是为了形容那个声音而造的。

火箭引擎在水下喷射出长达几十米的烈光，锥形的"风暴"鱼雷如同一颗子弹那样直射正前方。人眼只能捕捉它模糊的影子，黑影刺入了龙王的火焰，它的表面开始熔化，金属的外层剥落，后舱的火箭燃料即将爆炸。

它一直前进，带着狂躁的音爆。

鱼雷达到了极速，脱离了江水，跃出水面，直刺光明的太阳！

命中目标！带着目标继续前进！巨大的动能，数百年人类积累的所谓"科学"的极致，再强大的生物也无法阻挡。

夭矫的龙形被带得飞向空中，长尾在剧痛中狂摆。"风暴"鱼雷和龙王一起在空中划过了一道弧线，在两百米外再次入水，缓缓地沉了下去。

音爆仿佛永无休止。恺撒伸手摸了摸自己的耳朵，摸到了鲜血。

"镰鼬"们还在空中飞舞，恺撒却接不到它们传回的消息了，他的世界里充斥着各种杂音和回声。

"风暴"鱼雷发射瞬间，巨大的声音刺入他的耳朵，把里面的精细构造摧毁了。零提醒过他，但是他没有听。

其他人忙碌着救火和准备救生艇，零也赢了她的赌局，鱼雷舱中的燃油只是被引燃了却没有爆炸。"摩尼亚赫"号免不了返厂大修，暂时是不能用了，眼下得先撤走人员。

但恺撒还不能走，他要等水下的人，时间还没有耗尽，哪怕有最后的一线希望他也不会放弃。他疲惫地坐在船舷上，已经没有什么力量挪动了。

娇小的身影走了过来，和他并肩而坐，居然是零。零的状态也不太好，鱼雷发射的时候，一块从仪表台上飞起的玻璃刺中了她的小腹。不过看起来俄妹完全不在乎这个正在流血的伤口，她精致的时候真是精致到极点，感觉跟恺撒一样出身某个豪门世家，从小十指不沾泥，可粗放的时候也很粗放，有股子能跟狗熊打架的劲头，而且是沉默地殴打狗熊。

"你还好么我亲爱的女士，扣扳机的时机好极了。"恺撒的声音有点变形，因为他听不清自己的声音。

"没什么问题，大概需要一次小型的外科手术，你的耳朵怎么样？"零居然是用手语跟恺撒对话。

"没听你的建议，应该是里面有些部件损坏了，耳蜗或者半规管。听说如今的手术已经很精密，也许能帮我重造那些部件，但回去看医生才知道。"恺撒也熟练地以手语回答。

"言灵是'镰鼬'的人，那么不珍惜自己的耳朵么？"

"我是你的眼睛，你是我开枪的手，我们要各自尽最大的力。"恺撒伸出手来。

零跟他凌空击掌："希望他们能及时找到潜水钟。备用的潜水服也毁了，但需要的话我可以自由潜下去救援。"

"潜水钟上有激光道标,在水下能传得很远,他们一定能看到。自由潜救援的意义不大,你在水下无法待很久。"

"他们会没事的。"

"我不知道,但我讨厌一点希望都没有的感觉。"

"你怎么会手语?听力那么好,有必要用手语么?"

恺撒想这个女孩真是奇怪,平时惜字如金,用起手语却能侃侃而谈。

"用来和我妈妈说话。"恺撒回答,"她给了我'镰鼬',但她自己后来慢慢地丧失了听力。你为什么要学手语?"

"以前有段时间,没有人和我说话。听不到人说话,自己的发音也越来越奇怪,最后自己都听不懂自己说话。所以学会了手语,跟自己说话。"

"手语怎么跟自己说话?"

"照镜子。"

恺撒很惊讶,想不出这样一个沙皇公主般的女孩为什么会孤单到没人跟她说话。但零不说他也不问,每个人都有属于自己的秘密,正如他说起自己母亲的时候也是一带而过。

想象那么个情景,空无一人的房间里,这样一个女孩,在镜子里比着手势对自己说话,又是乖巧又是寂寞,恺撒没来由地笑了笑。

靠在一艘正熊熊燃烧的船上,感受着身下灼热的船板,想着燃油已经泄漏,正在向火焰流淌,水底还有一条不知死没死的龙王,偏偏自己还必须坚守这条船,这个时候有另一个人也不撤,还坐在旁边陪自己用手语说话……恺撒忽然伸手摸了摸零的脑袋。

并非表达任何男女之间的好感,就是还挺欣慰的。

诺诺轻拍路明非的后背,路明非顺着她的手指看出去,相隔几十米,有什么东西悬浮在水中。

那个东西放射出几十道暗红色的激光束,直透到水底深处去。

"潜水钟!"他猜到了,忍不住要喊出声来。

那毫无疑问是潜水钟,它点亮了激光道标。这种激光道标的穿透力极大,能够照透几十米厚的水层,潜水员找到任何一个道标都能跟着它找到潜水钟。

最后的信息还是送到了,"摩尼亚赫"号上的人们知道他们缺少氧气供给,降下了这个救命的装置,也指示了船的方位。

以他们剩下的氧气,一起逃生的机会并不大,虽然已经上浮到了大概八十米的深度,但并非快速浮上去就可以的,诺诺失去了半硬式潜水服的保护,气体栓塞随时会要她的命。

标准的操作是上浮等候上浮再等候，但那样他们的氧气就不够用了。

现在有了潜水钟就都没问题了，那个铜制的大型密封舱自带氧气供给，气密之后几分钟就能浮出水面，然后再慢慢减压。

诺诺抓起呼吸器，深吸几口，对着路明非比了个手势。路明非看懂了她的意思，一口气游到潜水钟边。

两个人奋力向着潜水钟游去，诺诺游得比刚才快了不少。路明非大概猜到了原因，气体栓塞已经作用在诺诺身上了，疼痛和晕厥正在加剧，但她之前没有表露出来。

她必须尽快游到潜水钟里去，否则很难支撑下去。路明非试图再给力一点，但真的是四肢酸软有心无力。

越来越接近了，诺诺奋力推着路明非向前，潜水钟的舱门是敞开的，里面有暖黄色的灯光，此刻看着简直像家那么温暖。

路明非钻进潜水钟，双手撑着舱壁向诺诺招手，想把她拉进来。

诺诺抓着舱门努力地想要游进来，大量的气泡从她嘴里涌出，她肺里的氧气显然已经耗尽了。

就在这时诺诺忽然停住了，路明非在她眼里看到了惊恐。

他没能抓住诺诺的手，却被诺诺一把推回了潜水钟里，猛地扣上了舱门。

潜水钟的氧气系统自动开启，高压泵进入排水操作，路明非安全了，可他惊恐莫名，疯狂地捶着黄铜舱门，尖厉地大吼。

黄铜舱门上镶着一块直径只有二十厘米的圆形耐压玻璃，路明非和诺诺隔着那面玻璃相望，诺诺的脸色苍白，身边腾起烟雾般的血红色。

路明非觉得浑身的血都凉了，他看见了那根刺穿诺诺心口的东西，一根黑色的尾刺，尖锐如长矛，连着细长的尾巴。

隔着浑浊的江水，他看见了龙的阴影。

这次不是演习了，不是"自由一日"。

这次诺诺真的要死了，她的手还紧紧地抓着潜水钟的舱门，眼睛却已缓缓阖上。苍白的脸上没有一丝血色，她全部的血在水中散逸如烟。

隔着玻璃，路明非能那么近地端详她的脸，这个狡黠多变的女孩回归了安静，像是睡着了……永远地睡着了。

路明非双手抱头，脑海里一片空白。

怎么办？真的没有办法了？躲也躲不过那个可怕的结果了？她就要死了，她的血要流干了。世界上没人能救她，超人来了也不行，超人不是医生，蜘蛛侠来了也不行，蜘蛛侠不会游泳。怎么办？怎么办？只能这么呆呆地看着，什么都做不了。

原来废物终究只是废物，只能号啕大哭，却不能改变结果。

Chapter 10
Seven Deadly Sins

"不要……不要……不要死……"他抓着潜水钟窗口的铜条,对着外面哭喊,明知不会有人回应他。

不要这样好不好? 我都已经承认自己是废柴了,那就让我过得轻松点吧。

这种英雄戏跟我没关系才对,明知我什么都做不了,还让我看这种悲伤的场面,看一个我喜欢的女孩慢慢地死掉。

好吧好吧,其实我也不是真的那么喜欢她,可是她死了我真是很害怕。

可还是什么都做不了……废柴就是什么都做不了!

"不要死!"他用尽全身力气大喊,不知不觉地,眼泪滑过面颊。

这个世界真孤独,在水下八十米,你孤独得像独自站在一个星球上,没人听得见你说话,你可以放声大喊,然而无人在意。

海浪有规律地拍打着船舷,路明非缓缓地睁开眼睛。

"喊的声音大是不管用的,所谓言灵,用的虽然是语言,生效的却还是和语言共鸣的心。"海风里,有人淡淡地说。

"路鸣泽?"路明非站了起来,从一艘小船的甲板上。

他有点分不清楚,何者是真实的。好像他刚在这个甲板上睡了一觉,青铜城、龙王和诺诺,都是梦里的事情。

头顶星光洒落,一眼望出去,大海漆黑,没有岛屿,更没有大陆,无边的水上,只漂着这艘白色的帆船。帆船上只有两个人,他和那个穿黑色西装扎蕾丝领巾的大孩子。

"因为你要死了,所以我来看看你。"路鸣泽坐在船舷边,晃悠着双腿,在黑色的海里踢起一朵又一朵的水花。

路明非呆了片刻,忽然又躺了回去,仰面朝天,大口呼吸着冰冷的海风。

"你在干什么?"路鸣泽问。

"抓紧时间休息! 一会儿等我做完梦我还有事!"路明非呼哧呼哧喘着粗气,"我忙得很! 拜托! 就算我是你的召唤兽,也请尊重一下召唤兽的权益! 不要在我忙得吐血的时候忽然把我召唤进梦里,行不行?"

"别费心思了,你以为现在是场间休息? 你做梦的时候,现实时间并没有被冻结,所以我们说话的时候,你在现实里已经死掉也是有可能的。现实世界里,那个女孩胸口开裂,已经失去了百分之九十的血,她的意识正在渐渐丧失,心跳速度快得就像一台跑爆表的摩托车,随时会停跳,然后生命结束,只剩下你孤零零的一个人,闷在一个潜水钟里,面对一位龙王。作为高贵的初代种,他由黑王尼德霍格直接繁衍而来,血统极其纯正,力量无与伦比,而且还和龙侍参孙融合。"路鸣泽耸耸肩,"你真的要死了,随时。"

"关你屁事！"路明非大吼，"放我回去！我赶时间！"

"孤独地死去，一点儿也不觉得难过么？"路鸣泽扭头，饶有兴趣地打量路明非，"哦，我忘了，其实你从不觉得自己孤独的，真可悲啊……"孩子的声音低沉得远不似他的年纪，"比孤独更可悲的事，就是根本不知道自己很孤独，或者分明很孤独，却把自己都骗得相信自己不孤独。"

"孤独？孤独当饭吃么？你是诗人么你那么孤独？"路明非暴躁地在甲板上转圈，"够了没？没空陪你玩！"

"好啦，别急，虽然时间不能停下，不过相比这里，外面的时间过得很慢。所以你回去的时候还来得及救你的朋友，前提是你有救她的本事。"

"早说不就得了？我再歇歇，真累死我了。"路明非躺下，继续大口喘气。

看着海浪沉默了很久，路鸣泽扭头看向路明非："喂，废柴，你有没有什么人生目标啊？"

"我有想过！"

"说来听听？"

"我想在喜马拉雅山上炸开一个口子，然后温暖的印度洋海风就会越过世界屋脊到达青藏高原，把我们伟大祖国的千里冰川变成人民安居乐业的良田，实现真正的香格里拉！"

"这是《不见不散》里葛优的台词，而且这是没有可能的，过高的海拔，就算你炸开了口子，暖空气也上不去。"路鸣泽眼皮也不动，"你在瞎扯。"

"知道瞎扯还说那么多？懒得理你。"路明非转过身去不看他。

"说来听听嘛，也许我能帮你呢？也许我正好很擅长……屠龙？"路鸣泽的眼神狡黠。

"你？"路明非立刻翻了个身。

"既然我们能在这里这么说话，你该明白我不是一般人。"路鸣泽带着鼓动的口吻，"说说看，为什么选择了卡塞尔这条路？对你来说，要冒那么大的危险，不值得的吧？"

路明非想了很久："是你说的吧？每个人干屠龙这勾当都得有点说服自己的原因……其实那天晚上我翻来覆去地想，觉得只有一个原因，就是让我老爸老妈觉得我有出息……有时候想想，觉得真是扯淡，我3E考试是靠作弊过的，那个S级更不知道怎么评出来的，靠你助拳解开了青铜城的地图，发神经打了恺撒和楚子航各一枪，立刻就成学院的风云人物了……你说我这叫有出息么？"

"运气好也算有出息的一种。"路鸣泽说，"可你这样的人就不该参加学生会，也就不会被派到这种地方来。"

"有女生用美人计拉拢我，"路明非仰望天空，喃喃地说，"我这种当都不上我还是男人么？"

"你一辈子就真的衰到总是暗恋那种绝无可能的女孩？"路鸣泽冷笑。

"什么叫绝无可能？"

"就是可能性小得好像火星撞地球。"路鸣泽耸耸肩。

"你不懂！你还没成年呢！"路明非直勾勾地看着路鸣泽。

"我不懂？"路鸣泽回看他。

"你不懂那种感觉！十几年了，谁也不觉得你有多重要，谁也不关心你今天干了什么，渐渐地你自己都觉得自己很多余，你是死是活除了自己会觉得痛其他没什么意义！你每天花很多时间发呆，因为你不知道自己该干什么，别人都说你不重视自己，自己没有存在感。可你就是没有存在感，哪来的存在感？那些人除了点评你说你没有存在感以外，根本没关心过你在想什么，你自己想的事情只有说给自己听，哪来的存在感？"路明非简直是在咆哮。

路鸣泽默默地看着他。

"有一天你感觉被人踩在脑袋上，可你太没存在感了，你连站都懒得站起来，你只想蹲在那里不动。可是这时候门打开光照进来，一个很漂亮的女孩，穿着十厘米高跟鞋，穿着漂亮裙子，开着法拉利，把你从放映厅里捞出来，让你在每个人面前都很跩很跩！"路明非坐在风中，用力握拳，"那种感觉……很跩！你明白么？很跩！我从没那么跩过！"

"她只是可怜你吧？可怜一个没用的师弟，因为她自己以前也有过那种可怜的感觉。"路鸣泽不以为然，"她讨厌那种可怜的感觉，她帮你，不代表她喜欢你。"

"可我就是这么一个东西！这么被她捞出来了，费了这么大力气捞出来的总不能是个废物吧？"路明非怒吼，"他妈的！我已经当废物太久了！凡我做的事，做错的都是我笨，做好的都是因为我走狗屎运，凡我在乎的人，要么是不理我，要么是把我当猴耍，倒是有个二百五弟弟跟你一个名字，非常理解我，对我说'夕阳你是个好女孩'！这是他妈的什么人生？"

"这是他妈的什么人生？"路鸣泽跟着他，低声重复。

"我是师姐捞出来的！我不能是废物！"路明非一字一顿，"师姐不能为我死！我是她小弟，我要讲江湖道义！小弟还没死，老大怎么能死？"

路明非一屁股坐下："好了！这就是我存在的意义，很傻对吧？要嘲笑赶快嘲笑好了，我不在乎！你嘲笑是对的，我没法跟恺撒楚子航比，我就是这么个人，存在意义不大，我接受现实！但是，嘲笑完了快把我摇醒！"路明非深吸一口气，在喉咙里积聚了一个巨大的爆音，"我赶时间！"

他也不明白自己为什么忽然那么激动，只是觉得……很多很多话，早就想说了，却没人能说。

可是为什么要告诉这个路鸣泽？让他知道自己也有觉得很委屈的时候。

这个世界上只有那么少的人看不得我受委屈，其中就有这个红发的女孩，我怎么能看着她死？我死她也不能死！

"你的愿望，"路鸣泽轻声说，"难道不是向整个世界复仇么？路明非？"

"屁嘞！"路明非说，"复什么仇？"

路鸣泽默默地看他，神色复杂，像是鄙夷，又像是怜悯。

"好吧，我明白了，其实，我可以帮你的。"路鸣泽点点头，"但是，我有条件。"

"什么条件？"

"你读过《浮士德》的，对吧？"

"读过，陈雯雯跟我推荐的……哦，你不认识陈雯雯，我高中同学。"

"不，我认识，我是你弟弟路鸣泽啊。我当然知道那个被你提过几千遍的陈雯雯。"路鸣泽淡淡地说。

"没时间跟你开玩笑！我表弟身高一百六十，体重也是一百六十，跟你完全不像！"

"魔鬼靡菲斯特和浮士德打赌，靡菲斯特成为浮士德的奴仆，一旦靡菲斯特令浮士德满足于俗世的快乐，主仆关系就解除，而且浮士德的灵魂归魔鬼所有。我的条件和这类似，我和你签订一份契约，我为你实现愿望……"

"见鬼！你是哪个山头的魔鬼？要我的灵魂干什么？"路明非瞪大眼睛。

"不是灵魂，我要交换的是你的身体……"

"滚！"路明非不由得双手抱胸，上下打量路鸣泽，搞不明白这个大孩子衣冠楚楚，心里却藏着什么猥亵的心思。

路鸣泽叹了口气，摇摇头："你脑子里装的都是些什么奇怪的念头？好，我们换一个词，我要你的生命，肉体灵魂，一概包括。对于不介意用灵魂来交换的人来说，肉体还有什么用？当个没灵魂的行尸走肉有意义么？"

"开价那么高，你能做到什么？"路明非打量这个看起来很正常却满嘴说着疯话的孩子。

"一切……不，几乎一切。"路鸣泽挑了挑眉。

"能搞掉那个浑身冒火的龙王么？"

"不容易，不过可以。"

路明非抽了口冷气，看着路鸣泽那张漫无表情的脸。听他淡淡的口气，让人觉得这个荒诞的事情确实可能发生。

"你把事情办成了，我立刻就完蛋？"路明非试探着问。

"听好，交易条件是这样的，你将面对的敌人是龙族的'四大君主'，青铜与火之王、天空与风之王、大地与山之王、海洋与水之王，那么，我可以接受你的召唤四次。现在我成了你的召唤兽，但每一次召唤，会耗费你四分之一的生命……"

"太狠了吧？召唤你出来说说话就花四分之一生命？你说话那么好听我非要听你说？"

路鸣泽无奈地叹了口气："我的意思是，你要求我做的事情我做到，我才收取报酬。如果我没有做到，自然什么都不收。"

"你靠得住么？"路明非斜眼看他。

"我已经帮过你不止一次了，Show Me The Flower，用起来还不错吧？就是你自己没抓住机会。不过你也不必存什么侥幸，当我们的契约结束，我自然有办法收取你的生命。"路鸣泽淡淡地说，"重复一遍我们的契约，我给你四次召唤我的机会，帮你实现四个愿望，当所有愿望被实现之后，或者当你在这个世界上感到孤独的时候，我服务于你的契约就解除，你的生命归我所有。"

"你说……我在这个世界上感到孤独？"路明非一愣，"这算什么条件？你说我孤独我就孤独了？"

"不，我说了不算，你说了算。这个条件，只有在你亲口承认你觉得孤独的时候才生效，不是一般的孤独，是绝望的……孤独。"路鸣泽说，"可以么？"

"我说才算是吧？听起来还行。"路明非哼哼，"你倒不像个奸商。"

"准备接受了？那就把手伸出来。"路鸣泽无声地笑了，"几千年了，你在别的事情上糊涂，在这件事情上从未答应过我。这个叫诺诺的女孩改变了你那么多么？让你愿意付出这样惨重的代价，连底线也放弃？"

"开玩笑，你以为我傻子？我用完三个召唤权打死不用第四个不就得了？其实我只要用一个就得了，我只是要你帮我应应急，你当我很想见你？没事儿就召唤你？魔鬼兄，成交不成交，快啊！"路明非伸出手，死死咬着牙。

不知道为什么，他在害怕，怕得就要颤抖起来，好像自己真的要失去什么了。

可他也怕自己会坚持不住把手收回来，收回来，诺诺就死了。他希望快点完成这个交易，把后路给断了，没了后路也就不用怕什么了，谁说的来着？想要翻过一堵高墙，最好的办法是先把自己的帽子扔过去，这样你自然就有了翻墙的决心。

"权力是让人着迷的东西，当你试过拥有权与力，你就很难回头了，哥哥……你进我的圈套了！"路鸣泽伸手，响亮地拍在路明非的掌心，"这就是我们的契约，成交！"

"哥哥？"路明非呆呆地看着这少年的双瞳，瞳光如熔化的金水般灿烂。

在他记忆里，路鸣泽，就是现实里那个胖胖的表弟从未这样称呼过他。路鸣泽会躺在床上大声说，路明非，你别占着电脑了，我还要聊QQ呢！路明非，你去冰箱里拿罐可乐给我喝。路明非，你别靠在我的羽绒服上，你让开让开让开……哥哥？听着真是陌生啊，可又很熟悉，很自然。

这个世界上，也许只有这个魔鬼，真心实意地喊自己哥哥。

"The Gathering，秘籍解封，效果是提升你使用言灵时的精神力量。"路鸣泽拍打路明非的额头。

"NoGlues，秘籍解封，你的对手将无法使用言灵。"又是一记拍打。

"这算什么？灌顶传功？"路明非脑门被拍得生痛，感觉路鸣泽是个给他贴狗皮膏药的江湖郎中。

他懂 The Gathering 和 NoGlues 两句，在星际争霸的单人游戏里，都是作弊秘籍，跟 Black Sheep Wall 一样，但功能不同。

"言灵，这就是你的言灵。"路鸣泽说。

"别人的言灵都是那种听起来跟圣咏一样拉风的龙文，我的怎么尽是些英文？"路明非觉得这简直就是小孩子过家家，"还都是作弊秘籍。"

"只要能施法，你还在乎到底是用魔法杖还是报纸卷？对了，这两条都只在短期内有效。不过还有一个你是可以一直用的，因为那是你自行解封的。"

"哪一个？"路明非愣住。

"不要死。"

"我也不想死可这也得由我啊。我问你哪一个言灵是我自己解封的。"

"你的言灵就是，不，要，死。"路鸣泽说得很慢很慢，好像那三个字每一个都是密宗法咒，"你来里之前一直大喊的就是，不要死不要死不要死。你很想那个女孩不要死，对吧？可是你有愿望，却没有力量，就像法力槽空掉的虫族皇后。不过现在你可以用了，使用 The Gathering 之后，你的法力槽会瞬间涨满。你将拥有足够的力量去操控生命。这是你的权力。"

"怎么还有中文版言灵？"

"其实法文德文希伯来文的言灵也不是不能存在，但是你只懂中文和英文，所以不要想其他的了。"

"有没有……使用说明书什么的？"

"没有，说出来就可以了，本来就是作弊技，作弊需要说明书么？"路鸣泽白了他一眼，"最后是任务提示，对于初代种，能造成伤害的，只有炼金武器，而且得是最强的炼金武器。"

"顶级装备？可是作为一个还没出新手村的英雄，我还没有机会去下什么高级副本拿那种武器啊。"路明非无奈地说。

"不用刷副本，这件武器就在你的新手包里，就是叶胜找到的那个匣子，那里面是一共七柄致命的武器，由诺顿在公元开始的时候亲自铸造。按照炼金术的说法，他用火焰杀死了金属，又使之复活，灌注进精神元素重组，从而铸造出足以杀死龙族的武器，当然也能杀死他自己。它的名字是'七宗罪'。"

Chapter 10
Seven Deadly Sins

"你不要欺负我没读过《圣经》，七宗罪不是基督教的概念么？"

"人类的宗教人类的神话，都是假象，都是为了掩盖史前被埋葬的龙族时代。别问太多，记着就好！"

"哦哦。"路明非点头。

"七宗罪的七柄刀剑，分别以Superbia、Invidia、Ira、Acedia、Avaritia、Gula、Luxuria命名。不懂没关系，都是拉丁文，中文翻译成傲慢、妒忌、暴怒、懒惰、贪婪、贪食和色欲。不过翻译之后宗教神秘感就没了，姑且这么叫吧。"路鸣泽说，"龙王诺顿是愤怒的君主，他认为龙族的没落是因为七宗罪孽降临在龙王们的身上，所以他打造了七柄武器，分别审判这七种罪恶。每柄武器的效能不同，用对了事半功倍。"

"稍等稍等，八位龙王他打造了七柄武器去审判，这不是连自己的弟弟也要砍？感觉他很爱他弟弟的。"

"他爱不爱他弟弟和是否审判他弟弟的罪孽是两回事，这就说来话长了，龙王们的世界观你可以暂时不用理解。因此这七柄武器里面并没有特别克制诺顿本人的，如果非要说的话，这个眼下暴怒的诺顿，用暴怒来砍他是最好的。不过其他几把也能对他造成伤害，随便使吧，砍人最重要的是勇气，跟武器没关系。"

"懂了，不过我还没有选修格斗课，以前用过的刀除了铅笔刀就是菜刀，希望能抡得起来。"

"你是在跟我谈刀法这件事么？不需要刀法，抡圆了砍，在绝对的力量面前，技巧都是多余的。"

"怎么感觉这话龙王跟我说还比较对一点？"

"确保万一，再送你个赠品吧，你可以短时间内复制一个言灵能力，不能是太高阶的，太高阶你还控制不了。随便选一个吧。"

"恺撒的，可以么？"路明非想了想。

"恺撒的？你确定？比起恺撒序列号59的'镰鼬'，楚子航序列号89的'君焰'可是更有杀伤力的言灵哦。"

"总要大概知道才能照猫画虎吧？"

"好，'镰鼬'对你也解封了。"路鸣泽轻拍路明非的额头。

电光石火般，某些画面在路明非眼前闪过，可他捕捉不住，只是不由自主地惊悸。

"去吧！路明非！审判吧！这是你的舞台了！"路鸣泽忽然大吼，很难想象一个大孩子会发出那样威严的声音，让人每个毛孔都收紧，仿佛为了避开那股凶戾的寒气。

但他同时做了一件再恶作剧不过的事情，他飞身上前，一脚把路明非踹下船舷！

"说好不再推的！"路明非向着漆黑的水面坠落，大喊。

"这次是用踹的！"路鸣泽笑嘻嘻地说。

路明非自黑暗中睁开眼睛，再次看见那张苍白的脸，和漂浮在水中的海藻样的红发。

隔着一块直径二十厘米的玻璃，他感受那女孩的死亡。

"我说过我会罩你的了，收人做小弟，总有点代价的。"言犹在耳，可她再也说不出来。

还真是蛮喜欢她的，不过应该也算不上爱吧？就像路鸣泽说的，他还没有机会去爱这个女孩，甚至没有机会去了解她，喜欢的只是她的漂亮和狡黠。

她也知道的吧？她能通过侧写猜出一间老房子原来的主人，又怎么会不知道谁喜欢自己呢？

不过就像路鸣泽说的，他俩之间就像火星到地球那么远，何况还有恺撒呢。恺撒很好，含着银行保险库钥匙降生的贵公子虽然有点傲气凌人，却并非什么纨绔子弟，是个有担当的家伙，配得上诺诺。他对诺诺也很好，跟诺诺在一起也很合适，甚至是他包容诺诺更多。所以这事儿从头到尾也就没有他路明非什么事，跟陈雯雯和赵孟华之间没他什么事一个道理。

可是，还是想要她活着，哪怕支付再高昂的代价，哪怕救回来的是别人的女孩。

路明非把手按在舱门上："Black Sheep Wall！"

咔哒，轻微的响声，门锁开启。

他踹在舱门上，水流以几个大气压汹涌而入，那个瞬间，路明非竟然轻盈地从水流的缝隙中脱身而出，抱住了诺诺。

他脱掉了自己身上的半硬式潜水服，只剩下紧身的湿衣，他抱住诺诺，诺诺的身体冰冷，路明非感觉不到她的体温。

以前要是他这么抱着诺诺，诺诺一定会飞起一脚把他踹翻，可如今他随便占便宜，她都不会以任何方式回答了。

"可我不喜欢没温度的女孩啊，"路明非轻声说，"The Gathering！"

心中深不见底的黑暗中，一双黄金瞳缓缓张开，电光石火般的画面在他眼前闪动，那些仿佛墨线勾勒的、凌乱的线条蛇一样扭摆，组成一幅幅画面。巨龙在临海的山巅上展开双翼，世界树生发，树顶的雄鸡高唱，海中的巨蛇翻滚，惊涛骇浪中漂来的孤舟上，女孩的眼神孤单。

为何那么孤单？是谁那么孤单？那熟悉的眼神很像诺诺，却也很像另外的某个人。

路明非把诺诺紧紧地抱在怀里，像是要从她的身体里压榨出最后一丝温度，来证明她还活着。

他仰起头，隔着千万重的水仰望天空，幽幽地吐气，暗蓝色的气，像是从幽冥里借来的火。

他再深深地吸气，像是要把整个世界吸入胸中，某种不可见的气息在那一刻之间千万倍地膨胀，呼吸天地，吞吐世间。

"不要死。"他轻声说，如同王座上的君主下达了一道赦免令。

他要这个女孩活下去，为此可以违背法律可以倒行逆施，代价无所谓，只要从死神的手里把这个灵魂抢回来。

管他四分之一或者三分之一的灵魂或者生命，都不要紧，就让那个该死的契约生效好了。

世界仿佛停滞了一秒钟，路明非清晰地感觉到什么东西以他为中心四散而去，在庞大的球形空间里，结成了"领域"！

弥散在江水中的、墨烟般的血忽然一震，被神秘的力量吸回了诺诺的伤口里。

路明非不敢相信自己的眼睛，他搞不清这个言灵到底是救人还是扭转时空，眼前的一切就像是倒放一卷录像带。

插在诺诺心口中的尾刺剧烈地颤动着，龙王一直没有拔出这根尾刺，可能只是要看这个女孩痛苦而缓慢地死去。但他意识到有什么不对，正试图彻底撕裂这个女孩。

"混账。"路明非说，口吻平静。

他抓住诺诺心口处的尾刺，全身骨骼发出爆裂的响声。他掰断了尾刺，把它随手丢在江水里。疼痛令龙王怒吼，但他不是立刻进攻路明非，而是抽回长尾迅速地远离。

不知为何路明非确信自己能做到这件事，此刻他血管里涌动着巨大的力量，灼热得像是岩浆奔流。

他不再是那个缩头缩脑的男孩，不会动不动吐槽，不会大惊小怪。他是控制者、权力者、发号施令者。

诺诺胸口的伤口并未再度出血而是高速地愈合，她仍旧阖着眼睛，却已经恢复了呼吸，因为路明非把备用的呼吸面罩扣在了她脸上。

路明非伸手按住诺诺的伤口，低头看着她那张宛如沉睡的脸，像个孩子。

"喂喂，还不是你睡觉的时候啊，危险还没解除呢！不过真的想睡那就睡吧，剩下的事交给我。"路明非看着远处游弋的模糊龙形忽然舒展开来，以极高的速度消失了。

他当然不会觉得龙王断了根尾刺就回家养伤了，这家伙攻击的习惯似乎跟大白鲨接近，总是隐藏在死角里忽然发动进攻的。消失，是进攻的前奏。

但路明非并不慌乱，跟路鸣泽交易之后他似乎失去了某些情感，比如恐惧。他重新把诺诺塞回了那件半硬式潜水服里，帮她开启加压阀，看着高压气体把面罩里的水排空。

他拧开了潜水钟上方连着钢索的螺栓，潜水钟缓缓地沉入江底，路明非把诺诺挂在了那根钢索上，然后猛力地扯动它。

"摩尼亚赫"号上的人会收到这个明显的信号，收回潜水钟也许需要几分钟，但是收回一个穿着半硬式潜水服的人顶多半分钟就够。

恺撒猛地睁开了眼睛，他记不得自己什么时候昏迷的了。

唤醒他的是手上传来的力量，吊着潜水钟的钢索还在他手里，在昏过去之前，他紧紧地抓住了这根钢索，这样一旦水下有动静他会第一时间知道。

原本升起潜水钟的当然是一个电动绞盘，"摩尼亚赫"号不是那种简陋的渔船，但此刻动力系统全完了，恺撒惊喜之下只能手拉。

零跑了过来，后面跟着大副和二副还有好几位学生会的干部，明知道这条船随时都会爆炸，却还有这么多人没有撤离。

"他们回来了！回来了！"恺撒惊喜地呼喊。难得少有，这位贵公子卸下了冷峻的外壳。

潜水钟是个沉重的大型设备，理论上说单凭人力是不可能拉动的，但出乎预料，所有人合力之下，钢索被快速地提出水面，远不像是下面挂了个潜水钟。

"船上的兄弟真靠谱啊。"路明非仰望着升起的诺诺。

这就对了，按照这速度，残余的氧气足够支撑到诺诺到达水面。

但路明非自己并没有搭这趟顺风车，他看向自己脚下，深水中有金色的光在流动。那当然不是水底的财宝，而是龙王身上的光焰。

他移动到了路明非的下方，坦然地暴露了自己的位置，这是已经做好了进攻的准备。

路明非知道鲨鱼也是这样的，隐藏在深水里，忽然浮起，对着游泳者的双腿咔咔两口，防不胜防。

根据路明非所知的资料，那家伙的速度不下五十节，比鲨鱼还快，路明非不相信自己能逃掉，那家伙的智慧比人还高，撕咬力量可以比得上尼罗鳄。

事实上拿现存的生物乃至人跟他对比都是很愚蠢的，那是神话中的东西，是神也是魔鬼。

"好吧，其实我也猜到了，你没那么好对付。大家最后还是免不了你死我活。"路明非说，"NoGlues！"

第二条言灵，用命交换回来的特权。

磅礴的力量在身体深处爆发，散发出去结成了新的、庞大的领域，连下方的龙王都在他的领域之内。

龙王身上的光焰忽然减弱了，龙王的力量竟然真的被那条作弊口令限制了，他被强行地剥夺了操纵金属和火焰的特权。

龙王暴躁地扭动，却无法摆脱那股力量的束缚。

"来吧，只剩你和我了，没有言灵，就像骑士们的决战。"路明非轻声说着，松开身上的安全索，让那个沉重的匣子坠入水中，他自己则因为失去了重物加速上浮。

身边的水流忽然激荡起来，龙王正高速接近，他失去了言灵，但仍有巨大的身躯和无与伦比的暴力。

那个匣子跟他擦肩而过的时候，巨龙也回首看了一眼那个东西，但还是义无反顾地扑向了路明非。

那是他亲手铸造的武器，他也深知那武器的威能，但那应该是他在人类形态下使用的武器，而如今他已经获得了庞大的龙躯。

路明非打了个响指，下沉中的匣子带着高亢的龙吟声开启，七柄刀剑如扇面般打开。它们的形制在世界各国的名刃中都能找到，沉重的斩马刀、曲刃的亚特坎长刀、古雅的直刃剑、危险的解腕尖刀……但它们比人类历史上出现过的那些仿制品更威严、更精美，也更残暴。

这些武器根本不像是两千年以前铸造的，那么崭新，刃口上流动着彻寒的光，感觉铸造它们所用的那炉钢水都还是滚烫的。

刀剑的表面上都铸造有繁复深奥的花纹，它们真正的力量从那些花纹中来。

路明非缓缓地握拳，他也不知道自己为何要这么做，但他本能地觉得这样就能召唤出那些武器来。

七柄刀剑同时巨震，仿佛七条活龙在呼吼，震动持续了片刻之后，三道暗金色的流光从匣子中脱出，螺旋上升，速度远比龙王扑击的速度更快。

三件武器围绕着路明非旋转，亚特坎长刀、直刃剑和一把短小的利刃，看起来倒像是日本武士佩带的名为"肋差"的短刀。

"见鬼！暴怒居然没有召唤出来！"小魔鬼的声音在路明非的脑海里骂娘，"这倒是有点麻烦！"

"这些都是什么？"路明非问。

"你召出来的是饕餮、傲慢和色欲，都不太对症，不过凑合着用也行。"小魔鬼叹口气。

"色欲么？"路明非凝视着那把"肋差"般的短刀，"倒像是用于自杀的武器。"

"自宫也很好用的，所以是色欲。抓紧点吧哥哥，对方可不是什么二流角色，那是青铜与火的主宰!"

龙王已经扑至,挟着垂直上涌的狂涛骇浪,唯有置身其中才能真正体会那造物之力的宏伟,人类被裹挟在其中,像是蝴蝶被卷入风暴。

路明非忽然伸手,闪电般抓过那柄名为"饕餮"的利刃,横挥出暗金色的弧光。流畅已极的挥砍,却也正如路鸣泽所说只是抡圆了砍,不属于任何经验凝结而成的武术。

龙王巨大的首部竟然因为那记挥砍偏转,路明非准确地斩击在他前突的独角上,却未能将之斩断,独角上流动着金属般的光芒,浑如斩金切玉的利刃,根本不像是生物体的一部分。

路明非自己也被那排山倒海之力震退,在水中他没有落脚点,根本就是随波逐流的状态。

但他并未惊慌而是凝视自己手中的"饕餮",这柄形如亚特坎长刀的利刃正剧烈地震动着,不是金属震鸣,像有一颗心脏在里面跳动。

这柄武器苏醒了,开始呼吸了,露出了狰狞的爪牙,它像是熔化的钢水那样延伸和变形,当它的真实形态展现的时候,已经跟现世中的武器截然不同了。

龙王的扑杀再次到来,长角横扫,细长却有力的颈部就像握着纤细利剑的手臂。作为青铜与火之王,水域并非他擅长的战场,但以巨龙的形态,他远比人类有着行动上的优势。

路明非再度伸手,抓过了"傲慢",它跟"饕餮"一起挡住了龙角的扫击。路明非纸鸢般翻转,刀锋剑锋如风车般旋转,在龙王的下颌处开出了巨大的创口。

但龙王转身就挥出了长尾,路明非掰断了龙尾末端的骨刺,但长尾上的骨刺和鳞片就能给人造成被巨型齿轮切割般的伤害,路明非双手武器一起格挡,即使在水中也有明亮的电火花闪灭。

"有点客场作战的感觉,我来想想办法!"路鸣泽的声音如在背后。

水体剧烈地震荡起来,湍流围绕着路明非生成,路明非忽然间就获得了水流的助力,随着他的意念,汹涌的水流就把他推向某个方向。

这只脆弱的蝴蝶终于在水中稳定住了自己,"傲慢"和"饕餮"就是它的双翼,每一次挥舞都是一场利刃风暴。

一人一龙翻转着搏杀,宛如御风飞翔,水面上波涛汹涌,"摩尼亚赫"号上的人都呆了。他们不是刚刚击杀了龙王诺顿么?难道还有更强的对手将要破浪而出?

战斗激烈但是时间却极短,瞬息间人和龙都受了重伤,水中弥漫着金色和红色两种鲜血。

路明非大口地喘息,他也不知道自己为何能在水底喘息,他似乎获得了水下呼吸的能力,但这个能力并不在路鸣泽的承诺中,也许是什么附送的小礼物吧?

Chapter 10
Seven Deadly Sins

大量的水从他的嘴里进入再从锁骨下方自行出现的裂口中涌出，源源不绝地向他供应氧气，他看了一眼自己被龙鳞犁烂了的胳膊和腿，情绪稳定。

他现在正在做的事情换作平时的他早就吓蒙了，可他已经失去了恐惧的情绪，凭空增加了凶猛和冷漠，这时候居然还能思考自己的生还几率。

应该算是势均力敌，但是越往后他的优势越小，因为身体已经开始疲倦了，毕竟是从未磨炼过的身体，就算向魔鬼借力也有极限，而巨龙是不会疲倦的，巨大的身躯赋予他极大的优势。

巨龙再一次消失了，也许接下来的就是最后一击了，还是那种突击战术，就像大白鲨。

路明非仰头看着上方，看不到星月，人类所谓的"世界"跟他之间隔着八十米厚的水。八十米，说起来也不是那么大的数字，可这里寂静得就像外星球，照亮他眼睛的只有手中的利刃。

他忽然又想起诺诺说的话来，诺诺说真正挑战潜水者的是孤独，潜得越深你越有一种自己会默默地死在这里的觉悟。

其实这个地球上没了他路明非真的没啥大事儿吧？对多数人来说这个悲伤的消息只会维持到晚饭前的新闻联播，少数人会为他难过，但是他们也可以找到安慰他们的人，渐渐地康复。

真正会郁闷的也许是芬格尔吧，再也没人陪他吃夜宵了，空空的寝室里他独自邋遢，甚至没听说过他有家人。

这么想着的时候，路明非自嘲地笑了笑。

"哥哥，看你的表情莫非有点难过？"小魔鬼的声音在脑后响起，"正在努力拯救世界的那个人，居然是世界并不缺的那个人。"

"如果对世界绝望的话何不便宜了小弟我？"他又说，"你只要说出绝望两个字，我们立刻完成全部合同。"

"绝望个屁！我还没有过女朋友，还没过过不狗的情人节，世界那么大，总有没有主的女孩子喜欢我吧？"路明非仰望，"为了将来会喜欢我的姑娘，也得把龙王干掉。"

"呵呵，你是怕你放弃了，上面那些人都会死吧？那就战斗吧，记得不要攻击龙的本体，龙首上那个像装饰物的玩意儿才是他的要害。"

"猜出来了。"路明非再度吐出幽蓝色的气息。

言灵·镰鼬！领域全开！

世界在他耳朵里忽然变了模样，周围庞大的领域内，一丝一毫的声音都进入他的脑海，水流的摩擦、鱼的心跳、气泡幽幽地浮起，寂静如死的深水忽然热闹得像是锣鼓喧嚣的舞台。

他居然能够体会到恺撒那个神奇的言灵，不得不说这个言灵的效果令他整个人为之振作。

锣鼓喧嚣，群鸦飞舞，放大之后无处不是滔天巨浪，仿佛置身于一场大海啸中，而巨龙就藏身在这场海啸的某个巨浪中，浪花破碎的那一刻，就是路明非的死期。

"听不清！我听不清！"路明非大吼。

言灵固然神奇，但使用这个言灵却要经过艰苦的培训，路明非并不知道恺撒在这个言灵上花过多少时间。

"集中精神。"路鸣泽的声音在虚空中回荡，"想想这么做的理由。如果那个理由足够强大，你就能做到。"

路明非苦笑，这魔鬼也真是靠不住，这种时候不传授使用"镰鼬"的技巧，跑来讲这些鸡血话。

他能有什么强大的理由？他根本不觉得这个世界的好坏跟他有关系，这个时候他早该抱头鼠窜了，只是看不过某个女孩表现得太过仗义，只是不想让那么仗义的她死掉了。

这个理由够不够？

说起来他总是这样，会为了某些不切实际的目标搭上一切，比如日复一日地等着陈雯雯上线，再比如默默地跟自己说要保护那个红头发的女孩。

仿佛火星上种着一枝花，他是那个用望远镜默默看花的小孩，火星上的花跟他一点关系都没有，可对他很珍贵，因为他在意那朵花，因为他除了这份小在意一无所有。

够么？不够么？

锣鼓喧嚣，群鸦飞舞，"饕餮"和"傲慢"尖锐地吼叫，路明非闭着眼睛，静静地浮在黑色的水中。

他的心很静了，静得像是夏天的傍晚，日落之前海鸥满天的海边，啊不，"镰鼬"满天的海边，白浪抚摸着沙滩。

天色晚了，"镰鼬"们要归巢了，孩子等着晚归的最后一只"镰鼬"，带来远方那枝花儿的消息。

太阳西沉，大海苍红如血，层层叠叠的大浪中藏着怪物。

来了！来了！那怪物来了，带着他闪光的尖角，那是绝世的利剑！

最后一刻，那只离群的"镰鼬"也回来了，带回了远方的消息……这一刻世界在孩子的脑海里全部解析……这一刻他看到火星上的花盛放！

路明非双手刀剑在水中切出雷鸣般的吼声，同时他被正面撞击了，像是被一颗炮弹击中，五脏六腑都翻腾起来。

"饕餮"和"傲慢"都斩中了龙王诺顿的本体，那个奇怪的、仿佛寄生虫的家伙就长在龙的脑颅里，像是一个闪光的船首像。

路明非要定位的是这家伙的心跳，以他现在的状态如果迎上的是龙的利爪或者尖角，那几乎是必死的结局，但锁定心跳之后，路明非直取巨龙的要害。

毕竟只是融合，而不是直接孕育，龙王唯一的弱点，就是他本身。

那条危险的长尾也不敢伤害龙王本身，在周围摇摆，像是翻滚的海蛇。

路明非和龙王本体四目相对，路明非想要发力切断那具闪光的身体，但这个时候他终于看到了龙王的真面目。

跟小魔鬼交易换来的镇定、凶狠和君主般的淡定都在此刻崩碎，路明非瞪大了眼睛，大吼说："老唐！老唐！怎么是你？你还记得我么？"

他忽然想清了这一切的因果逻辑，其实龙王康斯坦丁的目标一直都是老唐，老唐是他一直在找的哥哥。

为什么老唐后来一直没有回复他的信息，因为那一夜龙王诺顿在愤怒中觉醒了，从此世间再也没有老唐这个人。也是那一夜他愤怒地焚烧了森林离去，返回青铜城要重登他的王位。

在青铜城里悄悄尾随他们想要杀死他们的也是老唐，那时候他还没有和龙侍融合，他似乎畏惧着什么，所以没有直接动手，而是选择把他们跟青铜之城一起毁灭。

他跟老唐在网上一见如故那么投缘，大概是血统之间的召唤。

龙王不回答，那双狰狞的黄金瞳瞪着他，暴怒凶狠，没有一丝故人相见的喜悦，或者悲伤。

"老唐……你怎么搞成这样子？"路明非伤心了，一瞬间又变回了那个无力的孩子，他语无伦次，"你怎么连衣服都不穿？"

他失去了决胜的机会，龙王忽然抬手掐住他的喉咙，缓缓地发力，要捏碎他的喉骨。

路明非说不出话，也无法发力，脸色渐渐泛起苍白。

龙王双肩震动，硬是把砍进来的"饕餮"和"傲慢"崩了出去，坠入江水深处，他把路明非拖到自己的身前，冷漠高傲地凝视着这个将死的英雄。

巨龙在大江中翻滚，仿佛御空飞行，他们跟着翻滚，不知去向何方。

路明非想起他们本该在美国州际高速公路上坐着灰狗一路前进，高唱着难听的歌，同样不知将去向何方。

老唐说过走到哪里算哪里，看到好看的地方他们就下车转转，买当地的热狗蹲在汽车的尾气里吃，等下一辆灰狗来，带他们去更远的地方。

"哥哥啊，你总是那么心软。"有人叹气，哀其不幸怒其不争的感觉，"好吧，答应你的事，我帮你做到。"

路明非忽然伸手，抓住了黑暗中的一点金色流萤，是那支名为"色欲"的小刀，他一开始就放弃了这把武器，小刀却一直伴随在他旁边。

"不不！"路明非想说，但他说不出话来，因为此刻他并非自己身体的主人。

路明非双手搂住龙王，把"色欲"从他的后心插入，片刻之后，浓腥的金色鲜血从龙王背后涌出，血液里带着火的亮光，像是金色彗星的长尾。

"'肋差'当然是自杀的武器，但也是武士近身时的爪牙。"路鸣泽轻声说，"当'肋差'被拔出来，敌人和自己必死一个。"

路明非重新获得了身体的控制权，也恢复了呼吸。龙王再加一把力就能捏碎路明非颈椎，但他连这点力气也没有了。

不知过了多久，他们悬浮在江水中，龙王的金色瞳孔渐渐地黯淡，无神的铅灰色眼睛仍旧和路明非对视。

"对不起……我不是故意的。"路明非的声音带着哭腔，"我真不是故意的。"

他把腰带解开，腰带上还挂着沉重的铅坠。腰带下沉，他缓缓地上浮，距离龙王越来越远。

金色的血在水中弥漫，漂得越远越黯淡，沉重的龙躯慢慢下沉，龙王那双铅灰色的眼睛始终望着路明非，但也许是想再看看天空。

恺撒用尽力气把诺诺拖出水面，那一瞬间，他海蓝色的眼睛里着火一样亮。他扑过去紧紧地抱住诺诺，微微颤抖。

"医生！医生！"他对着四周大吼，"急救包！需要急救包！"

提着急救箱的人冲了过来，所有人围绕着诺诺，恺撒一刻不停地为她按压心脏、做人工呼吸，随船的医生忙着为她检查伤口，她胸前那道巨大的伤口实在太骇人了，谁也不敢确定她的伤势，也许她根本就是个死人了，只是恺撒不愿意放弃。

"没事了，她的呼吸脉搏都很稳定，"有人说了风凉话，"就算自己的女朋友，也不用抓紧时间又摸又亲。"

恺撒试了试诺诺的脉搏，脉搏果真是稳定的。说风凉话的是零，俄妹怀抱双手站在一边，这倒是很符合她的人设。

"她的伤口没事，看起来很吓人，但没有贯穿到内部，脏器没有受伤。"船医也说。

恺撒有点尴尬，以他的经验应该不会犯这样的错误，实在是诺诺被从潜水服里拖出来的样子太吓人了。

"还有人！"有人指着不远处高呼。

路明非只穿一身黑色的湿衣，湿衣有微弱的浮力，他漂在江水中，呆呆地望着天空。

"她醒了！她醒了！"有人大喊。

诺诺慢慢地睁开眼睛，仿佛从一场大梦里醒来。恺撒惊喜地搂住她，诺诺盯着他看了许久，似乎终于认出了他是谁，伸手拍拍他的面颊，笑笑。

"你在这里啊。"诺诺醒来的话有些难解。说完这句话之后，她再度昏厥过去。

恺撒把她的头抱在怀里，闭上眼睛，他这么做应该是为了掩饰眼里的湿润，但还是没小心挤出了一滴泪来。

片刻之后，几乎所有人都鼓起掌来。如果这是一场戏剧，那么"摩尼亚赫"号就是被聚光灯照亮的舞台，男女主角到了相拥亲吻的那一刻，这是暖心的结局。

灯光之外，有人默默地看着这一幕，陪着一起笑了笑。

酒德麻衣举起红外望远镜，望向白汽中，隐约有什么东西浮起在江面上，奋力向着对岸游去。

"被'风暴'鱼雷正面命中都没事，大概真的只有'暴怒'才能杀死他吧？"酒德麻衣赞叹，"龙王的生命力真是强得恐怖……不过，到此为止了！"

暗红色的子弹滑入枪膛，撞针激发，细长的火焰在枪口一闪而灭，子弹带着刺耳的尖啸射入白汽中。

酒德麻衣把狙击枪丢入江中，摸出手机："任务完成，青铜与火之王诺顿陨落了，路明非幸存。"

此时此刻幸存的路明非仍漂在江里，真的是吃奶的力气都用掉了，连游到船边的力气都没有了。

恺撒抱起诺诺就急匆匆地走了，应该是赶紧安排救生艇送诺诺上岸，船医跟着去了。不过他倒也并非不管路明非，用手势跟路明非确认了情况，路明非也以手势回答说自己没事。

船医临走的时候给路明非丢了一个带绳索的救生圈，本该有个人负责把他拉回来，但没指定某个人，而学生会的干部们当然是要追着恺撒的。

结果江水又把救生圈推远了，路明非只能苦笑。不过他也没那么介意，他的思绪还沉浸在那辆开往远方的灰狗上，愿意一个人静静。

不过最后的最后倒也还是有人管他的，零居然没走，她从前舱里出来的时候，身上已经是连体式的白色泳衣了，头发也扎了起来。火光里身形窈窕，小腰盈盈一握。

也不知道她哪来的镇定，分明脚下的船正烧得起劲，下水救人之前还不忘换衣服整理头发。

俄妹也没有跟路明非废话，一个猛子入水，跟拖一具浮尸似的把他拖回船上，那利落的身手，要是在《水浒》里怎么也该有混江龙、三峡白条一类的诨名。

"谢谢啊。"路明非说。

"不谢，请我吃饭就行。"零把他丢在甲板上。

言灵·烛龙

序列号：114

血系源流：青铜与火之王

危险程度：灭世

发现及命名者：尼古拉斯·弗拉梅尔

释放者经过极长时间的冥想和吟唱，把周围环境中的火元素全部引燃。

这是掌握火元素的究极技巧，如同大师在手中把玩精巧的打火机，但那只打火机的火焰就像是巨龙吐息。

纯粹的火之暴力，能够焚烧一座城市或者烧干一条河流，甚至能够引爆地底的岩浆，令群山喷射。

必然引发大范围的元素风暴，造成恐怖的大灾难。

命名原则是根据中国古代神话中的神明"烛龙"，它被认为是太阳的化身。尼古拉斯·弗拉梅尔可能从某些源自东方的古籍获知了这种神话中的生物。

《大荒北经》："西北海之外，赤水之北，有章尾山。有神，人面蛇身而赤，直目正乘，其瞑乃晦，其视乃明，不食不寝不息，风雨是谒。是烛九阴，是烛龙。"

清·俞正燮："烛龙即日之名。"

"火种！能烧掉世界的火种！"
——尼古拉斯·弗拉梅尔

尾声
Afterward

　　白色的骨瓷杯里，是泛着金色光晕的茶，旁边的骨瓷小碟里，是洒了点玫瑰露的松饼。

　　卡塞尔学院，松林中的校长办公室，隔着一张宽大的茶桌，路明非和昂热校长喝着下午茶。

　　被校长邀请喝下午茶，是卡塞尔学院比奖学金还要让人眼红的荣誉，只不过路明非被纱布缠得像个粽子似的，只露出两只滴溜溜的眼睛，好像《生化危机》里的电锯僵尸大婶。

　　"是维多利亚时代流传下来的英伦好传统，"校长说，"试试大吉岭的二号红茶，非常棒的。"

　　路明非端起骨瓷杯喝了一口，说真的喝不出来好坏。

　　他四下打量，校长办公室真是一栋别致的建筑物，整个就是个书架。

　　它的一楼二楼是打通的，屋顶中央是一扇巨大的天窗，镶嵌着磨砂玻璃，落满了去年秋天的树叶也不清扫，下午的阳光非常好，照得路明非身上暖洋洋的。

　　四壁都是书架，摆着成套的精装本和古籍拓印本，贴着书架的楼梯和平台高高低低，方便人在这个巨大的书架屋爬上爬下。

　　"喜欢我的办公室？"校长神色得意。

　　"嗯。"路明非点头。

　　"第一学期的GPA是4.0，这是正式的成绩单，我兑现了承诺。恭喜你，历史上实习课拿满分的人可不多。"校长把一只信封贴在桌面上推向路明非，封口上有导师古德里安的花体签名。

　　"别人的实习课都做什么？"

　　"看情况，如果恰好有龙族苏醒，就会被编入某个行动之中。要不然可以去挖掘一下龙族遗迹，真没什么可安排的，就去芝加哥动物园当义工照顾鳄鱼池。"校长说，

"你运气好,有这样的好机会。不过得补一下实习课论文,我帮你想了一个题目,'论四大君主的双生子佯谬'。"

"听起来超有深度,我怕写不出来。"

"没那么深,你通过实践证明了一件我们长期以来的猜想。龙族初代种的四大君主,其实一共是八位龙王,每个王座上都坐着一对双生子。初代种由黑王尼德霍格直接缔造,他为什么要采取这样的方式? 是为了在每个子系中都有一对双生子为王,以便互相钳制么? 或者这是为了在他牺牲一个重要子嗣的时候,还有备份存在?"

"还是很学术,其实我干的都是力气活。"路明非挠头。

"看得出你有问题,那就问吧。"校长双肘撑在办公桌上,身体前倾,看着路明非。

路明非想了想,抬起头来:"龙王……为什么看起来像人类呢?"

校长点点头:"你以前想来,所谓屠龙,大概是杀死一个大怪物。可是龙类以人类的面貌出现在你面前,正常人都很难不对他们起同理心,你当然也是个正常人。"

一只大信封被递到路明非面前。路明非打开信封,手微微地抖了一下。

里面是一张老唐的照片,老唐跟一帮黑人和拉丁人——大概都是他在布鲁克林区所谓的好兄弟——围着桌子玩牌,背景是个啤酒馆,阳光从落地窗里照进来,老唐年轻的脸上一抹明亮。

"他的真名是罗纳德·唐,当然这个名字毫无意义。据说是美国籍华裔,种族也毫无意义,从小被一个美国家庭收养。没人知道他的亲生父母是谁,后来他的养父母也过世了,一直靠着社会救济长大。他高中就辍学,住在纽约布鲁克林区的低收入社区里,接一些临时的工作赚钱,他秘密地捐款给自己待过的孤儿院,所以他总是很缺钱。"校长轻声说,"其实在你们出发前我们就掌握了他的资料,没有告诉你,因为知道你们在网上认识。"

"他怎么会变成龙王的?"

"不是变成,他一直就是。根据《冰海残卷》的记载,这对兄弟一直居住在北欧的青铜宫殿中,是统御那片疆土的类似神明的东西。诺顿和康斯坦丁也都不能算是他们的真名,只是远古人类以自己的语言称呼他们。从公元前的某一年开始,我们再也找不到关于他们的任何记载。如今看来,他们跨越了亚欧大陆,去往中国。这场迁徙不知用了多少年,他们到达中国时,恰逢王莽篡夺汉朝的政权,中国陷入战争。哥哥自称李熊,以龙族的力量,获得了占据四川的军阀公孙述的信任,捧公孙述称帝,并成为公孙述的重要臣子。"

"他们为什么要这么做? 卷入人类的事情,对他们有什么用?"路明非问,"他们就算不是神,也算个半神了。"

"不知道,必然有很重要的目的吧? 可再也没人能问到答案了。十二年后,相信是借助了某些屠龙家族的力量,皇帝刘秀击败了公孙述和这对兄弟。在被杀之前,他们制成了自己的骨殖瓶，那既是个装骨殖的瓶子，也是龙王用来繁衍新身体的茧。哥哥先行破茧，却未能恢复记忆。他的年龄看起来只有二十多岁，实际可能远远不止，在那里尚未建成水库的时候，他已经离开。不知经过什么样的途径，流落到美国，再被收养。他在美国以人类的身份生活了二十多年，也确信自己是个人类，直到被苏醒的弟弟唤醒。"

"他为什么逃走呢？"

"也许是不愿再背负自己的过去了。也许只是想出外走走，等着弟弟也醒来后君临世界。也许是尚未恢复记忆导致的不可控。"

"这些都是猜的？"

"没错，推测而已。他们已经死了，再没有人知道他们的故事。"

"他真的死了么？龙王不是不会死的么？"

"通常不会。对于高阶的龙族，只要在死前准备好自己的骨殖瓶，我们称之为'茧'，就会有机会再度孵化。你可以把它理解成巫妖的灵骨匣子，灵骨匣子才是巫妖的本体，在外活动的只是巫妖的傀儡。"校长说，"但是这一次的情况出现了异常，诺顿并未来得及制造自己的骨殖瓶。他直接和龙侍融合来获得巨大化的身体，如果他成功，我就会被火系言灵中迄今所知最强大的'烛龙'攻击，死亡的人数会无法计算，扑灭他的成本同样无法计算。"

"烛龙？"路明非问。

"编号114，极度不稳定的言灵。推测上一次诺顿释放了这个言灵，毁灭了白帝城，历史上那个真正的白帝城。导致青铜城也陷入了地下。"

"听起来好像很死不悔改的样子，他跟人类那么有仇？"路明非想到老唐最后的眼神。

"为了保护他，康斯坦丁提前孵化并牺牲了自己，毫无疑问康斯坦丁也来不及留下自己的骨殖瓶，这样他同样不能复活。所以诺顿不惜一切要为康斯坦丁复仇。"校长悠悠地说，"但即使没有康斯坦丁的死，他也不再是你的朋友了，当醒来意识到真实的自我时，他就斩断了自己和过去的一切联系。他们本就是比我们更高贵也更强大的生物，他们信奉力量的原则，残暴易怒，感情这东西对他们来说更像是负担。"

难怪是那样的眼神。也许不是老唐忘了自己，而是他已经恢复了记忆，就不再把自己看作朋友。

"可我觉得他们蛮惨的。"路明非轻声说。

校长站起身来，走到路明非背后，拍了拍他的肩膀："这是两个种族的战争啊，我们所有人，都是从一开始就站好了立场。"

路明非点点头，最后一次端详手里的照片，然后把它放回信封里，递还回去。

他不想保留这张照片，保留一个龙王以为自己是人类时明亮的笑脸，有点嘲讽。

"我们在中国闹得那么大，没惊动什么人吧？"路明非问。

"还好，江面上当时没有什么其他船只，又被蒸汽阻隔了视线。不过这个秘密还能保守多久我也没把握，只希望在登上报纸头条之前，能结束这场战争。"

"为什么要保守秘密？全民屠龙不也蛮好？"

"几千年来，屠龙家族始终不肯公布这些秘密，原因很复杂。最重要的是，谁也不想动摇人类对这个世界的理解。人类秉承着自己的信念繁衍了许多年，如果这个信念被打破，谁也不知道会发生什么。对了，我这里有封寄出地不明的信，相比起GPA4.0和校长下午茶的邀请，我想对你是更开心的事。"

他从口袋里掏出一只信封，放在路明非的面前。

一只白色的信封，没有贴邮票，更没有邮戳什么的，背面封口烫着红色的火漆。这是一种很古老的封信方式，正面则是几个娟秀的手写字："昂热校长转路明非收"。

路明非深呼吸，伸出手去的时候，手有些抖。

明非：

　　我们收到了你成绩单的影印件。你做得很好，远比我和你父亲当初都要好。

　　很希望这一刻我在你的身边，坐在你的病床上，握住你的手，让我们的英雄给我签个名。

　　但是我不能，我们所做的事情，已经做了整整十年，剩下的时间已经不多，我一旦离开，可能就来不及了。作为母亲，我是很不称职的，但是我想将来你会理解我为何这么做。

　　你已经走出了漂亮的第一步，你会成长为一个让我欣慰的儿子，也会理解我们。

　　我很辛苦地怀了十个月才生下你，那十个月和以后的十八年里，每一天我都想象着你长大的样子。

　　我把我们见面的时间定在你二十二岁那年，我是说你从卡塞尔学院毕业的那一年，我和你的父亲已经计划了很多年要参加你的结业典礼，看着我们唯一的儿子穿上学士服。

　　我们爱你，一直。

妈妈
乔薇尼

　　P.S.你爸爸一直坐在旁边看我写这封信。他在烤一只兔子，满手都是油，没法摸笔，他口述了很多话要我写给你，但我觉得都是废话，就不赘述了，唯有一句我觉得有价值的。"儿子，你十八岁成年了。如果你非要找一个女朋友，我也不好太多地管你了。"

路明非沿着折痕把信恢复原状，放回信封里，试图找个口袋把它收起来。但他没在自己身上找到口袋，只好把它插在胸前的绷带里。

"每个人都是存在于别人的眼睛里的，"校长拍拍路明非的肩膀，"有人一直关注你的。"

"嗯。"路明非点头。

"最后一件事，"校长盯着路明非的眼睛，"卡塞尔学院校规第15章第4条，参与行动的人不允许互相交流行动细节。行动完成，一切封存入档案。所以，那些你不愿告诉我的细节，也不要告诉别人。没问题吧？"

路明非一惊："什么细节？"

"从报告上看，恺撒发射'风暴'鱼雷杀死了龙王诺顿。可根据陈墨瞳的叙述，在那之后，她在水底被疑似龙王的敌人攻击了，还受了重伤。那么我很好奇，攻击陈墨瞳的是谁？ 如果陈墨瞳被攻击了，你又为什么能幸免？ 她又是如何在重伤下幸存的？ 她身上的伤口很大，但出血量异乎寻常地小，浮出水面的时候生命体征非常强。尽管有些混血种个体拥有不可思议的自愈能力，但根据陈墨瞳的档案，她并非这样的个体。"校长漫不经心地说，"但是我不想问。无论是否有我们不知道的事，或者你出于什么原因不说，我个人都相信你，所以我不问。"

"明白了。"路明非站起身来，抓了抓头。

看着他的背影走下楼梯，校长从书架上取下了一个白色的册子，那是3E考试中用到的试卷，每一页都是诡异难解的图文，可翻到最后一页，画风陡然一变，风格写实，栩栩如生。

那是一张铅笔速写，因为时间有限所以线条并不精美，但构图开阔，景物有层次，让人能够很容易地想到现实中的这一幕。

一高一矮两个男孩坐在窗台上，上面有绿色的藤蔓垂下，他们并肩眺望着远处的高塔。高的那个穿着一身校服，矮的那个穿着有些拘谨的西装和方口皮鞋，四只脚一起晃悠在窗外。

"很久不见。"校长看着那幅画，轻声地说。

他取出打火机，点燃了那个册子，看着它在壁炉里慢慢化为灰烬。

1区303宿舍，阳光洒扫着地面，芬格尔慵懒地躺在沙发上，在笔记本上键入今日校内新闻网的头条标题，"S级出院，木乃伊归来"。

新闻配图，浑身缠满绷带的路明非就坐在芬格尔对面的那扇窗前，比着老气的

"V"字手势。

"你这叫什么标题？能不能庄重一点？显我英雄气概一点？"路明非抗议。

"是部电影啦，布兰登·弗雷泽演的。"芬格尔头也不抬，"里面有成群的木乃伊，每一个外形都和你相似。"

"滚！你用了我的照片，给钱不给？"

"我千辛万苦把你炒作成学院的知名人物，你应该付我钱！用中文说，我是这间学院里最成功的网络推手！"

"扯淡！"路明非抢过芬格尔的笔记本，把页面往下拉，排行第二位的新闻是，《S级的首秀：英雄诞生还是悲剧现场》。

"通篇都写我在水底吓得瑟瑟发抖，我就是师姐身上的一个吊坠，一点用途没有不说还尽扯后腿。"路明非横眉立目，可惜他的眉毛藏在了绷带下。

"可你就是你师姐身上的吊坠好么？全程你到底做了点啥？抱着师姐的大腿说我好害怕我们放下炸弹赶快走……那还不叫扯后腿？"芬格尔叹息，"报告上都有写，讲真你这工作我也能做，做得还比你更漂亮，那么长那么直的后腿谁不想扯？"

路明非沉默了片刻："我也有高光时刻啊对不对？怎么一点没有展现？"

芬格尔叹了口气："你那种不叫高光时刻，顶多就是个微光时刻好么？发出来也不会有新闻热度的。你想想，你是这间学院新一届里唯一的S级，你要立下多大的功才能证明你当这个S级是名至实归的？就好比你是超人，你没把要倒塌的帝国大厦扶起来，而是帮老太太救了一只猫咪，完全没有新闻价值。但如果超人私底下其实是个胆小鬼，热爱垃圾食品和漫画，还喜欢隔壁的宅腐妹子，这就是新闻了。相信我没错，在新闻领域，讨论度才是关键，管他正面负面呢！"

"可是恺撒的新闻都是这种拉风的！"路明非再拉，第三位的新闻是《加图索归来，闪耀的独裁者》。

配图是恺撒端着狙击步枪在甲板上瞄准，前方的火光在他黑色的作战服上烫出一条阳刚的曲线，海蓝色的眼睛搭配上紧咬牙关的表情，说不清楚到底是阴狠还是坚毅，总之是那种会让女生尖叫的照片。

"乍看确实比你胜出很多，但你和他的路线不同，恺撒已经建立了他豪门贵公子的形象，稳住这个人设就行了。而你必须另辟蹊径！我为你构思的形象可以用两个字概括，第一个字是'强'！强大的强！"芬格尔说。

"听起来还凑合，虽然有点俗，那第二个字呢？"

"'土'！土得掉渣的土。你的定位就是……土强土强的！我们的S级，土强土强的战士，他来自中国的小城市，他的衣着品位低下，他见到女生就紧张，他还是天生的冷笑话发射机，但他默默地守护世界，他就是来自乡下的守夜人，土堆的古长城……"芬格尔声情并茂。

"我去买瓶啤酒……"路明非转身就要出门。

"那帮我也买一瓶。"芬格尔说。

"一瓶够了,"路明非说,"倒空之后把瓶子往你脑门上咣地一砸!"

敲门声传来,路明非过去应门。

四目相对,恺撒海蓝色的瞳孔里没有任何表情。

路明非倒抽一口冷气,作为学生会新丁,他面对主席先生倒不至于惶恐,但是面对头上裹着手巾、穿着围裙、手提一柄钢刀的恺撒,那就是另外一回事了。

"不知道你这里有没有糖。"恺撒说,"我可能需要借点糖。"

"有! 有有有!"路明非连忙点头。

路明非战战兢兢地把糖罐递了过去,恺撒礼貌地点点头,转身返回了对面的宿舍。

"怎么回事? 什么状况?"路明非从门缝里往外看,"他不是住在那个叫安珀馆的校内别墅么? 他家忽然破产了么? 他要搬进普通宿舍了? 还要自己做饭?"

"你想多了,借糖在西方是个礼节性的行为。如果你搬到一个新房子住,周围的邻居你不熟悉,你就要准备好一件小礼物,然后去你邻居家借糖,他当然会借给你,然后你回赠他那件小礼物,你们就有了第一次来往,渐渐地就会熟悉起来。恺撒上门来问你借糖,就是个破冰的举动……"芬格尔正侃侃而谈,忽然听见对面宿舍里噌的一声,金属蜂鸣。

那毫无疑问是利刃出鞘的声音,吓得路明非一哆嗦。

"'村雨'…… 那是楚子航的'村雨'!"芬格尔吓得脸色变了。

对面宿舍的门没有关,两个人赶紧摸过去,探头探脑地看进去,人生观立刻被颠覆了。

狮心会会长楚子航拔出了他的佩刀"村雨",稳准有力地下刀,把面前桌上的三文鱼一刀刀片开。

他这么做的时候,恺撒正提着"狄克推多",手脚麻利地切着西红柿,一手把糖往煮沸的番茄酱里洒。

两人一如既往地面无表情,还好不是刀锋相对而是背对着背。

"见鬼! 我是不是穿越了? 这是一个恺撒和楚子航和睦共处的世界! 他们还同居了…… 他们还一起做饭!"路明非闪回自己的宿舍,背靠着房门,跟芬格尔大眼瞪小眼。

"我知道原因了,"芬格尔脸上写着恍然大悟,"因为宿舍调整了,我们对门换人了。"

"楚子航和恺撒换到对门了? 这管宿舍分配的人斗蛐蛐呢吧?"

"不不,304房间里住的是两位可爱的女士啊。"芬格尔笑得淫邪。

"会长！叫你切的火腿切好了么？比萨准备好了，就要开烤了！"穿着格子围裙的女生端着码好面饼的铁盘，边说话边从楼下上来，之前她应该是在一楼的厨房里准备面饼。

她看见目瞪口呆的路明非，意识到自己说话太大声了，立刻回复了淑女的样子，抿嘴笑笑，闪进了对门。

路明非眨巴着眼睛。他认识那个漂亮的黑头发女孩，还给过她一枪，那是"自由一日"中伏击过诺诺的苏茜。

"狮心会副会长，苏茜，三年级，诺诺一直以来的室友。据说是楚子航还未公开的地下女友，在公开场合双方都否认了，"芬格尔小声说，"这间学院里的八卦没有我不知道的。"

"温馨得有点过头了吧？所以师姐也搬到对面住了？楚会长和恺主席就上门做饭？狗粮乱撒不好吧？他们这是拿狗粮当子弹扫射我们吧？"

"要是平时他们也不会这么做的，但今天是白色情人节，女孩们好像说要办派对，楚会长和恺主席矛盾再大，总不好驳了女士们的面子，所以上门来帮忙。"

"啥叫白色情人节？你们洋人到底怎么回事？这么多节，你们帮中国刺激了多少消费你们知道么？"

"这节跟我们洋人没关系，是日本人过的节，3月14日，女孩回赠男孩礼物的日子。"芬格尔说，"你收到过巧克力么？"

"没有！稀罕么？"路明非翻翻白眼。

"那送你一块咯。"有人说。

进入路明非视野的是一对修长姣好的腿，穿着夹脚趾的软木拖鞋，但一脚的脚踝上打着绷带。

路明非抬起头，看见银色的四叶草坠子和那块怼到他脸上的、裹在金纸里的巧克力。

热裤配白T恤，诺诺以很居家的造型——或者说很懒得收拾的造型——扶墙而立，暗红色的长发在侧面扎了个摇摇晃晃的马尾辫。

路明非觉得整个人都明亮起来了，谁分配的宿舍？是我的粉丝么那么贴心？需不需要签名？

这是他生平第一次在情人节被女孩送了巧克力，管他情人节是黑的还是白色，但巧克力是由穿着热裤的师姐亲手送来的！这就足够他心情靓丽。

"蛮好吃的。"诺诺说，"不骗你。"

"有我的份么？"芬格尔问。

"哦，"诺诺说，"你等一下。"

她转身回屋，一会儿又拿了一块黑色的出来给芬格尔。

"还特意买了不一样的，真有心啊！"芬格尔说。

"诺诺你怎么把巧克力墙拆了？"苏茜的声音从里面传来。

"没关系，恺撒不吃巧克力，他只是在乎用巧克力拼出他的名字而已，反正他也看过了。"诺诺说。

芬格尔和路明非一起往304宿舍里张望，看见一面一人高的巧克力墙，用金色和黑色两种巧克力搭起来，拼成恺撒的英文名"Caesar"。

现在巧克力墙的一角被拆掉了两块，垫着一罐可乐。

"心碎了，对我的爱不及对恺撒的百分之一！"芬格尔说，"恺撒除了英俊和有钱，又有什么好？"

"不要的话我拿回去码墙？"诺诺问，神色淡定，大概也没想隐瞒这两块巧克力是从那面巧克力墙上拆下来的。

路明非笑笑，他倒没有期待这块巧克力是诺诺给自己准备的什么特别礼物，既然他有芬格尔也有，那么多半就是诺诺买了不少到处赠送，这种事她干得出来。

他只是没料到恺撒会有那么一面墙，不过恺撒的巧克力墙跟他又有什么关系呢？至少对他来说这是个有巧克力的情人节。

"反正我收下啦。"他挥挥手里的巧克力，转身想要回屋。

"谢谢你。"诺诺在他背后说。

"啊……不谢。"路明非本能地回答，却又不解地转过头。

他不知道诺诺是谢他什么。水下的事情他选择了隐瞒不报，校长也没有逼问到底，他当然也就没跟诺诺说，只是在写报告的时候说他们被身份不明的敌人攻击，诺诺救援了他，所以才受伤昏迷，而他借着潜水钟躲过了攻击。按照这个故事应该是他感谢诺诺，而不是诺诺感谢他。

"不问我为什么谢你？"诺诺歪着头看他。

"芬格尔！能过来帮我照顾一下比萨么？一会儿烤好请你吃。"苏茜在里面说。

"没问题！让我告诉你，八年级的师兄可远比低年级的小男生们要可靠！"芬格尔扭动着跑进304里去了。

空荡荡的走廊上，只剩下路明非和诺诺，路明非张了张嘴，想说什么。

"路明非的快递。"一名保安从楼梯间出来。

路明非在签收单上签了字。快递是一个联邦快递的大信封，看地址是从英国寄出的，路明非掂了掂里面有什么东西。

"不会又是个手机吧？"路明非忽然想，联邦快递的大信封，这个触感，和第一次收到来自卡塞尔学院的信时一样。

"拆你的快递咯。"诺诺说。

路明非就真的拆开了快递，正好暂避这段不知说什么的尴尬，然后他真的从里面倒出了一部 iPhone 手机。

"情人节礼物?"诺诺满脸好奇。

路明非也很好奇,信封里没有任何东西暗示寄信人的身份。

手机还有一半的电,打开联系人列表,一片空白。

打开短信列表,有唯一一封短信,来自"未知号码"。

我亲爱的哥哥:

哦我是不是应该称呼你为尊敬的路明非先生呢? 因为从这一刻起,我就要把您作为客户来看待了。

非常感谢您惠顾我的生意,在龙王诺顿的歼灭战里,我们合作愉快。希望在将来的合作中,我们能再接再厉。

知道您一直没有一部合用的手机,这部新款 iPhone 赠送给您,小小礼品不成敬意,也方便我们联络。

请保留这条信息,有事就直接回复,我收到您的要求就会飞奔着赶来服务的。寂寞的时候找我聊天也可以,聊生活聊理想聊感情,想聊几块钱的就几块钱的。

那么,作为代价,您生命的四分之一,我取走了。

您乖乖的

路鸣泽

即日

在他刚刚读完信息的一刻,系统忽然切换到一个全新的界面,古铜色的古老轮盘飞速地转动。

轮盘减速,停下的时候,它的刻度显示为75%。

路明非心中凛然,手心全是冷汗,只觉得这台漂亮的新手机像是烧红的烙铁握在手里。

"没事吧?"诺诺看他的神色有异。

路明非急忙摁灭了手机:"你为什么谢我?"

他不想诺诺知道这件事,也不想领取那份功劳。

小魔鬼总是笑得阳光般灿烂,交易做得也是相当地慷慨,可某种幽深的恐惧像是蛇那样纠缠着路明非的心脏,总在提醒他那份交易绝非没有代价的,而那代价可能沉重到他无法负担。

有几次他实在憋不住了想要说出这个秘密来,问问芬格尔或者问问校长,那时纠缠着心脏的那条蛇好像忽然就动了起来,令他恐惧得起了生理反应,别说说话,连呼吸都做不到。

"如果没有你,我大概会死吧。"诺诺说。

"什么?"路明非一愣。

"昏过去的时候,我觉得很累很累,想要睡着,但隐隐约约听见你在喊我的名字,"诺诺说,"那时候我昏昏沉沉地想,路明非大概吓死了吧? 不然怎么喊个不停。"

路明非点点头:"可不是么? 都吓死了。"

"要不是你喊,我就睡着了,睡着大概就不醒了。"诺诺说,"所以,谢谢。"

"啊……不谢。"路明非重复了一遍刚才的话,"师姐我是不是挺烦的? 把你给烦得睡不着。"

"不是烦,是我忽然记得答应过要罩你,所以我想我不能睡着。"诺诺微微皱眉,"别老跟我说不谢! 什么时候那么懂礼貌的? 你不是属于吐槽机的么?"

"知道啦。"路明非微笑。

答应了要罩一个人,原来会这么认真的。

他是个总在说白烂话扯淡话和笑话的人,从没觉得自己说过的话要作数,也没人期待他说话作数,他也不期待别人对他说的话作数。可诺诺不一样,她是那种女侠客女骑士一样的姑娘,她的承诺就像她的刀锋不可摧折,哪怕只是轻飘飘当笑话讲出来,也当是在心脏上刻了铭文。

他笑了起来,抓抓头,诺诺也笑,伸出手来帮他一起把脑袋抓成了鸡窝。

"好在师姐你没事,师姐有事谁罩我啊?"路明非抬起头来,看着诺诺,露出一个白痴的笑脸,"不过我们当小弟的,要讲江湖义气,我们还没死,老大怎么能死呢? 是不是师姐?"

他不知道这算不算一句烂话,也不知道诺诺有没有希望他这句话作数,但他还是盯着诺诺的眼睛说出了这句话。

"搞得跟歃血为盟似的,"诺诺耸耸肩,"一会儿来跟我们一起吃比萨? 会有很多人来,今晚是个派对。放心我组织的派对上不跳舞,不过你还是可以邀请零一起哦。"

"晚上还得把论文赶了,你们玩吧,我先走了,去图书馆找个位子啃汉堡包看书。"路明非说。

"那回见咯。"诺诺倒也并不挽留。

"回见。"路明非转身离开。

"喂!"诺诺在他背后说。

"什么?"路明非回头。

"以后就是对门了,芬格尔晚上会不会很吵? 他那个大嗓门,我和苏茜都怕噪音。"

房间里芬格尔正大声地和苏茜说着什么,感觉自从他进了304,那个派对就是他主办的了。

"老大的意思我明白了，明天早晨之前我就把芬格尔做掉，保证不吵到你们休息。"路明非冷着脸说话，想象自己是个凶狠的刺客，"今晚你们比萨喂饱他，再多灌他点酒！"

"得嘞真给力，说到做到啊！"诺诺一笑，转身回房。

楼梯下面传来沸沸扬扬的人声，大概是参加派对的人陆续来了。

路明非转过一个拐角，对着那部手机啐了一口："呸！扯淡吧你！我还没活够呢，把命卖给你？"

他想要把手机飞掷出去，砸破对面那扇玻璃窗，如此一来这个宿命感的倒霉玩意儿就会消失在自己也找不到的地方吧？

但他最后还是关闭了手机的电源，把它放进了口袋里。

"路明非，"他轻声对自己说，"什么权与力，只要不再碰就可以了。那样就能一直一直，一直这样。和喜欢的人住对门，不也很好么？"

"哈哈！"

隐隐的、只有路明非能听见的声音响起在背后遥远的地方，那是带着孩子气的笑声，说不清是善意还是嘲讽。

路明非日记

时间：20××-04-23
地点：美国伊利诺伊州，卡塞尔学院，1区303宿舍
天气：晴转多云（他们说早晨下了下雨但我起晚了）

今天简单概括，两个字，无聊。

"龙类家族谱系入门"，两节课，感觉非常像高中历史。

"魔动机械设计学一级"，两节课，课名听起来拉风，其实就是机械制图。

晚上是"炼金化学一级"的实验课，使用氢火焰去除易拉罐里的杂质，提炼出纯铝。讲真这活儿蓝翔技校的兄弟们干得肯定比我好，我操作喷枪的时候不小心烧到了零的头发。

请她吃了晚餐赔罪，她真敢点，鱼子酱都要两份！吃完我信用卡的欠账是$4850.45，不过跟芬格尔那条狗吃夜宵老子都花那么多钱，还请不起漂亮妹子吃鱼子酱么？

这个月奖学金还没有发，因为我忘了交"龙类家族谱系入门"的作业，古德里安教授要我去他的办公室谈话之后才发。

Afterward

真不想去，他太唠叨了！

第二学期了，还能混，但也没混好，他们可能觉得我这个 S 级其实没多少真材实料了，这几天又在讨论我是不是校长的私生子。

老子要真是校长私生子，老子就在学校里横着走，骑辆三轮车都要占两排车道，气死你们这些精英。

这无聊的日子也不知道得过到哪天，不过下午路过体育馆，看师姐穿着白色纱裙子在练芭蕾，感觉运气很好。

白纱裙子保佑我，明天的炼金化学别测验。